LA FILLE SANS QUALITÉS

DU MÊME AUTEUR

L'Aigle et l'Ange, Belfond, 2004 ; 10/18, 2007.
La Fille sans qualités, Actes Sud, 2007.
L'Ultime Question, Actes Sud, 2008.

Titre original :
Spieltrieb

ISBN 978-2-7427-7687-0

JULI ZEH

LA FILLE SANS QUALITÉS

roman traduit de l'allemand
par Brigitte Hébert et Jean-Claude Colbus

BABEL

pour David

Summum ius, summa iniuria.

Préambule. Si tout cela n'est qu'un jeu, nous sommes perdus

Et si les arrière-petits-enfants des nihilistes avaient déménagé depuis belle lurette, quittant la boutique de bondieuseries empoussiérées qui nous tient lieu de conception du monde ? S'ils avaient abandonné les entrepôts à moitié vides où sont stockés les articles valables et valides, utiles et nécessaires, justes et justifiés pour retourner vivre à l'état sauvage, dans cette jungle où nous ne pouvons plus les voir, encore bien moins les atteindre ? Et si la Bible, la Constitution et le Code pénal n'avaient jamais été davantage à leurs yeux qu'un mode d'emploi, un ensemble de règles pour jeu de société ? Si la politique, l'amour et l'économie n'étaient pour eux qu'une compétition ? Si le "Bien" n'était qu'efficacité maximale à enjeu minimal, le "Mal" en revanche simple résultat non optimal ? Si leurs motivations nous échappaient parce qu'elles n'existent pas ?

D'où nous viendrait alors le droit de juger, de condamner et surtout – de condamner qui ? Le perdant de ce jeu, le gagnant ? Le juge devrait se faire arbitre. Toute tentative de recourir à des acquis et de traduire le droit en termes de justice rendrait ce juge coupable de l'ultime péché mortel qui subsiste encore : l'hypocrisie.

Voilà ce que j'ai mis dans les attendus d'un de mes jugements. Déposé au greffe, il a été transmis en bonne et due forme aux parties en présence. Les vacances judiciaires vont me servir à remettre de l'ordre dans mes idées. Je vais en profiter pour consigner les faits, non sous la forme abrégée que requiert un jugement mais exactement comme ils ont dû se passer dans la réalité.

Mais si je prends la décision de parler d'événements auxquels je n'ai pas pris part, dont je connais à peine les protagonistes et dont je n'ai eu vent que pour des raisons professionnelles, alors une question s'impose : qui est censé relater cette histoire ? Le "je" du narrateur, l'esprit du monde, la justice, ce "nous" multiple né de l'imagination de l'auteur et des personnages qu'il crée, et qui s'approche le plus de la réalité narrative ? Rien de tout cela ne me convient. Ce serait tout aussi artificiel que de vouloir répondre à tout prix à une question dont la réponse n'existe tout simplement pas. En effet, qui est ce "je" ? Ce "nous" ? C'est un problème qui préoccupe l'humanité depuis des milliers d'années. Si un ordinateur s'avisait de vouloir le résoudre, il se verrait contraint de poser une équation tendant vers l'infini. Qui es-tu ? Pour lui, cette question signifie : combien as-tu en ce moment précis d'applications ouvertes ? S'il répondait par un nombre x, le processus qui permet de déterminer ce résultat y ajouterait une nouvelle phase et la réponse serait alors $x + 1$; donc, le résultat annoncé serait faux. S'il s'en rendait compte et tentait de se corriger en disant $x + 1$, la somme finale s'élèverait déjà à $x + 2$ et ainsi de suite jusqu'à ce que l'ordinateur finisse par décrocher, s'écraser au sol en se fracassant sur la piste en forme de signe infini : incapable de dire qui il est. A la différence de la machine, l'homme est capable d'inconséquence, il a le don d'esquiver une difficulté quand il pressent d'instinct qu'il lui faudrait s'attaquer à l'infini. Alors que l'ordinateur décroche, l'homme se contente de hocher la tête, de rire ou de pleurer avant de poursuivre tranquillement son chemin. Encore un de ces problèmes qui trouve dans l'oubli une solution idéale. Qui suis-je – cette question restera donc en suspens. En vous remerciant… pour votre compréhension et en vous présentant toutes mes excuses pour les éventuels désagréments qui pourraient en résulter.

Au moins la météo est conforme à ce qu'on peut en attendre. Il ne fait ni trop chaud ni trop froid pour la saison, ce qui en plein mois d'août dans cette ville revient à dire : la chaleur est accablante, l'atmosphère moite. Le Rhin roule ses flots de petit père débonnaire, exsudant des humeurs fluviales qui s'accumulent dans la baie entre Cologne et Bonn ; après réduction à la cuisson, il ne reste bientôt qu'une purée compacte qui pèse sur les maisons, les voitures, les épaules et les idées. Que ne donnerions-nous pour la plus légère brise, un souffle frais venu du nord qui remonterait le cours du Rhin, apportant un peu de soulagement, le souvenir de la mer ! Mais rien ne viendra. Cette purée vaporeuse remplit les poumons et les cervelles, un peu comme du sable humide. La fraîcheur n'arrivera qu'avec les premières bruines, un jour de septembre, quand il me faudra retourner au palais pour tenter de voir si après cette dernière sentence d'autres sont encore possibles.

Mon bureau, situé au premier étage, donne directement sur la rue. En trente minutes, je pourrais facilement atteindre à pied la promenade le long du Rhin où je pourrais mettre à l'épreuve mon infériorité de piéton face aux cyclistes, joggers, skaters et autres propriétaires de chiens. En levant les yeux, je pourrais voir les ambassades abandonnées, et leurs fenêtres vides qui regardent par-dessus le fleuve. Je pourrais visiter la villa Kahn, copie frivole d'un château français, ou encore faire le tour d'un de ces nombreux internats de Bonn dont le terrain, rempli de villas avec parc érigées sous l'Empire, descend presque jusqu'au bord du Rhin. Tous les jours, je pourrais sans peine aller me promener dans ces endroits où il n'y aurait rien à voir. Au lieu de cela, je regarde par la fenêtre.

La maison est séparée de la rue par un jardin spacieux dont la grille en fer forgé est entièrement masquée par les rhododendrons tendant leurs feuilles charnues à travers les barreaux, longs doigts de prisonniers qui tentent d'apitoyer le passant en le saisissant par l'épaule. Au-delà des pointes de la grille, je peux voir la chaussée et je reste là, attendant je ne sais quoi : que quelque chose sorte du rang, glisse sur le côté, fasse un demi-tour sur soi-même pour se retrouver dans le sens inverse de la circulation. Un gros camion par exemple qui donnerait un coup de frein brutal avant de s'arrêter, le corps entier barrant la chaussée, une roue sur le trottoir, juste devant un lampadaire comme pour lever la patte, tandis que de sombres nuées de piétons viendraient s'agglutiner comme des mouches devant son museau. Et on verrait encore autre chose sur la chaussée, une masse inerte, informe, un tas de vieux vêtements peut-être qui n'avaient plus trouvé place dans le conteneur à chiffons. Même sans y regarder de plus près, je saurais ce que c'est. Les hurlements de la sirène des pompiers qui se rapprochent donneraient à l'incident une dimension technique. Un gyrophare bleu tournerait pour rapiécer à petits points rapides ce trou béant dans l'ordre des choses, creusé par la mort inopinée d'un de nos semblables, un trou sur lequel se pencherait la foule des badauds accourue pour jeter un regard d'effroi dans le chaos qu'il révèle. On ferait reculer la foule. On refermerait le hayon de l'ambulance. Après un temps d'arrêt, un gémissement, la journée pourrait reprendre son cours. Un être humain serait porté manquant, à jamais. Peut-être l'un de mes accusés. Peut-être mon témoin. L'un de mes trois accusés presque acquittés. Mais je suis bien sûre qu'aucun d'entre eux ne séjourne dans cette ville, ni même dans la région. Dans l'intervalle des sessions, on aime bien faire une petite excursion.

Le parquet a fait appel. Mon jugement va remonter jusqu'aux instances supérieures. Ce cas est susceptible d'aller jusqu'au Tribunal constitutionnel. C'est une invitation à prendre officiellement connaissance du naufrage du droit, parce que la dignité humaine l'exige. Nous autres juristes avons coutume de dire qu'au-dessus du Tribunal constitutionnel il n'y a plus que le bleu du ciel.

Le bleu du ciel n'est plus que la couleur du couvercle en carton d'une boîte de jeux. Si tout cela n'est qu'un jeu, nous sommes perdus. Sinon – c'est pire.

Princesses et marionnettes :
de la possibilité
de forcer le respect en quelques mots

ADA était une jeune fille, pas très belle. Au moment où la lumière de ce récit se pose sur elle, elle était âgée de quatorze ans, blonde, de constitution robuste. Sa bouche était large, ses poignets solides. Sur son nez s'étendait un tapis troué de taches de rousseur qui, sous un éclairage adapté, était capable de vous faire avaler quelques bons petits mensonges de cueillettes de fleurs sauvages et de jeux d'enfants dans l'herbe haute. Ada paraissait plus âgée qu'elle ne l'était en réalité. Sa poitrine était déjà bien développée.

A l'été 2002, elle entra en classe de seconde au lycée Ernst-Bloch de Bonn après avoir dû quitter, pour une raison qui sera révélée bientôt dans le cadre d'un retour en arrière musical, son ancien établissement. Dans ce lycée, elle passa d'abord relativement inaperçue.

A partir de la cinquième, toutes les classes étaient remplies de jeunes filles d'une douceur soyeuse et veloutée dont la naissance s'était accompagnée d'une petite musique qui allait crescendo, comme la musique d'ouverture du système d'exploitation Windows. Princesses modèles réduits à la naissance, elles parvenaient dès les premières années du collège au stade de perfection de la jeune pouliche ; elles continuaient ensuite à grandir avec la même régularité jusqu'à devenir les femmes qu'elles allaient être un jour. Leur développement s'accomplissait dans la plus parfaite routine, sans le moindre accroc, comme si elles avaient eu bien souvent l'occasion de résoudre tous ces problèmes liés à l'adolescence. Ces professionnelles de la puberté différaient au premier coup d'œil des dilettantes : leurs cheveux descendaient jusqu'aux épaules en une coiffure soignée, comme chez les femmes adultes ; comme elles, elles portaient des pantalons taille basse, des ceintures larges et de petits chemisiers avec une même nonchalance bien tempérée ; leur peau bien lisse et leurs moues enfantines devenaient peau et bouche de jeune fille sans que points noirs, sueurs brutales ou caprices de l'adolescence viennent jamais altérer leur harmonieuse apparence. L'aura de raffinement prétentieux qui les nimbait résistait à la fois aux averses occasionnelles et à l'humidité des chaleurs estivales. Tout mettait les princesses en valeur, cheveux mouillés ou nez rouge, et même la poussière qui à chaque saut dans le vieux bac à sable pendant les cours de sport se déposait sur les corps.

Habituées à tout recevoir pour rien, ces jeunes biches n'avaient aucune ambition. Des condisciples masculins leur faisaient la cour, même ceux qui auraient mieux fait de trouver une petite amie moins dépourvue de vie intérieure. Certaines pratiquaient un sport facile ou lisaient des livres faciles. En classe, elles obtenaient des notes moyennes : quand on leur demandait quelle était leur matière favorite, elles répondaient l'allemand ou encore les arts plastiques et la biologie mais sans pouvoir expliquer pourquoi. Les années de lycée constituaient le zénith de leur vie. Elles étaient à l'apogée de leur rayonnement, au faîte de leur gloire et baignaient au quotidien dans une sorte de bien-être insipide, autant dire de bonheur. Après le bac, leur vie redescendrait en pente douce.

Fort heureusement, elles se moquaient totalement du cycle d'évolution de leur histoire personnelle. Peut-être par pressentiment. Et c'est aussi de là peut-être que venait cette vague mélancolie qui conférait à leurs mouvements une certaine indolence, à cette indolence un côté tragique et à ce tragique une grâce toute particulière.

Cette description récapitule les caractéristiques dont Ada était dépourvue. Elle était tout le contraire d'une princesse, si tant est que les princesses aient un contraire. Depuis l'époque où Ada, alors âgée de douze ans, avait découvert toute seule que la quête du sens n'était qu'un sous-produit de la capacité de penser, elle passait pour une surdouée à l'éducation difficile. Le jour où, dans sa nouvelle classe, l'enseignant lui demanda de se présenter aux autres, elle se contenta de décliner son prénom, c'est tout. Il la pria alors de bien vouloir ajouter quelques mots personnels, d'exprimer quelque chose en quoi elle croyait, et fut décontenancé par son rire.

Elle finit par dire qu'elle considérait ce changement d'école comme une chance pour elle et qu'elle s'était réjouie à l'idée de venir au lycée Ernst-Bloch. A l'époque, ses parents ne lui avaient pas permis de fréquenter cet établissement privé très cher.

Elle prononçait volontairement "à l'époque" comme s'il s'agissait d'une période très, très lointaine.

Une princesse à petites bouclettes lui demanda alors :

— Qu'y a-t-il de spécial à Ernst-Bloch ?

— Il me semblait que c'était l'endroit idéal pour des gens vraiment intelligents, vraiment foutus, vraiment catégoriques.

Une partie de la classe acquiesça en hurlant, l'autre resta bouche bée. Les princesses se penchèrent légèrement en arrière, de leurs deux mains elles ramenèrent leurs longs cheveux d'un geste ample pour les rejeter derrière le dossier de leurs chaises. Et c'était vrai : Ada s'était réjouie à l'idée de venir à Ernst-Bloch. Cette école, qui faisait partie du privé, accordait même à ces créatures perdues, qui s'obstinaient à ne pas vouloir participer à cette tranquille petite excursion baptisée "enfance heureuse", une ultime chance de décrocher leur bac. A condition bien sûr que les parents en aient les moyens.

"Il me semblait que." Pour le reste de l'année 2002, Ada ne prit plus guère la parole. Elle ne participait jamais aux cours. Quand on l'interrogeait, ses phrases ne commençaient jamais par des formules du genre "à mon avis" ou bien "je crois que". C'était plutôt : "Quelle connerie" ou bien "il n'y a qu'une seule façon de lire ce passage" ou encore "c'est sans intérêt de savoir qui savait quoi et ce qu'il savait exactement".

Elle parlait sur le même ton, même pour s'adresser à Höfi. Höfi s'était fait une réputation de buveur de sang qui flaire la bêtise à cent mètres à la ronde, même par vent contraire, et qui la traque sans pitié. Par misanthropie, il avait renoncé à une carrière administrative, lui préférant une carrière dans l'enseignement. Son degré de sympathie était proportionnel au quotient intellectuel de son vis-à-vis. Comme tous les fragments rocheux qui dérivent en orbite libre à travers l'univers, il était pourvu, lui aussi, d'un noyau chaud et liquide mais qu'il savait protéger avec tous les moyens mis à sa disposition par la raison. Höfi soutenait une idée au demeurant empirique : même la crème fraîche finit par prendre pourvu qu'on la batte le temps nécessaire. Les princesses le détestaient. Chaque fois qu'il les regardait, une grimace ironique déformait sa lèvre inférieure.

Depuis le début de cette nouvelle année scolaire, son regard nonchalant qui passait aux rayons X la classe de troisième B avait découvert à chacun de ses cours d'histoire une tête nouvelle déposée dans ce nid agité de petits oiseaux chamarrés par quelque coucou farceur. Un jour de septembre, alors que tombait une pluie fine, Höfi vint planter son physique de Quasimodo devant Ada qui était assise tout à l'extrémité d'un angle droit formé par des tables disposées en U ; il attrapa un stylo à encre qu'il pointa vers elle à la manière d'un couteau, en visant le bout du nez.

Il lui signala ensuite qu'il appréciait certes les avis tranchés mais qu'il existait en toute chose au moins deux perspectives possibles dont aucune ne pouvait prétendre à la vérité absolue. Il ajouta qu'elle pouvait maintenant se servir de ce stylo pour se graver ça dans sa petite tête et qu'elle ne devait plus la ramener avant d'avoir bien enregistré tout ça. Fin du message.

Ada lui prit le stylo des mains et le reposa exactement à l'endroit où il était auparavant, entre le livre et le cahier. Ce faisant, elle regardait fixement Höfi, pas droit dans les yeux mais en fixant un endroit précis de son front qui, après perforation par une balle de revolver, promettait une mort immédiate et certaine.

— Vous êtes marié ?

— Oui, bien sûr, lui répondit Höfi tandis qu'un silence absolu se faisait dans la salle.

— Vous aimez votre épouse ?

— Evidemment. Et profondément encore.

— Avez-vous jamais songé que vous auriez tout aussi bien pu haïr cette femme ?

— Non.

Ada baissa les yeux qui passèrent du front de Höfi jusqu'aux bouts de ses propres doigts cicatrisés. Pendant les cours, elle tuait le temps en séparant de la chair la peau entourant ses ongles et en l'arrachant par bandes étroites jusqu'au milieu des doigts.

— Si c'est le cas, dit-elle à voix basse, alors arrêtez vos conneries avec vos deux perspectives possibles pour toute chose.

Höfi ouvrit la bouche, puis la referma. Il acquiesça de la tête comme s'il venait d'obtenir une information relativement secondaire, mais indispensable et qu'il attendait depuis bien longtemps ; puis il poursuivit son cours. Vingt-quatre heures plus tard, la totalité des sept cent quarante-deux élèves du lycée Ernst-Bloch savait que l'un d'entre eux avait eu le dernier mot avec Höfi. On raconta que pour la première fois de sa longue carrière de professeur d'histoire tyrannique Höfi avait flairé un adversaire à sa taille.

Ada savait lire et écrire depuis l'âge de quatre ans ; elle avait appris toute seule à l'aide d'un poster de lettres et d'images. A l'âge de cinq ans, les doigts de sa main droite atteignaient sans problème son oreille gauche quand Ada passait le bras droit par-dessus la tête. Pour cette raison elle fut mise à l'école avant l'heure, remplissant pour toujours la fonction de la plus jeune. Au cours élémentaire, un garçon avait exprimé l'avis qu'une miniature comme Ada ne pouvait être chef de bande ce qui lui avait valu une légère contusion rénale à la suite d'un coup de botte. Ada était montée sur son sac en cuir pour arriver à lui porter un coup au niveau du dos. Elle passa tous les matins des semaines qui suivirent dans une pièce vitrée jouxtant la salle de classe où elle résolvait en quelques minutes les devoirs donnés à chaque cours pour dessiner ensuite, avec des couleurs aussi pâles que nombreuses, des poissons des mers profondes, nageant dans l'eau noire, à plusieurs milliers de mètres en dessous de la surface.

Ernst-Bloch offrait à tant de redoublants des cours et une ultime chance qu'Ada aurait dû se rendre chez les moyens pour pouvoir discuter avec des enfants de son âge. Mais comme même les élèves des classes supérieures lui semblaient puérils, elle n'en éprouvait nul besoin. Si c'était pour ne pas trouver d'amis, elle pouvait tout aussi bien rester dans sa propre classe.

Elle passait les récréations dans la cour des fumeurs où elle restait debout, à rouler des cigarettes d'une qualité artisanale parfaite. Elle se tenait tout près d'un groupe bien précis d'élèves originaires de différentes classes, toujours le même, s'écartait chaque fois d'un demi-pas du cercle qu'ils formaient, prenait grand soin d'échapper aux regards du personnel de surveillance en s'abritant derrière une rangée de doudounes bien rembourrées, et écoutait les conversations. Chaque fois qu'elle tirait sur sa cigarette, elle lorgnait en baissant les paupières la braise qui dévorait le papier. La plupart du temps, elle portait avec son jean délavé, dont les franges par-delà les chevilles traînaient sur le trottoir, une veste du même tissu mais d'une nuance plus sombre ce qui confinait à la faute de goût. Sa tête et ses seins, un peu trop formés pour un corps robuste mais pas très grand, sans oublier le fait qu'elle ne parlait que rarement, lui avaient valu le sobriquet de Marionnette. Peu de gens connaissaient son vrai nom mais tous savaient qu'elle avait réussi à remettre Höfi à sa place en quelques mots. On la laissait tranquille. Il lui arrivait de se mêler un peu brutalement à la conversation. Quelle importance qu'Amélie ait voulu ça ou autre chose. Si vraiment quelqu'un avait besoin de la remise à vélos pour organiser une fête, il pourrait l'avoir sans problème. Evidemment que Schröder va être réélu.

Celle-là, elle se fout de tout. Il n'y avait pas plus bref pour définir la personnalité de la nouvelle. La formule n'était pas exempte d'estime mais exprimait peu de sympathie. On n'était pas au clair avec elle. Les princesses de tous les niveaux scolaires se tenaient à bonne distance et manœuvraient dans la cour jusqu'à ce qu'elles finissent par ne plus l'avoir dans leur dos. Tout comme dans son ancien établissement, Ada se retrouva entourée d'un tas de gens qui ne l'intéressaient pas le moins du monde et elle sentait parfaitement que rien n'avait changé. C'était idiot d'avoir espéré autre chose.

Penser, c'est transgresser.
Ernst-Bloch et le "principe espérance"

PEU APRÈS les nouveaux débuts d'Ada, le lycée Ernst-Bloch célébra le centenaire de sa fondation. Près de mille personnes se rassemblèrent sous les hautes voûtes de l'amphithéâtre : élèves, enseignants, personnel de service, autorités de tutelle, anciens et membres du comité de soutien. A travers la rosace qui dominait le portail d'entrée, la lumière tombait en diagonale entre les murs de cette cathédrale, déposant des taches aux reflets multicolores sur les dos et les épaules de cette assemblée qu'elle nimbait d'un halo de recueillement eucharistique. Assis les uns à côté des autres, les membres de la communauté toussotaient comme pendant une cérémonie religieuse. Le parrain de l'école avait dit un jour : La différence entre un original et un faux, c'est que le faux fait plus vrai.

Quelques élèves du collège jouèrent un quatuor à cordes, le chœur de l'école interpréta un chant d'anniversaire sur un rythme de jazz très enlevé, deux élèves de terminale jouèrent Beckett en improvisant librement. Puis le dernier arrivé parmi les enseignants eut l'insigne honneur de se voir contraint de prononcer le discours solennel. Grand, élancé, il s'avança vers le podium, tout de noir vêtu dans son superbe costume d'apparat : un premier communiant. Il rentra légèrement sa tête dans les épaules pour ne pas paraître aussi gigantesque, adressa un sourire aux élèves qui, encerclés d'enseignants, avaient pris place sur les bancs du centre, moutons entourés de chiens de berger, et de ses deux mains il écarta les cheveux qui tombaient sur son visage.

Ada était assise dans les premiers rangs, ceux dont personne ne veut et que des retardataires et autres marginaux viennent occuper en dernier ; elle ne chuchotait avec personne et avait rejeté la tête en arrière pour voir l'orateur tout en haut sur le podium. Elle reconnut en lui une des premières personnes qu'elle avait rencontrées dans les couloirs du lycée. Avant même les grandes vacances, juste après son premier entretien dans le bureau du directeur, elle l'avait croisé alors qu'il traversait en compagnie de Höfi le pont en plexiglas reliant l'ancien et le nouveau bâtiment, dans la langue des élèves le "tunnel aérien". Sa mère avait essayé de plaisanter avec lui et Ada en avait eu honte. Elle se souvenait de la manière dont il s'était présenté : Smutek, allemand et sport. Il parlait avec un léger accent dont elle n'avait pu deviner l'origine.

Son discours, écrit en hexamètres, condensait cent ans d'histoire de l'école en vingt minutes. Les rejetons de la famille fondatrice, petits-enfants et arrière-petits-enfants du vieux Wolfram Gründer, avaient pris place au premier rang et portaient sur leurs visages un sourire de fierté parentale. Ils descendaient d'une dynastie d'industriels qui avait amassé dans le sucre une fortune suffisante pour que le vieux Wolfram ait pu réaliser en 1902 un de ses rêves d'enfant en fondant une école qu'il aurait bien aimé fréquenter lui-même. Smutek exprima sa reconnaissance à ce patriarche depuis longtemps disparu, et appela ses descendants "les p'tites sucrettes", parce que ça faisait le nombre de pieds nécessaires, ce qui lui valut les rires soutenus des rangées du fond.

Quelques anciens élèves ayant contribué à une gloire douteuse durant la période nazie, le lycée Gründer fut rebaptisé quelques années après la Seconde Guerre. On rapporte que le nouveau parrain avait été personnellement présent lors des cérémonies placées sous le signe : "Penser, c'est transgresser", toutefois cette présence n'était nullement attestée. Ernst-Bloch fut reconnu par l'Etat, mais resta sous tutelle privée. La dynastie Gründer s'était ainsi succédé sans interruption jusqu'à nos jours. L'arrière-petit-fils actuellement en exercice était un enfant venu sur le tard, âgé de quarante-six ans seulement, et qui, de l'avis de la plupart des participants, était bien trop jeune pour pouvoir prendre la moindre décision. Depuis son entrée en fonction, on parlait avec une mélancolie nostalgique de la "période fondatrice" comme d'une époque depuis longtemps révolue.

Les strophes suivantes étaient dédiées à Singsaal, le directeur sur le départ. Smutek, comme de nombreux enseignants encore jeunes, lui devait son poste actuel. Il parla avec amour et respect des gigantesques voiles qui lui tenaient lieu d'oreilles et lui donnaient toujours l'air de planer au-dessus des choses. Quelques élèves parmi les plus âgés se mirent spontanément à applaudir à tout rompre, Singsaal sourit avec émotion, côté ouest de l'amphithéâtre le camp du nouveau directeur se taisait obstinément. Ce nouveau directeur s'appelait Teuter, c'était un ami d'enfance du jeune descendant ; petit comme un jockey, il était doté de la voix de Kermit la grenouille. Depuis son élection au poste de directeur, les fossés s'étaient creusés dans la salle des professeurs. Teuter pouvait compter sur un groupe de pédagogues qui trouvait Singsaal très gentil, mais estimaient qu'il était trop mou pour diriger un établissement. Il suffisait d'ouvrir les journaux pour apprendre que dans les écoles allemandes sévissaient vols, racket, viols et tortures. Les amis de Teuter voulaient s'opposer aux traces d'usure que présente le rempart séparant le comportement quotidien de la criminalité. Prendre un élève au sérieux voulait aussi dire ne pas croire aveuglément à l'innocence de l'enfant. Les relations entre les hommes exigeaient un cadre normatif, c'était un fait – ce n'était peut-être pas agréable à entendre mais c'était la vérité, et personne, surtout pas des gens comme Smutek ou Singsaal, n'y changerait quoi que ce soit. Dès qu'elle l'avait vu, Ada avait compris qu'elle ne pourrait pas supporter le nouveau directeur. Il ressemblait à quelqu'un qui hait le monde pour pouvoir s'aimer soi-même, et pour Ada une grande haine, tout comme un grand amour, était signe de bêtise.

L'un revenant du pupitre, l'autre s'y rendant, les deux hommes se croisèrent et se serrèrent la main. A cette occasion l'épingle à cravate de Smutek se trouva placée au niveau des yeux de Teuter : un petit bout de ferraille dorée portant la devise et l'emblème de l'école. Penser, c'est transgresser.

Le temps de la transgression, selon les mots de Teuter sur le podium, était d'une certaine façon passé à présent. Tout homme intelligent devait évidemment sans cesse sonder à nouveau les limites de sa capacité de compréhension et si possible les surpasser. Voilà le mot "surpasser", dogme souhaitable dans une société de la performance. Mais à l'intérieur d'un Etat libéral et respectueux de l'homme la notion de transgression prend un sens différent. Pour tout dire, un sens négatif. Heureusement ! Car y a-t-il rien de plus beau que de vivre dans un Etat que l'on est en droit d'aimer et de respecter, au lieu d'être obligé de le combattre ? Tant que les règles sont souhaitables, leur transgression ne l'est pas. C'est pourquoi lui, Teuter, préférait le terme de "progresser" qui était, selon lui, l'adaptation au goût du jour de la notion de "transgression". Penser, c'est progresser. A ne pas confondre avec "protester".

— Bien sûr, penser signifie aussi protester, lança-t-il, debout derrière son pupitre, mais làààà, pas pendant les cours !

Rires dans l'aile ouest de l'amphithéâtre.

La mère d'Ada avait ri elle aussi quand, lors de l'entretien de présentation, Teuter avait conclu le même exposé avec la même blague insipide. Spirituel ! avait-elle lancé, oui vraiment, spirituel ! Et en plus Ada avait été incapable de lui en vouloir. Comme clouée au pilori, sa mère était assise sur le siège visiteur à côté du bureau de Teuter, tout en lissant toutes les deux minutes ses cheveux teints en noir coiffés à la Cléopâtre. Au bout de sa jambe croisée, son pied droit nageait dans l'air, tressaillant au rythme des battements rapides de son cœur. Ada savait qu'elle aurait préféré pleurer plutôt que rire – pleurer de soulagement parce que Teuter traitait les crimes de sa fille avec la froideur clinique d'un homme habitué à pire. La voix de grenouille avait passé des gants de latex pour implanter le délit commis par Ada dans un contexte socio-abstrait où il était en de bonnes mains, où il avait presque un sens et où surtout il ne se reproduirait pas. Avec l'optimisme professionnel d'un médecin, Teuter parlait du merveilleux système démocratique dans lequel ils vivaient tous et auquel il convenait d'acclimater les jeunes gens comme on acclimate les animaux aux conditions d'une petite réserve naturelle bien confortable. Les raisons qui avaient pu conduire ces derniers temps les hôtes de la réserve à commettre des exactions contre leurs gardiens ou leurs semblables échappaient à Teuter, il n'avait d'ailleurs pas envie de s'y attarder tant que son propre établissement serait épargné par ces horreurs.

Singsaal, qui avant les grandes vacances était encore officiellement en fonction, avait assisté à l'entretien avec un sourire plein de bonté et avait demandé à Ada quelles étaient ses matières préférées. Sa mère ne cessait de chercher le regard de Teuter qui, pour ce qu'elle avait compris, était l'homme de demain. Quand il se mit à tester les connaissances scolaires d'Ada et que, tout en ne cessant de fixer d'un œil vitreux un point situé entre ses sourcils, elle lui répondit d'une voix lente comme si elle s'adressait à un débile mental, sa mère lui aurait bien donné un coup dans les tibias avec le talon de sa chaussure, si le bureau de Singsaal, qui datait du temps de la fondation de l'établissement, n'avait depuis longtemps cédé la place à une nouvelle construction de verre et d'acier n'offrant aucune protection visuelle. Elle se contenta de baisser les yeux, vers le sol où les fils de l'ordinateur s'enroulaient sous le bureau comme autant de serpents dans leur nid.

Avec une indifférence totale dans la voix, Ada répondait à chacune des questions, sans se permettre la moindre erreur. Chaque nouvelle réponse accroissait la mauvaise humeur de Teuter. Il était fier de sa culture générale et fit taire d'un geste impérieux la mère d'Ada qui objecta, en matière d'excuses, qu'Ada avait toujours été la meilleure dans toutes les matières. Singsaal avait l'air soucieux. Il fallut attendre que Teuter, laissant les questions scientifiques et littéraires, passe à l'enseignement de la religion et qu'Ada signale que, n'ayant jamais lu la Bible, elle n'était pas en mesure de fournir une interprétation pertinente des rapports existant entre David et Goliath et les conflits internationaux actuels, pour que le soulagement soit général. Sa mère savait qu'Ada était plongée, depuis son enfance, dans la lecture de tous les ouvrages disponibles dans leur foyer commun. Il existait trois grands rayonnages appartenant à trois personnes différentes : le premier au père d'Ada, décédé, le second au beau-père qui avait quitté la famille deux ans plus tôt, le troisième à sa mère justement. La Bible se trouvait sur le premier rayonnage, en bas, à droite. Ada l'avait lue tout autant que le reste.

Teuter mit fin à l'entretien avec un exposé plein de mansuétude sur le caractère toujours essentiel de la Bible comme fonds culturel européen, sur son importance pour tout discours philosophique, voire tout discours athée qui ne pouvait jamais que s'établir sur la négation de la fonction divine, échangea ensuite un bref regard avec Singsaal et dit à Ada qu'elle était la bienvenue à Ernst-Bloch. En conclusion, il affirma que "le principe espérance" s'appliquait dans cette école bien plus qu'en aucun autre lieu.

Dans le tunnel aérien, ils avaient croisé Smutek et Höfi. Le premier portait un short, des chaussures de sport et un fin trait blanc laissé par la transpiration au-dessus de sa lèvre supérieure, le second marchait courbé, les mains croisées dans le dos et disparaissait pratiquement dans son costume en velours côtelé vert olive. A la question de Smutek, "nouvelle élève ?", la mère d'Ada avait levé les yeux au ciel avec coquetterie : Allons, cher monsieur, j'ai tout de même passé l'âge. Un rire contraint s'en était suivi, ils s'étaient serré la main, Smutek, allemand et éducation sportive, et avaient poursuivi leurs chemins respectifs.

— Mais lààà, le principe espérance, poursuivit Teuter derrière son micro, continue de s'appliquer comme il y a cent ans, dans cette école bien plus qu'en aucun autre lieu.

Un flot d'applaudissements le porta jusqu'à sa place, à la manière d'un bateau que la marée ramène au port.

Comme il était assis juste devant Ada, leurs regards se croisèrent involontairement. Le soir même, Ada inscrivit une de ses rares réflexions dans son journal intitulé *A Selma* :

"Aucun philosophe n'écrirait un gros livre s'il savait d'avance comment on va le citer plus tard. Quand on a interdit à l'homme de connaître l'avenir, on ne voulait que son bien. Mais puisque mon regard transperce le présent pour voir le lendemain comme à travers une moustiquaire très serrée, je ne ferai, ma vie durant, rien d'important."

Smutek se souvient de quelques souvenirs

POUR Smutek, l'année scolaire avait plutôt bien commencé. Certes, la perspective de devoir désormais travailler sous les ordres d'un homme que les élèves appelaient alternativement Tyran, Titan, Teuton et Tétine ne contribuait guère à améliorer une humeur qui était comme toujours détestable à la fin des grandes vacances. Mais Smutek se sentait heureux et il savait pourquoi. Sa petite femme capricieuse et féerique avait enfin renoncé à son refus obstiné de remettre les pieds en Pologne, que ce soit sur la terre ferme, dans les eaux territoriales ou dans l'espace aérien : au cours de l'été, elle avait passé avec lui quatre semaines en Mazurie.

Peu après sa nomination à Ernst-Bloch, Smutek avait acheté quelque part entre Olsztyn et Ostróda une petite maison tout en bois, au bord de l'eau, et il s'y rendait chaque année seul pour y passer le temps à nager, lire, rénover sa maisonnette et penser à sa femme avec nostalgie. Il s'était consacré inlassablement à aménager son petit palais, sans savoir si sa reine en franchirait jamais le seuil. Il savait qu'il existe des oiseaux qui, tout au long du printemps, employaient toutes leurs forces et tout leur savoir-faire à construire un nid sphérique, auprès duquel ils restaient ensuite perchés, pleins d'angoisse, cependant qu'à l'intérieur une bien-aimée dodue se déchaînait, battait des ailes, becquetait furieusement les fragiles entrelacs jusqu'à tout défaire, tout dévaster. Si elle parvenait à détruire le nid, elle abandonnait l'architecte sur-le-champ. S'il tenait le coup, elle lui laissait sa chance.

Smutek sentait le feu lui monter aux joues quand il pensait à ces oiseaux. Son sort était encore pire – jusqu'à ce dernier été, sa bien-aimée n'avait même pas daigné donner son avis d'expert. Au lieu de cela, elle l'avait couvert de sarcasmes corrosifs. Il n'avait donc pas honte de se rendre en touriste dans un pays qui avait tué son père à elle et humilié le sien ? Dans un pays qui l'avait emprisonné, lui Smutek, à l'âge de dix-huit ans avant de le jeter dehors ? Es-tu obtus, Smutek, au point de pouvoir oublier tout cela ? Ou bien est-ce que tu aimes à déplier ta chaise longue sur les caveaux de famille ?

Il avait renoncé à tenter de lui expliquer qu'une phrase unique avait suffi à sauver l'affection qu'il portait à leur commune patrie, une phrase que son père lui avait lancée alors que, tout jeune encore, il descendait l'escalier entre les uniformes qui étaient venus le tirer du lit en pleine nuit :

— Ne t'en fais pas, mon fils ! Un jour ou l'autre, tout bon Polonais se retrouve en prison parce qu'il a lutté pour sa patrie, et qu'elle a fini par l'arrêter.

En fait, Smutek ne s'était même pas battu, il venait juste d'entreprendre des études qui n'avaient absolument rien à voir avec la politique, des études de physique et de mathématiques. Dehors, le mois de janvier tenait Cracovie dans ses griffes, les vieux arbres de Noël adhéraient au sol gelé. La prison n'était pas chauffée.

Smutek n'avait rien oublié, au contraire ; il avait une mémoire d'éléphant et se rappelait tous les détails. Il se revoyait six mois plus tard dans les rues interminables de Berlin-Ouest, se souvenait qu'après une vie passée dans le lacis impénétrable des ruelles de Cracovie, après six mois de prison et quarante-huit heures enfermé dans un camion de transport, ces rues lui étaient apparues comme autant de fleuves desséchés dans un immense paysage de pierre. Il était demeuré longtemps sans bouger, à la même place, s'étonnant de trouver si petits les passants qui flânaient sans le remarquer, sans lui accorder plus d'attention qu'aux arbres de l'avenue. Et comme si lui-même était un arbre, il les voyait de dessus. Dans son idée, les Allemands étaient plus grands. La dernière fois qu'il en avait vu, il était encore enfant, ils étaient en vacances dans un camping de Mazurie, tout près de l'endroit où se trouvait son actuelle maisonnette, et ils étaient gigantesques. Comme tous les autres enfants, Smutek avait peur des Allemands, de leur force, de leur brutalité et de leur "intelligence" dont on parlait quelquefois au dîner et qu'il prenait pour une arme dernier cri particulièrement dangereuse. Confronté inopinément, sur le terrain de camping, à ces deux superbes spécimens, il s'était recroquevillé dans l'herbe, paralysé d'effroi, tandis que les Allemands se dressaient au-dessus de lui comme deux tours vertigineuses. Ils lui avaient adressé quelques bribes de polonais que sa frayeur l'empêcha de comprendre, et avaient ouvert de force son poing crispé pour y fourrer des bonbons. A peine avaient-ils disparu qu'il courait en hurlant vers la tente de ses parents : *Mama ! Tata ! Niemcy dali mi cukier !* Les Allemands m'ont donné du sucre !

C'est peut-être parce qu'il pressentait qu'on l'exilerait un jour en République fédérale que Smutek s'était mis à grandir. A peine emprisonné, il avait poussé comme s'il voulait crever le plafond de sa cellule pour parvenir à l'air libre. Au bout de trois mois, l'uniforme de la prison laissait voir largement ses poignets et ses chevilles, cependant que poitrine et cuisses menaçaient de faire éclater l'étoffe.

Smutek découpait son quotidien carcéral en petites portions de gymnastique faciles à digérer : pompes, ciseaux, flexions ; il fit bientôt partie de ces prisonniers qui n'ont jamais d'ennuis avec leurs codétenus. Il franchit sans anicroches l'année 1991 et ne cessa de grandir que quand on le fit sortir de sa cellule. Aujourd'hui encore, il ne pouvait s'empêcher de rire en se revoyant debout sur le Kurfürstendamm, tout surpris de constater que les Allemands ne mesurent pas trois mètres de haut.

Berlin était aussi brûlant qu'un four, et durant plusieurs jours Smutek parcourut la ville en tous sens comme s'il escomptait tomber quelque part sur un thermostat qui lui permettrait de régler la température. A Spandau, il déposa une demande d'asile politique en espérant un refus, même s'il ne savait pas ce qui l'attendait au cas où il reviendrait comme un boomerang dans les mains de ceux qui l'avaient foutu dehors. Mais cette année-là, comme le nombre de réfugiés politiques en provenance du bloc de l'Est accusait en Allemagne un déficit historique, il y avait une petite place pour Smutek et l'asile lui fut accordé sans difficulté le 21 juillet, peu après la spectaculaire visite du pape en Pologne et un jour avant la levée de l'état de siège. Pendant tout ce temps, à Cracovie, sa famille de plus en plus inquiète attendait qu'il sorte de la prison militaire. Smutek, qui ne voulait pas la mettre en danger en tentant de prendre contact avec elle depuis Berlin-Ouest, comprit beaucoup trop tard que son astucieux silence représentait la pire des menaces. Le père de Smutek, qui avait toujours rêvé d'avoir un enfant combatif, finit par apprendre que son fils avait été arrêté en raison d'une fâcheuse homonymie avec un activiste de Solidarnosc et était déjà sorti de prison. La seule idée qu'une telle confusion fût possible donnait toute la mesure des sinistres farces que Dieu pouvait infliger aux hommes. Le père de Smutek était fervent catholique. Il tomba malade.

Pour surmonter la perte de toute son existence passée, Smutek avait alors résolu de devenir un autre homme. Il abjura les sciences exactes et décida de faire des études d'allemand et de sport. Pour l'un, la langue était inutile ; pour l'autre, elle lui faisait si totalement défaut qu'il crut pouvoir s'y risquer sans danger. Il lui fallut d'abord apprendre ce qu'implique le statut de réfugié tout juste toléré, et s'exercer à une longue patience. Il ne tarda pas à être abonné au service des étudiants étrangers de l'université. Un beau jour, il y rencontra une jeune fille qu'il identifia aussitôt comme sa compatriote, grâce à ses vêtements et à cette façon qu'elle avait de regarder sans cesse furtivement autour d'elle. Quand il lui adressa la parole en polonais, elle sursauta comme une criminelle qui attend depuis des semaines d'être démasquée.

Bien trop heureux pour prendre garde à son geste de défense, Smutek la pria d'user de sa parfaite connaissance de l'allemand pour l'aider à se faire comprendre. Il apprit ainsi de sa jolie bouche que le statut qui était le sien dans ce pays ne l'autorisait ni à travailler, ni à entreprendre des études, ni à acquérir une quelconque formation. Alors, que faire ? *Czekac*, attendre, dit sa future femme. Attendre, reprit Smutek, n'était pas une occupation, pas plus que rester ou habiter, et en plus attendre quoi ? On lui donna raison. Ne pouvait-il suivre quelques séances de travaux dirigés en tant qu'auditeur libre ? C'était à voir avec les professeurs concernés. Submergé de bonheur, Smutek saisit les mains de sa future femme : *Slyszysz*, tu entends, je pourrai aller à l'université. Il avait dix-huit ans, elle en avait vingt.

Ils étaient tous deux originaires de Cracovie et, dans la situation où se trouvait Smutek, cela lui suffisait pour croire au pouvoir de la providence. Il était demandeur d'asile, elle était exilée, ce qui au premier abord lui sembla presque la même chose, alors qu'il comprit des années plus tard qu'il existait entre ces deux espèces un abîme sidéral qui les séparerait pour toujours. Celle qui allait devenir Mme Smutek haïssait la République populaire. Elle ressemblait à une Carmen à la peau blanche et un sang brûlant coulait dans ses veines. Les diables de Varsovie avaient jeté son vieux père en pâture à un hiver polonais, le laissant agoniser lentement dans sa cellule. Membre du syndicat, il avait transmis à sa fille sa haine impitoyable de ce "cadavre russe" qu'était devenue la Pologne, et elle avait poussé cette haine au paroxysme. Quand elle apprit que Smutek avait fait de la prison, une lumière soudaine illumina le noir de ses yeux. Cet enthousiasme où la plongeait son incarcération effraya tout d'abord son futur mari comme un éclair de folie chez un individu parfaitement sain. Au fil du temps, il s'y habitua et le retrouva partiellement dans l'expression des gens les plus divers lorsqu'ils apprenaient son arrestation, jusqu'au jour où la chute du Mur vint brouiller les cartes et affaiblir l'idée qu'une victime du bolchevisme était nécessairement l'ami d'un Occident de justice et de liberté.

Dès cette époque, la future Mme Smutek avait émis l'intention de filer encore beaucoup plus loin vers l'ouest quand elle aurait terminé ses études de biologie. Au cours des leçons qu'elle donnait à l'Institut polonais pour gagner sa vie, elle prononçait les mots de sa langue maternelle lentement, avec une correction appuyée, comme si elle ne voulait pas se salir les dents et les lèvres au contact des phonèmes, et traitait la grammaire avec la circonspection guindée d'un écologiste évacuant des déchets dangereux. Ses élèves apprenaient avec une rapidité foudroyante. Smutek, qui ne pouvait pas s'offrir les cours de l'Institut Goethe, assistait aux leçons de polonais et essayait de les suivre à l'envers. L'après-midi, elle continuait à le dresser avec une rigueur militaire, et au bout d'un an ils parlaient allemand ensemble.

Il va de soi que Mme Smutek n'était pas assez stupide pour croire que les gens étaient meilleurs à l'Ouest qu'à l'Est. Elle supposait plutôt que la répartition du bien et du mal sur la planète était entièrement subordonnée au planning du destin, et elle ne voulait pas dire par là que tout dépendait du destin, mais que Dieu était plus compliqué que l'administration. Au moment où le Mur tombait, elle resta stoïquement dans sa chambre à travailler à son mémoire de fin d'études, cependant que Smutek, en compagnie des autres pitres, s'éclatait dans la rue en acclamant le résultat d'un arrangement politique qu'il ne comprenait pas. Quand, au cours d'une discussion, le démon de la politique s'emparait d'elle, elle affirmait que l'expression "révolution pacifique" était une contradiction dans les termes, affirmant qu'il était impossible de remplacer sans effusion de sang la partie infectée d'une population, et parfaitement dérisoire de débaptiser d'un coup la vieille RDA, toujours semblable à elle-même, pour ne plus parler que des "nouveaux länder". Elle voulait aller en Allemagne de l'Ouest, pour mettre le plus de distance possible entre elle et le "bloc de l'Est", autrement dit le "bluff de l'Est", et quand elle se déclara prête à rester à Berlin avec Smutek jusqu'à ce qu'il eût décroché ses diplômes il sut qu'elle l'aimait. Comme il était menacé d'expulsion après la chute du Mur, elle l'épousa et travailla pour payer les études qui feraient de lui un professeur.

En chemin, ils croisèrent la capitale fédérale : tandis que celle-ci quittait Bonn pour s'installer à Berlin, Smutek et sa femme, assis dans la cabine d'un camion de déménagement, se dirigeaient dans la direction opposée. Le vieux Singsaal ne voyait pas pourquoi il n'aurait pas engagé un professeur d'allemand polonais au seul motif qu'il était polonais ; pour cette raison, il avait préféré Smutek à tous les autres candidats. Smutek voyait sa femme tellement heureuse que cela le consolait un peu de partir. Alors que Berlin était devenu pour lui une seconde patrie, une ville qui lui avait enseigné tout ce dont il pensait avoir besoin dans la vie, Mme Smutek y voyait un cerbère du bloc de l'Est, tandis que Bonn était le cœur même de ce royaume paisiblement déclinant qui l'attirait depuis quinze ans. Ce royaume avait pour nom "l'Ouest", et s'apprêtait à céder la place à une chimère géographique sans frontières, dont le ventre allait digérer les nations d'Europe pour les réduire en bouillie. Mme Smutek espérait de toutes ses forces qu'un reste d'esprit occidental subsisterait au moins quelques années dans les sanctuaires de l'ancienne capitale, oublié et protégé par ces jouets en forme de gratte-ciel posés sur les bords du Rhin, que l'on connaissait si bien grâce au journal télévisé.

Smutek ne regretta pas sa décision. Certes, il laissait derrière lui à Berlin un grand nombre d'amis et une carrière de basketteur semi-professionnel, mais il adorait sa femme et voulait l'emmener dans un endroit où elle pourrait être heureuse. Il n'oublierait jamais ce qu'elle avait fait pour lui, ni qu'elle n'avait jamais eu l'idée de le quitter pour un autre au moment où ses rêves et ses espoirs étaient au zénith. Elle ressemblait à Blanche-Neige, cheveux noirs, peau blanche, lèvres rouges ; les regards des hommes s'accrochaient à elle comme des harpons sitôt qu'elle apparaissait sur le seuil. Elle n'en avait jamais regardé un autre.

L'affaire du chalet en Mazurie avait été dans leur longue vie commune le seul conflit où il n'ait pas voulu céder. Chacune de leurs altercations se terminait de la même façon, quand Smutek s'exclamait en polonais : "L'état de siège est aboli depuis vingt ans, le général Jaruzelski est le père de la Table ronde et ça fait longtemps que ta République populaire est une démocratie !"

Sur quoi Mme Smutek se mettait à rire en ouvrant toute grande sa grande bouche, sans la moindre pudeur, et Smutek partait tout seul pour la Pologne. Il était malheureux en arrivant en Mazurie, malheureux en bichonnant sa petite maison qui devenait de plus en plus belle, et rentrait chaque année en Allemagne plus tôt que prévu.

Mais cette année il en avait été autrement. Mme Smutek s'était mise à rire en ouvrant toute grande la bouche ; elle avait même pointé vers lui un doigt impertinent. Mais alors qu'il chargeait dans le coffre de sa Volvo son sac de voyage et quelques seaux de vernis à parquet à base de citron, elle s'était brusquement trouvée à son côté. Sans un mot, Smutek avait écarté les seaux et posé sur son sac la petite valise de sa femme. Tout au long du voyage, ils n'avaient pas échangé une seule parole. Mme Smutek avait regardé tout le temps par la fenêtre, derrière laquelle défilaient des jachères, des maisons sans crépi, des talus souillés d'ordures, et Smutek avait honte de tout ce qu'elle voyait comme s'il était personnellement responsable de l'état de leur pays. Il ne pouvait s'empêcher de penser sans cesse à ce nid admirable qu'une femelle détruit à grands coups d'ailes et de bec. Quand la voiture descendit en roue libre le terrain en pente pour s'arrêter sous les arbres fruitiers couverts d'un épais feuillage, il transpirait malgré la fraîcheur du soir.

Mme Smutek fit le tour de la maison, foula à grands pas la pelouse montée en graine, caressa les volets fermés, frappa légèrement de ses mains les murs de bois et renifla la gouttière moussue. De retour près de lui, elle désigna de ses bras tendus le chalet accroupi dans l'herbe haute, portes et fenêtres hermétiquement closes :

— *Otwórz oczy, maly domku*, dit-elle. *Jestesmy*.

Ouvre les yeux, petite maison, nous sommes là. Dans sa bouche, les mots sonnaient comme le premier vers d'un poème.

Les quatre semaines suivantes s'écoulèrent sous le velum tendu d'un ciel bleu et brillant. Mme Smutek marchait pieds nus, portait des jeans coupés aux genoux et se baignait dans le lac plusieurs fois par jour. Sa peau de Blanche-Neige prenait une teinte crémeuse et ses cheveux noirs et lisses poussaient encore plus vite que d'habitude. Smutek pêchait des poissons qu'il faisait griller. Au bout de deux semaines, elle demanda à faire des excursions aux environs, et il l'emmena un peu partout avec empressement. Il leur arrivait de parler polonais, et la langue se prêtait à la plaisanterie et au rire bien plus que l'allemand ne l'avait jamais fait. A la fin des vacances, ils avaient décidé de revenir à l'automne. Couverts du reflet coloré des frondaisons automnales, les lacs de Mazurie étaient presque plus beaux encore.

Smutek sortit de chez lui, trouva sa voiture qui l'attendait fidèlement le long du trottoir et partit travailler avec l'assurance qu'il était un homme heureux. Ces instants-là existent. Ils ne sont pas moins trompeurs que les phases d'insondable mélancolie.

De la consommation de livres

Depuis qu'elle savait lire, Ada lisait beaucoup. Lire n'était ni un travail ni un hobby, elle lisait sans objet précis. Le temps de la lecture, c'était du temps qui passe, inexorablement, cependant que sa raison était immergée dans une nourriture qui transformait son appétit vorace en une ingestion et une digestion régulières de connaissances. Dans l'intervalle, l'esprit avait le temps de souffler et de mettre les jambes en hauteur, position repos, un peu comme un machiniste épuisé, aux commandes vingt-quatre heures sur vingt-quatre d'une machine particulièrement performante et dangereuse. Les livres étaient comme des troncs débités dans une scierie. Parce que les grosses bûches bien dures tenaient le plus longtemps, elle avait une prédilection pour la littérature du XIXe siècle et pour toute la littérature d'avant la Seconde Guerre mondiale. Les œuvres plus récentes n'étaient pour elle que des tentatives de diversion qui vous écartaient de l'essentiel, ouvrages sans consistance, gentillets, une sorte de pop-corn qu'on est obligé de consommer alors que la tête est ailleurs. C'était vrai surtout des auteurs allemands, mais pas d'Arno Schmidt ; en son honneur, Ada imaginait de temps à autre une métaphore lunaire qu'elle inscrivait dans ce journal si rarement utilisé. *A Selma* : La lune, bouillie de purée de pommes de terre, badigeonnée dans le ciel par une main d'enfant. La lune, galette de pain à la cuisson irrégulière. Une lune comme personne ne la remarque, qui d'un signe fait passer devant elle un petit troupeau de nuages.

Pour Ada, la Grande Guerre était une sorte de manteau noir, jeté pour quatre ans sur le continent et sous lequel l'indicible s'était produit. Une fois enlevé, il avait laissé derrière lui un monde en proie au trouble et au chaos. La Seconde Guerre mondiale en revanche était un abîme qui engloutissait sans relâche le cours de l'histoire qui tombait avec fracas du haut de ses rochers, au lieu de se condenser et de se répandre dans les plaines du passé récent pour porter enfin, avec douceur, l'arche d'alliance du présent vers l'océan du futur. De ce côté de l'abîme le lit d'un fleuve asséché se perdait dans le sable jusqu'à ce que, ici ou là, l'eau se mette à sourdre, formant d'abord un mince filet, puis un ruisseau qui finalement, dûment consolidé et canalisé, avait assez de débit pour permettre à quatre-vingts millions de démocrates d'y pagayer dans des canoës à une ou deux places. C'était agréable de remonter le fleuve, de s'installer au bord de l'abîme et d'y jeter une longue canne à pêche. Des chutes d'eau qui tombaient en face, Ada ramenait d'énormes poissons bizarres, semblables à des animaux préhistoriques. Ils étaient de Dostoïevski, de Balzac ou de Thomas Mann.

Au collège, Ada avait une amie à qui elle racontait toutes ses lectures. Elle s'appelait Selma, était scolarisée dans une classe parallèle à la sienne et originaire de Bosnie-Herzégovine dont elle ne gardait que deux souvenirs : la compote de quetsches et l'éclat du soleil. Elle vivait en Allemagne depuis que la guerre avait transformé sa terre aux parfums d'été en un enfer sanglant. Selma avait un chien ; en sa compagnie, elle parcourait avec Ada durant des après-midi entières la forêt de Kotten, la plupart du temps sur les traces d'un troupeau de chevreuils ou d'une horde de sangliers jusqu'à ce que vers le soir, couvertes de rameaux et de feuilles, il les ramène à la maison. Pendant ces promenades, Ada parlait, Selma écoutait. Elle s'intéressait à tout, à toutes les histoires racontées par Ada. Une version incomplète des *Buddenbrook*, fourmillant nécessairement d'omissions, était tout aussi intéressante que toute une série d'amourettes extraites de *La Comédie humaine*, un staccato de nouvelles de Stefan Zweig ou quelques digressions sur la nature du temps et de l'espace.

S'il arrivait qu'une des nombreuses obligations familiales de Selma les empêche de se retrouver, Ada écrivait des lettres qui avec le temps finirent par former un journal qui s'appelait *A Selma*. Les comptes rendus littéraires furent suivis de récits empruntés au monde des pensées et des sentiments. Ada disait qu'elle ne connaissait rien au monde qui fût plus beau que Selma, que les arbres de la forêt tournaient la tête pour les suivre des yeux, que la forêt tout entière s'inclinait devant elles, que les oiseaux modifiaient leur chant pour elles et qu'elle, Ada, était fière et heureuse de pouvoir implanter ses histoires pour un temps dans les paysages intérieurs de Selma. Dans son journal Ada annonçait que, dans quelques années, d'autres viendraient qui seraient à même d'exprimer bien mieux leur admiration que la forêt, les oiseaux et elle-même. Mais, d'ici là, elle voulait avoir Selma pour elle seule. Son amie le lui garantit par écrit sur une des pages vides de son journal et permit que dorénavant, lors de leurs promenades et dans les toilettes de l'école, Ada lui passe un bras autour du cou et l'embrasse sur la bouche.

Les papiers conservés par Ada font apparaître qu'elle avait raconté en tout environ trois cents livres, nouvelles et autres récits à Selma avant leur séparation. Quand sa mère et son beau-père lui annoncèrent leur intention de passer leurs vacances à la montagne, Ada leur demanda la permission de rester avec Selma qu'elle appelait "sa femme". Quelque temps plus tard, elle était assise sur la terrasse d'un chalet, regardant les dos rocheux des géants qui l'entouraient de beaucoup trop près à son goût, à lire des livres en écoutant une chanson sur une cassette qu'elle avait trouvée dans l'autoradio de son beau-père. A la fin de la chanson, Ada rembobinait la bande pour la réécouter. Impossible de décrire ce que cette musique déclenchait en elle. Elle constituait le fond sonore de son désespoir, de son désir de revoir Selma et de la pression accumulée par tant d'histoires non racontées qui, avec des hurlements permanents et une violence persistante, retombaient dans l'oubli.

Pour Ada, dont les connaissances en anglais étaient encore bien faibles, le refrain de cette chanson était *"Sir Don Camisi, to me"*. Quelques lignes plus loin, on trouvait la tournure *"I love you"*. Les lettres à Selma, que le beau-père allait poster une fois par semaine à la poste principale, priaient cette dernière de ne pas l'oublier, la suppliaient de prendre soin du journal resté sous la protection de Selma, résumaient en quelques phrases des histoires lues récemment et parlaient surtout de choses que le silence des géants rocheux tout autour lui avait murmuré. Elles étaient signées du nom de "Don Camisi", le nom de la solitude.

Quand elle revint, les parents de Selma avaient trouvé le journal et intercepté toutes ses lettres. Ce fut la fin des promenades dans les bois. Selma ne répondit pas aux billets qu'Ada lui glissait dans la cour de l'école. La lutte d'Ada pour la reconquérir prit fin brutalement le jour où la famille de Selma, expulsée, retourna dans une ville de Bosnie dont Ada ne réussit pas à retenir le nom. Des années plus tard, elle le retrouva dans un dossier constitué en vue d'un exposé d'histoire : Visegrád. C'est là que se trouvait le pont sur la Drina qui portait une vieille inscription : Coule, Drina, coule et raconte. Ada répéta la devise à trois reprises et eut envie de pleurer sans savoir si c'était de joie ou de douleur. Selon une loi bien établie du hasard, la réalité vint anéantir Don Camisi au cours de la même semaine. On ressortit la version remixée d'un tube des années 1980 : *Words Don't Come Easy to Me*.

Il n'y avait pas eu de nouvelle Selma, ni personne d'autre qui eût voulu l'écouter. Ada avait appris à lire des histoires sans avoir la possibilité de les raconter ensuite. Elle poursuivit son journal, sans toutefois réussir à dépasser quelques lignes hebdomadaires.

Pour ne pas être dérangée tandis que s'effectuaient les procédures de son esprit, Ada s'enfermait en général dans la salle de bains. En s'y rendant, elle s'arrêtait devant les trois rayonnages du salon. Elle empruntait au stock laissé par son géniteur précocement disparu un de ces énormes vieux bouquins qui constituaient l'essentiel de son héritage. Son beau-père, qu'Ada depuis son dernier avancement n'appelait plus que le "général de brigade", avait quitté le domicile familial sans emporter ses livres ; sur son rayonnage, Ada choisissait un ouvrage quelconque sur la recherche actuelle, l'astronomie, la philosophie ou la realpolitik de Bismarck. Enfin elle attrapait dans la collection des nouveautés un ou deux ouvrages recouverts de papier brillant aux illustrations bariolées. Rapidement et sans bruit, elle emportait cette pile, passait sur le parquet de la vieille maison avant de grimper l'escalier moderne en colimaçon qui menait à l'étage où se trouvait la salle de bains.

Après le déménagement du général de brigade, Ada avait commencé de se métamorphoser en entonnoir où l'on pouvait déverser tous les soucis sans que la moindre goutte se perde ou reparaisse jamais. Les éruptions verbales de sa mère se déversaient dans cet entonnoir dès qu'elle réussissait à s'emparer d'elle. Le caractère d'Ada faisait montre en effet de toute une série de ressemblances manifestes avec le général du passé et parce qu'ils n'avaient aucun lien de parenté ces transformations étaient sans doute dues à une décennie d'influences qui s'étaient transmises à sa fille par des voies psychiques, à la manière des symptômes d'une maladie contractée par induction. Lutter avec prolixité contre une telle évolution se retrouva peu à peu au centre des ultimes devoirs maternels, une fois que le reste du travail éducatif, après disparition du second époux, eut progressivement été stoppé. Sa mère mettait toute son énergie à combattre le général qui sommeillait dans sa propre fille et il n'était pas facile d'y échapper. La porte de la chambre d'Ada ne constituait pas une frontière naturelle. Toutes les portes de la maison étaient dépourvues de clés : il suffisait de frapper pour obtenir, conformément aux règles de la courtoisie, le droit d'entrer. Toute tentative de se défendre contre cette immersion de déchets psychologiques constituait aux yeux de sa mère un nouveau symptôme de la même infection et transformait *ipso facto* le processus de déchargement en une guerre d'agression menée pour le bien de sa fille.

Un beau jour, cette dernière avait découvert avec bonheur que la porte de la salle de bains constituait une barrière que les lois de la sphère privée transformaient en un bastion imprenable. Ada commença par faire durer systématiquement ses passages aux toilettes jusqu'à ce qu'elle finisse par disparaître, parfaitement équipée pour des heures, derrière la porte fermée à double tour ; elle mettait le chauffage, se couchait dans la baignoire sans eau ou s'asseyait sur l'abattant des W.-C. et lisait. De temps à autre sa mère montait à l'étage, frappait à la porte et demandait s'il y en avait encore pour longtemps. De l'intérieur, Ada répondait : Un moment encore, mieux vaut utiliser les W.-C. des invités, en bas. Comme sa mère considérait la beauté féminine non comme un don, mais comme un devoir, elle approuvait fondamentalement qu'une jeune fille passe la moitié de sa journée devant la glace et tout particulièrement qu'Ada, si peu soucieuse de son aspect, accorde tout à coup une telle attention à l'hygiène corporelle. Pendant un temps, elle restait là, indécise, puis on entendait le clic-clac de ses hauts talons descendant l'escalier pour se perdre dans les immensités miroitantes du premier étage.

Depuis cette date, les croisades verbales frappaient Ada surtout lorsqu'elle était à table et sa ration de lectures finit par atteindre trois à quatre livres par semaine. Avant que ne surgisse dans la vie d'Ada quelqu'un qui saurait faire travailler la scierie qu'elle portait dans sa tête mieux qu'aucun livre n'avait jamais pu le faire, avant que cette rencontre ne la contraigne à quitter le monde de la littérature pour le prétendu monde réel, avant que finalement tout ne change, une année supplémentaire devait s'écouler durant laquelle il arriva une foule de choses qui ne touchèrent Ada que de manière très marginale.

Veuillez me suivre dans mon bureau.
Ada ou la haine de la bêtise

CETTE année-là, Smutek n'avait pas de classe en responsabilité, ce qui lui donnait un an pour se préparer, en esprit et en pratique, à prendre en main la première classe à option lourde de sa carrière. Peu avant son départ à la retraite, Singsaal avait décidé de lui confier le cours d'option d'allemand des élèves actuellement en troisième, et il avait fait connaître cette décision à l'ensemble des enseignants et surtout à son successeur, Teuter. A cette annonce, Smutek aurait voulu pouvoir baiser l'anneau du directeur. Au lycée Ernst-Bloch, les classes à options renforcées, telles que prévues par le programme actuellement connu sous le nom de “Modèle de Mayence”, avaient été mises en place avant même d'être baptisées ainsi, si bien que les classes éclataient dès la seconde et que les élèves se répartissaient en fonction de leurs options. Pour Smutek, cela signifiait : à partir de l'an prochain six heures hebdomadaires avec un groupe d'élèves âgés de seize ans, des exposés, des discussions, un travail sur l'écriture, des excursions, la traditionnelle sortie du premier semestre et pour finir la préparation au bac.

Trois ans, c'est long. Ils auraient le temps d'apprendre à se connaître, peut-être de tisser des liens d'amitié. Quelques-uns sans doute auraient du mal à le supporter, mais tous apprendraient en fin de compte à le prendre pour ce qu'il était : un homme, un "homme-prof" évidemment, mais un homme tout de même. Smutek souffrait d'être sans cesse assimilé à une fonction, qu'il fallait flatter ou tromper, assiéger, exploiter ou corrompre. Il aimait les rapports humains. Il ne prenait pas ses élèves pour des imbéciles et n'avait pas l'impression d'être tellement différent d'eux : quelques années de plus, des connaissances guère supérieures et un petit bout d'expérience. Tout en sachant que du haut de ses trente-sept ans il leur apparaissait comme un arbre antédiluvien planté dans un pré dont les herbes et les fleurs, en vertu du principe de l'apparition et de la disparition de toute chose, ne dépassaient jamais un certain âge ; bien qu'une classe de troisième fût toujours une classe de troisième sans vieillissement ni transformation notoire alors que le temps qui passe le rapprochait, lui, Smutek, d'une année à l'autre un peu plus de la mort ; bien qu'il eût appris à la fac qu'il était dangereux pour un enseignant d'être trop proche de ses élèves, Smutek n'en avait pas moins la certitude qu'ils se comprendraient mieux d'égal à égal. Enfin, il allait pouvoir parler de "son cours" lors des réunions d'enseignants. Enfin, c'en était fini de ce travail de franc-tireur qui consistait à être au service de toutes les classes et donc d'aucune. Enfin, il ne serait plus seul.

Smutek réfléchissait dès à présent aux livres qu'il allait traiter avec eux, prévoyant de limiter le programme obligatoire sur *Effi Briest*, *Werther* et *Le Tambour* à un minimum tolérable, et avait l'intention de réinterpréter les instructions officielles en arguant que la meilleure possibilité de transmettre les compétences linguistiques, éthiques et esthétiques ainsi que les fondements du travail scientifique était encore d'utiliser l'ouvrage le plus monstrueux de la littérature de langue allemande. S'ils étaient capables de le comprendre, ils comprendraient tout. S'ils le lisaient, ils auraient tout lu. S'ils en parlaient, ils pourraient parler de tout. Smutek était un fervent admirateur de *L'Homme sans qualités* de Robert Musil et il était fermement déterminé à le faire étudier à ses élèves, au moins sous forme d'extraits. Fragments de l'essence d'une grande idée.

Son travail lui laissait parfois du temps libre. Smutek n'avait pas l'intention de tomber dans cette routine paresseuse qui constitue sans doute l'état d'origine de la nature humaine. Il pensait plutôt à investir les dernières vibrations du bonheur des vacances estivales dans la constitution d'un club d'athlétisme. Il voulait réveiller l'esprit sportif des élèves, commencer d'abord par un entraînement prudent, encourager ensuite les plus doués afin de pouvoir, d'ici deux ans tout au plus, participer avec un petit groupe d'adolescents joyeux à diverses compétitions aux alentours. Il était temps pour lui de conquérir une part de vie personnelle à l'intérieur de l'établissement.

Tous les matins, Smutek sortait de la maison et se dirigeait vers sa voiture, balançant d'une main son cartable et de l'autre un sac de sport. Les balançant depuis le parking des enseignants jusqu'aux bâtiments scolaires, continuant de les balancer dans l'escalier qu'il montait en prenant deux ou trois marches à la fois, il finit sa course dans les bras de Teuter. Le directeur, appuyé à la rampe au dernier niveau de l'escalier, semblait l'avoir attendu.

— Làààààà, mon cher Smutek, si vous avez un instant avant le début du cours, passez donc dans mon bureau.

Smutek le suivit tout en serrant ses sacs contre lui. Teuter était le seul de tous les collègues à avoir exigé d'être toujours vouvoyé, et cela l'arrangeait si bien à présent que l'on était en droit de se demander s'il n'avait pas visé ce poste de directeur depuis des années. Toute grenouille aspire en secret à dominer le monde, se dit Smutek. Alors qu'il vivait à Berlin-Ouest, il avait quant à lui joué au basket dans le club de Charlottenburg ; aujourd'hui encore il était capable de mettre un panier depuis la ligne des trois points et pouvait sauter de pied ferme suffisamment haut pour réussir un dunking parfait. Il n'avait pas besoin du pouvoir, il avait toujours regardé les choses d'en haut. Il avait été demandeur d'asile, mais n'avait pas été une grenouille pour autant. Teuter en revanche aimait bien se placer tout en haut de l'escalier pour prier les gens de bien vouloir passer dans son bureau. Il aimait pouvoir leur demander une minute de leur temps, sachant pertinemment qu'ils étaient dans l'obligation d'obéir, si stressés soient-ils. Il aimait la courtoisie ambiguë de celui qui peut se passer d'être courtois.

Smutek le croisait un peu partout : derrière le gymnase, aux toilettes, devant la porte de sa salle de classe, dans la cage d'escalier. Veuillez passer un instant dans mon bureau. L'objet de ces invitations était cousu de fil blanc, Teuter voulait simplement montrer qu'il était là. De son stylo Mont-Blanc il tapotait ses incisives impeccables, éclaircissait quelque vétille et exprimait une fois de plus, de vous à moi, l'espoir d'une excellente collaboration future.

Smutek imagina des chemins dérobés. Pour se rendre au gymnase, il contournait l'école par l'extérieur, traversait la cour fumeurs et passait par la rue pour revenir sur ses pas, au lieu de prendre le chemin le plus direct par le parking. Il passait le moins possible dans la salle des professeurs et, autant que faire se peut, il utilisait les toilettes des élèves. Le jour où il en parla à sa femme, elle lui rit au nez.

— Si tu continues comme ça, tu vas bientôt te lever le matin avec des maux de ventre par crainte du directeur.

Elle avait raison. Mais à présent il s'était habitué à passer par la cour fumeurs. Il y voyait souvent Ada, debout à la périphérie d'un groupe d'élèves variés, tirant sur sa cigarette, les yeux mi-clos, sans participer à la discussion. Parfois elle relevait la tête dans sa direction. Il ne savait pas son âge, elle savait qu'il ne l'empêcherait pas de fumer pour autant. A la vingtième rencontre, ils échangèrent un signe de tête. Smutek se souvint qu'il l'avait rencontrée avant les grandes vacances, dans le tunnel aérien, en compagnie d'une mère à l'opposé de sa fille, la première les cheveux noirs, mignonne, un peu excitée, dansant légèrement à côté de la seconde, blonde, corpulente et léthargique. A chaque récréation, Ada se tenait au même endroit, comme un objet qui n'appartient à personne. Son regard absent était hostile, le visage et le corps avaient quelque chose à cacher et Smutek s'était demandé si elle-même savait ce dont il s'agissait.

L'école accueillait nombre de cas désespérés auxquels, après une respectable carrière de renvois, l'établissement accordait une ultime chance de se calmer. Le lycée Ernst-Bloch les mettait pédagogiquement sous courant alternatif, maniant tour à tour la mansuétude et le despotisme, la carotte et le bâton, de sorte que la majorité d'entre eux réussissait finalement, dans un état de révolte modérée mêlée d'adéquation sporadique, à décrocher son bac. Un jour, Teuter avait formulé les choses ainsi : Ernst-Bloch était comme un père qui accorde au fils prodigue lors de son retour plus d'amour et de gratitude qu'à tous les autres élèves obéissants et bien braves ; il était toutefois difficile de savoir s'il approuvait cette justice biblique quelque peu paradoxale ou s'il disait cela par dérision. Chaque fois qu'il traversait la cour fumeurs, Smutek se demandait si cette jeune fille était un de ces fils prodigues, si elle était en troisième et si l'année suivante elle prendrait l'allemand en première option renforcée, ce qui en ferait une de ses protégées.

Cette réflexion était le fruit d'une simple curiosité et non du besoin de venir en aide à un petit être à la mine renfrognée. Pour Smutek, la mission pédagogique considérée comme une aide au développement s'était toujours apparentée à une lutte grotesque et ridicule contre les moulins à vent. Il ne croyait pas pouvoir inculquer à un autre la manière de mener sa vie. Pour lui tout ce qui était possible, c'était d'être là. Parfois d'écouter. Mettre toutes ses forces dans la diffusion d'un message muet : le bonheur de l'homme est avant tout absence de malheur, en dehors de ça, il n'y a pas grand-chose à chercher. Il faut se calmer. La guerre sournoise et sans bruit qui existe en temps de paix est chose normale et on pouvait supporter cette vie. Au fond, Smutek voulait leur raconter la blague la plus brève qui soit : Deux hommes se rencontrent. Il y en a un qui dit : Je suis heureux.

C'est tout ce qu'il voulait.

Au moment où il pensait à cela, la plupart du temps quelque chose venait l'interrompre : soit il arrivait au gymnase, soit il rencontrait un enseignant ou un élève, ou alors lui venaient d'ultimes réflexions au sujet du cours à venir. Ensuite, il oubliait ces sombres pensées. Elles n'avaient d'ailleurs pas tant d'importance.

L'important, c'étaient les élections au Bundestag en septembre. Les fossés se creusaient en salle des professeurs ; les élèves ne jouaient plus aux gendarmes et aux voleurs mais à George Bush et à Ben Laden et les cours de récréation voyaient s'affronter sur les grands sujets internationaux une jeunesse décriée comme apolitique. Les mots clés du moment voltigeaient comme des mouches autour de leurs têtes : "armes de destruction massive", "commerce mondial", "pétrole". Celui-ci maudissait le choc des civilisations, celui-là les dictateurs arabes, un autre était pour la première fois de sa vie content d'être allemand et tous étaient d'accord sur un point : il fallait suspendre les cours pour les manifestations.

Un jour, pendant la récréation de dix heures, Smutek, appuyé contre un mur, s'était placé à portée d'oreille de ce groupe. Une princesse à crinière de lion, qu'il avait connue durant les années précédentes, menait la discussion. Elle s'appelait Johanna, se faisait appeler "Joe" et, malgré ses yeux de biche et ses hanches de gazelle, elle se flattait d'avoir un bon quotient intellectuel. Dans la cour fumeurs elle se plaçait toujours de manière à avoir Ada dans le dos. Son auditoire, en majorité masculin, faisait cercle autour d'elle, sans un mot, avait les yeux fixés sur son cou et la naissance de sa poitrine et approuvait de la tête aux moments opportuns.

Qu'importe la motivation des Américains, disait Joe. Il fallait venir en aide aux femmes et aux enfants d'Irak ; ne pas le faire, c'était se rendre coupable d'un crime. Un crime contre l'humanité.

— Johanna !

Ada n'avait que rarement fait entendre le son de sa voix dans ce cercle. Quand Joe se retourna, Ada se retrouva seule comme une accusée face à un groupe d'élèves dont tous les visages exprimaient la même chose : l'étonnement.

— Tu penses que les crimes contre l'humanité justifient une intervention militaire ?

— Exactement, mon p'tit cœur. Joe arborait un sourire de satisfaction, comme le chasseur qui, après des jours et des jours d'affût, a débusqué pour la première fois le gibier qui est maintenant à portée de fusil. Smutek voyait à sa façon d'être que ça faisait déjà un bon moment qu'elle attendait de se trouver face à face, en rase campagne, avec cette blonde stoïque à l'éternelle cigarette entre les lèvres.

— Et parce que l'Allemagne n'intervient pas en Irak, poursuivit Ada, elle se rend coupable d'un crime contre l'humanité ?

Apparemment Joe commençait à comprendre qu'elle allait faire les frais de la démonstration. Son sourire se figea pour passer sur le visage d'Ada qui, pendant qu'elle parlait, regardait le sol, les paupières mi-closes, et tenait sa cigarette tout près des lèvres, sans tirer dessus.

— Alors, reprit Ada, il ne nous reste sans doute plus qu'à attendre de voir tomber les premières bombes sur Berlin. Je suis tout à fait sûre que toi, ma chère Johanna, tu seras au premier rang pour accueillir à bras ouverts les libérateurs américains.

Aucun des auditeurs n'avait jamais entendu parler Ada aussi longtemps d'un seul trait. L'un d'entre eux leva les mains comme pour applaudir, et resta ainsi pendant un moment, les mains suspendues. C'est seulement lorsque Joe ouvrit la bouche et la referma que les rires se mirent à fuser. Le garçon se servit de ses mains levées pour donner à Joe une tape dans le dos, tout à fait en bas du dos, à un endroit qu'il faudrait presque qualifier de "derrière".

— Alors, Johanna, on part à la chasse aux bombes ?

Joe se tourna vers la droite, puis vers la gauche, constata qu'il n'y avait aucune issue, tout autour se tenaient des élèves qui, les mains dans les poches, s'amusaient vivement à ses dépens, et elle décida de battre en retraite.

— J'avais autre chose à ajouter. La main d'Ada se referma sur le bras de Joe, comme les fers sur la jambe d'un captif, et elle la retourna à moitié. Schröder sera réélu, c'est une certitude !

Elle repoussa la princesse avec une telle violence que celle-ci faillit tomber, puis elle se détourna.

— Je hais la bêtise, murmura-t-elle. Qu'est-ce que je peux haïr la bêtise !

La sonnerie dispersa le groupe comme un coup de vent un petit tas de feuilles. Les élections eurent lieu dix jours plus tard.

Tandis qu'il suivait les estimations à la télévision, Smutek ne pouvait détourner ses pensées de Teuter. Il se représentait le directeur, assis sur le canapé d'un salon cossu, un peu penché en avant et tenant des deux mains une bouteille de champagne fermée dont il massait le col. Le lendemain matin, Smutek et sa femme apprirent à la cuisine les résultats définitifs par la radio. Smutek était content.

— La République populaire entrera donc plus tôt dans l'Union, dit-il en partant à sa femme qui lui répondit en sifflant comme une vipère.

C'était puéril de choisir justement ce lundi matin pour aller voir Teuter, certainement de mauvaise humeur, et lui parler du club d'athlétisme. Mais Teuter méritait bien une petite leçon de fair-play lors d'une amicale discussion avec l'heureux vainqueur. Quand ils se croisèrent dans l'escalier, Smutek fut incapable de résister.

— Si vous avez un moment, lui dit-il, j'aimerais venir vous voir dans votre bureau pendant la récréation.

La façon dont Teuter avait baissé la tête en signe d'assentiment, son salut silencieux, à moitié détourné déjà pour partir, sa main levée comme pour lui faire signe ou pour chasser une mouche compensaient un peu pour Smutek le sentiment qu'il était sur le point, aujourd'hui justement et en plus avec une idée qui lui tenait tant à cœur, de faire une vraie connerie.

Le présent n'est jamais qu'un passé futur.
Ada et Smutek se font mettre à la porte
et échangent quelques mots pour la première fois

PENDANT son cours, Smutek réfléchit, se demandant quelle autre requête il pourrait bien présenter à Teuter pour remettre à une date ultérieure la conversation concernant le club d'athlétisme. Mais comme il avait toujours manqué d'imagination, cette fois encore, il ne trouva rien. A l'étage au-dessus, Höfi, qui donnait un cours à la classe de troisième B, se colletait également avec une de ses idées favorites. Il venait d'entreprendre une de ses tentatives sporadiques pour faire comprendre à ses élèves une thèse qu'il avait formulée lui-même. Pour Höfi, l'histoire n'avait rien à voir avec le passé. Il aimait à parler de l'historicité du présent.

Selon lui, toute la période appelée présent ne pouvait être comprise que dans une perspective historique, comme une parcelle de passé futur. Les analyses contemporaines ignoraient cette circonstance, et cette ignorance était la cause de l'inflation de stupidités diffusées par tous les médias, fruit de leur tentative de donner directement un avis sur l'époque présente. Même un ordinateur ne pouvait fournir aucun renseignement sur les processus en train de se dérouler à l'intérieur de ses circuits ; en revanche, il pouvait dire tout ce qui venait de se passer. De même, l'homme avait besoin de l'espace minuscule d'une seconde virtuelle pour percevoir son environnement ; à plus forte raison ces édifices complexes, ces strates de causes et d'effets produites à chaque instant par la vie en commun, nécessitaient-ils un recul important pour se soumettre à l'ordre auquel aspirait la raison. Le présent était un chaos impénétrable, le passé avait un cours parfaitement linéaire. Pour mettre un peu de discipline dans le désordre présent, il fallait le considérer dans une perspective historique et donc le traiter comme du passé. Höfi appelait cela une "rétrospective virtuelle", et il n'était encore jamais arrivé à passionner qui que ce fût pour cette idée.

Comme son corps difforme l'obligeait à fixer le sol en parlant, ne gratifiant ses auditeurs que de rares coups d'œil fulgurants lancés de bas en haut, il ne remarqua pas que ses paroles avaient pétrifié l'une de ses élèves, la transformant en effigie d'elle-même. Assise un genou remonté contre sa poitrine, Ada fixait sa table. Elle se souvenait de l'épouvante qui avait imprégné d'effroi son enfance tout entière depuis qu'elle avait découvert que chacune des secondes durant lesquelles le monde, et donc elle-même, jouissait de son existence physique et mentale était parfaitement insaisissable. Quand on voulait penser cette seconde ou la sentir, elle était déjà passée. Ada devait avoir environ sept ans quand elle avait commencé à s'imposer un exercice qui consistait à rester assise sans bouger à la même place, concentrée sur elle-même, et répétant inlassablement dans sa tête la formule magique "je-suis-maintenant-je-suis-maintenant", à guetter avidement la seconde présente comme un pêcheur au bord du torrent guette le saumon qu'il croyait pouvoir attraper à la main. Ses parents, qui l'avaient surprise plusieurs fois accroupie contre un mur, totalement silencieuse, craignirent une prédisposition à l'autisme. Ada ne parvenait pas à expliquer ce qu'elle cherchait ni de quelle façon elle le cherchait. Ses parents lui ayant défendu de rester accroupie contre un mur en silence, elle demeurait longtemps la nuit allongée sans dormir, à craindre une folie qu'elle était incapable de nommer. Le problème s'estompa avec les années, ce qui signifiait tout simplement qu'Ada avait appris à ne plus s'en soucier.

En cet instant, elle n'était pas sûre que le prétexte de l'exposé de Höfi correspondît au contenu de la paranoïa infantile où la précipitait la notion de présent. Quoi qu'il en fût, elle comprenait mieux que nulle autre de quoi il parlait.

Höfi tentait justement de mettre en scène une rétrospective virtuelle.

— Essayez d'imaginer que nous sommes historiens en 2020. Nous portons un jugement rétrospectif sur le résultat des élections législatives de 2002 en République fédérale et nous analysons leurs rapports avec la crise internationale engendrée par le terrorisme et la guerre d'Irak. Alors ?

Silence. Höfi savait que son cynisme légendaire empêchait les élèves de répondre spontanément. Il savait aussi que le niveau de son enseignement était trop ambitieux pour la plupart d'entre eux. Il sollicitait ceux qui savaient relever ses défis. Tous les autres pouvaient obtenir la moyenne en faisant consciencieusement leurs devoirs à la maison.

— Joe ?

L'interpellée sursauta, leva sa crinière bouclée et froissa bruyamment sous son banc le magazine qu'elle lisait en cachette. Höfi répéta sa question.

— En 2020, tenta-t-elle de plaisanter, je serai ministre des Affaires étrangères et j'aurai un cabinet pour me conseiller sur ces questions.

— Chère Johanna, proféra Ada dans le silence qui suivit, si tu avais autant de circonvolutions cérébrales que de bouclettes, j'aurais moins mal au nerf optique.

— Pardon ?

— Je lèverais moins souvent les yeux au ciel.

Dehors, quelqu'un s'efforçait vainement de faire démarrer une vieille deux-chevaux. A chaque tentative, le gémissement du démarreur se faisait plus faible et plus bref.

— Ma chère Ada, dit Höfi, tu vas pouvoir utiliser ton nerf optique pour aller contempler un peu la porte de la classe. De l'extérieur, évidemment. Et tu tiendras la poignée enfoncée. Compris ?

— Monsieur, dit Ada, en fait ce n'est pas ce que je voulais dire. Je…

— Dehors.

Contre toute attente, la deux-chevaux finit bel et bien par démarrer et s'éloigna. En se levant, Ada eut l'impression qu'elle s'était levée depuis plusieurs minutes déjà et qu'elle avait fait ses remarques debout, obéissant par avance à la punition tristement traditionnelle infligée par Höfi. Avant de quitter la pièce, elle prit son paquet de tabac dans sa veste et le glissa dans la poche de son pantalon. Elle referma la porte tout doucement de l'extérieur en tenant la poignée de la main gauche. Höfi lorgnerait la porte du coin de l'œil pendant toute l'heure. Appuyant la pointe d'un pied contre le talon de l'autre, Ada retira ses deux baskets, poussa l'une devant la porte pour l'empêcher de s'ouvrir et accrocha l'autre au bec-de-cane au moyen des lacets. Elle lâcha prudemment. Cela tenait. C'était marrant de marcher dans l'école en chaussettes. En se rendant aux toilettes, elle roula une cigarette aussi parfaite que si elle sortait d'une machine.

Peu avant la sonnerie, comme elle s'apprêtait à récupérer ses chaussures et à reprendre sa faction, la porte s'ouvrit et le visage de Höfi s'inscrivit dans l'entrebâillement. Jamais elle ne l'avait vu d'aussi près, les yeux dans les yeux. Il était exactement aussi petit qu'elle. Ses yeux d'un brun égal rappelaient ceux d'un bon chien intelligent.

— La prochaine fois, tu sortiras pieds nus, dit-il tout bas avec un clin d'œil, avant de refermer la porte.

Ada remit ses chaussures et descendit l'escalier en sautillant comme une enfant, atterrissant chaque fois les deux pieds sur la même marche, si bien que Smutek, qui avait fini son cours en avance et montait l'escalier pour se rendre chez le directeur, entendit de loin le martèlement. Quand ils se croisèrent, il lui sourit.

Teuter le fit patienter devant son bureau, attendant pour le faire entrer qu'il ne reste plus que dix minutes avant le début de l'heure suivante. A peine assis, Smutek prit une profonde inspiration et entama un plaidoyer sur l'objet et l'utilité d'un club de sport facultatif. Il se lança dans une description enthousiaste, peignant sous de riantes couleurs l'intérêt pédagogique d'un regroupement de plusieurs classes, évoqua la gloire que des succès aux championnats pourraient rapporter à l'établissement, et sentit nettement qu'il allait ressortir avec emphase le *mens sana in corpore sano* pour peu que Teuter conserve sa mine impassible et continue de regarder fort impoliment en direction de la porte tout en tapotant ses incisives du bout de son stylo. Enfin, le directeur l'interrompit en tournant le poignet pour consulter sa montre.

Sa réponse fut brève. Il ne pouvait l'empêcher de présenter son projet au conseil des professeurs à la première occasion. Il lui faisait toutefois remarquer que le lycée, en plus des heures de sport figurant à l'emploi du temps, possédait déjà un club d'aviron, un club de tennis et offrait l'après-midi des cours de basket, de volley et de badminton. Au demeurant, les mauvais élèves seraient bien mieux avisés de consacrer leur temps libre à faire leurs devoirs ; quant aux bons, leur intérêt pour le sport était des plus limités. Pour sa part, il se méfiait des gens qui reportent sur des jeunes potentiellement doués leur ambition de sportif frustré.

D'un geste impérieux de la main, il prévint les objections de Smutek, si bien que celui-ci dut rejeter sans l'avoir utilisé l'air emmagasiné dans ses poumons. Teuter sourit. Il avait percé à jour cette absurde petite tentative de revanche et savait que Smutek, qui était entré dans son bureau comme une armée triomphante à lui tout seul, ne serait plus, en le quittant, que l'employé d'un établissement privé. Voilà pourquoi il existait des hiérarchies. Elles étaient là pour cela.

— Làààà, et à part ça, que pensez-vous du résultat des élections ? demanda-t-il aimablement.

Smutek ne leva pas les yeux qu'il tenait fixés sur ses mains, comme s'il y voyait quelque chose d'intéressant.

— Je suis content, répondit-il simplement.

— Si je venais d'où vous venez, je le serais tout autant, dit Teuter.

Et maintenant, il avait à faire. Dehors.

Son insolence surprit Smutek plus qu'elle ne le blessa. Un tiers des élèves de l'établissement venaient de l'Europe de l'Est ou des pays arabes, et ils faisaient partie des clients qui payaient le mieux. Teuter n'était pas xénophobe. Il s'en prenait à Smutek pour des raisons strictement personnelles et se délectait de savoir que l'autre le savait. Smutek sortit du bureau ; sa défaite lui collait à la peau comme un liquide visqueux et nauséabond.

Des masses d'élèves qui se pressaient vers le bâtiment affluèrent à sa rencontre comme il quittait le lycée par le portail principal et tournait le coin pour gagner le gymnase en passant par la cour fumeurs. Il faillit heurter Ada qui s'y trouvait toute seule. Dans un instant d'aberration, il se demanda si elle l'attendait. Quand il fut debout devant elle, elle lui arrivait à peine à la poitrine.

— Le présent n'est rien d'autre qu'un passé futur, dit-elle en fixant son plexus solaire. Qu'est-ce que vous en dites ?

— Il faut que je réfléchisse à la question. Tu aimes l'athlétisme ?

— Je cours régulièrement.

— Tant mieux.

Le regard de Smutek effleura discrètement le corps de la jeune fille. Il ne s'était encore jamais demandé si son jean trop large et son pull-over informe dissimulaient des paquets de muscles, ni si son air absent était comme le sable dans lequel un poisson prédateur enfouit sa tête pour se camoufler.

— Et pour ce qui est du présent, dit-il, il faut se montrer prudent. Il n'existe pas. En mathématiques, on appelle ça une valeur approchée.

Il n'était pas préparé à recevoir son regard. Une espèce de gris, d'une couleur étrange, les pupilles petites comme des têtes d'épingle malgré l'absence de soleil.

— Merci.

Sa voix était celle d'une femme adulte. Sur le chemin du gymnase, Smutek hocha la tête avec réprobation en pensant à sa propre attitude. Pauvre valet, pensa-t-il. Nature d'esclave. Espèce de Polonais du pacte de Varsovie. Il pouvait fonder autant de clubs de sport qu'il en avait envie. Teuter n'était pas Saddam Hussein. Où était-elle passée, cette fierté portée par une tradition romantique séculaire ? Qu'auraient-ils dit de son humiliation, Mickiewicz, Sowacki et Zbigniew Herbert ?

Ils auraient dit qu'il est discourtois de ne pas demander son nom à une jeune fille.

Smutek assiste à la préparation d'un événement

SMUTEK ne pouvait pas leur demander de lui montrer leurs petites culottes ou leurs tampons usagés. Parce qu'il n'existait absolument aucune possibilité de contrôler les excuses pour cause de règles douloureuses, il tenait depuis le début de l'année scolaire, pour toutes les jeunes filles scolarisées chez les moyens, un calendrier numérique ; il le complétait d'un cours de sport à l'autre et l'enregistrait sur son ordinateur personnel dans un fichier au nom discret. Anna : 15. 8 au 20. 8 Lola : 25. 8 au ? Grit : voir Lola. Il se faisait l'effet d'un pervers.

Pourtant, ce n'était même pas qu'elles étaient paresseuses. C'étaient des enfants de bonne famille et elles n'étaient donc pas en surpoids. Elles avaient toutes pris des cours de gymnastique pour enfants, de natation pour enfants et d'équitation pour enfants. Seulement voilà : pourquoi bouger ? A une époque où même les guerres se faisaient devant un écran d'ordinateur, ça n'avait vraiment pas la cote ! Ça leur apporterait quoi, à elles et à ce monde, de se balancer d'un côté à l'autre sur des barres parallèles ou de sauter à la corde ? Smutek ne pouvait pas répondre à cette question, tout simplement parce qu'il la trouvait superflue. Quand il sifflait le commencement d'une partie de rugby ou de hockey en salle, garçons et filles fonçaient les uns vers les autres comme dans la guerre des étoiles pendant que le reste de la classe, debout sur les bancs, hurlait à tout rompre.

Après deux heures de sport passées à voir s'échauffer les élèves au ralenti dans le gymnase, les bras ballants, les articulations molles et la chair flasque, le désespoir né de la rencontre avec Teuter, et qu'il avait eu tant de mal à combattre, s'était réinstallé, un peu comme si la mer avait changé d'avis, rebroussant chemin à mi-parcours, s'arrêtant de refluer pour revenir submerger la terre. Pendant la récréation, Smutek n'était pas de surveillance : il gravit cinq étages pour aller se placer à une fenêtre du bâtiment administratif. Ici, tout était calme. C'est là qu'il venait quand il ne supportait plus la salle des professeurs où ses collègues, assis dans les coins, faisaient leurs corrections en essayant d'atteindre, en économisant à l'extrême tous leurs mouvements, une sorte de nirvana optique qui les rendait presque invisibles. L'existence des salles des professeurs était antérieure à l'idée même de ces grands bureaux en commun dans les entreprises. C'est ici seulement, au cinquième étage, que Smutek pouvait se demander en toute tranquillité pourquoi diable il avait bien pu choisir ce métier d'enseignant.

De légères odeurs de repas flottaient dans le couloir et empêchaient les pensées de suivre un cours méditatif toujours identique. Juste au-dessus, au sixième étage, se trouvaient les chambres du petit internat que les élèves appelaient "l'aire de battage" parce qu'on y séparait en un rien de temps le bon grain de l'ivraie. L'installation de quelques chambres spartiates pour loger vingt élèves était davantage due au hasard qu'à des motifs pédagogiques ou financiers. Il existait suffisamment de parents à la recherche d'une possibilité de se débarrasser de leurs enfants dans des structures officielles, et suffisamment d'enfants qui ne voulaient pas atteindre les objectifs scolaires et devenir un membre à part entière de cette société tant qu'ils étaient obligés de vivre chez leurs parents. Deux anciens élèves de l'établissement qui habitaient sur place jouaient le rôle d'éducateur et transmettaient après quelques années leurs jobs à des successeurs plus jeunes qui avaient intérêt à avoir les nerfs solides.

Quoique Smutek ne fût pas amateur de foie et de purée, l'eau lui vint inéluctablement à la bouche. Il ouvrit la fenêtre pour échanger ces effluves alimentaires contre l'atmosphère indifférente de septembre. Quand il regardait directement vers le bas, il avait le vertige. Avec son ventre obèse et ses deux ailes latérales, le vieux bâtiment était accroupi sur l'asphalte sombre : un albatros recroquevillé avant l'envol et qui s'est endormi. D'ici, on surplombait tout le quartier. Entre les frondaisons jaunies du parc de l'école, Smutek aperçut un reflet argenté : le Rhin. Ce vieux bâtiment construit à la fin du XIXe siècle était suffisamment haut pour qu'on puisse se suicider à coup sûr et rien qu'au siècle dernier deux élèves et un éducateur avaient mis cette situation à profit. Ces incidents avaient eu lieu avant son arrivée. On n'avait pas mis de barreaux aux fenêtres. Teuter avait l'habitude de dire que celui qui veut vraiment se tuer y parviendra de toute façon. Ni les barreaux ni les cadenas ne l'en empêcheraient.

Par temps clair, l'humidité de l'air au-dessus du fleuve engendrait des levers de soleil dignes du Pacifique, et Smutek rêvait depuis son entrée en fonction au lycée de se retrouver un jour, à une heure très matinale, sur le toit de l'établissement en compagnie de sa Blanche-Neige à regarder monter dans le ciel cette boule de lumière rouge qui se levait derrière le Siebengebirge. Ils pourraient boire une bouteille de champagne et s'aimer tout là-haut, au-dessus des toitures de l'ex-capitale allemande.

Ces réflexions lui firent oublier sa mauvaise humeur et il se mit à siffler tout doucement, des sons qui se succédaient au hasard, comme il le faisait toujours quand il avait besoin d'une soupape pour laisser échapper une contrariété refoulée. Le bruit aigu de la sonnerie mit en mouvement des groupes variés debout dans la cour, comme les cases d'un kaléidoscope. Les élèves se regroupèrent en trois courants qui allaient se jeter dans les différentes entrées du bâtiment. Quatre personnes restèrent en arrière : elles avaient l'air d'un petit groupe d'oisillons qui a perdu le contact avec la formation d'ensemble et qui se concerte pour décider de la route à suivre.

Une princesse était assise sur le mur bas qui séparait la cour des grands de la zone réservée aux plus petits ; à sa longue crinière bouclée Smutek reconnut une élève très sûre d'elle : Johanna. Trois jeunes du groupe des bellâtres faisaient cercle autour d'elle : la pointe de leurs chaussures en cuir de serpent dépassait des jambes de leurs pantalons pattes d'éléphant. Ils portaient des chemises couleur pastel bien ajustées sous leurs ceintures et suivaient globalement un courant de la mode qui amenait ses plus ardents défenseurs à se balader en jupes et à se maquiller les yeux. Smutek n'en connaissait aucun par son nom.

Le récit de la princesse exigeait la mise en œuvre de tous ses membres. Sans arrêt elle rejetait nerveusement ses cheveux en arrière comme s'il s'agissait d'une calamité dont elle ne parvenait pas à se débarrasser en dépit de tous ses efforts. Portée par le vent, sa voix parvenait à Smutek en lambeaux incompréhensibles. En l'écoutant, les garçons balançaient les hanches comme des skieurs sur la ligne de départ, ils riaient puis redevenaient sérieux, finalement ils firent un signe de tête et scellèrent leur alliance par des poignées de main successives où ils entrelaçaient rapidement leurs doigts. A la fin, ils se saluèrent en se touchant du front.

Une bien jolie chorégraphie. Smutek aimait bien ces rituels qui pendant des années réglaient la vie des jeunes et qui d'un coup après le bac ne jouaient plus aucun rôle. Il suffisait de regrouper les gens : immédiatement ils inventaient des règles, des costumes folkloriques et des traditions et en un tournemain ils avaient fondé la moitié d'un Etat. En revanche le sujet de leur conversation ne l'intéressait guère. Il croyait être devenu un bon enseignant à partir du jour où il avait inventé quelque chose qu'il avait baptisé du nom de "bienveillante neutralité".

Quand il quitta la fenêtre, il n'éprouvait plus le besoin de réfléchir au choix de son métier. Pour aujourd'hui, il se sentait au clair avec lui-même et avec ce monde au renouvellement perpétuellement analogue.

Une princesse riposte

NUL ne sait combien de fois par an, par semaine, voire par heure, il est témoin de faits qui représentent le préambule, l'épilogue ou un petit extrait d'un événement qui peut se terminer par une catastrophe à l'occasion mortelle, mais dont les éléments pris séparément sont tout à fait insignifiants. Notre incapacité à interpréter ces fragments nous protège de la culpabilité. Même Ada, si elle avait su que Smutek assistait sans être vu au complot qui vient d'être mentionné, n'aurait pu lui reprocher de s'être détourné de la fenêtre pour dévaler l'escalier sur deux longues jambes véloces, toujours avides de se dépasser l'une l'autre, afin d'arriver à peu près à temps pour le début du cours suivant.

Pendant le dernier interclasse avant la fin de la journée, Ada, assise sur le réservoir de la chasse d'eau dans une cabine des toilettes des filles, les pieds posés sur l'abattant, allumait une des cigarettes qu'elle avait roulées d'avance pendant l'heure précédente. Une discussion pendant le cours de politique n'était supportable que si les doigts étaient occupés.

Elle était seule. D'habitude, quelques autres filles et des garçons s'entassaient dans la cabine voisine comme dans un ascenseur pour produire un formidable nuage de fumée et tenir des conversations dont le déroulement et le contenu étaient dictés par la certitude que quelqu'un tendait l'oreille à côté. Fumer dans les toilettes des filles du couloir 4 était une tradition bien établie. Les toilettes des garçons empestaient et dans les étages inférieurs les W.-C. étaient fréquentés par des petits qui avaient besoin de faire pipi à chaque intercours.

Environ deux ans plus tôt, Ada s'était mise à fumer pour pouvoir réclamer une cigarette à d'autres gens ou ne pas les décevoir s'ils lui en demandaient une. Puis elle avait commencé à les rouler, parce que c'était moins cher et que cela avait plus d'allure, et possédait depuis un paquet de tabac dont personne ne voulait. Cela lui était désormais égal. Depuis que Selma avait disparu en Bosnie, Ada avait fait une croix sur la vie sociale et, de toute façon, la cabine était trop exiguë pour qu'elle y supporte une compagnie.

Elle avait à peine commencé à tirer sur sa cigarette qu'on frappa à la porte. Avec ses quatorze ans, Ada devait plus que toute autre craindre d'être découverte par un enseignant. Elle avait déjà levé l'abattant sans bruit et s'apprêtait à jeter son mégot dans la cuvette, quand elle entendit un élève qui chuchotait d'une voix qu'elle ne connaissait pas :

— C'est fermé à côté. On peut entrer ?

Ada était à peu près certaine qu'il n'y avait personne dans la cabine voisine, mais un refus aurait été contraire à toutes les lois de la jungle. Dès qu'elle eut repoussé le verrou, la porte s'ouvrit violemment.

Trois garçons se tenaient sur le seuil, aussi serrés que s'ils voulaient rentrer tous ensemble par l'étroite ouverture, et pourtant ils ne faisaient pas mine de bouger. Tous les trois fixaient l'intérieur de la cabine comme ils l'auraient fait d'une cage ouverte avec une bête fauve à l'intérieur, venus tout exprès pour se faire menacer par Ada qui n'attendait peut-être qu'un mouvement de leur part pour leur sauter dessus. Aucun n'avait de cigarette à la bouche ou derrière l'oreille. Leurs chemises pastel scintillaient comme une illusion d'optique, trois paires de chaussures pointues menaçaient de leur bec recourbé le réservoir de la chasse d'eau. Les muscles d'Ada se raidirent involontairement et elle sentit contre son dos la faïence froide du mur.

— Ada, dit le plus petit des trois garçons, qui devait tendre le cou pour voir par-dessus les épaules des autres, ça va, ton nerf optique ?

Cette question stupide fut suivie d'une seconde de silence. Bien que l'altercation avec Joe fût vieille de trois heures à peine, Ada eut du mal à comprendre l'allusion. Pour elle, le passé était passé tout de suite ; ce qui venait de se produire ressortissait aussitôt au domaine de l'irréel et faisait une chute de plusieurs mètres dans une grande cuve qu'il aurait été beaucoup trop flatteur de qualifier de "mémoire". C'était plutôt un camp d'accueil pour un fatras de souvenirs le plus souvent partiels, éclatés et déformés, une déchetterie de faits obsolètes où Ada ne se rendait qu'à contrecœur quand elle était obligée de fouiller à la recherche d'un élément précis qui s'avérait indispensable pour compléter le présent. L'ancienneté de l'événement recherché n'importait que dans la mesure où Ada fouillait la partie antérieure de la décharge quand elle supposait qu'il s'était produit au cours des quatre dernières semaines.

Mais même après avoir compris l'allusion elle renonça à répondre. La question ne servait qu'à une seule chose, gagner un peu de temps. C'était le manque d'assurance de ses trois visiteurs qui agaçait le plus Ada.

Elle ne pouvait que supposer comment le petit connaissait son nom alors qu'elle était certaine de ne jamais avoir entendu le sien. Si sa supposition était juste, elle avait un problème, et il fallait attendre pour voir quelles étaient exactement son importance et sa nature. Elle fixait fermement du regard le front du garçon le plus proche.

Comme le petit s'était érigé en porte-parole, il était obligé de continuer. Il était désormais impossible de rester plus longtemps à traîner là sans rien faire pour finir par se dire au revoir. Le petit se tortilla pour s'insinuer entre les deux autres et vint se planter devant Ada, si près qu'il aurait pu appuyer ses coudes sur les genoux de la fille.

— Au cours de bio, dit-il, nous avons appris que dans quelques rares cas le nerf optique se trouve exactement à cet endroit.

Il saisit à pleines mains la poitrine d'Ada, qui était assez volumineuse pour qu'un agresseur même inexpérimenté attrape la partie sensible, et appuya deux fois de toutes ses forces. Ada sentit qu'il pressait un téton entre ses doigts et une nausée lui ferma un instant les yeux et la bouche. Impossible de décider sur-le-champ ce qui était le plus odieux, l'attouchement lui-même ou le fait que le garçon ait eu besoin d'une entrée en matière aussi absurde pour passer à l'acte. La question perdit son importance quand il lâcha prise, recula d'un demi-pas en chancelant, la mine effrayée et ravie, tombant presque contre ses compagnons. On aurait dit qu'il venait de s'offrir la victoire la plus éclatante de sa vie.

— Vous cherchez quoi ? Ada avait conservé un visage impassible ; elle retint sa respiration si longtemps que la tête lui tourna par manque d'oxygénation cérébrale.

— D'abord changer de décor, dit l'un des deux autres, et il s'avança en repoussant le petit sur le côté. Le troisième fit de même. Ils l'attrapèrent sous les aisselles, chacun d'un côté, la soulevèrent du réservoir et la mirent sur ses jambes. Ada profita de l'occasion pour prendre discrètement une inspiration. Elle cala ses deux pieds sur le sol qui était trop lisse pour offrir une résistance, entoura de ses bras la taille de ses agresseurs en leur enfonçant à chacun cinq doigts dans les côtes et, comme cela ne servait à rien, elle tourna la tête pour cracher au visage de celui de droite. Il sourit, tandis que la salive coulait le long de son nez, et, avec une secousse de la tête, il s'essuya sur sa propre épaule. Aucun des garçons ne semblait gêné par les doigts qui s'enfonçaient dans leurs côtes ; peut-être sécrétaient-ils assez d'adrénaline pour ne pas sentir la douleur, ou bien, ce qui aurait été plus grave, ils aimaient ça, les mains de la fille qui leur écrabouillaient la chemise et la peau.

Elle sentait l'odeur de leur excitation, elle sentait aussi celle de sa propre peur. Il était difficile de croire qu'en plein lycée et au cours d'une matinée ordinaire quelque chose de vraiment grave pût lui arriver. Pourtant, bien qu'elle fût d'une vigueur non négligeable, ces garçons étaient capables de la traîner comme si de rien n'était, et cela commençait à lui faire de l'effet. Elle ballottait entre eux comme un mannequin encombrant, lourde, mais pas grande, avec des jambes qui s'arc-boutaient dans les portes et qu'on poussait de côté, avec des bras qui cherchaient constamment à s'accrocher quelque part.

Le petit fut le premier à sortir des toilettes et fit le signe de la victoire en direction du couloir. Ada aperçut Joe debout dans le passage qui séparait le couloir principal de celui des sanitaires, et la vit renvoyer le geste triomphant. Elle se demanda si elle devait crier. Un professeur ou quelques élèves se seraient aussitôt précipités, elle entendait la voix de gens qui traînaient à proximité des salles de classe. Ses agresseurs auraient écopé de quelques ennuis avec leur plaisanterie dévoyée et pas particulièrement drôle.

Ada ne cria pas. Quelque chose la retenait, peut-être sa fierté et le besoin d'éviter un scandale. Peut-être était-ce aussi Joe, élégante et détendue, appuyée à l'angle du mur comme si elle attendait une amie. Elle secouait ses bouclettes et elle était si mignonne avec ses petites mains, ses petits pieds et son petit menton décidé qu'Ada, qui se faisait traîner à trois mètres d'elle malgré sa résistance, sentit le désir aberrant de lui adresser un sourire au passage.

On la transporta dans les toilettes des garçons. Tout en se cramponnant passagèrement à la poignée, elle se demanda si ses agresseurs avaient vraiment subodoré qu'une réticence psychologique empêcherait leur victime de crier. On ne pouvait pas les créditer d'autant de subtilité. Sans doute n'y avaient-ils même pas pensé. Sans doute le destin, une fois de plus, attribuait-il les plus grosses patates aux paysans les plus bêtes.

Ça puait. Ça puait tellement qu'il était absolument évident que le nettoyage n'y pouvait plus rien. Une odeur d'urine et de quelque chose de pire émanait des tuyaux, de l'intérieur des pissoirs, de tous les coins de la pièce carrelée. C'est seulement quand les garçons s'apprêtèrent à asseoir Ada sur un des pissoirs qu'elle commença de se défendre vraiment. L'un de ses coups de pied atteignit le petit au bas-ventre, si bien qu'il resta en retrait et se tint un moment penché vers l'avant, tandis que les deux autres lui tordaient un bras dans le dos en accentuant leur pression jusqu'à ce qu'elle gémisse et se laisse poser sur la cuvette. Ses pieds ne touchaient pas le sol. Elle avait le derrière coincé dans le bassin, ses hanches touchaient la porcelaine, le bloc déodorant s'incrustait dans l'étoffe du jean. D'un seul coup, elle abandonna toute résistance et, perchée sur son trône incongru, contempla les garçons avec calme, dans une attitude presque majestueuse.

— Et maintenant ? demanda-t-elle d'une voix paisible.

— Maintenant, on va te faire des boucles.

Tandis que le petit se chargeait de lui maintenir le bras dans le dos, les deux autres se saisirent des cheveux de la fille, des cheveux blonds, mi-longs, et se mirent à les enrouler sur leurs doigts, en serrant de plus en plus, jusqu'au cuir chevelu. Ses cheveux s'arrachaient par poignées, des larmes coulaient sur son visage. Ils prenaient plaisir à ce travail, ça te va vachement bien, tu vas bientôt ressembler à Joe, l'intelligence est vraiment une question de coiffure. Ils riaient, sifflaient entre leurs dents et secouaient les doigts pour en faire tomber les mèches arrachées. Ada commençait à avoir envie de vomir ; même sans la torsion de son bras, elle n'aurait plus été en mesure de se défendre. Ses propres larmes brûlaient ses yeux comme de l'eau de mer. Au bout d'un moment, le petit n'eut plus besoin que de la main droite pour lui maintenir le bras dans le dos, libérant la gauche pour lui pétrir les seins, avec une violence maladroite. Nerf optique, ricanait-il, je vois quelque chose que tu ne vois pas. Les autres ne prêtaient pas attention à lui, ils continuaient à s'occuper des cheveux. Les boucles ne tiennent pas, il faudrait un fer à friser, ma parole tu le fais exprès.

Quand la plaisanterie approcha de son terme, le petit lâcha le bras de la fille et lui écarta les jambes. Avec le pouce et l'index de la main gauche, il forma un cercle et le lui appuya sur le pubis avant d'y enfoncer trois doigts de sa main droite. Et ça, tu le vois ? Les deux autres lâchèrent Ada, contemplèrent le manège du petit avec la tête de gamins qui regardent, au zoo, une tarentule dévorer sa proie. Puis brusquement, comme sur ordre, ils le saisirent par les épaules, le firent pivoter et quittèrent les toilettes en courant.

A la force des bras, Ada parvint à s'extraire de la cuvette, se débarrassa avec dégoût du bloc déodorant qui collait à son pantalon et, entrouvrant la porte, risqua dans le couloir un œil larmoyant. Personne en vue. Le couloir était tranquille, les bruits de la récréation s'étaient tus, les cours avaient repris. Elle quitta les W.-C. des garçons pour retourner dans les toilettes des filles, s'appuya au mur près du lavabo et se concentra sur sa respiration. Comme après une course, quand on a abusé de ses forces. Quand on se demande si on ne va pas se casser en deux et vomir, dégueuler rien que pour se sentir mieux après. Inspirer, expirer. Ce genre de truc passe vite, juste un accès de faiblesse, elle connaissait ça sur la piste, hypoglycémie et manque d'oxygène. Il suffit de respirer tranquillement pour récupérer.

Enfin elle se planta devant le lavabo, appuya ses deux mains sur le bord et se regarda dans la glace. Elle n'était pas belle à voir, mais elle s'était attendue à pire. Ses cheveux étaient hérissés comme si elle avait passé plusieurs semaines au lit et son cuir chevelu brûlait comme si on l'avait arrosé d'acide. Des deux mains, elle tenta de lisser ses cheveux, qui n'étaient pas encore assez longs pour les attacher. Le visage n'avait presque rien ; les taches rouges venaient plutôt du stress que de quelconques sévices. Ada prit de l'eau au robinet pour en frotter le fond de son jean, se lava le visage, mouilla ses cheveux et les ramena derrière les oreilles. Presque comme neuve.

Ça arrive, ce genre de trucs, pensait-elle. Regarde autour de toi. Tu croyais vraiment que tu pourrais y couper ? Tu n'y croyais pas. L'essentiel, c'est que ça passe. Ça passe toujours, d'une façon ou d'une autre ; de mémoire d'homme, tous les instants, sans exception, sont passés sans opposer de résistance, si cruels ou si beaux qu'ils fussent.

Ada croyait se souvenir que, quand elle était petite, sa mère lui avait appris une phrase : "Aucun événement n'est aussi grave que la peur qu'il vous inspire d'avance." Et elle compléta la formule : "Rien n'est pire que de rester indemne, car on est livré sans recours à sa peur."

C'était grotesque : l'espace d'un instant, Ada se réjouit de ce qui lui était arrivé.

Un prince entre en scène

À PEINE quelques minutes plus tard, l'euphorie s'était dissipée. Volatilisée : chimie cérébrale. Ada se sentait très mal. L'heure de cours était à moitié passée : Joe était là. Dès demain Ada la croiserait avec indifférence, elle et ses trois mousquetaires, mais pour l'instant impossible d'ouvrir la visière, elle ne se sentait pas capable d'affronter leurs regards. Elle ne voulait pas rentrer chez elle où elle trouverait sa mère qui était en train d'engraisser sa haine pour le général de brigade jusqu'à en faire une bête à concours à même de l'épauler durant la procédure de divorce. Elle lui poserait des questions. En ville, on était toujours exposé à la curiosité des gens, les cinémas n'étaient pas encore ouverts et elle n'aurait pas supporté bien longtemps non plus de rester aux toilettes. Le pire, c'était cette envie soudaine de parler à quelqu'un. Pas forcément de ce qui s'était passé. De n'importe quoi. De Schröder. De l'Irak. Du quatre-vingt-dixième anniversaire de la perte des valeurs en Europe occidentale. Ça faisait tellement longtemps qu'elle n'avait pas ressenti ce désir qu'il fallait d'abord l'identifier et le classer comme une plante rare, un chardon menacé d'extinction. En essayant de l'arracher comme une mauvaise herbe, elle sentit les piquants dans ses mains.

Ada résista à sa première impulsion qui consistait à maintenir, comme d'habitude, la poignée en bas. Des voix assourdies parvenaient jusqu'à elle. Un élève lisait avec hésitation un texte latin : il n'en avait toujours pas fini avec les difficultés que renfermaient ce code source linguistique. Elle se demanda si elle n'allait pas se rendre à la salle des professeurs pour demander à rencontrer Höfi, en précisant que c'était urgent. Mais elle n'arrivait pas à s'imaginer en train de l'entraîner dans une discussion sous un prétexte quelconque. Elle baissa les bras quand, avec l'intensité lumineuse d'une enseigne de néon, elle vit se dresser devant ses yeux une vérité qu'elle connaissait depuis longtemps et qu'elle avait élevée au rang d'objet de culte de sa monstrueuse fierté : sur toute cette planète, il n'existait pas un seul être, si petit et si bête fût-il, à qui elle puisse parler quand elle avait quelque chose à dire. Pas le moindre animal domestique, pas un endroit près du fleuve, pas même une plante en pot avec qui elle se sente des affinités. Ses genoux fléchirent, le choc revenait.

Quand elle entendit à l'intérieur des pas qui s'approchaient, elle eut juste le temps de se mettre sur le côté. La poignée s'abaissa, la porte s'ouvrit. Par réflexe, elle plaça son index devant ses lèvres et ses grands yeux avaient quelque chose de suppliant. C'était Olaf : il eut un mouvement de recul, puis comprit et referma tout doucement la porte avant de s'appuyer au mur, à côté d'elle.

Il était assis à une table placée en angle par rapport au pupitre d'Ada. Pendant les cours, la trajectoire de son regard passait juste devant le nez d'Olaf si elle voulait voir le tableau. Sa présence ne l'avait jamais dérangée. Il faisait partie de ceux qu'on ne remarque pas dans la classe et jouissait d'un statut d'observateur neutre. Pas beaucoup plus grand qu'elle, il avait des cheveux longs qui lui descendaient jusque dans la nuque où il les nouait avec un simple élastique, hiver comme été il portait la même veste en jean avec des incrustations de cuir noir, des franges sur la poitrine et un gigantesque logo du groupe Sepultura dans le dos. Apparemment il n'avait pas d'ami dans la classe. Il passait les récréations à proximité de la cave à vélos avec un groupe d'élèves d'autres classes qui portaient les mêmes vestes et les mêmes queues de cheval que lui.

Maintenant ils étaient là, tous les deux, côte à côte, les bras croisés, face à face, à se dévisager en toute tranquillité. Olaf avait l'air très soigné, un vrai mannequin tout droit sorti de sa vitrine. Sa barbe fournie, qu'il raccourcissait une fois par semaine pour lui donner la longueur d'une barbe de trois jours et qu'il laissait ensuite repousser, jurait tout autant avec la douceur de sa peau que ses gros sourcils sombres avec la clarté de ses yeux. Ce visage de jeune fille dans un emballage *heavy metal* avait quelque chose d'émouvant. Ils se fixèrent si longuement qu'Olaf se mit à sourire, et Ada sentit l'envie de le prendre par la main et de l'emmener à l'aire de jeux la plus proche pour s'asseoir à côté de lui au bord du bac à sable afin d'ouvrir un nouveau chantier.

— Qu'est-ce qui se passe ? chuchota-t-il.

— Il faut que je te parle, lui répondit-elle dans un murmure.

Cela donnait vraiment l'impression qu'elle avait attendu devant la porte jusqu'à ce qu'il sorte enfin de là. Il ne sembla pas surpris, retourna son poignet et jeta un coup œil à une montre en plastique noir surdimensionnée.

— Là, tout de suite ?

Elle acquiesça. Il posa une main sur son menton, frotta les poils très courts de sa barbe qui bruissèrent légèrement et réfléchit.

— Je vais pisser, dit-il à voix basse, ensuite je vais me faire porter pâle. Tu devrais choisir un autre endroit pour attendre. Si quelqu'un te voit, il te fera entrer en classe.

Involontairement elle palpa les principales parties de son visage : tout semblait à sa place. Olaf arborait toujours le même sourire bon enfant. De ses dix doigts, il lui fit comprendre que ses cheveux en séchant s'étaient hérissés en tous sens. Puis il lui tendit une main qu'elle serra.

— A l'entrée de la cave à vélos, en bas près de la porte, lui lança-t-il par-dessus l'épaule, tout en se dirigeant vers les toilettes.

A toute vitesse, Ada dévala les quatre étages ; à chaque palier, elle frappait du plat de la main sur la rampe et le bruit sourd de la barre la précédait jusqu'au rez-de-chaussée. Ça faisait du bien de bouger. Cette après-midi elle allait courir, cavaler plus vite qu'elle ne l'avait jamais fait. Mais avant elle allait prendre une douche, se laver les cheveux. Ensuite prendre une autre douche, se relaver les cheveux. Coller tous ses habits au linge sale. Mettre son pull préféré. Courir.

La descente vers la cave à vélos était une rampe en béton avec des rainures dans le sens de la largeur pour que les pieds et les pneus puissent s'agripper même par temps de pluie. Les murs étaient entièrement tagués au marqueur et à la bombe. Il aurait fallu des semaines pour déchiffrer toutes les inscriptions. Ada ne connaissait cette entrée que parce qu'elle passait parfois tout près. Elle n'était jamais descendue dans la cave ; elle venait à l'école à pied.

Elle s'assit à même le sol, sur le béton, le dos contre la porte verrouillée. C'est vrai qu'elle pouvait fumer. Quel plaisir d'oublier une chose agréable et d'y repenser au bon moment ! La cigarette redonna vie à tous ses sens comme si c'était de la marijuana. Cette fois elle ressentit un vertige agréable ; à une vitesse supersonique son esprit s'éloignait de la demi-heure qui venait de s'écouler. Si Olaf était arrivé cinq minutes plus tard, les événements auraient disparu de son champ de vision et Ada serait tout simplement rentrée chez elle ; lui se serait retrouvé là, incrédule et mortifié, face aux mètres cubes d'air vides devant l'entrée de la cave. Le besoin de parler se faisait plus faible à chaque instant, il perdait de sa saveur, un peu comme un cocktail qu'on rallonge avec de l'eau entre chaque gorgée. Elle venait tout juste d'aller au terme de cette pensée quand il vint se planter devant elle.

— Grippe intestinale, lui dit-il avec un sourire, puis il se mit à essayer les clés d'un gigantesque trousseau. Quand elle eut réussi à se remettre debout, elle eut à nouveau l'impression qu'ils étaient deux gamins sur le point de vivre une aventure interdite.

— Tu as une clé ?

— C'est notre salle de répétition, répondit Olaf.

L'existence à l'école de groupes de musique qui répétaient régulièrement était une de ces nombreuses réalités dont Ada n'avait pas conscience ; elles passaient à côté d'elle, comme un film dans la pièce voisine dont on n'entendrait que les fusillades.

Les néons se mirent à clignoter jusqu'à ce qu'ils trouvent la bonne position ; ils éclairèrent alors de longues rangées de vélos qui à certains endroits s'étaient renversés et étaient couchés les uns sur les autres. Ici les graffiti avaient un sens, ils avaient été achevés avec soin et les inscriptions étaient lisibles ; apparemment les tagueurs avaient travaillé de concert. La salle de répétition se trouvait derrière une autre porte ; même lumière allumée, on n'y voyait pas grand-chose. Trois canapés à deux places, usés jusqu'à la corde, étaient adossés aux murs. Ada et Olaf s'installèrent sous l'étroite fenêtre latérale. De l'extérieur, venus d'on ne sait où, les grincements aigus et réguliers d'une balançoire mal huilée parvenaient jusqu'à eux.

— Alors ? dit Olaf.

— Tu veux une cigarette ?

— Désolé, je ne fume pas.

Ada se roula une cigarette bien qu'elle n'eût aucune envie de refumer, l'alluma et en tira quelques bouffées.

— J'ai été agressée par trois mecs dans les toilettes.

Olaf leva les sourcils. Ce devait rester le seul mouvement auquel il se laissa aller pendant un récit qui, une fois commencé, dura vingt minutes et deux cigarettes supplémentaires. Le récit terminé, ils se turent pendant un moment. Elle se sentait si épuisée qu'elle aurait aimé ramener ses jambes sous elle, laisser tomber le haut de son corps sur le côté et s'endormir.

— J'imagine que tu ne veux rien faire, dit Olaf.

— Qu'est-ce qui te fait dire ça ?

— A mon avis, tu ne m'aurais pas raconté tout ça à moi, si tu avais dans l'idée de faire un méga-scandale.

— Et ça te semble bien ?

Il haussa les épaules.

— Ne te trompe pas sur ce que je vais dire, mais ça m'est égal. Dans un cas comme ça, tout me semblerait bien. Quoi que tu fasses. Et en même temps rien ne serait bien.

— J'ai la chance fabuleuse d'être entrée dans des zones où la morale n'a pas cours ?

Elle avait dit ça pour rire, mais il poursuivit comme si de rien n'était.

— Je dis tout ça avec des mots très pauvres, mais c'est parce que je n'en ai pas d'autres. Ce que ces gars-là ont fait est une de ces saloperies qui transforme en enfer la vie de tout un tas de gens sur cette planète. Voilà ce que Höfi veut dire quand il parle de cycles de peur et de répression. Je n'arrive pas à imaginer une bonne ou une mauvaise réponse, tu comprends ? Et j'aurais pourtant des moyens de t'aider.

Pendant un moment il devint songeur et Ada se souvint de la bande aux blousons de cuir, aux cheveux longs et aux airs bourrus avec qui il discutait devant la cave à vélos.

— Mais d'instinct je te dirais – laisse tomber.

Sa brève allocution était terminée. Ada acquiesça de la tête ; elle lui fut reconnaissante pour le long silence qui suivit. Quand, même sans mots, ils n'eurent plus rien à se dire, ils se levèrent presque en même temps.

— Je crois que je vais rentrer maintenant et parler à ma mère de l'épidémie de grippe intestinale qui fait rage au lycée, dit-il.

Pour la première fois, ils rirent tous les deux, d'un rire bref et légèrement saccadé, mais c'était tout de même un rire. Olaf referma la cave à clé, Ada le regarda faire, il lui redonna la main.

— A demain, dit-il tout simplement. Puis ils se séparèrent.

Un petit morceau d'Olaf

IL N'EST pas difficile de deviner qu'Olaf avait déjà pensé une fois ou l'autre à Ada avant qu'elle ne surgisse devant lui, les cheveux dévastés, une large tache rouge sous l'œil gauche et des bulles de salive au coin des lèvres, l'index comiquement posé sur la bouche. Non qu'il ait eu besoin d'une petite amie. En ce qui concernait les filles, il faisait montre de patience et d'un flegme bienveillant qui pouvait facilement passer pour un signe de maturité. Il attendait sans s'émouvoir la "première fois" de toutes ces choses qu'il aurait, avec une quasi-certitude, l'occasion de rencontrer dans sa vie. Passé son dixième anniversaire, la télévision, certains magazines et l'Internet lui avaient déjà présenté les principaux ingrédients dont se compose l'existence humaine, et il avait étudié leur nature. Il connaissait la guerre, le sexe, l'amour, le bonheur, le malheur, la pornographie, la violence irrationnelle ou rationnelle, la torture, la pitié, l'héroïsme, le viol et bien d'autres choses encore. L'*Homo sapiens* avait déjà fait défiler devant ses yeux toutes les grimaces macabres dont il est capable. L'humanité s'était montrée comme une horde de mutants dangereux, échappés des réserves où mère nature se régénère elle-même, qui se multipliaient comme des virus et étaient sur le point de détruire les ultimes systèmes régulateurs de la planète.

Olaf connaissait les sentiers étroits appelés “il-faut-faire-de-son-mieux” et “que-voulez-vous-y-a-rien-à-faire” et n’ignorait pas la somme d’indifférence dont il faut s’acquitter pour pouvoir les emprunter. Même s’il l’avait voulu, il n’aurait guère été en mesure de s’inquiéter du moment et des circonstances où il trouverait sa première copine.

Ada avait attiré son attention parce qu’elle lui semblait “divergente”. *Divergence* était un de ces termes recherchés dont il faisait régulièrement usage quand il se posait des questions sur le monde, sur lui-même et sur les rapports entre ces deux phénomènes. Olaf ne se considérait nullement comme un cas à part ; son uniforme *heavy metal* et ses T-shirts noirs bariolés d’inscriptions criardes, il ne les portait pas pour une de ces raisons qu’on aurait cataloguées voici dix ou vingt ans comme manifestation d’une quête identitaire, d’une tentative de socialisation, d’une culture adolescente. Il les portait parce qu’ils étaient indissociables de la musique qu’il aimait, et parce que les autres fringues ne lui plaisaient pas. Mais *diverger* signifie “être en désaccord”, et Olaf était en désaccord.

Au milieu des autres et surtout au sein de sa classe, censée représenter une communauté, il se sentait comme un Européen parmi les Japonais : ils se ressemblaient tous, vous considéraient comme un *gaijin* et en fin de compte on apprenait qu’ils étaient coréens. Nord, sud, est, ouest ? Carnivores, omnivores, oligophages ? Olaf n’en avait pas la moindre idée. Ses camarades de classe étaient des êtres d’une espèce différente ; il ne voyait pas de quoi il aurait pu parler avec eux et certains jours il s’étonnait de constater qu’ils employaient la même langue que lui. Son incapacité à se sentir comme eux, c’était de la divergence et, dans ses moments de déprime, de l’incompatibilité. Ses parents étaient mariés et, pour couronner le tout, ils vivaient encore ensemble : Olaf se demandait souvent s'il fallait voir dans cette situation la raison de sa difficulté à communiquer.

Pour le reste, il faisait partie d'une famille moyenne au revenu moyen et à l'intelligence moyenne. Son père était ingénieur du bâtiment et sa mère, si Olaf ne se trompait pas, traductrice en free-lance. Parfois, elle entrait dans sa chambre, baissait la tête pour lui montrer sa raie scrupuleusement tracée au milieu du crâne et d'où sortaient quelques petits cheveux, en disant :

— Regarde, ils repoussent tous. Avec le stress de ces derniers temps, ils étaient tombés, mais les voilà qui reviennent. Je vais bientôt retrouver ma crinière de lion.

Olaf approuvait de la tête et faisait semblant d'être content. A sa connaissance, les cheveux de sa mère étaient moyennement fournis, ils n'avaient rien d'une crinière.

Sa sœur aînée, qu'Olaf aimait beaucoup, avait attiré toute l'imagination et toute l'énergie disponible de l'ADN familial comme un aimant tombé dans une boîte d'aiguilles, si bien qu'il ne restait plus rien pour Olaf et ses rares cousins et cousines. Sa sœur aussi était divergente, mais ce qui le rendait, lui, flegmatique, suscitait chez elle un tourbillon d'activités. Parallèlement à ses études de médecine, elle composait de la musique pour piano. Ce qui lui plaisait le plus en elle, c'était qu'elle détestait l'humanité sans exception et ne s'écartait presque jamais de ce principe. Depuis qu'elle avait quitté la maison, il n'avait plus personne pour parler avec lui de la mort de Dieu dans un monde mort.

Le groupe de rock, c'était autre chose ; Olaf formait avec lui un ensemble, une bande, voire un gang. Ils parlaient musique et politique et, quand leur chef était présent, théorie musicale et politologie. Le chef s'appelait Rocket, avec ses dix-huit ans il avait trois ans de plus qu'Olaf et jouait mieux à lui tout seul que le reste du groupe réuni. Depuis que les parents de Rocket l'avaient obligé à prendre des leçons de violon dans sa plus tendre enfance, il faisait montre d'un talent musical respectable. A la mort de son père, on lui avait permis d'abandonner le violon pour la guitare. Olaf ne craignait pas grand-chose, mais il redoutait le jour où Rocket, son bac en poche, quitterait définitivement l'établissement. Les notes de Rocket, systématiquement faibles dans toutes les matières, permettaient d'entrevoir une lueur d'espoir à l'horizon.

A la rentrée, Olaf avait éprouvé une immense joie à voir cette nouvelle élève assise non loin de lui, et il n'avait compris pourquoi qu'au bout de quelques jours : il observait en elle quelque chose qu'il sentait aussi en lui. Elle parlait peu, cela ne lui simplifierait pas l'existence. Avec ses airs curieusement blasés, elle ne s'en sortait pas. Elle n'avait rien de spécial, si ce n'était qu'elle n'était pas allée chez le coiffeur depuis des mois, ne se maquillait pas et portait des fringues qui auraient aussi bien convenu à une fillette de six ans qu'à un homme de vingt ; pourtant, la classe se montrait méfiante à son égard et même, par moments, hostile. Quels que fussent les sentiments qu'on lui manifestait, elle dirigeait vers son vis-à-vis un regard fixe et vague à la fois. Olaf lui avait adressé la parole une ou deux fois, avec l'impression qu'il essayait d'enseigner, au moyen du langage des signes, la table de multiplication à un poisson isolé derrière la paroi vitrée de son aquarium. Oui, elle pouvait lui prêter un crayon. Oui, il pouvait copier le devoir de maths sur elle. Bien sûr que Höfi était un bon prof, pourquoi ?

Les hommes ont besoin d'un prétexte pour pouvoir se rapprocher. Ada ne livrait aucun prétexte et la sœur d'Olaf lui avait fauché dès avant sa naissance la totalité de son imagination. Mais depuis le moment où il s'était trouvé à côté d'elle en sortant dans le couloir, les choses suivaient un cours tracé d'avance, comme une boule de bowling qui a quitté la piste et continue de rouler dans la rainure latérale, absolument assurée de ne pouvoir renverser une quille, mais selon une trajectoire régulière et prévisible. Olaf sentait qu'il disait et faisait toujours exactement ce qu'il fallait.

Le matin suivant, il se trouva tout naturellement avec un quart d'heure d'avance devant la salle de classe, à traîner dans le couloir et faire le guet au cas où Ada, pour une fois, n'arriverait pas en retard ce qui ce matin-là aurait pu être assimilé à de la lâcheté. Il ne croyait pas qu'elle se permettrait ce genre de faiblesse.

Il avait raison. Dès avant la première sonnerie, elle se pointa au bout du couloir ; elle portait son vieux cartable en cuir non pas en bandoulière, mais pressé contre sa poitrine, à la façon d'un enfant qui se rend pour la première fois à la grande école. Une ecchymose bleuâtre soulignait son œil gauche. Elle ne lui avait pas dit qu'ils l'avaient frappée si rudement au visage. Olaf supposa qu'elle-même ne s'en était pas aperçue la veille et, là aussi, il avait raison.

Ada avait découvert la déformation de sa joue dans le miroir de la salle de bains et ne s'était pas donné la peine de dire à sa mère qu'elle était tombée dans l'escalier. Au lieu de cela, elle avait déclaré sans ambages ne pas vouloir en parler, et elle avait laissé sa mère pleurant au-dessus du journal ouvert, son mascara fraîchement posé dégoulinant en raies noires sur ses joues. Ada était désolée de savoir que l'imagination de sa mère dépasserait de loin la réalité. Pourtant, il n'y avait pas moyen de fournir un récit conforme à la vérité. Alors pourquoi essayer.

Olaf fit un pas à sa rencontre et se mit à parler, sans lui dire bonjour et sans préambule. Il bavardait à bâtons rompus, comme s'ils étaient de vieux amis, comme si c'était lui, cette fois, qui avait attendu devant la porte pour lui confier une chose qui le tracassait et qu'il ne pouvait raconter qu'à elle seule. Il parlait d'un garçon nommé Rocket, qui allait régulièrement trouver à la récréation un jeune professeur d'histoire nommé Klinger dont tout l'établissement savait qu'il était homosexuel, pour améliorer sa note de participation orale en tortillant adroitement son petit cul de musicien. Pendant toute cette histoire sans queue ni tête, Ada, l'œil égaré, cherchait le menu "aide" sur sa figure.

La minute d'après, elle avait compris à quoi rimait cette agression. La sonnette fixée au mur, un modèle obsolète de casque métallique, aussi grand qu'un saladier, sur lequel un marteau latéral cognait comme un possédé, émettait son vacarme à vriller les tympans. Joe passa devant eux, s'arrêta involontairement en apercevant Ada et prêta l'oreille à la conversation. Et alors il l'a bel et bien. Qu'est-ce que je ne donnerais pas pour voir sa figure. Tu peux me croire, ça marche à tous les coups. Ada posa la main sur le bras d'Olaf et se mit à rire, il la prit par le coude et, sans cesser de parler, il la poussa vers la porte de la classe. Il parlait à présent de son groupe, Zehn Ohren hören mehr als zwei – "On entend plus de choses avec dix oreilles qu'avec deux" –, un nom super, c'était lui qui l'avait trouvé, et même si à cause de sa longueur on disait le plus souvent les Ohren, ce qui ressemblait un peu à Hosen, il lui plaisait encore maintenant. Les Rolling Stones eux-mêmes, on les abrégeait en Stones, et d'ailleurs c'était le sort commun, seuls y échappaient les noms composés d'un seul mot, par exemple Megadeth, Metallica ou Sepultura. Il écrasa le pied de Joe avec une de ses Paraboots. Désolé, Johanna, je l'ai pas fait exprès. Quand Ada parvint à sa place, il l'invita à assister l'après-midi à la répétition du groupe, et elle retrouva enfin la parole. Elle n'avait rien contre le *heavy metal*, au contraire, certains grou-pes réunissaient vraiment d'excellents musiciens, Dream Theater par exemple, dont plusieurs membres avaient fait leurs études à la Berklee School of Music de Boston. Elle avait lu tout ça dans un journal. Olaf était ravi qu'elle connaisse Dream Theater et qu'il n'ait pas besoin de lui expliquer que le bruit était souvent structuré selon les principes de la symphonie classique. Dans son enthousiasme, il lui administra sur l'épaule une bourrade qui n'était déjà plus destinée à la galerie puis, sur une observation du professeur, il gagna sa place, bon dernier.

— Qu'est-ce qui est arrivé à ton œil ? chuchota la voisine de gauche avec qui Ada n'avait encore jamais échangé une parole.

— Si j'étais mariée, répondit Ada, je dirais que je suis tombée dans l'escalier.

L'autre fille ne comprit pas l'allusion ; elle abaissa les coins de sa bouche en avançant le menton, ce qui la faisait ressembler à un médecin établissant un diagnostic facile.

Lentement, très lentement, Ada releva la tête et croisa le regard que Joe, comme si souvent, dirigeait vers elle de l'autre bout de la classe. De chaque côté des lèvres, deux plis accusés firent pour un instant ressembler Joe à un masque de son propre visage tel qu'il serait vingt ans plus tard, et Ada répondit à cette vision prémonitoire par un sourire digne d'un augure antique. De toute sa vie, elle n'avait eu sourire aussi rayonnant. Il lui laissa un goût délicieux sur la langue.

Un flash-back musical révèle les raisons de la présence d'Ada au lycée Ernst-Bloch

A L'HEURE convenue Ada se présenta devant la cave à vélos. En rentrant de l'école, elle avait trouvé la maison vide, sa mère était absente, il n'y avait pas un mot d'explication sur la table. Comme sa mère ne sortait que rarement, à l'exception des courses et du coiffeur, Ada craignit d'être la cause de cette excursion inopinée.

Deux ans plus tôt, juste après la disparition du général de brigade, sa mère avait surmonté quelquefois sa toute récente crainte des autres pour se rendre au centre-ville où elle avait acheté à sa fille un nouvel emballage qui, conformément à la règle selon laquelle la conscience que nous avons des choses procède de ce que nous sommes, devait faire d'elle une petite jeunette attrayante et insouciante qui allait maîtriser sans problème une situation familiale difficile. Ada avait soulevé des robes d'été bariolées, des pantalons moulants et des pull-overs à motifs en les tenant par le bout des doigts, sans se réjouir, en secouant la tête et en disant toujours la même chose d'une voix navrée : maman, c'est vraiment pas pour moi ces trucs-là, c'est pas mon genre, j'ai des jambes de coureur, une grosse tête, le haut du corps plutôt petit à l'exception de ce qu'on a l'habitude d'appeler de gros nichons ; et comme sa mère n'en finissait pas de lui dire à quel point elle serait mignonne si elle s'habillait correctement, elle alla même un jour jusqu'à lui asséner qu'elle haïssait de tout cœur son propre corps et qu'elle aurait sans doute fini anorexique si elle n'avait pas été si lâche. A partir de ce jour-là les excursions en ville se transformèrent en visites chez un psy au crâne bien carré parsemé encore de quelques cheveux blancs épars.

D'abord avec patience, puis avec un sourire qui se figeait à vue d'œil, cet homme écouta le récit long et circonstancié d'Ada qui lui expliquait qu'il gâchait en quelque sorte sa science face à un esprit qui ne croyait pas à l'existence d'une espèce "d'âme" ; il lui posa ensuite quelques questions commençant toutes par "pourquoi" pour en conclure finalement qu'Ada n'était pas malade mais qu'elle vivait totalement au-dessus des moyens de son environnement. Quel que soit le livre qu'il lui proposait, elle l'avait déjà lu. On ne pouvait conseiller de donner encore une année d'avance à une jeune fille qui avait déjà un ou deux ans de moins que ses camarades de classe actuels. Impossible aussi de sortir une nouvelle Selma de son chapeau, pas plus d'ailleurs que de ramener l'ancienne de Bosnie. Il recommanda à la mère de prendre patience et de ne pas trop s'en faire.

Après son renvoi du lycée Nicolas-Copernic, Ada et sa mère se retrouvèrent une fois de plus assises dans la salle d'attente peinte en jaune, feuilletant la revue *Psychologie actuelle* tandis que sa mère arborait un visage triomphant type "je te l'avais bien dit !". Cette fois-ci le motif de la visite, pressenti avec une intuition toute maternelle, tombait vraiment sous le sens. De l'avis de sa mère, sa petite incartade au lycée Copernic constituait le point culminant d'une série d'errements dont l'origine remontait aux tracas de la séparation parentale. Mais Ada ne croyait pas aux traumatismes familiaux et pas davantage à l'existence de l'âme. Comme des colporteurs, elles frappèrent encore à la porte de trois autres cabinets médicaux avant qu'Ada ne soit déclarée officiellement rebelle à toute thérapie. Debout devant la cave à vélos, Ada espérait instamment n'avoir plus jamais à s'expliquer sur cet état de fait devant une autorité quelconque.

Il régnait une chaleur printanière, les arbres aux frondaisons jaunies tendaient une dernière fois leurs branches pour sentir la saveur de l'air. Depuis les buissons, en haut de la descente, lui parvenait le bruit des moineaux qui se chamaillaient. On n'entendait pas la musique, à moins de se tenir tout près de la porte en métal. Quelques solos de basse, des accords improvisés à la guitare comme il y en avait dans presque n'importe quelle musique rock des deux dernières décennies. Une fois franchie la porte en métal, le bruit se fit plus fort, et plus encore quand elle ouvrit la porte de la salle de répétition, alors même que les Oreilles n'avaient pas encore commencé à jouer vraiment. La pièce, qu'elle connaissait pour y être venue la veille, était transformée par la présence du groupe. Olaf et un autre garçon étaient allongés, chacun sur un canapé, le chef du groupe était debout, les deux pieds sur une table basse, l'organiste était en train de regarder son clavier par le dessous et le batteur n'était pas encore là. Les solos de basse, c'était Olaf. Chacun semblait ne s'occuper que de lui-même et de son instrument ; il n'y avait pas la moindre relation entre eux, ni entre les garçons, ni entre les sons. Une très faible lumière pénétrait par l'étroite fenêtre.

Après avoir lu un petit salut dans les yeux d'Olaf, Ada s'assit sur le troisième canapé. L'atmosphère était humide et fraîche et elle n'envisagea pas un instant d'enlever sa veste. Le batteur arriva et se laissa tomber sans dire un mot entre ses disques de métal et ses baquets. Dans la pénombre, Rocket, debout sur sa table, avait l'air, malgré son jeune âge, d'une véritable préfiguration d'Iggy Pop. Autour de ses membres décharnés flottaient les habits d'un type plus grand que lui, des cheveux mal soignés recouvraient son visage placé légèrement de biais et dirigé vers le sol, à l'écoute du moindre signe de vie de sa guitare.

Ada voulait déjà repartir quand le batteur, qui jusque-là ne s'était occupé que de tourner des vis et de choisir ses baguettes, se mit à faire résonner avec douceur ses cymbales pour passer à un rythme tout simple qu'il maintenait obstinément en frappant le bord en aluminium de la caisse principale. Il se passa un moment avant que la basse d'Olaf n'obéisse. Ada pouvait suivre les sons qui s'entrelaçaient, les tâtonnements aveugles des musiciens qui se rapprochaient l'un de l'autre, se familiarisaient progressivement jusqu'à ce qu'ils puissent enfin transmettre ce qu'ils avaient en eux. Et quand enfin ils commencèrent à jouer, elle s'adossa à son siège. Depuis Don Camisi, elle n'écoutait plus de musique sauf lorsqu'elle courait, en particulier le groupe Evanescence dont la figure de poupée, de face, le regard méchant, avait plaqué sur une pochette de CD le fascinant visage de ce siècle mort-né. A présent, elle allait à la dérive, un courant de sons l'emportait vers la haute mer tandis que tout ce qui se déroulait au quotidien, dans les salles de classe et les maisons familiales, dans les rues, sur les sentiers de balade et sur les pistes de course, restait à terre, rapetissait, disparaissait. Le temps se détendit, ses flots s'élargirent constituant des montagnes de minutes, des étendues de secondes, des flaques d'heures, et il tressaillit pour se refermer sur lui-même comme une méduse dans laquelle on aurait enfoncé un doigt quand Rocket leva la tête et son regard de Christ vers le plafond pour se mettre à chanter. Ada avait l'impression de connaître cette mélodie mais le titre de la chanson ne lui revenait pas.

My god sits in the back of a limousine. My god comes in a wrapper of cellophane. Starfuckers incorporated.

Pendant un moment ils sillonnèrent ainsi différentes versions de chansons qu'Ada connaissait pour les avoir entendues à la radio ou ailleurs. Plus elle écoutait et plus cette musique lui plaisait, malgré cette acoustique de garage, malgré ces solos évités que personne dans le groupe n'arrivait à mettre en place, malgré la voix de Rocket qui était davantage faite pour crier que pour chanter, malgré ces passages où l'harmonie entre les instruments se transformait en bagarre générale. Quand Rocket joua quelques mesures qu'elle connaissait vraiment, Ada se leva d'un bond. Evanescence. Il avait deviné, c'est sûr. Peut-être imaginait-il tout simplement que les filles aiment la musique de filles.

De sa vie, Ada n'avait chanté. En courant, elle murmurait parfois les paroles de ses morceaux préférés. Et c'est exactement ce qu'elle faisait maintenant : elle murmurait. Et elle courait, en esprit seulement, mais elle courait. Et elle se saisit à deux mains du micro, le plaça à hauteur de sa bouche sans même songer à serrer la vis de fixation. En fermant les yeux, elle aperçut Olaf et son visage d'enfant, devant elle, et elle vit qu'il la prenait par une main qui ne lui appartenait plus, elle le vit qui s'éloignait avec son enveloppe extérieure, il la conduisait lentement, son instrument sur le dos. Une rue poussiéreuse, toute droite, direction l'horizon. Une steppe aux herbes dures et un ciel blanc. Puis le logo de MTV.

My god, my tourniquet, return to me salvation.

Elle remplaçait les passages inconnus par des mots imaginaires et des expressions inventées. Au deuxième essai – il avait fallu recommencer car elle avait perdu le fil du texte et la musique avait continué –, elle chanta plus fort. Pendant qu'elle chantait, des images lui traversaient l'esprit, se chassant et se recouvrant mutuellement en quête de cohérence. Elle connaissait ça : sur la piste du stade et durant les quelques minutes qui précèdent le sommeil.

Même si la bande originale du film *Daredevil* avec deux chansons d'Evanescence n'est parue que six mois plus tard sur le marché américain ; même si à ce moment-là cette musique n'avait pas encore été composée – peut-être même n'existait-elle ni en imagination ni en rêve – les Oreilles l'avaient tout de même jouée cette après-midi de septembre dans la cave à vélos. Plus tard Ada en fut totalement sûre, elle pouvait décrire en détail son retour vers le passé grâce à cette musique, ce pont dans le temps si facile à emprunter qui l'avait ramenée en arrière, de trois mois seulement, jusqu'à cette nuit de juillet où plusieurs centaines d'élèves s'étaient rassemblés pour la fête de fin d'année dans la gigantesque salle polyvalente du lycée Nicolas-Copernic. La réalité : un autre mot pour ce dont les témoins se souviennent.

Now I will tell you what I've done for you.

Dès les premières mesures, il y avait eu du mouvement. L'immense salle était faite ce soir d'une obscurité dense et humide, de tressaillements de lumière et du bourdonnement des basses. Tout le monde s'était précipité sur la piste de danse, les plus forts se faisant une place au centre, les plus faibles se balançant sur les bords. Ada s'était jetée au cœur de ces trépidations comme un corps céleste dans un trou noir, un ver de terre au milieu de géants, elle n'avait pas quatorze ans et était sur place depuis deux heures, sans autorisation. Le visage du Procureur jaillissait de la nuée vaporeuse avec la précision d'une gravure, il se tenait là, comme pétrifié dans les flots, et ne voulait pas s'écarter. Qu'est-ce que tu fais là toi ?

C'était un garçon d'une classe supérieure à la sienne, et Ada, qui ne le connaissait pas par son nom, l'avait appelé Procureur parce qu'il l'attendait presque tous les jours dans la cour pour lui poser une question. Ada, c'est quoi le sens de la vie ? Qu'est-ce qui s'est passé le 11 septembre ? Ada, est-ce que Dieu existe ? Elle ne savait pas ce qu'il pouvait bien vouloir, ses réponses étaient brèves. Le sens de la vie, c'est ce qui reste quand on se débarrasse de tout ce qui est absurde. Le 11 septembre David a inventé la fronde, mais attends un peu, l'histoire n'est pas terminée. Dieu n'existe pas, il existe un besoin de Dieu, ce qui revient au même. Il lui arrivait de faire le guet pour elle quand elle fumait en cachette derrière l'arrêt de bus. Ce n'était pas un ami, c'était un ennemi bizarrement amical.

Fifty thousand tears I've cried.

La musique n'était pas assez forte pour couvrir sa voix. Au fond, ce qu'il avait à dire n'avait pas d'importance, seulement il avait une foule de choses à dire qui étaient toutes en rapport avec ses questions habituelles. Des sans-Dieu. Des gens comme toi. Des gens qui sont coupables. Le terrorisme. Sa voix était terrible, elle s'approchait de plus en plus, de son oreille, dans son oreille, ses doigts qui se plantèrent dans le haut de son bras. Te lâcher ? On va peut-être d'abord essayer de trouver un prof ? Il est près de minuit et toi tu as treize ans, petite Ada, treize ans et la grosse tête. Danse avec moi.

Don't want your hand this time, I'll save myself.

Tout à coup, Ada en eut assez d'écouter ce bavardage débile. Elle était trop intelligente pour ça, trop intelligente, trop forte et trop seule. Son bras se leva quasiment tout seul, comme s'il ne pesait rien, comme s'il avait réussi à vaincre la pesanteur, il s'éleva à côté d'elle dans les airs, devint dur, ajusta sa position jusqu'au moment où son poing se retrouva juste à côté de l'oreille droite dans laquelle à l'instant encore le Procureur déversait ses paroles. Les lumières vacillantes et multicolores de la boule miroir au-dessus de leurs têtes se reflétaient dans le métal du poing américain. Il était étincelant parce que Ada le baladait toujours dans la poche de son pantalon. Elle l'avait acheté des mois plus tôt pour cinq marks au marché aux puces. Le vendeur, blouson de cuir et crâne rasé, lui avait gentiment souri : T'as raison, ma p'tite, il y a deux sortes de gens dans la vie : celui qui frappe en premier et celui qui hésite trop longtemps. Sa philosophie n'intéressait pas Ada. Elle glissa le poing américain dans sa poche, il appuyait contre le haut de sa cuisse et restait visible à travers le pantalon, c'était une sorte de poignée à laquelle on pouvait s'agripper quand le sol se dérobait.

Ada plaça son bras sur le côté, en l'éloignant un peu du corps, et frappa en effectuant une demi-rotation sur elle-même, le pouce à l'extérieur appuyé contre l'index. C'est comme ça que ça s'est passé. Elle n'avait jamais frappé personne. Sa main finit sa course, légère et veloutée, contre la mâchoire de son adversaire qui était bien plus grand qu'elle. Une pichenette, rien de plus. La tête du Procureur fut jetée de côté comme une tête de poupée mal rembourrée. Ada était sûre de n'avoir pas touché son nez, et pourtant elle en vit jaillir du sang qui dessina une pyramide rouge sur sa chemise claire. Le Procureur recula en titubant, il n'était pas loin de tomber. Sa réaction avait l'air totalement exagérée au vu des faits : une petite fille pesant moins de cinquante kilos venait de lui donner une petite leçon. Ada ne put s'empêcher de rire.

Lâche, lui dit-elle, même si dans ce vacarme musical il pouvait tout au plus voir bouger ses lèvres, quel lâche. Quand elle prit son élan pour frapper une deuxième fois, elle sentit qu'on attrapait sa main en l'air pour l'arrêter. Ada ne ressentit nullement le besoin de tenter de trouver une explication rationnelle à cette réalité. Elle donna un coup violent vers l'arrière et le talon de sa botte trouva une rotule sur son passage. Quelque chose alors tomba par terre, un verre peut-être, une bouteille vide ou quelqu'un. Elle fit trois pas en avant et son poing toucha en plein visage le Procureur, qui de ses deux mains tentait d'arrêter le sang qui coulait de son nez. Evidemment, le coup fut arrêté par les mains. Evidemment les mains protégèrent le nez. Il y eut un craquement. Sur le poing américain jouaient les reflets de lumière et Ada frappa une fois de plus. Son adversaire alla au tapis. Elle visa les tempes, juste derrière l'oreille. Deux bras la saisirent, se nouèrent autour de sa taille, dix serres pénétrèrent brutalement dans son poing comme des vers de terre tenaces, ouvrirent sa main et retirèrent le poing américain. Jolie collaboration tout à coup de tous ceux qui d'habitude se battaient toujours les uns contre les autres ; quelle adresse dans les gestes de chacun quand il s'agissait de soulever une fille de terre, de la tenir dans les airs, d'immobiliser ses jambes qui frappaient autour d'elle et d'échapper à ses ongles et à ses dents. Pour finir, Ada se laissa tomber à terre. Non parce qu'elle perdait connaissance, elle voulait simplement rester un moment sur le dos, fermer les yeux et profiter des dernières mesures.

So go on and scream, scream at me, I'm so far away.

Ada ne revit jamais son poing américain ; au fond, il ne lui manquait pas. Le lendemain matin elle se réveilla avec le vague sentiment qu'il s'était passé quelque chose de merveilleux mais dont elle ne pouvait se souvenir sur l'instant. Elle eut un sourire dans son demi-sommeil. C'était peut-être Noël. Ou son anniversaire.

I'm going under.

Ada chantait à tue-tête. Elle sentait les vibrations de sa propre voix, sans y être pour quoi que ce soit : elle ouvrait la gorge en grand, c'est tout. Quand la musique se fit de plus en plus forte jusqu'à atteindre un ultime accord assourdissant, Ada ouvrit brusquement les yeux et retraversa en courant le pont invisible vers le présent, elle sortit de la pièce, remonta la pente de la cave à vélos. Elle se sentait mal, elle écarta ses mains de son corps comme si elle les avait plongées par mégarde dans une matière gluante. A travers la cour de l'école, direction le parc. Voilà une chose de plus à laquelle on pouvait échapper en courant, à laquelle il fallait échapper en courant.

Elle se changea directement sur la pelouse et s'élança sur la piste où elle se mit à courir, à courir sans casque sur les oreilles, sans musique, accumulant les tours à un rythme de plus en plus rapide, les yeux mi-clos et sans penser à rien. Non loin de la piste était assise une petite fille, pieds nus sur le gazon chauffé par le soleil ; elle regardait Ada tout en nourrissant son teckel de petits lambeaux de peau qu'elle arrachait à la plante de ses pieds.

Smutek voit courir une élève

ELLE ne se moqua pas de lui quand il lui rapporta son entretien avec le directeur. Mme Smutek le pria de répéter une fois encore les phrases de Teuter, et fit de la main un geste d'impatience que son mari n'avait encore jamais observé chez elle. Ses doigts bougeaient en l'air comme s'ils égrenaient un chapelet invisible.

Elle avait de belles mains, aux ongles soigneusement limés et polis, qui luisaient comme du plastique rose. Depuis l'époque où ils faisaient leurs études à Berlin, Mme Smutek avait renoncé à ce maquillage joyeusement coloré dont les Polonaises raffolent pour adopter une sobriété d'intellectuelle ; elle ne se vernissait plus les ongles, portait des tailleurs-pantalons décontractés et autorisait ses cheveux à sécher à l'air libre quand elle venait de les laver. Elle n'avait conservé que son rouge à lèvres éclatant, dont elle renouvelait l'application plusieurs fois par jour. Smutek était fier d'être le seul être au monde à connaître sa bouche non fardée, qui était en réalité beaucoup plus petite qu'elle ne le paraissait pendant la journée. Quand Mme Smutek sortait de son lit le matin, ses yeux sombres régnaient sur un visage où toutes les autres nuances se diluaient dans une commune pâleur.

Smutek aimait les doigts de sa femme et ce geste inédit lui sembla obscène. En plus, il lui était toujours difficile de regarder sa main droite sans penser à la façon dont elle se refermait sur son membre en érection.

— Adresse-toi au conseil d'administration, dit sa femme.

Sur quoi Smutek entreprit de lui expliquer une fois de plus la différence entre la direction du lycée et son conseil d'administration. Teuter seul avait pouvoir de décision en ce qui concernait la vie scolaire.

— Je sais bien, dit sa femme. Comment peut-on être aussi grand et aussi bête ?

Elle se tenait debout devant lui qui était assis sur une chaise de cuisine ; elle avait glissé une jambe entre ses genoux, sa poitrine se trouvait à la hauteur de son nez et elle lui caressait les cheveux de ses deux mains aux doigts écartés, car elle ne l'aimait jamais tant que quand elle avait des reproches à lui faire.

— Le conseil d'administration, dit-elle, statue sur les projets qui coûtent énormément d'argent.

— C'est ça, dit Smutek en calant sa tête entre les mains de sa femme, à la manière d'un jeune chat.

— Alors arrange-toi pour que ton club d'athlétisme coûte énormément d'argent.

Elle retira les doigts de ses cheveux pour faire place à l'idée en train de germer.

— Mais bien sûr ! s'exclama-t-il. Un nouveau terrain de sport.

Il referma les bras autour de sa taille et, se remettant sur ses pieds, la souleva, la saisit sous les genoux et la porta dans la pièce voisine, cependant qu'elle cachait son visage au creux de son cou.

Le jour suivant, après les cours, Smutek alla marcher le long du Rhin. L'air était doux, l'année s'octroyait un deuxième printemps à la fin du mois de septembre. Les nuits, c'est vrai, vous écorchaient la peau d'une caresse rugueuse et glacée, mais, la journée, le soleil transformait tous les hommes en héros et faisait rire les filles, tandis qu'un vent chaud crêpait d'une main les chevelures et bousculait de l'autre les passants titubants. Les gens se pressaient sur la terrasse gravillonnée du *Café de la Bastille* ; on portait les bonnes affaires des soldes d'été, ces vêtements qui d'ordinaire ne sortent des armoires que l'année suivante. Smutek marchait à grands pas en rasant le garde-corps. Une vieille dame jetait dans l'eau des pains entiers, malgré l'absence de mouettes ou de canards à proximité. Les pains étaient aspirés par le courant et emportés comme d'étranges bouteilles porteuses de messages.

En arrivant à Mehlem, Smutek fit demi-tour et eut l'idée de se lancer un défi : serait-il capable de se maintenir à la hauteur des péniches qui descendaient le fleuve ? Gagnant et perdant à la fois, il s'agaça de ce sentiment d'inanité inhérent à tous les paris engagés contre soi-même. En tournant le dos au fleuve pour monter l'étroit escalier qui menait au parc du lycée, il eut l'impression d'être un visiteur pénétrant sur les lieux pour la première fois. Il longea l'allée de gravier sous les châtaigniers et ralentit le pas pour retarder encore un peu le moment où il verrait le terrain de sport.

La piste était là, grise entre les surfaces gazonnées. De lourds nuages passaient dans le ciel comme de gros cargos surchargés. Les installations étaient minables. Un seul regard suffisait pour s'en convaincre, il aurait pu s'épargner la promenade à Mehlem. Impensable de s'entraîner sérieusement sur une piste pareille. La longueur était inférieure à quatre cents mètres, si bien qu'un coureur était obligé de tourner bien trop souvent et ne pouvait pas vraiment profiter des longueurs pour accélérer. Le revêtement avait plusieurs dizaines d'années. La piste d'élan pour le saut en longueur était parallèle à la ligne droite située côté fleuve ; la caisse de réception n'était rien d'autre qu'un bac à sable mal soigné muni d'un tremplin en bois. La cendrée encadrait une pelouse pelée et piétinée, sans installations de saut en hauteur, sans possibilité de lancer le javelot et encore bien moins le poids. Un stade aménagé avec cette négligence n'était pas digne d'un respectable établissement privé.

Smutek décida de solliciter d'abord l'aménagement d'une nouvelle piste. Les yeux levés vers le ciel, il eut pour sa femme une pensée pleine de gratitude. Elle était géniale. Il était simplement surpris de ne pas avoir trouvé cette idée tout seul. Il fut encore plus surpris de voir que quelque chose tournait inlassablement sur la piste.

Un petit tas de vêtements et de chaussures gisait sur le sol, comme si quelqu'un s'en était débarrassé à la hâte pour se jeter à l'eau un jour de canicule. Depuis que Smutek avait suivi dans la salle des professeurs une conversation sur les rapports entre les aptitudes intellectuelles et la rébellion, il savait que la jeune fille en train de faire ses tours de piste et qui d'ordinaire se tenait toujours, indifférente à tout, dans la cour fumeurs se prénommait Ada. Il aurait bien voulu lui demander si elle s'appelait ainsi à cause du chef-d'œuvre de Nabokov.

Comme il s'approchait, il fut envahi par un sentiment de malaise, qui n'était pas sans analogie avec celui qu'il avait ressenti en pariant contre lui-même, mais qui provenait sans conteste de la présence de cette fille sur le terrain de sport. Depuis la rentrée, il l'avait tout simplement croisée trop souvent ou, pour mieux dire, sa conscience la mettait trop distinctement en scène, l'auréolait d'une indéfinissable signification, l'élevait au rang d'un leitmotiv, d'un marquage qui soulignait les points faibles dans la structure du réel. Smutek ne se laissa pas le temps de considérer que les événements futurs sont souvent annoncés par la répétition de schémas bien précis, par la succession de plus en plus rapide de coïncidences apparemment fortuites qui finissent, en ce concentrant, par créer ce qu'on appelle "une histoire", et qui existe depuis longtemps quand l'homme daigne s'en apercevoir.

Le terrain de sport n'était ombragé par aucun arbre derrière lequel il aurait pu se glisser pour poursuivre ses observations à un poste moins exposé. Piqué en plein champ comme un poteau, Smutek chassa ses réflexions ésotériques en accordant toute son attention à l'analyse du style de la coureuse. On voyait bien qu'elle n'était pas en train de s'entraîner, mais qu'elle courait pour d'autres raisons, peut-être juste par plaisir ou pour se défouler, et Smutek trouvait sa rapidité absolument stupéfiante. Pourtant, elle n'avait sans doute jamais bénéficié des conseils d'un spécialiste. Ses bras, travaillant comme des pistons, poussaient vers l'avant des poings à demi fermés qui happaient le vide comme s'il y avait dans l'air des poignées pour l'aider à avancer. Bras et jambes gaspillaient de l'énergie en se projetant sur les côtés, et elle n'employait pas toute sa force pour se propulser vers l'avant, mais partait en même temps vers le haut. Ada compensait la faible longueur de ses jambes par des bonds surdimensionnés.

Quoi qu'il en fût, elle était rapide. Smutek décida de la chronométrer. Au moment où elle franchit une nouvelle fois la ligne d'arrivée, il consulta sa montre et, faisant rapidement aller et venir son regard, compara la course de la trotteuse avec la position d'Ada sur la piste. Elle bouclait son tour en soixante secondes à peine. La piste étant longue d'au moins trois cents mètres, elle courait donc à près de vingt kilomètres à l'heure. Il lui fallut encore quatre tours pour qu'il en croie sa montre. Elle ne tiendrait pas longtemps à ce rythme.

Comme Ada ne portait pas de T-shirt mais seulement un soutien-gorge de sport qui pressait fermement ses seins sur sa poitrine, il pouvait étudier sa conformation comme celle d'un pur-sang qui se présente au paddock avant le derby. Elle semblait trapue et pas le moins du monde taillée pour la course. Ses hanches larges, à peine amincies au niveau de la taille, déterminaient les contours de son torse et paraissaient se prolonger carrément jusqu'au thorax. Le ventre musclé était proéminent comme s'il devait abriter deux estomacs, deux intestins et deux utérus. Smutek pensa aux membres élancés de sa femme qui, quoique deux fois plus âgés au moins, paraissaient plus juvéniles que l'architecture archaïque de la jeune fille, et malgré cela, à sa propre surprise, il trouva qu'elle était belle. Ou tout simplement rapide. Il sentait pénétrer en son propre corps le rythme effréné des jambes de la coureuse, il eut envie de tomber la veste et de partir au sprint pour la rattraper, d'adapter à la sienne sa propre cadence. Il voulait aspirer l'air avec elle comme s'ils avaient une seule et même bouche, atteindre en commun ce point où le souffle s'apaise et coule si naturellement qu'on a l'impression de pouvoir survivre même sous l'eau. Il imagina deux chevaux galopant au loin sur une plaine, comme si l'horizon était une route tracée tout exprès pour eux.

Sans vraiment s'en apercevoir, il était arrivé tout près de la piste et faillit trébucher sur une petite fille assise sur la pelouse. Le teckel de la gamine aboya furieusement, Ada leva les yeux et ralentit sa course, la petite s'en alla, traînant derrière elle le chien qui s'excitait au bout de sa laisse.

— Salut, dit Ada en s'arrêtant devant lui.

La sueur noircissait sa culotte en haut des cuisses, ruisselait de son nez, brillait sur ses bras et son ventre.

— Ne t'arrête pas comme ça, dit Smutek. Tu vas prendre froid.

Ensemble, ils retournèrent sur la piste et se mirent à marcher côte à côte à grands pas. Smutek avait l'impression de promener un pur-sang, son exploit accompli, pour le faire sécher.

— Dis-moi – tu essaies d'échapper à qui, en courant comme ça ?

Il avait voulu plaisanter, et il prit peur quand elle tourna vers lui son visage, sans le regarder, avec une singulière expression de gravité indifférente. Il remarqua seulement alors la tache sombre et enflée qui soulignait son œil gauche.

— Si vous voulez savoir si je suis rentrée dans une porte, allez-y. J'ai des réponses toutes prêtes.

Smutek comprit, hocha la tête ; il ne savait comment dire qu'il ne se souciait nullement de ce qui pouvait lui arriver : que son père la batte ou que ce soit son copain, qu'elle soit tombée pour de bon, dans l'escalier ou en courant, ça lui était égal. Ils ne se connaissaient pas. Elle avait sa vie, il avait la sienne. Si elle avait besoin d'aide, elle pouvait le lui dire, et il verrait ce qu'il était possible de faire. *To wszystko*, c'était tout. Il n'était pas pédagogue, il était prestataire de services.

C'était cela qu'il voulait lui dire, elle aurait sûrement été contente, mais il chercha en vain les mots qu'il aurait fallu ; il en conclut qu'Ada était une adolescente difficile. Dans la salle des professeurs, elle passait pour taciturne, mais en fait elle ne se taisait pas, elle obligeait les autres à se taire, ce qui n'était pas la même chose. Pour Smutek, ça n'était pas un problème. Dans son rôle d'enseignant, il possédait la faculté de mettre hors circuit tous les capteurs préposés aux relations humaines et d'ignorer les signaux auxquels l'homme est exposé en permanence de la part de ses congénères. Smutek était autiste sur commande.

Sans se laisser impressionner par la tête de la jeune fille, il se mit à parler de son projet de créer un club d'athlétisme, et de la résistance de Teuter. Ada marchait au bord de son verbiage comme un promeneur qui flâne au bord d'un ruisseau en s'arrêtant de temps à autre pour lancer, avec une force inattendue, un caillou au beau milieu du clapotis argentin.

— Dans la guerre, disait-elle par exemple, que Teuter se livre à lui-même, je ne veux pas avoir à jouer les Casques bleus.

Smutek avait de plus en plus l'impression qu'il pourrait lui confier une foule de choses, sur l'athlétisme, Teuter, lui-même, la Pologne, l'Allemagne, lui expliquer ce que cela implique d'avoir manqué la révolution postmoderne derrière le rideau de fer et que bien des phénomènes, avec la meilleure volonté du monde, demeuraient incompréhensibles. Mais la première phrase élaborée par son cerveau trébucha sur ses propres tentacules, s'embrouilla dans des incises et des subordonnées, s'allongea démesurément et, incapable qu'elle était de se souvenir de son commencement et de prévoir la fin, expira dans sa poitrine. Smutek se contraignit à regagner des eaux moins profondes et poursuivit ses propos anodins sur les revêtements en résine et la longueur de la piste. Après leur cinquième tour, il obliqua vers la pelouse. Ada enfila son pull de grosse laine à même sa peau nue, qui avait séché entre-temps, ce qui fit frissonner Smutek, enleva son short et remit son jean, sans se soucier de sa présence auprès d'elle. Après quinze ans de mariage, Mme Smutek disparaissait encore dans la salle de bains et s'enfermait pour se changer.

Quand elle eut fini, Ada se redressa et le regarda pour la première fois. Pour décrire la couleur de ses yeux, c'est le mot "incolore" qui convenait le mieux, de même qu'on dit qu'il ne fait "pas de temps aujourd'hui" ou que quelqu'un "ne pense à rien".

— Je serais plus tranquille d'être sûre, dit-elle, que vous savez que…

Son regard glissa et s'accrocha à son menton, fendu par une ride verticale en deux moitiés de chair légèrement dissymétriques, et qui donnait l'impression qu'on pourrait le couper en deux d'une légère pression du pouce comme une grosse prune siamoise. Si Smutek avait su ce qu'elle pensait à cet instant précis, cela aurait achevé de le décontenancer. Ce menton, pensait-elle, doit être chez lui le siège de la parole. Pendant qu'il bavardait gaiement, elle avait été frappée du soin avec lequel il choisissait ses mots ; non en rhétoricien circonspect, mais en homme qui traduit à partir d'une langue étrangère comme on agence les pièces d'un jeu de construction, sans savoir ce que signifient les divers éléments de la phrase. Mais sans même qu'elle exprime ces idées, son regard était si intense que Smutek se tâta le visage des dix doigts, comme pour modeler l'expression qu'il allait arborer.

— Je serais plus tranquille, reprit Ada, si vous étiez préparé à une déception. Vous remporterez la victoire sur Teuter. Une fois que vous aurez votre terrain de sport avec ses installations dernier cri, dix élèves vont se porter volontaires pour le club d'athlétisme, et, après quelques séances d'entraînement, il n'en restera plus que trois.

Smutek ne disant rien, elle fut obligée de poursuivre :

— Vous voulez que je vous dise où est le problème ?

— Oui, s'il te plaît, dit Smutek. Dis-moi tout.

— Nous sommes tous des paresseux obligés de se couper les ongles faute de travail pour les user.

— Il faudra que j'y réfléchisse.

— Vous devriez, en effet.

— Pourrais-je également savoir pourquoi tu te soucies du salut de mon âme ?

— Probablement parce que je souhaite que chacun obtienne ce qu'il veut, dans les limites du possible.

Elle avait ramassé son sac et l'avait accroché à son épaule.

— Tu es bien bonne de penser à moi.

Alors qu'elle s'éloignait, il lui lança :

— Ada ! Si ça marche, cette histoire d'entraînement, tu viendrais ?

— Oui, dit-elle sans se retourner. Mais n'essayez pas de faire de la pub auprès des autres en leur disant que j'ai accepté. Ce serait contre-productif.

Le quotidien s'installe chez les Smutek

UNE FOIS que les semences des événements futurs eurent été déposées en rangs serrés sur un terrain bien délimité, le quotidien s'appesantit sur tous les protagonistes comme une couche de neige recouvrant une terre qui doit durcir avant qu'au printemps les racines ne se mettent à courir et à projeter leurs jeunes pousses.

Avant que Smutek ne transporte sa belle femme lunatique comme convenu en Mazurie pour les vacances d'automne, il eut un entretien avec Gründer et cette fois il y était bien préparé. Après une soirée passée devant l'écran, sa femme sur les genoux et un carnet de notes à portée de main, Smutek était en mesure de présenter les réalisations de sept écoles privées du land de Rhénanie-Westphalie. Il avait téléchargé des photos de piscines, de manèges d'équitation, de salles de musculation et de terrains de beach-volley. Il développa ses idées au nom du lycée Ernst-Bloch, exposa l'importance de l'éducation sportive pour le fonctionnement d'une école et surtout il fut bref car il savait que Gründer ne s'intéressait que fort peu à l'aspect pédagogique de son projet. En présence d'une nature comme celle de Gründer, qui se distinguait par une intelligence moyenne, une certaine bonté d'âme et un sens tourmenté de son devoir face à une histoire familiale jadis glorieuse certes, mais tombée à présent dans cette banalité profonde propre à la République fédérale, il n'était pas mauvais d'en remettre. Une école devait, comme n'importe quelle entreprise, penser à son avenir. On ne devait jamais oublier la métaphore de la toupie musicale : l'arrêt, c'est la mort.

Gründer, qui ne détestait pas que l'on mesure son école à l'aune de l'entreprise, reprendrait la comparaison de la toupie musicale lors de sa prochaine allocution. Avec des propos élogieux, il souscrivit en tout point au projet de Smutek qui consistait à prévoir dans un premier temps une extension des installations existantes. Smutek se déclara tout à fait prêt à présenter les excellentes idées de Gründer lors du prochain conseil d'établissement. La direction de l'école serait enthousiaste. Il en avait la certitude absolue.

En Mazurie s'étendaient de grands lacs, yeux bleus entourés de feuillage aux tons bruns mêlés de roux. Mme Smutek fauchait l'herbe et faisait des gâteaux avec les dernières têtes réduites, ratatinées et jaunâtres, qui pendaient dans les branches presque dénudées du pommier. Smutek répara la toiture et passa une couche de lasure sur les volets. Ils se retrouvaient sur la terrasse, un bout de jardin recouvert de quelques plaques de pierre posées à la main, en début d'après-midi pour boire un verre. Le soleil s'élevait dans les airs et se couchait de façon très polonaise, pâle et mélancolique, ne remplissant sa mission qu'à moitié, l'air toujours un peu froissé. Le soir, une fine brume venait recouvrir la surface de l'eau. En pulls marins, ils faisaient frire des poissons sur le barbecue, mangeaient debout et faisaient l'amour sur l'escalier de la cave. Deux semaines se fondirent en une seule journée et une longue nuit, remplies d'odeurs d'herbe séchée et de terre humide, du timide gazouillis des oiseaux, de la tiédeur de l'air et de la fraîcheur des rayons du soleil. Sur le trajet du retour, ils n'échangèrent pas un mot comme si tout ce dont ils avaient à parler était resté là-bas.

Après les vacances, dès la première journée de classe, Gründer envoya un élève dire à Smutek de passer dans son bureau : il lui annonça une somme qui certes ne permettait pas de faire des miracles mais bien suffisante pour un début.

Chez Ada aussi le quotidien commence à s'installer

ADA cependant refusait obstinément de céder aux propositions de compléter le groupe de rock en reprenant le micro. En revanche, elle assistait régulièrement aux répétitions et, pendant les récréations, elle fumait fréquemment devant la porte de la cave à vélos où les membres du groupe se retrouvaient comme les lapins de garenne devant leur terrier. En contrepartie, il arrivait aussi que les Oreilles avec leurs cheveux gras et leurs fringues en cuir aux dessins multicolores lui rendent visite dans la cour fumeurs ; ils saluaient alors Ada comme un homme, d'un coup en l'air de leurs mains levées, soutiraient une cigarette à la plus fragile des princesses qu'ils plantaient là ensuite pour démarrer une de leurs discussions habituelles : le lyrisme était-il d'ores et déjà remplacé par les *lyrics* comme le théâtre par le film ou l'humanité était-elle si imprégnée par la peur des changements qu'il faudrait, une fois de plus, attendre cinquante ans avant de pouvoir en juger.

Les autres élèves se tenaient à distance, un peu comme si Ada et les Oreilles étaient un bosquet de bouleaux plantés au centre d'un parc boueux. Etre intégré à un groupe marginal constituait pour Ada une jouissance profonde. Depuis qu'on la voyait avec ce groupe, plus personne ne l'avait traitée de Marionnette.

Les devoirs sur table montraient que les capacités d'Ada se situaient dans toutes les matières dans la zone supérieure. Avec Höfi, elle continuait de passer le plus clair de son temps dans le couloir et elle voyait dans toute nouvelle mise à la porte, ainsi que dans le qualificatif qu'il lui attribuait, "tête de bois", un témoignage d'amitié, pour ne pas dire de respect.

Lorsqu'un enseignant cherchait Olaf, il demandait à Ada où se trouvait "son ami". Elle n'avait rien à y redire. En dehors des heures de classe ou de répétitions, ils passaient de longs moments tranquilles au bord du Rhin ou bien ils se rendaient en bus au centre-ville pour acheter du hasch pour Rocket qui à la prochaine infraction sur les stupéfiants risquait une condamnation sévère s'il se faisait piquer. Par mauvais temps, ils s'installaient dans la chambre d'Olaf ; couchés par terre, ils faisaient le tri dans son énorme collection de disques, ou bien assis, collés l'un à l'autre, ils regardaient, sur l'ordinateur portable du père d'Olaf, des films piratés ou encore ils se lisaient mutuellement des extraits de journaux. Quoi qu'ils fassent, Ada avait le sentiment qu'elle aurait pu tout aussi bien jouer avec des soldats de plomb ou des petites voitures. Olaf avait bien un an de plus qu'elle, mais c'était dû sans doute à une erreur de calcul de la nature. S'il s'était avéré un jour que, en raison d'une fredaine de sa mère, Olaf était son demi-frère et avait trois ans de moins qu'elle, elle n'aurait pas été étonnée plus que ça. Pour ses parents, la présence d'Ada ne posait pas plus de problème que n'en avait posé auparavant son absence. Impossible dans ces conditions de ne pas se sentir à l'aise.

Parfois Olaf venait jusqu'au terrain de sport pour la regarder courir. Il s'asseyait en tailleur dans l'herbe, prenait son menton dans les mains et embrassait d'un large regard la piste sur laquelle tournait sa sœur d'élection. Quand elle s'arrêtait, il avait des taches sombres sur le fond de son pantalon. Les jours devenaient plus courts, le sol humide.

Ils empruntaient le bac pour passer de l'autre côté du Rhin, s'installaient dans un de ces bistrots pour promeneurs du dimanche et s'amusaient de ces rideaux jaunis par les cigarettes, de ces nappes en plastique à fleurs sur les tables et du menu à tranche dorée avec ses monstrueuses fautes d'orthographe en trois langues. Ils commandaient toujours la même chose : des champignons frits avec des frites. Le patron du bistrot venait de Bosnie ce qui explique qu'il ne servait que les chapeaux des champignons, caoutchouteux et noyés de graisse. Quand on en pressait l'envers sur les assiettes, ils s'y accrochaient comme des sangsues, et comme Olaf était le seul à réussir à les coller tous de cette façon sur son assiette sans qu'ils tombent, Ada payait tous ces repas en commun parce qu'elle perdait chaque fois son pari. Elle ne pensait pas qu'Olaf l'aimait. Elle pensait qu'il se faisait la même idée d'elle que celle qu'elle se faisait de lui, mais de l'autre côté de la rue pour ainsi dire.

Un jour Olaf lui demanda s'il pourrait voir son chez-elle. Au-dehors un de ces soleils d'Allemagne de l'Ouest venait de percer la couche nuageuse avec une intensité inattendue, une brume de lumière et de poussière nimbait le fleuve, des barques de lumière nageaient à la surface de flaques lumineuses au bord desquelles des pêcheurs du dimanche se tenaient dans l'eau chaussés de grandes bottes de caoutchouc. Il n'était aucune villa d'apparat, aucun jardin paysager et aucune situation familiale de merde susceptible de faire peur à Olaf.

Ada n'avait pas dit un mot. Depuis Selma, elle n'avait plus jamais emmené personne chez elle. Elle tapota légèrement sa cigarette sur le bord du cendrier et Olaf la regarda faire, s'attendant que le mégot s'éteigne avant qu'Ada ne tire une dernière bouffée. Il avait depuis un bon moment décidé de laisser tomber quand Ada tout à coup se leva : Allons-y.

Ils traversèrent avec le bac et descendirent le long du fleuve en courant jusqu'à ce qu'ils se trouvent derrière la villa Kahn. Ils passèrent dans un quartier de maisons individuelles qui avec de toutes petites montées d'escalier, des colonnes miniatures, des grilles torsadées et de petites clôtures ressemblait à un quartier d'Amsterdam en modèle réduit. Une rue de contournement à forte circulation, leur établissement se trouvait à son extrémité sud, se précipita vers eux pour disparaître dans le centre-ville de Bonn. Derrière commençait le quartier des villas. Des saules pleureurs abaissaient leurs coiffures de Beatles proprement élaguées sur de massives murailles, le *Jugendstil* avait élevé ses entrelacs sinueux le long des fenêtres, d'immenses terrasses à l'angle des maisons disparaissaient avec discrétion dans le jardin, des sapins se balançaient, des bouleaux bruissaient, un geai annonçait l'arrivée d'étrangers.

Le jardin devant la maison d'Ada portait une barbe de trois jours très soignée, le jet d'eau était hors service. Derrière la maison poussaient des arbres et de l'herbe sur un sol inégal. La fenêtre de la chambre d'Ada ? Tout en haut, sur l'arrière. Un voisin habitait le rez-de-chaussée. Quel voisin ? Ben, un voisin. Un de ceux qui savent tout et qui ne comprennent rien.

Ada appuya sur la sonnette et ouvrit en même temps la porte. On entendit un son aigu en provenance du premier étage, pendant un instant toute la maison se figea sous ce bruit strident. En haut, sa mère était penchée par-dessus une rampe en bois noir, les mains posées sur deux ornements baroques, devenus luisants à force d'attentes. Sur les marches, un tapis. Derrière la mère une lumière artificielle se répandait par la porte de l'appartement malgré l'après-midi dorée d'automne qui régnait à l'extérieur.

— *Hey, kids.*

Ada la regarda avec étonnement : c'était la première fois qu'elle utilisait ce mot *hey*, sans parler de *kids*. Olaf donna la patte et baissa bien poliment la tête. Pendant quelques instants seulement, il eut du mal à regarder la mère d'Ada dans les yeux, peu après il s'était habitué à ces strates de vieillissement divers qui s'y étaient superposées et dont seule la moyenne donnait le chiffre quarante-cinq. Avec sa frange lisse, son casque de cheveux d'un noir d'ébène faisait référence à une Cléopâtre intemporelle, les sourcils étaient totalement rasés, les lèvres corrigées, les boucles d'oreilles trop grandes, la peau à la fois bichonnée et fatiguée. Sous un T-shirt rouge à manches longues et inscription effrontée sur la poitrine se devinait un corps efflanqué que la nature avait jadis mieux traité. Au bout de ses maigres bras Olaf découvrit les mains d'Ada et il eut un mouvement de recul comme devant un photomontage répugnant.

Derrière la porte Ada enleva ses chaussures, débarrassa Olaf de sa veste et se mit prudemment en mouvement comme un étranger qui n'est pas sûr d'être le bienvenu. Salon et salle à manger étaient reliés par une porte battante : ensemble ça faisait presque une salle. Ils s'assirent tous trois à une table qui avait l'air perdue au milieu de ce parquet miroitant à l'infini. Sa mère prit immédiatement la parole, exactement comme si elle poursuivait une conversation interrompue lors de leur dernière rencontre. Il allait tout de même y avoir bientôt une guerre en Irak. Ce Bush, elle ne l'aimait pas du tout, et Schröder pas davantage. Tous des hommes de pouvoir, non ? Le temps, pas vraiment chaud, mais beau.

Aucun de ces sujets ne la retenait plus de deux minutes. Quand elle demanda à Olaf ce que faisaient ses parents et quelles étaient ses matières préférées, on pouvait voir à quel point elle souffrait de devoir attendre la réponse. Elle le félicita pour son look *heavy metal*. Avoir son propre style, voilà l'essentiel. Ada aussi avait eu le sien un jour, mais c'était vieux tout ça. Suivirent encore quelques histoires d'Ada enfant ainsi que quelques anecdotes de la mer, racontées avec le dialecte si particulier d'une vraie fille de là-bas, car, comme elle aimait à le souligner, elle était un vrai poisson, et ici, sur la terre ferme où l'avaient emmenée les hommes, elle avait toujours eu du mal à respirer.

Quand Ada remarqua qu'Olaf arborait un sourire d'indifférence et ne répondait plus que par monosyllabes qui suffisaient amplement à maintenir la conversation et qu'il ne montrait aucun signe ni de ras-le-bol ni de gêne, elle se détendit un peu. Fondamentalement, Olaf avait à l'égard des gens une attitude toujours identique et neutre qui lui permettait de garder son calme dans presque toutes les situations. Ce qui lui plaisait le plus dans ces situations, c'est que la grande majorité des gens ne l'intéressait pas et que le nombre de ceux qui l'intéressaient tendait vers zéro par rapport à l'ensemble de la population. Tant qu'il avait cette assurance, il était capable d'encaisser même certains spécimens un peu survoltés.

Ada voulut ensuite lui montrer sa chambre. Ils se levèrent tous les trois en même temps et Olaf s'attendait qu'ils se serrent solennellement la main. Sa mère passa à la cuisine, sortit une bouteille de Coca-Cola du réfrigérateur et la leur remit d'un air aussi important que s'il s'agissait des bijoux de la couronne. Prenez donc, en l'honneur de cette journée. Ils étaient déjà en train de monter l'escalier quand elle leur lança : Olaf avait-il envie de rester pour regarder la télé ? Comme Ada n'annonçait jamais qu'elle allait avoir de la visite, elle n'avait pas pris la précaution de regarder ce qui passait aujourd'hui. Par exemple l'amie d'Ada n'avait jamais rien regardé d'autre que les dessins animés, et parfois elle s'était mise à pleurer dès qu'ils regardaient les informations. Pour Olaf, c'était pareil ?

— Ne vous dérangez pas, répondit Olaf, on m'attend chez moi.

— Appelle tes parents, s'ils refusent que tu restes pour regarder la télévision, je leur parlerai.

Tout en haut de l'escalier, Ada leva les yeux au ciel jusqu'à ce que seul le blanc soit encore visible.

Olaf ne voulait-il pas redescendre, en regardant le programme télé on pourrait tout de même ensemble…

D'un geste de la main, Ada lui fit le signe impérieux de passer et indiqua du doigt la dernière porte du couloir.

— Maman, dit-elle lentement et avec sévérité, ça suffit maintenant. Olaf est attendu. Il te remercie.

— Bon, ça va, ça va.

En bas on l'entendait qui continuait à parler pendant qu'Ada refermait la porte tout en se frottant les deux joues.

— Dans dix minutes tout au plus elle sera ici, tu sais. C'est toujours comme ça, et maintenant en particulier, parce que ta visite est un événement. Quand je m'enferme avec mes cigarettes et mes livres dans les W.-C., elle vient parfois se coller à la porte pour me parler. Je n'ai plus aucun problème pour lire pendant qu'on parle. Dès que j'ouvre un livre, tout ce que j'entends se transforme en bruit de fond : incompréhensible et asexué. Bruit de branches balayées par le vent sur la vitre. Peut-être un marteau-piqueur juste devant la maison. C'est comme ça. Mais c'est pas bien agréable.

Olaf ne l'avait pas souvent entendue parler aussi longtemps, il était content mais en même temps il sentait que ses forces l'abandonnaient. Tout autour de lui de grandes étoffes aux motifs indiens tentaient de dissimuler le mobilier d'une chambre d'enfants. Pas de tableaux sur les murs, remplacés par des pièces de tissu. L'armoire et les rayonnages recouverts de tissus. La moquette était recouverte d'une étoffe qui glissait sous les pieds et qu'il fallait sans doute remettre en place plusieurs fois par jour. Sur le bureau était posée une pièce de tissu, il y avait la même sur le lit et une autre pour remplacer les rideaux. Rien pour s'asseoir. Olaf s'assit par terre. Ada alla chercher un cendrier sous les rayonnages et ouvrit la fenêtre. Une petite chaîne stéréo était posée sur une caisse à fruits, en dessous il y avait quelques cassettes qu'elle avait enregistrées elle-même et trois CD.

On entendit nettement les pas dans l'escalier, les talons claquaient durement sur le bois. La mère d'Ada entra sans frapper, s'adressa uniquement à Olaf sans accorder le moindre regard à sa fille qui dessinait avec l'auriculaire des lignes biscornues dans le cendrier. Manifestement, elle avait pleuré : sous les yeux, on voyait des taches noires de maquillage dilué. Elle énumérait des plats qu'il était possible de confectionner avec le contenu du frigo, évoquait elle-même avantages et inconvénients, écartait d'un geste sans cesse renouvelé les hésitations d'Olaf pour finir par recommencer depuis le début. Olaf supporta cet exposé sans la moindre contrariété, attendit que la mère d'Ada ait réussi à se mettre d'accord avec elle-même sur l'une des variantes proposées et leva la main pour la saluer quand elle quitta la pièce avec un air de satisfaction.

— Tu sais y faire.

Ada le regarda, et il eut l'impression que jamais auparavant elle ne l'avait fixé aussi directement.

— Maintenant, elle va se mettre au travail, en bas, à la cuisine, tout en chantonnant à mi-voix et pendant une demi-heure elle sera heureuse. Parce qu'elle prépare pour l'ami de sa fille un bon repas qu'ils vont pouvoir prendre en commun. Ensuite ensemble devant la télévision. Une famille mutilée, mais moderne et finalement tout à fait normale. C'est à toi, à toi seul que nous le devons.

— Parfois, dit Olaf tout en baissant le regard pour se libérer de l'emprise de ses yeux gris, parfois, ton cynisme est difficile à supporter.

Comme il regardait le sol, il ne put voir son mouvement de frayeur.

— Non, non, lui dit-elle et elle saisit sa main appuyée sur le sol. Elle avait les doigts glacés. Mauvaise circulation sanguine. Je parlais sérieusement, poursuivit-elle. Merci.

Tout à coup elle fut dans ses bras, il la berçait comme un petit enfant. Elle se laissa aller contre lui, elle était comme morte, les yeux ouverts, le regard perdu.

— Ça va aller, ça va aller, lui chuchota-t-il, comme s'il lui fallait la consoler, et pourtant elle n'avait pas l'air de quelqu'un qui soit à même de recevoir une consolation.

Noël I

AINSI passa le reste de l'année. Smutek et sa femme fêtèrent Noël à deux devant un petit sapin, un Noël contemplatif, modeste, nimbé de l'arôme du pain d'épice et du poisson et d'un peu de tristesse sans raison. Ada et sa mère passèrent Noël à deux devant un petit sapin, un Noël contemplatif, modeste, sa mère pleura beaucoup, cela faisait longtemps qu'elle n'avait plus besoin de raisons pour cela. Olaf et ses parents fêtèrent Noël à trois, sa grande sœur n'était pas venue cette année parce qu'elle passait un semestre à Moscou pour ses études, qu'il y avait trop de neige en Russie et que le voyage était trop long. Le sapin montait jusqu'au plafond, il était décoré de bougies en vraie cire et Olaf, lui, savait au moins pourquoi il était triste. Sa sœur avait écrit une lettre dans laquelle elle analysait en détail la situation politique de la Fédération russe. En outre, l'enveloppe en contenait une autre, dans laquelle s'en trouvait une troisième encore plus petite, et ainsi de suite selon le principe de la matriochka ; toutes ces enveloppes étaient pour Olaf et dans la dernière il y avait un petit mot où sa sœur lui disait qu'il lui manquait. Il y avait des cadeaux et le repas était plus abondant que d'habitude.

Höfi et sa femme fêtèrent Noël devant un vase contenant des branches de sapin ; sa femme était confortablement installée sur le canapé, emmaillotée comme un ver à soie, et adressait, du creux de ses couvertures, un sourire aux boules multicolores où se reflétait la lumière des bougies et leurs deux visages miniaturisés, déformés, étirés en largeur. Il n'y avait pas de cadeaux, Höfi tint toute la soirée la main de sa femme, et le rire l'emporta tout de même sur les larmes.

La Saint-Sylvestre passa sans que nous ayons besoin de savoir comment. La nouvelle année ressemblait à s'y méprendre à l'ancienne. Ada lut six volumes de *La Comédie humaine*, se sentit physiquement malade comme si elle souffrait d'une intoxication balzacienne et à la rentrée de janvier, après la visite des Rois mages qui, avec un morceau de craie, avaient apposé leurs initiales sur la porte en échange d'une poignée de bonbons ridicules, elle fut heureuse de retourner en classe.

En mars, le premier jour où il ne gela pas, les niveleuses de Smutek arrivèrent et tracèrent en quelques heures une deuxième piste ovale. Le soir, Smutek contempla avec étonnement le lit sableux de la future piste, on aurait dit le tracé d'une petite autoroute qui tournerait en rond. Teuter avait compris sa stratégie ; voyant d'où soufflait le vent, il avait retourné sa veste et, au cours du conseil d'établissement, fait l'éloge du projet en termes si dithyrambiques que Smutek ne pouvait manquer d'y voir une déclaration de guerre. Par principe, on avait extorqué au conseil d'administration trois nouveaux ordinateurs pour la salle informatique, au motif que la formation à l'utilisation des médias était aussi importante que le sport. L'affaire était réglée. Une semaine plus tard, les premières bombes tombaient sur l'Irak.

Préliminaires au dépucelage d'Olaf

L'IDÉE de dépuceler Olaf venait de Rocket. Lui-même n'avait encore jamais eu de petite amie ; en revanche, il se rendait régulièrement au bordel local et payait une jeune femme, toujours la même, afin qu'elle prête la main à une opération qui n'était pas trop onéreuse et suffisait amplement à ses besoins. Olaf allait fêter en juin son seizième anniversaire et Rocket trouvait qu'il était temps de le secouer un peu. Olaf ne parlait jamais de sexe, on ne pouvait même pas savoir à quoi il pensait en se masturbant. Si on parlait femmes en sa présence, soit en experts soit pour en rire, il arborait un sourire de moine bouddhiste pardonnant à un novice qui avait l'art de faire sortir Rocket de ses gonds. Rocket était certain que si on offrait à Olaf un bon pour aller aux putes il n'en ferait jamais usage. Quand il demanda conseil à Ada, elle lui fit remarquer que si on parvenait à lui dénicher le dernier album d'un groupe de *heavy metal* scandinave, cela ferait sans doute plus plaisir à Olaf que n'importe quel autre truc d'anniversaire, si génial soit-il. Mais Rocket tenait à son idée et on lui devait le respect : on pouvait le contredire une fois, pas plus.

L'école était finie, la cour désertée, la plupart des élèves regagnaient sans hâte des foyers en tout genre, voulaient savoir ce qu'il y avait à manger et refusaient catégoriquement de répondre aux questions sur le déroulement de la journée scolaire. Avec des oreilles de chauve-souris, on aurait pu entendre les bruits de cuisine provenant de l'internat dont les fenêtres étaient ouvertes. C'était la première journée aussi chaude de l'année, Ada et Rocket portaient des T-shirts à manches courtes ; ils avaient dénoué les lacets de leurs rangers et écarté la tige pour s'aérer les pieds. Ils étaient adossés côte à côte au tronc du gros chêne qui disposait d'un massif pour lui tout seul, un cercle évidé dans l'asphalte de la cour et entouré d'un muret bas : l'arbre était peut-être plus ancien que le bâtiment scolaire. De loin, Ada et Rocket avaient l'air de deux personnes qui se sont donné rendez-vous par petite annonce interposée. De près, leurs visages étaient impassibles, reflétant le désintérêt amical et parfaitement chaleureux qu'ils s'inspiraient mutuellement. Ils discutaient sans se regarder, les yeux tournés dans la même direction.

Ils débattaient du sujet depuis quinze minutes déjà quand Ada s'offrit à s'occuper de l'affaire. Cette proposition procédait moins d'une réflexion sérieuse que d'une nécessité rhétorique et du tour qu'avait pris la conversation. Mais elle était à peine formulée qu'elle partageait le sort de la plupart des choses qu'Ada exprimait : aussitôt, elles allaient parfaitement de soi. Comme elle parlait très rarement, ses quelques phrases se voyaient obligées de confirmer plus solennellement encore l'idée que les autres se faisaient de sa personnalité.

Ada n'avait pas peur des conséquences de son discours involontairement dogmatique : elle se sentait, au sens le plus strict du terme, capable de tout. Le secret de l'absence de scrupules, c'était de ne pas chercher de raisons à ses actes, de ne pas se poser de questions. Le plus grand fléau de l'humanité se composait de “pourquoi ?”

et on était bien avisé de réduire dans toute la mesure du possible le champ d'application de cette question. En principe, Ada n'avait rien contre les considérations morales ; aussi longtemps qu'on n'avait rien trouvé de plus neuf et de meilleur, la morale remplissait une fonction régulatrice indispensable au sein de la grande communauté. Mais pour l'individu il était plus important que le corps se lève et se mette à tourner autour de la table sitôt que le cerveau lui en donnait l'ordre. Agir n'avait jamais été plus compliqué que ça. La simplicité de cette relation de cause à effet permettait à Ada de courir vingt kilomètres à toute allure et de ressentir la fatigue de l'effort comme un état abstrait, mais non comme une raison de ralentir. De cette façon, pensait-elle, on pouvait faire tout ce qui était physiquement possible : le cerveau donnait des ordres et le corps les exécutait. Il suffisait de ne pas se poser de questions.

Rocket, sans s'émouvoir, prit note de cette offre inattendue. Il demanda quelle était l'expérience d'Ada en la matière.

Niente, nada, nista, nic. Jusqu'alors, ses contacts avec ses semblables avaient été empreints de plus de violence que de tendresse, et elle ne voulait pas qu'on y voie l'expression d'une vision défaitiste du monde. Et au fait, pourquoi les mots qui signifient *non* et *nuit* commencent-ils par un *n* dans toutes les langues ?

Rocket voulait épuiser le premier sujet avant de passer au second.

Avec une petite préparation, poursuivit Ada, la chose pourrait très bien se faire. Elle n'ignorait pas qu'il y a loin de la théorie à la pratique, mais il ne s'agissait pas non plus de piloter une navette spatiale.

Jusque-là, Rocket était d'accord. Si elle avait besoin de regarder des images, il pouvait lui sortir de la vidéothèque quelques petits films pornos du genre soft et lui procurer la clé de la salle de projection, en sa qualité de chef de groupe musical.

— Excellente idée, répondit Ada.

Alors d'accord. Et quant à savoir pourquoi *non* et *nuit* commencent par un *n*, il l'ignorait lui aussi. Avant qu'ils se séparent, il saisit Ada par le bras et tenta sans succès de la forcer à le regarder dans les yeux. Elle souleva un pied comme si elle voulait lui mettre un coup dans le tibia avec la coque métallique de sa chaussure.

— Ecoute-moi bien et réponds à ma question : Tu aimes Olaf ?

Elle lui rit au nez, à gorge déployée, pliée en deux, les avant-bras pressés contre son ventre. Rocket la regarda d'un air admiratif. Elle avait quatre ans de moins que lui, et le battait largement pour ce qui était du sang-froid. Il regretta presque de ne pas être amoureux d'elle. Ils auraient peut-être pu faire un couple impitoyable et catastrophique, qui eût été parfaitement digne de leurs deux talents ainsi que du monde dans lequel ils vivaient. Peut-être pas comme Bonnie et Clyde, plutôt comme les héros de *Tueurs-nés*.

Une semaine plus tard, Rocket lui remit à la sortie des cours une pochette en plastique contenant trois cassettes vidéo dont le volume encombrant et la taille, quelques années après l'invention du DVD, avaient quelque chose d'obsolète. Il lui offrit son assistance – son visage ne trahissait rien d'autre que de la galanterie – mais Ada refusa. Elle ne voulait pas sentir d'excitation physique à côté d'elle pendant qu'elle visionnait un film pédagogique.

La salle de projection était grande comme une salle de classe. Ada s'assit au premier rang, juste devant le téléviseur pour pouvoir réduire le son au minimum. Les stores électriques étaient baissés, et pourtant l'après-midi pénétrait par tous les interstices avec ses bruits de circulation, portant avec elle des idées de flânerie et d'achats, de journée finie avant l'heure, de trottoirs, d'enfants qui arrachaient les baies blanches et gonflées de la haie longeant le parking des professeurs pour les faire éclater entre deux doigts. Le bâtiment scolaire, lui aussi, manifestait son existence par un mutisme bien particulier, qui rendait un son de cours terminés très différent de la résonance nocturne des locaux vides où les objets accèdent à une seconde nature indépendante des agissements humains. Impossible de faire abstraction de l'heure ni du lieu et Ada se sentait mal à l'aise comme l'unique spectateur d'une séance de l'après-midi qui, alors même que le film se déroule, redoute déjà l'instant où il devra sortir, les pupilles vacillantes, dans un monde qui a continué de tourner en son absence et a pris une avance de deux heures qu'il ne rattrapera plus jamais.

Eviter de se poser des questions. D'une voix intérieure péremptoire, Ada se donna l'ordre de rester assise et de ne pas arrêter immédiatement la bande vidéo quand elle eut compris que le film était nettement plus grave que les exercices de gymnastique diffusés habituellement par les chaînes privées. Il était divisé en épisodes qui réunissaient deux femmes, toujours les mêmes, et un homme. Au bout de vingt minutes, les images se mirent à tourner en boucle dans la tête d'Ada et n'avaient plus le moindre sens. Elle aurait tout aussi bien pu regarder un documentaire zoologique sur l'accouplement des amphibiens.

Ce n'était pas la bonne méthode. Elle chercha en accéléré un épisode qui concernerait le moins possible les ébats entre les deux femmes, parce que ça l'agaçait de voir la blonde et la brune échanger des baisers mouillés et se plonger mutuellement un doigt dans leur sexe rasé.

Cela distrayait de l'essentiel. Elle choisit une scène qui se concentrait avant tout sur les rapports buccaux, lesquels lui avaient paru d'emblée appropriés à sa mission. L'acteur, qui se distinguait par une musculature colossale et un bronzage à vous soulever le cœur, entrait dans une agence immobilière. Derrière un bureau qui aurait mieux convenu à un P.-D.G., la blonde l'attendait, vêtue d'un tailleur strict à fines rayures qui ne parvenait pas à contenir entièrement son tour de poitrine. Dans le dos du client, la jeune assistante, une brune à minijupe, tournait la clé dans la serrure.

— Je voudrais louer un appartement, dit le client.

La caméra entreprit un long périple sur les lèvres de la patronne et effectua un travelling maladroit sur les fesses de l'assistante, qui se penchait pour ramasser la clé tombée à terre et ne portait rien sous sa minijupe.

— Il me suffit d'un regard, annonça la patronne, pour… jauger un client. Vous cherchez un endroit que vous puissiez… remplir entièrement et vous appréciez d'être… tout entouré d'attentions. Vous avez frappé à la bonne porte.

Nerf optique, pensa Ada, je vois quelque chose que tu ne vois pas. Elle eut une grimace de mépris.

Sur quoi la blonde recula son fauteuil directorial, posa ses pieds chaussés de talons vertigineux à gauche et à droite sur le bureau et écarta les jambes pour dévoiler au client et à la caméra sa partie la plus intime qui, nonobstant l'étroitesse de la jupe rayée, était étonnamment bien éclairée. Le client fit un pas en avant et se cramponna au bureau pour ne pas tomber dans les pommes. Comme il s'emparait du mollet droit de la patronne, l'assistante l'arrêta doucement en s'agenouillant entre lui et le bureau. Tandis qu'elle lui ouvrait ceinture et fermeture Eclair, la patronne se débarrassa en deux temps trois mouvements de sa veste de tailleur d'où jaillirent ses gros seins, saisit entre deux doigts chacun de ses mamelons et se mit à les pétrir tout en observant son assistante qui déballait le membre du client. Celui-ci, les yeux chavirés, poussa un gémissement quand la bouche écarlate de l'assistante s'approcha de son gland, et lança un regard de noyé au sexe de la patronne, toujours visible entre les jambes écarquillées, dont l'humidité ne faisait aucun doute et dont la propriétaire se faisait plaisir sans l'aide de personne. Le passage qui intéressait Ada consistait en une fellation longue de plusieurs minutes. Elle revint plusieurs fois en arrière pour revoir la scène, étudia la façon dont l'assistante plaçait tête et corps, grava dans sa mémoire l'angle formé par le visage de la femme et l'engin du client, car les détails géométriques de cette technique devaient avoir leur importance pour éviter nausées et détresse respiratoire. Ada apprécia surtout le moment où l'assistante, soutenant d'une main la pointe du pénis et formant de l'autre un anneau qui enserrait la racine, faisait glisser sa langue de haut en bas. Les sentences à propos de service complet que débitait la patronne d'une voix éraillée par le tabac nuisaient au spectacle plus qu'elles ne le servaient. La suite montrait les femmes se disputant pour savoir laquelle des deux mènerait heureusement l'affaire à son terme ; l'assistante, à qui le client plaisait et qui s'était déjà agenouillée sur son pied droit pour se frotter sur le dessus de sa chaussure vernie, fut aussitôt évincée par une patronne au caractère dominant. Celle-ci arriva en rampant sur le bureau et se mit en position. Le reste allait de soi, fin de l'épisode.

Après la septième répétition, Ada en eut assez ; les autres cassettes restèrent intactes dans leurs étuis blancs anonymes. Quand les stores, dans un ronronnement, reprirent leur place initiale, un après-midi tonitruant se rua dans la pièce et la lumière jaune du soleil fit à Ada l'effet d'un crachat sur sa peau. Elle sortit de la salle de projection les épaules remontées comme un voleur, se commanda dans le couloir de raidir le dos et de lever le menton puis, avec sa pochette imprimée du logo du plus grand libraire de la ville, elle quitta l'enceinte du lycée.

Une fois rentrée, elle ne put s'empêcher de se soulager à califourchon sur le bord de son lit, la tête penchée, une oreille tournée vers la porte pour ne pas manquer d'entendre le pas de sa mère dans l'escalier. Après quoi elle fourra le sac en plastique derrière l'étagère et s'enferma dans les toilettes avec Balzac sans se poser davantage de questions.

Le dépucelage d'Olaf

PLUS TARD, il devint plus difficile d'éviter de se poser des questions : avait-elle vraiment voulu ça ? Démonter, puis bousiller le tout par pure rage de détruire, par incapacité de laisser les choses en l'état, surtout quand elles ont l'air bien, ou tout simplement supportables. Là se situait sans doute la limite de l'apathie d'Ada. Tout devait rester en mouvement, progresser sans cesse, jusqu'à sa propre perte, parce que par nature il n'existait pas d'autre route possible, pour les hommes comme pour les choses. Le cas échéant, il fallait donner un coup de pouce au destin, avec un poing américain par exemple. Il suffisait que se crée quelque part un point d'équilibre et de stabilité pour qu'une pulsion destructrice s'élève à l'instant le long de sa moelle épinière, s'infiltre dans les circonvolutions de son cerveau, donne une impulsion différente à ses pensées et lui dicte des décisions nouvelles. Ada avait entendu parler d'insectes minuscules qui parasitent le système nerveux d'un animal afin de se servir de son corps comme un chevalier de la guerre des étoiles le ferait d'un véhicule futuriste. L'infiniment petit imposait ainsi, à des fins uniquement destructrices, sa domination à l'infiniment grand, alors que la quête du bien exigeait que l'infiniment grand gouverne l'infiniment petit. Ou peut-être était-ce le contraire.

A y regarder de près, la plupart des questions importantes se réduisaient à des problèmes rhétoriques.

Après coup, Ada essaya de se persuader que si elle ressentait de la peine c'était avant tout pour sa mère qui s'était réjouie de voir ce gentil garçon avec sa fille et qui renonçait à toute question importante, se contentant de ces questions faciles que sa fille refusait de se poser. Il ne reviendra pas ? Il a quelque chose, comment va-t-il ? Vous vous êtes disputés, vous n'êtes plus ensemble ? Ada n'avait pas le cœur de lui dire qu'ils n'avaient jamais été "ensemble", qu'ils avaient simplement réussi à vivre correctement côte à côte et qu'Olaf ne voulait plus la voir pour la simple raison qu'elle lui avait fait une pipe le jour de son anniversaire et que depuis il n'arrivait plus à la regarder en face, comme s'il craignait de découvrir sur son visage les traces séchées de son propre sperme.

Mais plus encore que toutes ces questions, c'est le regard d'Olaf au moment où il avait compris ce qui lui arrivait qui la torturait. Il l'avait regardée avec les yeux de l'animal qui se voit abattu par la main de ce maître bien-aimé qu'il vient de suivre fidèlement et en toute confiance jusqu'à l'abattoir. L'image de ce visage ne voulait pas s'estomper, elle résistait à l'analyse de ses différentes phases, elle résistait à un enterrement dans le cimetière du passé et venait tourmenter Ada plusieurs fois par jour. Elle imposait sa présence, cette image ; elle voulait devenir un véritable souvenir.

La fête avait eu lieu chez Rocket, le seul membre des Oreilles à ne plus vivre chez ses parents. A part les membres du groupe et Ada, aucun des invités n'était du lycée. Fans du *metal* et du *dark wave*, ils venaient de diverses écoles de la ville : tous avaient les cheveux longs, tous étaient soit trop maigres avec des hanches osseuses, soit trop gros avec des membres charnus et tous portaient de sombres cercles de mascara défraîchi sous les yeux. Pour Ada, c'était la première fiesta depuis cette fameuse fête estivale au lycée Copernic qui s'était transformée pour elle en soirée d'adieu. Elle prit soin de parler le moins possible et de faire bonne figure ; elle se rassurait en se disant qu'au milieu de ces fans de *metal*, qui en règle générale sont parfaitement inoffensifs et au fond d'eux-mêmes carrément bourgeois, il n'y avait guère de risque de se voir confronté à une situation difficile à maîtriser. Elle resta à proximité d'Olaf, debout tout près de lui avec un sourire quand il échangeait quelques mots avec quelqu'un, buvant peu et ne s'approchant jamais des enceintes.

A minuit, Rocket murmura à l'oreille d'Olaf qu'il allait recevoir son cadeau d'anniversaire dans la pièce voisine et que c'était Ada qui le lui remettrait. Olaf était aux anges : il la suivit, un verre de champagne à la main, l'esprit embrumé par la bière, la musique de Dream Theater et les nuages de fumée qui s'échappaient d'un seau en plastique bleu posé au milieu de la pièce, entouré de garçons et de filles, et d'où s'échappaient des borborygmes de chiottes délabrées chaque fois que quelqu'un tirait une bouffée du tuyau en caoutchouc. D'un geste paternel Rocket leur posa un bras sur les épaules pour les pousser doucement dans la petite chambre à coucher dont il éteignit la lumière. Debout sous l'ampoule éteinte, légèrement ivre, Olaf chancelait un peu, les yeux penchés.

— Seize ans, dit-il. Seize ans, Ada, ça a l'air tellement vieux. Je me souviens très bien m'être demandé il y a dix ans ce que je ferais à seize. Et je fais quoi ? Il se mit à rire. Rien !

Ce qu'il avait imaginé à l'époque ? Il ne s'en souvenait pas. En tout cas, pensa Ada, certainement pas ce qui allait arriver.

— Comment vas-tu ? chuchota-t-elle.

— J'y vois pas très clair, murmura-t-il en retour.

Ce fut la toute dernière phrase libre d'arrière-pensée qu'elle devait entendre de sa bouche. Seul un spot posé à terre à côté du matelas de Rocket et tourné vers le mur diffusait une faible lumière, dessinant sur le papier peint un halo blanc semblable à la pleine lune. Manifestement Rocket ne possédait ni habits, ni livres ; s'il en avait, il devait les conserver ailleurs. L'un des murs de la pièce était tapissé sur toute sa longueur de bouteilles de bière vides, alignées comme des soldats en verre brun. Comme il se doit, quelques cendriers, débordants de cendre évidemment, et trois guitares électriques que Rocket avait préféré déposer ici de peur qu'elles ne soient abîmées pendant la fête. Comme il ne restait que peu de place entre la porte et le matelas, Ada et Olaf se retrouvèrent face à face, tout près l'un de l'autre. Olaf arborait un sourire éclatant. Il était enfermé dans son innocence comme dans une capsule spatiale. Détruire. Le vide allait le happer et l'extraire avidement de sa cabine.

— Où est mon cadeau ?

Ada s'était entraînée chez elle à enlever son T-shirt d'un seul geste, en croisant les bras et en le tirant pardessus la tête. Elle ne portait rien en dessous.

— Le voilà.

Pendant quelques instants, il la fixa sans comprendre ; sans regarder son corps, il se contentait de la dévisager jusqu'au moment où quelque chose perça, où quelque chose s'effondra, emportant son sourire qui retomba comme si les fils qui le retenaient avaient été coupés. L'effroi déploya ses tentacules, suivi du rejet, de la tristesse et pour finir du désespoir. Ada sentit les poils de ses bras se hérisser.

Elle se ressaisit d'un coup. Jusqu'à cet instant, elle avait ressenti une certaine émotion, à laquelle s'ajoutait une sorte de pitié et de compassion. Mais à présent une poussée d'adrénaline l'envahit au niveau de l'abdomen et elle se mit à haïr Olaf comme un chien qui, les oreilles basses et la queue coincée, continuerait de lécher la main qui le bat. Son regard s'efforçait de trouver un point d'appui dans les yeux embrumés d'Ada, il finit par décrocher et par glisser pour s'arrêter sur ses seins. Ada lui mit la main entre les jambes et remarqua tout de suite qu'il réagissait comme prévu. Quand, une fois à genoux, elle voulut ouvrir des deux mains la boucle de sa ceinture, il attrapa ses poignets afin de tenter de la relever de force. Non, Ada, non, pas ça, je t'en prie. Elle savait d'avance qu'elle serait plus forte que lui, elle était furieuse et il ne se défendit qu'à moitié. Quand elle eut réussi à ouvrir son pantalon, il laissa tomber les bras, rejeta sa tête en arrière et regarda le plafond où il n'y avait absolument rien à voir. Elle descendit jean et slip jusqu'aux pieds où ils formèrent un gros paquet. Tout était en place. Moins long que dans le film, ça, elle s'y attendait, d'un volume surprenant en revanche. D'une main elle le mit dans la bonne position, inspira profondément et détendit sa gorge tandis qu'elle le faisait entrer aussi loin que possible dans sa bouche. Il lui allait jusqu'au gosier, touchant le palais tout à l'arrière et il lui fallut légèrement relever la tête pour reprendre haleine et ne pas le blesser avec les dents. Ce n'était pas désagréable. C'était très chaud. Elle allait y arriver sans aucun problème.

Mais elle n'eut pas le temps d'y penser davantage. Soudain, les mains d'Olaf heurtèrent violemment son front, il la repoussa et se retira ; juste au moment où il se reculait, il tira un coup qui l'atteignit en pleine figure. Elle n'avait pas eu le temps de lever les mains pour se protéger. Elle garda les yeux fermés tandis que le sperme qui coulait sur son front descendait le long de sa joue gauche ;

à l'aveuglette, elle se mit à chercher son T-shirt pour s'essuyer. Quand elle rouvrit les yeux, Olaf était accroupi à côté d'elle ; elle voyait bouger ses lèvres et son menton comme s'il était en train de mâcher silencieusement un morceau de cartilage. Il lui prit le T-shirt des mains et tenta de lui essuyer la bouche avec un des bouts du tissu mais s'arrêta à l'instant. Il se leva d'un bond et faillit tomber car il s'était mis à courir tout en remettant son pantalon et son slip. En bouclant sa ceinture des deux mains, il quitta la pièce comme un homme qui sort à la hâte des toilettes.

Ada en était encore à réfléchir à la manière dont elle allait pouvoir traverser le couloir et gagner la salle de bains sans être vue avec son visage maculé, quand Rocket passa la tête par l'entrebâillement de la porte. Il vit qu'elle était assise par terre, sursauta et entra rapidement dans la pièce.

— Chapeau, dit-il avec respect. Mets quelque chose.

— Il a tiré un coup et m'en a mis partout, dit Ada en lui présentant son T-shirt comme un *corpus delicti*. Rocket se mit à rire.

— Je l'aurais pas cru capable de ça, le petit.

— Il l'a pas fait exprès.

— J'comprends.

Il réfléchit un instant avant de disparaître et de revenir très rapidement. Depuis la porte, il lui lança un vêtement sombre.

— Prends ça. Il y a des petites putes qui en portent toujours plusieurs en même temps.

Ada démêla le débardeur avant de le passer. Rocket attendit qu'elle soit à peu près rhabillée avant de lui saisir fermement le menton de la main gauche, de cracher sur la manche de sa chemise et de lui frotter les joues et le coin de la bouche comme une mère qui essuierait les traces de chocolat sur le visage de son enfant. Puis il lui passa un bras autour des épaules et la serra contre lui.

— Quel con ! Mais alors, quel con ! s'exclama-t-il.

Ils sortirent de la pièce ensemble. Olaf avait disparu. La fête continuait malgré l'absence du principal intéressé. Quand Rocket lui tendit le tuyau de caoutchouc qui dépassait de son seau en plastique, Ada ouvrit les lèvres pour inspirer profondément à plusieurs reprises. L'adrénaline se dissipait, les écluses étaient vides, l'incident s'était produit cinq minutes plus tôt et faisait à présent partie de ces espaces du passé dont il n'y avait plus lieu de s'occuper.

Ada fut une des dernières à s'en aller. La lune était enfoncée dans le ciel comme une fausse pièce dans le distributeur de cigarettes, elle s'oxyda en quelques instants et disparut tout à coup, désagrégée ou avalée tout de même par le ciel nocturne. Avait-elle vraiment vu ça ? Comme une pièce de monnaie dans le distributeur de cigarettes. Elle le mettrait dans son journal *A Selma*, si elle s'en souvenait encore demain.

Des odeurs de nuit pluvieuse s'élevaient. Un camion-poubelle tourna au coin de la rue et se mit à vider des poubelles cul sec. Derrière la ligne des toits, le jour commençait à se lever. Ada pressentait que le visage d'Olaf l'empêcherait de dormir.

En plaçant les pieds entre les barreaux de la rampe, elle progressa en suspension jusqu'à l'étage pour éviter de faire craquer les marches. De toute façon, sa mère veillait certainement, occupée depuis des heures à attendre le retour de sa fille. Si elle décidait de ne pas sortir de sa chambre pour lui parler de son heure de retour et du déroulement de sa nuit, c'était soit parce qu'elle respectait trop l'anniversaire d'Olaf, soit parce qu'elle donnait sa fille pour définitivement perdue. Avant de se mettre au lit avec le débardeur d'une autre, Ada chuchota de manière imperceptible devant la porte de la chambre à coucher de ses parents : merci, maman.

Où est Olaf ? – Ada promit que tout rentrerait dans l'ordre. Si ce n'était pas possible pour son histoire avec Olaf, du moins pour le reste du monde. Les vacances d'été interrompirent tous les événements en cours et mirent toutes les questions entre parenthèses. Ada partit pour quatre semaines avec le général de brigade, pour aller faire de la voile en mer Adriatique.

Alev

IL ÉTAIT né non loin du Caire. Avec ses poignets larges, son crâne massif et ses épaules de bûcheron, il avait les proportions d'un homme grand et pourtant il était d'une taille médiocre. Ses yeux, dont les angles s'étiraient vers les tempes comme ceux d'un sphinx, étaient légèrement bridés. Ses sourcils formaient deux épais traits noirs remontant sur les côtés, les ongles de sa main droite étaient longs et soigneusement limés. Il avait une grande bouche toujours prête à rire. D'un jour à l'autre, il se trouva assis à la place d'Ada, juste à côté de la porte. Elle passa de l'autre côté de la pièce, se retira dans l'angle le plus éloigné et s'assit le dos aux fenêtres. La géographie de la salle s'était modifiée comme après un glissement tectonique ; les classes avaient été dissoutes et mélangées au gré des options. Bienvenue dans les classes supérieures.

Debout devant ses élèves, Smutek les informait qu'il serait désormais obligé de les vouvoyer, à moins que tous ne l'autorisent à les tutoyer. Quand il demanda si quelqu'un tenait absolument au vouvoiement, il y eut quelques secondes de silence, puis l'index d'Alev se leva juste au moment le plus opportun pour que la dramaturgie soit parfaite. Smutek jeta un coup d'œil au cahier de classe.

— Vous êtes nouveau. Monsieur El Qamar, je suppose ? Vous préférez être vouvoyé ?

Alev fit basculer sa chaise en arrière, s'appuya au mur, les bras écartés, avec le large sourire d'une pop star qui, au début de son show, vient de s'avancer vers la rampe.

— *Tak jest, panie Smutek*, dit-il.

Smutek ne se donna même pas la peine de dissimuler son étonnement.

— Vous maîtrisez le polonais ?

— J'ai résolu dès l'enfance de refuser la loi de Babel, répondit Alev. Comme vous le savez sûrement, dans la vie, la plupart des choses sont une question de volonté. De volonté de puissance.

— *Inch'Allah*, répliqua Smutek, salué par le rire de tous ceux qui, d'emblée, avaient trouvé Alev antipathique. Ada s'aperçut qu'elle le dévisageait fixement au moment où le regard du garçon se posa sur elle, un regard direct, sans la moindre gêne, qui l'atteignit en plein visage. Elle sut tout de suite qu'elle devrait détourner les yeux la première, si elle ne voulait pas qu'ils soient encore là l'après-midi, assis face à face et s'observant dans la classe déserte comme panthère et puma dans des cages séparées.

— Et si je vous proposais de vous vouvoyer tout en vous appelant par vos prénoms, vous seriez d'accord ?

— Entendu.

Alev hocha gravement la tête, se laissa retomber en avant avec sa chaise et fit mine de noter quelque chose.

— Alev, c'est mon nom. Avec un *v* à la fin, comme *vanitas*.

— Tant que vous en êtes aux présentations, dit Smutek, continuez donc et parlez-nous un peu de vous.

— Volontiers.

Il arrêta de faire semblant d'écrire, revissa le capuchon de son lourd stylo Mont-Blanc, le même modèle que celui avec lequel Teuter se tapotait les incisives, et se leva. Il appuya fortement ses mains sur la table, les doigts raides et écartés, ce qui les faisait ressembler à des petites bêtes à cinq pattes.

— Alev El Qamar, moitié égyptien, un quart français, j'ai grandi en Allemagne, en Autriche, en Irak, aux Etats-Unis et en Bosnie-Herzégovine ; domicilié provisoirement dans un internat de Bad Godesberg. Dix-huit ans, dix établissements scolaires, jamais viré, deux redoublements. Je n'ai pas tout à fait compris moi-même pourquoi j'ai atterri dans cette ville et dans cet établissement. Je pense que cette institution a la réputation d'être une usine de recyclage pour âmes en perdition.

Des rires fusèrent. Alev avait une énergie physique énorme et un charisme qui remplissait sans peine une salle de cette taille ; même devant un public cinq fois plus important, il lui aurait suffi d'écarter les bras pour obtenir le même effet. Il se tenait debout dans l'attitude d'un orateur exercé : le haut de son corps appuyé lourdement de tout son poids sur les bras, il se balançait lentement, s'inclinait et se redressait en suivant la courbe mélodique de son discours, comme un pianiste devant son instrument. Il soulignait certains passages en fléchissant les genoux, portant son centre de gravité en arrière de la verticale et restant un moment en équilibre sur les talons avant de se redresser, ce qui le faisait paraître plus grand de dix centimètres. Son corps tout entier était l'organe de la parole. Lèvres entrouvertes, les princesses le détaillaient sans vergogne, remontaient du regard le long des coutures de son pantalon beige, évaluaient la largeur de ses poignets et l'épaisseur de son cou, testaient la température de ses yeux comme l'eau d'un lac avant de s'y baigner, fourrageaient dans ses cheveux crépus qui avaient la couleur, la longueur et la texture d'une toison pubienne. Les garçons s'appuyaient au dossier de leur chaise, bras croisés, et comme en eux aussi quelque chose désirait ardemment attirer l'attention d'Alev ils s'efforçaient de paraître de marbre. Quelques minutes plus tard, il était évident qu'Alev était de ces êtres à qui les gens obéissent comme l'eau obéit aux injonctions d'un sorcier.

— Passe-temps favoris : réfléchir, athéisme, drogues douces. Qualités : aucune, du moins aucune qualité humaine. Défauts : aucun, du moins aucun défaut inhumain. Je suis content d'être ici. Merci de votre attention.

Smutek fit remarquer que certains des passe-temps favoris d'Alev n'étaient pas autorisés, surtout pas dans l'enceinte du lycée Ernst-Bloch, et lui souhaita la bienvenue.

Cependant que Smutek continuait son discours d'introduction à l'année scolaire, Ada remarqua qu'Olaf observait la façon dont elle observait Alev. Un delta d'axes visuels se forma entre trois coins de la classe : devant Olaf s'ouvrait l'angle droit ; entre Ada et Alev, l'hypoténuse séparait la salle en deux parties égales. Smutek s'était approché du quatrième coin pour prendre la liste des livres à lire dans sa serviette posée sur l'appui de la fenêtre.

Durant tout le reste de l'heure, Alev resta paisiblement assis à sa place et n'ouvrit la bouche qu'une seule fois, pour apporter sa contribution en proposant lui aussi un texte susceptible d'être étudié pendant le cours optionnel d'allemand : *L'Homme sans qualités* de Robert Musil. Le visage de Smutek s'éclaira comme si, un beau matin, le soleil avait émergé au-dessus de Zielona Góra pour le caresser de ses premiers rayons. J'ai l'impression que vous avez d'autres passe-temps que ceux dont vous avez bien voulu nous faire part. Non, monsieur, seulement ceux que j'ai mentionnés. Tout le reste, ce sont des obsessions.

Pendant la récréation, Alev, debout dans le couloir, se trouva entouré d'un essaim de princesses, quelques garçons formant contre leur gré un second cercle. Je peux affirmer que je me suis trouvé dans tous les lieux qui ont été bombardés par les Américains au cours de ces cinq dernières années. Ada passa en se roulant une cigarette, et se força à prendre la direction des toilettes des filles. Elle avait l'impression d'avoir mangé un truc qu'elle ne digérait pas. Quelque chose s'était passé, quelque chose se passait, quelque chose allait se passer. Je suis heureux de vous avoir dans mon option, lui avait lancé Smutek comme elle sortait de la salle de classe. Dans sa tête, l'American Air Force lâchait des bombes sur des villes poussiéreuses, dans sa tête l'Army et la Navy investissaient des territoires désertés, dans sa tête on courait, on criait, on mourait.

Quelque chose déraille sans qu'on puisse le saisir ; s'ensuivent des semaines de torpeur

LES SEMAINES qui suivirent furent d'une inhabituelle et monotone torpeur. Elles étaient faites d'une juxtaposition d'activités que les gens accomplissaient machinalement bien qu'ils ne croient plus ni au sens ni à l'utilité de leurs actes. Pendant tout le mois d'août une chaleur infernale leur avait brûlé la tête. Après les inondations de 2002, la sécheresse de 2003 apparaissait comme un autre signe annonciateur du Jugement dernier, même si ces phénomènes météorologiques, sur l'arrière-plan de monospaces climatisés et de vestes de sport respirantes, faisaient l'effet de menaces plutôt grotesques. En tout cas, la fin du monde n'avait pas été pour cette année non plus, et l'humanité européenne, abrutie par le calme succédant à une tempête qui n'a pas eu lieu, vaquait de-ci de-là sur son petit bout de planète. Les cours d'école, les carrefours des rues, les centres commerciaux et les cafés du coin étaient devenus les équipements de base d'un protocole expérimental où l'on voyait les cobayes faire exactement ce qu'on attendait d'eux. Quelqu'un, tout là-haut, prenait des notes.

Smutek regroupa quinze élèves pour former la première section d'entraînement volontaire et les emmena sur la nouvelle piste. Assis dans l'herbe, qui dessinait des arabesques sur le dessous de leurs jambes écartées, ils étiraient des ligaments trop courts, se tenaient mutuellement par les chevilles et se pliaient en deux en faisant travailler leurs abdominaux. Long troupeau de retardataires aux jambes languissantes, sans personne pour courir devant, ils trottinaient en faisant le tour d'une piste sur laquelle, malgré le revêtement tout neuf en résine, courir ne restait pas moins une affaire bien fatigante.

Smutek avait beau se réjouir de voir tant d'élèves se porter volontaires, en les voyant, il se sentait exténué et vidé. Il commençait à se demander si c'était ça la récompense pour toutes ces histoires, les disputes avec Teuter, les réunions, les discussions et les entretiens serrés pour la mise au point du projet, qui l'avaient vu dans le bureau de Gründer, penché au-dessus de dessins ovales sur papier millimétré. Smutek avait l'impression de ressembler à un cobaye stakhanoviste auquel on rogne toutes les allocations et tous les subsides pour voir s'il va continuer à travailler, ou bien laisser tomber. Il faudrait des mois, des années peut-être, avant que ces insectes rampants se transforment en un troupeau de jeunes gazelles.

Contrairement à sa promesse, Ada n'était pas venue. Smutek ne croyait pas qu'elle n'en avait plus envie, il ne croyait pas davantage qu'elle était de ceux qui ne tiennent pas leurs promesses. Il croyait que quelque chose clochait, que les gens étaient actuellement téléguidés par des extraterrestres ou qu'un nuage de gaz enveloppait la ville et les empoisonnait peu à peu. Depuis la fin des vacances, Teuter ne lui avait pas demandé une seule fois de passer dans son bureau. Mme Smutek lui répondait par monosyllabes et le repoussait quand il voulait faire l'amour. A première vue, Höfi semblait parfaitement normal, quand, portant sous le bras une pile de livres dont il n'avait certainement pas besoin pour ses cours, il rampait avec sa tête sans cou à travers les couloirs. Mais depuis des jours il ne parlait plus que d'occasion de révolte manquée, de fin d'époque ratée et de révolution gâchée, et il les comparait tous à des voyageurs qui, après avoir loupé leur correspondance, sont assis dans un train qui porte au front l'inscription "dépôt" et qui fonce vers nulle part. Le matin dans un couloir, si on lui disait bonjour en le croisant, on avait immédiatement droit à un petit laïus : une catastrophe sociale se produisait au moins une fois tous les cinquante ans sur ce continent. Guerre, révolution, parfois les deux. On était déjà en retard. D'où le vide. Là où rien ne s'achevait, rien ne pouvait commencer. On finissait par le planter là.

Les Oreilles répétaient dans la cave à vélos. Les Oreilles se retrouvaient pendant les récréations. Ada ne parlait à personne et fumait toute seule dans les toilettes des filles. Depuis peu, on la voyait parfois à la fin des heures de classe, debout tout en bas du perron, une marche au-dessus d'Alev, qui s'entretenait posément avec elle. Voilà qui en revanche ne plaisait pas à Smutek. Bien qu'Alev fût le premier élève d'Ernst-Bloch à avoir lu *L'Homme sans qualités*, ou peut-être justement à cause de ça, il demeurait suspect. Il présentait l'intelligence et la brutalité d'un fou.

Pendant des jours, Smutek sentit nettement qu'il n'avait personne autour de lui avec qui il pût s'entretenir. Ses camarades d'étude étaient soit restés à Berlin, soit partis à l'étranger. Au fond, il n'aurait pas vraiment su quoi leur dire. Ils ne connaissaient pas Ada et n'auraient pas compris ce que représentait l'absence, dans le tout nouveau groupe d'athlétisme, de l'unique élève qui savait courir. Ils n'auraient pas compris que Smutek essayait de trouver un sens à la vie. La recherche du sens, désir légitime quand on parle de sa propre quête, a toujours l'air saugrenue et aberrante chez les autres.

Durant ces journées, on vit bien souvent des passants qui descendaient la rue d'un air décidé, s'arrêtaient soudain, comme si quelque chose d'important venait de leur revenir, restaient là quelques instants à épier le ciel audessus de leurs têtes ou à considérer le sol sous leurs pieds d'un œil critique et finissaient par tourner les talons et par reprendre la direction d'où ils étaient venus. Quelque chose était sorti des rails et il n'existait rien ni personne, ni homme, ni lieu, ni idée, ni temps, ni conviction non plus à quoi Smutek aurait pu se raccrocher.

Ada veut discuter avec Olaf et au lieu de cela elle lui parle de la conscience humaine

Ça ne va peut-être pas te faire grand-chose, mais c'est quand même la première fois de ma vie que je sollicite un entretien.

C'est par ces mots qu'Ada entama la conversation, après avoir intercepté Olaf qui allait répéter avec son groupe. Elle connaissait par cœur l'itinéraire qu'il empruntait pour traverser le parking, toujours de la même façon : un coup à gauche, un coup à droite entre les rangées de voitures. Ils se trouvaient à présent à l'ombre d'un minibus et leurs regards s'évitaient.

— Je te crois sur parole.

Il l'avait dit avec une ironie féroce, un peu comme si Ada, dès ses premiers mots, avait dévoilé les aspects les plus sombres de son caractère, répondant d'avance à toutes les questions possibles, de sorte qu'ils auraient tout aussi bien pu se séparer et s'en aller chacun de son côté.

— On arrivera peut-être à avoir une conversation normale pendant quelques minutes.

Il ne parvenait pas à entamer son calme, qui ne semblait même pas le fruit d'une froideur calculée mais paraissait davantage procéder de l'impassibilité de celui qui n'attend rien. Car Ada n'était pas venue dans le but de régler ses comptes, elle ne voulait rien recoller, rien réparer, elle ne cherchait ni la réconciliation ni la vengeance.

Elle voulait savoir quelque chose. Cela coupa l'herbe sous les pieds d'Olaf, et lui fit sentir à nouveau cette tristesse tenace dont il avait pu croire qu'elle s'était desséchée pendant les vacances sous l'effet de la canicule comme un escargot privé de sa coquille.

— OK, dit-il, c'est à quel sujet ?

— J'aimerais bien te demander ce qui s'est passé, mais pour te poser cette question, c'était déjà trop tard il y a six semaines et maintenant je ne pourrais plus que me rendre ridicule. C'est bien ça ?

— C'est ça.

— Bon. Alors je voudrais savoir pourquoi tu ne supportes plus ma vue alors que tu continues à voir Rocket à chaque récréation et à répéter avec les Oreilles comme si de rien n'était.

Olaf fixa le sol. Il s'était posé plus d'une fois la même question, et il savait qu'Ada le lisait sur son visage.

— C'était une idée de Rocket, dit-elle.

— Je sais.

La bonne réponse aurait été : c'est comme ça, je n'y peux rien. La justice ne naît pas au creux des sentiments humains. Ada se tenait sur l'autre bord d'un ravin profond de plusieurs kilomètres, Olaf ne pouvait plus la rejoindre, toute tentative était vouée à l'échec. Parce qu'il ne savait quoi lui dire, il choisit la vérité.

— J'avais cru que nous étions amis.

— Nous l'étions. Et alors ?

Mais la vérité était un poisson qui mourait sitôt sorti de son élément liquide. Ce que tu as fait. Et quand nous nous sommes. As-tu oublié ce qui s'est passé. Comme tu pleurais. Quand ils s'en sont pris à toi pour venger Joe.

— Ce que tu as fait, dit-il à haute voix, fait partie de ces choses dont je voulais te protéger. Je me l'étais promis.

A présent, ils comprenaient tous les deux. Ada s'était involontairement détournée comme pour s'enfuir, mais elle resta et s'appuya contre la portière du minibus, qui à force de stationner au soleil était chaud comme un animal vivant. Tout à coup ils se regardèrent, directement, comme si rien ne se dressait entre eux pour les séparer : ni mur, ni air, même pas leur peau, leur chair, leur sang et leurs os. Olaf avait vieilli. Sans doute avait-il parcouru plusieurs années en l'espace de quelques semaines, et ce qu'il ressentait n'était ni de la tristesse ni du désespoir, mais des douleurs de croissance et le sifflement exaspérant du temps accéléré.

— Comment t'es faite, au juste ?

Il sanglotait presque.

— C'est quoi, cette question ?

— Je ne sais pas. Qu'est-ce que tu penses. Qu'est-ce que tu ressens. Est-ce que tu as seulement des pensées et des sentiments ?

— Tu veux savoir comment je me vois ?

— Par exemple, oui.

Tremblait-il ? La logique nous force à supposer qu'il tremblait certainement. Les premiers contacts avec les frontières hermétiques qui séparent les êtres sont durs. La plupart du temps, les interminables pourparlers aboutissant à des accords sur la libre circulation ne peuvent être entamés qu'à l'issue d'une forte crise ; avant cela, l'homme désemparé ne sait s'il est né animal grégaire ou individu solitaire et, pour couronner le tout, il lui faut supporter qu'on banalise son désarroi en l'étiquetant du terme honteux de "puberté". Olaf tremblait, parce qu'il ne pouvait faire autrement.

Le bon moment, en admettant qu'ils en aient encore eu un à leur disposition, passa tandis qu'ils restaient côte à côte, les bras ballants, sans rien dire. Olaf projeta ses lèvres vers l'avant, mimique qu'il avait étudiée dans le miroir, et replaça une mèche dans sa queue de cheval. Ada retira son regard du visage du garçon comme on retire un couteau d'une motte de beurre, renversa la tête en arrière et guetta les nuages qui passaient. Il ne passait pas de nuages. L'été agonisait, le ciel était pâle comme s'il souffrait de troubles vasculaires, un vent malsain ruisselait par à-coups dans les buissons qui bordaient la route.

— Imagine une pièce vide, dit-elle enfin. Meublée, manifestement habitée, trois livres ouverts sur la table de nuit, une assiette avec des restes près du clavier de l'ordinateur. Le bureau contre la fenêtre, la fenêtre entrouverte. Des chemises déjà portées sur le dossier de la chaise. A la rigueur, peut-être, un poste de radio ou de télé allumé. La porte est entrebâillée. Tu jettes un coup d'œil et tu essaies d'imaginer la personne qui vit là. Pour certaines choses, ça ira vite. Son sexe, son âge approximatif, peut-être sa profession. Mais il y a des choses plus difficiles à déceler ; pour d'autres, c'est impossible. ÇA – Ada éleva la voix à la manière d'un prédicateur –, le regard qu'on jette dans cette pièce, c'est la manière qu'on a de se voir, c'est la conscience qu'on a de soi.

Tel saint François, elle avait parlé aux oiseaux qui tournaient en rond dans l'azur voilé, bien trop loin pour l'écouter. Quand elle baissa la tête, son regard s'arrêta sur le front d'Olaf où il resta fixé comme un vieux bout de sparadrap mal collé.

— OK, dit-il. Salut, Ada.

Et il la planta là. Trottinant de sa démarche désunie de petit garçon qui rentre chez lui après le foot, il reprit son slalom habituel entre les voitures en direction du garage à vélos, sa guitare basse perchée sur son dos comme un diable noir.

Il faisait trop chaud pour courir, beaucoup trop chaud. Au moindre mouvement, la sueur vous jaillissait des pores sur le front et dans le dos. Pendant que le général de brigade et Ada sillonnaient l'Adriatique, les journaux allemands avaient, des semaines durant, célébré la canicule, la perte des récoltes et le dessèchement des forêts, les cris des enfants et la mort des vieillards. Ils avaient fini par se fatiguer de ces lamentations ; peut-être faisait-il trop chaud même pour cela.

En Croatie, personne ne se plaignait. En revanche, le littoral était en feu. Des nuages noirs assombrissaient l'éclat des après-midi en imitant un orage proche totalement improbable. Des avions au ventre ouvert, petits comme des miniatures de dessin animé, piquaient à deux ou à trois vers des murs toxiques faits de cendre et de fumée, déversaient leur contenu au ras du sol et retournaient vers la pleine mer pour remplir rapidement leurs réservoirs en rasant l'eau. Ce n'étaient que des gouttes d'eau dans une mer de flammes ; elles ne brisaient pas la ligne du feu qui, à hauteur du genou, parcourait des kilomètres sur les pentes du Karst. Ils avaient navigué pendant deux semaines, entrecoupées de brèves incursions à terre pour acheter du pain et du lait ; quinze jours pendant lesquels Ada et le général n'avaient pas échangé un mot à l'exception des quelques ordres nécessaires à la manœuvre, qu'ils se lançaient sans se regarder, et quinze nuits passées à faire griller leur pêche sur l'étroit pont arrière, à boire du vin blanc puisé dans un bidon de dix litres et à parler, parler comme si toutes les phrases non prononcées, les pensées non formulées, les événements à demi oubliés et les plaisanteries rentrées de l'année écoulée, ils les rassemblaient tel un troupeau de vaches égarées qui finit, dans le bruit de tonnerre d'une course panique, par se ruer dans la direction indiquée.

Puis Ada voulut courir, et le général n'essaya même pas de l'en dissuader. Ils se mirent à la recherche d'un bout de littoral qui ne brûlait pas et jetèrent l'ancre devant Trstenik. Ada traversa le petit port, se mit à courir le long de la côte, entra dans les vignes, courut entre les ceps bas sur des chemins rocailleux, toujours en direction du sud-est, sous un soleil de midi qui n'était presque plus digne de ce nom, pierre brûlante qui prenait une place folle dans le ciel et léchait de ses mille langues la surface métallique de la mer, l'épiderme clair des rocher, l'amas vert sombre des pins. Au bout d'une heure et demie, alors que le sang lui martelait les tempes, elle fit demi-tour et revint vers la ville au petit trot, au bord de la route tracée sur la colline.

Le soir, elle avait le corps entièrement couvert de pustules grosses comme des têtes d'épingle, qui éclataient quand on passait le doigt dessus et étaient si pleines de liquide que sa poitrine, son dos et ses épaules étaient en permanence humides comme au sortir de la douche. Ses ganglions gonflèrent et, après le repas, Ada rendit par-dessus le bastingage le poisson qu'elle avait pêché. Le général de brigade la porta dans sa cabine et la couvrit sans rien dire. Ils s'étaient toujours traités avec un respect mutuel, dès l'époque où il était entré dans la famille alors qu'Ada était encore petite. Sans doute lui avait-il caressé délicatement les cheveux puis, plein de prévenance, il l'avait emmenée chez le pédiatre. Elle avait mis quatre jours à se remettre de son insolation.

Aujourd'hui, il faisait presque aussi chaud que trois semaines auparavant au bord de l'Adriatique, et Ada ne voulait pas renouveler l'expérience. Mais ses chaussures de sport dépassaient du sac à dos militaire qu'elle s'était acheté pour la rentrée, et dans sa tête le visage d'Olaf, avec ses bons yeux de chien offensé, se mit à tourbillonner comme l'eau au-dessus de la bonde ouverte d'un lavabo : il suffirait de trois fois rien pour lui donner le coup de grâce. Ada traversa la rue au feu rouge, entra dans le parc au pas de course, elle était déjà hors d'haleine en parvenant à la nouvelle piste de Smutek, une piste en résine. Le revêtement tout neuf réfléchissait la lumière du soleil, les bandes blanches qui délimitaient les couloirs faisaient mal aux yeux. Si la conscience humaine était bien une pièce vide, les stores se baissèrent et la lumière s'éteignit quand Ada s'élança.

Les semaines de torpeur se prolongent.
Ada a des problèmes avec le Grand Amour.
L'héritage postmoderne est un ramassis
de références accumulées et déclassées

ADA s'accorda six semaines pour prendre une décision, mais, passé ce délai, rien, absolument rien n'avait changé. Prendre une décision suppose toujours deux options entre lesquelles choisir : or, pas une seule possibilité ne lui était venue à l'esprit. Elle ne se sentait pas bien. Le matin, au lever, elle avait des nausées, mais comme il n'était guère imaginable qu'elle soit enceinte d'Olaf par la bouche et les joues elle essaya de se remémorer si, pendant le reste de la soirée d'anniversaire, il ne s'était pas passé autre chose qu'elle aurait oublié. C'était plus qu'improbable. Il existait une autre explication, bien plus inquiétante qu'une grossesse. Pour les enfants, il y a toujours l'avortement. Pour les obsessions, rien.

Elle eut peur que son état ne soit dû aux rencontres quotidiennes avec Alev, que sa proximité ne la rende malade comme la proximité du diable déguisé le ferait pour un chien qui se cacherait derrière la porte en gémissant, parce que ses instincts fonctionnent mieux que ceux de son maître. Ses pensées se précipitaient en permanence vers Alev comme si elles n'avaient attendu qu'une chose : trouver enfin un objet autour duquel tourner, comme un essaim de mouches autour d'une bouse fraîche, avide de s'y poser, de la goûter, de se battre avant de s'envoler à nouveau. D'où venait-il, où allait-il, qui était-il. Ses pensées allaient vers lui, telle une rengaine obsédante. Tout à coup, elle manquait de sujets et de questions à ressasser ; soudain, elle regrettait l'absence de tous ces souvenirs qu'elle avait combattus. Elle n'avait rien à portée de main qui lui permît de se distraire. Toutes ces légions d'auteurs disparus, dont elle avait l'habitude de lire les livres, succombèrent sans lutter à un ennemi unique. Quand elle s'asseyait sur le bord de la baignoire, un roman de Balzac à la main, aucune image ne s'élevait devant son œil intérieur, ni bal solennel, ni lueur de bougie sur de rondes épaules de femmes, ni oiseau mort paré de ses propres plumes pour être servi à table. Tout cela était ridicule, tout cela n'avait pas la moindre importance. Le jour de la rentrée, Ada s'était plantée dès son retour devant les rayonnages de livres et avait trouvé ce qu'elle cherchait : *L'Homme sans qualités*. Elle le lut mot à mot d'un bout à l'autre, à raison de quelques pages à l'heure, et c'était la voix d'Alev qui s'adressait à elle.

Même pour courir, elle se sentait trop faible. Elle avait entendu parler du nouveau groupe d'entraînement créé par Smutek, mais tout cela se passait sur une planète lointaine. Une douleur venait de s'installer tout récemment derrière son front ; à chaque mouvement, elle fusait avec violence et le flux ne s'apaisait que lorsqu'elle restait tranquille. Elle semblait provenir d'une zone infectée, autour de laquelle le corps essayait, à l'instar d'une huître autour d'un grain de sable, de former une solide carapace. Là se situait le centre de tous les maux que les coups assénés du plat de la main ne parvenaient pas à entamer et qui donnait au monde une tout autre teinte. Son regard avait changé et elle ne supportait plus la vue de son propre corps. Soudain, sa peau sur le visage et sur les épaules se retrouva couverte de boutons, des petits et des moyens ; en regardant de plus près son front et ses joues, elle découvrit que tous les pores de sa peau sans exception avaient l'air malades : ils exécutaient des programmes défectueux, au lieu de rester bien gentiment à leur place sans se faire remarquer et sans détraquer le mouvement d'ensemble. Ses cheveux tombaient et la chatouillaient dans le dos et sur les côtés sous ses vêtements, plus bas encore, sur ses ongles, apparaissaient des excès de peau qu'il fallait arracher avec les dents et les ongles, enfin c'étaient les muqueuses du nez qui formaient des croûtes qu'il fallait éliminer régulièrement à quelques heures d'intervalle. Quand elle allait aux toilettes, Ada s'essuyait le derrière avec des mètres et des mètres de papier parce que ça n'en finissait jamais vraiment et qu'il restait toujours quelque chose. Globalement, elle était d'ailleurs trop grosse par rapport à sa taille. Tout en elle était vigoureux et robuste, fait pour un être qui, penché en avant, court tous les jours dans les sous-bois afin d'attraper sa nourriture à main nue. Par orgueil, elle n'avait jamais accordé plus d'attention que nécessaire à son propre corps. Maintenant, elle s'observait sans arrêt, au rythme traînant des pensées dirigées vers Alev.

Ce qui l'irritait, c'était que tout observateur impartial, elle y compris, ne pouvait que diagnostiquer les symptômes classiques du premier Grand Amour. Elle sentait littéralement des mains s'abattre sur ses épaules : Du calme, petite, ça passera. De toute façon, il n'y a rien à faire. Profites-en. Bouffe ou crève. Ada savait même que tout premier Grand Amour se refusait obstinément à se reconnaître comme tel, et qu'elle était armée d'explications et de justifications comme un hérisson de ses piquants.

X était nouveau à l'école, on lui donnait la table juste à côté de la porte. Y était assise près de la fenêtre et quand leurs regards se croisèrent elle se dit : Heureusement que j'ai mis mon jean moulant et mon chemisier orange aujourd'hui. Y était vraiment mignonne dans ces vêtements-là.

C'était pas ça, mais alors pas du tout. Tout Grand Amour se prenait au sérieux, tout Grand Amour était différent de ce que les préjugés laissaient supposer, il était nocif, néfaste pour la santé ou pire encore. Et Ada savait pertinemment, pour avoir atteint le degré le plus élevé du paradoxe, que le Grand Amour remplissait tous les critères de ce schéma, justement par ses différences. Mais même si la réalité, à notre époque où tout n'est que référence, n'était plus depuis longtemps que le reflet de sa propre image ; même si d'heureuses destinées et d'effroyables tragédies avaient été d'ores et déjà vécues à d'innombrables reprises dans les livres et dans les films, n'existant plus que sous forme de reproductions, de plagiats ou de parodies ; même si de nos jours tout pouvait être ramené à autre chose, et que dans nos tâtonnements incertains à travers ce labyrinthe de miroirs nous ne trébuchons plus que rarement sur des fragments de réalité de sorte que, les doigts de pied en sang, nous poussions ce cri : ça alors, ce n'était pas un emprunt, c'était vraiment sur mon chemin ! même si en remplissant les moules habituels, nous n'avons pas plus de marge de manœuvre que lorsque nous colorions des cartons prénumérotés – malgré tout cela, Ada n'en vivait pas moins quelque chose de radicalement différent. Ce n'était pas le Grand Amour.

Ada recherchait plutôt quelque chose que possédait Alev. Une erreur avait peut-être été commise durant les millénaires de calculs préparatoires à l'apparition de l'humanité, un ADN accidentellement échangé, un défaut dans le traitement d'un client et voilà qu'Alev était nimbé de ce halo mystérieux, de cette absence d'erreur dans tous ses actes qui n'était ni inhumaine, ni surhumaine mais d'une certaine façon anti-humaine et qu'elle, Ada, avait d'emblée revendiqué pour elle-même. Tout autour d'Alev s'étendait un territoire qui lui semblait, à elle, le seul endroit où vivre. Elle ne connaissait pas elle-même les raisons de ce besoin. Qui ne souhaite pas planter d'arbre n'a pas besoin de terre, et qui ne veut pas construire de maison n'a pas besoin de pierre. La seule chose sûre, c'était qu'elle voulait quelque chose qu'Alev avait en sa possession. Ce n'était pas de l'amour, mais un coup de foudre par volonté d'annexion.

Impossible de cerner davantage le problème. Mais c'était amplement suffisant pour ne plus avoir un moment de répit. Quelques-unes des théories développées par Smutek à propos de la grande paralysie auraient pu la soulager : l'impasse sur l'abscisse du temps, un embouteillage chaotique dans la ronde des destins, une tristesse postcoïtale après passage à l'an 2000 – car il n'est rien de plus beau qu'une responsabilité supra-individuelle. C'est pour cela que Dieu a inventé les variations météorologiques.

Ada s'intéresse de plus près à Alev

MAIS la météo, après la crue du siècle et l'été du millénaire, avait repris un cours bourgeoisement conventionnel. On commémorait pour la deuxième fois le 11 Septembre, la guerre contre l'Irak, officiellement terminée, se poursuivait inofficiellement, et Schröder voyait chuter sa cote de popularité parce qu'il s'était montré incapable d'engager la lutte contre la canicule en faisant donner la troupe. Début octobre, les températures moyennes étaient de quinze degrés. Ce n'était ni trop chaud, ni trop froid pour la saison. La météo ne fournissait pas d'alibi.

Comme il lui était impossible de trancher, Ada fit ce qu'elle pouvait faire sans avoir à prendre de décision : elle resta à proximité d'Alev. Contrairement à ses habitudes antérieures, elle arrivait à l'heure au cours, s'adossait dans le couloir près de la porte de la classe, un genou plié, la semelle contre le mur et lisait le journal jusqu'au moment où Alev faisait son apparition dans le couloir. Il était le plus souvent suivi d'un cortège de filles et de garçons qui restaient un demi-pas en arrière à boire ses paroles. Ada était rassurée de voir que ces admirateurs changeaient en général d'un jour à l'autre. Quand Alev passait devant elle, il la saluait avec une courtoisie quelque peu affectée et, parfois, il s'arrêtait pour achever juste sous son nez un exposé destiné à son escorte.

— Ada.

Elle ne lui avait jamais dit comment elle s'appelait.

— Ce qu'il y a de bien dans la vie, c'est qu'on n'a plus rien à perdre une fois qu'on a admis que tout cela finira tôt ou tard. Tu sors du néant, tu nais, tu bouffes, tu fais l'amour, tu fais la guerre, terminé. Tant qu'on ne prend pas ça trop au sérieux, on n'a absolument rien à craindre. La plus belle qualité de l'homme, c'est sa capacité à choisir librement la mort. A se libérer par la mort. Si quelque chose ne nous convient pas, on peut s'en aller. Alors où est le problème ?

Ada eut l'impression très nette qu'il ne parlait que d'eux seuls, et croisa les doigts dans son dos pour ne pas être tentée de lui tendre la main.

— Le problème, c'est peut-être le sens des choses ? dit-elle d'un ton ironique.

Jusqu'à présent, il lui avait fallu recourir à l'ironie chaque fois qu'elle lui lançait une remarque. Alev n'y réagissait pas. Il trouvait généralement préférable d'ignorer les armes de l'autre. Pour lui, tout interlocuteur était un adversaire et toute conversation une bataille.

— La quête du sens est pur narcissisme, dit-il.

Son intonation était gentiment didactique, comme s'il s'adressait à un petit enfant. Pourtant, son regard et ses gestes parvenaient à faire comprendre qu'il estimait Ada, pétrifiée contre son mur, au moins comme son égale, et qu'en accord avec elle il considérait leur conversation comme un jeu.

— La quête du sens est comparable à une grille de mots croisés où on aurait porté pour commencer un mot délibérément faux, ajouta-t-il. A une patience avec un jeu de cartes incomplet. On peut y jouer pour passer le temps. On peut aussi laisser tomber.

Ada entra dans son jeu en se glissant dans le rôle du questionneur inquiet, cependant que l'escorte d'Alev, en demi-cercle autour d'eux, se transformait en auditoire.

— Tu n'as aucun but ? Tu ne désires rien ? Un métier ? Une femme ? Et l'argent, alors ?

— Nous sommes absolument incapables de désirer quelque chose que nous ne possédons, ou ne pourrions posséder, depuis longtemps. C'est inhérent à la nature du désir. Pour ma part, je refuse de tuer le temps de cette façon. Le temps est la seule chose qui manque vraiment aux hommes.

Il se pencha en avant et la regarda de tout près avec ses yeux bridés. Elle s'attendait presque qu'il lui pose une devinette : qu'est-ce qui marche d'abord sur quatre jambes, puis sur deux, et enfin sur trois.

— La seule chose que l'homme possède et qui lui manque en permanence, c'est le temps. A part ça, il n'y a que des simulacres de possession, qu'il s'agisse de sentiments, de beauté ou d'argent. Toutes ces choses sont soumises au temps. Et un petit morceau de temps nous appartient. Je refuse de le gaspiller.

— Et tu en feras quoi ?

— Rien. Ne rien faire et ne rien vouloir est la seule façon d'honorer dignement le dieu du temps. Comment veux-tu rendre hommage à la pureté de ce cadeau si tu y déverses en permanence des choses, comme des déchets dans un ruisseau limpide ?

Contrairement à ce qui se passait avec les gens qui profèrent ce genre de sornettes d'une façon moins éloquente, Ada ne ressentait nul besoin de le démasquer pour avoir le dernier mot. Son bagout prétentieux et ses mises en scène puériles finirent par la faire rire, et ce rire était semblable aux cercles concentriques qui se forment à la surface d'un lac où on vient de lancer une pierre.

Alev était à ce point convaincu par ses propres paroles que cette conviction prenait l'épaisseur de la vérité, de même que les reflets de la réalité, répétés à l'infini, finissent par donner du réel. Comme toujours, l'essentiel était dans la forme ; les contenus étaient interchangeables. Si Ada l'écoutait assez longtemps, un beau jour, elle le croirait, quoi qu'il raconte. Elle s'en apercevait et cela lui était égal. Sa propre intelligence était à ses yeux moins sacrée qu'un bon livre et en plus elle était plus vaste que n'importe quelle poubelle.

La sonnerie la dispensa de la réponse, et elle prit plaisir à rester une seconde debout en face d'Alev, cependant que les membres de l'escorte repliaient leurs oreilles tendues, fermaient leurs bouches béantes et se dispersaient dans la salle de classe pour regagner leurs places respectives. Son rire se transforma en un sourire malicieux qui semblait signifier "cela te dira plus de choses que tous les mots pour peu que tu sois capable de l'interpréter", et elle transporta sa tête dans la salle de classe, heureuse de la sentir fermement attachée à ses épaules au lieu de s'envoler comme un ballon de baudruche et de se coller au plafond, à mi-chemin du ciel.

Si Alev ne s'arrêtait pas devant elle, Ada le laissait passer suivi de ses disciples et comptait lentement jusqu'à vingt avant de leur emboîter le pas et de se retirer dans son coin près de la fenêtre. Pendant les interclasses, elle traînait dans les couloirs jusqu'au moment où Alev s'ébranlait, et elle suivait à une distance de quelques mètres. Elle ne prenait part à aucune conversation, ne croisait jamais un regard, tournait le dos au groupe où se trouvait Alev en se maintenant à portée d'oreille. Elle se comportait comme un espion ou comme un garde du corps discret, qui reste toujours sur le qui-vive et sera un jour récompensé pour avoir su attendre le jour J.

Au-dessus de l'espace aérien du lycée existe un autre monde

QUAND Alev lui en demanda les raisons, elle n'hésita pas un instant pour lui donner une réponse aussi exacte que possible. Je ne sais pas au juste pourquoi je te cours après, sans doute parce que je n'ai rien d'autre à faire.

Alev trouva la réponse excellente. Alors dis-moi quelque chose ! Il se mit à rire. Pour ce genre d'entreprise, je peux t'être extrêmement utile.

Durant la récréation suivante, il l'emmena à l'internat : comme tous les Etats coupés du reste du monde, l'obtention d'un visa d'entrée supposait l'invitation d'un de ses habitants. Pas d'ami, pas d'accès.

En gravissant une marche après l'autre, Ada eut l'impression qu'ils quittaient ensemble l'enceinte de l'école. A hauteur des plafonds du cinquième étage, l'espace aérien du lycée avec ses autorisations de survol habituelles prenait fin et se transformait en autre chose, ciel ou enfer, un monde à part au-dessus des nuages. Dès la cage d'escalier, on recevait les messages olfactifs de la cuisine commune, mêlés à des effluves de café, de lotions antimycosiques et de shampoings antipelliculaires ; une fois passé la porte en verre dépoli menant au sixième étage, on sentait des odeurs de salles de douche, de grands W.-C. communs et de groupes de personnes vivant ensemble dans un espace très réduit. Le couloir bénéficiait du même revêtement couleur bordeaux que les autres couloirs de l'établissement, mais sur toute sa longueur il était recouvert d'un tapis usé en coton bleu. Les portes disparaissaient derrière des affiches de films et de groupes de musique, et tout au bout du couloir se trouvaient deux hévéas poussiéreux et une desserte à roulettes en aluminium achetée d'occasion à l'hôpital municipal. Tels étaient les attributs qui distinguaient le couloir de l'internat des autres étages du bâtiment.

Alev frappa à la première porte à côté de la cuisine. Les jours impairs, c'était Erich qui jouait le rôle d'officier de garde, tandis que la seconde éducatrice, Amélie, avait quartier libre. Deux externes sur invitation de Grüttel et Bastian. Juste pour la récréation ? Pas de problème. Ada avait l'impression que ses pieds ne voulaient pas vraiment avancer, un peu comme si elle marchait à contresens sur un tapis roulant. C'était comme si elle traversait à grands pas un jardin devant une maison qu'elle ne connaissait pas ; ce nid étroit pour petits humains, avec son organisation à moitié militaire, à moitié incestueuse, repoussait les étrangers comme l'huile une goutte d'eau. Seul Alev s'y était immédiatement senti chez lui : entièrement maître du lieu, missionnaire dans une nouvelle zone d'intervention.

Ada sentit une poussée énergique dans son dos. Les mains d'Alev étaient fermement appuyées entre ses omoplates où elles avaient trouvé une place adéquate, comme les deux ailes d'un ange qui auraient poussé à l'instant. Son système nerveux fournissait des informations simultanées de douleur, de bien-être, de chaud, de froid, et Ada comprit qu'Alev était bien le responsable des malaises, des troubles et des pensées qui l'avaient obsédée pendant les semaines passées. Il possédait la force qu'elle avait perdue, et quand il la touchait, c'était comme s'il lui remboursait deux centimes sur une dette de plusieurs millions. Elle aurait aimé pouvoir lui couper les mains et les garder pour elle. Dès qu'il retira ses mains pour montrer la porte de Grüttel, Ada sentit que son corps reprenait sa position initiale, celle du refus d'exécuter les ordres, obéissant lentement ou pas du tout, et elle avait du mal à refermer ses poings comme si elle venait de se réveiller après douze heures de sommeil. Au moins savait-elle à présent qu'elle ne souffrait pas des séquelles de son insolation en Croatie, pas plus qu'elle n'était malade ou enceinte.

Ils venaient de pénétrer dans une pièce en forme de L que se partageaient manifestement deux personnes. De chaque côté de la chambre se trouvaient un lit, une armoire ainsi qu'une table et une chaise. Le mobilier, récupéré au fil des années, était totalement dépareillé. La petite table de nuit avait un pied sculpté en forme de lion. Là une petite table de toilette peu commode, un peu plus loin, en applique sur le mur, un bougeoir qui jadis en compagnie de son frère jumeau éclairait le pupitre d'un piano. Une des trois barres à rideau était en cuivre, pour le reste il y avait beaucoup de placage miteux dont on pouvait soulever les coins avec les ongles. Un pot-pourri de décoration intérieure répandant une atmosphère désenchantée et faisant des occupants de l'internat les cafards étranges et monstrueux d'un gigantesque terrarium.

Trois spécimens mâles étaient assis sur le sol, un cendrier au milieu comme pour un jeu de société. Ils n'avaient rien du bellâtre, mais faisaient plutôt dans la valeur stable, genre années 1990 cool, avec des jeans larges et usés et des pull-overs chers et très étroits. D'un air nonchalant, ils levèrent leurs yeux vers Ada.

— Une amie à toi ?

Dans l'établissement tout le monde connaissait Grüttel et Bastian, même Ada ne faisait pas exception à la règle. Grüttel mesurait un mètre quatre-vingts, comme tous ses amis, avait des cheveux très clairs, lisses qu'il écartait de son visage à tout bout de champ pendant qu'il parlait, à quoi s'ajoutait une collection de lunettes de soleil ainsi que la combinaison du coffre-fort de son père qui tenait à Düsseldorf une galerie d'art prospère. Une certaine somme, prélevée tous les mois dans le coffre en question, lui permettait d'approvisionner son cercle d'amis en menus plaisirs, notamment de leur procurer les produits pharmaceutiques nécessaires. Ses parents s'en fichaient ou alors ils considéraient peut-être la diminution régulière des sommes déposées comme un phénomène naturel, pareil à la perte de poids des fruits que l'on fait sécher au soleil. Bastian, qui était assis à côté de lui, recevait une somme comparable de ses parents, contrepartie mensuelle de la réduction de ses visites dans la famille aux occasions les plus solennelles exclusivement. Ses lèvres étaient inhabituellement charnues et retroussées, et aux questions du centre d'information et d'orientation concernant la formation désirée il répondait invariablement : "hardeur". Le troisième garçon en revanche lui fut présenté : Toni, obèse et plein d'acné. Il portait les cheveux longs sans les attacher et avait toujours dans la poche de son pantalon une brosse qui lui permettait de se recoiffer pendant les récréations. Ensemble, ils constituaient une bande et personne n'aurait songé à ouvrir la bouche en leur présence sans y avoir été invité. Cool, pleins de fric et sans gêne, ils possédaient dans tous ces domaines une position prépondérante incontestée.

— La fille la plus intelligente du lycée, dit Alev en montrant Ada, et il raidit les épaules, conscient d'être le seul dans tout l'établissement à pouvoir dire ce genre de phrase sans se rendre ridicule.

— Ravi, dit Bastian tout en lui faisant un signe avec sa cigarette sans filtre. Et qu'est-ce qui te rend si intelligente ?

— La capacité de me taire au bon moment, répondit Ada, et le reste du temps de dire des choses dont chacun pense qu'il devrait les comprendre alors qu'elles n'ont absolument aucun sens.

Tous trois acquiescèrent, alors qu'ils n'avaient rien capté, et Alev se mit à rire à gorge déployée.

— Vous voyez ! s'exclama-t-il d'un ton joyeux. Elle fait ça avec tout le monde. C'est la fille de la discussion sur l'Amérique.

Ada venait de comprendre pourquoi elle était là.

Le débat sur l'Amérique

TOUT ÇA, c'était la faute de Höfi et de sa discussion sur l'Amérique. Quand avait éclaté la nouvelle guerre du Golfe, Teuter avait interdit sous peine des pires représailles le port de badges et d'épinglettes, et avait déclaré qu'il serait malvenu de traiter en cours la question de l'Irak. Höfi avait laissé passer les vacances d'été et, une fois l'expression "mensonge de guerre" devenue politiquement correcte, il avait pris quelques semaines d'avance dans l'année scolaire et consacré une séance de deux heures à ce problème dans le cadre de son cours d'histoire : il avait posé la thèse que la guerre en Irak était autant en rapport avec l'attaque du World Trade Center que la Première Guerre mondiale avec l'assassinat de l'archiduc d'Autriche.

Selon lui, on n'avait jamais vu d'affrontement militaire au cours de l'histoire qui ne soit une guerre de conquête. En dernière analyse, les grandes décisions politiques étaient toujours pragmatiques, tandis que l'idéologie restait l'apanage d'acteurs non gouvernementaux. On nommait ces derniers "défenseurs des droits de l'homme", "écologistes engagés" ou "société civile" aussi longtemps qu'ils ne versaient pas le sang, et "réseaux terroristes" quand ils avaient recours à des moyens réprouvés.

Un murmure parcourut la salle de classe. Joe secoua sa crinière bouclée et se leva à demi de sa chaise.

— Vous voulez mettre Greenpeace et al-Qaida sur le même plan ?

Höfi répondit par un “oui” prudent. L’important à ses yeux, poursuivit-il, c’était de penser lucidement, de comparer sans passion, d’adopter un point de vue qui quitte le sentier battu des médias. Il voulait parler de structures. De groupuscules opposés aux institutions étatiques, de réseaux, de sources de financement, de lobbying et de l’image qu’on voulait donner de soi.

Le charivari qui s’ensuivit était bien du goût de Höfi. Roulé en boule sur sa chaise comme un hérisson, il lançait le bras droit en avant pour interpeller les élèves à tour de rôle tout en tenant sa classe de l’autre main. Ses joues au-dessus des favoris bien taillés étaient roses et brillantes ; il ne manquait plus qu’une baguette et un tabouret renversé pour faire de lui tout à la fois un magicien et un dompteur. Chacun n’avait que quelques secondes pour s’exprimer avant de céder la parole au suivant. Garçons et filles alternaient.

Alev ne prenait pas part à la discussion. Renversé en arrière, souriant, il attendait son heure pour s’emparer du pouvoir. Ada ne disait rien parce qu’il ne disait rien. Depuis peu, de même qu’elle cherchait à réduire au minimum l’espace qui les séparait, elle adoptait un comportement proche du sien. C’est seulement quand Höfi lui lança un regard en fronçant les sourcils qu’elle leva la main ; il l’interrogea aussitôt ; leur jeu était aussi parfaitement coordonné qu’une partie de handball.

— L’Occident, dit-elle, a bel et bien un problème structurel. On pourrait aussi parler d’un problème dramaturgique.

Sa voix avait dégringolé d’une demi-octave et vibrait au fond de sa cage thoracique comme si elle voulait enregistrer une bande-annonce publicitaire pour une *hotline* érotique. Cette sonorité lui conférait une autorité qu'elle ne se connaissait pas elle-même. Elle poursuivit :

— Vous ne regardez donc jamais les films hollywoodiens ? Qui sont les compagnons dans *Le Seigneur des anneaux* ? Des combattants isolés qui s'en prennent à un appareil étatique parfaitement organisé et disposant d'un armement sophistiqué. On pourrait tout aussi bien les qualifier de terroristes.

Quand la classe se mit à hurler, Höfi intervint pour frayer à Ada un chemin acoustique. Elle reprit :

— Bon, alors je vais dire : des terroristes pour la bonne cause, si vous préférez. Simple question de définition. L'important, c'est la forme : selon les règles en vigueur à Hollywood, une poignée d'insurgés prêts à risquer leur vie pour se ruer sur le centre du pouvoir sont structurellement dans leur droit.

Les paroles prononcées par Ada traversèrent le silence soudain comme les armées d'un empereur invincible.

— Je dis : prêts à risquer leur vie, par exemple en visant en avion le centre du pouvoir. C'est David contre Goliath, Luke Skywalker contre l'étoile de la mort. *Panem et circenses !*

Le silence qui s'installa portait l'empreinte de ses origines successives. On s'était tu d'abord par surprise, puis par désarroi, avant qu'une compréhension partielle ne fasse progressivement place à la haine. Par pure forfanterie, Ada, d'un geste large, rendit la parole à la classe et attendit quelques secondes qu'elle lui revienne comme un boomerang. Höfi, qui écoutait la tête appuyée sur sa main gauche dans une pose mi-sérieuse, mi-ironique, lui fit signe : *da capo*.

— Si les Etats-Unis sont nerveux et que le monde entier pousse des cris d'orfraie, c'est parce que la superpuissance attaquante a peur et a, sans l'avouer, l'impression d'être dans son tort. Hollywood et la Bible sont les piliers de la culture américaine ; or ces deux sources enseignent que David est vainqueur et Mordor vaincu. Celui qui ne croit pas à son bon droit et qui agit quand même est dangereux. Très dangereux.

Ada avait fini, la pression était retombée. Les élèves restaient les bras croisés, certains se mirent à chuchoter entre eux, d'autres farfouillaient sans but dans leurs notes ou faisaient mine d'observer par la fenêtre un spectacle intéressant. Quand le regard d'Ada croisa celui d'Alev, celui-ci détourna les yeux pour la première fois. Elle lui avait volé la vedette ; il savait qu'elle le savait, et il lui fallut quelques minutes pour retrouver sa souveraine assurance. Höfi entreprit d'étayer sa démonstration par un petit édifice de faits concrets ; il en était arrivé à la guerre du Viêtnam quand la sonnerie annonça l'interclasse. Dans le couloir, il intercepta Ada qui allait suivre Alev en direction des toilettes.

— D'où tiens-tu cela ?

Höfi n'avait pas cessé de tutoyer les élèves, bien qu'Alev eût redonné dans son cours inaugural le spectacle qui portait désormais le titre d'*El Qamar Show*. La réponse avait été caractéristique de Höfi : Il connaissait parfaitement les articles du règlement scolaire. Alev avait le droit d'être vouvoyé, droit que lui, Höfi, ignorerait délibérément. Si Alev voulait faire du foin, libre à lui. S'il choisissait de bénéficier d'un bon enseignement, sans chichis, il l'aurait. Ainsi, Höfi avait été le premier professeur à clouer le bec d'Alev par une éclatante victoire aux points.

— En grande partie de vous, répondit-elle. Pour le reste, j'ai tout trouvé dans ma tête à moi.

— Je n'en crois rien.

Elle haussa les épaules et lui lança du regard une pleine poignée de mépris tout chaud entre les deux yeux. Puis elle le planta là.

Le conseil d'établissement se réunit vingt-quatre heures plus tard, à la suite de quelques appels téléphoniques de parents dont les enfants avaient appris au lycée Ernst-Bloch qu'al-Qaida était la même chose que Greenpeace. Dans la salle des professeurs, deux camps s'affrontaient, dont les porte-parole étaient toujours les mêmes. Klinger, jeune professeur d'histoire et homosexuel déclaré, vola au secours de Höfi, discrètement soutenu par Smutek, tandis que Teuter pouvait essentiellement compter sur Lindenhauer qu'un accident de voiture survenu trente ans plus tôt avait contraint de mettre un terme à sa carrière de physicien, et qui était maintenant l'un des plus vieux enseignants du lycée. Mais la situation présentait quelque chose de nouveau : le sentiment que, cette fois, ce n'étaient pas seulement les vieilles inimitiés qui versaient de l'huile sur le feu. Derrière tout cela, on sentait la présence d'un esprit différent : le spectre d'Ada planait dans la pièce.

— Alors làààà, mon cher Höfling, vous enseignez l'histoire et non la politique, et même ce dernier domaine ne saurait être mis au service du plaisir d'enseignants qui abusent de leurs élèves pour développer des idées subversives.

— Votre spécialité à vous, mon cher Teuter, c'est la direction de l'établissement et non la définition du contenu de l'enseignement, et même ce dernier domaine ne saurait être mis au service de l'épanouissement d'un complexe napoléonien mal digéré. Le ministère vous expliquera que la formation politique suppose la mise en parallèle de matières différentes.

— Alors làààà, mon cher Höfling, ce que vous faites n'a rien à voir avec une mise en parallèle ; cela relève au mieux de la paralysie.

C'est à ce moment que se firent entendre les premières protestations. Tassé dans son fauteuil, tout petit et difforme, Höfi ne bougeait pas et regardait droit devant lui d'un air inexpressif, tel un accusé étranger qui n'aurait pas d'interprète pour l'assister devant le tribunal. Mais ses yeux rougirent, et quand Smutek s'en aperçut il prit sa chaise, fit le tour de la table et vint s'asseoir à son côté.

Pour sauver la situation, Teuter poursuivit obstinément son discours.

— Alors lààààà, cette Ada était une enfant difficile. La situation politique mondiale était des plus complexes. On ne pouvait admettre que l'esprit nouveau contamine les jeunes dont on a la charge. Le lycée devrait être un espace protégé.

— Mais, monsieur le directeur…

Les joues du jeune Klinger étaient rouges de colère ; il n'était plus assis depuis longtemps : bouillant d'excitation, il arpentait la salle devant la rangée de fenêtres. Quand il se dressa devant le directeur, il tremblait comme une feuille :

— … même une fille comme elle a le droit de dire ce qu'elle pense !

— Ce qu'elle pense ! cria Lindenhauer. C'est de la propagande gauchiste !

Dans le silence qui suivit, la voix de Höfi retentit avec une force qui ne paraissait pas naturelle ; elle semblait sortir non de sa bouche, mais directement de son échine tordue.

— Notons bien, s'exclama-t-il, que personne ici n'a compris ce que voulait dire Ada. Il y a toujours deux façons de voir les choses : d'en haut et d'en bas. Celui qui veut rester à ras du sol comme une grenouille, qu'il y reste et grand bien lui fasse !

Quand Teuter, minuscule et suffocant, se posta devant lui en tirant de la main droite sur les doigts de sa main gauche pour faire craquer les articulations, Höfi ajouta dans un murmure :

— Allez-y, cher collègue, j'ai une seconde et demie pour riposter en état de légitime défense.

Un homo, une grenouille, un physicien, un infirme. Et un Polonais. Quand Smutek, les deux mains appuyées sur le bord de la table, se mit à déplier lentement son grand corps, il prouva la justesse du vieil adage selon lequel ce ne sont pas les arguments qui l'emportent mais la présence physique. Pendant plusieurs secondes, il se tint en silence au milieu des autres qu'il dépassait tous de la tête, sans mot dire, le visage immobile. La température de la pièce parut chuter de plusieurs degrés. Teuter redressa son veston impeccable, qui n'en avait nul besoin. Höfi n'avait pas cessé de fixer le plateau de la table. Klinger avait l'air de vouloir éclater en sanglots d'une minute à l'autre. Le conseil était terminé.

Nul ne sut comment tout cela avait pu s'ébruiter, mais dès le lendemain matin tous les élèves étaient au courant : au cours optionnel d'histoire, on menait des débats qui provoquaient de violents affrontements en salle des professeurs. Au début de la matinée, Alev, passant d'une démarche nonchalante devant Ada qui attendait, s'arrêta brièvement.

— Tu sais ce qui s'est passé entre Höfi et Teuter ?

— Bien sûr. *Panem et circenses*.

— Pour reprendre ton expression, je dirais : Höfi est structurellement dans son bon droit. C'est ça ?

Ils avaient échangé un sourire et, à présent, Ada se trouvait dans la chambre de Grüttel.

Alev est impuissant et fier de l'être

J'AIMERAIS que tu en saches un peu plus sur eux. Peut-être y eut-il un grognement, peut-être n'était-ce que le fruit de son imagination, un symptôme imaginaire en parfaite adéquation avec le diagnostic établi depuis le début : le stress qui émanait de la présence d'Ada et d'Alev commençait à se diffuser dans la pièce. Debout au milieu des occupants de l'internat couchés ou accroupis, ils ressemblaient à des gardiens en visite dans la cage aux fauves : trop forts pour qu'on s'attaque à eux, pas assez forts pour inspirer une véritable crainte, arrivés en dehors des heures où l'on donne à manger aux animaux, ce qui laissait la porte ouverte à toutes les spéculations sur leur véritable dessein. Grüttel et ses amis se balançaient nerveusement d'un côté à l'autre ; pendant que l'un d'eux étirait une jambe, l'autre la repliait et le troisième se laissait tomber sur le côté, le corps appuyé sur son coude comme sur un arc-boutant.

— C'est quoi le truc génial qu'elle doit savoir sur nous ?

— Celui-là, celui aux cheveux clairs, c'est Grüttel.

L'interpellé leva deux doigts en signe de victoire.

— Le genre gagneur. Ça fait des semaines qu'il remporte haut la main tous les concours de masturbation.

— Précision du tir, distance, rapidité ?

— Rapidité. Tu lui présentes n'importe quelle pin-up, la bourgeoise qui fait la une de *Playboy* ou la fille du dimanche de la *Bild-Zeitung*, et ça gicle avant que les autres aient eu le temps d'ouvrir leur braguette.

— Vous n'êtes pas un peu vieux pour les concours de branlette ?

— Oh non. C'est un sport que les hommes pratiquent toute leur vie.

— Et toi, tu t'en sors comment ?

— Impossible de bander. Désolé, mais je suis impuissant.

A ce stade de la discussion, Grüttel, dont le visage au fur et à mesure de la discussion s'était transformé à vue d'œil en un tableau grand format, fit entendre un petit sifflement : le haut de son corps appuyé sur le coude se souleva de quelques centimètres avant de retomber dans sa position initiale.

— Autres qualités ?

— Pas que je sache. Ah oui, Ada !

La voix d'Alev était celle d'une mère qui s'apprête à lire un conte à son enfant pour qu'il s'endorme, avec la conviction qu'il ne tiendra pas bien longtemps au-delà du "il était une fois".

— Les parents de Grüttel sont riches. En ce moment il est en train de vivre, sans le savoir et c'est tragique, les meilleures années de sa vie. Après ça, ça ne peut que devenir plus ennuyeux encore que ça ne l'est déjà.

Sous le prétexte d'allumer une nouvelle cigarette, Grüttel s'était redressé.

— Ça suffit, Alev, dit-il. Les trois autres, totalement apathiques, regardaient fixement devant eux.

— Quoââââââââ ? En tirant largement sur ce *â*, la bouche d'Alev avait l'air de s'apprêter à mordre. Il détourna son regard d'Ada pour diriger ses yeux en amande sur Grüttel. Il existe donc des choses qui te suffisent ?

Ada observa Alev de profil, elle considéra le dos de son long nez plat qui descendait presque à la verticale, puis ses larges ailes dont la forme rappelait les pattes postérieures d'un chat assis, ses sourcils noirs qui pénétraient profondément dans ses tempes comme si on les avait accrochés avec des cintres derrière les oreilles. Cette physionomie lui permettait, malgré sa petite taille, de regarder n'importe qui de haut. Elle avait compris que c'était un professionnel, mais ne savait pas encore dans quelle discipline. Elle assistait manifestement à une démonstration de ses capacités qui lui était destinée à elle seule.

Grüttel ne trouva rien à répondre ; quant à Bastian, il regardait de côté, un peu comme s'il se trouvait dans la salle d'attente d'un dentiste avec l'espoir de passer en dernier.

— Bastian est une version à cheveux bruns, basée sur le même modèle, mis à part qu'il perd lors des concours de masturbation. C'est soi-disant un excellent surfeur. Il a rapporté tout un tas de photos de son dernier séjour dans le Pacifique. Pas vrai, Bastian ?

— Nique ta mère.

— Avec quoi ? Hein, avec quoi, tu peux me le dire ? Avec ce bout de viande molle qui me sert de queue et que rien au monde n'arrive à mettre en branle ? Je ne niquerai pas ma mère, mon cher Bastian, ça, c'est sûr.

Cette fois, le grognement de Bastian fut nettement perceptible ; avec impatience, il arracha le paquet de cigarettes des mains de Grüttel et en sortit une nouvelle cigarette avec les dents. Goutte à goutte, comme si de l'eau se condensait peu à peu sur les vitres de sa raison, Ada comprenait progressivement la véritable nature de la méthode d'Alev. S'il est vrai qu'elle ne comprenait pas *ce* qu'il était en train de faire, du moins comprenait-elle *comment* il s'y prenait. Alev était un corps étranger pénétrant dans des systèmes clos sans accepter leurs règles, il mettait ensuite au jour les conventions qui les régissaient pour les tourner en ridicule tout en restant pour sa part, grâce à la concession même de sa propre faiblesse, invulnérable. Son aplomb et son éloquence lui évitaient d'être immédiatement jeté dehors. De cette façon, il lui était possible d'évoluer à l'intérieur d'un réseau relationnel sans en être partie intégrante. Dans leur relation avec lui, les structures marquées du sceau de la hiérarchie habituelle se transformaient en un espace sans vie et leurs membres en pièces de mobilier, alors qu'Alev restait l'être humain qui en faisait usage ; personne n'était en mesure de se rebeller contre lui, pas plus qu'une chaise ne peut se débarrasser de celui qui, jour après jour, s'assied sur elle. Jambes écartées, Alev était planté au beau milieu de ce royaume en forme de L appartenant à Grüttel et il s'adressait à l'élite de l'établissement, à ce noyau dur d'élèves dont habituellement personne ne s'approchait de son propre chef ; on attendait d'y avoir été expressément invité. Alev avait appris trop de langues étrangères, il avait vécu dans trop de pays pour tenir compte du contexte. Tout comme Ada, lui aussi était un marginal, mais il s'intéressait en scientifique à certains de ses congénères alors qu'Ada s'efforçait de rester à l'écart.

— Tu as peut-être envie de nous montrer tes photos ?

Alev, de ses doigts alertes de présentateur, faisait à présent de Bastian une nature morte qui allait devoir supporter la critique d'un spécialiste de la peinture.

— Des photos superbes, poursuivit Alev. On y voit Bastian sur les plages du Pacifique, en Californie, la planche de surf sous le bras. Parfois il est accompagné d'une de ces filles de rêve en string dont les fesses et les seins ont l'éclat de fruits parfaitement lisses.

A l'extérieur le long couloir emportait la voix d'Erich dans toutes les pièces. Fin du petit-déjeuner, pour toute la sainte Famille. Ramenez-vous avec vos affaires pour descendre en cours.

— Ici, on est trop loin pour entendre correctement la sonnerie, expliqua Toni manifestement soulagé de pouvoir changer de sujet. Au moment de l'installation de l'internat, ils ont oublié d'en mettre une. Après, c'est comme avec les ampoules électriques : si tu ne les remplaces pas au moment où elles grillent, c'est fini, l'obscurité est installée pour toujours.

— Belle présentation philosophique, mon cher Toni. Un beau jour tu finiras par comprendre que tu en sais plus sur le monde qui nous entoure que cette espèce de bellâtre au sourire de papier glacé qui reste pendant des heures devant son ordinateur pour télécharger une jolie femme et la coller dans ses bras. Les possibilités de la photo numérique sont immenses, pas vrai Bastian ?

L'interpellé, qui venait de s'asseoir en tailleur, se releva entièrement tout en s'essuyant les mains sur son pantalon à la manière d'un enfant qui rentre à la maison et qui s'est sali en jouant.

— Aucune idée, répliqua-t-il d'un ton impassible, à ton avis ?

— On voit très nettement les pourtours. Alev était déjà près de la porte. Absolument personne ne s'y serait vraiment laissé prendre. Nous sommes tous, n'oublie jamais ça, nous sommes tous des amateurs. Tu entends, ma petite Ada ? Tous, sans exception. Toi et moi compris. Peut-être juste un peu moins que les autres.

Il la prit par le coude et la dirigea vers la sortie avec la galanterie d'un homme du monde du siècle dernier.

Elle était bien contente qu'il lui montre le chemin. Si elle était sortie toute seule, elle aurait pris la mauvaise direction, serait passée entre les hévéas et la table roulante pour finir par se retrouver collée à la vitre de la fenêtre du fond comme un gigantesque papillon nocturne. Quel plaisir de descendre l'escalier à son côté, suivi du pas lourd des trois autres, Grüttel, Bastian et Toni qui se perdirent au fur et à mesure des étages traversés. Quel plaisir de sentir sur son avant-bras cette légère chair de poule, engendrée par le contact des ongles longs de ses cinq doigts, extrémités mortes d'un corps éminemment vivant. Quel plaisir de sentir qu'Alev ne la lâchait pas tandis qu'ils s'approchaient de la salle de classe. Olaf était déjà à sa place et observait la scène : en entrant dans la pièce, Alev s'effaça pour laisser passer Ada.

Une fois assise, Ada respira profondément et étendit ses jambes. Elle se sentait forte, cette après-midi elle irait courir. On était au début du mois d'octobre, l'été avait relâché son étreinte de feu, il s'était détaché de la ville comme une tique gorgée de sang et, prenant lentement le chemin du sud, il s'était retiré par-delà l'horizon.

Smutek met un terme aux semaines de torpeur ;
du moins, tel un sismographe,
en enregistre-t-il la fin. L'Homme sans qualités
n'y est peut-être pas étranger

D'UN pas alerte, Smutek entra dans la classe, *L'Homme sans qualités* coincé sous le bras comme une petite planche de surf. Il se sentait en pleine forme. Au début de la dernière récréation, installé dans la salle des professeurs, il avait brusquement levé la tête. Il avait l'impression que quelque chose avait changé. Un bruit parasite à peine perceptible venait de cesser, ou peut-être la lumière était-elle plus vive. Un regard circulaire lui avait appris que tout était dans le même état qu'une seconde plus tôt. Lindenhauer avait pris place deux chaises plus loin, parce qu'il voulait voir ce que faisait Smutek, mais dans la salle presque vide il ne pouvait s'asseoir juste à côté de lui. Tapi dans un coin, Klinger essayait d'avoir l'air de ne pas être là. Höfi, quant à lui, n'était vraiment pas là ; depuis le conseil, il passait les récréations dans un salon de thé voisin en compagnies de mémés vêtues de brun, qui, armées de minuscules cuillères, picoraient des gâteaux à la crème roses ou bleu turquoise. Tout était exactement comme d'habitude. Et pourtant, Smutek réussit à respirer à fond, pour la première fois depuis des jours. Il prit une nouvelle inspiration et s'étira. Au même instant, quatre étages plus haut, Alev poussait Ada, les mains fermement appuyées dans son dos, pour lui faire traverser le couloir. Soudain,

Klinger leva les yeux et répondit à un sourire que Smutek n'avait même pas esquissé.

C'était évident : il allait mieux. Quelque chose s'était dénoué ; des vecteurs se redressaient, les coordonnées spatiotemporelles étiraient leurs axes, Chronos se mettait à table et poursuivait son repas cannibalesque. Smutek avait l'impression de peser dix kilos de moins. Aujourd'hui, il demanderait à Ada quand elle comptait venir à l'entraînement. En plus, il était grand temps de préparer le voyage de classe destiné aux nouveaux optionnaires, et qui se déroulait traditionnellement au cours du premier semestre. Il se demandait avec curiosité ce que sa classe dirait de Robert Musil, et en pensant à Musil le but du voyage lui parut évident : Vienne.

Les six semaines qui venaient de s'écouler rendirent l'âme en quelques petites secondes et disparurent dans le néant, abolies pour toujours. Que signifiait une poignée de semaines ? N'y avait-il pas du temps à profusion ? Combien pouvait-on en voler chaque mois aux gens sans même qu'ils s'en aperçoivent ? Smutek supposait qu'ils considéreraient la diminution du temps comme un phénomène naturel, pareil à la perte de poids des fruits que l'on fait sécher au soleil. Tout de suite après, il se demanda d'où lui venait cette étrange comparaison qui ne ressemblait pas vraiment à sa façon de penser. Elle devait être descendue sur lui des hauteurs de l'internat.

Quoi qu'il en fût, il eut la certitude que les semaines de torpeur venaient de prendre fin, et il en fut heureux. Tout en rangeant ses papiers en vue du cours suivant, il ne soupçonnait pas que ces semaines avaient représenté le délai légal au cours duquel tout individu frappé par le destin peut décider d'échapper au sort qui l'attend, et qui lui fournit l'occasion de donner un brusque coup de barre et de changer de cap à l'aveugle. Rares sont ceux qui ont su saisir cette chance. C'est plutôt une simple formalité.

Bonjour à tous. Bonjour monsieur.

Les élèves avaient l'air plus vifs, moins avachis sur leurs chaises, leurs cheveux étaient plus brillants. Quelqu'un avait entrouvert les fenêtres, et Smutek sentait distinctement la saveur de l'air qui soufflait de l'extérieur : non seulement il avait une autre odeur que l'air du lycée, mais sa composition était totalement différente. Il affluait comme une eau fraîche, apportant le parfum des tilleuls qui avaient cessé depuis longtemps d'asperger trottoirs et voitures de leur glu liquide et dont l'odeur avait déjà un relent de pourriture et d'humidité. La nature se préparait aux trombes d'eau et aux tempêtes automnales qui lui arracheraient sa parure jaunie pour la jeter dans la boue. Vingt-cinq paires d'yeux bleus, verts, bruns et gris suivirent Smutek jusqu'à la fenêtre et le regardèrent mettre le nez dehors pour prendre une profonde inspiration. L'automne avait toujours été sa saison préférée, *mola ulubiona pora roku*, comme chantait Edyta Bartosiewicz, dont les textes comptaient parmi les derniers vrais poèmes qu'avait produits la décennie passée, appendice d'un millénaire finissant. Du moins tant qu'on les consommait avec de la musique.

— Je devrais peut-être essayer de vous présenter de temps à autre un peu de culture polonaise, dit-il à la fenêtre, tout en sentant lui-même combien cette remarque était déplacée, sortie d'un autre compartiment de son cerveau pour déborder dans le cours d'allemand. Les élèves lui demanderaient si les paysans polonais savaient seulement lire et écrire et lui diraient que dans son pays les cabinets étaient toujours au fond du jardin et qu'il n'y avait pas de réseau de téléphonie mobile. Il ne pouvait même pas leur en vouloir.

— L'idée est excellente, dit quelqu'un, rompant le silence ambiant. Même si Smutek n'avait pas reconnu la voix, il aurait su que c'était Ada qui avait parlé, car personne d'autre qu'elle n'employait le mot "excellent". Il leva les yeux, vit que les joues de la jeune fille paraissaient, elles aussi, moins anémiques que d'habitude et, envahi par une vague de sympathie, ne put empêcher un sourire radieux de s'imprimer dans les muscles de son visage – et il resta là, planté comme un imbécile devant sa classe, grand comme un phare, aussi incongru qu'un arbre de Noël tout décoré en plein été.

En tournant la tête, il rencontra les yeux noirs d'Alev et sut aussitôt qu'il ne s'était pas trompé : quelque chose avait changé, un nouveau champ d'énergie s'était formé, dont la ligne de force, partant de la porte, rejoignait en diagonale le coin près de la fenêtre ; il s'était emparé de la pièce tout entière. Les élèves s'étaient redistribués, à l'image des grains de limaille dans un champ magnétique fraîchement ratissé. Inutile désormais de prier Ada de participer à l'entraînement, il savait qu'elle viendrait d'elle-même. Quelque chose de nouveau était sur le point de commencer, et Smutek en fut heureux comme une bête de boucherie est heureuse de respirer l'air frais au sortir de l'étable, tandis qu'on la mène à l'abattoir.

— OK, dit-il, surmontant cet inexplicable accès de bonheur, à nouveau maître de son visage. On verra ça à l'occasion.

Il se mit à parler de Robert Musil, de Vienne telle qu'elle était à l'aube du siècle dernier, de l'épanouissement de la modernité. Il parla de la décomposition imminente qu'amènerait la Première Guerre mondiale, à laquelle nul ne croyait, que nul n'avait prévue, et qui pourtant, telle une tempête de sable, avait tout emporté. Il parla de la perte de la foi, de l'effritement des valeurs, de l'anarchie d'un esprit déchaîné et de la quête frénétique de cette chose, qu'à une époque depuis longtemps révolue on avait baptisée “âme”. Il expliqua le talent exceptionnel de Musil, son oreille absolue pour les mots, qui lui permettait de transposer immédiatement le monde en langage, avec autant de justesse et de légèreté que si le résultat n'était pas dû au travail, mais à la seule inspiration.

Dans les textes de Musil, affirmait Smutek, les vérités se cachaient sous la poussière des ans comme des objets dans la boutique d'un brocanteur, qui se mettent à briller au soleil sitôt qu'on les prend en main, et cette fois la métaphore ne descendait pas du plafond, mais procédait directement du péristaltisme de sa pensée. Il dit aux élèves qu'il voulait les emmener à Vienne, voir ses édifices prestigieux aux allures de mausolées, ses cafés art nouveau aux ornements tarabiscotés, les bistrots crasseux où les artistes bohèmes se donnaient rendez-vous, le conservatisme xénophobe d'une capitale pluriethnique honoraire.

Tandis qu'il poursuivait son discours, la chanson d'Edyta à propos de sa saison préférée se mit à retentir dans sa tête, sans le moindre rapport avec ce qu'il disait. *Nasz dom, bez drzwi bez okien zasnàl, by w Ênie zimowym wiecznie trwaç*. Il la traduirait. Pour qui ? Pour les élèves, ou bien pour Ada. On pouvait peut-être replacer le texte, avec toute sa neige, ses labyrinthes et ses symboles inexpliqués, dans une digression sur les traditions romantiques. *Notre maison, sans portes, sans fenêtres, endormie voici bien longtemps, à survivre éternellement dans un rêve hivernal*, etc.

Il se ressaisit. Le cours marchait bien. Un mécanisme s'était ébranlé, encore un peu languissant, il lui faudrait plusieurs se-maines pour atteindre sa vitesse de croisière. Une gigantesque machine qui, une fois lancée, ne pourrait plus être arrêtée par personne.

Ada court vraiment vite

IL FAISAIT frais. Une lumière rasante rajeunissait les choses et les gens d'une manière fallacieuse, elle transformait le fleuve en un tapis roulant de plomb liquide, projetait sur le sol les longues ombres mouvantes des âmes des passants et conférait au gazon un teint d'une fraîcheur printanière qui encadrait d'un vert protecteur le rouge étincelant et artificiel de la piste en résine. Ada arriva avec une demi-heure de retard pour éviter les exercices d'échauffement qu'elle trouvait ennuyeux et s'approcha à pas lents, la courroie de son sac de sport passée de biais sur l'épaule à la manière d'une ceinture de sécurité. Par-dessus les têtes des autres élèves, le regard de Smutek alla à sa rencontre avant de se détourner juste au moment où il aurait dû la saluer d'un geste ou d'un mot. Une poignée de jeunes princesses, qui n'auraient jamais eu l'idée saugrenue de contraindre leurs jolis corps aux affres d'un entraînement sportif, l'entouraient de près ; avec leurs shorts moulants, couleur layette, bandes blanches sur le côté, les yeux écarquillés et les oreilles grandes ouvertes, elles buvaient littéralement les paroles de l'entraîneur. De loin, Smutek aurait pu passer pour un des leurs. Il avait les cheveux sur le front, descendant avec une certaine insolence jusque devant les yeux, et sous le T-shirt moulant les pectoraux et les dorsaux, parfaitement dessinés, étaient visibles dans le moindre détail.

Quand Ada eut compris ce qui attirait les princesses, elle eut envie de repartir. Comme au jeu du mouchoir lors d'un anniversaire d'enfant, elle tourna autour du groupe pour l'observer sous tous les angles et regarder le beau M. Smutek qui, les bras repliés, sautillait sur place tout en abordant différents sujets pédagogiques : répartition de l'effort pour les courses de demi-fond, statique, dynamique, force de gravité. Courir, c'est tomber. Ada posa son sac et enleva son jean, comme toujours sur le terrain même.

— Ada, lui demanda Smutek, vous venez travailler avec nous ?

Comme s'ils étaient attachés par un même fil, tous les membres du groupe se retournèrent simultanément. On entendait encore les vibrations du "vous", tel un son discordant dans un accord d'ouverture.

— Je suis venue pour courir.

— Ça tombe bien, dit Smutek gentiment. Nous aussi.

Tout en poursuivant ses explications, il surveillait du coin de l'œil Ada qui, après avoir enfilé son short, fixait d'un air absent le bleu du ciel en clignant des yeux. Il était impatient de la voir courir. Elle ne respecterait pas les distances imposées. Elle ne courrait pas avec les autres, et il n'arriverait sans doute jamais à la forcer à faire le moindre exercice d'étirement. Au moins avait-elle laissé son lecteur MP3 dans le sac.

Smutek leur expliqua que pour mesurer les capacités des nouvelles il allait faire les premiers tours à leurs côtés. Comme un cheval de cirque aux premiers accords de la musique, Ada démarra sans y avoir été invitée, quitta le gazon pour la piste et avait déjà une ligne droite d'avance quand les princesses, trottinant lourdement dans leurs chaussures de plomb, se présentèrent sur la ligne de départ. Elles bavardaient avec les élèves plus âgés et renoncèrent à caler leurs pieds dans les starting-blocks. Smutek fit un signe avec son chronomètre, attendit que le groupe ait fait un demi-tour de piste et remit son chronomètre à zéro. Au moment où Ada passait pour la deuxième fois la ligne d'arrivée, il remit le chrono en route et lui emboîta le pas.

Il lui sembla qu'elle avait adopté un rythme plus lent que la première fois, peut-être envisageait-elle une distance plus longue. Trottant à sa hauteur, Smutek lui demanda d'augmenter sa vitesse, de se caler sur trois mille mètres et de garder des forces pour sprinter dans le dernier tour dès qu'il lui en donnerait l'ordre. Ada continua à la même allure, sans même tourner la tête. Smutek se laissa distancer, puis la rattrapa, passa tout près d'elle et la dépassa sans qu'elle y accorde la moindre attention. Avec une régularité de pistons, ses lourdes jambes volaient littéralement à travers les airs, ses pieds ne touchaient le sol que pendant un temps infime, comme s'ils filaient sans chaussures ni chaussettes sur une piste de métal brûlant. L'idée d'inscrire une jeune fille comme Ada aux prochains championnats régionaux remplissait Smutek à la fois d'enthousiasme et de crainte. Il avait l'impression de vouloir envoyer un poney disputer un derby, un petit poney robuste à l'épaisse crinière dont les yeux dépassaient à peine des starting-gates et qui allait être opposé à des pur-sang de quatre ans aux longues jambes nerveuses. Quand il voyait en esprit Ada couper la ligne d'arrivée en premier, il sentait un chatouillis au niveau du diaphragme comme il n'en avait plus ressenti depuis l'âge de quatorze ans quand il jouait d'une guitare imaginaire devant la glace de l'armoire de la chambre à coucher. Petit contre grand. Il en était encore à se demander comment il pourrait l'amener à adopter un rythme plus rapide quand il remarqua qu'elle accélérait.

Ce n'était pas Smutek qui la poussait à courir plus vite, mais le souvenir d'une personne qui l'épuisait depuis des semaines, se nourrissant de ses forces à la manière d'un parasite. Alev et ses yeux de sphinx. Alev et son rire plein d'insolence. Alev et ses membres beaucoup trop courts, Alev et ses ongles de femme. Quand Ada s'était agenouillée pour lacer ses chaussures, ses articulations avaient craqué comme des glaçons dans un verre d'eau chaude. Elle était restée des semaines sans courir, à l'affût de je ne sais quoi, les muscles engourdis et la tête douloureuse, ne sachant pas quand ça allait arriver. Mais aujourd'hui quelque chose venait de bouger à l'horizon. Ada venait de tirer plusieurs coups de feu, peut-être avait-elle mis dans le mille, en tout cas ce qui la poussait à avancer, c'était l'excitation, l'appétit du chasseur.

Elle était trop clairvoyante pour croire à la pression de ces longs ongles sur son bras. Elle ne croyait pas davantage aux mains d'Alev entre ses omoplates, pas plus qu'elle ne croyait à la manière qu'il avait de parler de la fille la plus intelligente du lycée. Ada n'était pas de ces gens qui croient à quelque chose. Elle voyait trop bien pourquoi Alev s'intéressait à elle. C'était le même intérêt que celui du joueur d'échecs ambitieux pour un cavalier bien placé. Elle n'avait pas senti le goût du sang qui circulait dans ses veines mais l'odeur du combat et de la victoire. Les doigts tremblants de Grüttel sur son briquet. L'attente nerveuse de Bastian. La soumission servile de Toni. Alev lui avait fait une petite démonstration, elle avait observé, elle avait compris. D'une main légère, ils pressaient tous les deux leurs victimes pour extraire de leurs esprits la substantifique moelle. Ada avait compris que cet étage le plus élevé du pouvoir dans lequel il l'avait emmenée pour lui montrer avec emphase les contrées environnantes était tout aussi inaccessible pour lui quand il était seul que pour elle. A deux en revanche, ils pouvaient y monter sans peine, une vraie promenade. Elle attendait avec impatience l'instant où il la mettrait en position d'attaque.

A chaque tour de piste, ils croisaient à deux reprises le groupe des coureurs : il s'était étiré comme du chewing-gum, deux garçons en avaient pris la tête qui se préparaient même à dépasser l'arrière-garde. Après le cinquième tour, la foulée d'Ada commença à s'adapter aux enjambées de son accompagnateur. Quelqu'un courait à côté d'elle et n'arrêtait pas de parler. Des vagues de sons, tour à tour forts et faibles, portaient la voix de Smutek jusqu'aux oreilles d'Ada lorsqu'elle émergeait des eaux profondes où se mouvaient ses pensées, ouvrant les oreilles à la manière d'un phoque. Smutek parlait de la Pologne ou, pour être plus précis, de sa femme qui était polonaise et d'un poème polonais devenu leur mélodie naturelle, une devise un peu longue résumant leur vie commune. Ada se demanda en quoi ça la regardait et ralentit involontairement ce qui amena Smutek, qui ne lui parlait que parce qu'il était fermement convaincu que ses talents oratoires étaient à même d'augmenter sa vitesse, à citer Zbigniew Herbert en polonais.

Lasy plonely / a oni / na szyjach splatali rece / jak bukiety roz / do konca byli mezni / do konca byli wierni / do konca byli podobni / jak dwie krople / zatrzymane na skraju twarzy.

Le poème reposait davantage sur le rythme de sa respiration que sur la métrique et l'intonation, et il procura une grande détente à l'esprit d'Ada qui devait suivre ses propres voies pendant que son corps luttait. Ses pieds se mirent à obéir à la cadence de la respiration et gagnèrent en vitesse. Smutek reprit les derniers vers en boucle, *do kon-ça by-li mez-ni do kon-ça by-li wierni*, et se mit à parler plus vite, avec prudence afin de ne pas déchirer ce fil ténu qui lui permettait de tirer Ada derrière lui, Ada qui donnait à présent tout ce qu'elle pouvait, d'un pas agile et rapide, ne voyant plus rien sauf le petit fragment d'univers juste devant ses pieds. Au fur et à mesure qu'ils approchaient de la ligne d'arrivée Smutek passa à l'allemand. Il tenait ses bras fermement serrés contre le corps et avait rejeté la tête en arrière, ses longues jambes pénétraient dans l'air et les syllabes sortaient à présent sur un ton saccadé.

Les forêts brûlaient / mais eux / passaient les mains autour de leurs cous / réunis comme des bouquets de roses / courageux jusqu'au bout / semblables jusqu'au bout / comme deux gouttes / figées au bord du visage.

Quand ses doigts retrouvèrent enfin le chronomètre, il était déjà trop tard. Il faudrait retirer au moins six secondes. Mais même s'il n'en avait retiré que trois ou quatre ça restait un temps exceptionnel. Ses tempes bourdonnaient, comme si son sang et son cerveau allaient tout à coup chercher à s'échapper de son crâne. Du regard, il suivit Ada qui continuait à courir, plus calmement, lentement, les yeux mi-clos, toujours dans le sens des aiguilles d'une montre, et il se demandait si elle avait entendu la moindre de ses paroles.

La vie intérieure d'Alev. Premiers contacts. Une espèce de conversation

La visite à l'internat fut suivie de quinze jours durant lesquels Alev ne put en aucune façon se consacrer à Ada. Pourquoi en était il ainsi ? Pourquoi était-ce à ce point inévitable ? Il n'en savait rien lui-même. Les horaires de son réseau de communication interne étaient dictés par une instance dont les lois lui échappaient. Elle lui imposait une stratégie faite de progressions et de retraites comme s'il s'escrimait à semer une meute de poursuivants acharnés. Elle lui interdisait de définir lui-même ses priorités. Il n'était jamais en droit d'affirmer la vérité, mais tout au plus le contraire du contraire de la vérité. Alev fonctionnait comme un service de renseignements qui ignore le plan d'ensemble dissimulé derrière les missions qu'on lui confie.

Il avait un but intermédiaire : mettre les capacités d'Ada à son service. Elle cultivait le silence, ce silence derrière lequel il pouvait s'abriter pour viser avec toute la sérénité, toute la précision requises. Le rempart dur et froid qui l'entourait défierait des assauts auxquels Alev ne pourrait résister seul. Seul, il restait un franc-tireur ; à eux deux, ils formaient une armée. Il lui avait montré quelque chose et elle avait compris. Il était entré en contact avec elle, et elle avait répondu. Ce succès acquis, le moment était venu de la faire attendre. Il devait se consacrer à d'autres tâches et porter son attention ailleurs. Il y avait de multiples pièces dans le jeu, et de multiples raisons possibles aux ordres reçus par Alev. Il était important de camoufler l'objectif final, surtout à ses propres yeux.

Cette fois-là, Alev procéda avec une prudence toute particulière. Il sentait nettement qu'il se rapprochait de la réalisation d'un dessein au regard duquel toutes les manœuvres précédentes n'avaient été qu'autant de galops d'essai. Au cours de ses passages dans différents établissements scolaires, il avait appris à identifier dans les plus brefs délais les centres du pouvoir pour s'y infiltrer, établir des contacts, forger des intrigues, sonder les intérêts et les mettre à son service, diviser les équipes en place pour les reconstituer différemment. Chaque fois qu'il était parvenu à tisser un réseau qui réagissait au quart de tour à la moindre de ses sollicitations si bien qu'il aurait été sans peine en mesure de déclencher une révolution interne, de braquer une banque ou de tourner un film, il s'était vu contraint de quitter la ville et de tout recommencer ailleurs. Cette fois, il en irait autrement. Il avait fait savoir à ses parents qu'il avait décidé de rester à Ernst-Bloch jusqu'au bac ou jusqu'à l'expulsion, indépendamment de l'endroit où ils iraient traîner de leur côté. Il n'avait pas encore de réponse. Il ne risquait rien à se concentrer dès maintenant sur l'internat, d'autant que cet endroit élevé lui plaisait beaucoup, juste sous les toits, véritable pigeonnier pour marginaux et privilégiés de tout poil.

Il ne lui faudrait pas longtemps pour se propulser au cœur de l'action, y occuper la position enviée et redoutée d'un roi sans peuple, assailli par des nuées de sujets potentiels d'autant plus désireux de le servir qu'il se refusait à accepter leurs services. Il avait gagné la partie un peu partout dans le monde, et l'expérience montrait que c'était plus facile dans ce pays que nulle part ailleurs : c'était une nation sans ancêtres, sans modèles, sans rois, sans dieux ni maîtres ; elle n'avait pas de convictions, ne désirait rien pour l'avenir, et son passé ne lui avait même pas laissé de souvenirs utilisables. Alev estimait que les enseignants et les élèves du lycée Ernst-Bloch se laisseraient mener plus docilement qu'un troupeau de moutons privé de son bélier de tête. Il lui fallait juste un peu de temps pour apprendre les règles sur le tas, essayer tous les coups possibles et placer ses pions. C'était à peu près la seule façon d'entamer un jeu sans buts identifiables, sans adversaires connus et sans règles écrites.

Deux semaines durant, il ne gratifia pas Ada du moindre regard. Il ne s'arrêtait pas à sa hauteur quand elle l'attendait devant la porte de la classe, ne lui donnait pas la réplique au cours des débats organisés par Höfi, ignorait les remarques signifiant qu'elle commençait, à petits pas hésitants, à s'aventurer dans son univers mental. Elle attendrait. Elle ne reculerait pas d'un millimètre, ne cesserait pas de désirer la même chose. Pour un temps, il l'avait bien en main.

Pendant ce temps, il avait entrepris de soumettre la terre entière. Grüttel et Bastian, qui s'ennuyaient, qui riaient de ses plaisanteries et le fournissaient gratuitement en alcool et en drogues, formaient une plate-forme idéale pour réorganiser les connexions et les interfaces du pouvoir lycéen. Dans leur orbite gravitait une junte de partisans masculins qui jouaient dans leurs troupeaux respectifs le rôle du mâle alpha et qui se mirent discrètement à manger dans la main d'Alev sitôt qu'ils eurent repéré qu'il était en train de s'élever au rang de chef des chefs. Côté filles, la partie était encore plus facile. Il collectionnait les déclarations de princesses de tous âges dont les petits museaux d'adultes se tordaient en grimaces de douleur puérile quand, tout en faisant jouer ses doigts sur leurs cous, leurs épaules, leurs joues, il déclarait avec regret que l'abondance de l'offre l'empêchait de se décider. A part cela, outre les filles qui, pour accéder passagèrement au paradis des élus, étaient prêtes à faire sur les lits de l'internat tout ce que fait un camé pour s'assurer son prochain shoot, il existait quelques exemplaires de la gent féminine triés sur le volet, qui s'étaient métamorphosés en icônes. Les puissants les respectaient à moitié, tandis que le reste du lycée les adulait et les enviait. L'apparition d'un franc-tireur rendait plus supportable le martyre de ces créatures d'exception.

Quand se fut écoulé un temps suffisant, il se posta après les cours sur la troisième marche de l'escalier devant l'entrée principale. Moins d'une demi-minute plus tard, Ada se tenait à côté de lui. Il lui tendit une cigarette qu'il avait roulée pour elle pendant le cours précédent après avoir emprunté un paquet de tabac, lui donna du feu et, tout en parlant de choses insignifiantes, la raccompagna chez elle en traversant le quartier résidentiel. Pour le tester, elle ralentit le pas en arrivant au dernier croisement et fit mine d'emprunter la mauvaise rue. Mais il lui prit le bras en riant, bien sûr qu'il savait depuis longtemps où elle habitait. En présence d'Alev, elle eut soudain du mal à reconnaître le bâtiment familier. Il l'empêcha d'ouvrir le portail du jardin, l'entraîna plus loin, tourna à gauche et se dirigea vers l'extrémité nord du quartier. Ils s'arrêtèrent devant une petite maison ; édifiée dans le style dépouillé des années 1950, elle était loin d'en imposer autant que les demeures prestigieuses qui se dressaient tout près de la maison où habitait Ada. Un balcon ajouté après coup portait un petit écriteau accroché à son bord inférieur : PENSION. Alev eut le sourire d'un magicien qui vient de réussir son coup. Tandis qu'ils traversaient le vestibule d'une famille inconnue, passaient devant des meubles en rotin, des fleurs séchées, une porte de cuisine entrouverte d'où s'échappaient les effluves d'un repas végétarien, Ada songea qu'elle posait tous les soirs la tête sur un oreiller qui, à vol d'oiseau, se trouvait à moins de cinq cents mètres du lit d'Alev, et elle se demanda si cela avait une signification précise. Auprès d'Alev, tout semblait être signe ou prodige.

Les chambres de la pension se trouvaient au premier étage. Alev ouvrit brièvement la première porte pour qu'Ada puisse jeter un coup d'œil à l'intérieur. Une couchette étroite sur chacun des grands côtés. Un fauteuil noyé sous des cascades de vêtements, une petite table vieillotte supportant des piles de livres croulantes qui ne laissaient aucune place pour lire ou écrire. Ada découvrit quelques vieilles connaissances : Machiavel, Nietzsche, Derrida. Partout des cendriers pleins. Par terre, Ada compta cinq rangers différents, trop grands pour appartenir à Alev. Une chaîne stéréo cubique posée sur l'appui de la fenêtre en interdisait l'ouverture. Ada s'imagina en train d'attendre Alev dans cette chambre, les coudes posés sur la chaîne, l'affreux rideau couvrant ses cheveux comme un voile de mariée. Elle glisserait son nez entre les deux écouteurs du grand casque et s'enivrerait de l'odeur des cheveux du garçon jusqu'à tomber sur le lit, renversant par mégarde une coupe pleine de mégots ; elle resterait couchée là, entre la cendre et les coussins, sans vie, molle, chaude et indolente comme un chat domestique.

— Je ne savais pas que tu avais un frère.

— Tu ne sais pas grand-chose de moi, et c'est fort bien ainsi.

Comme Ada s'accrochait aux montants de la porte, il ne put la fermer.

— Bon, d'accord, dit-il en riant. Maurice a trois ans de moins que moi, et il est vraiment beau. Grand, tu vois, avec les cuisses longues et de longs cheveux bouclés. Peut-être que nous n'avons pas le même père.

— Où est-il ?

— Au début de chaque année scolaire, il se cherche une fille de bonne famille. Elle tombe amoureuse de lui, il va voir ses parents et se déclare adoptable. Comme ça, il est partout chez lui. Il est très différent de moi. Il nous arrive de jouer aux échecs. Il n'a pas encore gagné une seule fois.

Il la ramena dans le couloir.

— Enlève tes chaussures.

Ada se tenant jambes écartées comme un marin qui sent le sol bouger sous ses pieds, ses rangers une fois ôtés se retrouvèrent dans la même position, séparés l'un de l'autre d'une largeur d'épaules, les pointes tournées vers l'extérieur. On aurait dit qu'une deuxième Ada, invisible, attendait dans le couloir que revienne sa moitié visible pour repartir du même pas. De ses trois doigts repliés, Alev frappa contre le montant, attendit un instant la tête inclinée de côté, avant d'abaisser la poignée.

A l'intérieur, un aimable fantôme, assis en amazone sur le divan, se penchait sur quelques documents.

— Amila.

Une pause théâtrale survint avant qu'elle lève la tête, *just a moment, je viens*, un sourire souligné avec soin de rouge bordeaux. Le visage sillonné de fines rides, des joues rondes et de grands yeux de petite fille. Le foulard clair scrupuleusement tendu entourait le front et les joues, cachait entièrement les cheveux et les oreilles et tombait jusqu'aux pieds en se mêlant aux autres vêtements. La peau était poudrée de blanc, les yeux bleus, les cils et les sourcils noircis étaient sans doute blonds par nature. Amila était une poupée. Et tenait accessoirement le rôle de mère.

— Je te présente Ada.

Amila se leva et tendit une main qui paraissait étrangement nue au sortir de la soie ; sa poignée de main était énergique comme celle d'un homme.

— Très heureuse.

Ces deux mots suffisaient à élucider son origine : elle était allemande, parlait avec l'accent bavarois. Sa main libérée s'éleva comme si elle était plus légère que l'air, s'approcha du front d'Ada, le bout d'un doigt tendu passa lentement sur les sourcils de la jeune fille.

— Joli, dit-elle. Vigoureux et sombre comme le cœur. D'habitude, Alev ne ramène que des bichettes entièrement rasées.

— Amila, mon cœur, dit le garçon sur un ton de reproche, tu es toi-même rasée sur tout le corps.

Elle eut un rire sec, s'approcha d'Ada et lui entoura les épaules d'un bras léger.

— N'écoute pas ce petit mâle, lui dit-elle à l'oreille. Dans cette famille, les mecs ont tous l'esprit dérangé. C'est sans doute ma faute. Je te demande pardon d'avance.

— Jusqu'à présent, dit Ada, c'est toujours à moi qu'il fallait pardonner.

Amila chercha en vain un regard dans les yeux gris : il n'y avait rien.

— Tu pourrais bien avoir raison, dit-elle. Ce serait une bonne nouvelle. Je vois une intelligence aussi affûtée qu'une centaine de couteaux et une volonté aussi dure qu'un billot. Mais, d'âme, je n'en vois pas.

— Certains jours, dit Alev, Amila se croit capable de passer tout le monde aux rayons X.

— Où est ton père ? demanda Ada.

— Au Soudan, répondit Amila, et nous ne tarderons pas à le rejoindre.

— Pas moi, dit Alev, et Ada, debout tout près de lui, effleura ses doigts du dos de la main en une caresse imperceptible. Ce pouvait être par mégarde, ou bien intentionnel.

— Qu'est-ce qu'il fait ?

— Des affaires, répondit Amila sèchement, comme à un enfant à qui on a défendu de s'enquérir de la profession des parents. Depuis le 11 Septembre, il a une foule de choses à faire dans sa spécialité. Nous gagnons beaucoup d'argent.

— OK, dit Alev, ça suffit. On passe à côté.

En guise d'adieu, Ada fut embrassée sur les deux joues et se retrouva aussitôt après dans la chambre voisine, un ranger dans chaque main. Les chaussures tombèrent bruyamment sur le sol. Alev poussa Ada sur le lit de Maurice.

— Assis, dit-il. Nous avons besoin d'en griller une.

Comme il ne trouvait nulle part de paquet plein, Ada se mit en devoir de rouler des cigarettes.

— Ton père est musulman ?

— Fondamentalement oui, mais en même temps athée par habitude.

Il sauta sur ses pieds pour mettre la chaîne stéréo en marche et poursuivit :

— C'était sa décision à elle. Quand une femme est souvent seule, elle a besoin d'Allah. Comme ça, elle a quelque chose qui n'appartient qu'à elle. Du moins en Allemagne. Dans les pays arabes, Amila enlève son tchador. Elle ne veut pas partager son Dieu avec des millions d'autres femmes.

Deux orchestres semblaient jouer en même temps des morceaux différents, cependant que chantaient une basse agressive et une guitare arrogante. Ada avait fini de rouler les cigarettes ; elle en lança une sur le lit d'en face et alluma l'autre. Alev ne tenait pas en place ; il marchait de long en large en émettant un bruit parasite causé par la présence d'Amila. Quand elle était à proximité, il ne comprenait plus lui-même les ordres qu'il donnait, et pour cette raison il la haïssait comme un bloc de béton qui l'empêcherait de passer. Il fouilla dans les livres posés sur le bureau et en colla un dans les mains d'Ada, comme si elle était une étudiante assommante qu'un professeur énervé arrive à calmer avec un peu de littérature. Ada reposa l'ouvrage sans même lire le titre.

— J'ai horreur de perdre mon temps, dit-elle.

— Tous les hommes ont un problème d'éros avec leur mère. C'est épuisant. Surtout avec Amila.

— Le temps perdu, s'obstina-t-elle, c'est comme mille petites morts.

Il avait prévu qu'Ada lui résisterait et s'en était réjoui. Mais son attaque contre lui, contre sa mère, contre l'extravagance frelatée, pitoyable et prétentieuse de ce logement avait une saveur curieuse à laquelle il n'était pas préparé. Ada ne se montrait nullement impressionnée par le parfum de conte de fées qu'exhalait cette tribu de vagabonds semi-orientale. C'était une vraie tête de mule, rien à voir avec un jeune animal joueur et capricieux ; elle était d'une balourdise épaisse, bardée de défenses face auxquelles il sentait son intelligence se consumer douloureusement dans une enveloppe beaucoup trop grande. S'il n'arrivait pas à aiguiller dans une autre direction l'après-midi commencée, Ada trouverait une possibilité de le mépriser. Sous l'oreiller, il découvrit un sachet en plastique contenant des graines de courge. Assis à sa gauche, hanche contre hanche, il se mit à ouvrir les graines au moyen de ses incisives avec une adresse d'écureuil en crachant les peaux sur le tapis.

— Quand je perds mon temps, Alev, dit Ada, et c'était la première fois qu'elle l'appelait par son prénom, je panique. Une heure dans la salle d'attente d'un spécialiste, et je suis prête à tuer. N'importe qui, même des enfants.

— C'est très joli, ma petite, répondit-il, mais c'est une façon malsaine de gérer les choses.

Le “ma petite” était bien vu ; l'expression lui fit plaisir.

— Là n'est pas la question : je ne gère rien du tout. Mes membres exécutent des ordres que je ne leur ai pas dictés. Quand j'en ai la possibilité, je vais courir. Ou alors je casse quelque chose.

— Et tu défends quelle cause en te battant sans cesse contre le temps ?

— Aucune. Je suis tout simplement mortelle comme d'autres sont enrhumés. J'en ressens les symptômes, à chaque seconde.

— Tu fais partie des condamnés, je l'ai su dès notre première rencontre.

L'idée que la rencontre entre Ada et Alev pourrait être cette chose qu'il vaudrait la peine de défendre un jour flotta un moment dans la pièce. Puis Alev cracha le pépin suivant.

— Un jour, je t'ai dit que le temps était la seule chose que l'homme possédait vraiment. Pourquoi essaies-tu maintenant de me battre sur ce terrain ?

— C'est que j'ai quelque chose d'important à te dire.

Elle lui arracha le sachet et le projeta contre le mur avec une telle violence qu'une grêle de pépins s'abattit sur le sol tandis que le sac glissait derrière la table chargée de livres.

— Voilà de quoi il s'agit, poursuivit-elle. Quoi que nous soyons amenés à faire, ne perds jamais mon temps. Vu ?

Il prit sa main droite, celle qui avait lancé le sachet, la porta à ses lèvres et déposa sur les doigts un baiser presque imperceptible.

— Vu. Tu veux quoi ?

— Explique-moi pourquoi tu m'as amenée ici.

Il se leva, arrêta la musique et vit Ada pousser un soupir de soulagement. Elle éteignit sa cigarette, prit une bouteille ouverte, versa de l'eau dans un verre sale, but et se laissa retomber en arrière.

— Je voulais sans doute te donner quelques indications concernant le fond de ma personnalité.

— OK.

Elle tenait le verre sur sa poitrine, la surface de l'eau tressaillait au rythme de son cœur. Elle était épuisée comme un Européen venu du continent au terme de sa première journée passée à conduire à gauche en Grande-Bretagne. Quelles que soient les idées qui surgissaient au cours de leurs conversations, elles venaient toujours du mauvais côté.

— Si tu as quelque chose à me dire, parle.

Evoquant son enfance,
Alev dit des choses essentielles

ET il se mit à parler. Contrairement à son habitude, il faisait des pauses, un peu comme s'il écoutait la réponse d'un correspondant téléphonique invisible. De temps à autre, il glissait le stylo qu'il promenait à travers les airs sous les manches retroussées de sa chemise pour se gratter sous les aisselles.

— Enfant, j'étais bizarre. Un jour ma mère m'a surpris dans la salle de bains au moment où je frappais le mur avec une serviette roulée tout en criant : elle est méchante, méchante, méchante ! Cette serviette venait de tomber par trois fois de son crochet et méritait une correction. Quand ma mère m'a demandé comment on pouvait punir une chose alors même qu'elle ne pouvait être coupable, je me suis mis à hurler. Pas coupable ? Les serviettes savent parfaitement qu'elles doivent rester accrochées ! A l'instar d'un Etat où cohabitent de nombreux peuples, je voulais tenter de maîtriser la guerre civile qui faisait rage en moi par une réglementation sévère.

Et ça continuait dans le même style. Ada se saisit de la deuxième cigarette posée sur l'autre lit, celle dont Alev n'avait pas voulu, sans qu'il interrompe un seul instant ses explications. Debout au milieu de la pièce, il parlait au plafond et aux murs qui l'écoutaient avec attention.

Laissait-il libre cours à son imagination ? Enveloppait-il d'étranges oripeaux des événements réels ? Impossible à dire. Manifestement, il avait une idée derrière la tête et, pour parvenir à son but, il empruntait tout simplement le chemin qui offrait les plus beaux panoramas. Ada ne pouvait savoir qu'au moment où elle lançait le sac de graines Alev recevait une nouvelle injonction : offre-lui quelque chose de toi, quelque chose qu'elle puisse porter un peu partout comme une pierre aux formes étranges, quelque chose qui n'appartiendra à personne d'autre. Ada s'allongea à nouveau.

— Enfant, je cherchais à me défendre contre des choses que je ne comprenais pas. Ma mère me présenta différentes religions, mais elles ressemblaient toutes à un recueil de fables destinées uniquement à distinguer le bien du mal. Mais la distinction entre le bien et le mal était la chose la plus simple au monde et pour ça je n'avais pas besoin de conseil : le bien, c'était tout ce qui servait à survivre, le mal, ce qui menaçait de nous détruire. Le désir de Dieu n'était rien d'autre que l'envie d'avoir un gentil chef. Il me manquait autre chose.

C'est un accident de voiture qui m'a ouvert les yeux en me dévoilant tout ce qu'est un être humain. Après cela, je ne m'en suis plus jamais pris aux serviettes. Après cela, les bombes se sont arrêtées de tomber. Après cela, le petit Alev était devenu un homme, un homme de dix ans.

En 1995, j'avais l'habitude de me promener en voiture avec mon père à travers les rues de Belgrade. Il avait ramené au pays une émouvante petite voiture de sport, une Alfa Giulietta Spider, dont il tournait le volant en bois d'une seule main ; la capote repliée, nous glissions comme un voilier exotique à travers l'océan nauséabond des véhicules d'Europe de l'Est. Le grand El Qamar tirait des fils qui le reliaient à la conclusion imminente de la paix. Le petit El Qamar avait le droit de prendre place à l'avant, parce que la voiture n'avait que deux sièges, et il suppliait son père de pouvoir l'accompagner à chacun de ses rendez-vous. Appuyées au cuir du siège passager, mes épaules me semblaient bien larges et, si je laissais glisser mon derrière jusqu'au bord, mes pieds touchaient le plancher légèrement de biais. Mon père me laissait poser la main gauche sur le levier de changement de vitesse, plaçait ensuite ses grands doigts sur les miens et nous changions ensemble les vitesses.

En quittant un parking souterrain du centre-ville, nous sommes passés dans d'étroits tunnels de béton avant de nous diriger vers les barrières jaune et noir. Mon père tenait le ticket de parking entre les lèvres, son coude reposait sur le bord de la portière. C'était un dimanche, il y avait deux sorties possibles et aucune autre voiture en vue. Quelques mètres avant le stop, les deux possibilités de sortie s'offrirent à nous. Mon père n'a pas levé le pied. A une vitesse très modérée, nous avons commencé à rouler sur la ligne de séparation, ni côté gauche ni côté droit mais exactement au milieu, et avant que j'aie eu le temps de dire quoi que ce soit, de crier, voire simplement d'écarquiller les yeux, la voiture a violemment heurté le pilier en béton qui sépare les deux issues. Le verre des phares s'est brisé et le pilier a enfoncé un profond bec-de-lièvre dans l'avant du petit spider. J'ai été projeté violemment contre le bois du tableau de bord.

Je me suis redressé, sans une égratignure mais muet d'effroi, et je suis resté là, immobile et figé, regardant à tour de rôle ce morceau d'acier noir et jaune beaucoup trop près du pare-brise, et mon père. Il avait toujours les mains sur le volant et regardait droit devant lui, l'air à la fois étonné et amusé, comme s'il n'arrivait pas à croire ce qui venait d'arriver. Sur la gauche, je vis s'approcher un homme en uniforme bleu. Quand il ne fut plus très loin, mon père se pencha vers moi.

— Tu sais ce qui vient d'arriver ? me chuchota-t-il, tout en continuant de fixer le béton et le métal froissé. Brusquement, j'ai été incapable de prendre une décision. En vérité, il n'y a ni pour, ni contre, aucune raison de prendre à gauche plutôt qu'à droite. N'oublie jamais ça, fiston. Quand les hommes parlent quotidiennement de "prendre des décisions", ce n'est rien d'autre qu'un rôle bien travaillé. Je suis désolé.

— C'est rien, lui ai-je répondu très vite dans un murmure, tandis que deux mains roses sortant de l'uniforme bleu se posaient sur la portière côté passager. On venait de me parler comme à un adulte. Et j'avais compris. Avant le soir, je savais par cœur les mots qui renferment la vérité. Il n'y a ni pour ni contre, aucune raison de prendre plutôt à gauche qu'à droite. Les décisions humaines ne sont rien de plus qu'un rôle travaillé à la perfection.

Alev avait prononcé les dernières syllabes juste devant le visage d'Ada. Il était à genoux devant le lit. Elle avait fermé les yeux. Elle sentait le souffle d'un autre lui caresser les lèvres et se mêler au sien. Elle l'inspira, puis l'expira.

— Voilà, dit Alev en la prenant par le bras, c'était tout.

Elle se leva sur-le-champ, enfila ses bottes sans nouer ses lacets, attrapa son sac à dos et fut poussée par Alev dans le couloir puis dans l'escalier. Dès les premières marches, il saisit ses doigts, les referma sur le livre qu'il avait choisi pour elle sur la table et le pressa avec force contre son corps. Sans un mot, il ensevelit les traits du visage d'Ada sous ses doigts, des doigts esquissés jadis pour un homme bien plus grand, et il effleura ses lèvres avec les siennes, sans insister, sans l'embrasser, d'un simple frôlement, dans un souffle. Elle descendit l'escalier, remonta la rue tout en continuant de serrer le livre contre elle ; elle savait qu'il ne la suivait pas des yeux mais que depuis longtemps déjà il avait disparu dans les profondeurs de la maison.

Ada parle à sa mère et s'épile les sourcils

IL LUI fallut à peine deux minutes pour rentrer chez elle. Elle atteignit la porte du jardin avec le vague sentiment que tout ici venait de subir une infime transformation. Pourquoi entendait-on le bruit du jet d'eau ? N'était-il pas à l'arrêt depuis des semaines parce que les feuilles qui tombaient des arbres bouchaient la pompe ? Et cette maison pour oiseaux, elle avait toujours été dans le sapin ? Ada avait le sentiment que jamais aucune famille d'oiseaux n'avait fait son nid dans le jardin. Au coucher du soleil, on entendait parfois la respiration haletante d'un hérisson un peu gras traversant l'herbe, les piquants remplis de feuilles et de brindilles ; à grand bruit, il mangeait des limaces noyées qu'il retirait des verres de bière dans les massifs. La couleur de la façade avait-elle toujours été aussi rouge ou bien était-ce dû à la lumière du soir ? Et le ciel, avait-il toujours pesé comme ça sur le faîte ? Et par-dessus tout il manquait un élément essentiel. Il manquait l'inscription "Pension". Parce que dans cette maison aussi les gens n'étaient que des hôtes de passage ; jamais ils n'étaient chez eux.

Sur le dallage de l'allée menant à l'entrée de la maison, Ada sursauta en entendant un grand bruit de feuilles. L'intrusion d'un massif d'hortensias avait soustrait à ses regards leur voisin penché en avant. Il se releva à l'instant et salua avec son chapeau, un chapeau de paille débile qui surmontait aujourd'hui son visage d'avocat.

— Mademoiselle Ada ! lança-t-il sur le ton de la plaisanterie. Aussi loin que remontaient ses pensées, il ne l'avait jamais appelée autrement et, aussi loin que remontaient ses pensées, il occupait l'étage du bas en compagnie de tout un tas de livres juridiques. Fais voir. Tu lis quoi ?

— Pas la moindre idée.

— Tu te balades avec un livre dont tu ignores le titre ?

— Vous mettez de l'anti-limaces ?

— Entre autres. Pourquoi ?

— Vous savez que l'anti-limaces tue aussi les hérissons ?

Il lui avait pris le livre des mains, regardait la page de garde et lisait le texte de la jaquette.

— Quand on trimbale des livres pareils avec soi, on ne devrait pas avoir de problèmes avec les hérissons morts. Quand elle voulut le reprendre, il le tint très haut pour la taquiner. Mais Ada ne fit même pas mine de vouloir sauter pour le récupérer comme un chien l'aurait fait pour une saucisse.

— Par rapport à la majorité des gens, les hérissons me semblent des êtres moralement inattaquables. Et maintenant rendez-moi cette saleté de bouquin.

Il le laissa tomber et elle le rattrapa des deux mains avant qu'il n'atteigne le sol boueux.

Elle lut :

— *Evolution of Cooperation*, c'est quoi ?

— Une théorie du jeu, répliqua-t-il. En dehors de quelques mathématiciens, peu de gens y comprennent quelque chose.

— Vous oui ?

Il haussa les épaules.

— Ça ne peut pas faire de mal à un juriste d'en savoir un peu sur les règles du jeu qui régissent mathématiquement les rapports humains. Amuse-toi bien avec ça.

Dans la cage d'escalier elle trouva sa mère, debout sur le palier du haut.

Tu étais où ? Chez Alev. C'est qui, Alev ? Le nouveau dans notre classe. Il vient d'où ? A moitié égyptien.

Ada passa près d'elle en se faufilant pour entrer dans l'appartement, elle enleva ses chaussures et glissa le livre sous le rabat de son sac à dos militaire. Quand elle se dirigea vers l'escalier, sa mère la retint. Viens manger, tu veux ? Elle apparut dans le passe-plat, une corbeille de pain et un petit plateau à la main. C'est du foie gras d'oie. Acheté chez *Penny*, j'ai vu ça ce matin dans le journal. Il faut se faire du bien de temps à autre, non ?

Assise sur le rebord de la chaise, Ada se balançait, tout en tartinant des tranches de pain très fines avec un pâté gris-rose.

— Il est plus gentil qu'Olaf ?

— On ne peut pas classer Alev dans la catégorie "gentil".

— Vous allez tomber amoureux l'un de l'autre ?

La question de sa mère trahissait tant d'espoir qu'elle résonnait comme une invocation prophétique. Ada prit le temps de ressentir un bref tiraillement au creux de l'estomac, trois à quatre battements de cœur un peu plus rapides et finit sur un timide sourire. Pourquoi pas, cela ne prit que quelques secondes ; à part cela, il y avait si peu de choses pour vous faire bouger. Il faut bien reconnaître, se dit-elle, que nous vivons tous des erreurs que les autres font sur notre compte.

— Tu sais la différence qu'il y a entre nous ? dit Ada, la bouche pleine. Tu ne crois pas à l'amour parce que ton mari t'a quittée.

— Il ne m'a pas quittée. Je l'ai foutu dehors.

— Et moi, je ne crois pas à l'amour, parce que je suis incapable de croire à quoi que ce soit.

— C'est sa faute !

La bouche de sa mère se tordit sous l'effet d'une grimace douloureuse, brusquement le blanc de ses yeux devint tout rouge. Depuis qu'elle portait des lentilles, elle pleurait encore plus souvent qu'avant.

— Mon incapacité à croire est moins le fait du général de brigade que celui d'Emmanuel Kant. Je suis probablement venue au monde sans cette capacité, comme d'autres n'ont pas de bras ou sont aveugles de naissance. On a une vie un peu différente de celle des autres mais on s'en sort tout de même.

— Il aurait sans doute répondu la même chose, n'est-ce pas ? Il a vraiment totalement pris possession de toi.

— Maman. Nous étions en train de parler d'Alev. C'est vrai. Il nous rend visite quand ? Je ne sais pas s'il viendra. Il n'est pas gentil, et il est difficile à évaluer. C'est toujours comme ça au début, il faut que tu en profites. Maman, tu ne comprends rien.

— Ne dis pas sans arrêt que je n'y comprends rien ! Tu fais erreur.

Ada ne se souvenait pas d'avoir déjà entendu l'expression "faire erreur" dans la bouche de sa mère. Faire erreur supposait qu'il y ait inadéquation entre la réalité et la représentation qu'on en avait : cela exigeait donc un contexte que sa mère n'avait en aucune façon. A présent Ada se demandait s'il était imaginable qu'elle ait fait erreur sur le seul être avec qui elle vivait jour après jour dans un espace aussi réduit. Peut-être était-ce le contraire : sa mère comprenait tout tandis qu'elle, Ada, ne comprenait absolument rien.

— Je voulais te demander quelque chose : peux-tu me montrer comment on s'épile les sourcils ?

— Bien sûr.

Ada aurait parié ses chaussures de sport que sa mère allait exploiter cette demande qui constituait pour elle une première victoire dans la lutte engagée depuis des années pour le corps de sa fille. Mais non. Elles étaient assises toutes les deux à la grande table prévue pour dix personnes tandis qu'un pâle soleil emplissait toute la pièce d'une lumière presque palpable. Elles s'étaient retrouvées toutes les deux si souvent à cette table que la nappe aux motifs de roses aurait dû présenter des taches d'usure là où sa mère avait l'habitude de passer ses mains, toujours au même endroit, tout en exhortant Ada à défendre le gentil patrimoine génétique hérité de son père biologique contre l'influence intellectuelle du général de brigade qui était selon elle aussi séduisant et nuisible qu'une drogue. Dans ces cas-là, Ada avait coutume d'ouvrir le supplément du journal *Prisma* pour regarder la jeune fille de la semaine, vêtements de goût et sourire petit-bourgeois, qui présentait le dicton hebdomadaire. Il faut aimer la réussite, pas l'échec. L'important, c'est d'apprendre à espérer. Cesser d'espérer, c'est la certitude de voir arriver ce que nous craignons.

Ada espérait alors qu'en fixant intensément ce corps, superbe et maigre, et cette intelligence, tout aussi superbe et maigre, elle finirait par pouvoir se glisser à l'intérieur de la jeune fille de la semaine et que, l'instant d'après, elle serait dans le journal à regarder vers l'extérieur. Ça n'avait jamais marché. Sur les longs rideaux, le châtaignier dessinait de ses bras mouvants un jeu d'ombres incompréhensibles, les moments de la journée se succédaient et s'effaçaient, il était impossible d'arracher la jeune fille de la semaine à l'étreinte du magazine où elle était scellée. Ada s'étonna que cette table ne soit jamais venue hanter ses cauchemars.

Alors, sa mère se leva, avec une grande légèreté naturelle, comme si on avait toujours pu se lever de cette table et s'en éloigner sans problème. D'un pas souple, elle la précéda, gravit l'escalier et pénétra dans la salle de bains.

Prends la pince tout à fait à l'avant, voilà, attrape le poil par la racine, en faisant un angle droit par rapport au front. Elles se penchèrent toutes deux sur le lavabo et leurs nez étaient tout près de toucher la surface du miroir. Coup sec ! La rapidité te protégera de la douleur.

C'était vrai. La rapidité protégeait de la douleur. Ada adressa un sourire de reconnaissance à sa mère qui le lui rendit, contente qu'elles puissent se comporter toutes les deux dans la salle de bains comme des gens parfaitement normaux. La rapidité protège. Cette phrase arrivait à point nommé. Peut-être avait-elle été envoyée par Alev. Peut-être savait-il construire un monde où la langue ne fonctionne pas comme un gigantesque crachoir où des milliards de gens viennent dégueuler leur morve pour pouvoir s'y abreuver par la suite. Peut-être connaissait-il un monde où l'on forme dans sa bouche des phrases intelligentes, comme des anneaux de fumée qu'on soufflerait avec précaution, qui tourneraient sur eux-mêmes et dont on suivrait tous deux des yeux la disparition progressive. Voilà le monde dont Ada avait toujours rêvé.

L'épilation était facile. Des larmes naissaient au coin des yeux, grossissaient et coulaient sur la joue jusqu'au menton, où elles s'arrêtaient un instant, hésitantes, avant de pouvoir tomber. Quelles avaient été les paroles de Smutek ? *Courageux jusqu'au bout / semblables jusqu'au bout / comme deux gouttes / figées au bord du visage*. Ada n'en savait pas grand-chose. Ça faisait longtemps qu'elle n'avait pas pleuré.

Quand elle eut fini, elle était changée. Son visage avait l'air plus tendre, c'était presque un visage de poupée avec ses sourcils minces et relevés, il paraissait à la fois plus jeune et plus vieux. Elle descendit l'escalier en courant, tout à coup elle était joyeuse à l'idée de se montrer. Assise à table, sa mère lisait un article de *Prisma*. Parfait, ça te va bien.

Une certaine nervosité intérieure poussait Ada à sortir, son nouveau visage exigeait qu'on le promène dans la rue. Elle parcourut les rues du quartier, au comble de l'admiration devant des maisons qu'elle connaissait depuis son enfance et qu'elle n'avait jamais vraiment regardées. Ces maisons reposaient sur de larges pieds, rien ne pourrait les emporter ou les renverser, et elles restaient de marbre devant tous les passants, bien qu'elles fussent capables de lire dans les pensées de chacun. Le monde du quartier de Godesberg était parfaitement en ordre. Chaque être, chaque chose avait son devoir à accomplir. Les maisons étaient aux aguets, sur sa poitrine le fleuve emportait vers le nord les premiers rayons de lune. Sous leurs roues, les voitures maintenaient la terre en rotation. Le vent était caressant, la lumière des lampadaires bourdonnait. L'avocat du rez-de-chaussée résolvait des affaires juridiques. Ada songea à son propre devoir et à celui de sa mère et fut prise de peur. Il n'y en avait pas. Elles ressemblaient à ces flèches qui, après avoir raté leur cible, traînent quelque part dans les sous-bois. Peut-être un passant venait-il de tomber fortuitement sur Ada et de la glisser dans son carquois. Avec avidité, elle rêvait d'être une flèche tendue sur la corde d'un arc. De viser. De voler.

En rentrant, elle trouva le hérisson sur le dallage de l'allée. Ada retira sa veste, s'en servit pour le ramasser, retourna sur le trottoir, descendit la rue, lui choisit le plus grand jardin derrière la plus belle maison, à proximité de la forêt, non loin du Rhin, et s'engagea sur une pelouse étrangère pour le déposer en douceur sous le buisson le plus dense qu'elle trouva. Aussi loin que possible de l'anti-limaces.

Inspire, un, deux, trois ; expire, un, deux, trois.
Le bleu émeraude se change en gris saphir

LA SEMAINE suivante fut frisquette, bleu émeraude, décorée sur les bord d'un vilain pressentiment annonciateur d'hiver, qui pimentait dangereusement la fraîcheur de l'air et chatouillait les poumons, signe avant-coureur des épingles et des lames tranchantes qui, en janvier, feraient de chaque bouffée aspirée une véritable agression. Sans en demander l'autorisation, Smutek avait laissé tomber le "vous" et s'adressait à Ada sur un ton de camaraderie, comme si elle était une vieille condisciple. Bon sang, Ada, par un temps pareil, on peut faire des tours et des tours en se nourrissant d'air frais comme si on tétait sa mère.

Il essayait avec passion son nouveau jouet, plus vite, moins vite, sprint et endurance, et Ada se laissait faire gentiment, parce que l'ambition de Smutek lui donnait des ailes et parce qu'il n'existait pas beaucoup de gens qui aient un véritable but dans la vie. A la fin des heures d'entraînement, il congédiait le groupe et, tandis que les jeunes s'égaillaient nonchalamment dans les allées du parc, le sac de sport en bandoulière, il remettait son chronomètre en marche. Deux des princesses n'étaient pas revenues, parce qu'elles croyaient que Smutek en avait après les grosses cuisses d'Ada. Celle-ci améliorait son temps, non pas grâce à l'entraînement, mais parce que les premières fois qu'ils avaient couru ensemble elle n'avait pas tout donné – loin de là. Depuis que Smutek avait pris l'habitude de courir à côté d'elle, leurs pas et leur souffle se synchronisaient comme d'eux-mêmes, inspire, un, deux, trois, expire, un, deux, trois. Et il avait toujours quelque chose à raconter. Il parlait de sa maison de Mazurie, de l'automne, des feuilles tournoyantes qui tombaient, s'approchaient de leur jumelle vêtue de la même parure éclatante, qui montait des profondeurs du lac jusqu'au moment où elles s'unissaient à la surface. Il parlait des odeurs variées exhalées par le tas de bois dressé contre le mur extérieur de sa maison, de l'haleine maladive de la charpente qui avait tendance à pourrir, de la cuisine où tout, évier, armoires et table, était le fruit du travail de ses mains, et des araignées domestiques qui bâtissaient dans les angles des fenêtres de petites cavernes faites d'entrelacs serrés. Tout était saturé d'odeurs, tout était humide dans l'attente de l'hiver, et le lac était une planche à laver contre laquelle le vent se frottait. C'était un endroit où on pouvait sans problème laisser son âme : elle y serait à l'abri. Ada pouvait-elle comprendre ce qu'il voulait dire ? Elle ne le pouvait pas, parce qu'il lui parlait en polonais. Il expliquait le parfum des cheveux de sa femme quand elle venait de tondre le gazon et rentrait dans la cuisine pour préparer du café, ses longues cuisses blanches de jeune fille qui rappelaient les jambes amovibles d'un mannequin de vitrine quand elle s'asseyait sur la terrasse avec un livre et les coussins du divan pour que son corps prenne encore un peu le soleil avant l'arrivée de l'hiver. Et au fait, qu'est-ce que tu as fait à tes sourcils ?

Smutek puisait à pleines mains au plus profond de lui-même. Il pensait avoir franchi le seuil de cette vie qui lui était réservée depuis longtemps et qu'il avait eu pour mission, pendant des années, de chercher. Teuter le laissait en paix et consacrait son énergie aux projets du ministère, qui avait l'intention de supprimer la treizième année de scolarité. Höfi l'emmenait parfois dans le salon de thé pour mémés qui avait remplacé pour lui la salle des professeurs et était devenu sa seconde patrie, et tempérait son enthousiasme pour le voyage à Vienne en mentionnant simplement que les voyages de classe avaient pour but traditionnel la ville de Dahlem, qui était proche et proposait des tarifs intéressants. Les nouvelles de l'Irak étaient aussi incompréhensibles que celles en provenance de l'Afghanistan, de la Tchétchénie et du Kosovo. Mme Smutek était d'excellente humeur, parlait avec la voix d'une petite fille et s'agrippait aux cheveux de son mari quand ils faisaient l'amour. C'était une semaine bleu émeraude, couronnée d'un faîtage immobile de ciels empilés. Une semaine pleine d'erreurs bénignes et sans conséquence, comme celles qui concernent la couleur des émeraudes ou le nombre des ciels.

Le matin, Ada apaisait d'un gentil bonjour le visage aux traits puérils et bouleversés d'Olaf. Elle n'échangeait pas un regard avec Alev ; à part eux deux, personne ne remarquait l'intimité qui s'installait entre eux à la faveur de cette indifférence réciproque. Sa mère la laissa tranquille pendant plusieurs jours de suite, ce qui ne lui était encore jamais arrivé. Le jeudi après-midi, Ada se retrouva soudain assise sur le divan de la salle de répétition, les yeux fermés, écoutant les Oreilles et luttant, chose plutôt inhabituelle, contre les larmes sans pouvoir dire ce qu'il y avait de si triste. Rocket lui demanda poliment si elle voulait chanter une ou deux chansons au cours de la fête organisée en mai par les bacheliers. Olaf était près de lui, et Ada répondit qu'elle allait réfléchir. Au début du week-end, elle s'enferma dans la salle de bains, s'assit sur le bord de la baignoire et ouvrit le livre qu'Alev lui avait prêté. *Evolution of Cooperation*.

Elle avait à peine commencé sa lecture qu'elle se sentit mal. Impossible de se concentrer. La semaine bleue était passée, il fallait en payer le prix. Son cerveau s'était bouché les oreilles pour ne pas entendre les tractations qui s'étaient déroulées plusieurs jours durant sous le couvert de ciels somptueux, et dont une voix tonnante proclamait à présent le résultat dans sa tête. Il aurait été plus simple de faire des aveux à Alev plutôt qu'à elle-même. L'expérience montrait que les choses auxquelles on ne croyait pas n'avaient pas de réalité ; elles cessaient rapidement d'exister en admettant qu'elles aient jamais commencé. Mais ça, c'était une exception. Toute la volonté d'Ada s'était calée sur un objet unique, l'image d'une seule et même personne, deux yeux en amande surmontés de barres sombres, une bouche large au rire facile. Il n'y avait là rien de familier, nulle promesse de chaleur, ni bonheur ni même une idée du bonheur. Le samedi soir, elle était prête à s'en accommoder, prête à puiser de l'énergie dans la passivité, prête à ne pas lutter, que ce soit pour ou contre. Le dimanche, elle alla voir le général de brigade et discuta avec lui des stratégies d'engagement de l'armée américaine. Le lundi, les poils qui repoussaient soulignaient de vilaines ombres noires ses sourcils épilés et Alev l'attendait au coin de la rue pour qu'ils aillent ensemble au lycée. Les ciels assombris écrasaient la ville sous une lourde charge de gris saphir.

Premier aperçu des règles du jeu

ALORS, il te plaît ce livre ?

Détresse et introspection ne faisant pas bon ménage avec la langue anglaise, Ada n'avait pas réussi à aller au-delà de la préface et des vingt premières pages. En outre, les mathématiques exigeaient l'accès à des compartiments de son cerveau totalement accaparés en ce moment par les opérations de réévaluation de sa personnalité. Elle en fit part à Alev.

— Aucune importance. Il suffit que tu aies quelques notions de base pour qu'on puisse se comprendre. Une tête aussi bien faite que la tienne trouvera toute seule les voies qu'elle doit emprunter.

Dans ce quartier de la ville, territoire où tous deux possédaient un lit, les gens s'affairaient tous les matins de la semaine avec la même solennité qu'à Noël. Des épouses dévouées, discrètement maquillées dans leurs robes moulantes, prenaient congé de leurs maris sur les perrons des maisons. On entendait claquer avec un bruit de satisfaction les portières luxueuses des berlines. Des enfants faisaient au revoir de la main, leurs petits cartables sur le dos. Dans la lumière de l'aube des concierges ramenaient des poubelles à roulettes vides dans les jardins. Traversant tout cela d'un pas mesuré, tel un prince parcourant son royaume affairé, Alev expliquait à Ada l'introduction d'*Evolution of Cooperation*.

— Commençons par le commencement. Avant de se mettre à jouer, il faut d'abord trouver un adversaire. Tu crois que le monde est plein d'adversaires ? Essaie d'en trouver un, allez vous installer dans le premier bistrot venu et vous constaterez très vite que vous vous entendez à merveille. Seul un adversaire artificiel fait un bon adversaire. Il faut qu'il ne soit pas invincible, qu'il agisse en temps réel et il ne doit pas être trop facile de comprendre ses réactions. Compris ?

— Compris.

— Planification et mise en œuvre d'une stratégie supposent que soient prises en compte les connaissances de chaque adversaire, mais jusqu'à un certain point seulement. Tu devines ce qui arriverait dans le cas contraire ? Mets-toi là. On va jouer à "quelle main".

Il saisit Ada par les bras, les immobilisa contre le premier mur venu, jeta une pièce en l'air, la rattrapa et cacha ses deux poings fermés derrière son dos.

— Devine. La droite ? Raté. On recommence. J'imagine cette fois que tu vas essayer l'autre main ; donc, je garde la pièce dans la droite. Mais comme je sais que nous ne sommes ni l'un ni l'autre des idiots je suppose que tu vas avoir la même idée, donc, je passe tout de même la pièce dans la main gauche. Mais comme tu as fait exactement la même démarche en pensée je suppose que tu vas vraiment tenter la gauche, donc la pièce repasse dans l'autre, mais ça aussi tu le savais, et ainsi de suite. Ça veut dire quoi ?

— Il n'y a ni pour ni contre, répondit Ada, aucune raison de prendre à gauche plutôt qu'à droite. Les décisions humaines ne sont rien d'autre qu'un rôle bien travaillé.

Il attrapa à nouveau ses bras, ouvrit la bouche en grand comme s'il allait rire, et pendant une seconde il se trouva si près d'elle qu'on eût dit qu'il voulait l'embrasser ou la mordre ; mais il se contenta de la remettre sur le chemin et l'obligea à poursuivre sa route.

— Tu l'as appris par cœur, exactement comme moi ! Chapeau, la petite. Dans *Cooperation*, ils se servent d'un exemple bien plus compliqué.

Ecoliers sur leurs petits vélos. Gamins de la maternelle donnant la main à leur maman. Petits chiens blancs tenus par de minces laisses rouges. Des gens bavardant par-dessus des haies jaunies. Bonjour. Comment ça va ? On fait aller, n'est-ce pas, il faut bien.

Alev annonce à Ada qu'il viendra lui rendre une visite-surprise dans le courant de la semaine suivante.

Avec effroi elle se demanda comment arranger la confrontation entre lui et sa mère et elle eut un moment de distraction.

— Ecoute-moi ! La semaine va du samedi au samedi. Ada se dit : si le vendredi arrive sans qu'il soit venu, il ne viendra plus, parce qu'il ne resterait plus que le samedi, ce qui n'aurait rien d'une surprise.

Soulagement, un signe de tête, exact, un pas de travers à cause d'un chat noir qui passe brusquement entre leurs pieds.

Si le jeudi se passe sans visite, Alev ne pourrait plus venir que le vendredi, parce que le samedi, comme nous l'avons dit, ne serait pas une surprise, mais c'est bien pour cette raison qu'une visite-surprise n'est pas possible non plus le vendredi, parce que prévisible. S'il n'était pas venu avant mercredi soir, il ne resterait plus que le jeudi, mais ce ne serait pas non plus une surprise, puisque le vendredi et le samedi ne peuvent en aucun cas entrer en ligne de compte. Et ainsi de suite. Ada finit par en déduire qu'il est absolument exclu de faire des visites-surprises à l'intérieur d'une période déterminée.

— Le compte est bon, répliqua Ada. Achille et la tortue.

Une lueur irritée s'alluma brièvement à l'angle d'un œil bridé et vint la frapper de biais. A travers Achille, il était bien possible qu'elle ait d'ores et déjà trouvé la réponse à la question qu'il allait lui poser à présent, et son tour de magie serait par terre. Et alors, il se passerait quoi en réalité ?

— Ça, je n'en sais rien.

A sa manière, Ada était bonne pâte. Ils atteignirent l'avenue principale, où des gens dans leurs capsules motorisées se suivaient à la queue leu leu. Le trottoir allait s'élargissant, ils accélérèrent le pas, marchant côte à côte, détendus, sans rechercher, ni éviter les contacts fortuits.

— OK, dit Alev, tu peux continuer à feuilleter ce bouquin, si tu en as envie !

Il la regarda d'un air radieux. Evidemment, Ada savait ce qui se passerait en réalité. Alev viendrait un mercredi ou un vendredi ou encore un lundi, et sa visite surprendrait totalement Ada. Achille dépasse la tortue d'un seul pas, tout comme le cerveau humain se surpasse lui-même sans peine dès que le module d'alarme signale la menace d'une collision avec le signe infini. Encore une de ces innombrables erreurs de système qui entachent la programmation du réel ; la meilleure façon de résoudre ces problèmes, c'est encore de les ignorer. Ada n'avait besoin d'aucun livre pour savoir que dans les jeux comme dans la vie le seul moyen de se maintenir en mouvement, c'était d'être prêt à renoncer à toute forme d'exactitude.

Quand ils furent en vue du lycée, Alev leva une main en signe de salut.

— Nous allons prendre des entrées séparées.

— Alev.

Il s'arrêta. Au cinéma, ils se seraient à présent regardés les yeux dans les yeux, avec un sourire, ils se seraient tus un instant jusqu'à ce que le silence transforme peu à peu leur sourire en une étrange gravité, leurs paupières se seraient peu à peu baissées pour que leurs lèvres se rapprochent. Ils se seraient embrassés, avec réserve d'abord, appuyant avec la douceur de deux coussins leurs bouches l'une sur l'autre, puis avec plus de violence, faisant de leur langue et de leurs dents les armes d'un combat sans effusion de sang. Ce baiser aurait été le premier vrai baiser pour Ada, c'est-à-dire un événement dont on raconte volontiers qu'il vous reste en mémoire jusqu'à la fin de vos jours, alors qu'en vérité personne ne s'en souvient.

Mais rien de tel ne se produisit. Le regard d'Ada transperçait Alev et ne voyait que le mur de briques de l'aile latérale du lycée Ernst-Bloch.

— Tu veux bien jouer avec moi ?

Cette question ne le dérangea pas, bien au contraire : elle lui plut.

— C'est encore mieux que ce que tu crois. Si oui, alors je veux jouer AVEC toi et non pas contre toi. Sinon, je ne t'aurais pas passé ce bouquin.

— C'est peut-être justement à cause de ça que tu me l'as passé. Pour fabriquer un adversaire. Intelligence artificielle.

Elle avait voulu plaisanter. Mais ils ne rirent ni l'un ni l'autre.

— Possible, mais pas vraisemblable.

Il s'éloigna d'un pas rapide, fit un détour par le parking et s'approcha de l'établissement par l'autre bout. Ada le regarda monter quatre à quatre l'escalier devant le nouveau bâtiment, tout à coup il avait l'air pressé. Il restait deux minutes avant le début des cours. Elle alluma une cigarette. Quand elle arriva en classe, avec quelques minutes de retard, lui n'était pas encore à sa place, mais s'occupait de ses propres affaires, quelque part dans l'établissement. Et il se passa à nouveau quatre semaines sans qu'ils échangent un seul mot.

Ada brandit des machettes ; elle est l'unique habitante de la République fédérale à penser que le massacre d'Erfurt était une raison de se réjouir

EN OBSERVANT avec attention le crâne de Smutek, on pouvait voir distinctement que ses cheveux commençaient à s'éclaircir au sommet. Ada fixait l'endroit avec une application haineuse en espérant que ce morceau de cuir chevelu allait s'embraser sous son regard. Elle cherchait à se venger sur cet occiput innocent de la séduction qui émanait de l'épouse de Smutek. Celle-ci n'offrait même pas de prise à la critique traditionnelle qui prétend qu'une jolie femme trop préoccupée de son physique finirait par n'être qu'une enveloppe bien lisse brillant par l'absence d'esprit : chez elle, l'ultime raffinement était précisément l'absence de recherche. Or, ce que l'homme ne peut ni critiquer, ni corriger, ni parachever en pensée, il ne peut pas non plus s'en approcher, ni par la raison ni par le sentiment. La beauté de Mme Smutek, du moins son profil vu de trois quarts, opposait un refus hostile à toute tentative de rapprochement, si timide fût-elle. Le lourd rideau de ses cheveux noirs rappelait le pelage lustré d'une fourrure de prix et semblait animé d'une vie propre. Ada, assise sur la banquette arrière, voyait se refléter dans le miroir de courtoisie du pare-soleil rabattu une grande bouche légèrement retroussée, soigneusement soulignée d'un rouge tonitruant. Mme Smutek était une de ces femmes que même une nuit blanche laisse d'une ravissante pâleur et qui, portant un jean ordinaire et un soutien-gorge en coton, incarnent le prototype de l'ange moderne. Une créature comme elle ne pouvait pas savoir ce que l'on ressent quand une intelligence élégante et vive est emprisonnée dans un corps qui gâche tout et que l'apparence se refuse à être une image de l'âme.

A cet instant, Mme Smutek ôta sa ceinture de sécurité et appuya son dos à la portière pour pouvoir regarder son mari de profil pendant le trajet. Ils se parlaient en polonais. Quand Smutek disait quelque chose, sa femme se taisait tout en le regardant avec insistance, puis partait d'un soudain éclat de rire auquel il faisait complaisamment écho.

— Je te présente Ada. Elle voyage avec nous.

Mme Smutek avait approuvé de la tête tout en refermant ses deux mains sur celle de la jeune fille. Quand elle était petite et qu'elle assistait à un goûter d'enfants, Ada restait à l'écart sans savoir quoi faire et si on jouait aux chaises musicales elle était toujours la première à perdre sa place. Il n'était donc pas étonnant qu'il manque exactement un siège dans le car et qu'il se trouve une place ailleurs pour elle – cette fois à l'arrière de la Volvo de Smutek.

Laissant derrière elle le car scolaire, la voiture quitta le point de rencontre en décrivant une large courbe. Au bout de vingt minutes, Ada se pencha entre les deux sièges avant, coupa l'autoradio, dans lequel une cassette débitait des rythmes cubains monotones juste au-dessus du seuil d'audibilité et se boucha les oreilles avec les écouteurs de son lecteur MP3.

My god, my tourniquet, return to me salvation.

Aussitôt s'édifia quelque chose qui aurait vraiment mérité le nom de mur du son. Derrière cette paroi musicale s'étendaient depuis toujours des paysages qui, quoi qu'il puisse arriver en ce monde, restaient intacts comme une couche de neige fraîchement tombée. La Volvo les traversait sans toucher le sol.

Am I too lost to be saved ? Am I too lost ?

Assis comme ils l'étaient, à l'avant deux adultes, à l'arrière une jeune personne protégée par ce gilet pare-balles acoustique qui caractérise la jeunesse, on aurait pu les prendre sans difficultés pour une famille sur la route des vacances. Pendant un moment, Ada joua avec cette idée, l'essaya comme on essaie un vêtement neuf et la laissa tomber en constatant qu'elle n'allait pas. Les deux occupants des sièges avant lui étaient parfaitement indifférents ; leur réunion n'avait pas davantage de sens qu'une pimpante affiche publicitaire. Sois belle. Sois heureuse. Nous sommes là pour toi. Ada sortit une machette à double tranchant, la brandit à deux mains et fendit la tête de Mme Smutek qui éclata comme une pastèque bien mûre en faisant gicler, à peine l'écorce crânienne ouverte avec fracas, son contenu rose et aqueux sur l'appuie-tête, le tableau de bord et l'épaule droite de M. Smutek. Des petits morceaux et du jus dégoulinaient sur la paroi intérieure des vitres. Ada procéda de même avec Smutek, sépara du tronc la peau et les muscles restants pour faire de la place et planta la tête de ses vrais parents aux endroits libérés. Sa mère regardait rigoureusement droit devant elle ; ses cheveux noirs coupés au carré semblaient figés comme ceux d'un buste en plâtre à côté du chef grisonnant du général de brigade, qui se balançait doucement au rythme d'une conversation spirituelle. Comme le spectacle imaginaire des têtes parentales n'inspirait pas non plus le moindre sentiment à Ada, elle les sépara elles aussi de leurs cous respectifs et laissa les Smutek conduire en paix leur voiture familiale.

Now I will tell you what I have done for you. Fifty thousand tears I've cried.

Pendant les heures de cours, il arrivait fréquemment à Ada de brandir sa machette au-dessus des rangées d'élèves et de les décapiter comme un paysan récoltant des plants de maïs. Elle souriait en pensant à ce que psychologues, fonctionnaires du ministère et journalistes auraient dit de ces fantasmes s'ils en avaient eu connaissance : Erfurt.

Ada n'avait encore jamais joué à Counter Strike et, depuis qu'elle était trop grande pour les émissions enfantines, elle ne regardait presque plus la télévision. Elle ne se sentait pas folle. Elle ne se sentait pas non plus excessivement normale, ce qui aurait été encore beaucoup plus suspect. Certes, depuis l'affaire du poing américain, elle se sentait foncièrement capable de tout ou presque, mais elle n'avait pas l'intention de décapiter un jour des gens pour de vrai. Après le massacre d'Erfurt, elle avait souffert pendant des semaines de l'impression qu'elle détenait une vérité que personne sauf elle ne comprenait. N'avoir à sa disposition ni colonne de journal, ni plateau de télévision, ni émission radiodiffusée lui donnait l'impression de porter un bâillon. Elle se consolait en se disant que la majeure partie de l'humanité n'a pas droit à la parole. Le droit à la parole, il était pour ceux qui réagissent à tout événement quel qu'il soit par le même discours stéréotypé : nous sommes choqués et profondément émus et espérons que le gouvernement prendra des mesures.

Ainsi, personne n'entendait la vérité. Personne ne disait que la nation avait des raisons de se réjouir. Qu'il y avait lieu de décréter une liesse générale et d'instituer une fête nationale parce que les forcenés comme celui d'Erfurt ne massacraient pas plus souvent le monde à la tronçonneuse. Malgré le manque d'air qui régnait dans ce pays et qui vous contraignait à une existence végétative, malgré les pédagogues insipides au PH neutre qui ne préservaient eux-mêmes aucune des valeurs qu'ils avaient jadis eu pour mission de transmettre, malgré le malentendu permanent entre libéralisme et indifférence, malgré une population dont la préoccupation première était de se taper sur les nerfs à elle-même – bon an mal an, on vivait ensemble dans une paix relative. Et personne ne se montrait reconnaissant. Ada s'enfonça plus profondément dans son siège ; sa chaleur corporelle l'enveloppait comme un duvet confortable.

Son bien-être fut troublé par la question de savoir si, et comment, elle aurait l'occasion de courir au cours de cette semaine de classe verte. Enfermée avec tant d'autres personnes, il importait de garder ses distances encore plus scrupuleusement et de veiller avec soin à s'échapper quotidiennement, si elle ne voulait pas d'ennuis.

Don't want your hand this time, I'll save myself.

Pour penser à autre chose, elle attacha à sa jambe un couteau bien maniable, se rendit en ville avec Alev et, devant une banque, se trouva inopinément confrontée au dernier acte d'une prise d'otages sur le point d'échouer, qu'elle mena à bon terme grâce à une attaque téméraire et totalement déraisonnable. Comme cela marchait mieux que prévu, elle se rejoua la scène encore deux fois en enrichissant le décor de détails toujours nouveaux : la troisième fois, elle portait, en raison de la chaleur anormale, un débardeur moulant qui révélait aux regards admiratifs des badauds ses fortes épaules et ses bras musclés. Comme elle venait de lancer la réplique décisive : *Come on guys, I'm a moving target !* elle remarqua que Smutek avait abaissé le rétroviseur et la regardait à la dérobée. Sur le tableau de bord, un thermomètre digital indiquait la température à la surface de la route ; les chiffres rouges oscillaient entre un et zéro degré. Mme Smutek dormait appuyée à la vitre de droite, ses joues et ses cheveux tremblant au gré des secousses transmises par la route et la Volvo. Seul Smutek savait depuis combien de temps déjà il surveillait ainsi Ada. Quand elle porta ses mains aux oreilles pour ôter les écouteurs, il remit le rétroviseur dans la bonne position.

Au même moment, ils dépassèrent le panneau placé à l'entrée de la ville : Dahlem. Ils étaient presque arrivés.

Une fois à Vienne, en Rhénanie-du-Nord-Westphalie, on va se promener. Tous ne sont pas du voyage

LA RÉPONSE de Teuter à propos de Vienne, de Musil et d'un voyage dans les salons du début du XXe siècle n'avait pas pris plus de vingt secondes.

— Alors làààà, non, vous avez déjà le terrain de sport, on ne peut pas vous le reprendre. Mais vous pouvez être sûr qu'à partir de maintenant et pour toute éternité vous n'aurez plus droit à la moindre petite gâterie de ma part. C'est peut-être difficile à comprendre pour un communiste, mais cette école est une entreprise soumise aux lois du marché !

Et Smutek se retrouva à la porte avant même d'avoir compris qu'il venait d'entrer. Höfi lui conseilla de ne pas s'énerver. A l'en croire, Dahlem était une bien jolie petite ville. Elle produisait, selon sa formule, certains effets sur ses visiteurs. Il savait de quoi il parlait, n'y allait-il pas pour la sixième fois.

Parce que le coffre de la Volvo était plein comme un œuf et qu'Ada ne pouvait s'offrir le luxe d'être surprise à de basses besognes au moment de l'arrivée du car, elle fit en courant trois fois plus de trajets entre le coffre de la voiture et l'entrée de la maison que Mme Smutek qui allait lentement, portant un objet à la fois. Huit volumes illustrés sur Vienne. Cartes postales de jour, cartes postales de nuit, Schönbrunn, Opernring, Südbahnhof. Livres de Schnitzler, Freud, Ernst Mach qu'aucun élève n'ouvrirait jamais. Klimt et Schiele au format DIN A3. Petits chocolats à l'effigie de Mozart et valse du *Beau Danube bleu.* Smutek avait mis un point d'honneur à ramasser tout ce qu'il avait pu trouver, il déménageait une grande ville dans une petite et il ne cessait de se frotter les mains alors que, après avoir salué les responsables de l'auberge de jeunesse, il était ressorti en courant afin de donner un coup de main pour porter les derniers paquets. A pleins poumons, il aspira profondément l'odeur de l'hiver tout proche portée par le vent de la forêt.

Ada venait tout juste de choisir une chambre au hasard, occupant l'un des six lits qui s'y trouvaient, quand le car scolaire vida sa cargaison comme une cosse qui éclaterait sur le gravier de la montée. Conformément aux lois non écrites de l'appartenance à un collectif, les élèves se constituèrent très facilement en petites molécules sociales liées par six valences, classées par sexe, importance et beauté. Le changement de lieu, petite aventure, traversait à grand bruit les couloirs, puis le calme se fit et le surplus finit par arriver au compte-gouttes dans la chambre d'Ada. Couchée sur son lit, elle lisait un livre, parvenant à rester en marge même au milieu de tous ces marginaux.

Durant la randonnée de l'après-midi, elle resta à proximité de Höfi, elle marchait à ses côtés, à une certaine distance, grattait le sol du pied quand il parlait à Smutek et riait bruyamment dès qu'il faisait un bon mot. On ne voyait pas beaucoup Alev. Il traînait avec des internes, fumait, discourait et, chaque fois qu'Ada cherchait des yeux son visage anguleux, il était déjà reparti.

Höfi parlait beaucoup. Il connaissait les noms des arbres, voyait dans chaque monticule les restes d'une bataille historique, identifiait sous la végétation les cratères des bombes perdues et interrogeait au passage sur des points de détail de l'histoire tous ceux qui s'approchaient de lui. Sauf lorsque c'était Ada : alors, du plat de la main, il donnait un coup dans sa direction comme pour chasser un insecte indésirable. Il lui arriva même de l'atteindre une fois à la nuque, faisant voler les mèches de ses cheveux blonds par-dessus ses oreilles.

— Dégage ! lui lança-t-il au lieu de s'excuser. Mêle-toi à ceux de ton âge. Tu formes un groupe marginal à toi toute seule, alors aie l'obligeance de te servir de cette putain de sortie pour t'intégrer.

Elle lui lança en retour :

— Tous mes efforts se heurtent à une résistance acharnée.

— Nous sommes des enseignants, lui dit-il. Pour tes yeux d'enfant, nous sommes sans visage, pour ne pas dire pratiquement morts. Va jouer avec les autres.

— Les autres enfants, répondit Ada, se plaignent avec affectation des efforts physiques excessifs qu'ils doivent fournir et se demandent en blaguant si au moins nous finirons par arriver jusqu'à Bitburg.

Höfi avait jeté le haut de son corps en arrière pour suivre, les yeux mi-clos, le vol d'un geai. Ada profita de l'occasion pour se rapprocher un peu plus de lui et reprit la parole quand il se fut redressé.

— Vous savez faire ça ? Elle passa un bras par-dessus la tête et de sa main droite recouvrit l'oreille gauche. Lorsque Höfi, avec son absence de cou, fit de même, les pans de sa veste s'écartèrent, découvrant un bout de chemise à carreaux. Pendant un instant, son visage émergea, désespéré, des fragments de corps et de vêtements qui l'entouraient, un chou blanc au-dessus d'une marmite.

— N'importe qui sait faire ça, répondit-il.

— Oui, mais quand on sait le faire à cinq ans on vous met à l'école avec un an d'avance. On ne se demande pas si vous savez déjà lire et écrire : c'est secondaire. L'essentiel, c'est d'arriver à attraper l'oreille.

— Mûre avant l'heure et fière de l'être ?

— Vous avez mis dans le mille.

— Et personne n'a appris à cette intelligente petite fille que les autres enfants ne sont pas tous idiots ?

— On m'a appris qu'il y avait très peu d'exceptions.

Les yeux grands ouverts, un peu trop même, son regard passa tout près de lui : il finit par se retourner pour voir ce qu'elle regardait. A l'expression de son visage, on voyait qu'il commençait à comprendre ; c'était un peu comme si des aiguilles à tricoter s'enfonçaient dans son cerveau. Au bord du belvédère, à l'endroit exact où Höfi s'était planté lors de précédentes sorties de classes, montrant du doigt les cimes d'arbres belges et luxembourgeois tout en parlant de la Seconde Guerre mondiale, se tenait Alev : il était entouré de trois grands escogriffes et s'appuyait avec nonchalance contre une plaque de laiton où une rose des vents indiquait Blankenheim, Prüm, Malmedy et Verviers. Entre le majeur et l'annulaire de sa main droite, une cigarette oubliée se consumait toute seule. Ceux qui l'écoutaient, un mégot fatigué collé à la lèvre inférieure, avaient casé leurs mains dans les vastes poches de leurs pantalons tandis que le vent balayait de manière très décorative leurs coiffures de petits branleurs d'un côté à l'autre. Malgré sa petite taille, Alev était planté là, droit comme un arbre sur ses deux troncs. Ses épaules auraient pu sans peine porter le monde sans qu'il ait à plier l'échine. Détendu comme il l'était, dans son élégant pantalon beige et ses chaussures de cuir qui malgré les chemins boueux étaient restées à peu près noires, il aurait été à sa place en bien des endroits : dans le narthex d'une société boursière américaine, les couloirs d'un parlement, à côté d'un terrain de foot, au bar d'un casino ou entre les armoires métalliques d'une bibliothèque universitaire. Il discourait devant ses apôtres comme un prêtre miniature devant des ouailles surdimensionnées. Probablement parlait-il de la Seconde Guerre mondiale.

Höfi, avec une grande raideur, se retourna vers Ada. Quand il tendit le bras pour poser la main sur sa nuque, là où il venait de la frapper, elle baissa le front et le laissa faire, ce qui transforma son geste maladroit en une sorte de bénédiction.

— Tu es sous le charme de notre sphinx masculin, grommela-t-il entre ses dents. Pauvre enfant. Ame singulière, perdue et inflammable. Si j'étais ton père, je t'aurais noyée dans la baignoire quand il en était encore temps.

Avec un sourire rayonnant, Ada redonna à son propre visage les traits de son enfance. C'était le plus beau compliment qu'il pouvait lui faire, même si elle avait du mal à comprendre immédiatement ce qu'il voulait dire par "inflammable".

A partir de là, ni Smutek ni Höfi n'entreprirent plus rien pour l'éloigner. Ada n'essayait pas de participer à la conversation, ne faisant attention qu'à une chose : ne pas se laisser décrocher ; à l'ombre de ces deux hommes qui la protégeaient du vent, elle savourait en elle la disparition progressive de l'épuisante présence d'Alev. Son soulagement accroissait la teneur en oxygène de l'air ambiant. L'espoir subsistait donc de pouvoir surmonter sans dommages collatéraux les soixante-dix heures qui restaient à passer dans ce centre aéré.

Le groupe s'arrêta dans une clairière au milieu de laquelle trônait un gigantesque rocher. Alev se précipita et se jeta à terre pour s'incliner devant cette sombre masse rocheuse. Puis, debout au milieu des autres, il rit de bon cœur ; son pantalon beige présentait à chaque genou deux taches d'herbe, rondes et humides. Le groupe regarda Höfi qui, en se tortillant dans tous les sens, plongea la main sous la veste et le pull-over pour mettre au jour un stylo rangé dans la poche de sa chemise : avec la pointe, il se mit à gratter la couche de mousse recouvrant la pierre.

— Personne, s'exclama Höfi d'une voix de général en chef, personne n'a jamais réussi à découvrir d'où pouvait bien venir ce bloc et comment il est arrivé dans cette clairière. Approchez, touchez-le, vous ne devriez pas être dépaysé : il résiste obstinément à tout effort de compréhension.

Les bosseurs s'avancèrent pour le faire, les derniers rangs se disloquèrent pour s'éparpiller dans la prairie. Deux petits visages bien tendres se bécotaient dans un coin. Avec un rire moqueur, Smutek renvoya d'un geste le reste du groupe.

— C'est ainsi que la plus exacte des sciences humaines célèbre ses étroites limites, dit-il tout en observant d'un air amusé son collègue qui, penché sur le rocher en bougonnant, avait l'air d'un chirurgien courbé sur son patient décédé.

— Nous autres historiens, dit Höfi en s'adressant à Smutek quand ils se furent remis en route, nous sommes en fait très proches de vous, les bricolos de la langue. Nous sommes les germanistes de l'histoire universelle. Il fit une pause pour ménager ses effets et les auditeurs en profitèrent pour noter l'expression dans leur recueil d'aphorismes. Ne te moque pas de mes problèmes avec la réalité ! En sciences humaines, personne ne fait rien d'autre que de lire ce qui un jour a été écrit pour le transformer en de nouvelles pages d'écriture. Pour être historique, un événement doit faire partie du passé. Mais puisqu'il est passé, nous ne pouvons y assister : nous dépendons donc forcément de sa transmission. Nous ne faisons que gérer les éternels murmures parvenus jusqu'à nous du fond des âges. Nous avons pour outil l'éternel argumentaire de la sophistication.

— L'événement historique ne serait qu'une contradiction dans les termes ?

— Exactement. Une chose peut être *soit* un événement, *soit* historique.

— Un bien joli jeu de l'esprit.

Ils se mirent à rire en se regardant l'un l'autre. Höfi renversa la tête en arrière à la manière d'une chouette pour lever les yeux vers Smutck qui était bien plus grand que lui, et lui donna une tape paternelle dans le dos. Leurs chaussures s'étaient alourdies à chaque pas à cause de la boue qui collait aux semelles, et ils marchaient en soulevant les genoux comme deux percherons.

— Smutek, mon ami, que tu es naïf ! poursuivit Höfi. Il y a vingt ans, on t'a jeté en prison à cause d'une homonymie. Tu n'es pas une victime de ton temps, ni du communisme, ni de Jaruzelski, ni de Solidarnosc ; tu es victime d'une erreur. Ton histoire aussi est faite de ce que d'autres rapportent de ce qui se serait passé. Comme la politique, elle n'est rien d'autre qu'un discours sur une prétendue réalité.

— Je connais tout de même quelqu'un qui n'est pas de cet avis.

Smutek ayant baissé la voix, Ada s'approcha un peu plus : elle marchait presque sur les talons des deux hommes. Mme Smutek, qui les précédait de quelques pas, regardait derrière elle du coin de l'œil comme un cheval, et le noble profil qu'elle présentait ainsi révélait qu'elle non plus ne s'intéressait pas à ce paysage humide, mais qu'elle était occupée à écouter.

— Tous ceux qui se considèrent comme des victimes de l'histoire sont d'un avis différent, dit Höfi, en élevant suffisamment la voix pour qu'on l'entende à vingt mètres à la ronde. On ne peut demander des comptes à l'histoire ; ce n'est ni un événement, ni une personne. Quiconque voit dans l'histoire son pire ennemi pourra passer sa vie dans une douce paranoïa rétrospective et y trouvera tout ce dont il a besoin, surtout la part d'angoisse et d'amour de soi indispensable pour vivre. Mais pas le sens des réalités, pas plus que le bonheur, c'est une certitude.

Le bras de Höfi reposait, maigre et dur, dans l'énorme patte sportive de Smutek qui s'en saisit fermement, comme s'il voulait le brandir contre son propriétaire à la manière d'un gourdin. Le visage de Höfi ne montrait aucun signe de douleur ou d'embarras. Smutek reprit la parole, mais il s'adressait davantage à sa femme aux aguets qu'à Höfi.

— Tu trouves légitime de faire du résultat d'une réflexion abstraite l'aune à laquelle tu juges et condamnes les autres hommes ?

— Juger et condamner ! Le rire de Höfi s'amplifia à la manière d'un morceau de musique avant le finale. Dans une perspective démocratique, il faut justement que tout jugement, que toute condamnation procède d'une réflexion abstraite. C'est inhérent à l'interdiction de toute loi particulière. En d'autres termes : à quoi bon une réflexion abstraite si ce n'est pour servir d'aune à des jugements et à des condamnations ?

Smutek avait dû perdre un des fils de la conversation. Höfi juxtaposait des phrases dont chacune prise isolément semblait parfaitement juste, mais qui, une fois rassemblées, ne produisaient qu'un motif multicolore qui ressemblait autant au monde qu'un tableau abstrait aux objets qu'il prétend représenter. En son for intérieur,

Höfi avait donné un nom à ce procédé : le “caléidosophisme”. Il suffisait de tourner une petite roue du mécanisme et tout ce qu’il venait de dire s’agençait différemment, produisant de nouvelles images. Confronté à l’interconnexion paradoxale de tout avec tout, il parvenait, grâce à cette méthode, à éviter la folie.

Smutek ne trouvant rien à ajouter, il se retrancha dans le rôle de l’inoffensif promeneur qui souhaite se consacrer totalement à cette immersion dans la nature. Derrière eux, tout près, on entendait Ada dont le souffle s’était accéléré, indiquant clairement qu’elle attendait la suite de cette conversation alors que Mme Smutek avait accéléré le pas, sans toutefois parvenir à s’éloigner suffisamment pour ne plus rien entendre.

— Console-toi, vaillant Polonais, lança Höfi dans un souffle après avoir enjambé quelques racines en travers de leur chemin, console-toi, un juste châtiment nous est préparé pour toutes ces arguties. Les sciences humaines vont mourir de leur belle mort, et nous avec elles.

Smutek lui reprit le bras, mais avec douceur cette fois, pour l’aider à traverser une nouvelle portion du chemin où les racines affleuraient. Il était convaincu que les phrases qui allaient suivre apaiseraient son épouse qui avait davantage de dispositions pour les sciences exactes.

— Dans notre société spécialisée, il n’y a pas de place pour un esprit universel. Quand on parle de “génie universel”, on pense de nos jours à une poudre à récurer ; et penser n’est plus une vertu, c’est une perte de temps. Ce sont des spécialistes qui s’en chargent ; et depuis nous savons que la philosophie n’est absolument d’aucune utilité. Soyons franc, mon professeur d’allemand préféré : quelle peut être la valeur d’une science fondée uniquement sur la langue, d’une science où, de l’ingestion à la production en passant par la digestion, tout n'est en fin de compte que langue ? Que peut-il en sortir ? La connaissance de soi ? Un inceste intellectuel ? L'art pour l'art ? Ou bien un édifice trompeur où tout est vrai tant qu'on reste à l'intérieur ? Une science de ce type n'est-elle pas avant tout superflue ?

— Tu veux dire : depuis l'invention de la machine à vapeur ?

L'ironie transforma pendant un instant la taille de Smutek en conséquence inéluctable de sa supériorité. Au plus profond de lui, l'adéquation avec son physique d'un mètre quatre-vingt-douze procédait de son aversion pour les professionnels du pessimisme culturel. Au demeurant, le pessimisme relevait pour lui soit du sacrilège, soit de la bêtise, cela dépendait de la personne qu'il avait en face de lui.

— Précision excessive et inutile, répliqua Höfi. Au commencement était le Verbe, à la fin restera la chose. Ne crois surtout pas qu'on va s'en tirer comme ça, ne crois pas à toutes ces commissions créées par charité pour fournir aux problèmes politiques un accompagnement éthique. Le seul enseignement en sciences humaines dont l'existence soit justifiée, ce sont les sciences juridiques. Elles nous survivront.

— Ça, ça me plaît ! s'écria Ada, restée légèrement en arrière. C'est un superbe cri de guerre. *Viva judex !*

— Tu as l'intention d'étudier le droit plus tard ? lui demanda poliment Smutek sans se retourner.

— Non, lui répliqua Ada, en prenant une voix de petite fille. Quand je serai grande, je serai génocideuse. Comme ça, je serai dans les sciences exactes, tout en suivant ma vocation morale. Je me spécialiserai dans les épurations *éthiques*.

Elle était partie en courant, dépassant Mme Smutek, et le chemin qui serpentait dans la forêt finit par la soustraire à leur vue, avant que l'un des deux hommes ait pu lui demander de s'expliquer. Ils poursuivirent leur marche en silence. C'était donc bien cette auditrice muette qui venait de mettre fin à leur discussion, enveloppant tout ce qu'ils venaient de dire d'un nimbe aux couleurs d'Ada. Il ne restait plus que le sentiment honteux d'avoir mené toute cette discussion, d'arguments en contre-arguments, pour elle seule, de n'avoir mis en scène tout ce numéro de cirque à la Settembrini-Castorp que pour les oreilles de ce poussin. Sur tout le reste du chemin, aucune remarque sur la couleur du ciel ou la composition de la forêt, qui leur aurait permis d'émerger des profondeurs de ce silence pré-hivernal pour revenir à la surface, ne leur vint à l'esprit.

Ils arrivèrent bons derniers au foyer, les élèves avaient tous disparu dans la maison depuis longtemps. La nuit avait pris possession du terrain, faisant des arbres, des buissons et de la maison les membres d'un être unique et obscur qui respirait lentement. La température semblait descendre de minute en minute, enveloppant leurs têtes de vaporeux nuages de condensation. Quand Höfi fut seul à l'extérieur, occupé à s'essuyer les semelles sur le tapis de l'entrée, Ada arriva par-derrière et lui tapota subitement l'épaule. Elle s'était cachée derrière l'angle de la maison pour attendre.

— Pourquoi n'avez-vous pas emmené votre femme ? La belle Mme Smutek est du voyage, non ?

— J'ai remarqué la belle Mme Smutek, merci.

— Où est la vôtre ?

— A la maison.

— Et vous ne trouvez pas ça injuste ?

— Evidemment. Et profondément encore.

— Abstraction faite de ce que votre esprit a une certaine prédilection pour l'injustice – n'aurait-il pas été pertinent d'emmener votre femme ?

— Ça aurait demandé beaucoup d'effort et d'énergie : le jeu n'en valait pas la chandelle.

Enfin, Höfi se retourna. Pendant un instant, ils se fixèrent droit dans les yeux, comme pour un duel.

— Pourquoi ?

Il ne montra pas la moindre émotion.

— Elle est dans un fauteuil roulant. Sclérose en plaques.

Ils se souvinrent tous deux de leur brève joute verbale six mois plus tôt. Vous aimez votre épouse ? Evidemment. Et profondément encore. Avez-vous jamais songé que vous auriez tout aussi bien pu haïr cette femme ? Non, jamais.

— Je suis désolée, dit Ada. Elle pensait à ses réflexions de l'époque.

— Non, dit Höfi qui avait compris ce qu'elle voulait dire. Essaie tout de même de te mêler aux autres enfants.

Il disparut à l'intérieur et trouva Smutek debout devant la penderie ; il leva le bras pour lui donner un coup au passage, juste entre les omoplates, et, ce large dos de sportif faisant caisse de résonance, il produisit un bruit sourd comme celui d'un instrument à percussion.

Sur la crête

LE SOIR, Ada crut qu'elle pourrait enfin avoir Höfi pour elle seule. Dans la salle à manger, on lui avait abandonné sans discuter la place voisine de celle qu'il occupait ; après un repas vite expédié, on avait bavardé encore un peu, une chaîne stéréo diffusait une musique de fond, au cours de la soirée Johanna s'était assise sur une table pour chanter sur une mélodie de Billy Joel, et c'était si beau qu'Ada avait senti sous ses côtes la présence de son cœur comme celle d'un objet. *Honesty Is Just a Lonely Word.* Puis tous les autres avaient disparu dans leurs chambres sans plus s'occuper d'eux, et ils étaient restés là.

Dès le dessert, Höfi avait commencé à parler de perte des valeurs et de nomadisme transcendantal, le regard constamment fixé sur son assiette comme s'il ne se souciait pas d'être ou non entendu. Ada le laissa parler, attendant avec patience de voir où il voulait en venir. Son opinion sur le sujet était si brève qu'elle tenait en peu de mots, et elle l'avait exprimée dès le début : le besoin de transcendance était chez l'homme une grandeur constante, telle la faim, qui exigeait sa ration quotidienne de calories. Si ce besoin n'était pas satisfait, l'âme humaine errait en mendiant son pain, ce qui faisait d'elle une proie facile pour le premier charlatan venu.

Höfi lui avait alors demandé ce qu'était une âme, pour s'entendre répondre que l'âme humaine était cet ardent désir de croire à tout prix en un dieu. Elle-même, Ada, ne pouvait pas en dire grand-chose, car elle ne possédait rien de tel.

Höfi grimaça un sourire qui signifiait "c'est bien ce que je pensais" et continua de filer ses phrases alambiquées ; on aurait dit un oiseau plein d'imagination gazouillant tout seul sur sa branche sans jamais répéter une seule de ses mélodies. Ada se sentait heureuse de pouvoir appuyer ses coudes sur la table et farfouiller des assiettes vides du bout de sa cuillère tout en écoutant parler un homme qu'elle trouvait exactement aussi intelligent qu'elle. La pensée d'Alev s'éloignait de son cœur et de son cerveau comme une douleur qui s'estompe, Alev lui-même se ratatina jusqu'à prendre une taille normale et ne plus être qu'un des participants ordinaires d'un voyage scolaire dont l'enjeu était le même que toujours : qui s'intéressait à qui ? et comment s'y prenait-il ?

Jusqu'à l'instant où il entra dans la salle à manger. Il portait sous le bras une bouteille de vin ouverte et trois verres, qu'il n'avait pu se procurer qu'en nouant rapidement des contacts avec le personnel de cuisine, posa le tout sur la table et s'assit. Manifestement, il savait que les deux autres se trouvaient là.

— Je ne bois pas de cette lavasse, s'exclama Höfi, qui remplit son verre et le leva triomphalement. Il ne fit pas mine d'empêcher Ada de boire, bien qu'elle n'eût que quinze ans à peine. Stupéfaite, celle-ci se retrouva assise en face d'un sourire fendu jusqu'aux oreilles qui proclamait la réussite d'une bonne farce, et se demanda si le gazouillis hypnotique de Höfi pouvait avoir eu pour unique but de la retenir à table. Il lui fallut quelques minutes pour être à nouveau en état de suivre la conversation.

De la perte des valeurs, ils en arrivèrent à la religion. Alev s'exprimait sur un ton pudiquement voilé, et seuls certains mouvements rhétoriques d'une grande agilité laissaient voir la cotte de mailles que dissimulaient ces vêtements discrets. Il se penchait légèrement en avant pour pouvoir regarder par en dessous le professeur bossu.

En ce qui le concernait, lui Alev, il ne lui avait jamais été possible d'adhérer à une quelconque confession. Dans sa famille, on pratiquait presque toutes les religions imaginables, surtout sa mère. Il avait pu observer que la foi ne rapportait rien à personne, que ce soit sur le plan spirituel, sur le plan matériel ou sur le plan intellectuel. Après qu'il eut compris que sa grande perméabilité à l'attrait du pouvoir lui ôtait toute aptitude à l'athéisme, une nouvelle supposition avait germé en lui. S'il existait un Dieu dont Alev ne pouvait sentir la présence ni au ciel au-dessus de sa tête, ni dans la terre en dessous de ses pieds, ni dans son intelligence entre ses deux oreilles, c'est que lui-même devait être ce Dieu. C'était la preuve la plus convaincante de l'existence de Dieu qu'il ait jamais entendue, et la conclusion était elle aussi tout à fait à son goût. En vieillissant, les réactions de ses semblables lui avaient permis de comprendre qu'il n'incarnait pas Dieu, mais le diable, ce qui depuis quelque temps était aussi beaucoup plus tendance.

Höfi était un penseur exercé, qui répartissait de façon équitable son scepticisme entre le vraisemblable et l'invraisemblable et qui, en conséquence, pouvait également croire et mettre en doute aussi bien les lieux communs que les élucubrations abracadabrantesques. Ce qui l'intéressait avant tout, c'était de savoir si celui qui venait de tracer avec panache une ligne de front était capable de la défendre.

— Si tu étais Dieu, dit-il à Alev, tu saurais tout. Tes notes semblent prouver le contraire.

— Je vous suis reconnaissant de cette tentative de vous mettre à la portée de la stupidité naturelle d'un lycéen. Mais je ne pensais pas au bon Dieu du catéchisme.

— A quoi, alors ?

— A une partie de quelque chose qui ressemble à ce que les hommes appellent "Dieu" ou "Satan".

— Bien. L'année de naissance de Staline ?

— Minute. Tout savoir ne veut pas dire qu'on transporte dans son cerveau de gigantesques archives pleines à ras bord d'événements et de fragments d'événements. Ça veut dire qu'on sait où se trouve le fichier.

— Il faudrait que tu aies participé à l'acte de la création.

— Est-ce que vous croyez qu'une femme qui tricote des pull-overs est capable, quand elle a fini, de déterminer avec précision la place, la couleur et la conformation de chacune des mailles ?

— Au risque de te voir encore une fois prendre ma naïveté pour de l'arrogance camouflée, je me faisais une autre idée du diable ou du bon Dieu. Pas que je croie aux barbes blanches et aux pieds fourchus. Mais je crois encore bien moins à toi.

— Ce n'est pas non plus nécessaire. Dieu et le diable sont habitués à ce qu'on ne croie pas en eux. Vos remarques ne me semblent pas frappées au coin de la perspicacité.

— Bien vu, dit Höfi en riant. C'était plutôt de la fausse monnaie.

— Pourquoi, je vous le demande, poursuivit Alev, l'humanité est-elle en mesure de se représenter la divinité sous la forme d'un taureau, d'un cygne, d'un excentrique brandissant la foudre, d'un cyclone ou d'un buisson d'épines, pourquoi n'a-t-elle aucune peine à croire que la divinité prépare des boissons alcoolisées à base d'eau pure, fait tomber des pains du ciel et adresse des discours stupides à quelques privilégiés choisis au hasard, alors qu'elle tient pour absolument exclu qu'une parcelle de divin se montre sous une forme ordinaire ?

— Peut-être que ton éloquence fera de toi un jour ce que tu prétends être. Je vais te faire une honnête proposition : je te donne raison dans la mesure où tu profites, exactement comme les légions de dieux qui t'ont précédé, de l'impossibilité de prouver l'existence de Dieu. Restons-en là. D'accord ?

— En principe, oui. Ce qui s'y oppose, c'est que j'ai encore quelque chose à dire.

— Vas-y.

Höfi vida son deuxième verre de vin en étouffant un bâillement. Manifestement, il trouvait les explications d'Alev amusantes et se divertissait au spectacle d'une intelligence de lycéen se frayant un chemin à travers les broussailles d'un sentier tortueux. Mais il était non moins évident qu'il estimait que l'horizon intellectuel de son vis-à-vis ne dépassait guère le niveau de sa propre rotule.

— Au cours de ces dernières semaines, cette fille-là vous a stupéfié.

Le bras tendu, Alev pointait vers Ada un doigt accusateur, touchant presque son visage de l'index, parce qu'ils étaient tous trois assis très près les uns des autres. Il poursuivit :

— Personne ne peut en venir à bout. Elle aussi, elle représente une partie de la conception actuelle du divin et du diabolique. Pas vrai, Ada ?

Elle fut effrayée, non de cette soudaine promotion au rang d'être surnaturel, mais parce que Alev venait de lui adresser la parole pour la première fois après plusieurs semaines de silence.

— Alors, dis-moi un peu, enchaîna Höfi : tu incarnes un principe divin, ou un principe satanique ?

Il n'y avait pas d'échappatoire possible si elle ne voulait pas donner l'impression que son esprit de repartie l'avait abandonnée. Elle avait de la peine à parler, on aurait dit que deux langues et cinquante-six dents devaient trouver à se caser dans sa cavité buccale. Comme depuis une demi-heure, sa bouche et ses mains étaient inoccupées, elle buvait plus vite que les deux autres.

— Je me mets parfois… commença-t-elle.

Höfi attrapa la bouteille par le col et la posa de l'autre côté de la table.

— Je me mets parfois sur la bande blanche qui sépare les couloirs de la piste, et qui n'est pas plus large que le bord d'un trottoir ou la ligne médiane d'une route nationale. Je pose un pied devant l'autre sans faire de faux pas, sans vaciller, je n'ai aucun mal à me tenir en équilibre. Et tout en avançant, j'imagine que cette bande est une arête étroite, la crête allongée d'un massif montagneux, et qu'à ma gauche et à ma droite il y a un précipice profond de mille mètres. J'imagine de quoi ça aurait l'air vu de l'extérieur. Un point minuscule qui se déplace tout là-haut, au sommet d'une paroi rocheuse.

— Nous ouvrons la voie, dit Alev. Il prit la bouteille des mains de Höfi et se resservit.

— Ce que je veux dire par là…

Une fois encore, la langue d'Ada resta collée contre ses dents inférieures.

— … c'est que la vie n'est rien d'autre qu'un déplacement permanent sur cette bande. Tant qu'on croit qu'il s'agit d'un trait de couleur entre deux pistes, on avance calmement et d'un pas sûr. Sitôt qu'on s'aperçoit que c'est une arête au-dessus d'un abîme sans fond, on trébuche et on se met en danger de mort.

Elle hocha deux fois la tête, contente d'avoir réussi à terminer sa phrase sans anicroches, et saisit le verre plein d'Alev.

— Et tu t'en es aperçue ? demanda Höfi.

— Je souffre d'une tare congénitale, répliqua-t-elle. Je suis incapable d'oublier l'abîme. Je ne sais pas si vous trouveriez ça divin, diabolique ou humain.

Après quelques secondes de silence qui permirent à la maison de s'exprimer d'une voix bien à elle, faite de craquements et de crépitements, Höfi, d'une claque légère sur le bras, invita les jeunes gens à se lever. Lentement, ils traversèrent côte à côte le vaste réfectoire. Si Ada avait été moins pompette, elle aurait pu se rendre compte que cet instant était un des plus heureux de sa vie. Quand ils furent arrivés au bas de l'escalier, Höfi leur serra cérémonieusement la main.

— Alev, dit-il, je veux que tu accompagnes Ada jusqu'à la porte de sa chambre. Sans y entrer, bien entendu. Et ne faites pas de bruit pour ne réveiller personne. Compris ?

Ada leva les yeux vers Alev, qui n'était pas beaucoup plus grand qu'elle, en se renversant en arrière comme s'il se trouvait à une hauteur vertigineuse, peut-être courant sur une arête extrêmement étroite.

— Compris, dit-elle.

Quand on invoque Dieu et le diable, personne ne répond

LA NUIT suivante, la température chuta de presque dix degrés et la neige se mit à tomber aux premières heures de la matinée. Ada se réveilla en proie à de légers maux de tête ; elle se leva et se mit à la fenêtre avant que l'une des autres filles n'ouvre les yeux. L'automne et l'hiver étaient les meilleures saisons, *moja ulubiona pora roku*, comme le disait Smutek : elle l'avait retenu. La mort de la nature donnait à l'homme le sentiment de vivre. La neige et le silence, le lent ballet des feuilles qui tombent, les animaux qui meurent, le froid et les ciels plombés n'engageaient en rien à une vie heureuse, couleur de carte postale, que de toute façon personne ne possédait.

Elle passa un certain temps à observer les autres filles qui dormaient encore dans la chambre. Si la vie était l'arête étroite d'une haute montagne, ces jeunes filles restaient assises tout en bas sans même jamais lever les yeux. Ada fit une grimace qui augmenta ses maux de tête. Elle avait bien vu que "l'arête étroite d'une haute montagne" avait plu à Höfi.

Sans un bruit, elle tira de son sac pantalon et chemise et les passa à même la peau. Dehors les flocons tombaient si lentement qu'on avait l'impression que la pesanteur avait été modifiée pendant la nuit. Tout en marchant,

Ada remarqua que ses pas n'exigeaient pas le moindre effort ; comme sur coussin d'air, elle semblait flotter en descendant le chemin et quand elle quitta le terrain elle laissa derrière elle l'atmosphère chaude et agréable du foyer éclairé. La distance entre elle et les larves qui dormaient dans leurs cocons de plumes augmentait à chaque pas. L'air sentait le feu de bois et les épis de maïs.

Sur un kilomètre, elle longea des champs vides et boueux. A la première intersection, elle quitta le chemin, espérant atteindre la forêt, mais buta bientôt sur la clôture d'une prairie où elle aperçut vingt poneys rassemblés dans un coin. Quand elle enjamba la barrière, l'un des poneys, blanc et sale, commença à hennir doucement. Tandis qu'elle s'approchait, les têtes des poneys se mirent à la saluer les unes après les autres, des pieds lourds piétinaient l'herbe humide, des oreilles de velours de toutes les couleurs s'agitaient nerveusement pour finir par se coller à plat contre les crânes. Ada se mit à courir, ce qui excita le troupeau ; il sembla d'abord s'élever légèrement dans les airs comme une nuée d'oiseaux gigantesques avant de s'éloigner au galop. Lançant des cris et agitant les bras, Ada traversa l'immense terrain, enivrée à l'idée que d'un instant à l'autre, tel un chien errant, elle allait être abattue par un chasseur. Quand elle en eut assez, elle s'assit sur la barre supérieure de la clôture, évitant avec soin le ruban jaune dont elle ne savait pas s'il était sous tension.

En y repensant, la soirée passée lui apparut avec bien plus de clarté. Exceptionnellement, sa mémoire fonctionnait bien, même si les phrases qu'elle lui présentait n'avaient pas vraiment de sens. Alev pouvait-il prétendre sérieusement être diabolique ou du moins avoir part au diable ? Ou bien s'épuisait-il à taper sur un bidon vide à la manière d'un enfant pour trouver sa propre identité, ce jeu auquel Ada, après quelques essais timides, avait fini par renoncer, convaincue qu'il n'y avait rien d'important à découvrir ?

Elle ferma les yeux, essayant de prendre de la hauteur grâce aux courants ascendants de ses propres pensées, pour atteindre un sommet d'où elle pourrait se considérer elle, Alev et la question de ce qu'il pouvait bien attendre d'elle. Quand elle rouvrit les yeux, elle vit un poney qui s'était approché et qui vint poser son nez dans ses mains qui formaient une coupe. Elle sentit la douceur, la chaleur de son souffle. Ses mains étaient vides, le cheval se détourna. Ada n'avait pas le souvenir d'avoir déjà touché le nez d'un cheval. Enfant peut-être. Elle ne savait pas à quel point c'était agréable. A présent, il était trop tard, elle mènerait une vie sans chevaux, probablement aussi sans chat ni chien.

Si, à la manière d'un citoyen de la Grèce antique, on avait l'habitude de ne pas avoir besoin du diable parce que les dieux possédaient suffisamment de qualités humaines, que leur chef était le plus grand des criminels et que bien des chemins montaient à l'Olympe et en descendaient, Alev n'aurait guère fait sensation avec son affirmation ; au mieux elle aurait suscité un désir de vérification. Mais pour qui était né en terre chrétienne – exceptionnellement Ada ne s'en excluait pas elle-même –, pour celui-là la dissociation du bien et du mal était passée dans le sang : inéluctablement, il devait considérer tous ceux qui prétendaient être une synthèse personnifiée de Dieu et du diable comme des fêlés. Ça ne faisait aucun doute.

Elle inspira profondément quelques litres d'air au parfum de chevaux, d'herbe humide, un air exempt d'erreur. Il n'était pas moins certain que son besoin de prendre Alev au sérieux ne procédait pas de sa raison, mais de son instinct. Ses mises en scène étaient si faciles à comprendre, que ça n'avait pas de sens de s'y employer. Quand elle sauta de la barrière, les poneys levèrent à nouveau la tête, lui jetèrent un bref coup d'œil et retournèrent à leurs brins d'herbe. Ada passa tout près d'eux, sans qu'ils tentent de fuir cette fois. Il semblait bien que la course du début n'avait été qu'un jeu.

L'après-midi, le programme prévoyait l'ascension d'une montagne : Ada eut tout le loisir, à tâtons et à voix basse, de partir à la recherche de Dieu et du diable. Alev n'était qu'un point en mouvement à l'horizon, hors de vue avant même qu'Ada ait pu focaliser son regard sur lui ; quant à Höfi, il ne trahissait pas le moins du monde qu'il reconnaissait en elle la jeune fille avec qui il avait, la veille au soir, passé une heure à discuter en buvant un verre. Chacun avait envie qu'on le laisse tranquille dans son coin, et Ada s'en trouvait fort bien.

Elle se laissa dépasser par tout ce convoi qui escaladait le flanc d'une montagne, zigzaguant péniblement, posant les pieds avec tant de précaution qu'on eût dit qu'ils voulaient éviter de chatouiller le rocher. Les cailloux sous leurs chaussures étaient rendus glissants par la neige fondue, la rampe en bois qui courait le long de la paroi était pourrie en de nombreux endroits. Smutek et sa femme portaient tous deux de légères combinaisons de ski de couleurs différentes, mais manifestement d'un modèle identique. Le ciel était bas et les premiers nuages furent atteints plus vite que prévu. Des bancs de brouillard passaient en hâte, comme on en voit d'habitude à travers les hublots d'un avion. Ada maintint une distance parfaitement égale entre elle et le dos en Néoprène rouge de Mme Smutek, et elle se sentait merveilleusement bien dans sa solitude, entourée seulement d'eau sous des formes variées. La femme frêle qui la précédait marchait seule elle aussi depuis un bon moment. De temps à autre elle s'arrêtait, soulevait les épaules et se courbait vers l'avant, comme si elle voulait observer quelque chose de très petit, juste devant ses pieds. Ada était trop occupée pour continuer à lui prêter attention. Au fond d'elle-même, elle invoquait Dieu et le diable, sans obtenir de réponse.

La fée des glaces prend un bain de minuit

RIEN n'indiquait que c'était un jeudi. Loin du cours régulier des journées citadines, loin du quotidien scolaire, du journal du matin et de la télévision du soir, les noms des jours de la semaine perdaient de leur importance avec une telle rapidité qu'on se demandait s'ils avaient jamais eu la moindre légitimité. Le temps faisait éclater son corset, devenait élastique et extensible à merci, si bien que l'idée qu'on avait débarqué à Dahlem un jour et demi plus tôt seulement faisait l'effet d'un grossier canular de l'imagination. On avait plutôt l'impression que deux semaines s'étaient écoulées depuis l'arrivée et Ada commençait déjà à trouver improbable sa vie ordinaire. Avec un peu plus d'expérience, la perte rapide de crédibilité qui affectait sa propre origine lui serait apparue pour ce qu'elle était : une aptitude au vagabondage caractéristique de notre époque. Mais dans sa situation elle prenait cette impression pour l'effet d'une solitude parmi les autres à laquelle elle n'était pas habituée et qui se distinguait de son habituelle solitude sans les autres par une dépense d'énergie sensiblement supérieure.

Vers dix heures du soir, Smutek acheva de préparer une visite fictive de Vienne. Dans les différentes pièces de la maison, des groupes d'élèves mettaient en place une exposition de monuments caractéristiques et, qu'il y eût ou non contradiction dans les termes, la représentation d'événements historiques. Ils peignaient des rouleaux de papier, répétaient des scènes de théâtre, collaient des photos et des cartes postales au mur. Ada, arguant de son incapacité à travailler en équipe, avait demandé l'autorisation d'apprendre par cœur et de réciter un texte de Musil. Quand Smutek congédia les élèves d'une voix joyeuse en faisant de larges gestes de la main, un essaim de pensées inachevées tournoyait encore dans le cerveau d'Ada, si bien que la perspective de passer le reste de la soirée entre des capsules humaines dont elle ignorait le contenu lui semblait intolérable. Elle quitta le hall en catimini, enfila ses chaussures de course et fila au-dehors.

L'air nocturne était clair et frais comme de l'eau. Pour éviter de se perdre, Ada prit le chemin qu'on avait suivi au cours de la randonnée de la journée. Elle inspirait profondément par le nez, expirait par la bouche, et la forêt tout entière avec ses habitants fourrés ou cuirassés, sa neige durcie par le gel, ses plantes recroquevillées, sa mousse spongieuse et ses écorces ramollies lui laissait son goût sur la langue. Son ombre projetée par la lune la précédait en éclaireur. Après quelques minutes, elle se réchauffa de l'intérieur ; un nuage de vapeur l'enveloppa, la terre se fit élastique, les arbres au bord du chemin se fondirent en masses noires, se rapprochèrent les uns des autres et, tout là-haut, se tendirent les mains jusqu'à obscurcir la lune. Derrière Ada, l'obscurité se referma, formant des murs impénétrables.

Quand une clairière s'ouvrit à sa droite, elle ralentit, puis s'arrêta tout à fait. De jour, pendant la promenade, elle avait repéré cet endroit tandis qu'elle marchait sur le chemin et avait imaginé ce qu'on pourrait éprouver en s'y rendant en pleine nuit. C'était l'endroit idéal pour tourner un conte de fées : le loup et le lapin s'y donneraient rendez-vous pour discuter de l'essence des choses, les enfants des elfes y feraient la fête loin de leurs parents, c'était le décor rêvé pour servir de toile de fond à des sources parlantes et à des champignons pensants coiffés de grands chapeaux bruns. L'herbe était courte, comme régulièrement tondue. Au milieu s'étendait une mare aussi longue et large qu'un terrain de hockey, et les petits groupes d'arbres qui l'entouraient avaient l'air d'équipes élaborant leur stratégie pour la suite du match. Le gel blanchissait la surface de l'étang, recouverte d'une couche de neige.

Ada franchit le fossé qui bordait le chemin, tout en arrachant de ses vêtements les épines des ronces séchées avec une infinie délicatesse comme si elles étaient autant de mains appartenant à des créatures minuscules. Elle traversa la clairière en suivant une trace indistincte qu'elle prit d'abord pour un passage de gibier peu fréquenté, et se trouva brutalement confrontée à un spectacle qui lui court-circuita les neurones et les paralysa pour plusieurs secondes. Impossible de concevoir une pensée, encore moins de faire un mouvement. Immobile sur l'herbe illuminée par le clair de lune, elle regardait. Elle n'était pas seule.

La deuxième personne se trouvait dans l'étang, largement encadrée par les contours d'un trou en forme d'étoile. Les avant-bras posés au bord de la couche de glace comme sur l'appui d'une fenêtre, elle laissait pendre dans l'eau son corps immobile. Ada voyait la créature de profil, remarqua qu'elle avait les yeux ouverts et le regard vide, et crut apercevoir un sourire – les lèvres étaient nettement incurvées vers le haut. Elle avait surpris une fée des glaces prenant son bain de minuit.

Une fois écoulé le délai nécessaire pour qu'après un choc l'intelligence et les sentiments se remettent à fonctionner de concert, elle distingua les traces de pas qui traversaient en ligne droite la glace enneigée. Les zigzags qui bordaient le trou provenaient de tentatives répétées de se hisser hors de l'eau en prenant appui sur la glace, ce qui avait eu pour résultat de la morceler un peu plus chaque fois. En quelques pas, Ada atteignit la rive et lança un appel en direction de la naïade : pas la moindre trace d'émotion sur le visage livide de Mme Smutek, qui souriait d'un sourire surnaturel.

Comme elle ôtait veste et pull-over et délaçait ses chaussures, Ada se demanda si c'était Dieu ou le diable qui lui enjoignait de se jeter dans une eau glacée par une température inférieure à zéro. Outre la peur et l'excitation, et un cœur qui battait très fort dans sa poitrine, elle ressentait un certain enthousiasme dont seul le diable pouvait être tenu pour l'auteur. Dans cet empire que formait sa personne, la situation avait fait d'elle, instantanément, un despote incontesté. Elle donnait des ordres brefs et clairs : ôter les chaussures, garder la culotte, respirer lentement, et constatait avec satisfaction que son corps, tel un soldat discipliné, courait sans hésiter au-devant du danger. Dieu lui aurait conseillé d'exploiter la rapidité de ses jambes pour filer au foyer chercher de l'aide, et Dieu serait comme toujours arrivé trop tard. Ada se jeta par terre, se roula dans la neige comme un jeune chien pour que son corps échauffé soit moins ébranlé par la rudesse du choc qui l'attendait, fit quelques petits sauts sur place et, dévalant la rive abrupte, s'élança sur la glace.

Au bout de deux mètres à peine, elle la sentit craquer sous ses pieds. Mme Smutek avait abordé l'étang par l'autre côté ; plus légère, elle était parvenue beaucoup plus loin. Ada, propulsée par la vitesse sur le sol qui volait en éclats, fit encore quelques pas, puis plongea brutalement. L'eau la reçut de toutes parts avec des secousses électriques, impossible de décider si elle était bouillante ou froide, et cette incertitude était plus supportable que le choc glacé auquel elle s'attendait. Elle avait encore pied ; elle donna un coup de talon et projeta deux ou trois fois encore le haut de son corps sur la surface craquante et chantante, qui cédait aussitôt et s'écartait en minces fragments. Quand l'eau se fit trop profonde, les jambes se mirent d'elles-mêmes à nager à petits mouvements frénétiques, cependant que les coudes, pointés vers l'avant, frayaient un chemin sombre dans la surface claire. Elle traversa le trou anguleux avec des gestes saccadés, comme quelqu'un qui ne sait pas nager, cernée par le cliquetis indigné des morceaux de glace qui se balançaient autour d'elle.

Une seconde avant de pouvoir toucher Mme Smutek de sa main tendue, elle se demanda pour la première fois comment faire pour ramener sur la berge un corps aussi inerte. Depuis que sa rage s'était déchaînée au contact de l'eau, le froid aspirait inlassablement la force de ses bras et de ses jambes, brouillait ses idées, la touchait directement au cerveau d'une caresse insinuante. Détends-toi, couche-toi, je te porterai, tu pourrais être si bien. L'instant d'après, Ada avait atteint la fée ; soulevant un bras hors de l'eau, elle lui tapa sur l'épaule, sentit la soudaine résistance d'une étoffe gelée et, en dessous, un corps dur et froid comme une pierre. D'un mouvement lent et doux Mme Smutek leva la tête, montrant un visage figé dans un bonheur béat ; ses yeux, sous les paupières à demi fermées, allaient de droite à gauche sans rien voir.

— *Nie wiedsialam, ze to tak latwo*, dit-elle, et le son de sa voix était si normal que c'en était presque ridicule.

Ada ne comprit rien ; elle savait d'avance que l'autre, qui parlait dans un demi-sommeil, ne pourrait jamais se souvenir d'un seul de ces mots, et passa la phrase par profits et pertes. A deux mains, elle empoigna sans ménagement le corps frêle et, l'arrachant à la couche de glace, le tira dans l'eau. Mme Smutek plongea et refit aussitôt surface en souriant, ses cheveux noirs collés au crâne par l'humidité.

— Nage, lui rugit Ada à l'oreille, nage !

Et Mme Smutek, elle aussi, obéit comme un brave soldat. Elle nageait docilement, avec des mouvements spasmodiques d'automate, sa tête touchant presque celle d'Ada comme si elles étaient connectées au même système nerveux. Ada parlait sans arrêt pour rester lucide, elle parlait à elles deux comme à une seule personne : là, c'est bien, tu es une bonne fille, allez vas-y, nage, bon sang de bonsoir, nage.

De crainte de rompre le fil qui les reliait l'une à l'autre, elle n'osa pas sonder du pied la profondeur de l'eau mais continua de nager jusqu'au moment où son ventre s'écorcha sur les pierres et où ses mains purent saisir une touffe de végétation sur la berge. Elle sortit de l'eau tandis que Mme Smutek y restait allongée, livide comme un reptile mort, et Ada s'aperçut qu'elle avait dû se rendre dans la forêt vêtue d'une chemise légère et d'un pantalon de toile, et pieds nus. Nulle part sur la berge on ne voyait un vêtement qui n'appartenait pas à Ada.

Une main dans la chevelure noire et ruisselante, l'autre agrippée sous une aisselle, Ada tira Mme Smutek sur la terre ferme. La liaison était interrompue : tant qu'il fallait nager, ça avait fonctionné, mais impossible de la faire mettre debout. Ada fléchit les genoux et chargea sur son dos la fée glacée, brusquement lourde comme cinq personnes, dont la tête renversée pendait sur son épaule, la longue chevelure déroulée touchant le haut de sa cuisse et lui collant à la peau comme des algues sur les rochers quand la mer se retire. Ada put la traîner sur quelques pas, progressant obstinément sur sa propre trace, et l'effort la réchauffa. Quand ce ne fut plus possible, elles se retrouvèrent toutes deux debout au milieu de la clairière, l'une à demi nue enserrant de ses bras le torse de l'autre, titubant front à front comme des amants fous. Ada porta le poids de son corps sur l'autre jambe pour libérer son bras droit, leva la main et se mit à frapper Mme Smutek au visage, une fois, plusieurs fois, alternativement du plat et du dos de la main, et la situation s'améliorait à chaque gifle ; enfin Mme Smutek fit entendre un gémissement en essayant de se détourner.

— Cours, rugit Ada, cours !

Et l'autre se mit à courir. Sur des jambes qu'elle pouvait à peine contrôler, faisant mine de tomber à chaque pas comme une marionnette coupée de ses ficelles, son bras pesant lourdement sur les épaules d'Ada, ses genoux se dérobant sans cesse si bien qu'il fallait la traîner à nouveau. C'est ainsi qu'elles traversèrent le fossé, parvinrent au chemin, amorcèrent la descente. Cela marchait tantôt mieux, tantôt plus mal ; alors Ada l'invectivait, la frappait de ses pieds nus, la rouait de coups pour lui faire franchir les mètres suivants comme un animal moribond.

Le foyer apparut, avec la chaude lueur de sa porte vitrée. Dans un ultime effort, Ada se jeta et jeta l'autre en direction de la lumière, la porte s'ouvrit d'un coup, la clarté lui brûla les yeux, un escadron de chaussures lui barra le chemin. Mme Smutek roula bruyamment sur le sol. L'odeur des gens. Des vestes accrochées au portemanteau. Un bref instant, Ada regretta la forêt.

Puis, rassemblant ses dernières forces, elle se mit à crier et, comme elle ne trouvait plus de mots, elle poussa le même cri que tout à l'heure : cours ! étirant la voyelle centrale en un long hurlement, couououours ! jusqu'à ce que l'escalier au fond du hall se mette à résonner et que Smutek lui apparaisse de bas en haut, d'abord les jambes, puis les hanches et le haut du corps. Höfi se tenait derrière lui, ses petits yeux ronds brillant d'épouvante.

Mme Smutek disparut, soulevée dans les airs, et Ada, qui s'était depuis longtemps écroulée sur les genoux, glissa tout entière sur le sol et resta plusieurs minutes couchée sur le paillasson mouillé. Refus d'obtempérer. Ses bras et ses jambes ne contenaient plus qu'une gélatine sans os. Höfi, qui ne pouvait pas la relever, lui caressait le visage d'une main furtive et, en sentant des gouttes chaudes tomber sur sa joue, elle comprit qu'il pleurait ; courbé sur elle comme sur un enfant mort, il déplorait un lointain malheur ou sa propre impuissance, en bredouillant des choses qu'elle ne comprenait pas. Quand Smutek refit surface, Höfi était parti, il s'était évanoui comme une apparition, et Ada, flottant au-dessus du sol, avait une vue directe sur le menton de Smutek, cette prune charnue fendue en son milieu.

— Merci, murmura-t-il, tandis qu'il traversait la maison, Ada dans les bras. Je te remercie.

— Ce n'est pas vous que j'ai aidé, répliqua-t-elle, c'est votre femme.

Sa voix n'avait pas changé de sonorité, elle la reconnut sans peine comme sienne, sans savoir comment ni avec quoi son corps avait pu la produire. Smutek s'arrêta et scruta son visage de tout près. Mis à part une pâleur inhabituelle, elle ne semblait pas malade ; même dans l'état où elle se trouvait, elle conservait un air arrogant et blasé. A l'intérieur de Smutek, la résistance que l'Allemand oppose à la sentimentalité en tout genre luttait avec le goût du Polonais pour les cimes que l'on peut atteindre et les abîmes où l'on peut sombrer. Un instant, il resta indécis, désirant l'embrasser ou la remettre sévèrement à sa place, puis continua son chemin en poussant les portes du pied pour ne reprendre la parole que devant la dernière.

— OK, Ada, dit-il. Je te remercie au nom de ma femme.

Elle approuva de la tête : OK. Une épaisse vapeur saturait l'atmosphère, la condensation ruisselait sur les parois carrelées, une fenêtre noire pleine de buée, dehors c'était sans doute la nuit. Ils étaient dans une des salles de bains de l'étage supérieur, où se trouvaient les chambres du personnel de surveillance.

Smutek l'assit sur le siège fermé des W.-C. et lui retira ses chaussettes raidies par le gel, qui tombèrent sur le sol comme deux planchettes. Il la débarrassa de sa petite culotte, arracha son soutien-gorge, et Ada commença à se débattre avant même qu'il l'ait reprise dans ses bras. Quand une épaule se trouva à sa portée, elle y planta les dents. Smutek étouffa un gémissement, ce qui ne l'empêcha pas de la déposer lentement et avec précaution dans la baignoire. La brûlure de l'eau chaude était aussi cruelle que celle de l'huile bouillante, plus intolérable que tout ce qu'elle avait enduré jusqu'à présent. Ada croyait crier encore et se taisait depuis longtemps, terrassée par la douleur, en train de perdre connaissance, quand elle trouva quand même la force de dire quelque chose : Va chercher mes chaussures de course, s'il te plaît, elles sont restées dans la clairière… avant, elle aussi, de sombrer.

Le jour suivant apporte un pacte avec No-thing

LE LENDEMAIN matin, tout fut désagréable. La visite du médecin des urgences et la nuit passée dans le même lit que Mme Smutek, Ada n'en avait plus aucun souvenir. Au réveil, elle était seule sous la couverture ; à ses côtés, elle sentit deux êtres obscènes en caoutchouc tremblotant qu'elle éloigna avec répulsion : des bouillottes refroidies. Peu après, elle aperçut, à environ cinquante centimètres au-dessus d'elle, la tête de Smutek qu'elle associa au visage grimaçant du soleil, une boîte à musique qu'on avait dû accrocher jadis au-dessus de son lit d'enfant et dont elle avait toujours eu peur, du moins en avait-elle l'impression maintenant. Dans ce trou perdu de Dahlem, le souvenir se transformait en une véritable plaie. Il était temps de quitter cet endroit.

Alors, comment ça va, tu te sens mieux, tout va bien, parfait. Mme Smutek aussi va bien, impeccable.

Smutek était si près d'elle qu'elle en eut la nausée, un peu comme s'ils avaient eu une relation incestueuse la nuit précédente. Enveloppée dans un drap, elle s'enfuit de la chambre et se précipita dans le couloir.

A côté de son lit, ses affaires de sport étaient posées sur le radiateur ; tout était là, lavé, étendu, presque sec déjà. Quand elle revit ses chaussures de sport, posées bien sagement sur du papier journal, elle aurait voulu les embrasser, tant elle était heureuse de les retrouver. Elle vit Smutek qui suivait ses traces dans la neige, se précipitait dans le chemin forestier et découvrait la clairière où des empreintes de pieds et une couche de glace brisée en disaient long sur ce qui venait de se produire. Elle ne croyait pas qu'il avait envoyé un élève pour aller voir ce qui se passait. Voilà donc sa façon à lui de la remercier ; elle regretta presque d'avoir pensé au soleil grimaçant en le voyant.

La chambre était vide et d'un calme extraordinaire, les murs étaient nus et trop solides pour être traversés par un corps humain, la porte fermée d'une façon qui pouvait bel et bien signifier "pour toujours". Soudain, Ada sentit le désir de se blottir dans les bras d'Alev. Elle avait envie de se précipiter de nouveau à l'extérieur et d'aller se réchauffer les doigts aux naseaux des chevaux, elle ne portait que ses sous-vêtements et était en train de chercher un jean propre quand elle entendit quelques coups timides frappés à la porte. C'était Höfi. Ada lui sourit d'un air soulagé.

— J'ai demandé qu'on prépare des œufs. A part ça, j'ai réfléchi à ce que tu m'as dit avant-hier. L'histoire de l'arête étroite. Mais habille-toi d'abord.

Pendant qu'elle prenait un petit-déjeuner tardif dans le réfectoire vide, il parla un peu, tout en regardant Ada qui engloutissait cinq œufs sur le plat, sans pain, mais avec beaucoup de sel.

— Oublions tout ça, dit Ada quand elle eut fini de manger. Höfi la retint.

— Deux personnes qui, chacune dans sa propre voie, traversent la vie main dans la main constituent ensemble un animal à quatre pattes qui ne tombera jamais, même si elles savent l'abîme béant qui s'ouvre sous leurs pieds. Voilà ma réponse à ton problème. Il effleura son coude et disparut sans rapporter l'assiette vide à la cuisine.

Ada passa le reste de la journée dans sa chambre, couchée tout habillée dans son lit ; elle lisait ou regardait par la fenêtre, savourant le calme qui régnait ici alors que la maison tout entière se consacrait à l'édification d'une métropole autrichienne. Déplacements, froissements, frôlements et chuchotements dans les couloirs étaient étrangement assourdis : tout dans la maison se faisait sur la pointe des pieds.

Vers le soir, Alev se présenta devant la porte de la chambre avec un plateau-repas, ce qui lui permit de contourner les instructions de Smutek et de Höfi qui avaient interdit toute visite. Ada le reçut sans montrer la moindre émotion. Avec l'habileté d'une infirmière, il débarrassa la table de chevet, releva l'oreiller pour lui soutenir le dos et la saisit sous les aisselles, comme si elle était incapable de se redresser toute seule, avant de s'asseoir sur le bord du lit.

— Tu n'avais pas raison, lui dit-elle, tout en mangeant sa soupe.

— A propos de quoi ?

— De Dieu et du diable. Je n'en fais pas partie.

Il regarda par la fenêtre que la nuit allait d'un instant à l'autre transformer en un sombre miroir, secoua la tête d'un air désapprobateur – à cause de la remarque qu'elle venait de faire ou de la pluie qui tombait lentement – et finit par regarder le plafond comme s'il avait besoin de réfléchir pour retrouver le fil de leur conversation.

— Ça t'est venu comment, cette certitude soudaine ? demanda-t-il enfin.

— Je n'ai rien trouvé en moi.

— C'est en rapport avec la femme de Smutek ?

— Mais non. C'était rien, ça.

Le regard d'Alev se fit moqueur : tu peux accomplir tous les actes héroïques que tu veux, mais fais-moi grâce de ton affectation.

— Ce n'est pas ce que j'ai voulu dire, ajouta très vite Ada, alors qu'il n'avait pas fait le moindre commentaire.

— Tu voulais dire quoi, alors ?

— Je l'ai suivie parce qu'une fois de plus il était temps que je me prouve quelque chose à moi-même. Pas la peine de chercher autre chose. J'ai pris plaisir à le faire. Peut-être n'était-il pas absolument nécessaire que Smutek me déshabille après.

— Il a fait *quoi* ?

— Il m'a déshabillée et collée dans la baignoire.

— Intéressant. Très intéressant même.

Pendant quelques secondes la réflexion sur cette information absorba totalement l'esprit d'Alev ; il se frotta les yeux quand il retrouva le véritable sujet de leur conversation.

— Tu ne pourras pas m'enlever de l'idée que ton exploit de la nuit dernière a quelque chose à voir avec ma question.

— Donc, c'était une question ?

— Bien évidemment, ma petite. Et tu le sais parfaitement. Il la gratifia d'un sourire de grand frère et se mit à répartir en petits morceaux les boulettes de viande qui se défaisaient. Peut-être es-tu également parvenue maintenant à la conclusion que l'erreur à propos de Dieu et du diable consiste dans la répartition absolue entre le bien et le mal. Dans *L'Homme sans qualités*, il existe un passage qui dit à peu près ceci : c'est l'homme qui donne son caractère à la chose et non l'inverse, nous séparons le bien du mal alors que nous savons parfaitement qu'ils forment un tout. L'important dans cette phrase, c'est que nous le *savons*. Il s'agit donc d'une erreur volontaire.

— Je n'ai pas attendu de te rencontrer pour comprendre ça.

Alev s'apprêtait à lui mettre dans la bouche un morceau de boulette au bout d'une fourchette. Ada lui prit la fourchette des mains et mangea seule.

— Avant de poursuivre notre conversation, dit-il, j'aimerais qu'une chose soit claire : tu as trois ans de moins que moi et pourtant tu es plus intelligente. J'ai des capacités supérieures aux tiennes dans un autre domaine. Je ne suis pas venu pour un bras de fer intellectuel. Ça marche ?

Ada laissa tomber la fourchette et tapa dans la main d'Alev :

— Ça marche.

Quand elle repoussa le plateau, Alev posa à terre ce qui était sur le lit, ouvrit la fenêtre et glissa une cigarette entre ses lèvres à elle d'abord, puis entre les siennes. Le bouchon d'une bouteille d'eau servit de cendrier.

— En vérité, Dieu et le diable ne m'intéressent que très peu. Ce sont des concepts aussi usés que les chansons du hit-parade de l'année dernière. Mais je ne dis rien de neuf en affirmant que la vie des gens est dominée par des forces contraires.

— Donc, le bien et le mal ?

— Voilà bien l'erreur habituelle. Oublie Satan et la religion chrétienne. Mon diable n'est pas la présence de quelque chose, même pas de quelque chose de mauvais : il en est la parfaite absence. Il est *No-thing*, la non-présence de l'idée de juste et de faux, un intervalle vide. Les véritables adversaires ont pour nom : rien et quelque chose.

— Le rien n'est pas imaginable. Comment pourrait-il être un adversaire ?

— Parce que l'homme lutte contre lui. Le rien sur terre et dans notre propre tête, l'absence de raisons, de sens ou de but : voilà ce qui recèle la pire angoisse. Le néant et l'existant peuvent engendrer le bien et le mal. Il est tout à fait possible que tu aies tiré Mme Smutek de son trou dans la glace parce qu'il te manque quelque chose.

— J'ai l'impression qu'une idée semblable m'a effleurée pendant que je plongeais dans l'eau.

— Tu vois ! Avec amour, Alev éteignit son mégot en l'écrasant dans le bouchon. Le fait que tu n'aies rien trouvé en cherchant au fond de toi n'invalide pas ma théorie. Tu es peut-être déjà tombée sur *No-thing*, sur un endroit vide que tu ne remarquerais que si tu savais ce que l'on trouve habituellement à cet endroit-là chez les autres, disons chez les gens normaux. Pour le savoir, il faut étudier les hommes. Et voilà l'objet de mes expéditions à travers la civilisation en modèle réduit que l'on trouve au lycée Ernst-Bloch.

Ada étira avec délice ses jambes sous la couverture et cacha ce mouvement en bâillant. Cette explication de l'intrusion profonde d'Alev dans le monde des hommes lui plaisait bien mieux que l'idée qu'il pourrait n'être qu'un fragment de la société comme les autres qui luttait jour après jour pour obtenir la meilleure place dans la meute.

— Qu'est-ce qui te fait penser que nous pourrions avoir tous deux *quelque chose* en commun ou, pour être plus exact, que nous pourrions avoir ce *rien* en commun ? lui demanda-t-elle.

— Je suis parti de moi et j'en ai conclu que tu étais pareille. C'est un processus irrationnel, déclenché par quelque chose d'inexplicable, une odeur ou l'absence d'odeur ou encore ta façon de passer à côté des choses sans les voir. Cela cache probablement la nostalgie puérile de retrouver son autre moitié. Il m'est arrivé plusieurs fois déjà de croire que j'avais trouvé une âme apparentée à la mienne. Chaque fois, j'ai dû me rendre à l'évidence : c'était une illusion.

— J'en ai les larmes aux yeux. Ada se maîtrisait suffisamment pour ne pas montrer qu'un petit endroit bien précis, juste en dessous du plexus solaire, n'était pas insensible à son couplet. Tu veux connaître le résultat de mes réflexions ?

— Avec moult plaisir.

— Pour un Grec ou un Romain d'il y a deux mille ans, ton affirmation d'être un fragment de Dieu ou du diable en balade sur terre aurait paru moins bizarre. Alors pourquoi devrais-je te considérer avec des yeux de chrétienne ?

— Impeccable, ma petite. Je savais bien que tu me comprendrais.

— Et quelle aurait été la réponse d'un polythéiste ?

— J'attends. Tu vas me le dire.

— Archisimple : prouve-le.

Il la regarda avec des yeux miroitants, plats et luisants comme deux jetons noirs. Puis sa physionomie s'anima de nouveau ; de sa main il frappa bruyamment le haut de sa cuisse, puis il se tordit en avant et se mit à rire doucement.

— Ça alors, c'est la meilleure, murmura-t-il en reprenant haleine. Tu veux un jeu ?

— Appelle ça comme tu veux. Fais tes preuves.

— Parfait. D'accord. Alev se frotta les mains, passa ses doigts dans ses cheveux rêches, fit mine de se lever, resta assis et saisit finalement la main d'Ada en la serrant si fort qu'elle ne put la lui retirer.

— Que penserais-tu si après-demain un enseignant du lycée était viré ? Si ta mère, peu après les vacances de Noël, mettait ta chambre sens dessus dessous et que Teuter essaie de te faire passer en conseil de discipline pour te renvoyer ?

Ada sentit ses joues se glacer ; son estomac se creusa, ce vide aspira tout le sang présent dans sa tête jusqu'à ce que toute pensée s'en trouve paralysée. Elle n'avait pas envie d'être mise à la porte une fois de plus, pas maintenant, pas du lycée Ernst-Bloch.

— Ça veut dire quoi tout ça, lui demanda-t-elle à voix basse, tu joues au prophète ?

— Seuls les dieux savent l'avenir. Si j'ai raison, tu accepteras de travailler avec moi ?

— Travailler à quoi ?

La simplicité de la question le décontenança totalement. Il fronça les sourcils, attendant que son esprit ait trouvé une réponse.

— Je n'en sais rien pour l'instant, dit il enfin, puis il se leva, se pencha pour ramasser le plateau et se dirigea rapidement vers la porte. Tandis qu'il abaissait la poignée avec son coude, il se retourna pour la regarder par-dessus l'épaule, lui adressa un clin d'œil malicieux et la laissa seule.

A peine avait-il fermé la porte derrière lui qu'il oublia Ada, aussi profondément qu'il prenait en compte sa présence quand il s'asseyait en face d'elle pour l'éveiller à la vie, comme un jouet à piles qu'on peut à tout moment descendre de son étagère et mettre en route. C'est du moins ce qu'elle croyait. Sans doute chacune des connaissances d'Alev avait-elle, au moins une fois par jour, le sentiment de se trouver confrontée à son meilleur ami ou à son pire ennemi. Ce qui la faisait enrager, c'est qu'il parvenait toujours à la faire sortir de sa réserve. Sur un point au moins, la raison tenait à Ada le langage d'une mère : elle aurait mieux fait de retirer ses troupes et de retourner vivre en paix dans sa forteresse. Mais elle ne voulait pas de cette paix de l'âme. Quelque chose en elle avait décidé depuis longtemps de devenir ce qu'Alev souhaitait. Même si ce n'était *rien*.

Tranquillement couchée sur le dos à savourer la chaleureuse contrariété qui s'était emparée d'elle, elle sentit grandir sur un sol profondément labouré la conviction que bientôt allait se produire ce qu'elle attendait avec impatience depuis des semaines. Fini le temps de l'attente indécise et du sur-place. Quelque chose était en train d'arriver, quelque chose se préparait. Et c'était toujours mieux que de…

Ada décida d'en rester là pour l'instant, elle ferma les yeux, explorant les moindres recoins de son corps, en quête de fatigue et d'un sommeil profond qu'aucun rêve ne viendrait troubler.

Elle passa la dernière journée de cette excursion scolaire dans un mutisme total, retirée en elle-même. La visite virtuelle de la ville de Vienne se fit sans elle, et le dimanche elle fut la première à sortir à l'air libre, son sac sur le dos, afin de s'assurer une place dans le car.

L'arrière-salle du labo de chimie

APRÈS COUP, tout cela se retourna contre lui.

— J'éprouve le désir et le besoin d'inviter cette fille à dîner, avait dit Mme Smutek. Je lui préparerai un petit plat. Une spécialité polonaise.

— Jusqu'à présent, tu étais incapable de faire la cuisine, dit Smutek.

— Jusqu'à présent, je n'étais pas non plus capable de mourir, répliqua-t-elle. C'est du moins ce que je croyais.

En fait, Mme Smutek détestait les tâches culinaires presque autant que l'ex-République populaire. Et voilà qu'elle envisageait de se mettre aux fourneaux. C'était l'un de ces nombreux changements qui proliféraient comme des blattes. A la grande surprise de Smutek, ils eurent tôt fait d'infester la totalité de leur vie commune.

Malgré ce qui s'était produit, Mme Smutek avait insisté pour rester jusqu'à la fin du voyage scolaire, scellant cette décision d'une formule qu'elle sifflait méchamment au visage de quiconque lui demandait de ses nouvelles : il ne – s'est – rien – passé. Plus Smutek entendait cette phrase, plus elle lui semblait inquiétante. Sa femme avait ri et applaudi plus fort que les autres le dernier soir, quand au cours de la fête qui terminait le séjour il avait dansé une valse avec Höfi.

Mais depuis le moment où ils avaient regagné leur foyer elle restait allongée sur le divan du salon, enfouie sous une couverture en patchwork, et, depuis cette position où elle s'était retranchée, elle décochait des flèches sitôt que Smutek passait à sa portée. Il lui faisait du thé, remplissant une théière après l'autre, lui prenait des mains sa tasse refroidie, la remplaçait par une tasse chaude, et attendait qu'elle refroidisse, assis sur une chaise de cuisine sans savoir quoi faire.

Il n'était qu'un raté, affirmait-elle. Il avait trahi ses idéaux, et Smutek se demandait de quels idéaux elle pouvait bien vouloir parler. Il n'était, et cette affirmation le laissait sans voix, même pas un vrai Polonais. Les flèches étaient acérées, certaines restaient plantées dans sa chair. Et pourtant, ces attaques étaient encore plus faciles à supporter que ce silence minéral qu'elle avait également adopté depuis peu. Après chaque agression, elle retombait dans les coussins et cachait son visage contre le dossier du divan. Quand elle se sentait inobservée, elle regardait par la fenêtre, depuis la pièce où il n'y avait ni pluie, ni soleil. Elle était maigre, mais robuste : le froid n'avait pas laissé de séquelles. Mais son âme et son esprit étaient faibles et maladifs, comme s'ils avaient gelé dans l'eau glacée.

Aurait-il dû, ce fameux soir, l'empêcher de sortir, bien qu'elle eût insisté, avec une opiniâtreté charmante, pour aller se dégourdir les jambes, et cela sans être accompagnée ? Aurait-il dû la suivre discrètement, et constater qu'elle sortait dans le froid sans chaussures et sans veste ? Le pire, c'était de penser qu'elle ne lui en voulait pas à cause de l'accident, mais bien au contraire – parce qu'on l'avait sauvée. C'est parce qu'il avait négligé son devoir de surveillance qu'une élève mineure avait traversé la forêt en pleine nuit, avait retiré de l'étang une Blanche-Neige à moitié morte. Il existe, pour un être humain, de multiples formes de culpabilité.

Même en réfléchissant intensément, Smutek ne voyait pas une seule raison pour laquelle sa femme aurait pu souhaiter mourir avant l'heure. Cette partie d'elle qui, peut-être, était volontairement entrée dans l'étang, ne le concernait pas davantage qu'un passant inconnu, et il n'entrait pas dans les projets de Smutek de faire plus ample connaissance avec elle. Une tentative de suicide aurait été une inconcevable trahison à l'égard d'une vie commune qu'il estimait heureuse. Il préférait se sentir coupable d'avoir causé un accident, et il assumait le châtiment de sa faute.

Le lundi matin, il la quitta à contrecœur après l'avoir priée de rester au lit jusqu'à son retour, et ressentit pourtant un petit soulagement sournois lorsqu'il eut refermé la porte derrière lui.

Il ne se sentait pas bien. A plusieurs reprises, il dut fuir le grincement agressif des semelles signées Nike et Reebok sur le sol de la salle de sport, pour aller s'asperger le visage dans le vestiaire des professeurs. Comme il était une fois de plus penché profondément sur le lavabo, il entendit une voix, crut d'abord à une hallucination acoustique annonciatrice d'une dépression nerveuse avant de découvrir dans le miroir une silhouette bossue. Höfi se tenait dans la porte, collé au montant aussi étroitement que s'il était incapable de tenir debout tout seul.

— Salut ! Elle est habitée, cette grosse caboche ?

— J'étais en train de me poser la même question. Smutek s'essuyait le visage et les mains à la serviette accrochée au mur. Tu as bien dit que vous m'attendiez dans l'arrière-salle du labo de chimie à la récréation ?

— Pile poil. Tu sais où c'est ?

L'arrière-salle du labo de chimie se trouvait au deuxième étage du vieux bâtiment, à l'extrémité d'une pièce qui, avec tout son contenu, faisait partie de ces choses datant de la fondation du lycée Ernst-Bloch et dont l'établissement se montrait fier. Grâce à une grille d'emploi du temps aussi complexe qu'une grille de Scrabble, tous les cours de sciences des grandes classes avaient lieu dans cette pièce. Elle avait vu plus d'un litre d'oxygène liquide, accompagné par les cris épouvantés des élèves, s'évaporer entre les sièges pliants comme une goutte d'eau sur un poêle brûlant. En dessous de la chaire surélevée, le linoléum qui recouvrait le plancher était enfoncé par la répétition annuelle de la plus simple de toutes les expériences, au cours de laquelle Lindenhauer laissait tomber d'une hauteur de trois mètres une grosse boule d'acier pour démontrer la force implacable de la gravité. La plupart du temps, l'espace était cerné de formules que le vieux professeur de physique écrivait à la craie sur les grands tableaux noirs ou à même les murs, en escaladant les tables et les chaises avec ses longues jambes d'échassier pris de folie, n'épargnant même pas les portes qui, sur le petit côté de la pièce, faisaient face au tableau principal. Derrière l'une de ces portes se trouvait un réduit de la taille d'une salle de bains, équipé de rayonnages supportant, comme ceux d'une pharmacie, des fioles en verre d'un marron vénéneux. C'est là que, depuis vingt ans, la chimiste Sonia Rosenhof préparait son café dans une cornue. Tous les lundis, au cours de la première récréation, elle recevait un petit cénacle composé de trois professeurs, si rapprochés sur leurs chaises pliantes que leurs genoux se touchaient. Le vieux Singsaal avait trouvé l'idée amusante et jetait à l'occasion un coup d'œil par la porte. Teuter, en revanche, craignait ces réunions où il soupçonnait les menées conspiratrices d'une société secrète hostile à ses projets. Ses tentatives d'y envoyer un observateur avaient échoué devant l'exiguïté du cagibi. Smutek savait parfaitement ce que signifiait cette invitation : il manquait quelqu'un.

Après le cours de sport, il se hâta de se doucher et de se rhabiller. Debout devant la bonne porte, il leva la main pour frapper et, l'espace d'une seconde, il prit à tort les signes inscrits à la craie sur le bois pour le C + M + B des trois Rois mages. *Christus Mansionem Benedicat.* Au deuxième regard, il identifia la formule d'Einstein : $E = mc^2$. Pour un peu, il s'en serait servi comme d'un mot de passe quand la porte s'entrouvrit et qu'il se trouva sans transition exposé au regard scrutateur de Sonia Rosenhof. Elle était occupée à servir le café, portait comme chaque jour l'un de ses innombrables chemisiers dont elle assortissait la couleur à des états d'âme tout aussi bariolés ; une crinière d'un roux artificiel couvrait coquettement son front. Höfi balançait le haut de son corps comme un babouin frappé d'hospitalisme. Assis près de lui, M. Tieur, le prof de maths qui avait pour habitude de se présenter aux élèves comme "M. Tueur avec un *i*", hérissait sa moustache noire de prolétaire en retroussant sa lèvre supérieure sur ses incisives. Comme tous les enseignants du lycée, Smutek savait qui étaient les occupants de ce refuge. En guise de bonjour, une question lui échappa :

— Où est Klinger ?

— Depuis que je fais le café ici – Sonia écarta une mèche de son œil droit pour pouvoir regarder Smutek d'un air prometteur –, notre équipe a changé deux fois du tout au tout. La vie, comme la marée, apporte les hommes et les remporte.

Elle était d'humeur littéraire et parlait sur le ton d'une téléphoniste chargée d'empêcher un client mécontent de formuler une réclamation.

— Le petit Klinger est parti, dit le mathématicien.

— Comment ça, "parti" ?

Le regard de Smutek trahissait une indéniable panique. Depuis plusieurs jours, il était en proie au sentiment lancinant d'ignorer ce qui se passait autour de lui, ce qui l'amenait à chercher partout les présages d'une catastrophe imminente. En cet instant, cette impression se traduisait par une nervosité aiguë. D'un geste apaisant, Höfi désigna la chaise libre.

— Il n'est pas mort, dit-il. On lui a signifié son congé pour la fin du semestre et il est suspendu. Il te passe le bonjour. Comment va ta femme ?

— Physiquement, ça va, merci.

Höfi, qui lapait sans interruption, avait vidé la moitié de sa tasse avant que Smutek ait pris la sienne. La tradition voulait qu'il n'y eût ni lait ni sucre. Smutek n'aimait pas le café noir. Sonia éteignit le bec Bunsen.

— Pendant que vous étiez à Dahlem, dit-elle, un élève a téléphoné à Teuter. Il accusait Klinger de harcèlement sexuel. Teuter a informé le ministère et aussitôt éloigné Klinger. Il n'était encore que professeur stagiaire.

— Qui est-ce qui l'a accusé ? demanda Smutek en pensant aux regards intenses que son collègue lui adressait à l'occasion.

— Toni. Cheveux longs, des boutons d'acné plein la figure. Un interne.

— Ben merde, alors.

Smutek, de sa main libre, essuya son front couvert de sueur. Il sentait les regards des autres dirigés sur lui. Normal qu'il transpire, après le basket.

— Tu te doutes pourquoi on t'a prié de venir ? demanda Sonia en se penchant vers l'avant, si bien qu'il pouvait voir la naissance de ses seins maternels dans l'échancrure du chemisier.

— Non !

Il parlait trop fort. Le prof de maths tournait sa tasse de côté et d'autre en regardant l'intérieur d'un air fasciné, comme s'il remarquait pour la première fois que le liquide qu'elle contenait obéissait aux lois de l'attraction terrestre.

— M. Höfling, dit Sonia en secouant ses épaules comme si elle dansait la samba, voudrait te parler.

Smutek eut peur de perdre quelque chose à l'instant même : le contrôle de soi, une certaine courtoisie, l'usage de la raison. La tension accumulée au cours des dernières semaines avait choisi ce moment précis pour se décharger. Des images défilaient devant son regard intérieur, comme pour les mourants à ce qu'on dit. Il voyait le chalet en Mazurie, sa femme dans l'herbe haute, sa femme pâle et froide sur le paillasson d'une auberge de jeunesse, le ricanement sarcastique de Teuter, le nouveau terrain de sport, Ada en train de courir avec ses jambes qui travaillaient comme des pistons. Sa respiration était rapide, il transpirait toujours.

— Ecoute-moi bien. Höfi lui parlait calmement, comme à un malade. Peut-être que ce Toni a été acheté. Ou qu'il a subi des pressions. Peut-être que Klinger en savait trop, ou bien quelqu'un du lycée déteste les homos. Nous n'apprendrons jamais la vérité. Le problème, c'est que la vérité n'a aucune importance. Tu comprends ce que je veux dire ?

L'interpellé sursauta, brutalement arraché aux images que la voix de Höfi avait accompagnées d'une bande sonore adéquate.

— Non !

— Pour anéantir n'importe lequel d'entre nous, dit le matheux, il faut exactement autant de temps qu'il en faut à une idée pour passer de l'hémisphère cérébral gauche à l'hémisphère cérébral droit. C'est plus clair, comme ça ?

— Renseigne-toi un peu en haut lieu sur ta cote de popularité, dit Höfi en reposant sa tasse vide.

— Ça rime à quoi, toutes vos salades ? demanda Smutek. Vous croyez que j'ai la main baladeuse ?

— Evidemment non, répondit Höfi. Mais entre ce qu'on croit, ce qu'on sait, ce qu'on veut et ce qui arrive, il n'y a aucun point commun. C'est un vieil historien qui te le dit.

Du couloir principal parvenait l'écho assourdi de la sonnerie. Le groupe se leva bruyamment en repliant les chaises.

— A lundi prochain, dit Sonia sur le seuil, même heure, même lieu.

Bien que Smutek soit parti à la hâte sur ses longues jambes, Höfi le rattrapa au milieu du tunnel aérien. Il avait surgi derrière lui comme sur des rails, tel un spectre grimaçant dans un train fantôme. De tous ses collègues, Höfi était son préféré, mais en cet instant il aurait aimé rejeter la main sempiternelle qui se posait sur son bras, et poursuivre seul son chemin. Höfi chuchota quelques mots dans l'oreille qu'il lui tendait et s'éloigna sans un salut, tel le messager secret d'une machination mafieuse.

Après avoir reçu la nouvelle, il resta dans le tunnel, blême et immobile, regardant les élèves qui le dépassaient en hâte à droite et à gauche, sans bruit, en accéléré, impression due à un ralentissement passager de son activité cognitive. Il se sentait à l'écart des événements comme si, au lieu d'appuyer son dos à la vitre, il se tenait à l'extérieur, le nez collé à la paroi de verre. D'un seul coup, la détente s'installa, amenant l'épuisement comme le vent d'automne amène la pluie. Cet homme grand, à l'ossature lourde et aux muscles puissants, avec ses jambes vigoureuses et ses bras velus, crut soudain qu'il ne pourrait plus jamais mettre un pied devant l'autre. Il avait envie de se laisser glisser le long de la paroi et de se recroqueviller sur le sol, la tête entre les genoux, les genoux enserrés dans les bras, de se ramasser sur lui-même comme une boule humaine pour offrir au monde le moins de surface possible. Il avait le mal de mer. Il venait de passer un de ces virages serrés que réserve le destin, dans lesquels les événements se pressent tandis que les remous de la rive font tanguer dangereusement la plus stable des embarcations – jusqu'au moment où tout débouche sur les eaux peu profondes de la prochaine ligne droite.

Quand le gros des élèves eut disparu dans les salles de classe, que les couloirs furent vides, les idées de Smutek s'éclaircirent en découvrant l'habituelle simplicité des enchaînements. Trois jours auparavant, il avait failli perdre sa femme. Entre-temps, Teuter était parvenu à mettre à la porte du lycée le premier des adversaires hérités du long mandat de son prédécesseur Singsaal. A la suite de quoi Smutek recevait de la part de ses collègues des mises en garde extravagantes, et Höfi en personne, lui qui savait exactement ce qui s'était passé à Dahlem, qui savait à qui Mme Smutek devait la vie, lui avait dit expressément à l'oreille : "C'est pour ton bien. Prends tes distances avec cette fille."

C'était déplaisant, mais pas surréaliste. Höfi était un être humain, non une créature imaginée par Buñuel ou Tarantino. Il ne voulait que son bien. Comme tous les autres, il était nerveux à l'idée que le cas Klinger puisse être le premier d'une longue série. Cela n'avait rien à voir avec Smutek, et encore moins avec Ada.

Smutek attendit que plus un seul élève ne se trouve à portée de vue ou de voix, se tapa deux ou trois fois la tête contre la vitre, légèrement d'abord, puis de plus en plus fort, s'en détacha d'un coup sec en s'aidant de ses deux mains et sauta plusieurs fois sur place, les pieds joints, avant de poursuivre son chemin d'un pas mesuré pour démarrer, avec un retard insignifiant, son prochain cours d'allemand.

Noël II

ON l'invite quand ? Pour Noël, qu'en penses-tu ? Elle mange de la viande ?

Quand Smutek rentrait, son épouse, assise sur le bord de la fenêtre, se réchauffait en tenant entre ses mains une tasse de thé, un de ces mélanges qu'elle refusait de boire quand c'était lui qui le préparait. Tout en parlant, elle regardait par la fenêtre, les yeux trop grands ouverts, les sourcils relevés à un point qui devait être douloureux. Dehors, des voitures parfaitement rangées, sans la moindre place libre, museaux contre arrière-trains, sous les arbres dénudés de l'avenue. S'épaulant mutuellement à la perfection, les anciens immeubles se blottissaient les uns contre les autres, tous ornés de stuc et plus hauts que larges, allure intellectuelle oblige. De nombreuses fenêtres étaient déjà éclairées alors même que le crépuscule devait encore se faire attendre quelque peu. Dans cette rue, que Mme Smutek importunait du regard depuis des heures, vivaient les gens les plus heureux de la ville. Ils étaient jeunes, avaient un travail qui leur plaisait, possédaient une belle voiture, des enfants, voire un chien qu'ils avaient ramené de leurs récentes vacances en Andalousie. Le jour où Smutek, peu avant leur déménagement pour Bonn, avait déniché l'appartement de leurs rêves, il n'avait pas conscience d'être sur le point de s'installer dans une réserve naturelle : celle qui abritait les derniers Allemands heureux. Depuis quatre ans déjà Mme Smutek et son mari se délectaient chaque jour des lames blondes de leur parquet, de leurs encadrements de portes sculptés, de leurs pièces calculées un peu trop justes et de tout un équipement disparate qui datait encore en grande partie de l'époque où ils étaient étudiants et qui comprenait toujours des tasses aux anses cassées, des fauteuils usés jusqu'à la corde et des tableaux peints par des amis. Il n'était pas facile de rester, dans ce genre de rue, à la fenêtre de ce genre d'appartement, avec une tête de détenu en grève de la faim. Mme Smutek en était capable. Tous les jours, elle demandait ce qu'Ada voulait manger.

— J'aimerais bien faire du poisson, mais je ne sais pas si j'y arriverai.

— Tu n'as qu'à faire des *pirogi ruskie*, avait coutume de répliquer Smutek à ce point de la discussion. Ta mère t'a certainement appris à les faire.

— Je n'ai pas de mère, répondait Mme Smutek tout en détournant enfin les yeux de cette fenêtre pour le regarder d'un air provocateur.

— Je sais. Contrairement à la tienne, la mienne est déjà morte.

— C'est moins grave.

— N'importe quoi, disait Smutek à voix basse. Tu devrais arrêter de parler de ces histoires de cuisine. De toute façon, on ne l'invitera pas, cette Ada.

Mais Mme Smutek ne l'écoutait déjà plus, elle venait tout simplement de se déconnecter, elle avait appuyé sur un bouton, c'était fini. Plus tard, Smutek lui retirait des mains le thé dont elle ne buvait plus depuis qu'il était entré dans la pièce ; il soulevait ensuite sa femme, allait la déposer dans son lit et la recouvrait. Parfois tout laissait penser qu'elle était sur le point de pleurer, mais ça finissait toujours dans un murmure sans larmes. Je viens de nulle part. Je n'ai pas de chez-moi. Je n'ai pas de parents. Je n'ai pas de passe-temps. Je n'ai pas d'enfant… – Mais enfin, il y a moi, tu m'as ! – Peut-être ne puis-je pas t'avoir non plus, sans origine, sans chez-moi, sans famille. Peut-être n'ai-je rien. Peut-être est-il nécessaire qu'il en soit ainsi, peut-être le néant est-il notre destin, le destin d'une génération d'exilés. – Il n'y a pas de destin, répondait Smutek. Il n'y a que nous.

Il n'avait pas envie de lutter, il était faible. Les mots prenaient un goût fade sur sa langue, qu'il parle allemand ou polonais n'y changeait rien. Il se rendait alors dans la cuisine, prenait un verre dans l'armoire et le remplissait de vin : il était froid car la bouteille sortait du réfrigérateur. Il existait des impasses où l'on s'engageait par mégarde et dont on ne pouvait sortir en faisant simplement demi-tour. Smutek le savait bien. Il fallait attendre que le plan des rues qui constituent notre vie soit déplié différemment, que ce lacis de rues pivote sur son axe et qu'on retrouve tout seul le chemin de la liberté. Il arrivait qu'il n'y ait vraiment plus rien à faire ; on avait beau le souhaiter, c'était inutile.

Un beau jour, peu avant Noël, et alors que rien ne distinguait cette journée ni des précédentes ni des suivantes, Mme Smutek cessa de parler de cette invitation. Il n'en fut plus jamais question. Dans les rares échanges qu'ils avaient encore, Ada ne fut plus évoquée : son nom fut effacé comme une intolérable souillure. Comme s'il ne restait plus grand-chose à dire une fois Ada disparue de son champ lexical, Mme Smutek parla de moins en moins et finit par tomber dans un mutisme total. Elle ne quittait plus son appartement. Le médecin lui prolongea son arrêt de travail jusqu'à la fin de l'année et exhorta Smutek à ne pas interférer dans le processus d'oubli engagé par son épouse. Il lui recommanda de ne plus évoquer cette fameuse Ada, pas plus que Höfi d'ailleurs : le mieux étant encore de ne plus parler du tout du lycée Ernst-Bloch, ni de l'eau, ni du froid, ni de la nuit, ni de la forêt. Il qualifia l'état de Blanche-Neige de syndrome dépressif post-traumatique. Selon lui, il faudrait du temps, de la patience et quelques visites chez le psychologue après le Nouvel An.

Aux yeux de Smutek, les dépressifs étaient des faibles qui refusaient d'affronter la vie. De plus, pour lui, il était naturel de parler de tout : le détail le plus insignifiant, pour peu qu'on le passe sous silence, relevait déjà presque du mensonge. Il lui était difficile de ne pas parler. Sa critique impertinente avait disqualifié Höfi jusqu'à nouvel ordre comme interlocuteur possible ; or, en dehors de l'établissement, Smutek n'avait pas d'amis dans cette petite ville au bord du Rhin.

Voilà qui explique que personne n'ait su que le travail avec le groupe d'athlétisme se transforma, pour des impératifs saisonniers, en entraînement solitaire à la course avec Ada. Ada courait par tous les temps et, comme Smutek avait décidé d'ignorer les avertissements de Höfi, plus rien ne s'opposait à ce qu'il l'accompagne.

Tandis qu'ils foulaient côte à côte le sol gelé, enveloppés d'un nuage de vapeur, entourés d'un tableau déclinant le blanc sur tous les tons, Smutek, échappant à l'exiguïté familiale, ouvrait grande sa gorge et laissait s'évader quelques pensées emprisonnées qui glissaient sur sa langue et prenaient le large. Quand il remarquait lui-même que ses discours se faisaient trop personnels, il passait au polonais. De toute façon, quoi qu'il dise, Ada ne réagissait à rien. Son silence permanent laissait penser qu'elle ne faisait pas attention à ce qu'il disait, ou du moins qu'elle aurait tout oublié avant la fin de la séance d'entraînement.

Sans en avoir jamais parlé, ils se comportaient pendant les cours comme si de rien n'était, comme s'ils n'avaient rien en commun. Smutek vouvoyait Ada comme tous les autres et la traitait avec une courtoisie ordinaire, et pourtant elle se distinguait depuis peu par un comportement tout à fait singulier. Elle et Alev réagissaient comme deux chiens de berger courant autour du troupeau, sans que le berger leur ait demandé quoi que ce soit.

Le succès du cours d'option de Smutek dépassa toutes ses espérances ; certains jours, cela prenait même des formes franchement surprenantes. Smutek ne se berçait pas d'illusions : ni sa préparation minutieuse ni ses capacités d'enseignant ne pouvaient expliquer un tel miracle. Peu à peu, Alev et Ada avaient pris solidement le cours en main, dictant le niveau des échanges, récompensant la curiosité et l'attention par des réflexions flatteuses et contrant les attaques des fumistes par des expéditions verbales punitives auxquelles personne ne trouvait rien à opposer. Alev savait s'y prendre pour avoir toujours les rieurs de son côté. Ils se renvoyaient la balle avec une rapidité et une précision qui provoquaient l'admiration de Smutek. Ils semblaient pressentir le moindre mouvement de l'adversaire et accueillaient chacune de leurs victoires avec une froide et totale absence d'émotion. Ils prenaient grand soin d'éviter que Smutek ne soit pris entre deux feux, se retiraient au moindre signe de désapprobation de sa part et attendaient une nouvelle opportunité pour repasser à l'attaque. Smutek avait beau se vanter d'être sans doute le premier enseignant au monde à obtenir de ses élèves des dissertations intéressantes sur *L'Homme sans qualités*, il n'en fut pas moins gagné insidieusement par un certain malaise. Il ne pouvait s'empêcher de penser que ces deux-là avaient une idée derrière la tête.

Noël arrêta pour un temps le cours des événements. Une fois encore, en cette époque dorée entre toutes, les cœurs blessés et les cerveaux tordus réussirent à surmonter cette fête du bonheur, une de plus. Höfi tenait la main de sa femme et lui donnait à la cuillère un peu de semoule chaude tout en mangeant lui-même, assis sur le bord du lit, un petit poisson qui avait gardé le goût de la mort frétillante de toute sa tribu prise dans un chalut. Smutek, accompagné de sa femme, s'envola pour Paris, une ville dont il avait horreur et qu'il parcourut pendant trois jours sous une légère couche de neige. Mme Smutek était vraiment séduisante avec ses cheveux sombres et son bonnet rouge, et comme Smutek l'aimait profondément il lui épargna la question qui lui brûlait la langue : veux-tu un enfant de moi ? La veille de Noël, Ada partagea un cuissot de sanglier avec sa mère, et le lendemain de Noël un râble de lièvre avec le général de brigade : elle se demanda si ces deux animaux avaient eu l'occasion de se croiser. Durant cette même nuit elle courut jusqu'à la rue où habitait Alev, lança de petits cailloux contre la fenêtre éclairée de la pension où il n'y avait rien, sinon un mercredi soir ordinaire, et Alev finit par la rejoindre ; ensemble ils contournèrent la maison et se rendirent dans le jardin où régnait une profonde obscurité. Adossée à la nuit, visage clair sur fond noir, Ada roula deux cigarettes, une pour elle, une pour lui. Une lune couleur biscuit se cachait dans l'entrelacs des nuages. Ils se souhaitèrent un joyeux Noël pendant que la flamme du briquet allait de l'un à l'autre, danse de lumière tremblotante embellissant leurs visages. Tous les protagonistes sentaient que la nouvelle année était sur le point de s'installer. Tous n'y survivraient pas. Et à la fin personne ne serait tel qu'il avait été au début.

La prophétie, deuxième partie

LA PORTE de la pension arborait, tracées à la craie, les initiales toutes fraîches des Rois mages. Alev dut s'y reprendre à deux fois pour introduire la clé dans la serrure. Le deuxième semestre avait commencé, et il était excité et épuisé comme un cambiste à la réouverture de la bourse après la pause de Noël. Quand il voulut voir ce que devenait Amila, il trouva son père assis sur le canapé, d'excellente humeur, tel un quatrième Roi mage, à la traîne, tout juste arrivé d'Orient. A côté de lui une valise ouverte pleine de cadeaux. Un seul coup d'œil révéla à Alev les objets habituels, toujours les mêmes : montres, chaussures de dame, porte-clés en argent massif. En l'honneur de cette journée, Amila portait une robe rouge et servait le café dans de minuscules coupes en cuivre à longue tige posées sur un petit plateau.

Dehors, les sapins de Noël dont on s'était débarrassé adhéraient au sol gelé ; rues, murs, voitures et arbres étaient tendus d'une couche de givre comme d'un bas de nylon clair. Le père de famille demanda des nouvelles de Maurice, qui n'avait pas refait surface depuis la Saint-Sylvestre, et proclama son intention d'emmener dans les meilleurs délais toute sa famille au Soudan. Alev proclama sa décision de fréquenter jusqu'à nouvel ordre un internat réputé de Bonn. Il ne fallut que quelques minutes pour qu'ils s'affrontent les yeux dans les yeux, Alev et l'homme dont les testicules, paraît-il, étaient pour moitié dans son existence. Le père recula en titubant, heurta un placard, un vase vide tomba sur le sol, la logeuse se précipita dans la pièce aussi rapidement que si elle s'était tenue aux aguets derrière la porte.

Alev avait depuis longtemps repris place près de sa mère sur le canapé, dont le siège moelleux leur courbait l'échine comme à deux pénitents. Le père explorait le tapis de ses mains tâtonnantes, apparemment à la recherche de lunettes qu'il n'avait jamais portées. Ayant empoché cent euros pour le vase intact, la logeuse souhaita à tout le monde une excellente nouvelle année. Quand elle fut sortie, le père secoua en riant la poussière de son pantalon, posa une main sur l'épaule d'Alev et se déclara prêt à subvenir pendant trois ans aux frais de scolarité et d'internat. Alev remercia et quitta la scène afin de laisser ses parents fêter leurs retrouvailles. Il avait un autre rendez-vous d'affaires. Un professeur avait été viré. A présent, il s'agissait de vérifier si la deuxième partie de la prophétie s'était réalisée comme prévu.

— Entrez donc. Vous savez qu'on m'a beaucoup parlé de vous, n'est-ce pas ?

Un clin d'œil mutin, trop appuyé, caricature d'une mimique équivoque et pourtant, c'était sérieux. La mère d'Ada semblait avoir été surprise au cours d'une activité fatigante. Sa respiration était rapide, quelques mèches échappées de sa coiffure égyptienne rebiquaient sur les côtés. Tandis qu'elle précédait Alev dans l'appartement, elle se retourna plusieurs fois comme pour s'assurer qu'il la suivait.

Toutes les portes étaient ouvertes. Là-bas, la table de la salle à manger, dont Ada lui parlait quelquefois tandis qu'il faisait mine de ne pas écouter. Plus loin, l'escalier en colimaçon, qui devait conduire aux scènes de la vie privée. Les rares meubles, à leur façon moderne, avaient l'air perdus, comme si personne ne s'en était jamais servi. La mère d'Ada pilota Alev sur le parquet miroitant et lui désigna un petit canapé de rotin près de la porte de la terrasse. Le fauteuil le plus proche était éloigné de cinq bons pas.

— Vous n'avez pas de veste. C'est vrai que vous habitez tout près.

Il n'eut pas le temps de se demander si Ada avait vraiment dit où il habitait, car dans les monologues de sa mère les sujets se passaient le relais comme des coureurs professionnels.

— Ménage de femmes ! s'exclama-t-elle subitement. Savez-vous que vous êtes le premier homme qui l'instigue à s'épiler les sourcils ?

— Je l'ignorais, dit Alev, interloqué par le verbe "instiguer". Sans se poser de questions, il était parti du principe que le langage élaboré dont Ada usait lui venait d'un de ses pères. Il était assis très bas, la mère d'Ada le dominait de bien trop haut. Elle émit un gloussement exalté :

— Olaf était un gentil garçon, mais moins intéressant que vous. Votre père est arabe, je crois ? Qu'est-ce qu'il fait dans la vie ?

Elle disparut dans l'entrée, si bien qu'Alev put murmurer sa réponse à l'intention des murs :

— En ce moment même, il baise ma mère ou il la cogne, sans doute les deux à tour de rôle.

— Je m'en doutais.

Quand elle ressurgit, elle apportait deux verres à cognac et une bouteille, et pria Alev de les servir :

— A la santé des hommes !

Le cognac réchauffait de l'intérieur ; encore deux ou trois verres, et il cesserait enfin d'avoir froid.

— Mon ex-mari travaille au ministère de la Défense. Il espérait être muté à Berlin. Manque de bol. C'est ainsi que nous sommes tous restés coincés dans ce trou, une grande famille de survivants qui se donnent toutes les peines du monde pour s'éviter mutuellement.

Le bruit d'une clé dans la serrure le dispensa de répondre. Alev reconnut dans l'entrée le pas lourd des rangers d'Ada.

— Entre ! lança sa mère, regarde un peu qui est là.

Vêtue d'un gros blouson, les joues rouges de froid, les jambes de son pantalon décorées de petits paquets de neige, Ada ressemblait à une jeune Esquimaude égarée dans une pièce chaude et qui commence à fondre sur les bords. Quelques cheveux s'écartaient de sa tête, s'efforçant de suivre le bonnet qu'elle venait d'ôter. Les lampes à halogène du vestibule lui faisaient une sorte d'auréole.

— On monte dans ma chambre, dit-elle en ôtant son blouson.

— Pas la peine, dit sa mère. Je file dans la cuisine, on ferme les portes, vous serez tranquilles.

Elle resservit du cognac, sans avoir touché au sien.

— Alev n'a qu'à monter son verre, dit Ada d'un ton ferme, tout en lui faisant signe de se lever.

Sa mère se rua sur elle et l'attrapa durement par le bras.

— Alev est mon invité. Assieds-toi.

Ada laissa aller son bras comme si sa mère était un chien d'attaque qui mord plus cruellement quand on se défend.

— Maman, dit-elle posément, je te remercie pour tout. Nous redescendrons tout à l'heure, et Alev boira encore un verre avec toi. D'accord ?

Les lèvres de sa mère bougeaient sans émettre un son.

— Merci beaucoup pour votre hospitalité, dit Alev qui s'était avancé près d'elle. Il saisit la main d'Ada ; elle reposait, froide et inerte, dans la sienne. Tandis qu'il lui faisait traverser la pièce en direction de l'escalier, la mère d'Ada, debout entre fauteuil et canapé, faisait encore aller ses lèvres en un discours muet et les suivait du regard avec la mine d'un enfant qui s'attend à retrouver les monstres familiers dès que ses parents le laissent seul le soir. Quand ils eurent atteint le palier supérieur, une porte claqua au rez-de-chaussée.

La porte de la chambre d'Ada grinça. Quelque chose coinçait. Alev grimaça un large sourire ; de sa bouche semblait sortir un courant d'air froid, qui effleura le cou d'Ada et fit courir un frisson le long de son dos.

— Ce n'est pas possible.

L'un suivant l'autre, ils s'insinuèrent dans la chambre et se tinrent en silence au milieu de la pièce, tout près l'un de l'autre faute de place pour poser les pieds, et regardèrent autour d'eux. Les rideaux de couleur, arrachés, gisaient en tas au sol. Le matelas était relevé, les draps enlevés et jetés de côté, l'armoire ouverte. Une main hâtive avait vidé les casiers inférieurs, les sous-vêtements traînaient parmi d'autres habits, lacets et bretelles se tortillaient au milieu du chaos comme des vers de toutes les couleurs. Les tiroirs du bureau étaient renversés sur le sol, feuilles de cours et trombones avaient filé jusque sous la porte. Le bric-à-brac accumulé de quinze années d'existence avait été battu comme un jeu de cartes, rassemblé et dispersé en une flaque de matériaux divers qui formait des angles nets là où on avait soulevé le tapis. Mais le pire, c'était les livres. On les avait sortis de l'étagère par piles entières pour les jeter sur le sol après les avoir empoignés par la couverture et les avoir secoués de tous côtés : à présent ils gisaient face contre terre, leurs pages froissées sous le poids de leur corps, amas d'êtres sans défense à la nuque brisée. Le sourire grimaçant d'Alev était devenu si large qu'il joignait presque les deux oreilles, et Ada ne put s'empêcher de rire.

— Alors, demanda-t-il, qu'est-ce que tu en dis ?

D'eux-mêmes, leurs bras s'enlacèrent ; hanche contre hanche, ils contemplaient religieusement le désordre qui s'étendait à leurs pieds. Le visage d'Ada était aussi animé que si un banc de poissons nageait juste sous la surface.

— Impressionnant. Tu t'y es pris comment ?

— Tu connais Odetta ?

— La belle Junon ? A l'assemblée générale de septembre, tu t'es arrangé pour qu'elle soit élue déléguée.

La grimace d'Alev se transforma en sourire complaisant. Sans demander l'avis de personne, il avait proposé Odetta pour la fonction de déléguée des élèves et prononcé dans le grand amphi un discours électoral enflammé en sa faveur. De cette façon, il s'assurait une influence sans avoir à s'astreindre aux fastidieuses réunions hebdomadaires sur les canapés usés du bureau des élèves.

— Avec quelques instructions, elle a réussi non seulement à se faire élire, mais à se mettre dans les bonnes grâces de Teuter. Ta mère a dû recevoir un coup de fil de la direction.

— A quel sujet ?

— Drogue. Rien d'autre qu'un vague soupçon, loin de suffire pour une enquête officielle, mais Teuter exploite toutes les possibilités. Ce qui attire sur toi son attention, c'est ton intelligence ainsi que tes bonnes relations avec Smutek et Höfi. Tu comprends ?

— Bien sûr.

Alev saisit les jambes de son pantalon juste au-dessus du genou et les releva de quelques centimètres avant de s'asseoir en tailleur, les jambes repliées sous lui. Le mouvement souleva une vague d'odeur corporelle qui vint frapper Ada et se referma au-dessus de sa tête. Elle laissa tomber le livre qu'elle venait de ramasser et ferma les yeux, en adoration muette devant l'étagère vide. L'odeur mouilla ses lèvres et son palais, descendit dans sa gorge et vint assouvir une faim avec laquelle elle avait si bien appris à vivre que la moindre nourriture suffisait à la réveiller. A deux mètres de distance, elle sentait la peau d'Alev toucher sa chemise aussi distinctement que s'il s'agissait de son propre corps.

— Il pourrait y avoir des suites, dit-elle sans ouvrir les yeux, pensant aux courses occasionnelles qu'elle avait faites pour Rocket aux abords de la gare.

— Rien de grave, dit Alev. Là où il n'y a rien, on ne peut rien trouver.

— *Ex falso quodlibet*, rétorqua Ada.

— Qu'est-ce que ça veut dire ?

— Quand les prémisses sont fausses, on déduit ce qu'on veut.

Il rit sans bruit, elle entendait sa respiration saccadée.

— Ce n'est pas le problème, dit-il. Nous sommes au beau milieu des conséquences d'un exorcisme maladroit. On commence à nous craindre. Mis en présence l'un de l'autre, nous réagissons comme le phosphore et l'oxygène.

L'image d'Olaf et d'elle-même traînant mine de rien près de la gare en attendant d'être abordés par un dealer amateur fut recouverte par les pinceaux gorgés de couleur de son imagination. Après un largage de bombes au phosphore sur Hambourg, des gens sautaient dans l'Elbe, refaisaient surface en flammes, luttaient pour retrouver leur souffle.

— Tu te souviens de nos conversations à Dahlem ?

— En ce qui te concerne, je suis autiste.

— A l'époque, tu te défendais contre des choses que j'essayais de t'expliquer.

— J'ai une répulsion congénitale envers l'ésotérisme.

— C'est tout à ton honneur. Pourtant, à partir d'aujourd'hui, nous aurons moins de mal à nous comprendre.

Les yeux fermés, c'était difficile de garder l'équilibre. Ada appuya sa main droite contre le mur et entendit Alev qui se relevait.

— Je vais te dire ce qu'on va faire maintenant. Ouvre les yeux, cherche dans ce tas d'ordures un gros pull-over chaud pour moi et mets ton blouson. On va se promener.

La lumière du plafonnier était aveuglante, des points rouges et noirs tournoyaient dans l'air, Ada dut cligner plusieurs fois des yeux avant que les objets cessent de danser et restent tranquillement à leur place.

Sa mère vint à leur rencontre sur l'escalier. Ada lui avait vu si souvent les yeux barbouillés de larmes noires qu'ils n'étaient plus pour elle qu'un avatar ordinaire du visage bien connu. Les belles mains fines voletaient comme des oiseaux effarouchés autour des voitures.

— Laisse tomber, dit Ada. Tu n'y es pour rien. C'est Teuter qui t'a fait disjoncter.

— Qui t'a dit ça ?

L'intonation de sa mère était proche de l'hystérie. Pour faire face à ce genre de situation, Ada possédait un bouton dans sa tête sur lequel elle pouvait appuyer pour remettre à zéro toutes ses émotions et faire fonctionner le système un moment sur batterie de secours.

— Notre directeur, dit Alev, souffre de troubles paranoïdes. Votre fille est la plus intelligente du lycée, ce qui rend certains enseignants nerveux. Parlez-en à l'occasion à notre professeur principal.

La mère retrouva sa respiration, l'évocation de Smutek était plus efficace que du Valium. Cette fois, ce fut Ada qui prit la main d'Alev.

— Le malentendu sera dissipé en un tournemain. Bonne nuit.

Quelques battements d'ailes les amenèrent en bas de l'escalier et ils se retrouvèrent devant la maison, perturbés par l'obscurité précoce. En haut, toutes les lampes s'allumèrent une à une, éclairant la villa comme un palais en fête.

— Si tu as l'intention de m'exprimer ta reconnaissance, dit Alev, écoute-moi.

Villa Kahn. Le démon du jeu. L'univers est une goutte d'eau au bout de la truffe d'un chien

EN QUELQUES minutes les nuages se retirèrent comme autant de vaisseaux amiraux d'une flotte victorieuse. Au-dessus du Rhin une lune au ravissant profil de jeune fille faisait des clins d'œil à trois adolescents, habillés de grosses doudounes gonflées, qui, assis sur le dossier d'un banc, jetaient des cailloux sur une canette de Red Bull vide, sans remarquer les manœuvres d'approche de dame lune. Derrière eux, on entendait le bruit régulier d'une péniche faiblement éclairée qui naviguait en direction de la côte hollandaise sans jamais lever les yeux, phares puissants éclairant la voie fluviale qui s'étendait devant son mufle. Tout en haut, illuminant de ses rayons la nuit alentour, la soucoupe volante du Petersberg chantait la gloire des longues tables, des hommes importants et de toute cette époque glorieuse consacrée à ce qu'il est convenu d'appeler la maîtrise des conflits internationaux. Comme le froid accompagnait les deux promeneurs dans tous leurs mouvements, ils remontaient le fleuve d'un pas pressé, enserrant fermement des deux bras leurs propres corps.

Depuis peu, une clôture de chantier entourait la villa Kahn. Le nouveau maître des lieux avait lui-même, alors qu'il était encore lycéen, fréquenté les caves voûtées et les créneaux de cet étrange château pour y apprendre la drogue et les premières amours : voilà pourquoi, dans l'attente de l'arrivée des engins de chantier, il avait laissé une brèche dans cette enceinte qui permettait aux jeunes de continuer à pénétrer sur son terrain.

Pour entrer dans la maison, il suffisait de sauter par une fenêtre de la cave. A l'intérieur, rien n'avait changé. Les murs exhalaient une odeur de dents cariées et de troubles digestifs, une maigre lueur tombait des puits de lumière dans les plafonds voûtés. A hauteur de la taille, dépassant du mur, de solides anneaux de fer dont on préférait ne pas savoir à quoi ils avaient bien pu servir. Alev ramassa quelques mouchoirs froissés et des canettes de bière pour les jeter dans un coin. C'était un adepte du chaos organisé.

Comme à l'intérieur d'une coquille d'escargot, ils gravirent les marches de l'escalier tournant qui menait à la tour. Arrivés en haut, le vent les projeta dans un coin où ils s'accroupirent, serrés l'un contre l'autre. Par endroits, la balustrade était démolie, ouvrant une perspective sur le fleuve paresseux dans son habit de lumières nocturnes. L'excellente acoustique de la vallée du Rhin permettait aux battements de cœur rapides du vapeur de monter à pleine puissance jusqu'ici.

— Si tu veux continuer, il faut que tu changes ta façon de penser, dit Alev tout en soulevant légèrement son bassin du sol pour fouiner dans ses poches. Il finit par mettre au jour un paquet de tabac et une petite boîte à pellicule photo avec un couvercle vert. Le néant est une menace, la raison apprend très vite à l'occulter. Il faut que tu apprennes à le dégager.

— Attends voir. Continuer quoi ?

— Je n'ai toujours pas de réponse à cette question. Pour l'instant, ça n'a d'ailleurs pas d'importance. Tu veux, oui ou non ?

Il avait dit ça comme s'il avait voulu inviter Ada à se soumettre à une épreuve initiatique pour prouver son courage avant d'être admise dans une bande. Elle ne put s'empêcher de sourire mais il ne s'en rendit pas compte, car tout en parlant il avait les yeux rivés sur le petit chantier entre ses genoux où ses doigts assemblaient trois feuilles de papier à cigarettes placées en forme de pyramide. Aussi concentré que s'il désamorçait une bombe, il avait les yeux fixés sur son travail.

— C'est oui. Mais dis-moi comment je pourrais dégager une chose qui n'existe pas.

— Par un jeu de l'esprit. Imagine-toi un cadavre.

Ada fit l'effort de créer un mort, couché là, à même le sol, juste devant ses jambes étendues. C'était un homme au milieu de la quarantaine, pour tout vêtement il portait un slip. Il avait des taches noires un peu partout, comme une vache, et devait être là depuis un moment. Le froid avait pris la relève de la rigidité cadavérique. D'un simple coup d'œil, on sentait la raideur de ses membres qu'il n'était plus possible de plier parce qu'ils se briseraient.

— Tu ressens quoi ?

— Du dégoût et de la fascination.

— C'est une réaction instinctive. Tout animal a un mouvement de recul face à un de ses congénères morts. Imagine maintenant qu'il s'agit de ton beau-père.

— C'est déjà fait.

Le rire d'Alev fut renvoyé par les murs. Tout en humidifiant d'un coup de langue le papier à trois feuilles et en le roulant avec son contenu pour en faire un petit cornet, il considérait Ada d'en bas, les yeux tournés vers le haut comme un animal en train de s'abreuver dans une flaque d'eau. Habituellement elle évitait de regarder la pointe de sa langue qui passait sur le bord de la feuille pour la coller. Ça lui faisait perdre l'équilibre. Quand il eut allumé cette cigarette surdimensionnée, Alev la lui tendit. Elle avait un goût de terre de forêt, un goût si intense qu'il était impossible d'imaginer toutes les petites bêtes qu'elle avait pu renfermer.

— Tu vois ! Les yeux d'Alev rougirent après quelques bouffées seulement ; Ada de son côté ne sentait absolument rien. Pour certains, l'horreur d'un enterrement vient de leur incapacité à ressentir quoi que ce soit. Ils éprouvent une frayeur mortelle face à ce vide, ils ont honte et leurs proches interprètent à tort ce trouble comme l'expression naturelle de la douleur face à la perte d'un être cher. On leur exprime les plus sincères condoléances. Ils portent en eux le fameux *No-thing*.

— Et ce sont tous des diables ?

— Non. Mais on leur a fait croire que ce qu'ils ressentent, ou plus précisément ce qu'ils ne ressentent pas, est mal.

Alev tira encore quelques bouffées rapides avant d'éteindre la cigarette. Quand il se laissa glisser en arrière, contre le mur du château, Ada posa la tête sur le haut de sa cuisse, une main sur sa ceinture, juste au-dessus de son sexe dont elle savait qu'il le portait côté gauche.

— Et s'ils s'en servaient, demanda-t-elle d'un ton rêveur, seraient-ils alors des assassins, des bandits et des violeurs ?

— Possible, mais pas nécessaire, bredouilla Alev. On peut avoir autant de raisons d'assassiner quelqu'un que d'agir avec bonté, tout comme on peut faire l'un et l'autre sans raison aucune. Ces gens-là seraient avant tout une chose – un bâillement en totale contradiction avec son enthousiasme habituel l'interrompit un instant –, ce seraient des joueurs.

Il parlait plus lentement, d'une voix engourdie, comme s'il avait bu, mais sa raison empruntait d'un pas léger des voies tortueuses qui, si elles ne permettaient pas d'aller directement d'un point à un autre, n'en atteignaient pas moins à une vitesse époustouflante les objectifs visés. Ada lisait sur ses lèvres et le comprenait, comme une mère qui comprend son enfant malgré son défaut de prononciation.

Selon lui, le jeu était l'unique domaine où l'homme pouvait trouver une vraie liberté : d'une part parce que le jeu impose l'égalité entre tous les joueurs qui sont confrontés aux mêmes conditions de départ, et d'autre part parce que s'y trouve réalisé l'un des principes fondamentaux de l'état de droit, le déroulement d'un jeu supposant la conformité avec ses propres règles.

— Liberté, égalité, état de droit, bafouilla Alev. Le jeu est l'incarnation même de la vie démocratique. C'est l'ultime forme d'être qui nous reste encore. L'instinct du jeu remplace la ferveur religieuse, domine la bourse, la politique, les tribunaux et les médias, et c'est lui encore qui depuis la mort de Dieu nous maintient en vie.

— Voilà donc ce que tu es, dit Ada toujours couchée sur la cuisse d'Alev. Un joueur.

Les dernières phrases avaient emporté toutes les forces d'Alev, il ne répondait plus ; les yeux ouverts, il était en proie à des pensées et à des rêves qu'il ne garderait pas en mémoire, qui n'étaient donc destinés qu'à l'instant précis où ils lui traversaient l'esprit. Du plat de la main, Ada lui effleura le front, tout doucement, comme si elle voulait qu'il ne le sente pas. A partir de cet instant, son nez, sa bouche, son corps tout entier, l'odeur de sa tête et la chaleur de la paume de ses mains furent siens pour une heure, pour elle seule.

Elle le prit dans ses bras. Tel un océan, le froid s'élevait au-dessus d'eux, montant jusqu'aux étoiles, points de lumière dérivant au fil de l'obscurité. Aux points de contact entre leurs deux corps s'installait une douce chaleur. Venue de nulle part, une goutte vint frapper le front d'Ada ; elle ne l'essuya pas, de peur de gâcher l'instant présent par un faux mouvement. On ne savait jamais tout ce qu'un mouvement, si infime fût-il, pouvait anéantir. Avec la lucidité embrumée d'une personne exténuée sur le point de sombrer dans le sommeil, elle vit devant elle cet univers où la terre était un électron tournant en compagnie de particules analogues autour d'un noyau atomique qui en assurait l'approvisionnement en énergie en même temps que la cohésion. E était égal à *m* fois c^2. Le soleil en son centre s'était aggloméré à d'autres atomes pour constituer une molécule qui avait formé ensuite, en s'associant à d'autres systèmes solaires similaires, une galaxie qui était peut-être une cellule ou encore un cristal, si bien que le cosmos dont parlaient les hommes n'était, à tout prendre, qu'une goutte d'eau au bout de la truffe d'un chien. L'infini lui aussi n'était qu'un problème structurel, rien de plus.

Comment se sentir alors ? Chaud à l'intérieur, froid à l'extérieur. Heureux. Bizarre.

A peine a-t-elle atteint sa vitesse de croisière que la nouvelle année fait usage de symboles défaitistes

La nouvelle année s'était ébranlée lourdement ; elle gagna de la vitesse dans les premières semaines de janvier en se délestant de quelques scories sur les vastes champs du passé, comme cela est inévitable après chaque changement d'année si on ne veut pas que l'histoire humaine, qui ne cesse de s'alourdir, finisse par étouffer sous son propre poids. Le grand nettoyage collectif des mémoires à l'occasion du changement de millésime est un devoir civique.

La mère d'Ada oublia que son enfant courait le risque de se droguer et d'autres risques pires encore, prit plaisir à la lecture de son excellent bulletin semestriel et laissa dans l'antichambre de Teuter un message téléphonique précisant que sa fille était clean à tous égards et qu'elle, sa mère, lui faisait une confiance totale. Smutek oublia qu'il avait cru naguère entretenir une relation harmonieuse avec une femme d'exception et se transforma sans peine en homme préoccupé par les problèmes d'une épouse névrotique. Il prenait plaisir à courir avec Ada, oubliant ainsi son projet de faire du lycée Ernst-Bloch un haut lieu de l'athlétisme. Ada oublia qu'il y avait eu naguère une vie sans Alev et que, même dans cette vie-là, elle se levait le matin pour aller à l'école et rentrait chez elle l'après-midi. Olaf oublia son désir de reconquérir Ada par des voies détournées et se contenta de haïr Alev et de s'attendre au pire.

Vers la mi-février, lorsque l'année eut atteint sa vitesse de croisière, la place était libre pour les événements qui devaient se produire et trouveraient leur conclusion le vendredi 16 juillet 2004, jour du procès. Seul Alev n'avait rien oublié. Ce qui fait la force d'un joueur, c'est sa capacité à se souvenir de chaque détail.

Chose curieuse, Smutek fut bon dernier à entendre parler du conseil de discipline. Dans l'après-midi du lundi suivant la semaine du carnaval, il invita Ada à courir avec lui et lui proposa de cesser de tourner en rond pour suivre la promenade aménagée au bord du Rhin, en direction d'Oberwinter. Cette fois, c'était lui qui fuyait devant quelque chose, et les toits bossus du bâtiment scolaire émergeant des frondaisons dégarnies ne lui seraient d'aucun secours. Ada n'y voyait pas d'inconvénient. La pelouse émettait des craquements comme si, sous leurs pas, se brisait l'échine de chaque brin d'herbe piétiné.

Jadis, en février, le Rhin charriait des blocs de glace et sa voix rugissante comme celle d'une machine tenait les gens en haleine des jours durant : cette époque était depuis longtemps révolue. A présent, des masses d'eau grise traversaient la ville, rappelant à Smutek la Vistule près de Cracovie, que les eaux usées déversées par les aciéries de Nowa Huta empêchaient de geler depuis des décennies. Il pensait au moment où sa mère, après avoir appris que son fils était prétendument mort en prison, avait sauté dans le fleuve hivernal pour rafraîchir définitivement un esprit que cette nouvelle avait mis en ébullition. Il lui semblait presque qu'on venait tout juste de lui communiquer, avec plusieurs décennies de retard, cette terrible information.

Ils dépassèrent l'embarcadère du bac et la boutique en plein vent dont le gérant gagnait des fortunes en découpant en rondelles avec des ciseaux de cuisine une saucisse au curry qu'il arrosait ensuite de sauce rouge tirée d'une bouteille en plastique. Ils dépassèrent l'*Hôtel du Rhin* au luxe décati, la piscine en plein air en train d'hiberner, l'embarcadère suivant. A la hauteur de Mehlem, Smutek se mit à pleurer et accéléra l'allure, si bien qu'Ada devait faire une foulée et demie quand il en faisait une. Il ne s'en rendait pas compte. Les événements dont il parlait l'épouvantaient, maintenant qu'il les racontait, encore plus qu'au moment où il les avait vécus. Pleurant et courant sans prendre garde aux efforts d'Ada ni aux regards que lui lançaient les rares passants, il rendait grâce à Dieu pour une seule chose : sa femme s'était sentie trop faible pour l'accompagner en Mazurie pendant les vacances de carnaval. Il était convaincu que dans le cas contraire elle n'aurait pas survécu aux événements.

Il était déjà au lit quand il les avait entendus dans le jardin, sur la pelouse fauchée à la main, sous les pommiers devant sa petite maison ; si jamais, en des temps qu'il espérait meilleurs, par exemple sous la chaleur d'un soleil printanier, il devait en parler à sa femme, il s'était juré de lui dire que c'étaient des Allemands. Pourtant, c'étaient des Polonais, des néo-fascistes polonais qui le prenaient pour un touriste allemand ou un déserteur ou un juif ou Dieu sait quoi. Quand la vitre de la porte donnant sur la terrasse avait volé en éclats, il était déjà sorti par-derrière et courait sur le chemin qui menait à la route. Ils le poursuivirent sur une certaine distance. Avec leurs jambes épaisses et leurs gros ventres, chaussés de bottes et brandissant des manches de pelles, ils n'auraient pas pu le rejoindre même s'il s'était contenté de trottiner paisiblement ; or il courait vite, aussi vite qu'en cet instant où il distançait presque Ada parce qu'il croyait entendre encore une fois derrière lui les pas lourds et le halètement de ces hommes. Quand il s'était retourné, ses poursuivants s'étaient depuis longtemps évanouis dans l'obscurité.

Il était revenu chez lui assis sur la banquette arrière d'une voiture de police, le blouson de cuir d'un agent sur les épaules, et ils étaient encore sur la route qu'il apercevait déjà le rayonnement d'un feu à l'horizon, une chaude lueur orange sous une lune orange, à l'endroit précis où se trouvait sa petite maison. Tremblant de tous ses membres, le regard fixé sur le lac, il attendit les pompiers. Tandis qu'ils éteignaient les ossements enflammés, il contemplait les arbres dénudés de l'autre rive. Il détourna rapidement les yeux quand enfin le squelette noir et trempé de sa maisonnette se dressa dans le ciel nocturne : ce qui restait d'une maison toute en bois.

La police photographia des croix gammées sur les piliers du mur du jardin. Elles étaient toutes tracées à l'envers, sans exception. On tapait sur les épaules de Smutek. On se passait des flasques d'eau-de-vie de quetsche. Il aurait voulu gifler leurs visages apitoyés en hurlant, *mój demek przez to nie wróci*, ce n'est pas ça qui fera revenir ma maison. Au lieu de cela, il passa la nuit sans rien dire sur la couchette d'une cellule de prison dont on avait intentionnellement laissé la porte grande ouverte. Le lendemain matin, il comprit qu'il avait encore eu de la chance : la majeure partie de ses bagages se trouvait déjà dans le coffre de sa voiture, parce qu'il avait l'intention de partir avant le lever du soleil. Il n'arrivait tout de même pas à s'en réjouir. Les policiers lui laissèrent leur minuscule salle d'eau pour qu'il puisse se doucher, éliminer de ses cheveux l'odeur de l'incendie, et raser les ombres qui noircissaient son visage. En début de soirée, il rentra chez lui sans souffler le moindre mot de tout cela à sa Blanche-Neige.

Smutek s'efforçait de ne pas penser à sa maison comme on pense à un cher disparu, en se remémorant la dernière fois qu'on l'a vu heureux et en bonne santé. Dans la nuit de l'incendie, il avait détourné les yeux ; à présent il voulait regarder les choses en face. Il voulait sentir l'odeur de l'herbe brûlée tout en sachant que quelques mois auparavant elle caressait, haute et superbe, les genoux de sa femme. Il voulait fouler en pensée la bouillie de cendres qui noyait la terrasse sur laquelle ils avaient fait l'amour, contempler les murs calcinés entre lesquels il avait trouvé le calme et la paix. Il fallait que quelqu'un d'autre le sache pour qu'il s'empêche lui-même de commettre des erreurs. Pour cela, il avait Ada, c'est pour cela qu'il fallait qu'elle voie ses larmes et entende sa voix étranglée. Quand il eut fini, ils avaient dépassé Mehlem, ils étaient sortis de la ville et couraient en direction d'Oberwinter, muets, hormis le mystérieux dialogue de leurs deux souffles. Puis Ada ouvrit la bouche et, pour la première fois depuis qu'ils couraient ensemble, elle prononça quelques mots :

— Le jour où on les chope, dit-elle, on leur arrache les carotides à coups de dents. Je suis prête à vous aider.

Aussitôt, il lui toucha l'épaule et ils firent demi-tour. Il était épouvanté par le sérieux avec lequel elle proférait ces absurdités sanguinaires pour lui donner du courage. Ce "on" lui faisait peur aussi, et surtout le vouvoiement qui lui rappelait qui ils étaient et où ils se trouvaient. Il se mit à s'excuser, pardonne-moi, je n'ai pas tout mon bon sens ; oublie tout ça, tu veux ; j'aurais mieux fait de me taire. Ils atteignirent en silence l'enceinte du lycée. Quand ils se séparèrent, Ada resta un moment plantée devant lui, lui fit signe de baisser la tête, attrapa son menton entre le pouce et l'index et appuya avec précaution, sentant sous ses doigts cette partie du visage qu'elle avait si souvent fixée du regard.

— N'ayez pas peur de haïr, dit-elle.

Déjà sur le départ, elle se retourna une dernière fois.

— Avez-vous pensé à demander pourquoi j'ai été renvoyée de mon ancien lycée ?

Il ne l'avait pas fait.

— J'ai fracassé le nez d'un élève plus âgé avec un poing américain. Je n'étais pas en état de légitime défense, si vous voulez tout savoir.

— Qu'est-ce que tu veux dire par là ?

— Je ne sais pas vraiment. Peut-être que ce garçon va me haïr pour le restant de ses jours. Il en a le droit. C'est la loi de l'espèce humaine.

Puis elle le planta là sans avoir dit un mot du renvoi dont Teuter l'avait menacée le matin même.

Le flop du conseil de discipline

LE JOUR suivant, le casier de Smutek contenait une enveloppe. Une réunion extraordinaire des professeurs était prévue pour le surlendemain avec un seul point à l'ordre du jour : un conseil de discipline pour la meilleure élève de la section. La tête de Smutek s'abaissa comme si un énorme animal pesait de tout son poids sur sa nuque. De ses deux coudes, il s'appuya à l'intérieur du casier, comme s'il voulait enfourner le haut de son corps dans le four d'une cuisinière à gaz, et pendant un temps il savoura la pénombre entre les deux parois. La force de se redresser, de glisser la feuille d'information repliée dans une de ses poches et de se mettre en route pour aller donner le premier cours de la journée, comme si de rien n'était, comme s'il n'existait pas de gens capables de brûler d'innocents chalets et personne pour tenter de se venger de l'existence d'une nouvelle piste en résine sur la jeune fille qui venait y courir le plus souvent, comme s'il n'existait pas davantage de Mme Smutek traversant furtivement et sans un mot leur appartement, retournant un objet après l'autre et racontant deux fois par semaine à un psychiatre que Smutek était pour elle l'incarnation d'un pays qui lui avait volé sa famille et son passé – cette force-là, la simple force de continuer, Smutek la puisait dans la haine évoquée par Ada.

Le lycée Ernst-Bloch avait été l'un des derniers établissements à supprimer la commission d'enseignants qui siégeait semestriellement, pour transférer ses pouvoirs à la direction du lycée. Parmi les décisions qui nécessitaient toujours la réunion d'une commission spéciale figurait notamment le renvoi d'un élève, qui était subordonné à une décision prise à la majorité des enseignants de l'élève en question. Passant rapidement en revue les noms des professeurs d'Ada, le groupe de la salle de chimie essayait d'évaluer la force respective des deux camps en présence et l'étendue de la zone tampon d'indifférence qui les séparait. C'était loin de suffire pour obtenir un renvoi. Pour Teuter, ce serait un coup d'épée dans l'eau. En esprit, Smutek eut la vision de carotides tranchées à coups de dents. Dans un des couloirs, Höfi le tira à nouveau par le bras. C'est ta faute, tu le sais bien. Tu aurais dû la laisser tranquille.

Dans sa voiture, il essaya de joindre Ada sur son portable. Attention, ceci est un appel illégal. S'il te plaît, ne viens pas à l'entraînement, jusqu'à ce que toute cette histoire se soit tassée. D'accord ? Bien sûr, puisque tu es toujours d'accord avec tout. Tu as parlé à tes parents ? J'en étais sûr. Normalement, je devrais les mettre au courant. Mais je ne le ferai pas. Je voulais que tu le saches. Ne parle à personne de ce coup de fil, sinon je perds mon boulot.

Tout le monde attendait avec impatience la présentation des faits par Teuter, un peu comme on attendrait la sortie d'un film annoncé à grand renfort de publicité. Pendant de longues minutes, la voix de Kermit la grenouille remplit la salle de réunion, puis le silence s'installa, on n'entendait plus que le ronflement du chauffage au fuel. La grande Odetta, les cheveux lisses coiffés en un chignon serré, les yeux soulignés d'un trait de crayon un peu moins noir que d'habitude, installée non loin de la porte, prête à fuir, fixait les visages muets d'un regard mal assuré. Observatrice neutre, elle participait pour la première fois à ce genre de commission et elle se réjouissait à l'idée que dans une heure à peine elle pourrait défaire son chignon, monter les escaliers et rejoindre Alev dans sa nouvelle piaule d'internat pour lui faire un compte rendu devant un verre et au son d'une musique mélancolique. Odetta était ce qu'il est convenu d'appeler une jeune fille de bonne famille. Pendant un temps elle avait souffert de ne pas être à la hauteur de cette famille avant de se décider pour une démarcation tout en douceur. Depuis lors, elle ne portait plus que du noir, se maquillait beaucoup et en contrepartie on lui payait une chambre d'internat fort chère. Elle se croyait heureuse. Et parce qu'elle partageait avec d'innombrables autres jeunes filles le privilège d'aimer Alev, elle pensait que ce qu'elle faisait était bien. En revanche, le problème débattu en commission la dépassait totalement.

Le lundi précédent, au début de la troisième heure de cours, Ada, assise sur le rebord d'une des fenêtres de la salle de biologie, lisait un de ces livres que lui procurait Alev afin de jeter les bases solides de son endoctrinement.

— La peur de la mort est une erreur fondamentale, lui avait-il dit. Que penserions-nous de personnages romanesques qui ne sont plus vraiment à même de prendre part à l'action parce que l'inéluctable fin du récit les paralyse ?

Ada lui avait répondu qu'il lui était arrivé, alors qu'elle était encore enfant, de rester accroupie à observer les allées et venues des fourmis, des scarabées et autres araignées en songeant que plus aucun de ces insectes ne serait en vie au début de l'hiver. Elle s'était adressée à eux en leur disant : Vous vous promenez par là tout un été, puis survient le froid, vos mouvements se ralentissent, vous devenez plus faibles et vous finissez par disparaître.

— Prends ce livre, lui avait dit Alev, et ne te laisse pas rebuter par le style. C'est comme pour la majorité des livres : il a été écrit pour des idiots et traduit pour des gens plus idiots encore.

A la place de la prof de biologie attendue, c'est Teuter qui était apparu dans l'encadrement de la porte et il les avait libérés. Ada avait voulu finir le paragraphe commencé et elle y était presque parvenue lorsque son nom, prononcé d'une voix ferme, transperça l'air lourd et surchauffé de la salle de classe.

— Alors làààààààà, venez donc jusqu'ici pour lire tout haut ce qui captive tant votre attention.

— Certainement pas, lui avait lancé Ada, tout en refermant sur-le-champ son livre avant de regagner sa place tout au fond de la classe. La tension dans la salle de biologie aurait suffi pour allumer une ampoule électrique.

— Dans ce cas, l'ouvrage est confisqué.

Ada n'avait pas bougé d'un pouce.

— Avec des méthodes pareilles, si vous étiez un Etat, vous ne rempliriez pas les critères d'adhésion à l'Union européenne.

Rires étouffés en *dolby surround*. Ada continuait de laisser flotter son regard humide autour de la silhouette de Teuter tandis que celui-ci, plus petit que jamais, se précipitait vers elle en se faufilant avec agilité entre les bancs, comme un chien de chasse. Pendant un instant, on aurait dit qu'il allait la gifler. Mais il s'arrêta et se saisit du livre. C'était *La Bible satanique*.

— Un mauvais livre, dit Ada, écrit avec une perspective à ras de terre, une perspective de grenouille.

— Je vais vous faire virer pour ça, avait répondu Teuter avant de disparaître.

Maintenant il était là, debout au milieu de la salle des professeurs, les mains appuyées sur les bords de la table. Dehors, une journée d'hiver touchait à sa fin. Le film annoncé s'était révélé n'être qu'un mauvais spot publicitaire pour un produit inconnu, les gens étaient déçus. Höfi et Smutek se lançaient des regards, le premier d'un air contrarié, l'autre triomphant. Tu vois, beaucoup de bruit pour rien ! – La fureur aveugle de Teuter est plus dangereuse qu'une juste colère ! A la fin, Höfi fronça les sourcils et se jeta avec une telle violence dans la discussion qu'on eût dit un homme sortant d'un buisson en agitant les bras pour attirer l'attention du fauve qui venait de s'échapper.

— Monsieur le directeur, s'écria-t-il, vous nous faites perdre notre temps. Et avec quoi ? Mais lisez-le donc ce bouquin. LaVey est un clown, ça devrait vous plaire.

On entendit des murmures, des soupirs, des sifflements de protestation.

— Alors làààààààà, pour vous la lutte contre le satanisme dans notre lycée est une perte de temps ?

Höfi eut un petit rire sec, tout en restant dans la même position, le corps légèrement affaissé.

— Nous ne sommes pas dans un séminaire de théologie, mais dans un conseil de discipline. Quel est le problème ?

La discussion se poursuivit sur le même ton pendant une demi-heure. Teuter obtint le soutien de deux enseignants connus pour souffrir aussi bien de l'absence de respect de leurs élèves que d'un manque permanent d'argent. Certains finirent par s'abstenir, les autres votèrent contre. Les participants se séparèrent dans un silence glacial.

Odetta trouva la chambre d'Alev plongée dans l'obscurité. Lui et Ada étaient couchés dans des coins opposés de la pièce, comme des ivrognes sous un pont. Alev se leva d'un bond et alluma la lumière. Ada avait les yeux rougis. Le gros Toni, avec qui Alev devait partager la chambre, n'était pas là.

— Donne-moi le résultat en une phrase, dit Alev.

— Teuter veut absolument qu'elle dégage, mais ce sera difficile. Elle a des alliés.

Ada se leva pour regarder par la fenêtre. Dehors, l'obscurité s'installait, la planète Mars, dans son halo rouge, était la première dans le ciel. Elle appuya le front contre la vitre afin de deviner, six étages plus bas, la cour de l'école. La terre avait beau être grande, la seule chose qui importait, c'était chaque fois ce qui vous entourait sur le moment. Ses bottes, jetées l'une sur l'autre, se trouvaient près de la porte d'entrée, sa veste était suspendue au dossier de la chaise d'Alev, son sac à dos devait aussi traîner quelque part, probablement sur le lit. Avec tout ça, elle était pratiquement chez elle ici. La vie ne pourrait pas lui réserver beaucoup mieux, elle n'en demandait d'ailleurs pas davantage. Alev et Odetta étaient debout près du bureau, elle avait dénoué ses longs cheveux qui effleuraient le visage d'Alev. Spectacle superbe, un couple d'elfes, blond et noir. Alev s'intéressait à Smutek, rien qu'à Smutek. Il a dit quoi ? Son regard était comment ? Il se fait du souci pour elle ? Il a peur ? Mauvaise conscience ? Concentre-toi, c'est important.

Odetta était bien plus grande que lui. Elle n'avait rien à dire. Il la saisit par la nuque et y enfonça fortement ses longs ongles : de plaisir, elle fit entendre un petit cri de douleur. Est-ce que je ne t'avais pas dit de surveiller Smutek, et personne d'autre ! Idiote. Les lèvres d'Odetta s'étaient entrouvertes, comme si elles attendaient un baiser. Mais

Alev se tourna vers Ada et releva ses babines en une large grimace. Ç'aurait pu être mieux. C'est comme ça.

— Un show à la con, dit Ada. Un show à la con, parfaitement inutile.

— Ma petite, lui répondit-il, c'est tout de même la troisième partie de la prophétie.

Ada haussa les épaules tout en regardant, les paupières baissées, le grand corps osseux d'Odetta qui restait agréablement indifférent.

— Alors quoi ? lui demanda-t-elle.

La fureur posa sur le visage d'Alev un masque d'amabilité excessive. Il vint se planter devant Ada et l'attrapa par le col de son pull-over.

— Toi, tu devrais faire usage de ta cervelle et t'armer de patience pendant que je finis les derniers préparatifs du jeu. Il n'existe qu'une personne à pouvoir placer les pièces sur l'échiquier. Cette personne, c'est moi. Alors attends et ferme-la.

Rien – soudain il éleva la voix sans se soucier de ceux qui pourraient l'entendre à travers les murs –, RIEN, TU ENTENDS, JE N'ATTENDS ABSOLUMENT RIEN D'AUTRE DE TOI.

Ada alla chercher ses chaussures, mit sa veste et attrapa son sac posé sur le lit. Ayant rassemblé ainsi toute l'installation qui faisait d'elle une habitante de ce lieu, elle s'apprêtait à partir. Odetta, assise au bureau, était penchée en avant, le menton appuyé dans une de ses mains : tombant sur le plateau de la table, ses cheveux s'enroulaient pour y former de petits nids blonds. Alev regardait fixement la fenêtre comme s'il avait pu trouver la réponse d'Ada dans les étoiles. Sans un mot, Ada quitta la pièce.

Elle tomba littéralement sur le gros Toni qui se trouvait dans le couloir, indécis quant à la conduite à tenir.

Non, ce n'est pas le moment de retourner dans ta chambre. Sortons plutôt pour aller fumer une cigarette. Tu as ta veste ? Tant pis, demandes-en une à Grüttel.

Trois cigarettes plus tard, leurs doigts et leurs orteils étaient gelés et leurs derrières douloureux à force d'être assis sur l'étroit dossier d'un banc du parc. Toni était occupé à raconter l'histoire de sa vie qui était aussi brève que navrante. Ada en était arrivée à la conclusion provisoire que la dernière phrase prononcée par Alev, en raison du comparatif employé, supposait qu'il voulait *quelque chose* d'elle. *Rien d'autre*, cela revenait tout de même à dire qu'il voulait quelque chose, quant à savoir quoi… Toni acheva son récit en avouant son amour pour Odetta et en regrettant que toutes les filles de l'école n'en aient qu'après Alev.

— Pas moi, dit Ada.

— Oui, mais, toi, je ne suis pas bien sûr que tu sois une fille.

— D'accord. Bonne nuit, Toni.

Elle fit un détour par les bords du Rhin. Le ciel était lisse, telle une toile parfaitement tendue, une lune ronde prolongeait les rangées de lampadaires sur l'eau tandis que des bandes de lumière blanche zébraient le dos du fleuve. Dormant à l'horizon, le profil des montagnes toutes proches se découpait dans la nuit. Ada prit son portable afin d'envoyer un bref message à Smutek.

Gagné.

Le bip de réponse succéda si rapidement à l'envoi du SMS qu'on aurait pu croire que Smutek attendait son message.

Je suis désolé Ada je ne sais pas pourquoi mais je suis désolé comme si tout était ma faute pardon.

Elle ne savait pas exactement ce qu'il voulait dire mais c'était agréable de recevoir des informations illicites.

Pendant quelques secondes, il y eut un complot, et comploter c'était vivre, c'était être heureux. Ada quitta les bords du fleuve et se mit à courir, pas très vite, plutôt par jeu, bras ballants comme une petite fille. Direction : la maison.

Coups de téléphone nocturnes I

UNE QUANTITÉ d'adrénaline anormalement élevée envoyait des fourmis dans tout son corps et l'empêchait de dormir. Depuis deux heures, elle se demandait si elle n'allait pas quitter furtivement la maison et aller courir quelques kilomètres dans le quartier pour rétablir son équilibre chimique. Mais elle ne faisait rien, et le temps passait. La sonnerie de son mobile la fit sursauter ; pendant quelques secondes une vague d'adrénaline la submergea, puis elle trouva la bonne touche.

— Te voilà enfin, dit Alev comme si c'était elle qui l'avait appelé et non l'inverse.

— Odetta est partie ?

— Elle est toujours là.

— Vous avez couché ensemble ?

— Je ne t'ai jamais dit qu'une certaine partie de mon corps souffre d'une paralysie permanente et qu'elle est livrée sans recours aux lois de la pesanteur ?

— Ce n'était pas ma question. Vous avez couché, oui ou non ? Répondre à une question par une autre, mon cœur, ce n'est pas vraiment ton style.

Il rit en éloignant un peu le téléphone. Ada savait qu'il n'aimait pas téléphoner. Cela le privait de ses grimaces et de ses gesticulations, ainsi que de l'effet des phéromones qu'il émettait en direction de son interlocuteur. Le téléphone réduisait son pouvoir sur les gens.

— *You never expect the Spanish inquisition !* s'écria-t-il. Possible que je l'aie un peu tripotée.

— Où est Toni ?

— Assis sur son lit ; il ne dit pas grand-chose.

— Tu lui as permis de regarder ?

— Disons plutôt qu'il l'a regardée.

— Tu savais qu'il est amoureux d'Odetta ? Tu le savais ?

— Possible. On a fait le tour de la question ? Ce n'est pas pour ça que je t'appelle.

— Attends un peu.

Ada tendit l'oreille, sondant l'obscurité. Elle n'avait pas allumé sa lampe de chevet. Aucun oiseau ne pépiait dans son sommeil, même les trains de marchandises de l'autre côté du fleuve se taisaient. Il régnait un silence anormal, artificiel, comme celui que provoque une personne qui s'efforce de ne pas faire de bruit.

— Je ne sais pas trop où est ce bouquin, dit Ada, faut que je regarde sur l'étagère.

Elle se leva dans un froissement de draps.

— Quel bouquin ? demanda Alev. Notre histoire est déjà écrite quelque part ?

— Attends un peu, je te dis.

Elle alla vers l'étagère, la dépassa, resta un moment immobile, puis ouvrit brusquement la porte.

— Va te recoucher, dit-elle.

Sa mère était si près qu'elles se trouvèrent l'une contre l'autre, les yeux dans les yeux tels deux reflets dissemblables. Son dos était légèrement voûté, comme si elle était sur le point de coller une oreille au trou de la serrure ; le courant d'air souleva sa longue chemise de nuit transparente ; ses cheveux noirs, que le contact de l'oreiller et l'insomnie avaient chargés d'électricité statique, étaient tout hérissés. Deux doigts se mutinèrent et se mirent à chercher quelque chose à gratter entre les omoplates. En la voyant, Ada ressentit une douleur comme si on l'avait agressée physiquement.

— Alev a besoin d'urgence d'un bouquin de sciences nat', dit-elle, sur l'accouplement des invertébrés. C'est bien ça ? Tu fais de la malacologie ?

Ces dernières paroles s'adressaient au téléphone, non à sa mère, qui se retourna et s'éloigna dans le couloir. Ada resta aux aguets jusqu'à ce que la chasse d'eau se taise et que sa mère eût disparu dans sa chambre.

— Pour commencer, dit Alev quand elle eut regagné son lit et que le silence régna à nouveau, il faut que je te dise que je suis désolé.

— J'ai bien entendu ? Ce doit être la première fois de ta vie que tu présentes des excuses.

— Possible. Gardons le souvenir de cette date historique comme étant la nuit de la première fois.

— Odetta n'avait encore jamais baisé ?

— Ça aussi, c'est possible.

— Et les doigts avec lesquels tu tiens le téléphone, ils ont encore l'odeur de son sexe ?

Elle entendit Alev renifler ses doigts.

— Je me suis lavé les mains. En plus, je me demande ce que tes pleurnicheries à propos d'Odetta ont à voir avec mon appel. Ada ?

A sa propre stupéfaction, elle s'était mise à pleurer ; elle roula sur le côté en pressant le téléphone contre son oreille comme s'il représentait le dernier lien avec l'extérieur, une fenêtre sur le monde de plus en plus étroite. Ne me laisse pas seule, criait une voix à son oreille, sans qu'elle pût savoir qui s'adressait à qui. Elle se saisit elle-même à la gorge, si bien qu'à l'autre bout de la ligne on ne pouvait plus rien entendre d'autre que sa respiration saccadée et un halètement occasionnel.

— Dégagez ! J'ai besoin de quelques minutes ! Alev s'adressait aux deux autres. Allez vous asseoir tous les deux sur le divan de la salle de télé, ça vous fera du bien. Ada !

Ils se turent longuement. Le silence fut interrompu par le déclic d'un briquet au moment où Alev alluma une cigarette. Le bruissement de la fumée expirée caressa les récepteurs. Quand il reprit la parole, sa voix s'était adoucie, elle enveloppait Ada et la berçait comme un objet fragile. Ma petite, tu n'as pas le droit de faire ça. Tu es dure et froide. Tu ne vas pas me faire ça. Tu n'es pas comme les autres, toi !

Elle sentait bon, cette voix ; on avait l'impression d'être un enfant respirant sa propre odeur, celle de l'oreiller qui avait déjà servi, celle du papier ingrain près du tuyau de chauffage. Les syllabes défilaient comme des soldats sur le tympan d'Ada avant de s'y enfoncer, une armée dans un marais, un bataillon dans le pavillon de l'oreille, tu n'es pas comme les autres, tu marches avec moi, et quand elles eurent toutes pénétré Ada déposa les armes et se calma.

— J'ai craqué. Ça faisait un peu beaucoup, ces derniers jours. Et en plus, c'est la mauvaise saison, dit-elle avec ironie.

— Ça va, répondit Alev gaiement. Content de te retrouver. Je t'appelle à cause du dilemme des prisonniers. Tu te souviens de Delahaye et Mathieu ? Je t'ai passé leur article.

— Bien sûr que je me souviens.

Ada avait retrouvé un ton de voix tout à fait normal, peut-être un peu plus incisif que d'habitude, cependant que ses idées faisaient entendre un accompagnement mélancolique.

— Parfait. Alev paraissait d'excellente humeur. Pourrais-tu résumer l'essentiel du contenu ?

— C'est quoi, un examen ?

— Exactement. Un examen en théorie des jeux.

— Je ferai ce que tu veux, mais pour une fois explique-moi pourquoi tu me demandes ça.

— Pourquoi, ou dans quel but ?

— Pourquoi.

— Je distribue les rôles, et il faut que tu connaisses les règles.

— Les rôles de Dieu et du diable ?

— Je regrette d'avoir employé en ta présence ces termes anachroniques. Les mots ne doivent jamais être réduits à l'état de machine à remonter le temps. Et surtout pas quand ils nous transportent dans une époque antérieure à Nietzsche.

— Antérieure au *homo est deus* ?

— Ada, j'aime ta rapidité. L'enthousiasme le faisait parler de plus en plus fort. Seuls ceux qui sont lents à comprendre pensent que la lenteur est nécessaire à la compréhension.

— Ça aussi, c'est de Nietzsche, non ?

— Cela va de soi. Nietzsche est l'arrière-grand-père dont aujourd'hui encore nous dilapidons l'héritage.

— Je ne comprends toujours pas où tu veux en venir avec ton mikado de concepts. T'en retires un ou t'en ajoutes un, et rien ne bougerait ?

— Mikado. Nous nous approchons du sujet de l'examen.

— Il est deux heures moins le quart.

— Mais tu commences plus tard demain matin, non ?

Ada soupira :

— OK, vas-y.

Avec quelque retard, les remarques d'Alev sur sa froideur, sa dureté et sa rapidité commençaient à lui faire plaisir. Une qualité, c'était quelque chose qu'on pouvait montrer du doigt en parlant de soi. Tu veux savoir comment elle est ? Elle est dure, froide et rapide. A force d'acquérir des qualités, même l'individu le plus stupide finissait par arriver à se construire lui-même. Méthode fallacieuse et attrayante, comme toutes les voies de moindre résistance. Un jour, au cours d'allemand, Alev avait levé le doigt et l'avait désignée : Mon amie Ada, ici présente, a encore nettement moins de qualités que l'homme sans qualités, qui est censé n'en avoir aucune. Comment est-ce possible ? Ada avait senti aussitôt bouillonner autour d'elle la jalousie des princesses. Même l'absence de qualités était une qualité que l'on vous enviait. Dureté, froideur et rapidité, ça en faisait trois d'un coup.

— Explique-moi le dilemme, demanda Alev.

Ada crut qu'il avait suivi au téléphone sa démarche de pensée ; il lui fallut un moment pour comprendre à quoi il faisait allusion. D'un coup sec, elle se retourna, comme pour réfléchir avec l'autre hémisphère cérébral.

— Deux accusés comparaissent séparément devant un tribunal. Le juge leur propose à chacun un marché : Si tu avoues et que tu dénonces ton complice, tu restes libre et l'autre écope de cinq ans. Si vous vous taisez tous les deux, il y a suffisamment d'indices pour vous condamner à deux ans chacun. Si vous avouez tous les deux, vous prenez chacun quatre ans. Il leur est interdit de communiquer pour se mettre d'accord. C'est bien ça ?

— Parfait. Que va-t-il se passer ?

— Ils cherchent tous deux la solution qui leur assurera un avantage maximal à risque minimal. Ce qui veut dire qu'ils se cassent la baraque mutuellement. Et chacun prend quatre ans.

— Et le juge, que savait-il ?

— Que dans un jeu à somme nulle impliquant deux joueurs aucun des deux ne coopère, alors qu'ils pourraient parvenir ensemble au résultat optimal. A savoir deux années de trou.

— Je l'ai déjà dit : j'aime ta rapidité.

Ada roula sur le dos, changea le téléphone d'oreille et aspira profondément l'air froid. Même en hiver, elle dormait la fenêtre ouverte.

— Et qu'arriverait-il, poursuivit Alev, si les prisonniers savaient que dans peu de temps ils se retrouveront ensemble devant le tribunal, ou s'ils voulaient continuer à collaborer à l'avenir ?

— Ils tiendraient compte de l'avenir dans leur stratégie : ils incluraient la possibilité d'une vengeance et le tort que pourrait leur causer plus tard un partenaire dont la confiance a été déçue.

— En langage mathématique : en cas de décisions en série, la coopération est la solution la plus vraisemblable, alors qu'en cas de décision unique la trahison l'emporte. Merci, c'est tout.

Chacun connaît cet instant où le train dans lequel il est assis entre dans une gare. On sent le ralentissement, le haut du corps s'incline comme il se doit, en signe d'adoration devant le dieu de la force d'inertie, le grincement des freins vrille les oreilles, enfin on voit le quai devant la fenêtre, des gens qui attendent, des horloges, des bagages entassés. Une fois le train immobilisé, le voyageur se dit qu'il pourrait bien descendre. Des haut-parleurs énumèrent les correspondances et les noms de destinations possibles. Quelques pas lui suffiraient pour se trouver sur le quai et donc au seuil d'un avenir subitement modifié. Ces plaques tournantes du destin, l'homme les ressent dans toutes les fibres de son corps. Il a appris à rester assis, quoi que puissent chuinter les haut-parleurs. S'il arrive effectivement que quelqu'un se lève d'un bond et quitte inopinément le compartiment, les autres voyageurs sourient en secouant la tête. Leur imagination suit les voies de celui qui les a quittés, eux-mêmes restent. Rien n'a changé sitôt que le train se remet en marche ; on se détend, on s'adosse, on contemple le paysage qui, à son habitude, défile derrière les fenêtres.

Ada sentit distinctement que le train freinait. A cet instant, elle aurait pu mettre fin à la conversation, j'ai compris, parfait, bonne nuit, puis elle aurait continué son voyage dans un autre train, peut-être dans une direction tout à fait différente. Mais elle resta là. Un moment, elle vit son propre visage se refléter dans la vitre sur un fond noir. Elle vit Alev en face d'elle, à l'autre bout de la ligne. Le train s'ébranla.

Coups de téléphone nocturnes II

PENDANT le silence qui suivit, Ada oublia presque qu'ils étaient, à l'instant encore, en train de discuter. Comme des pierres jetées dans l'eau, les paroles prononcées n'avaient laissé qu'une empreinte de quelques secondes dans l'air froid, répandant autour d'elles les cercles concentriques de leurs ondes sonores avant de disparaître pour toujours. La ligne téléphonique semblait morte. On n'entendait rien, pas un souffle.

— Tu es toujours là ?

— Oui, répondit Alev. A sa voix, on aurait pu croire qu'il était debout à côté d'elle.

— Il y a autre chose ?

— J'ai quelque chose à te dire : ça y est, j'en suis venu à bout.

— A bout de quoi ? De tes devoirs pour demain ? De ta dernière cigarette ? A bout de nerfs ?

Il suffit d'en savoir très peu sur quelqu'un pour deviner ses intentions. Quelques jours d'observation intense suffisent pour connaître ses goûts et ses aversions, ses habitudes et son émotivité, les tonalités de sa voix et les marbrures de sa peau qui, réunis autour d'un nom qui leur sert d'enseigne, finissent par former un être appelé "homme", un peu comme ces grandes quantités de poissons que l'on appelle un "banc" de poissons. Ada en savait suffisamment sur le “banc” qui composait Alev pour pouvoir prédire qu’il allait vider son sac. La médiocrité de son introduction ne laissait aucun doute à ce sujet : j’en suis venu à bout. Autant dire qu’il avait envie qu’on le questionne.

— Ou bien tu veux dire que tu es venu à bout de ton plan ?

— C’est un peu compliqué à exprimer, dit-il. C’est pour ça que j’aimerais exposer mon idée le plus simplement du monde, au risque de la voir considérer comme primitive, pour ne pas dire obscène.

— Vas-y. J’écoute.

Ada l’entendit placer sa main tout près du téléphone afin que personne d’autre ne puisse l’entendre :

— Tu baises Smutek, lui dit-il, moi, je prends des photos et on pourra faire de lui ce qu’on veut.

Ada se mordit les lèvres pour ne pas lui dire “tu peux répéter”, elle renonça également à rire et à lui demander s’il était sérieux. Il était tout aussi inutile de croire que c’était une blague. Ils se préparaient tous deux à cet instant depuis des semaines, et dès le début il était clair que la proposition d’Alev n’aurait rien d’anodin ni de banal. Il s’agissait à présent de réagir en s’intégrant tout naturellement au fil de leur discussion, et non d’une manière qui infligerait un démenti cinglant à toutes les paroles échangées jusqu’à présent sur ce sujet.

Dans sa nervosité, Alev se trompa sur le sens de l’hésitation d’Ada.

— Il faut voir les choses de la façon suivante : c’est ma faute si nous n’avons pas couché ensemble depuis tout ce temps. Si tu couches avec un autre mais en ma présence, c’est une variante de ce qui aurait dû arriver de toute façon.

— Et ça mènera à quoi ?

— Tu le ferais ? demanda-t-il en retour.

— Je crois que ça ne me dérangerait pas vraiment.

La formule convenait à merveille à cette Alev-Ada-attitude qu'ils avaient adoptée, et Ada était certaine que dès demain elle correspondrait également à la vérité. Pour l'instant, elle tâtonnait en vain, à la recherche du bouton qui lui permettrait de trouver une réaction adaptée.

— J'avais tellement envie d'entendre ça ! Alev était euphorique à la manière d'un enfant qui vient de recevoir un nouveau jouet qu'il va presser fortement sur son cœur pendant un instant avant de le laisser traîner le soir même froidement parmi les autres.

— Tu n'as pas répondu à ma question, dit Ada.

— La question du pourquoi ?

— Non. Ça, c'était avant. Maintenant, je veux savoir dans quel but.

Alev poussa un soupir d'enseignant dépassé par son propre élève :

— J'avais espéré que, *toi*, tu pourrais m'en dire un peu plus à ce sujet.

— C'est toi qui combines tout ça, et ensuite tu voudrais que ce soit moi qui t'en explique le but ?

— Ada, mon petit, si plausible que puisse paraître cet argument dans la bouche d'un autre, dans ton cas précis je n'ai qu'une chose à dire : ne te fais pas plus bête que tu n'es. Tu es tout aussi concernée que moi.

— Sans vouloir contester l'intérêt de tes oracles de Pythie, je crois qu'on gagnerait du temps si tu pouvais te contenter de lire la quatrième de couverture.

— Depuis que nous nous connaissons, nous parlons, de façon plus ou moins ouverte, d'une seule et même chose. Maintenant, regarde les choses en face. D'un côté, il y a tes incroyables dispositions pour la course. De l'autre, Smutek, un prof de sport polonais, un ballot à l'ambition démesurée marié à une jolie femme à moitié folle.

L'opération de sauvetage de Dahlem. Ton évanouissement quasi hollywoodien et la scène du réveil, nue dans la baignoire. Ada silencieuse, Ada coureuse, Ada sauveteuse.

— Ada la rapide.

— Ada la rapide, Ada la tête politique de l'établissement. Cavaliers blancs et cavaliers noirs se mettent en selle. Et en fin de compte, n'est-ce pas – on entendit une fois de plus le déclic nerveux d'un briquet –, tout se passe en présence d'un *show master* qui règle le jeu des destins.

A grands coups de jambe, Ada rejeta la couverture car tout à coup elle sentit la chaleur qui l'envahissait. Ce débat de sophistes avait l'inestimable avantage d'enlever rapidement toute importance à l'objet même de la discussion.

— Dans ces conditions, comment pourrais-je ne pas avoir envie d'intervenir ? Pour apporter une réponse plus précise à ta question : il faut aider à mettre sur pied les événements afin qu'ils puissent démarrer. Si tu as une meilleure réponse à la question de savoir pourquoi on fait une partie d'échecs et pourquoi on recommence sans cesse depuis des milliers et des milliers d'années sur toute la planète, alors donne-toi cette réponse. Et à l'occasion, donne-la-moi aussi.

— Un jeu, rétorqua Ada, n'a d'autre objet que de se perpétuer. Il n'en va pas forcément de même pour les joueurs. Je veux un renseignement sur moi-même.

— Tu es sévère.

— Il faut bien que quelqu'un le soit. Qu'est-ce que tu lui veux, à Smutek ? Ça va nous apporter quoi, tout ce chantage ?

— Le pouvoir. De nouvelles possibilités d'épanouissement pour tous les joueurs. Un plaisir diabolique. De l'argent peut-être. Mais surtout une chose : la satisfaction de l'instinct du jeu.

— Et de quelques autres instincts ?

— Ne sois pas stupide. Du voyeurisme : et puis quoi encore ! J'obéis aux nécessités de l'heure. Si tu considères l'évolution de ces derniers mois, tu devras reconnaître qu'elle se dirige progressivement vers un but unique, elle est en forme de… il cherchait ses mots, on entendait le bruit du cendrier qu'il tapotait sur la table…, en forme de coin en quelque sorte. Tout au bout, il y a un trou d'aiguille. Nous n'avons pas le choix : il faut y passer. Ç'aurait tout aussi bien pu être autre chose.

— Ça va, c'est bon, lui répondit Ada, je vais y réfléchir.

— Mais pas trop longtemps. Nous allons devoir rapidement envisager la mise en place de certains préparatifs hyménaux.

— Pourquoi si vite ?

— Parce que dans quatre mois tu auras seize ans. Tout homme sait par cœur un certain nombre de choses. Pour moi, outre le poème de Schiller *Die Glocke* et les *Métamorphoses* d'Ovide, je connais depuis peu l'article 174, paragraphe 1, alinéa 1 du Code pénal. Les relations sexuelles avec des mineurs de moins de seize ans par personne ayant autorité sont passibles d'une peine d'emprisonnement pouvant aller jusqu'à cinq ans.

Ces formules figées déchirèrent enfin le voile de cet argumentaire lyrique et des images jaillirent devant ses yeux : dos blancs, cheveux en sueur, mouvements mécaniques. Naturellement Smutek était au-dessus. Passé le premier instant d'effroi – il relevait davantage du caractère inhabituel de cette vision que d'une aversion profonde –, Ada ne put s'empêcher de sourire. Quelle importance. Même ça, ça n'avait pas d'importance. Il s'ensuivit un moment de paix, de quiétude parfaite, durant lequel elle se sentit totalement coupée du monde extérieur. Tant que s'accompliraient les prophéties d'Alev, elle n'aurait rien d'autre à faire que de laisser les événements suivre leur propre cours. Tant que les événements auraient l'air d'aller à la catastrophe, le monde serait en ordre, en parfait équilibre. Il n'est rien de plus stable qu'une descente aux abysses. Dans ces conditions, on pouvait rester parfaitement détendu.

— Smutek n'est pas de ces hommes qui prennent plaisir à dépuceler une gamine, poursuivit Alev à l'autre bout du fil. Ça lui ferait peur. Une réaction de panique serait incompatible avec le dilemme du prisonnier.

— Tu mises sur une coopération ? Ça veut dire que tu prévois une suite multiple.

Ada l'entendit sourire, bien qu'un sourire, à en croire l'idée qu'on s'en fait habituellement, ne fasse pas de bruit.

— Autre question : le dilemme du prisonnier n'est pas un jeu qui se joue à deux ?

— Bien vu. Nous d'un côté, Smutek de l'autre.

— J'ai plutôt l'impression que dans cette constellation Smutek et moi nous jouons le rôle des prisonniers, toi celui du juge.

La réponse se fit attendre un instant, puis arriva sous la forme d'une question :

— Ce serait grave ?

Ada ne sut que répondre. Son corps s'était rafraîchi, elle le recouvrit à nouveau. Elle se sentait progressivement gagnée par la fatigue, ses pensées profitèrent de cet instant pour s'arracher à elle et s'engager dans des voies différentes. Elle vit apparaître devant elle sa propre image en compagnie de Smutek, un être double qui prenait un petit amble trottinant. Elle vit Odetta et Alev qui s'exerçait à prendre sur elle ses mesures hyménales. Elle vit sa mère et le général de brigade que dans son imagination elle avait transformé en un morceau de viande en décomposition. Elle pensa à la rapidité. Alev avait disparu sans laisser de trace, comme s'il n'avait jamais été dans l'appareil en train de chuchoter.

A peine la communication terminée, la sonnerie du téléphone retentit à nouveau. Cette fois son doigt trouva la bonne touche en l'espace d'une fraction de seconde.

— Il est un peu tard, non ?

— Je sais bien, Ada, répondit la voix de Smutek, je suis désolé.

— Vous n'y croyez pas vous-même. Quand on parle du diable…

— Tu peux m'expliquer ?

— On parlait de vous à l'instant.

— Toi et Alev ?

— Nous étions en train d'élaborer un plan qui permettrait aux événements de suivre une pente naturelle.

— C'est aussi un peu la raison de mon coup de fil. Ta ligne était sans cesse occupée jusqu'à maintenant, alors je me suis dit que tu ne dormais pas encore. Je voulais… Il s'interrompit, sa voix était lasse, lasse et confuse comme s'il venait d'oublier à qui il parlait.

— Vous vouliez me dire que vous aimiez la vitesse à laquelle je cours ?

— Quoi ? Ah, oui, évidemment.

Il se mit à rire, il avait l'air d'avoir un peu retrouvé ses esprits. Il poursuivit :

— Evidemment, j'aime la vitesse à laquelle tu cours. Dans quelques mois, on ira aux championnats et on va leur montrer.

— Si Alev a raison, vous allez payer ça très cher, et à brève échéance encore.

— Ça aussi, je voulais t'en parler. Tu sais comment s'est passé le conseil ?

— Oui, bien sûr.

— Cette chère Odetta, j'aurais dû m'en douter. Depuis, je me dis que nous devrions à l'avenir éviter de courir ensemble. Tu peux participer à l'entraînement, au même titre que les autres. Mais on ne devrait plus… Tu vois bien ce que je veux dire.

— Je cours de toute façon. Que vous soyez présent ou non, ça n'y change vraiment pas grand-chose.

La réponse était peut-être brutale mais c'était la seule qui puisse soulager Smutek. Au ton de sa voix, on entendit qu'il se sentait libéré d'un poids.

— Ça me fait plaisir que tu le prennes comme ça. Je n'avais pas le droit de te mêler à mes affaires personnelles.

— Ça m'était égal.

— Je sais. Tout t'est égal.

— Quoi qu'il arrive à l'avenir, souvenez-vous bien d'une chose : ça me sera égal. Il est tout à fait possible que vous puissiez oublier ça entre-temps.

— Tu es capable de tout endurer. Sans doute es-tu fille de ton temps et du pays dans lequel tu vis.

— Je suis rapide.

Il partit d'un nouvel éclat de rire, sans aucune retenue cette fois, il rit à gorge déployée et Ada en déduisit que Mme Smutek devait dormir en proie à un sommeil pharmaceutique, incapable de s'étonner de ce coup de fil nocturne de son mari. En tendant l'oreille, elle entendit un bruit très léger produit par l'index de Smutek qui, au cours de la conversation, était devenu autonome, traçant quelque chose sur une vitre embuée. Ada aurait tout donné pour savoir ce qu'il était en train d'écrire. Mais il avait raccroché avant qu'elle ait eu le temps de lui poser la question. Ada se débarrassa du téléphone en le jetant au loin, comme si elle venait de s'y brûler, posa la tête sur l'oreiller, certaine qu'elle ne pourrait s'endormir. Mais l'instant d'après elle était déjà partie, comme une lampe de chevet que l'on éteint, inaccessible pour elle, inaccessible pour nous.

Ada perd sa virginité

Au cours de leur bref entretien préliminaire, Ada fit remarquer que son inexpérience concernant les choses du sexe constituait un risque qu'il convenait de minimiser au moyen de quelques éléments d'initiation pratique afin d'empêcher toute l'entreprise d'échouer. Le plus judicieux n'était-il pas de joindre l'utile à l'utile et de transformer le dépucelage projeté en répétition générale ?

Alev répliqua qu'on ne saurait prier un sourd-muet d'enseigner les langues, qu'elle devait donc se fier à son instinct. L'art de perpétuer la race était une capacité innée à toute matière vivante ; Ada étant elle-même matière vivante, elle ne manquerait pas de savoir comment s'y prendre le moment venu. Il n'en était pas moins prêt à lui procurer un étalon expérimenté aux fins de défloration et de répétition générale ; Bastian, par exemple, était idéal à tout point de vue. Il lui demanda si c'était cela qu'elle souhaitait.

Elle ne voulait pas d'étalon, elle voulait Alev et, l'espace de quelques secondes, elle s'était autorisé le souhait conventionnel d'être la seule fille au monde capable d'éveiller à la vie le centre de son corps. Gênée, elle jouait du bout de sa botte avec un caillou qu'elle faisait rouler sur l'asphalte de la cour.

Comme le milieu d'un plateau est le lieu idéal pour discuter sans être dérangé, ils se tenaient tels deux poteaux isolés non loin de l'endroit où, plusieurs mois auparavant, Ada et Rocket avaient conspiré le dépucelage d'Olaf. Le caillou avec lequel Ada jouait se trouvait sur une marelle dont les lignes, tracées avec des craies de couleur, les entouraient. Ils étaient tous les deux de mauvaise humeur sans raison apparente. Ils prirent rendez-vous pour le dimanche suivant entre vingt heures et vingt-deux heures. Les journées de mars fermaient boutique assez tôt, emportant avec elles vers dix-neuf heures ces parties de la personnalité qui le jour vous empêchent d'être vous-même. Au cas où subsisteraient des restes de scrupules, ils disparaissaient en tout état de cause à la tombée de la nuit. Et le dimanche soir, les surveillants, installés pour deux heures devant leur série policière, ne se pointeraient pas sans prévenir pour bavarder un peu ou poser des questions indiscrètes.

La chose étant réglée, Ada et Alev se retournèrent, se plantèrent là mutuellement et se dirigèrent vers des extrémités opposées de la cour. Ils lançaient aux nuages bas des regards courroucés parce qu'ils ne s'étaient pas écartés pour laisser passer, comme sur un tableau de Rubens, un faisceau de rayons qui aurait ceint leur chef d'une auréole éclatante au cours de leur conversation. Un peu de lumière céleste aurait fait le plus grand bien. Il était parfois difficile de supporter l'indifférence manifestée par le globe terrestre à l'égard des efforts déployés par les humains.

Le dimanche soir leur offrit quand même un orage qui avait fait jouer ses muscles après avoir envoyé quelques grosses gouttes de pluie en guise d'avertissement ; cette offensive terminée, il s'était retiré à grand fracas en direction de Cologne. La population dominicale quitta l'abri des ponts et des porches, tendit la paume en l'air et, sa promenade interrompue, se hâta, isolément ou en groupes, de rentrer chez elle par les rues mouillées. Les premiers rectangles lumineux se collèrent à la ville comme des étiquettes. Le Grand Eugène, gratte-ciel à la retraite, dressait contre le crépuscule sa noirceur monumentale, réduit à l'état de nain par une Post Tower deux fois plus haute dont les flancs interminables étaient parcourus de haut en bas par des lumières mouvantes et bariolées.

Sans se laisser perturber par la pluie menaçante, Ada avait fait ses tours sur le terrain de sport avant d'aller se doucher à l'internat. *A priori*, elle avait décidé de ne pas soigner sa toilette comme avant une visite chez le gynécologue. Mais à présent elle frottait tout son corps avec le gel douche d'Alev, se massait du bout des doigts pour faire pénétrer dans tous ses pores l'odeur du garçon et ne s'interrompit qu'après avoir usé la moitié de la bouteille et rempli la salle de douche de son odeur. Elle n'avait pas allumé la lumière. Dans l'obscurité chaude et humide, elle pouvait pour un temps habiter Alev comme si elle avait trouvé refuge dans ses vêtements, petit parasite logé au creux d'une aisselle. Le parfum était sur le point de se transformer en puanteur. Tel un liquide brûlant, la mauvaise humeur se répandait à nouveau dans son ventre. Elle se sécha, renonça aux sous-vêtements et enfila pullover et pantalon pour pouvoir traverser le couloir de l'internat.

Prier Toni d'aller se faire voir ailleurs pour un moment n'était pas plus difficile que d'éloigner un chien. Quand Alev, le bras tendu, désigna la porte, il prit sans un mot sa veste accrochée au dossier de la chaise et disparut. A peine était-il parti qu'Ada s'assit sur le bord du lit, déboutonna son jean, ouvrit la fermeture Eclair et leva les fesses pour pouvoir faire glisser son pantalon et le jeter en boule sur le sol.

Pendant tout ce temps, Alev, appuyé au bureau, regardait au-dehors bien qu'il n'y eût rien à voir. La vitre projetait dans la nuit un sixième étage où se reflétait la chambre. Quelque chose n'allait pas. L'ambiance était gâchée, comme si se répandait un gaz inodore qui rendait l'air irrespirable. Sur la table un godemiché noir, épais, long de vingt centimètres, était posé à côté d'un paquet de mouchoirs intact et d'un pot de crème ; le tout ressemblait à des outils prêts à servir. Alev s'énerva quand Ada lui demanda si le godemiché était neuf, exprima sa méfiance quant au contenu du pot de crème et surtout quand elle se moqua de l'innocent paquet de mouchoirs en papier. Non, il ne pensait pas que le godemiché irait jusqu'à l'éjaculation. Il ne croyait pas davantage qu'Ada se mettrait à saigner comme un accidenté de la route, d'autant qu'il n'était pas exclu qu'un gynécologue à la recherche de kystes ait déjà fait le travail avec une sonde ultrasonique. Bien sûr qu'un paquet de mouchoirs entamés aurait suffi. Seulement voilà : Alev voulait bien faire les choses. Il connaissait le prix d'un bon godemiché, et pourtant il s'était rendu tout exprès dans un sex-shop, avait présenté sa carte d'identité et choisi le modèle le plus discret, parce qu'il ne voulait pas offenser Ada avec un jouet pour chien orné de petites boules en relief et encore moins avec un quelconque légume ou la poignée d'une corde à sauter. Il avait préféré un lubrifiant professionnel à un pot de vaseline bon marché et acheté les mouchoirs à la pharmacie. Toute la journée, il avait traîné sans savoir quoi faire de sa peau et avait attendu longtemps qu'elle ait fini de courir. Et maintenant, elle était assise les fesses à l'air sur le lit de Toni, vêtue d'un gros pull-over à rayures multicolores, elle raillait ses préparatifs, et elle se comportait exactement comme dans la cour du lycée ou en classe, à l'exception d'une hostilité latente qui lui égratignait les nerfs. Ses cheveux étaient trempés par la douche, elle ne les avait même pas frottés avec la serviette. Alev pouvait à peine la regarder.

— Tu ne veux pas te déshabiller entièrement ? demanda-t-il à la vitre.

— Pour quoi faire ?

Dans un accès de rage il se retourna enfin, et tandis qu'il criait dans sa direction, ni l'un ni l'autre ne savait exactement ce qui se passait en lui. La toison intime d'Ada était aussi blonde que ses cheveux et semblait un petit animal effarouché cherchant à se réfugier entre ses cuisses fermées. C'était peut-être cette vue qui le faisait crier. Peut-être que quelque chose dans sa poitrine lui faisait mal et qu'il sentait pour la première fois qu'il avait un cœur. S'il y avait eu une possibilité d'annuler toute l'affaire, au moins pour ce soir-là, il n'aurait certainement pas hésité.

— Pourquoi tu fais ça ? rugit-il.

Elle répondit comme toujours, avec des mots d'une froideur glaciale :

— C'est plutôt toi qui fais quelque chose.

— Tu pourrais le faire toi-même, seule dans la salle de bains ou sur ton lit, et nous épargner cette scène pénible.

— Ce serait grotesque. Je me mets à la disposition de ton idée, un point c'est tout.

— Ada !

La présence des surveillants quelques portes plus loin étouffa son hurlement. Il siffla :

— Ce n'est quand même pas possible que tout te soit égal !

— Si. Jusqu'à présent, je croyais même que tu appréciais. D'ailleurs, j'emploierais un autre terme. Non pas égal, mais équi-valent.

En s'échauffant, Alev faisait chuter sa température à elle jusqu'au zéro absolu, comme s'ils formaient, compresseur et bloc réfrigérant, les deux éléments d'un même groupe thermostatique.

— Qu'est-ce que tu veux dire par là ?

— Alev.

Elle leva enfin le menton, détacha son regard du triste petit tas que formait son jean et fixa son front des yeux.

— Alev, si tu es assez futé pour mériter ne serait-ce qu'un tant soit peu ma présence dans cet endroit, ressaisis-toi et mets ton cerveau en marche.

Son arrogance était un baume pour les nerfs. S'il n'y avait pas eu cette bête blonde apeurée entre ses jambes, Ada à demi nue aurait paru aussi habillée, aussi invulnérable qu'en jean et en bottes.

— Equivalent veut dire que toutes les choses se valent.

Son ton était celui d'un discours bien huilé. Elle poursuivit :

— Je peux faire ce que tu attends de moi comme je peux le refuser. Pour moi, les deux possibilités ont une valeur identique.

— Qu'est-ce que tu veux au juste ?

Elle réfléchit ou se tut pour ménager ses effets.

— Je suppose que je veux être avec toi. Mais si tu as cru pouvoir attenter à la pudeur de mon âme avec cet engin, tu te trompais. Je n'ai pas d'âme. J'ai des sentiments et une intelligence, et la somme des deux n'est rien que tu puisses toucher avec une queue en plastique. Alors ne fais pas le malin juste parce que je garde les yeux secs.

Il se détacha avec précaution du bord de la table, se dirigea vers elle d'un pas tranquille, s'assit à son côté et la prit dans ses bras, en évitant avec soin tout contact avec le bas de son corps nu. Il sentit coller à son cou les cheveux mouillés. A de multiples reprises, il lui passa la main dans le dos en murmurant des mots dans des langues étrangères, conjurations, déclarations, malédictions, qu'importe : la musique de ses paroles était un pays familier qui n'avait rien à voir avec un lieu géographique. Pour finir, il renversa Ada sur le lit, l'abandonna un moment pour attraper les ustensiles posés sur le bureau et se recoucha aussitôt sur elle comme pour l'empêcher de mourir de froid. Il embrassa ses yeux clos, chauffa ses mains comme un masseur en les posant sur son propre cou et se mit à caresser la petite bête blonde comme pour l'amener à lever la tête. Au bout d'un moment, Ada desserra les cuisses. Alev savait qu'elle ne ressentirait rien, en tout cas aucun plaisir physique. Elle lui avait dit que pour se masturber elle n'introduisait pas d'objet, mais se servait de son index ou se frottait sur le bord de son lit. On pouvait voir à son expression que le godemiché lui faisait le même effet qu'une cordiale poignée de main. Et pourtant, elle souriait d'un sourire qu'il lui voyait pour la première fois : un sourire de bonheur.

Il se redressa sur les genoux pour libérer son bras droit et accéléra le rythme. Son souffle se faisait plus rapide, les secousses ébranlaient tout le corps d'Ada. Il fut sur le point de succomber à la tentation de donner quelques coups plus violents. La sueur qui perlait à la racine de ses cheveux n'était pas la conséquence de l'effort physique, mais de celui qu'il faisait pour se dominer. Quand il se jeta sur elle, une larme coula le long de son nez, immédiatement dévorée par la laine du pull-over.

– Tu peux sûrement t'imaginer, murmura-t-il, que j'aurais préféré m'y prendre autrement.

Quelques larmes s'accordaient si bien avec ces paroles qu'il voulut lui ouvrir les yeux pour qu'elle voie la deuxième goutte suspendue au bout de son nez et qui ne se décidait pas encore à tomber. Au lieu de cela, elle avança le long de son corps une main tâtonnante et s'empara d'un sexe souple, totalement détendu.

— Un sac de peau, dit Alev. Cousu par mère nature, pour conserver quelques glandes et quelques tuyaux.

— Je n'ai jamais cru ce que tu racontais, dit Ada d'une voix rauque. Le pire, c'est que je n'y crois toujours pas.

Le godemiché tomba sur le sol et rebondit avec un bruit horripilant. Dehors, le tonnerre grondait, l'orage était revenu de Cologne. Il y avait une tache de sang sur le lit de Toni. Alev ouvrit le paquet de mouchoirs et insista pour ôter lui-même les restes de crème qui souillaient Ada.

La pluie qui tambourinait sur le toit leur rappela la fuite du temps et l'existence de Toni. Comme dans une chasse d'eau détraquée, l'eau chuintait sans discontinuer dans les larges conduits, et même le bruit argentin des gouttes rebondissant sur l'asphalte de la cour s'entendait jusqu'au sixième étage. Ada enfila son jean, envoya d'un coup de pied le godemiché sous le lit, prit des doigts d'Alev une cigarette allumée et ouvrit la porte. Toni se tenait à quelque distance dans le couloir obscur, appuyé au mur ; l'eau coulait de ses longs cheveux sur son blouson en cuir synthétique. Quand le rai de lumière venu de la porte tomba à ses pieds, il leva les yeux et aperçut le visage d'Ada.

— Tout va bien ? demanda-t-il à voix basse.

Il avait l'air soucieux et triste, comme un vieil homme à la fin d'une vie gâchée qui ne lui a rien apporté d'autre que la certitude de l'inanité de tous ses efforts.

— Ça ne pourrait pas aller mieux, Toni, dit-elle. Et je suis tout à fait sérieuse en disant ça.

Le visage de Toni s'éclaira, il rejeta en arrière ses cheveux mouillés et se frotta la figure, effaçant toute trace de vieillesse et de déception pour pouvoir lui offrir enfin un sourire boutonneux, presque neuf, un sourire de dix-neuf ans tout juste.

— Il vous reste du tabac ?

— Rentre, dit Ada. Tu es à nouveau chez toi. Désolée.

Il eut un geste d'indifférence.

— C'est sûrement pas ta faute.

Il la prit par le bras et l'entraîna dans le couloir en refermant la porte d'un coup de pied.

— Je ne suis pas ta mère, poursuivit-il, et je n'aurais aucune envie de l'être. Mais il faut que je te dise une chose : évite ce type-là.

Il désigna le mur derrière lequel Alev se tenait, tapi comme une araignée dans un carton fermé :

— C'est un détraqué. Je partage sa chambre, je sais de quoi je parle. Tu comprends ?

Même dans l'obscurité, il était évident qu'Ada fixait un point sur son front. Il lui posa les mains sur les épaules :

— Déjà trop tard ?

Elle ne répondit pas.

— Il est déjà trop tard, répéta-t-il, il secoua la tête d'un air navré, saisit la poignée de la porte qui se trouvait derrière Ada et entra dans la chambre avec elle.

— Salut, vieux !

Alev était étendu sur son lit, la tache de sang sur celui de Toni avait disparu, Alev devait avoir interverti les draps. Ada et lui échangèrent un bref regard, un hochement de tête imperceptible.

— Ben mon vieux, qu'est-ce que t'es trempé ! Assieds-toi. Sers-toi.

Il lança à Toni son paquet de tabac, que l'autre attrapa d'une main, sans regarder.

Dehors, sous la pluie. Les cheveux d'Ada avaient gardé l'odeur d'Alev. Son pull-over et le blouson qu'il lui avait prêté sentaient Alev plus encore qu'Alev lui-même. L'étoffe concentrait son odeur en distillant une essence dangereuse qui lui donnait presque envie de vomir. Il était urgent de diluer dans l'air frais le désordre qui régnait dans sa tête. Derrière elle, Alev descendait l'escalier en courant ; il la rattrapa juste à temps pour pouvoir lui ouvrir la porte et la laisser passer. L'un suivant l'autre, ils sortirent sur le large perron monumental. Ils se séparèrent sur une poignée de main.

Un instant, Ada resta debout dans l'entrée pour contempler la pluie suspendue au ciel en grosses cordes liquides. Elle ne put se résoudre aussitôt à pénétrer dans ce rideau aquatique qui n'avait qu'un côté, un simple rideau qui ne dissimulait rien de beau ni de terrible. Par un temps pareil, aucune personne normale ne sortait dans la rue.

La pluie enfermait les gens, tandis qu'une gigantesque entreprise de nettoyage démontait la face du monde pour faire le ménage à fond. La pluie fermait les fenêtres, verrouillait les portes, effaçait les jardins. Les voitures creusaient des sillons dans l'eau en ouvrant leurs gros yeux globuleux de poisson, les trottoirs servaient de passerelles à des ombres chinoises, marginaux, charognards, laboureurs anonymes d'une économie hors sol. Une partie des ténèbres immenses où les villes sont accrochées comme des guirlandes à un sapin de Noël s'était infiltrée dans les rues ; aux rares passants qui osaient l'affronter, elle disait l'étendue infinie des espaces inhabités, parlait d'un univers totalement indépendant de toute existence humaine. Ada prit une profonde inspiration comme pour nager en apnée jusque chez elle et d'un coup sec se projeta dans la nuit. Quand elle se mit à courir, elle avait déjà franchi une frontière, laissant derrière elle tout ce qui venait de se passer.

Le monde est une lasagne

PENDANT ce temps, à cinq kilomètres de là, Höfi, assis au bord du lit de sa femme, regardait une autre portion de la même pluie, tout en songeant à cet univers indépendant de toute existence humaine. Jamais auparavant, Höfi n'avait ressenti avec une telle intensité l'indifférence qu'il lui inspirait. Cet univers n'était pas un endroit pour lui. Il offrait bien trop de place au corps, et bien trop peu à l'esprit. On aurait pu en dire tout autant de cette planète, de ce continent, de l'Allemagne, de cette ville et de la pièce où il se trouvait.

Dans cette pièce, il y avait toute une série d'objets qui n'avaient pas leur place ici. Par leur couleur, leur forme, leur odeur, ils n'étaient pas en harmonie avec l'ensemble d'une installation constituée de quelques meubles en noyer, de tapis épais et de livres couvrant en grande partie les murs. Les objets hétérogènes qui déparaient étaient en aluminium, en caoutchouc transparent et en plastique blanc, ils se dressaient de toute leur hauteur ou bien avaient la forme de lourdes caisses, certains, reposant sur des sortes de roulettes, happaient de leurs tuyaux tentaculaires l'espace environnant qui détonnait à son tour. Tout cela, comme le remarqua Höfi tout en observant le rideau de pluie qui obstruait sa fenêtre, tout cela lui était indifférent. Une seule chose le concernait. Cette chose, c'était son petit bout de femme britannique qui s'était déjà quasiment évanoui sous ses doigts, qui n'essayait pas de lui échapper quand il tentait de la saisir, qui s'abandonnait en toute confiance à ses mains mais qui inexorablement diminuait, diminuait à tel point que la couverture ne moulait pratiquement plus rien. Sa respiration n'était plus faite d'une alternance d'inspiration et d'expiration, elle n'était plus que le tressaillement sporadique d'un animal fragile au squelette d'oiseau.

A d'innombrables reprises durant cette soirée, Höfi avait pensé que le temps qui s'était écoulé depuis la dernière inspiration était beaucoup trop long. Il avait entendu venir l'orage, l'avait entendu repartir puis revenir encore. Il était assis là, en silence, quand la pluie s'était mise à tomber. Sa femme et lui ne parlaient plus. L'important, ils se l'étaient dit depuis longtemps ; quant aux banalités, ça n'était vraiment pas le moment. Elle souriait, les paupières closes, et quand il lui arrivait d'ouvrir les yeux, une ou deux fois par demi-heure, ils étaient remplis d'une telle émotion que Höfi avait beaucoup de mal à ne pas détourner les siens.

Depuis longtemps déjà, il n'attendait plus. Ses pensées divaguaient : il revoyait sa classe de quatrième et ses nombreuses gamines anorexiques, la silhouette râblée de Teuter et le malheur qu'il apportait pour la simple raison qu'il ne savait pas ce que c'était que le bonheur, Ada qui lui inspirait une infinie compassion depuis ce jour où il l'avait croisée pour la première fois en compagnie d'une mère aux nerfs à fleur de peau. Il existait si peu de choses importantes auxquelles il aurait pu songer. La vie était faite de choses banales, c'était un édifice dont la banalité constituait tout à la fois le matériau de construction, le mortier et le crépi. Même en face de la mort, on était encore obligé de faire des choses banales, comme tirer la prise du téléphone pour s'empêcher soi-même de ne pas tenir sa promesse. A partir d'aujourd'hui plus de coup de fil aux ambulances, promets-le-moi, très bien, je te le promets. Quels que soient les drapeaux qui pavoisaient notre existence, drapeaux de joie ou de tristesse, l'existence en elle-même n'en restait pas moins banale. Il fallait croire que c'était sain. Il fallait croire que cela permettait d'avoir les pieds sur terre, il fallait croire que c'était normal. Et ce qui était normal devait aussi nécessairement être bon, car quel était l'imbécile qui aurait qualifié de normal quelque chose de mauvais ?

La pensée de Höfi évoluait en boucles, s'imprégnant de la pluie jusqu'à ce que le bruit de l'eau qui tombe finisse par devenir le bruit de ses propres rêveries. Sa femme rouvrit les yeux puis les referma.

A dix minutes de là en voiture, dans la rue la plus heureuse de la ville, Smutek, appuyé à la fenêtre qui devenait peu à peu sa place habituelle, regardait fixement l'orage comme si tant d'agressivité pouvait lui apprendre quelque chose, tout en songeant à sa femme qui, s'éloignant de plus en plus de l'être aimé, était sur le point de se transformer en quelque chose d'inconnu. Elle était d'une pâleur de cire, ses yeux noirs avaient l'air éteints comme des yeux en plastique et ses cheveux se défendaient du moindre contact par un crépitement électrostatique. Depuis des semaines, seuls des mots isolés tombaient goutte à goutte de sa bouche et Smutek assistait à ce spectacle comme un homme qui souhaiterait prendre une douche sans avoir remarqué que les tuyaux de la cave étaient percés.

Dans le temps, il lui parlait tous les jours de son travail. A partir d'un rien, il était capable d'inventer toute une histoire pour elle, bondissant de sa chaise pour caricaturer la démarche d'un collègue, imitant des voix, esquissant sur une feuille le lieu de l'action et jetant même quelques personnages secondaires sur le papier.

Ensuite, j'ai brutalement ouvert la fenêtre, d'un grand mouvement des bras de gauche à droite. L'air hivernal est venu me frapper au visage, vlan, et soudain j'ai senti une odeur de bananes. Trois petites vieilles, toutes de noir vêtues comme Dracula, traversaient en ligne droite la cour du lycée. Elles portaient des gants noirs et chacune avait dans sa main droite une banane, d'un jaune éclatant : trois flambeaux dans cette après-midi enfumée. Elles ont mordu presque simultanément dedans. Les hallucinations n'ont pas d'odeur, n'est-ce pas, pas plus que les rêves. J'ai vraiment cru voir passer le diable en trois personnes. C'est toujours un élément infime qui révèle une rupture dans le réel. Essayez d'accrocher un tableau au mur pour recouvrir une tache d'eau et vous aurez l'impression qu'il n'est pas à sa place.

Voilà comment il lui parlait et Mme Smutek riait aux larmes. A présent, une forme plate reposait sur le canapé, son corps n'était guère en mesure de bomber la couverture multicolore, et tout ce dont il avait envie de parler concernait le lycée, Ada ou encore la petite maison en Mazurie, c'est-à-dire des sujets qu'il fallait éviter de rappeler à sa femme ou dont elle ne devait rien savoir. Avec une stupéfiante facilité le lien qui les avait si longtemps unis s'était rompu. Sans un mot d'adieu, elle s'était couchée et reposait depuis dans un cercueil de verre. Blanche-Neige dormait.

Des coups de vent rabattaient les murs d'eau élastique, tantôt à gauche, tantôt à droite. Et maintenant il aurait fallu en plus qu'il ne parle plus à Ada. Ne plus jamais courir à côté d'elle lui apparaissait en ce moment comme la menace d'une perte existentielle qu'il avait eu la bêtise de provoquer lui-même. Peut-être lui aurait-elle répondu un jour. Peut-être lui aurait-elle confié dès l'entraînement suivant pour quelles raisons une gamine peut aller jusqu'à casser la figure d'un élève de son lycée. Peut-être lui aurait-elle expliqué le danger qui le menaçait et dont elle avait voulu l'avertir.

Depuis qu'il connaissait Ada, il pensait souvent à sa propre scolarité en Pologne. La plupart de ses professeurs de l'époque n'étaient pas plus âgés que lui maintenant. En ce temps-là, il avait cru qu'ils appartenaient à une espèce différente qui, comme par hasard, parlait la même langue que lui. Depuis, il était devenu l'un des leurs et pouvait essayer de ressusciter ses apparences de souvenirs afin de tendre la main à ces ombres par-delà les décennies, voyez, vous étiez des gens normaux, à l'époque je n'en savais rien. Mais il n'y parvenait pas. Ils restaient ce qu'ils étaient, des spectres d'enseignants d'une pâleur étrange, tandis que lui continuait de se sentir plus proche de ses élèves que d'eux. Impossible d'imaginer qu'en ce moment Ada pouvait le considérer de la même façon : un fantôme. Smutek en vint à penser que le présent et le passé ressemblaient aux deux côtés opposés d'un dé : on ne pouvait jamais les voir simultanément et pourtant on savait qu'en les additionnant on obtiendrait toujours sept. Ses professeurs et lui, lui et Ada : le résultat était toujours identique. Que savait-il de ce qu'Ada pensait de lui ? Deux coureurs longeant le même fleuve, regardant les mêmes arbres et les mêmes promeneurs pouvaient bien voir deux mondes totalement différents. C'était impossible à vérifier. Ada aurait beau lui crier des choses à tue-tête, il n'en était pas moins possible qu'elles ne lui parviennent que sous la forme d'un gazouillis inintelligible. Smutek sentait qu'il était sur le point de comprendre quelque chose d'important, mais, chaque fois, au moment même où il croyait pouvoir le saisir, la cohérence d'ensemble lui échappait.

Sa femme était couchée sur le canapé. Impossible de savoir si elle dormait ou si elle restait immobile pour d'autres raisons. Il avait dit les dernières phrases à voix haute. Pas un signe de tête, ni oui, ni non, qui aurait pu indiquer si les deux parties de sa vie ressemblaient également aux côtés opposés d'un dé. A présent Smutek, le dos à la fenêtre, était tourné vers sa femme. Il voulait lui expliquer quelque chose. Sa propre voix lui parvenait comme celle d'un étranger, elle semblait lire un texte préparé à l'avance qui n'était écrit nulle part.

Il faut que tu saches que le temps est constitué d'un nombre infini de couches successives dont chacune porte en elle la force de l'instant. Ces couches sont plus serrées que les lamelles du chapeau d'un champignon. Ainsi tous les moments du passé et de l'avenir existent-ils simultanément. Entre deux couches se créent sans cesse de nouvelles strates : chaîne causale faite de hasards dédaignés, de possibilités non réalisées et d'alternatives délaissées. Et les étages s'empilent à une vitesse hallucinante jusqu'à devenir une gigantesque pâte feuilletée. Notre conscience, en quête d'un chemin possible, louvoie sans cesse, allant et venant entre les étages les plus proches. Faisant cela, elle crée un flou que nous n'arrivons à surmonter qu'en le mettant sur le compte de l'imperfection notoire de notre mémoire. Si quelqu'un va trop loin, se retrouvant dans des couches qu'il ne connaît pas, il a l'impression de perdre pied. S'il heurte un obstacle et tombe sans pouvoir retrouver le chemin du retour, il va paniquer et se mettre à errer sans plus jamais rien comprendre. Plus rien ne sera cohérent, plus rien n'aura de sens. On dira de lui : c'est tragique, il est devenu fou, il se prend pour quelqu'un qu'il n'est pas et croit à des choses qui n'ont jamais existé. Les médecins ont un nom pour ça : la schizophrénie. C'est, de toutes les maladies, la plus philosophique. Je voulais te dire que ces derniers temps je me suis souvent retrouvé entre ces couches. Peut-être en est-il de même pour toi, et pour tous les autres aussi. Peut-être s'est-il produit récemment un tremblement de terre dans l'armature du temps.

Smutek ne savait pas exactement ce dont il parlait, et surtout pas à qui. Il se sentait transporté, il sentait la proximité des gens qui comptaient pour lui. On ne pouvait exclure que sa femme dans son subconscient l'entendait, à la manière d'un patient en état de coma éveillé. Il avait envie d'ouvrir la fenêtre en grand afin de crier dans la nuit : Je connais la réponse. Ecoutez-moi ! Le monde est une lasagne.

Mais seule la pluie parlait au monde. Les gens dont Smutek se sentait si proche étaient inaccessibles derrière les nombreux murs de la ville. Quelque part dans cette ville, Höfi était accroupi sur le sol, tordant son corps difforme comme un enfant malade, jusqu'à ce qu'il parvienne à appuyer l'intérieur de ses genoux contre ses oreilles. Il plongea ses mains dans ses cheveux clairsemés, enfonçant ses ongles dans le cuir chevelu comme s'il pouvait l'entailler et se servir de cette fente pour s'ouvrir le crâne. Il n'accordait aucune attention à l'orage qui était en train de se calmer. Il n'était plus que le résidu inutile d'une destruction omnivore, craché là tel un grain immangeable dans un repas opulent. Quelque part ailleurs, Ada traversait la pluie en levant haut ses jambes de cow-boy, afin d'essayer d'écarter, grâce à la raideur de sa démarche, le tissu de son jean des lèvres écorchées de son sexe, tout en observant un homme qui s'arrêta brusquement, fixant des yeux une flaque d'eau au fond de laquelle on apercevait, collée sur l'asphalte, la page de titre d'un journal. En se penchant, il en lut quelques lignes et repartit en courant, dans la direction d'où il était venu. Cette feuille mouillée venait peut-être de lui révéler que dans quelques jours dix bombes allaient déchiqueter la gare d'une grande métropole européenne, plongeant la moitié du continent dans la folie. Quelque chose s'était peut-être légèrement déplacé. Ada se mit à chanter tandis que la pluie diminuait, elle tenait toujours un seul et même son qui enfla et devint de plus en plus aigu. Elle renversa la tête en arrière, hurla dans la nuit déserte sans obtenir de réponse, pas même un écho.

Smutek ne perçut rien de tout cela. Il se mit à marcher de long en large, tout en parlant et en gesticulant dans l'air sans défense. Je t'ai expliqué le temps, à présent c'est au tour de l'espace. Tout ce mirage aux grands airs, ce terrain de jeu démesuré où s'active notre perception se réduit à un tout petit point qui le contient tout entier. C'est nous, et nous seuls, qui l'extrayons de ses boîtes successives comme le décor d'un livre pour enfants, et le moteur de cette gigantesque création, c'est l'obligation de distinguer les choses, qui nous contraint à chercher un contraire à chaque élément. Il n'est pas de point sans surface, pas d'objet, si minuscule soit-il, sans espace. Si rien n'était grand, rien ne serait petit ; si le bruit n'existait pas, il n'y aurait pas de silence ; et sans laideur, il n'y aurait pas de beauté. Nous ne voyons le noir que parce qu'il peut se détacher. Pas de rouge sans bleu, pas d'homme sans animal. La multiplicité a besoin de place et le monde se gonfle comme une bulle de chewing-gum. De même que tous les événements imaginables pourraient avoir lieu en une seule et même seconde s'ils se décidaient à se produire en même temps, tout ce qui relève de l'espace existe en un seul point. Tu veux savoir comment il est possible qu'un homme fasse partie d'un point ?

Mme Smutek n'avait pas posé de question, elle n'avait pas bougé d'un cil.

Le secret, c'est qu'une petite partie de l'homme reste en dehors de ce point spatial. Or, ce qui est hors de l'espace est aussi hors du temps, ce qui nous permet de découvrir en passant ce qu'est l'immortalité de l'âme. Il faut qu'il existe une instance extérieure qui procède aux observations et aux analyses, elle ne saurait être elle-même objet d'observation et d'analyse. Un couteau peut tout couper sauf se couper soi-même, un pied peut marcher sur tout sauf sur soi-même, un doigt peut tout montrer sauf se montrer soi-même. Lorsque je considère mon visage dans un miroir, que je songe à ma propre conscience d'être ou que je me demande qui je suis, il reste toujours une partie de moi qui ne saurait se saisir elle-même. Quelque part au fond de nous se trouve cette miette ultime, infime, qui fait un pas en arrière chaque fois que nous pensons l'avoir aperçue – car c'est elle qui regarde. C'est l'âme, elle a créé le monde, tu peux l'appeler Dieu. Elle est la somme restante, résultat nécessaire de la soustraction chaque fois que quelqu'un meurt. Telle est l'explication de l'univers. Nous pouvons aller dormir.

Mme Smutek restait immobile, Höfi restait immobile. Même Ada avait cessé de hurler sans raison comme une louve qui ne veut entendre que sa propre voix. Smutek, debout au milieu de la pièce, à l'endroit même où la fin de son exposé l'avait laissé, restait tout aussi immobile ; seule subsistait cette inévitable respiration sous laquelle sa poitrine se soulevait et s'abaissait comme après une course rapide. Il avait envie de réveiller sa femme pour qu'elle le regarde, qu'elle lui réponde, qu'elle fasse l'amour avec lui. Il n'arrêtait pas de se parler à lui-même. La situation devenait insupportable. Des deux mains, il se frappa violemment le front.

Ada se secoua et traversa les flaques en courant pour rentrer chez elle. Höfi se laissa tomber sur le côté et s'enroula sur lui-même. Smutek sentit monter en lui le souhait de n'avoir jamais vu le jour et quitta le salon pour aller se coucher. Une fois dans le couloir, presque trop loin pour l'entendre, il distingua la voix de Blanche-Neige. Les yeux fermés, elle disait qu'elle l'aimait. D'un bond, il fut devant le canapé, il s'accroupit et se mit à pétrir des deux mains les carrés bariolés de la couverture en patchwork : il n'osait pas toucher sa femme.

Le lendemain, Höfi ne vint pas travailler : il ne s'était pas fait porter malade.

Nous sommes les arrière-petits-enfants des nihilistes. Un aigle s'envole du toit

TROIS jours après l'orage, le fonctionnement des ciels était toujours perturbé. La couleur bleue ne voulait rien savoir pour s'installer, elle restait coincée quelque part entre le gris clair et le blanc, puis un coup de vent déchirait les minces couches de nuages pour les réduire en lambeaux qui s'écartaient sur le côté et s'amoncelaient au-delà du fleuve au bord de la chaîne de collines, comme un rideau tombé de sa tringle. Ils dégageaient la vue sur le vide qui se trouvait derrière eux.

Le mercredi matin, Höfi reparut devant ses élèves sans la moindre explication. Peu après la fin des cours, à la seconde précise où un rayon de soleil unique surgi du ciel vide aiguisait à l'arête du toit de l'établissement sa lame à double tranchant, Höfi plia les genoux et, d'une poussée de ses deux jambes, prit son envol. Pour la première et unique fois de son existence de Quasimodo, il déploya une élégance incomparable. Il sauta en écartant les bras, sa tête dépourvue de cou tendue vers le haut comme s'il prévoyait de s'élever dans les airs, et un instant on eut réellement l'impression que, défiant les lois de la pesanteur, il allait décider, au lieu de tomber, de rester tranquillement étendu sur un matelas d'air pour décrire ensuite un ou deux cercles au-dessus de la cour à la façon d'un aigle majestueux avant de prendre de la hauteur, de franchir le fleuve et de disparaître dans les montagnes.

Debout depuis un quart d'heure sur le perron de l'entrée principale, Ada exécutait une des consignes d'Alev : elle l'attendait. Des élèves de tous âges passaient devant elle, chargés de cartables synthétiques aux couleurs vives, de sacs à dos imperméables ou de serviettes en cuir naturel, par deux, par cinq, parfois seuls, bavardant, riant, échangeant des bourrades. Aucun d'entre eux ne levait les yeux vers le ciel. Les filles peignaient nerveusement leurs crinières de leurs doigts écartés, rejetant tour à tour leurs cheveux vers l'arrière et vers l'avant. Les plus âgés fumaient, certains se taisaient, aucun ne s'attardait. Pendant ce temps, Alev traînait dans le bâtiment, concluait un marché, convenait d'un rendez-vous, découvrait ce qu'il importait de découvrir. Depuis trois jours, Ada se réveillait tous les matins avec l'impression de s'être égarée dans un film surréaliste que le metteur en scène lui-même ne contrôlait plus. Elle se rendait à l'école fermement convaincue qu'il n'existait aucun plan quel qu'il fût, qu'Alev n'avait rien fait d'autre que de jouer au docteur avec elle en poussant les choses un peu loin, et que cette défloration avait épuisé les projets qu'il formait à son propos. Mais il suffisait d'un sourire sardonique et d'un regard en biais pour lui rappeler que les jeux que l'on partageait avec Alev portaient d'autres noms. Comme elle savait parfaitement observer la loi du silence, elle attendait tranquillement qu'il renoue le contact, initiative qui, selon les règles non écrites de leur code personnel, lui revenait. Elle n'avait pas été surprise quand, lui écartant les cheveux pour découvrir l'oreille droite, il l'avait poliment priée dans un chuchotement de bien vouloir l'attendre devant l'entrée principale à la fin des cours.

Enfin les élèves cessèrent de passer, le flot était tari, le bâtiment exsangue, Ada seule avec l'asphalte zébré de rayures multicolores. Elle se tenait à quelques mètres du mur devant le perron. Si elle avait renversé la tête en arrière, elle aurait vu la pointe des pieds de Höfi et peut-être aussi le bout de son nez qui apparaissait brièvement par-dessus la gouttière, formant un angle obtus avec ses chaussures, chaque fois qu'il se penchait en avant pour vérifier si le tout dernier retardataire s'était enfin décidé à rentrer chez lui pour déjeuner. Quand le rayon de soleil en question divisa le troupeau de nuages en désordre pour venir toucher la façade en brique du lycée, modifiant l'ambiance lumineuse à la façon d'un projecteur de théâtre qui s'allume, Ada leva vers le ciel un regard surpris. Elle vit une ombre s'envoler du toit.

En chute libre, le corps humain peut atteindre une vitesse maximale approximative de deux cent cinquante kilomètres à l'heure. Si l'on admet, en raison de la faible hauteur du bâtiment et de la position inconfortable de Höfi dans les airs, une vitesse moyenne de vingt mètres à la seconde, Ada et lui auraient pu consacrer tout au plus deux secondes à quelques réflexions avant l'impact. Bien sûr, s'il est vrai qu'il suffit d'une seconde pour contenir simultanément tous les événements imaginables, deux secondes permettraient de refaire deux fois le monde. Les dernières paroles prononcées par Höfi en son for intérieur ne nous sont pas parvenues.

A peine était-il tout entier visible par-dessus le bord du toit qu'elle le reconnut. Ses pensées ne récapitulèrent ni toute sa vie à elle, ni toute sa vie à lui, mais le petit laps de temps durant lequel, moins d'une demi-heure auparavant, elle avait écouté le cours de cet oiseau noir. Il était comme toujours tassé derrière la chaire, sans que le moindre mouvement, extension du dos ou redressement du cou, trahisse qu'il était capable de voler. A aucun moment, l'ombre d'une aile n'avait effleuré le mur de la salle de classe. Ils avaient parlé de politique, plus exactement de terrorisme. Encore le terrorisme, toujours le terrorisme.

Si Höfi n'avait pas été par nature bizarre et inadapté, les élèves auraient pu remarquer que, ce jour-là, il n'avait nullement l'intention de donner un cours, mais qu'il crachait son venin sans relier ses propos à un quelconque sujet. Jusqu'à présent, avait-il déclaré, l'humanité avait trouvé à toutes les époques un moyen de se précipiter dans le malheur. La mode actuelle de la violence n'était pas plus surprenante que celle des pantalons d'été serrés aux jambes par un élastique. Il voulait dire par là que ce look destructeur allait dominer l'histoire pendant très longtemps encore, quels que soient les moyens employés par les autorités pour tenter de le combattre. En fait, c'était ce que voulait l'humanité. Il annonça qu'un attentat de grande envergure allait se produire prochainement, selon toute vraisemblance sur le sol espagnol ou polonais, et se gaussa d'avance de tous ceux qui tenteraient désespérément – et avec délectation – d'estampiller l'intolérable en lui collant une étiquette marquée *Al-Qaida*, *Islamisme* ou *Clash of civilizations*.

Stimulé par ces considérations, Alev avait répliqué qu'elles n'apportaient rien de nouveau. Si on voulait donner un nom à l'ère de la démocratie, il n'y avait qu'une seule possibilité : le temps de l'hypocrisie. Il y a peu de temps encore, le chef d'un Etat en mal de matières premières faisait le nécessaire sans prendre trop de gants, alors qu'aujourd'hui une morale pervertie imposait à tous les puissants de ce monde d'avancer quatre-vingt-quinze thèses avant de faire ce que l'on avait toujours fait. Dans ce contexte, le terrorisme apparaissait comme un problème rhétorique. Tous ceux qui traitaient de progrès éthique ce genre de tentative de légitimation lui donnaient tout simplement la nausée, surtout depuis que la notion la plus fallacieuse de tous les temps était convoquée pour disculper la realpolitik de l'époque post-moderne : le principe de *sécurité*. Car sur une planète aussi exiguë la sécurité était tout aussi impossible que la vie éternelle, et si la politique prétendait le contraire, elle mentait.

Höfi, qui avait presque disparu derrière la chaire, avait écouté avec impatience et réagi avec une agressivité inattendue. Dans les pays démocratiques, la prétendue politique tend un miroir à la société et cette société, monsieur El Qamar, tu en fais toi aussi partie, alors demande-toi un peu qui est l'hypocrite.

Pendant un moment, Alev resta sans voix. Ada s'en aperçut et lui vint en aide sans demander la parole.

— On ne peut pas observer le monde à travers un miroir, monsieur.

— Exactement, s'écria Alev, qui s'était ressaisi, un miroir n'est pas une fenêtre.

Il remarqua trop tard que cette réaction intempestive avait gâché la victoire ; un silence total, accompagné d'un sourire, aurait parfaitement suffi comme signe d'assentiment. Höfi, la tête profondément enfoncée dans ses épaules, s'était tourné vers Ada pour lui lancer le regard d'un taureau dont l'attention aurait été détournée par l'irruption d'un deuxième torero.

— Ma chère Ada, tu es incroyablement plus intelligente que nous tous.

— Je suis exactement comme les autres, rétorqua Ada du tac au tac comme si elle lisait sa réplique sur un prompteur, je ne comprends absolument rien à rien. Mais beaucoup plus vite.

Höfi enterra la hache de guerre sous un rire sincère, tout en étendant ses bras semblables à des ailes.

— On ne peut pas discuter avec vous, s'exclama-t-il, vous êtes terriblement démodés. Bande de nihilistes !

— C'est pire, lança Alev, soudain sérieux, depuis l'angle opposé de la pièce. Les nihilistes, eux, croyaient au moins en l'existence d'une chose à laquelle ils pouvaient ne pas croire.

— Nous, enchaîna Ada, nous sommes les arrière-petits-enfants des nihilistes.

Quand Höfi la regarda, elle avait les mains posées à plat sur la table. Un silence incertain régnait dans la classe ; personne n'était capable de comprendre le sens de cette rapide joute verbale. Quelque chose était en suspens dans l'air, qui signifiait à peu près : vous mourrez tous et ça n'aura aucune importance. Pourtant, personne n'avait dit cela.

Höfi capitula à sa façon. Il ouvrit le livre d'histoire, fit mine de chercher l'endroit où ils s'étaient arrêtés la semaine précédente, puis leva la tête et réussit l'exploit de fixer chacun sans regarder personne.

— Peut-être est-ce une chance, dit-il doucement. Nous avons survécu à la mort de la religion, nous survivrons aussi à la mort de la philosophie. Quoi qu'il advienne, vous aurez peut-être ainsi la force de le supporter. Notez bien deux choses. Quand la télévision vous dit que quelque chose est important, c'est que quelqu'un est en train d'essayer de vendre un produit. Il ne vous reste qu'une seule chose : *amor fati*, l'amour de tout ce qui est. Je vous souhaite tout le bonheur possible.

Puis il avait enchaîné sur Bismarck. Nous sommes les arrière-petits-enfants des nihilistes. Quand la sonnerie annonça la fin des cours, c'étaient les dernières paroles qu'elle lui avait adressées de sa vie.

A présent, il tombait. L'instant de l'élégance était passé, Höfi tomba comme une pierre, se rassembla en l'air en un paquet informe, prit de la vitesse, atteignit son allure maximale et atterrit avec le bruit qu'aurait fait en s'écrasant sur l'asphalte un médecine-ball de la taille d'une petite voiture. Ada se trouvait tout au plus à cinq mètres de lui. Elle n'aurait pas été étonnée de voir l'endroit entouré d'une étoile de fissures, lézardé comme une couche de glace qui aurait finalement tenu bon. Ada était sûre que ce corps aurait préféré sombrer dans une profondeur inconnue en ne laissant qu'un trou dans le sol au lieu de rester affalé là, ravalé au rang d'un tas de vieux vêtements qui n'avaient plus trouvé place dans le conteneur à chiffons.

Elle referma la bouche, ouverte sur un cri qu'elle avait oublié de pousser. La chose qui gisait devant elle n'avait ni membres, ni visage. Tout ce qui en avait fait un être humain était enfoui sous lui, il avait atterri sur ses quatre pattes comme un chat tombé du sixième étage.

Seule avec Höfi, Ada vivait un moment d'étrange intimité. Elle partageait avec lui un instant important, peut-être le plus important de la vie de cet homme. Elle en était gênée. Il avait manifestement voulu que personne n'assiste à tout cela.

Qu'est-ce que tu éprouverais, lui avait demandé Alev, s'il y avait un cadavre là, devant toi ? – Dégoût et fascination.

Ada n'éprouvait rien de tel. Elle se sentait profondément solidaire. Jamais auparavant elle n'avait été aussi proche de quelqu'un. Elle aurait voulu s'accroupir près de lui et adopter la même position, tête écrasée contre le sol, bras et jambes ramenés sous son corps. Elle ne perdit pas une seconde à se demander s'il pouvait vivre encore. Elle n'eut pas l'idée d'appeler à l'aide, de se mettre à courir, d'utiliser ses jambes bien entraînées pour aller chercher un enseignant, la police ou une ambulance. Au contraire, elle voulait prolonger le temps qui lui restait à passer avec lui : du temps pour s'approcher, avec autant de précaution que le renard en avait exigé du Petit Prince, pour que ni l'un ni l'autre ne soit effrayé. Du temps pour demeurer près de lui jusqu'au moment où ils se seraient habitués l'un à l'autre, lui poser une main sur l'épaule, sentir sa chaleur qui perdurerait encore pendant un certain temps, suivre la chute progressive de sa température, trente-six, trente-trois, puis, à un moment ou à un autre, la valeur aberrante de quinze degrés ; du temps pour chuchoter avec lui, sentir son odeur… pour finir elle ne savait quand, des heures plus tard, quand ils seraient parfaitement en harmonie, par le retourner avec précaution.

Alev, venant de la cour des fumeurs, tourna à l'angle du bâtiment. Quand Ada le vit accélérer le pas, elle se posta près de Höfi comme pour le défendre. La cour se transforma en scène de théâtre sur laquelle deux personnages, l'un debout, l'autre couché, attendaient l'arrivée d'un troisième.

Il fallait que ce soit Höfi. Non, par pitié, pas lui.

On eut d'abord l'impression qu'Alev allait se jeter au sol, puis il se domina. Il avait pâli ; il leva plusieurs fois au ciel des bras désemparés, puis les referma sur Ada comme pour la calmer. En fait, c'est lui qui se cramponnait à elle. Elle le repoussa.

— Qu'est-ce que tu éprouverais s'il y avait un cadavre là, devant toi ?

Alev ne répondit pas. Ada recula d'un pas, et ils se retrouvèrent de part et d'autre de l'homme qui gisait sur le sol, tandis que celui-ci se transformait en mort de théâtre, en figurant pitoyable payé pour rester immobile durant toute la soirée.

— Je profite de l'occasion pour te dire une chose. Je peux bien admettre que tu vives plus dans la théorie que dans la pratique, mais ne va pas flancher maintenant. Pas devant lui, je t'en prie !

Ses joues étaient rouges, elle parlait avec tout son corps comme si la rage et l'énergie vitale qui s'échappaient de Höfi avaient pris possession d'elle tel un parasite s'introduisant dans le premier animal venu.

— Viens ici, dit Alev, viens de mon côté. Nous serons deux à le regretter.

Elle était déjà près de lui et le laissait refermer les bras sur elle, quand elle trouva enfin la formule qu'elle avait cherchée en vain pour décrire la violente réaction de défense qu'elle avait eue devant la frayeur imbécile éprouvée par Alev. Elle murmura comme pour elle-même et Alev acquiesça de la tête, il comprenait : "Par ce qu'il a fait, il est devenu l'un des nôtres." Sous Höfi, une flaque allait s'élargissant jusqu'à la pointe de leurs pieds. Trop claire pour du sang, c'était de l'urine, l'odeur ne trompait pas.

On les trouva étroitement enlacés auprès du corps fracassé de leur professeur d'histoire. Peu après, sous le tournoiement tressautant d'un gyrophare, la façade du lycée cessait d'être un décor de théâtre pour devenir un décor de film. Le jour maussade n'avait aucune chance de s'affirmer face à ces aveuglants éclairs bleus et endossa le rôle du crépuscule ou du petit matin avant le lever du jour. Ada se détourna quand des mains étrangères se saisirent de Höfi et le soulevèrent pour glisser la civière sous lui. Elle se défendit sauvagement contre un jeune médecin qui venait la toucher, commettant l'erreur de confondre son calme avec les suites du choc subi.

Alev, lui aussi, refusa tout examen médical. Ils insistèrent pour se rendre au poste de police ; environnés de linoléum, de gobelets de café vides et de plantes poussiéreuses qui n'auraient pas pu paraître plus artificielles si elles avaient été en plastique, ils firent leur déposition. Non, il n'a pas été poussé. Essayez donc de comprendre une bonne fois qu'il a sauté volontairement. Pourquoi j'en suis si sûre ? Parce que je l'ai vu. Et parce que je le connaissais.

Sur la banquette arrière d'un taxi, ils poursuivirent leur conversation. Inutile de dire que les événements, loin d'empêcher l'exécution du plan d'Alev, la rendaient d'autant plus nécessaire. Höfi était l'unique personne qu'ils ne voulaient perdre ni l'un ni l'autre. Avec lui disparaissait la seule instance au monde en mesure de leur apporter la contradiction.

Le choix s'était porté sur le vendredi, vendredi seize heures au gymnase. Smutek remplaçait un collègue auprès de l'équipe de volley-ball des moyens ; la séance se terminait à quatre heures moins le quart. Grimaçant un sourire, Alev garantit qu'au moment opportun une volleyeuse anonyme ouvrirait de l'intérieur la porte du gymnase. Ada n'aurait qu'à s'y glisser, se cacher dans le vestiaire des professeurs et attendre le moment où Smutek, après avoir tout rangé, aurait verrouillé la porte derrière le dernier élève. Pour le reste, promit Alev, les choses suivraient leur cours naturel. Leurs lèvres se joignirent dans un sec baiser fraternel quand le taxi s'arrêta devant la villa. En haut, sa mère était déjà penchée à la fenêtre.

Les hommes sont totalement étrangers les uns aux autres.
Ciebie nie zapomne

Le mercredi, Smutek ne travaillait pas les deux dernières heures. A l'instant exact où Höfi s'écrasait dans un bruit sourd sur les pavés, il était déjà assis sur le canapé du salon et regardait en souriant sa femme qui venait d'entreprendre une expédition à travers sa propre maison. Rendant visite aux plantes en pot, saluant au passage l'étagère, riant à la vue des dos multicolores des livres dont les couleurs ne s'accordaient jamais quand on voulait les classer par ordre thématique, elle finit par s'agenouiller pour peigner de ses doigts les franges du tapis.

La couverture en patchwork multicolore était soigneusement pliée sur le fauteuil. Smutek l'observait avec l'émotion d'un père adoptif qui regarde son pupille prendre ses premières leçons d'équitation. Mme Smutek avait l'air plus jeune que jamais. Sa pâleur de cire avait effacé jusqu'aux dernières rides autour de la bouche et des yeux, les mèches sombres de ses cheveux descendaient sur ses épaules et son pas était incertain comme si elle faisait une randonnée sur, oui c'est exactement ça, sur une couche de glace trop mince. Elle bavardait, évoquant la possibilité d'avoir un chat ou encore de tapisser les murs dans des tons plus chauds. L'après-midi s'écoula ainsi, paisiblement, toute la maison était parfumée de l'odeur du thé brûlant des froides journées d'hiver. Le téléphone posé sur la petite table de l'entrée se taisait en toute innocence. Lorsque ce soir-là Mme Smutek se glissa sous son échiquier bariolé et que Smutek rentra la couverture enveloppant ce corps maigre, les yeux de sa femme ne ressemblaient plus aux yeux froids et salés des truites d'eau douce. Ils lui parlaient. Je voulais encore te dire que tous les deux, qu'il s'agisse de point ou de surface, nous partageons les mêmes coordonnées spatio-temporelles. Le même *x* et le même *y*. Smutek posa un baiser sur son front, ferma les yeux de son épouse du plat de la main et alla s'installer, muni du journal local et d'une bouteille de vin, à la table de la cuisine.

Une inquiétude sans fondement, dans laquelle un être sensible aurait pu voir un mauvais présage, l'empêcha de lire si bien qu'il se mit à remplir avec application les espaces vides des lettres avec son stylo rouge. Il s'appliquait méticuleusement à ne pas déborder comme si toute cette minutie devait permettre de conjurer le malheur.

Elle apprendra une seconde fois à penser, à parler et à marcher. Elle grandira à nouveau et tout le passé, le communisme et le catholicisme, le général Jaruzelski, la mort de son père et la chambre miteuse de la cité universitaire où venaient frapper de temps à autre de jeunes Polonais qu'elle ne connaissait pas et qui lui demandaient quelques mètres carrés pour créer une cellule de résistance étrangère – tout cela ferait partie d'un film qu'on avait vu un jour et dont l'action et les personnages nous sont vaguement restés en mémoire. Tout va s'arranger.

L'inquiétude restait. Au cours de la soirée Smutek remplit ainsi toutes les lettres de la rubrique “Faits divers” où devait paraître le lendemain la nouvelle du suicide d'un enseignant dans l'enceinte d'un établissement renommé, puis il retourna le journal et poursuivit sa tâche sur la page de titre consacrée à de vains bavardages sur la politique intérieure et qui ne savait pas encore qu'un petit groupe d'hommes, quelque part sur le continent, s'affairaient aux derniers préparatifs qui lui permettraient de remplir pour des semaines les pages de titre de photos de trains qui explosent.

Le lendemain matin, Smutek entendit la nouvelle à la radio en se rendant à son travail. Madrid. Les nuages de poussière n'étaient pas encore retombés, les poches d'innombrables morts retentissaient de sonneries de portables. A la radio, les voix des présentateurs tremblaient.

Durant la nuit, l'hiver avait à nouveau fait sentir sa morsure, une couche blanche de givre recouvrait les touffes d'herbe de l'année dernière. La sagesse populaire ne disait-elle pas : année bissextile, ne te découvre pas d'un fil. Smutek ne se rappelait pas ce qu'il avait fait de cette journée supplémentaire. Il coupa le chauffage de la voiture et ouvrit la fenêtre. Trempé de sueur mais rafraîchi, il arriva au lycée Ernst-Bloch et resta encore un moment dans sa voiture pour entendre les dernières informations jusqu'au bout.

Sa classe l'accueillit avec le lourd silence de l'être collectif qui en sait plus que l'individu qui vient d'arriver. En face de lui vingt-quatre cariatides qui portaient tout un édifice fait d'incertitude, de trouble, d'effroi et de peur pesant lourdement sur leurs épaules. Seules deux personnes observaient Smutek de l'extérieur à travers les meurtrières d'un énorme rempart fait d'indifférence satisfaite. La nouvelle de la mort de Höfi s'était plus rapidement répandue parmi les élèves que les nouvelles officielles ne pouvaient atteindre un enseignant.

— Donc, vous êtes au courant, dit Smutek et, avec des mots pleins d'émotion, il se mit à leur donner des détails qu'il venait d'entendre à la radio. Deux princesses éclatèrent en sanglots hystériques et sortirent de la salle, accompagnées de leurs soupirants. On entendit leurs gémissements saccadés s'estomper peu à peu dans le couloir. Smutek lui-même, totalement défait, n'était plus que balbutiement quand Ada, le visage d'une proche du défunt, se leva. En raison de la géographie de la mort de Höfi et du fait qu'elle était celle qui comprenait le mieux sa décision, elle avait décidé d'assumer le rôle de l'héritière. Elle saisit Smutek par la manche et l'attira vers la porte si bien que seul Alev, assis au premier rang, put entendre ce qu'elle murmura à voix basse à l'oreille de Smutek. Il blêmit, acquiesça de la tête, la remercia et la renvoya à sa place.

Contrairement à son habitude, il fit son cours assis au pupitre. Le temps s'écoulait comme s'il avait des semelles de plomb. En raison d'une distorsion de perspective, l'immense malheur qui avait frappé au loin, à Madrid, et la petite catastrophe vue de tout près, le suicide d'un enseignant, semblaient d'importance similaire. Leur succession engendrait une menace. Dès que les gens ne pouvaient comprendre, ils étaient victimes de la superstition, comme si le Siècle des lumières, la recherche scientifique et le progrès n'avaient été qu'un enduit superficiel, capable pendant les temps heureux seulement de détourner l'être humain de la tragique réalité de sa condition. Personne ne voulait en parler.

Durant la récréation, Smutek attendit Ada non loin des W.-C. des filles. Ses yeux allaient et venaient, incapables de fixer pendant plus d'une seconde le même objet. Il était paniqué comme un chien en pays étranger qui aurait perdu son maître. Parce que ça faisait du bien de traiter Ada en toute récente veuve et de lui céder ainsi sa propre terreur, il lui exprima ses condoléances avec de fortes paroles. Elle sourit avec indulgence, d'un sourire qui semblait vouloir dire qu'elle comprenait tout et qu'elle en savait plus encore, et lui posa tout doucement la main sur l'épaule.

Ça va, c'est bon, ne te fatigue pas, on s'en sortira mieux que toi, on est beaucoup plus près de lui. Par ce qu'il a fait, il est devenu l'un des nôtres.

Quand il l'entendit rire, il frissonna jusqu'à la moelle. Elle fit demi-tour et s'éloigna. Pour la première fois depuis qu'il avait appris la nouvelle, il se sentit en mesure de pleurer. Il courut se réfugier dans les toilettes, s'enferma et pressa sur ses yeux une main remplie de papier toilette. Mais il n'y avait pas de larme. Smutek gémissait à la manière d'un ivrogne qui, malgré une consommation d'alcool à vous donner la nausée, n'arrive pas à vomir. Il lui semblait plus facile de croire au Dieu des catholiques, au lapin de Pâques ou au père Noël plutôt qu'à l'irrévocable disparition de Höfi qu'il était absolument impossible de nier. Pourtant, il devait y avoir quelque chose à faire, il devait nécessairement y avoir un moyen de revenir à la journée de la veille, de revenir à l'instant où lui, Smutek, le sac en bandoulière, avait traversé le parking en se réjouissant d'avoir un après-midi de liberté. Ce n'était pas possible que la vie confronte l'homme d'un instant à l'autre à des faits sans cesse nouveaux, définitifs, irréversibles.

Ne sachant où aller, il emprunta le tunnel aérien menant à l'ancien bâtiment, traversa la salle de physique et ouvrit brutalement la porte de l'arrière-salle de chimie. Il y trouva un homme et une femme, assis devant une chaise vide, deux adultes aux cous et aux dos courbés, secoués de soubresauts, terrifiés comme peuvent l'être de tout petits enfants qui voient pour la première fois un oiseau tombé du nid. Avaient-ils à ce point aimé Höfi ? Pleuraient-ils sur la perte de leur propre foi en l'immortalité ?

Portaient-ils à l'avance le deuil de la mort certaine de leurs parents, de leurs frères et sœurs, de leurs enfants, des êtres qu'ils aimaient ? Un cynisme absurde déforma le coin de la bouche de Smutek : c'est déjà le deuxième professeur d'histoire qui disparaît dans votre groupe. Il faut croire que l'histoire est de toutes les sciences la plus dangereuse ! Il se garda d'ouvrir la bouche et referma la porte, il n'avait plus rien à faire ici. Ces personnes lui étaient étrangères, étrangères au point de lui inspirer de la répulsion.

Au cinquième étage, là où personne en dehors de lui n'allait jamais, Smutek retrouva enfin son calme. Le front appuyé contre la vitre fraîche, il goûta la vue du vide dans lequel s'était jeté Höfi. N'avait-il pas été un étranger pour Höfi ? Et lui-même, Smutek, s'il rencontrait sa propre femme dans une rue animée, sa première pensée ne serait-elle pas : Tiens, ça alors, mon ancienne condisciple qui se promène toute seule ? Et s'il se voyait lui-même de loin, marchant le long du fleuve, ne se serait-il pas écrié : Ben ça alors, mon meilleur ami d'enfance est en train de passer par là ?

Debout à la fenêtre, surplombant les choses, Smutek se disait que dans ces conditions il n'avait aucune véritable raison de pleurer sur quiconque, ni sur sa propre personne, ni sur une autre. M. Höfling avait suivi sa femme dans la mort comme un cygne, dont la nature, faut-il le rappeler, a elle-même façonné le cou en forme de demi-cœur. Il avait eu l'intelligence de comprendre à quel point il était perdu dans ce monde. Il était devenu difficile de vivre : rien de grand à quoi l'on pût encore croire, nul devoir à remplir, nulle habitude qui vous réjouisse le cœur, et ce qui jadis avait été une famille se résumait à quelques individus isolés qu'on aimait ou qu'on plaignait avec désespoir, difficile de distinguer les deux. Chacun le savait. Ce qui les tourmentait tous n'était peut-être que la terreur des rats de laboratoire face à l'un d'entre eux qui non seulement ne s'était pas caché pour mourir mais qui avait été jusqu'à choisir le cœur même du centre d'expérimentation.

Il ne vit pas passer le reste de la journée. La direction avait mis au point un planning de remplacement provisoire, décidant notamment de ne pas interrompre les cours. Dès les deux dernières heures de la journée, la fameuse normalité que rien ne saurait entraver reprenait le dessus. Dans l'autoradio on additionnait le nombre de morts et de blessés, toute la machine politique tournait à plein régime. Jamais encore Smutek n'avait eu l'idée de prier pour que l'ETA revendique un attentat. Cette fois, il n'avait aucun mal à le faire.

Mme Smutek avait pris un cachet, elle dormait paisiblement sur le canapé. De toute façon, le suicide était un très mauvais sujet de conversation, en plus elle avait vaguement connu Höfi. Smutek passa l'après-midi et la soirée dans la cuisine où la bouteille de vin entamée était encore sur la table, il prit son stylo et remplit les lettres vides sur cinq pages supplémentaires de journal, déboucha une nouvelle bouteille de vin, assista à la tombée de la nuit sans allumer la lumière et finit par aller se coucher à moitié inconscient, sans rendre une dernière visite à sa femme toujours couchée sur le canapé du salon.

Contrairement à toute attente, le lendemain matin tout fut plus facile. Entraînée par sa force d'inertie, la roue de la vie reprit son cours tranquille, les événements de la veille l'avaient à peine freinée. Les couleurs de l'aurore annonçaient une belle journée, on entendait gazouiller les oiseaux à travers les fenêtres fermées, une odeur de café se répandait dans la maison, Mme Smutek trottinait pieds nus dans la cuisine et embrassa son mari sur le menton.

De bon matin, elle était toujours au mieux de sa forme. Crissements de pneus sur la route, clés de voiture, préchauffage, vapeurs de condensation devant la bouche, fenêtres embuées. Avant d'enfoncer la pédale d'accélérateur, Smutek traça de son index quelques lettres sur le pare-brise embué : *ciebie nie zapomne* – toi, je ne t'oublierai pas. En soufflant, il vit s'élever une brume légère produite par son haleine et il s'imagina qu'elle allait monter là-haut, quelque part, en un endroit où Höfi pourrait lire son message.

Tout se déroule comme prévu. Smutek trouve le moyen de continuer à vivre comme avant

IL FAUT que je te parle.

Rien ne se déroulait comme prévu. Ada n'avait pas eu l'intention de le tutoyer. Elle était nerveuse et, ça non plus, ce n'était pas dans le scénario.

Le dernier cours s'était terminé à treize heures cinq, Alev avait été absent toute la journée. Toni ne savait pas où il se trouvait et n'avait pas la moindre envie d'en parler avec Ada. A treize heures dix, il lui devint impossible de continuer à faire taire ses interrogations. Elle se demandait si elle n'était pas finalement qu'un petit rouage dans un mécanisme destiné à montrer les aberrations auxquelles Alev pouvait conduire les gens qui l'entouraient. Il se prenait pour une espèce de dieu, et ç'aurait bien été dans la ligne d'un dieu de déclencher des événements, puis de rester à l'écart quand ça commençait à sentir le roussi.

Elle avait encore trois heures devant elle avant le rendez-vous convenu. Si elle avait emporté ses affaires de sport et ses chaussures, c'était plutôt en vue de cet instant ardemment espéré où tout serait terminé. Elle prit son temps pour se rendre à la piste, courut pendant deux heures en se donnant à fond, et retourna vers le bâtiment, chancelant de faim et d'épuisement. A chaque seconde, son champ visuel se rétrécissait sur les bords, comme si on recouvrait sa tête d'un sac de velours noir.

A quatre heures moins le quart, elle avait appuyé sur la grande poignée carrée, la porte s'était ouverte. Elle hésita un instant sur les dalles de l'entrée ; elle aurait aimé coller son oreille à la porte de la remise pour tenter de déceler si Alev s'était blotti comme convenu entre les râteaux, les tables pliantes et les tondeuses à gazon. Mais elle n'en eut pas le temps, elle était sur le point de s'évanouir. Trop exténuée pour se montrer prudente, elle tituba jusqu'au vestiaire des professeurs, poussa brutalement la porte, lança son sac dans un coin et arracha ses vêtements trempés de sueur. Si elle devait de toute façon attendre une demi-heure dans une cabine de douche, elle pouvait tout aussi bien se doucher. L'eau alternativement brûlante et froide la ramena à la réalité. Le gel douche de Smutek répandait une forte odeur masculine ; il était moins éloquent que le parfum entêtant d'Alev. Vingt minutes plus tard, elle ferma le robinet. Dans une poche latérale du sac de sport de Smutek, elle trouva deux barres protéinées. Elle déchira à deux mains le papier d'argent qui les emballait et engloutit le contenu presque sans mâcher.

Smutek se sentit littéralement projeté en arrière quand il la vit assise sur le tabouret à côté de la douche, enveloppée dans son grand drap de bain bleu foncé, ses cheveux mouillés collés de travers sur le front et de chaque côté du cou, une cigarette allumée au coin des lèvres. Tant qu'on entendait de partout les voix des élèves qui rangeaient, se douchaient, s'habillaient, elle ne s'était pas attendue à le voir. Prise au dépourvu, elle ne trouva rien de sensé à dire, c'est pourquoi elle prononça cette phrase stupide :

— Il faut que je te parle.

Sa cigarette sautillait tandis qu'elle prononçait ces mots.

— Tu as perdu la tête, siffla Smutek en refermant hâtivement la porte.

Puis il retrouva son calme. Elle avait les yeux cernés et paraissait mal en point.

— Il est arrivé quelque chose ?

Dans un premier temps, la question semblait raisonnable ; après coup, elle prenait une connotation ironique qui dispensait Ada de toute réponse. Il s'était effectivement passé bien des choses, inutile de creuser davantage.

— Attends-moi ici.

Smutek prit sur la table la clé du placard où l'on rangeait les balles. Il avait déjà presque quitté la pièce exiguë quand il eut un geste résigné : moi non plus, je ne sais plus ce qu'il faut faire ! Puis il disparut, ramassa les balles, surveilla le démontage du filet dans le gymnase. Peu avant cinq heures, le dernier élève était parti. Bon week-end. Smutek verrouilla la porte d'entrée. Ada était assise les jambes croisées et ne faisait pas mine de vouloir s'habiller. Elle tenta d'effacer son rire en frottant sa bouche sur son épaule. Sa nervosité s'était dissipée, elle se sentait bien, en proie à une excitation qui ne lui ressemblait pas. Le mégot était planté dans la capsule d'une bouteille d'eau posée sur la petite table.

— Ada ! est-ce que tu aurais pris quelque chose ?

Sur le front et le cou de Smutek, la sueur séchait en formant une croûte salée.

— Pris quelque chose ?

Elle libéra son rire et pour un peu il l'aurait imitée malgré lui, parce qu'une Ada en train de rire était un spectacle exceptionnel.

— Je n'ai rien mangé à midi et, après les cours, j'ai couru en rond comme une folle pendant deux heures.

— Ça va pas, non ?

Avec entrain, Smutek se mit à fouiller dans son sac, heureux d'avoir quelque chose à faire pendant un moment. Il fallait combattre l'hypoglycémie. Ada paraissait changée, toute tension l'avait quittée, comme si son corps n'avait dû sa forme et sa fermeté qu'au pull-over et au jean et que maintenant, enveloppé d'une serviette, il s'effondrait, tout mou, privé de squelette. La jambe qu'elle avait passée par-dessus l'autre marquait la mesure d'une musique silencieuse, sa main droite se balançait sans force, deux doigts tendus comme pour tenir une cigarette invisible. Ses cheveux mouillés bouclaient aux extrémités et elle luttait toujours contre ce rire que Smutek ne comprenait pas.

— Déjà mangé.

Smutek jeta le sac sur la table et laissa tomber les bras.

— Ah bon ? Parfait.

Ils se regardèrent un moment, les sujets de conversation entre eux semblaient épuisés pour toujours. Ada dirigeait comme d'habitude son regard vers le menton de Smutek, mais ses yeux avaient pris de la couleur, le gris commençait à virer au vert. Des phrases conventionnelles traversaient la tête de Smutek comme les sous-titres d'un film muet, Ada, je comprends que vous ayez le plus vite possible, pour vous remonter… Mais je ne peux pas admettre que sans mon autorisation… Le règlement est le même pour vous que… Habillez-vous !

Tandis qu'il regardait la jeune fille encore humide de la douche, emballée dans sa serviette bleu foncé, il sortit brutalement de la scène comme s'il avait été éjecté d'un avion par le hublot ; il se vit de loin en compagnie d'Ada, tout près d'elle dans le vestiaire, et comprit que vu de là-haut il n'y avait pas deux façons d'interpréter la situation. Cette chose invisible qu'elle tenait entre deux doigts, c'était la cigarette fictive allumée après. L'idée s'agrippa à son cortex avec un millier de crampons, impossible de la faire bouger ne serait-ce que d'un millimètre. Le temps est une surface. Pendant un moment, Smutek se dit qu'il s'était une fois encore trompé de strate et qu'il lui fallait revenir à son point de départ le plus vite possible s'il ne voulait pas perdre la raison. Il ressentit soudain le besoin impérieux de demander des nouvelles de Höfi, comme pour vérifier qu'il s'était réellement suicidé. Peut-être allait-elle lever vers lui des yeux étonnés : Höfi est en pleine forme, pourquoi ?

— Comment est-ce que tu t'en sors, avec cette histoire ? demanda-t-il à brûle-pourpoint.

Elle se leva. Il aurait préféré qu'elle reste assise. La serviette s'arrêtait juste en dessous des fesses. Debout, Ada retrouvait sa présence habituelle. Une mèche de cheveux s'était prise au coin de ses lèvres ; elle ne l'écarta pas. Elle secoua la main droite, la cigarette imaginaire vola dans le lavabo. Smutek eut l'impression d'entendre le chuintement du mégot qui s'éteignait dans la vidange.

— Je répugne à employer une banalité, dit-elle, mais elle convient parfaitement. Höfi n'aurait pas voulu que nous versions une larme sur lui. Il ne voulait qu'une seule chose : être respecté. C'est bien mon intention.

— Comment peux-tu être aussi calme, dit Smutek à voix basse. C'est forcément une mise en scène !

Elle fit deux pas vers lui :

— Cela ne m'empêche pas d'être triste.

Et, glissant ses deux bras sous ses aisselles, elle l'enlaça et posa sa joue sur sa poitrine.

Le hurlement accumulé dans le gosier de Smutek s'échappa sous la forme d'un bref gémissement. Ses bras se refermèrent sur Ada comme les mâchoires d'un piège sans plus vouloir obéir aux injonctions de son cerveau. Quand elle s'appuya à lui de tout son corps, son sexe, déjà presque visible au-dessus de la ceinture du boxer-short, s'incrusta dans son ventre. Il voulut la repousser aussi violemment qu'il s'était saisi d'elle, mais elle le retenait, et la force étonnante dont elle faisait preuve fut le premier détail qui ne le surprit pas.

— Chhhht, fit-elle, chhhht.

Il ne s'était douté de rien. A cette heure et en ce lieu, il se donna sa parole d'honneur qu'il n'avait pas conçu le moindre soupçon. Nul signe avant-coureur, nul présage, ni vols d'oiseaux, ni chat noir, ni angoisse au creux de l'estomac, ni idées bizarres en se masturbant. Peut-être que tout était lié, peut-être que certaines choses s'expliquaient en cet instant précis, mais dans l'urgence il lui était impossible de déceler la moindre cohérence entre elles. Un nouveau terrain de sport, sa Blanche-Neige endormie, Teuter, Klinger, conseil de classe, Alev El Qamar, la mort d'un professeur d'histoire. Seule certitude : le désir mettait un voile rouge devant ses yeux, comprimait son cœur dont les battements se firent plus durs et plus rapides, faisant monter son pouls jusqu'à deux cents pulsations à la minute. Une pareille attirance ne pouvait avoir surgi en une seconde. Il devait l'avoir portée en lui depuis longtemps, enkystée comme une épine dans la plante du pied.

Tandis que le ventre d'Ada répondait à la pression de son sexe, Smutek décida que jusque-là il n'avait rien à se reprocher. En cas d'ignorance, il n'y a ni préméditation, ni négligence coupable. Il avait l'impression d'être un braqueur dans le hall d'une banque qui, les deux mains dans les poches de son manteau, n'a pas encore prononcé la phrase décisive. Il pourrait renoncer, et tout serait comme avant. Smutek évita de se demander ce qu'il souhaitait : au lieu de cela, il s'empara des hanches de la jeune fille qui avaient commencé de se frotter aux siennes et la repoussa. Elle le lâcha, la serviette tomba sur le sol.

Il avait toujours été persuadé qu'il préférait les femmes aux seins menus. Sa Blanche-Neige présentait une silhouette d'adolescente, dans laquelle il voyait la quintessence de l'élégance et de la distinction. Ada, en revanche, avait une poitrine qui invitait les mains de Smutek à la soutenir. Le tabouret se renversa, le sac se retourna vidant tout son contenu sur le sol. Ada avait heurté violemment du dos la porte ouverte de la douche ; elle serait tombée s'il ne l'avait aussitôt rattrapée. Elle s'agrippa à ses cheveux, qui étaient beaucoup trop longs, et attira sa tête vers elle, la bouche de l'homme effleura son cou, glissa plus bas, le braqueur posa ses coudes devant le guichet, il pouvait renoncer à tout moment, il suffisait de faire preuve de volonté.

Il la prit dans ses bras, traversa d'un bond le vestibule carrelé de brun, puis ses semelles grincèrent sur le sol du gymnase et il la déposa sur la pile de matelas bleu clair. Elle était blonde de partout. Tout en se déshabillant, il ne la quittait pas des yeux, il la tenait sous son regard comme si elle risquait de s'évaporer au cas où il regarderait ailleurs ne serait-ce qu'un instant. Une fois nu, il croyait encore qu'il allait échapper à son sort, qu'il avait trouvé la touche stand-by, qu'il pourrait se retourner, rempocher son revolver et partir en courant. Puis Ada leva une jambe et glissa son pied entre ses cuisses.

Comme il s'y attendait, elle ne mouillait pas. Il cracha sur sa main droite. Il ne comprenait rien à ce jeu, mais à présent cela lui était égal. Quand il eut pénétré en elle, il sut que c'était exactement ce qu'il avait toujours voulu. Il savait même que ce qui était en train de se produire ne représentait pas la fin de quelque chose, bien au contraire : cela lui procurait la possibilité de continuer à vivre comme avant, plus gai, plus léger, détendu comme un tueur en série dans les jours qui suivent son crime. Il n'avait pas beaucoup de temps pour s'en rendre compte. Il aurait voulu des mains, beaucoup plus de mains pour pouvoir en même temps tenir et caresser Ada, toucher ses seins qui flottaient dans leur propre poids depuis qu'elle était sur le dos, toucher la dépression douce de son ventre, ses bras ronds, même ses petites oreilles : il voulait toucher partout à la fois le corps de cette bête de course parfaitement centrée sur elle-même. Elle était trop jeune pour avoir des défauts, elle était à un âge où on a raison quoi qu'on fasse. Il lui restait très peu de temps. Tout en s'enfonçant une dernière fois en elle, il regarda son visage, ses traits paisibles, comme peints sur un fond bleu ciel, les yeux à demi fermés. Elle avait exactement la même expression quand elle courait.

En rejetant la tête en arrière, il aperçut un second visage à un mètre derrière celui d'Ada. Ce visage lui sembla d'abord flotter dans l'air comme une hallucination avant de se matérialiser au-dessus du dos en cuir d'un cheval d'arçon. Il avait l'air concentré, les yeux à demi fermés lui aussi, mais son regard, au lieu d'être dirigé dans le vide, était fixé sur l'arrière d'une petite boîte argentée dont l'avant, dominé par un unique œil de verre globuleux, visait précisément le bas-ventre de Smutek. Celui-ci poussa un cri qui l'effraya lui-même. Il s'effondra sur Ada. Alev se leva d'un bond, le boîtier serré sur la poitrine et traversa le gymnase au galop, contournant barres fixes et barres parallèles, pour se ruer au-dehors par l'autre sortie. Smutek entendit parfaitement qu'il portait des chaussures de ville à semelle de cuir.

Il ramassa ses vêtements en toute hâte, les pressa sur lui pour se cacher comme un gamin surpris à se baigner tout nu dans la fontaine municipale et fila dans le vestiaire. Il se doucha en produisant assez de vapeur pour saturer tout un matin d'hiver brumeux et ne vit pas Ada entrer, prendre ses affaires et disparaître. Quand il sortit de la douche, il était seul sous les sept mètres de plafond du vaste gymnase. Il se planta sous un panier de basket et hurla jusqu'à ce qu'il eût la certitude qu'on devait l'entendre de la rue. Les matelas bleu clair n'avaient pas conservé l'empreinte de leurs corps.

L'envie de dormir est une odeur

L'ENVIE de dormir est une odeur : odeur de son propre crâne, odeur toute légère de poussière de maison et d'ampoules surchauffées, odeur d'obscurité, de pages de livres et de papier ingrain. Quand ce parfum s'est insinué partout, remplissant d'abord les poumons, puis la tête, pour finir par le ventre, les bras, les jambes et se diffuser jusque dans la pointe des doigts et des orteils, on rajeunit en l'espace de quelques battements de cœur remontant les années vécues et on se retrouve dans un petit lit à barreaux dans lequel on se tord les mains, on se serre la poitrine, on replie les jambes ou on les étire loin de soi, s'efforçant de trouver la seule position possible, en suspens dans le liquide amniotique, apte à flotter, même si ce n'est ni vraiment pratique, ni vraiment sain. Le sommeil en revanche est une couleur, bordée de noir, mais pas noire, que nous regardons fixement, les paupières closes, les yeux tournés vers l'intérieur pour contempler le contenu de notre crâne.

Depuis deux jours, Smutek s'était lancé en vain sur la trace de cette odeur d'envie de dormir. Comme il ne supportait plus à ses côtés le sommeil chimique de sa femme, il avait émigré sur le canapé du salon. Une peur panique d'étouffer, engendrée par ses réflexions, l'avait conduit à laisser la fenêtre ouverte ; les draps froids de sa couche provisoire sentaient la coriandre, la lessive et la sueur incrustée. Smutek n'arrivait pas à dormir. En pensée, il mettait le monde sens dessus dessous, il résolvait des questions que des brassées de penseurs s'étaient posées durant des siècles, puis il en oubliait les réponses et ses idées, qui à l'instant encore s'étaient élevées avec élégance et brio, raclaient le sol comme des enfants chaussés de sabots ferrés. Smutek se disait que de sa fenêtre il avait à veiller sur le monde qui de l'avis des philosophes n'existait que dans la représentation des hommes et qui de ce fait disparaîtrait nécessairement s'il arrivait un jour que tous dorment en même temps. Smutek regardait la rue pétrifiée, les frondaisons dénudées des châtaigniers d'un mois de mars bien inhospitalier, il comptait les reflets des lampadaires sur les toits des voitures, attendant que passe un homme dont les habits révéleraient qu'il ne s'agissait pas d'un ouvrier rentrant après une journée de travail mais bien d'un de ses pairs, veilleur nocturne involontaire. Mais il n'y avait personne dehors. Toutes les fenêtres restaient éteintes, les gens dormaient dans leurs chambres comme des abeilles dans leurs alvéoles en forme de boîte à chaussures, empilés pour constituer ce que l'on appelait une "ville", et la seule chose qu'il lui était donné d'entendre, une fois par heure, c'était le cri bestial de deux chats qui s'entraînaient pour le printemps.

Au début, il avait cru que l'insomnie était l'expression d'un besoin, celui du temps libre dont on pouvait disposer à l'envi. Il se trouvait à un stade précédant une possible réaction, il avait besoin de temps pour réfléchir. A grand fracas, un échiquier s'était abattu devant lui, toutes les pièces étaient en place. Smutek avait les noirs. Il n'y avait rien d'autre à faire que d'attendre le premier coup de son adversaire. Durant la première nuit passée à la fenêtre ouverte, il tenta de trouver de force une réaction adaptée. Il se représenta que sa vie était sur le point d'être totalement pulvérisée. Travail, famille, maison, cette constellation se dilatait jusqu'à devenir une supernova qui menaçait d'exploser à chaque instant. Il avait beau essayer, malgré tous ses efforts il ne parvenait pas à se sentir anxieux ou désespéré. Il avait l'impression d'aller mieux que jamais, et quand il pensait à Ada il était comblé et avait envie de lancer "encore, encore", d'une voix aiguë d'enfant qui, descendant d'un manège de chevaux de bois, va rejoindre ses parents. Le choc n'y était peut-être pas étranger.

Même de loin, l'événement avait, semble-t-il, bouleversé également sa petite Blanche-Neige, si bien que, après avoir recraché le morceau de pomme, elle sortit, les yeux chavirés, de son cercueil de verre. A peine rentré, Smutek, les cheveux encore humides, s'était précipité une seconde fois sous la douche et au moment où, les yeux fermés, il sentit l'eau brûlante couler sur son visage la porte en verre dépoli s'ouvrit. Sa femme vint se placer à côté de lui. A sa vue, il eut un mouvement d'effroi tant elle avait maigri. Puis il comprit que c'était Ada et les volumes de son corps qui avaient augmenté l'espace entre ses bras et que sa tendre Blanche-Neige ne le remplissait plus. La chaleur de l'eau et le froid de la salle de bains les soudèrent comme deux jumeaux siamois. Ils s'agrippaient si fermement l'un à l'autre qu'on aurait pu croire qu'une force extérieure tentait de les séparer.

Le dimanche après-midi, il réussit enfin à dormir quelques heures. Quand il rouvrit les yeux, une fée était assise sur le bord du canapé, elle effleurait doucement sa joue et d'un va-et-vient de la tête ses longs cheveux venaient caresser sa poitrine. Smutek sut aussitôt à quoi il souhaiterait employer ses trois vœux. Il voulait d'abord retourner d'un an en arrière. Il voulait qu'elle rembobine la cassette vidéo sur plusieurs mois, qu'elle l'efface et qu'elle lui confie la bande vierge pour qu'il puisse la réenregistrer. Comme un enfant qui, le matin de son anniversaire, pressent le bonheur qui l'attend sans savoir exactement ce dont il s'agit, Smutek savait que ses fautes allaient être effacées. Il gratifia la fée d'un sourire capable de changer une pierre en or.

— Je suis contente que tu ailles mieux, lui dit la fée. Ces dernières semaines, tu as vécu retiré en toi-même, comme un malade qui mène un combat acharné contre sa propre faiblesse.

Z wlasna slaboscia. Avait-elle toujours utilisé cette langue douce, légèrement nasale ? Cette langue existait-elle encore, ou bien était-elle morte comme le latin, mélodie bien connue d'une époque disparue, réduite à l'état de mathématique, une langue qui permettait de procéder à des calculs mais non de parler ? Puis il comprit le sens de ses paroles et il s'éveilla.

— Malade ? Moi ? Je croyais que c'était toi qui n'allais pas bien ?

— Ça n'a rien à voir, lui chuchota-t-elle, tout en posant une main fraîche sur son front. Toi, tu vas manifestement mieux et ça me fait plaisir. Je vais nous faire du thé.

Lors de la troisième nuit passée à la fenêtre, ses pertinentes réflexions étaient usées, elles avaient le goût insipide de sachets de thé qu'on a laissés infuser plusieurs fois dans de l'eau tiède. La découverte de soi s'approchait à pas lourds. Smutek se demanda tout à coup quel âge il avait. Celui d'un gamin qui soulève les jupes d'une élève plus âgée ? Celui d'un vieillard assis sur un banc du parc à observer les petites filles qui font la roue ? Il se trouvait quelque part entre les deux. Il se sentit défaillir. Enivrement et enfièvrement, délivrance et déchéance s'annulaient réciproquement, une heure de badinage réduisait à néant vingt ans de mariage et inversement tout s'effondrait, s'entremêlait et restait là, anéanti. Smutek se rendit devant la glace de l'entrée, il regarda son image comme un badaud regarde les débris d'un carambolage sur l'autoroute. Il ne connaissait personne parmi les morts de cet accident. Ensuite, haletant, il alla appuyer ses coudes sur le rebord de la fenêtre, aspira goulûment l'air froid dans ses poumons comme s'il voulait rafraîchir une brûlure intérieure, interrompit ses inspirations pour essayer de reprendre haleine, luttant contre l'étouffement comme un poisson qui nage dans une eau distillée.

Puis il retrouva son calme. L'effroi devant le néant disparaissait sans laisser de trace – même pas de trace d'effroi. Il avait envie de dormir maintenant. Il avait l'impression d'avoir dix ans de plus, il se sentait rasséréné, délivré, inaccessible pour ce monde et ses vengeances mesquines. Au bout de vingt minutes, il rejeta la couverture et se leva d'un bond du canapé. Il ne supportait pas le contact du tissu sur sa peau, le rembourrage malmenait son dos, ses paupières s'ouvraient comme tirées par des élastiques.

Quelques heures plus tard, Smutek, sur le chemin qui le menait à sa voiture, vérifiait son apparence dans le reflet du moindre morceau de verre. Il n'avait pas changé. L'être humain n'était que mascarade. Tout en allumant le moteur, il envoya en esprit un petit billet à Höfi dans son ciel pour historiens ; il lui exprimait sa reconnaissance pour ce départ spectaculaire qui fournissait un prétexte parfait au désespoir, à l'excès de fatigue et au désordre de l'esprit. En cas de besoin, cela pourrait également servir à justifier d'autres dysfonctionnements importants. A tous les carrefours, il était obligé de s'interroger sur la direction à prendre.

Depuis l'avènement d'Internet et de Counter Strike, le mal s'accomplit avant tout en réseau

AU LIEU de son habituel bonjour tout le monde, Smutek commença ses cours par quelques mots qu'il avait préparés dans la voiture ; à peine prononcés ils collaient aux dents comme des caramels mous. Höfi était mort depuis cinq jours déjà, et pourtant, à chaque passage à l'ordre du jour, on entendait encore racler l'embrayage. Un homme avait disparu, rayé de la vie pour toujours, retenu pour quelque temps encore par des bribes de souvenirs auxquels il était déjà en train de s'arracher, comme un père se dérobant aux mains trop faibles de ses tout-petits qui tentent désespérément de l'empêcher de partir. Alors que Madrid faisait depuis longtemps les beaux jours des débats télévisés les plus prestigieux, la mort de Höfi se traduisait par une immense absence. Le vide s'installa pour quelques jours aux portes du lycée Ernst-Bloch.

C'est le mardi matin seulement que Smutek retrouva Ada et Alev. Assis bien sagement au milieu des bruits et des murmures de leurs camarades de classe, ils avaient l'air, même sans trench-coat ni lunettes de soleil, d'agents d'une puissance ennemie. Smutek, qui s'attendait à ce professionnalisme, n'en fut pas moins impressionné. Pas une seule remarque équivoque, pas un sourire égrillard, pas un regard complice lancé à la dérobée. Le cours se passa sans encombre. Quelles que soient leurs intentions, il pouvait être sûr que tout se ferait avec une précision chirurgicale. Il se sentit soulagé. Tout homme normal préfère être tué dans le cadre d'un duel organisé plutôt que d'être victime d'un assassinat.

L'après-midi, tandis que Smutek entraînait le groupe d'athlétisme et mettait en place les tapis de sol – pour se remettre en selle sans l'ombre d'une hésitation comme un cavalier après une chute –, Alev et Ada attendaient dans les sous-sols du lycée devant une porte métallique verrouillée. Dans un bruit de trousseau de clés, Erich, l'éducateur, descendit en sifflant l'escalier de béton, Alev et lui se saluèrent en entrechoquant leurs poings, puis Erich ouvrit la salle grande comme plusieurs salles de classe. Les murs de la pièce étaient entièrement nus, mis à part une étagère d'atelier brinquebalante dont les rayons contenaient pêle-mêle de gros ouvrages manifestement obsolètes sur les ordinateurs. Trente plateaux de tables recouverts d'un placage blanc reflétaient la lumière des néons. Des gobelets en plastique contenant des restes de chocolat ou de café recouvraient le sol, l'atmosphère sentait les câbles électriques qui chauffent, les emballages et les vieux boîtiers d'ordinateur. Les fenêtres carrées juste en dessous du plafond bas ne pouvaient s'ouvrir qu'au moyen de clés spéciales à quatre pans. Parfois on entendait passer une paire de chaussures à l'extérieur, les godasses pointues d'une *cowgirl* de quatorze ans, les chaussures en cuir d'un élève de terminale ou les bottes ouvertes d'un membre des Oreilles se rendant à la cave à vélos toute proche. Quand il arrivait pendant les répétitions que la basse d'Olaf fasse trembler la paroi de la salle des ordinateurs, les élèves tiraient des casques de leurs sacs, les branchaient sur la sortie audio et montaient le volume.

Comme toujours en dehors des heures d'informatique, la salle des ordinateurs était à peu près vide. Alev traversa le canyon qui séparait les rangées de tables et choisit tout au fond une des machines dont les écrans étaient tournés vers le mur. Quelques rares élèves, qui chez eux se voyaient priés de régler eux-mêmes leurs factures téléphoniques, étaient au premier rang devant les écrans plats des Pentium 4, installés le plus loin possible les uns des autres comme des spectateurs dans un cinéma vide. Dès les premiers solos de guitare de Rocket, des casques sphériques apparurent aux extrémités des crânes. Après avoir traîné à grand bruit une chaise derrière elle, Ada vint s'affaler tout près d'Alev, sans accorder beaucoup d'attention à l'ordinateur qui démarrait. Internet ne l'intéressait pas. C'était bourré de variations sur des thèmes toujours identiques : l'amour, l'argent, la guerre. A son avis, les idées innovantes, progressistes ne naissaient pas à partir de discussions libres et publiques mais à l'intérieur de systèmes de pensée aussi réglementés et répressifs que possible. Ada n'avait rien contre la liberté, simplement Internet l'ennuyait. Regardez. Cliquez. Achetez.

De toute façon, ce jour-là, l'ouverture frénétique de fenêtres publicitaires n'aurait pas gâché davantage sa mauvaise humeur. En rentrant de l'école, elle avait été accueillie par le regard blessé à mort de sa mère, courbée comme une petite vieille sur la table de la salle à manger. Ada, mon enfant, des temps difficiles nous attendent… Mon avocat a enfin… Le divorce…

Et alors ?

Ada n'en avait pas dit davantage, mais cette seule réponse avait suffi pour faire déborder un réservoir toujours rempli à ras bord d'ennuis et de soucis. Il va jouer sur tous les registres. Toi aussi, tu vas te faire avoir. Et puis les juges. Promets-moi que toi au moins ! Tu sais bien que je n'ai personne en dehors de toi.

De la pointe du pied, Alev frappait en rythme le sol, un peu comme s'il fallait maintenir l'ordinateur en mouvement au moyen d'une pédale comme les vieilles machines à coudre. Posé à côté de lui, sur la table, un bout de papier froissé, écrit de la main d'une jeune fille inconnue : de temps à autre, Alev s'arrêtait de taper sur le clavier pour défroisser le papier et courber le dos comme un archéologue en train de déchiffrer les hiéroglyphes d'un papyrus.

Ada se laissa glisser un peu plus sur son siège et sentit un sourire lui détendre les muscles du visage. Que font deux prisonniers devant un tribunal ? Ils se chargent mutuellement. Au fond cette procédure de divorce était une sorte de leçon de choses. L'important, c'était que les frais de scolarité soient pris en compte dans le règlement de la pension.

— Tu veux bien jeter un coup d'œil, oui ?

D'un coup sec, Alev rapprocha la chaise d'Ada, puis la tira plus près encore afin que l'écran les sépare du reste de la pièce. La page d'accueil du site officiel de l'école remplissait la fenêtre ouvrant sur le monde intermédiaire. Un bras autour des épaules d'Ada, Alev appuya sa bouche sur son oreille droite, respira le parfum de ses cheveux, tu m'as manqué, il chuchotait dans un murmure, depuis la mort de Höfi, ils ne s'étaient plus parlé.

Derrière le mur, on entendit la basse d'Olaf, les élèves remirent leurs casques en place. Inclinant légèrement le haut de son corps, Alev passa la tête à côté de l'écran et lança un tonitruant *"Heil Hitler !"* à travers la salle. Personne ne bougea, les yeux restèrent rivés sur les écrans, les casques bien en place. Ils échangèrent un sourire : Parfait. On est seuls.

Alev sortit l'appareil numérique et un câble de son sac. En apercevant le petit boîtier argenté, Ada eut envie de s'enfuir comme un cheval qui refuse l'obstacle. C'est ce tout petit appareil bien anodin qui lui inspirait de la répulsion alors qu'elle avait regardé Smutek dans les yeux, avec une totale décontraction. Ils avaient échangé des regards si insignifiants, si fugaces qu'elle commençait à douter : avaient-ils vraiment pensé à la même chose ?

En fronçant les sourcils, Alev relia l'appareil à la prise USB de l'ordinateur. Trente photos s'envolèrent pour aller s'installer dans un nouveau dossier.

— Tu veux les voir ?

— Non, répondit Ada sans attendre.

— Si tu ne veux rien voir du tout, rentre chez toi. Il faut nécessairement ouvrir les photos sélectionnées.

Ada ne répondit rien, elle resta sur sa chaise. Avec la souris, Alev cliqua sur trois des fichiers jpg et les renomma.

— Voilà, dit-il. Maintenant, on va préparer la cachette.

Il sortit une disquette, l'inséra dans le lecteur et installa un petit programme. Dans les champs libres de la session Profiles, il tapa des données qu'il lisait sur un petit bout de papier. Host Name : Ernstbloch.de, Host Type : Automatic Detect, User ID : de nouveau Ernstbloch.de.

— Maintenant, regarde. Ça m'a pris des jours et des jours pour faire ça. Tu vois ça ?

En bas de son papier, on pouvait lire une combinaison de six caractères, des chiffres et des lettres, chaque caractère étant noté avec grand soin dans un des petits carrés du papier quadrillé.

— C'est quoi ?

— Un mot de passe pour FTP.

— Front technologique populaire ?

— Non. *File transfer protocol*. Ça permet d'envoyer des fichiers à un serveur ou d'en récupérer. Une diligence postale sur le sentier battu des échanges de données numériques.

— Tu veux mettre les photos sur le site officiel de l'école ?

— Dis-moi, ma petite, je t'ai déjà dit que tu avais l'esprit rapide ? Petit sourire enjôleur au coin des lèvres et des yeux. Internet a été inventé par le diable. C'est exactement sa pointure. Informations, sexe, connaissance. Si Internet avait existé il y a cinq cents ans, Dieu se serait exilé dès la fin du Moyen Age.

Tout en parlant, il entra son mot de passe dans le champ prévu, six petites étoiles qui dissimulaient ce que voyait l'ordinateur. OK. Dans la partie droite de la fenêtre apparut une arborescence. Alev créa un nouveau répertoire qu'il appela *ReadMe*.

— C'est pas plus compliqué que ça, dit-il. C'est prêt : le coffre au trésor.

— On ne l'enterre pas ?

— Inutile.

— On le cadenasse ?

— Impossible de cadenasser ce genre de coffre. Alors on a eu une idée : on va crypter son contenu.

— *On* a eu ?

Alev posa ses mains sur ses genoux, tourna sa chaise vers Ada et la regarda avec l'insistance d'un psy.

— D'après toi, je l'ai eu comment ce mot de passe ? N'oublie pas que c'est le sceptre, le globe impérial de ce mini-royaume que constitue une page Internet. Il n'y a qu'un seul moyen d'obtenir ce genre de choses.

Ada se pencha à moitié par-dessus lui et se mit à enfoncer les touches comme pour un morceau à quatre mains au piano. Le site du lycée déploya joyeusement ses tons orange mêlés de gris intellectuel. *Webmestre : Mail to Linda88*.

— La même classe d'âge que moi.

— J'aime notre génération, dit Alev. Bientôt des gamins de quinze ans, spécialistes de SAP, vont coordonner les processus de production chez Mercedes.

— Et, elle, elle t'aime ?

— Evidemment. Il poussa Ada sur le côté et se remit en face de l'écran. Tu es tout de même capable de comprendre que c'est l'union de nos capacités qui nous rend invincibles. Au fait, tu as lu Poe ?

— Bien sûr. J'ai compris. Personne ne va ouvrir un répertoire nommé *ReadMe*.

— En plus, nous utilisons le processus de codage le plus simple au monde. Il existait déjà sous Word 6.0. Il ouvrit un nouveau fichier, l'appela également *ReadMe* et activa la protection d'accès en choisissant pour clé : ATOIDEJOUER. On va placer nos photos-souvenirs dans le fichier sous forme d'images. Attention, c'est parti.

Ada se pencha en avant, les mains coincées entre ses cuisses. Alev avait bien choisi l'endroit d'où il avait pris les photos. On reconnaissait sans problème Smutek, même s'il avait les yeux rivés sur ses seins et que ses cheveux lui retombaient sur le front et les yeux. Quant à Ada, son corps était un grand paysage de poils, de joues, de ventre et de cuisses, tout cela étiré par la pesanteur, et sa tête avait roulé sur le côté comme si elle était évanouie. Une flaque de chair aux reflets mats sur fond bleu, Ada se trouva horrible. Sur l'image suivante, on voyait Smutek debout qui regardait droit dans l'appareil. Ses bras avaient l'air tendus, le haut de son corps était fait d'une succession d'ombre et de lumière correspondant aux côtes, le thorax était dilaté et bombé.

— Ça te perturbe de voir ça ?

— Le plus effrayant, c'est probablement que rien de tout ça ne m'effraie.

Ada avait posé sa main sur la souris et se mit à cliquer pour faire défiler le reste de la collection.

Elle ne se sentait pas plus concernée par cet amas de chair que par ses propres souvenirs ; comme elle se connaissait, elle savait pertinemment que l'absence de concordance entre présent et passé ne procédait pas d'un besoin d'autoprotection mais plutôt d'un problème technique. A peine vécues, les choses faisaient partie du passé et devenaient pour elle aussi froides et étrangères qu'un vêtement brièvement emprunté et définitivement enlevé.

— Tu veux en faire quoi, demanda Ada, te taper une queue devant ?

— C'est une question piège ?

Ils éclatèrent de rire.

— Ce qui me dérange le plus, dit Alev, c'est que ces photos ne montrent rien d'autre que n'importe quel film porno. Cet acte sexuel ne se distingue en rien des milliards d'autres qui l'ont précédés, ni des milliards qui le suivront, qu'ils soient le fait de professionnels ou de débutants. Tu comprends maintenant, mon petit cœur, pourquoi l'amour physique a été considéré comme l'œuvre du diable : il rend tous les gens semblables, bien plus que ne sauraient le faire les droits de l'homme, les versements compensatoires des communes riches aux communes pauvres et les collections de printemps. Et l'égalité, contrairement à ce qu'on affirme sans cesse, n'est vraiment pas ce qu'on souhaite.

Ada avait l'esprit ailleurs : elle regardait en direction de la porte et vit s'inscrire dans l'encadrement la tête d'Erich qui, comme tous les jours, voulait s'assurer que personne ne jouait à Counter Strike ou à un autre jeu qui lui assurerait une formation de guérillero, de kamikaze ou autre psychopathe de bazar. L'éducateur venait au nom d'une humanité qui dans sa folie était persuadée que ces derniers temps le mal proliférait en priorité sur la Toile. Avec une conscience profonde de l'importance de sa mission, il gratifia les écrans les plus proches d'un coup d'œil circulaire qui fit rire Ada. Elle comprenait tout doucement les raisons qui avaient poussé Alev à venir justement ici avec tout son matériel photographique pour le cacher sur Internet. Il le mettait au service d'une obsession actuelle et était en train de se servir de la peur générale pour la faire marcher dans ses propres rangs.

Au plus tard depuis la première suite de *Matrix*, tout un chacun savait que l'on pouvait exporter le mal dans le monde des programmes comme on le fait des déchets gênants dans les pays de l'Est. Bits et octets, virus et bogues devaient s'affronter et s'anéantir mutuellement jusqu'à la fin des temps dans le cadre d'une guerre virtuelle. Le nouvel enfer était fait de lumière, d'acier, de laque et de cuir tandis que la fraction libre de l'humanité s'en était retournée dans la boue originelle d'un paradis souterrain. Voilà pourquoi on s'efforçait à tout prix de contenir la violence à l'intérieur du Net. Il ne fallait pas que le moindre vecteur, que l'agent le plus infime quitte l'enceinte des réserves interdites du monde numérisé. Les cloisons étanches devaient rester parfaitement closes, les brèches colmatées afin que le mal ne puisse pas s'infiltrer dans le corps d'un innocent qui allait semer la terreur au fusil à pompe ou à la tronçonneuse. Erich, une nouvelle loi ou un bureau de vérification devaient être garants de la situation : la réalité était bonne, Internet était mauvais et il devait être pratiquement impossible de jeter des passerelles entre les deux.

Comme Alev et Ada ne portaient pas de casque et qu'ils étaient à deux sur le même ordinateur, ce qui interdisait tout FPS, Erich les laissa tranquilles. Ils sourirent tout en lui faisant un petit signe de la main, tandis que juste devant leur nez le sexe en érection de Smutek remplissait toute la surface de l'écran. La porte se referma. Alev chargea le fichier terminé sur le serveur grâce au programme FTP.

— Maintenant, à toi d'essayer. Il recula sa chaise, Ada ouvrit le dossier *ReadMe* sur le site d'Ernst-Bloch et entra le mot de passe. Le sandwich de leurs deux corps sur fond bleu ciel se déploya sur l'écran.

— Impeccable, dit Alev. La méthode nous garantit que même notre webmestre ne pourra pas ouvrir ce fichier.

— Alev – Ada fixait l'écran d'un air songeur jusqu'à ce qu'il ne soit plus qu'une combinaison de taches de couleur –, tu n'as sans doute pas envie d'entendre ça, mais je n'ai toujours pas compris ce que nous faisons ici et pour quelle raison nous le faisons ?

Il se jeta en avant avec sa chaise et frappa violemment la table du plat de ses mains au point de faire sursauter simultanément souris et tapis de souris. Un porteur de casque se tourna vers eux.

— Merde, lança Alev dans sa direction, encore raté.

Puis il baissa la voix. La première phalange de son index se recourba quand il pressa le bout du doigt sur l'écran, laissant une tache blanche et mobile sur le visage même d'Ada.

— De toute façon, ce serait arrivé tôt ou tard. Si nous ne l'avions pas mis en scène, quelqu'un d'autre l'aurait fait, ou pire encore : personne ne l'aurait fait. Quand on laisse faire le destin, il n'en sort rien de bon pour l'homme.

— Et là, il en est sorti quelque chose ?

— Mais évidemment !

Involontairement, Alev avait fait une grimace pour éviter de parler trop fort.

— Ça fait mal de voir que ton intelligence se fait plus petite qu'elle n'est en réalité. Tu vas finir par te retrouver avec une scoliose du cerveau. Redresse-toi, mon petit !

Elle ne put s'empêcher de sourire, et il lui sourit en retour avant d'avoir eu le temps de s'en cacher.

— Reste la question de savoir qui, ou peut-être ce qui nous donne le droit de forcer Smutek à jouer.

— C'est une question éthique ?

— Probablement.

— Alors, je vais avoir du mal à y répondre. Essayons de le faire, en considérant la situation de Smutek. A partir d'aujourd'hui, il se voit confronté à une possible sanction, elle est là, devant nous. Une fois de plus, Alev cliqua avec l'ongle sur la surface plastifiée de l'écran. La sanction peut être mise en œuvre à tout moment pour le punir de s'être mal comporté. Or, la théorie du jeu nous enseigne que la peur de l'adversaire procède de la multiple répétition d'une conséquence néfaste, nécessaire pour qu'il se montre disposé à coopérer. Sinon, la trahison reste l'unique réponse possible. Il en résulte que seule la menace d'une sanction ouvre de véritables possibilités de décision.

— Tu veux dire que nous allons aider Smutek à trouver sa véritable liberté individuelle ?

— C'était plutôt intelligent de la part de Dieu de se concevoir comme un être vindicatif. Il a créé ainsi la volonté humaine sur laquelle les philosophes se sont cassé les dents jusqu'au jour où ils en ont perdu l'envie. Smutek va sentir germer en lui cette volonté, il va grandir et résister à cette pression.

— Ou être broyé.

— Je ne le crois pas. Il a une chance de devenir homme, ce qui fait de nous – son créateur, ou bien…

— … le diable, je sais.

— Disons : son Prométhée. Ça te convient comme réponse ?

— Non.

— Alors disons qu'il y a deux réponses possibles. Premièrement : même en tenant compte des représentations morales qui ont cours de nos jours – et plus personne ne s'y retrouve vraiment –, il ne saurait y avoir de problème à contraindre quelqu'un à son propre bonheur. La morale elle-même n'est-elle pas contraignante, dans le seul but d'aider l'homme à accéder à l'autonomie et à la liberté ? Deuxièmement : le créateur n'est pas un être moral. Il est au-dessus de la justice et de l'injustice.

— Dieu est juriste. Il crée des règles et laisse à d'autres le soin de les mettre en pratique.

— Bel aphorisme. Tu devrais le noter.

— Attention !

La musique venait de s'arrêter derrière la paroi et, dans le silence soudain absolu, le bourdonnement du chauffage, le cliquetis des doigts sur les claviers, la respiration des élèves et le grincement des chaises faisaient un vacarme épouvantable. Un premier élève enleva son casque et écarta une poignée de mèches grasses de son front. Quand les Oreilles finissaient leur répétition, la salle des ordinateurs ne tardait pas à être fermée. A dix-huit heures, toutes les activités du lycée Ernst-Bloch s'arrêtaient net. Les internes ne pouvaient en aucun cas se soustraire au dîner commun.

D'un doigt rapide, Alev envoya un courriel à Smutek et effaça du disque dur les fichiers et les dossiers créés. Tout ce qu'il fallait conserver était en sécurité sur le serveur du lycée. Des sandwichs entamés, des bloc-notes et des CD retournèrent dans les sacs ; en frappant dans ses mains, Erich incita les élèves présents à éteindre leurs machines. Il referma la porte derrière Alev et Ada.

— Escalopes de porc et frites, dit Erich à Alev, mais je crois bien que pour toi le cuisinier a mis un poulet musulman au four.

— L'essentiel, c'est d'être en relation avec les centres du pouvoir, dit Alev. Du poulet, il y en aurait pour deux ?

— Pas la peine, répliqua Ada qui balançait son sac à dos en le tenant par la bretelle. Je vais courir.

Alev lui donna un vigoureux coup sur l'épaule, comme si cette après-midi-là elle avait mis un but qui rapprochait son équipe d'une victoire décisive, et il remonta en compagnie d'Erich la rampe d'accès en béton où résonnaient leurs pas. Les semelles en cuir des deux hommes claquaient comme des sabots sur les marches de béton brut, couvrant le pas léger des semelles en caoutchouc d'Ada qui, avec la discrétion d'un fantôme, avait disparu au coin du bâtiment avant qu'ils aient eu le temps de se retourner pour la suivre des yeux.

Accroupie dans l'obscurité entre des blocs de granit, Ada se frottait si vigoureusement le visage avec l'eau du Rhin qu'on eût dit qu'elle voulait se débarrasser de ses yeux, de son nez et de ses oreilles pour les expédier vers la mer du Nord, au fil du fleuve qui sentait les produits chimiques et les eaux de crue ; pendant ce temps, Smutek, assis devant son ordinateur personnel, s'apprêtait à contrôler ses messages. Il supposait qu'il allait avoir un courriel, une demande quelconque ou les premières blagues mais ne trouva qu'une adresse Internet, installée sur le site du lycée : WWW.ERNSTBLOCH.DE/README/README.DOC. En dessous, il y avait un code : ATOIDEJOUER. Smutek se leva, alla fermer la porte de son bureau à clé et revint à son ordinateur pour taper l'adresse indiquée. Quand Word s'ouvrit automatiquement, Smutek se sentit frissonner. Pour lui, l'ordinateur n'avait jamais été autre chose qu'une machine à écrire électronique. On lui demanda de taper le code. Après avoir regardé les photos, il se masturba dans un vieux T-shirt, puis il pleura sans bruit, les épaules secouées par les sanglots, les mains devant le visage, avant d'aller se coucher. Dorénavant n'importe qui sur cette terre, pour peu qu'il fût en possession d'un simple code d'accès, pouvait visiter le site d'une école privée prestigieuse et contempler une série de photos compromettantes dont il avait le malheur d'être lui-même l'acteur principal. Smutek dormit d'un sommeil lourd, sans aucun rêve, huit heures durant, exhalant une odeur de décomposition dont il retrouva au petit matin les relents entre les draps. Le jeu venait de commencer.

Smutek doit payer de sa personne

PLUSIEURS fois par jour, il consultait ses courriels pour voir s'il y avait du nouveau. En vain. Deux jours plus tard, il trouva une chose à laquelle il ne s'attendait pas après un tel préambule : un billet traditionnel déposé dans son sac de sport, au-dessus de ses affaires.

Alev était l'un de ces dyslexiques suscités par la mondialisation, qui ont appris cinq langues dès leur plus tendre enfance, mais aucune correctement. En lisant ses devoirs, Smutek imaginait un boxeur catégorie poids lourds incapable de soulever le moindre caillou. Les généreux frais d'inscription réglés au lycée Ernst-Bloch aidaient à fermer les yeux sur ces difficultés dont l'élève n'est nullement responsable.

Pourriez vous acheté a l'ocasion de l'enterrement de hoefi une grande couronne. Faite inscrire sur le rubant : l'espérance meure en premier.

Sur le fond, Smutek était d'accord. La couronne coûta trois cents euros, plus les frais de livraison. Les rares personnes réunies au bord de la fosse fraîchement creusée étaient en majorité des collègues. A côté de la gerbe offerte par la direction du lycée, la somptueuse couronne anonyme de Smutek était l'unique hommage au défunt. On échangea des murmures de soulagement. On pensa que le disparu, à défaut de parents proches, possédait au moins un ami de jeunesse habitant au loin ou une maîtresse un peu timbrée.

Les exigences présentées par le deuxième billet n'étaient pas moins aisées à satisfaire et, pendant une minute d'insouciance, Smutek eut l'illusion qu'il jouait contre moins fort que lui. N'étaient-ils pas encore presque des enfants, dont l'instinct joueur ressemblait à celui d'un jeune chat ? Cette supposition était exacte, ce qui l'empêcha pendant un certain temps de voir que c'était précisément là que résidait la pire menace.

A la fin d'un de ses cours, il pria M. El Qamar de rester quelques minutes. Ada quitta la salle de classe sans un regard en arrière. C'était la première fois qu'ils se trouvaient seuls ensemble dans la même pièce. Alev s'était armé d'un sourire cynique pour parer à toute attaque. Smutek n'était que trop conscient qu'il avait une génération d'avance, vingt kilos et trente centimètres de plus que ce garçon. Alev était assis à sa place près de la porte et lui-même derrière le bureau, si bien qu'ils étaient séparés par quatre mètres de distance et plusieurs quintaux de mobilier scolaire. Tout en parlant, Smutek achevait d'inscrire ses remarques dans le cahier de classe.

— L'amélioration que tu réclames, dit-il tout en notant avec satisfaction qu'à l'audition du tutoiement les sourcils d'Alev se haussaient comme les arches d'un viaduc, doit être très progressive. Je te suggère de demander à Ada des leçons particulières. Mettons que d'ici la fin du semestre tu auras progressé de deux points. Pas plus, ce ne serait pas crédible.

Il releva la tête et, le visage inexpressif, regarda Alev droit dans les yeux, ce qu'il ne faut jamais faire avec un grand félin :

— Et maintenant, amuse-toi bien pendant la récréation.

Alev hocha la tête, se leva, ce qui ne le fit pas paraître beaucoup plus grand, et quitta la pièce d'un pas mesuré.

Le rythme du prélude était aussi minutieusement orchestré que la succession des sons dans un morceau de musique minimaliste. Smutek commençait juste à se demander à quel moment on lui réclamerait la première grosse somme quand il trouva un troisième billet entre les pages de son agenda. Il dut lire plusieurs fois le message avant de comprendre qu'ils ne voulaient pas d'argent, mais autre chose, qu'il n'était pas facile de désigner. Pour résumer les choses simplement, il devait payer de sa personne.

C'est seulement à partir de ce troisième message qu'il sauta de sa vie comme d'un train en marche pour dévaler, enveloppé dans un manteau, le talus de sa propre biographie. Seul, debout dans la classe vide, il obéit spontanément à une impulsion irrationnelle : il éclata de rire. Réjouissez-vous, pensa-t-il, réjouissez-vous, sociologues et journalistes – la jeune génération est beaucoup moins matérialiste que vous ne le déplorez habituellement. Elle ne veut pas d'argent, elle veut beaucoup mieux et poursuit son objectif en empruntant les voies de la tragédie classique. C'est de la culture vécue !

Son cynisme fut de courte durée. Son métier d'enseignant lui avait apporté un certain nombre de révélations à propos de la jeunesse allemande, et il récapitula ses connaissances. Le bilan n'était pas à son avantage. Ces jeunes gens n'avaient ni désirs, ni convictions et encore bien moins d'idéal. Ils n'avaient aucune vocation professionnelle, n'ambitionnaient ni influence politique ni vie de famille heureuse, ils ne voulaient ni enfants, ni animaux domestiques, ni chez-soi ; ils n'aspiraient pas plus à l'aventure et à la révolte qu'à la tranquillité et à la paix des traditions établies. Ils avaient même cessé de considérer le plaisir comme une valeur. Les loisirs et leur contraire étaient également fatigants ; la différence essentielle, c'était que dans un cas on gagnait de l'argent alors que dans l'autre on en dépensait. Les distractions destinées à tuer le temps étaient superflues, le temps passait bien tout seul. La télévision était ennuyeuse, la littérature morte ; quant au cinéma, il ne montrait depuis des années que des variantes de trois ou quatre films différents. Sortir en boîte, c'était bon pour les imbéciles et les amateurs de mauvaise musique, et on ne pouvait pas danser sur du Chostakovitch. Cette jeunesse avait perdu tout intérêt pour les modèles identitaires habillés en prêt à penser, les figures héroïques et les ennemis héréditaires. Contrairement aux générations qui l'avaient précédée, elle ne formait pas vraiment une génération. Elle était là, tout simplement, tribu errant dans une époque intermédiaire. Au moins, pensa Smutek, au moins, ils ne marchent plus au pas. Ou pas encore.

Il lui était arrivé de se demander où ces survivants du postmodernisme puisaient leur vigueur et leur dynamisme. La réponse à cette question semblait une lueur annonçant l'aube d'une ère nouvelle. Fallait-il vraiment que cette ère lui soit révélée à lui, civil inoffensif à l'entraînement déficient ? A un professeur d'allemand polonais, qui se heurtait constamment aux choses et à qui les choses se heurtaient sans que quiconque lui eût demandé son avis ? Smutek ne pouvait pas se servir de sa découverte et, faute d'un homme capable de l'exploiter, le savoir n'avait aucun sens. Peut-être que des Vikings, des Mongols, des fous en kayaks ou des naufragés accrochés à des planches s'étaient trouvés là-bas avant Christophe Colomb – mais il avait fallu attendre l'homme de la situation pour que l'Amérique soit découverte. Smutek était inapte à la moindre découverte fortuite dans le domaine de l'esprit. Il était totalement désemparé devant le renseignement fourni par le billet qu'il venait de découvrir. Tout s'en va, tout revient, la roue de l'existence tourne sans fin. Ce qu'on voulait était un but en soi, la volonté de puissance. Passion du jeu. C'était donc de là que leur venait leur force.

Smutek n'était pas enclin à s'apitoyer sur son sort, mais à ce moment il aurait pourtant bien voulu savoir pourquoi c'était lui qui devait être sacrifié au monstre. Il se rua à la recherche d'une erreur minuscule, d'un geste par lequel il aurait appuyé par inadvertance sur la touche *on*. Un regard un peu trop coquin vers les yeux de biche de la mère d'Ada quand il l'avait croisée pour la première fois dans les couloirs du lycée ? Un bref élan à la vue des seins épanouis de sa future élève ? Un soupçon d'arrogance envers le premier *salam aleikum* d'Alev ? Smutek savait d'avance la triste vérité. Il n'avait commis aucune erreur. Si cela lui faisait plaisir, il pouvait toujours se dire qu'il était broyé entre les meules de deux époques.

Dix minutes après avoir pris connaissance de la troisième requête, Smutek avait franchi toutes les étapes de l'ésotérisme ; il était décidé à faire taire ses ruminations comme une rengaine débitée par la radio. Il avait bien l'intention de noyer une à une les questions qui tenteraient de refaire surface. Il ne voulait pas savoir si ces jeunes gens, en dépit de leur comportement apollinien, étaient les nouveaux décadents, ni s'ils possédaient ce funeste penchant à l'assouvissement de passions dionysiaques qui pouvait prendre à peu près n'importe quoi pour objet et exiger toujours davantage. Il ne voulait pas non plus savoir ce qui l'attendait si tel était le cas. Il ne voulait ni questions, ni réponses. Il s'apprêtait à obéir.

Smutek obéit

AVEC la ponctualité d'un prestataire de services, Smutek se rendit au gymnase le lendemain après-midi à dix-sept heures. Les murs en briques de verre ne permettaient pas de voir si la lumière était allumée à l'intérieur. Mais dès qu'il ouvrit la porte il eut la certitude qu'ils étaient là, il sentait leur présence comme on sent la présence d'un esprit malin. Sans doute s'étaient-ils glissés à l'intérieur pendant l'entraînement de volley.

Smutek retrouva son environnement familier avec cette acuité exceptionnelle de tous les sens symptomatique des états de choc : le sol verdâtre du gymnase portant les arabesques laissées par le freinage d'innombrables baskets, quatre paires d'anneaux descendant du haut du plafond comme les accessoires d'un décor de théâtre, les murs d'escalade en bois clair, pratiquement inutilisés parce que trop dangereux pour les petits et trop ennuyeux pour les grands, cinq chevaux de cuir brun sagement rangés dans leur écurie, le trampoline replié que l'on n'utilisait jamais mis à part le jour précédant les vacances. Smutek avait même l'impression de sentir tous ces ballons à usages multiples bien rangés dans des armoires en métal fermées à clé : ballons de foot, de volley, de hand, de basket et médecine-balls. Des odeurs de transpiration, de caoutchouc et de magnésium planaient dans l'air. Devant la porte largement ouverte qui menait à la salle des agrès avait été installé un trépied surmonté d'un appareil numérique nettement plus grand que celui de la semaine dernière. Assise sur le bord d'une pile de tapis de sol, pieds nus, portant simplement un pantalon de jogging et un T-shirt, Ada s'enfonçait profondément dans la mousse : frissonnante, les épaules relevées. Aucun système de chauffage, si bon fût-il, ne pouvait chauffer cette gigantesque halle. Smutek resta planté sur la ligne des trois points.

— Approche, lui lança Alev. Tu la déshabilles ou tu préfères qu'elle le fasse elle-même ?

Smutek ne savait que répondre. Quoi qu'ils attendent de lui, il n'en aurait pas la force. Ça ne marcherait pas. Avec ses épaules crispées et ses genoux pressés l'un contre l'autre Ada ressemblait à une pensionnaire d'un foyer d'accueil dont l'espoir de recevoir une visite dominicale avait été déçu une fois de plus. Smutek avait peur. Il savait d'avance l'odeur de ces grands tapis, connaissait la sensation laissée par le caoutchouc sur la peau nue et ce mot de "caoutchouc" entraîna par association d'idées quelques réflexions supplémentaires et déplaisantes qu'il avait évitées jusqu'à présent. Alev se tenait là, légèrement courbé, les jambes écartées comme le pied de son appareil photo, regardant tour à tour à travers le viseur et sur le petit écran, tout en réglant la mise au point.

— Viens jouer avec nous, lança-t-il d'un ton joyeux, et tout à coup les pieds de Smutek obéirent comme deux minuscules chevaux de manège bien dressés qui, au premier claquement du fouet, se retrouvent pour un pas de deux. Il se plaça derrière Alev et vit une Ada miniature accroupie sur l'écran.

— Tu veux quoi au juste ?

Alev leva les yeux d'un air impatient. Tous deux savaient évidemment ce que signifiait cette question. Une seule des photos prises la première fois aurait suffi pour faire durer le chantage jusqu'à la fin des temps. Ce qui allait arriver maintenant n'avait plus rien à voir avec la mise en œuvre d'un moyen pour arriver à ses fins : c'était une fin en soi.

— Rien que tu ne veuilles toi-même. Le regard d'Alev signifiait clairement qu'il n'avait pas l'intention de rejouer le dialogue pathétique d'un assassin de cinéma sur le point de commettre son crime. Va dire bonjour à Ada.

Les pieds de Smutek rechignèrent, il ne bougea pas d'un pouce. Quand il sentit des tiraillements dans la région de l'estomac, il eut envie de se sentir mal et il tenta de se concentrer sur une odeur de vomissure. Une fois qu'il vomirait, penché au-dessus de la cuvette des toilettes, ils le libéreraient sans doute. Mais les vertiges disparurent comme ils étaient venus. Il n'avait pas la nausée, il était seulement triste. Devant ses yeux apparut très distinctement le visage de sa femme qu'il aimait et qui restait, malgré tous ses caprices, le seul être qui lui importait sur cette terre. Elle était belle, et des événements aussi moches que ceux qu'il était en train de vivre la détruiraient inévitablement tôt ou tard. Puis il pensa à Höfi et il se sentit plus triste encore parce que Höfi était mort d'avoir perdu sa femme et parce qu'il avait été le dernier qui aurait pu empêcher ce qui se passait ici. Höfi avait emporté avec lui les derniers vestiges de dignité et d'ordre existant encore en ce monde. Sans lui, la loi de la jungle allait triompher. Sans lui, point de salut. Smutek avait envie de pleurer, mais en même temps il était écœuré par sa propre sentimentalité. Il était sur le point de défaillir. Alev se redressa : il arrivait à la hauteur de la poitrine de Smutek, mais n'en essaya pas moins de le regarder de haut.

— Rien ne me répugne davantage que d'avoir à dire les choses avec une netteté aussi radicale, dit-il, mais le soleil est déjà bas sur l'horizon et il ne me reste pas beaucoup de temps pour les prises de vue. Alors écoute-moi bien : les preuves que nous avons contre toi sont presque aussi efficaces qu'un enfant kidnappé. La situation ne te laisse absolument pas le choix : tu fais ce qu'on te demande de faire, un point c'est tout. Fin du message.

— Ce qu'*on* me demande de faire ? demanda Smutek d'une voix dont il sentit lui-même qu'elle avait quelque chose d'hystérique ; puis il respira profondément et ajouta : Elle aussi, elle me le demande ?

Tous deux se tournèrent vers Ada. Smutek fut étonné de voir combien ses cheveux avaient poussé au cours de l'année scolaire, à quel point sa peau avait l'air exsangue à la lueur des briques de verre et comme sa silhouette vigoureuse semblait chétive quand elle se laissait aller ainsi.

— Elle aussi, elle le demande, répliqua Alev.

— Ada ? Les parois répercutèrent le nom comme si elles voulaient s'en débarrasser. L'intéressée leva la main, acquiesça de la tête, se mit à rire et adressa un petit signe à Smutek comme s'il se trouvait sur l'autre rive d'un fleuve, à des centaines de mètres. Quand il se fut approché d'elle, il sentit le regard d'Ada qui lui perçait les rotules avant de remonter le long de ses jambes sous ses vêtements, sur ses hanches d'abord, puis son ventre, sa poitrine et son cou pour finir sur son menton. D'un geste brutal, il lui enleva son T-shirt en le passant par-dessus la tête, elle leva bien docilement les bras, comme un petit enfant. En dessous, elle était nue.

Ensuite, les choses allèrent toutes seules. A cause de ses seins, mais aussi parce qu'il avait envie d'elle. Il lui embrassa le torse d'un côté puis de l'autre, remonta jusqu'aux aisselles, l'embrassa dans le cou et pour la première fois sur la bouche. Ses lèvres avaient un goût salé, appétissant : une saveur d'aliment bien plus que de femme. Quand il commença à sentir une douleur dans les genoux, il la souleva avec entrain pour la déposer sur une des caisses qui se trouvaient là et il lui demanda si elle était à l'aise ainsi, mais il n'obtint pas de réponse. Entre les replis de son sexe, il trouva une trace d'humidité ; il aurait bien aimé savoir s'il y était pour quelque chose ; cela n'aurait pas été impossible si Alev n'avait cessé de courir à grand bruit autour d'eux pour modifier l'emplacement de son appareil.

Donne-moi ton sein. Non, tes deux seins. Tu me sens ? Tu sens mon sexe en toi ? Dis-moi que c'est bon, dis-moi que tu as envie de ça. – Oui.

Pendant leurs rapports, Smutek n'avait jamais dit un seul mot à sa femme, il n'aurait jamais osé lui demander ne serait-ce que d'écarter un peu plus les jambes. Ils communiquaient sans parler, par la pression de leurs corps, en se retournant, en poussant, en gémissant bruyamment quand quelque chose était bon, en observant un silence total quand ça devenait ennuyeux. Dans cinq minutes à peine, il aurait honte de ses paroles, comme un homme ivre le lendemain matin au souvenir de ses propos de poivrot de la nuit précédente. Il accéléra le rythme. Ada fermait les yeux ce qui lui permit de la regarder sans détour. Ses lèvres étaient entrouvertes, peut-être un sourire, peut-être un semblant de sourire engendré par la tension de la peau née de son cou rejeté en arrière. Son visage était apaisé, bercé au rythme de ses mouvements, peut-être pensait-elle à quelque chose de plaisant, à une course par beau temps ou à un bon livre. Ou encore à Alev. La poussée suivante se fit plus forte, mais c'est à peine si elle semblait le remarquer. Il la connaissait si peu, il n'avait aucune idée de ce qui se passait en elle, ses dix doigts palpaient le crâne d'Ada comme si ses pensées pouvaient se lire en braille. Les paroles qui suivirent ne furent plus qu'un chuchotement imperceptible. Je t'aime. Plus que ma femme qui est plus belle que toi. Je t'aime !

Elle l'avait certainement entendu. Pendant un instant ses genoux le trahirent, comme s'il allait tomber sur le sol du gymnase qui, au lieu de vous donner des écorchures, vous brûlait la peau jusqu'à y laisser des ampoules. Mais il resta debout, la saisit des deux bras, la souleva pour la poser sur ses hanches et se mit à tourner sur lui-même, le visage enfoui dans ses cheveux. Retournant jusqu'au tapis, il la sortit de la ligne de mire d'Alev, la déposa avec précaution et se laissa glisser hors d'elle. Alev fut immédiatement sur les lieux avec un sachet de mouchoirs en papier, il en attrapa un par le bout et le secoua pour le déplier.

Du coin de l'œil Smutek aperçut quelque chose de blanc qui s'agitait dans l'air, un peu comme si quelqu'un lui disait au revoir. Il se nettoya, enfila son pantalon et se dirigea à grands pas vers les toilettes, où il se pencha sur un lavabo. Ces derniers temps il avait pris l'habitude de se rafraîchir de temps à autre le visage à grands coups d'eau froide. Quand il se redressa, les cheveux mouillés, Ada se tenait dans l'encadrement de la porte, tout habillée elle aussi, avec une certaine nonchalance, un bras replié au-dessus de la tête.

— C'est vraiment si terrible ? lui demanda-t-elle.

Il intercepta son regard dans le miroir. Tous deux sentaient que quelque chose entre eux avait changé au cours des quinze minutes qui venaient de s'écouler.

— Tu ne comprends pas, dit-il, tout en refoulant l'air avec force à travers sa gorge pour libérer ses cordes vocales, je ne suis pas comme vous.

— C'est quoi, la différence ?

— La différence, c'est probablement que j'ai quelque chose à perdre.

— Ah bon, répondit-elle, un boulot, une femme ?

— Entre autres. Smutek retrouvait son calme. Le sentiment d'avoir envie de dire quelque chose de vrai lui détendait les muscles du dos et atténuait le souvenir de ce qui venait de se passer.

— L'essentiel : ma foi !

— En Dieu ?

— Pas directement. En moi d'abord. Foi dans la vie en général. Dans la possibilité de te blesser, de me blesser. Vous en revanche, vous croyez qu'il n'existe rien qui vaille la peine qu'on y croie.

— Même ça, c'est de trop, répondit Ada. Nietzsche est mort. Ses successeurs sont morts. Les représentants de ses successeurs sont morts. Et ceux qui ont tenté de ressusciter ces représentants sont morts aussi.

— Le seul qui soit mort pour l'instant, répliqua Smutek, c'est Höfi.

— Tu es polonais. Tu viens d'une autre galaxie et tu ne comprendras jamais rien.

En un clin d'œil, le temps de se frotter les yeux, elle avait disparu ; Alev aussi était parti sans laisser de trace.

Smutek sortit du gymnase ; une fois à l'air libre, il pensait que l'obscurité aurait aboli la ville, cette petite ville innocente qui avait échoué sur les rives d'un pays réunifié et se balançait avec courage dans les flots agités, tout en feignant d'exécuter une danse salutaire. Un peu de nuit, ça n'aurait pas fait de mal à l'atmosphère générale, il se sentait apaisé, rasséréné comme après une grande performance physique. Il avait envie de voir quelques élèves, debout sous l'arrêt de bus en verre, immobiles dans la lumière orange comme des mouches prises dans l'ambre. Mais il faisait encore clair. Des gazouillis printaniers malgré l'air froid. Des voitures affairées passaient à la hâte, des enfants accrochés aux bras allongés de leurs mères sautillaient sur les trottoirs. Smutek n'avait pas envie de rentrer tout de suite, il contourna le lycée et pénétra dans le parc où il s'appuya sur le mur de séparation. A gauche et à droite du lycée Ernst-Bloch, les fenêtres de ces temples de province que sont les anciennes ambassades regardaient d'un œil vide de l'autre côté du Rhin. L'ancien quartier du gouvernement à présent abandonné, dépouillé de toutes ses zones interdites, s'enfonçait dans le creux du genou formé par le fleuve. Au delà, les lumières du centre, les cafés, les magasins, les musées, l'université. Tout racontait les temps heureux d'une gloire révolue qui avait emporté avec elle agitation et potins.

Smutek plongea son regard dans les petites vagues sales et s'interrogea consciencieusement pour savoir s'il n'aurait pas dû refuser d'obéir, pour mettre un terme à ce jeu avant même qu'il ait réellement commencé. Après ce refus, les documents qui se trouvaient entre les mains d'Alev et d'Ada n'auraient plus eu qu'une seule contre-valeur : la vengeance. Ils auraient été obligés de prendre une décision : allaient-ils le détruire lui et se détruire eux-mêmes dans un châtiment absurde ou bien laisseraient-ils tomber un projet aussi ambitieux ? Il avait été suffisamment longtemps professeur et enfant de la guerre froide pour savoir toute la complexité de la mise en œuvre d'une menace de destruction mutuelle. Les mécanismes de la dissuasion devaient être agencés en un délicat équilibre fait d'intimidation et de conciliation.

C'était affaire de spécialistes alors que ces deux-là, Ada et Alev, étaient des fonceurs qui comptaient sur le pouvoir de leurs armes et la soumission de Smutek. Ils étaient inexpérimentés. Ou alors d'un extrémisme absolu. Smutek fut obligé de reconnaître qu'il lui était impossible de porter un jugement sur ses adversaires. Ada essayait depuis des mois de lui faire comprendre quelque chose qui était peut-être exact : ils étaient deux hors-la-loi, des desperados sans Ouest à conquérir, des guérilleros sans guerre.

Pour couronner le tout, il se sentait tourmenté par le sentiment absurde de sa responsabilité, par le désir de ne pas leur faire de mal et même de les empêcher de se faire du mal à eux-mêmes. Il se sentait comme un père que son propre fils menace d'un couteau de cuisine et qui se rend compte qu'il ne sert plus à rien de lui parler gentiment. Il vit en esprit le visage d'Alev avec sa large bouche et ses yeux bridés, il ne ressentit aucune amitié pour lui, mais une haine toute neuve, viscérale, avide de grandir s'empara de lui. Malgré cela, il ne parvenait pas à aller au-delà d'un constat : il voulait éviter le pire, la catastrophe ultime. Il tenta de cracher dans le fleuve, mais il ne dépassa pas le bas de l'enrochement.

Sa Volvo était seule sur le parking, elle l'attendait bien sagement et le salua d'un clignotement familier dès qu'il appuya sur sa clé. Il s'installa au volant et abaissa le rétroviseur intérieur afin de pouvoir se regarder dans les yeux tout en conduisant. Il était heureux de posséder une voiture. Il était heureux de faire ce travail. Il était heureux de vivre dans cette ville qui plaisait tant à sa Blanche-Neige. Il était heureux de pouvoir rentrer chez lui, où il trouverait une douche, un frigo bien rempli, une bouteille de vin et un canapé moelleux. Il était satisfait de sa vie et supposait que bien peu de gens auraient pu en dire autant. Il ne voulait pas que ça change.

Le premier beau jour de l'année. Ada se réjouit à l'idée de se présenter devant le tribunal

DU HAUT DU ciel, le soleil rugissait comme un tigre édenté : il bombardait les rues de la ville d'une lumière sans chaleur, aveuglait les yeux obscurcis par l'hiver, fouillait sous les radiateurs pour en faire sortir la poussière et les mouchoirs froissés, raillait la nudité impudique des arbres et des buissons dépouillés, découvrait des traces de doigts sur les pare-brise et projetait une explosion d'éclairs dans les fenêtres des étages supérieurs. Dans les jardins le long du Rhin, entre le centre-ville et le quartier de Godesberg, que sillonnent souvent par beau temps les juges des divorces se rendant au travail à bicyclette, le ciel commençait juste au-dessus du sol, rempli sur les bords d'un brouillard lumineux. Derrière une haie, la voix grêle d'une jeune fille chantait en anglais quelque chose à propos d'amour ; la voix sortait de l'autoradio d'une camionnette. Des hommes en bleu de travail taillaient les buissons. Le premier beau jour de l'année était une feinte de l'été, qui cette année ne se produirait pas, et il ressemblait davantage à un poster géant qu'à un matin véritable.

Ada venait tout juste de s'extraire du lit ; elle se tenait debout devant le miroir de la salle de bains. Une rafale de rayons la frappait sur la gauche. Bien que convoquée au tribunal à onze heures et demie, elle avait été dispensée de classe pour la journée entière. Il faut dire que, dans la cérémonie familiale et officielle qui se préparait, elle devait assumer un rôle parlé. Elle avait dormi longtemps et son visage était tout rembourré de sommeil ; lèvres, paupières, ailes du nez luisaient comme des petits coussins et sous la lumière violente sa peau était blanche et cireuse comme si nulle expression de joie ou de douleur n'avait encore osé effleurer cette physionomie.

Les moments durant lesquels Ada trouvait son physique tolérable étaient rares ; sévèrement rationnés, ils devaient couvrir les besoins de toute une longue existence. Une coquetterie intellectuelle l'empêchait de courir, en se badigeonnant de poudre, de couleurs et d'onguents, derrière un résultat impossible à atteindre, car les tentatives inexistantes étaient plus supportables que les échecs répétés. Elle n'avait ni une âme d'artiste, ni le goût de la lutte. Elle était bien obligée de se supporter.

Si elle avait pu choisir pour elle une forme de beauté, son choix se serait porté sur celle d'un chaton qui, maladroit sur ses pattes rayées, explore les soixante mètres carrés de son univers parqueté, moquetté et carrelé, et que la moindre poussière qu'il vient de dénicher plonge dans la même excitation que la découverte d'un nouveau monde. Ou elle aurait voulu être un cheval gris galopant nez au vent à travers une steppe retentissant du seul martèlement de ses sabots. La vraie beauté s'ignorait elle-même : c'était là une manifestation de l'étrange humour du créateur. Ceux qui la possédaient ne savaient qu'en faire tandis que tous ceux qui la comprenaient ne parvenaient jamais à entrer en sa possession. Jadis, Ada pouvait elle aussi, échappant au temps et à l'espace, rester assise dans la poussière d'une allée de gravier chauffée par le soleil en faisant rouler des petits cailloux. Jadis, la vue de sa course à travers les prairies aurait pu briser le cœur de n'importe quel être un peu clairvoyant. Mais au sortir de l'enfance on abandonnait l'innocence de l'oubli de soi : elle vous était retirée subrepticement au seuil de la prétendue vraie vie, et ce moment n'était même pas marqué d'un de ces mouchoirs tachés de sang qui jalonnent toutes les autres étapes importantes de l'existence, semblables à des signets entre les pages d'un gros livre. Peu après avoir fait ses premiers pas d'enfant sur le chemin de la compréhension, en se laissant encore guider par le fil conducteur de la logique, elle avait été frappée par le défaut inhérent au système de la pensée : on ne pouvait pas le mettre hors circuit. Comprendre, c'était comme respirer. Ada répondait aux questions avant qu'elles ne fussent posées ; la compréhension n'était pas un processus, c'était un état, pour ne pas dire une maladie. Les rares choses qu'il était impossible de comprendre prenaient une valeur sacrée, elles étaient des indices prouvant l'existence d'un ultime refuge. Alev et la façon dont elle réagissait vis-à-vis de lui rentraient dans cette catégorie. Comprendre était mauvais pour le teint.

Dans les rares moments où Ada devant un miroir éprouvait de l'affection pour sa jumelle de l'autre côté du verre, son cerveau cessait de travailler, sa façon d'envisager le monde et soi-même s'effondrait comme le toit gonflable d'un stade sitôt qu'on arrête la soufflerie. Les rayons du soleil arrivaient obliquement. Un univers de grains de poussière scintillants dansait tout autour d'Ada. Le visage reflété par le miroir était un tableau encadré qui se détachait sur la paroi carrelée ; il avait l'air de vouloir se mettre à parler d'un seconde à l'autre. Le fracas d'une porte claquée à l'étage inférieur mit un terme brutal à la magie de l'instant. Ada s'empara de sa brosse à dents. Sous la douche, elle renversa la tête en arrière, pour que ses cheveux tendus par le poids de l'eau se posent sur son dos comme s'ils étaient vraiment longs, une crinière faite pour flotter au vent.

Vingt minutes plus tard, debout dans la cuisine, elle était à nouveau bloquée. Le mur au-dessus de la poubelle s'ornait d'un calendrier accroché entre des listes d'achats périmées, des cartes postales de vacances et des programmes de cinéma ; il montrait le mois d'août 2003 agrémenté d'un phare, d'oiseaux blancs et de nuages semblables à des édredons posés sur l'horizon. Dans un coin de la feuille, une phrase curieuse : Il faut imaginer Sisyphe heureux. Pour on ne sait quelle raison, personne n'avait pensé à tourner la feuille et le mois était resté accroché là, comme si un beau jour du mois d'août le temps s'était arrêté, que la fin du monde avait eu lieu et que l'humanité avait disparu. Ada fut épouvantée par ce qu'elle voyait. Combien de jours devaient-ils s'accumuler avant que le temps se transforme en histoire et qu'on puisse lui élever d'autres monuments que cette misérable stèle fortuite au-dessus de la poubelle dans une cuisine bien trop grande, faite de chrome et de marbre ? Un jour de ce même mois passé, elle avait rencontré Alev pour la première fois. Elle décrocha le calendrier, le retourna et le raccrocha face au mur. Elle n'avait jamais pu imaginer Sisyphe autrement que comme un imbécile. Elle décida de préparer le petit-déjeuner.

Sa mère était penchée sur le journal, une tasse de café soluble sans lait ni sucre entre les mains. Elle leva un regard étonné quand sa fille se mit à tourner autour de la table d'un pas énergique, à répartir sur deux assiettes des petits pains réchauffés, à poser au milieu charcuterie, fromage et confiture. Ada portait son T-shirt le plus récent et le plus propre et elle s'était fait un brushing, si bien que ses cheveux formaient autour de son visage une auréole légère et claire.

Tout en la regardant, sa mère pensait à elle-même. D'habitude, sa fille traînait dans l'appartement en jeans informes, vivante trahison de tous les efforts qu'elle avait fournis pour lui construire un foyer en dépit des circonstances. Trahison aussi de l'heureux patrimoine héréditaire maternel qu'elle avait transmis à sa descendante à la sueur de son front. Un puissant courant vital, fleuve dont un bras secondaire semblait aujourd'hui irriguer sa fille, formait la base même de la nature maternelle ; seulement les incinérateurs de son histoire personnelle l'avaient peu à peu pollué de leurs déchets toxiques. Lorsqu'elle avait l'âge d'Ada, son énergie inhabituelle lui avait valu des quantités d'admirateurs et au cours de ses études aucun week-end estival ne se passait sans qu'elle se promène à travers des forêts inondées de soleil ou dans l'herbe haute au bord d'un fleuve, allant de l'avant tel un jeune chien et sentant dans son dos la démarche protectrice d'un homme attentionné. En sa présence, les hommes se reposaient de toutes leurs idées noires, ils trouvaient l'harmonie dans un monde divisé. Elle avait choisi le meilleur d'entre eux qu'un accident superflu était venu lui ravir. Il lui avait laissé Ada.

Bien que veuve, remariée et, du moins l'espérait-elle, à quelques heures d'être divorcée, la mère d'Ada se tenait encore devant la vie comme un enfant devant les terrariums du zoo, sur lesquels des plaques de laiton gravées d'inscriptions latines portaient le nom d'animaux impossibles à découvrir, même en collant les yeux et le nez à la vitre. On voyait des branches et des feuilles disposées avec art, une mangeoire pleine de nourriture colorée, une maisonnette en bois et un abreuvoir. La mère d'Ada restait là à regarder et attendre, fermement convaincue que quelque chose allait se mettre à bouger. Ada, en revanche, sitôt qu'elle avait vu les logements déserts, se détournait en haussant les épaules et proclamait le règne du vide. Pour sa mère, la lumière qui émanait de sa fille le matin du divorce, cette façon qu'elle avait de mordre dans un petit pain juste pour la beauté du spectacle, alors qu'on voyait bien qu'elle n'avait pas envie de manger – c'était comme un mouvement dans le terrarium. Mère et fille avaient des relations radicalement opposées avec le néant.

La tension musculaire inusitée d'Ada venait surtout de ce qu'elle se tenait assise sur sa chaise les jambes légèrement écartées, s'efforçant de faire supporter tout son poids par ses coudes posés sur la table. Le centre de son corps ne s'était pas encore habitué aux nouvelles sollicitations dont il était l'objet et, à certaines heures du jour, elle souffrait d'un besoin impossible à satisfaire : plonger la main dans son pantalon pour calmer des démangeaisons cuisantes. Quand elle sentit les yeux de sa mère reposer sur elle avec une intensité inaccoutumée, elle regarda l'heure.

Faut y aller.

L'une derrière l'autre, elles traversèrent le vestibule pour chercher leurs manteaux, Ada d'un pas léger, sa mère avec effort, comme s'il lui fallait, des pieds et des mains, rejeter l'air de côté telle une bouillie poisseuse. Ada avait le sentiment qu'elles se rendaient à une représentation organisée pour elle seule, tandis que sa mère l'accompagnait pour lui faire plaisir. Depuis deux ans, Ada se réjouissait à l'idée de ce divorce. Il mettrait fin à une attente figée dont plus personne ne connaissait l'enjeu.

— J'ai hâte que ce soit passé, dit sa mère en mettant son manteau.

— Tout passe. Tu verras, ça ne sera pas pire que l'intervention du plombier, enchaîna Ada.

Elle éprouva un sentiment de fierté en entendant sa mère qui riait tout en refermant la porte.

Au tribunal des hommes travaillent avec des hommes

LES AVOCATS se précipitèrent l'un vers l'autre à bras ouverts – comment allez-vous, cher confrère ? – et s'entretenaient en riant avant même que les parties en présence aient eu le temps de se saluer. Quel temps, n'est-ce pas ? Qui pourrait être triste par un temps pareil ? Les fossoyeurs et les juristes. L'un d'entre eux avait jeté négligemment sa robe par-dessus son avant-bras, comme un peignoir dans un sauna, l'autre avait déjà déployé ses longues ailes noires pour voler à travers les couloirs. L'homme et la femme, visages baissés, se serrèrent la main.

— Salut, général.

Tout en embrassant son beau-père, Ada se demanda si elle était la seule à le toucher encore, exception faite d'un peu d'amour de location pendant les fins de semaine.

— Ma petite, tu as l'air plus en forme que jamais.

— Merci, ça va.

Ada se sentit rayonner de bonheur, soudain les avocats se turent et se tournèrent vers elle. L'affaire fut appelée, et le général de brigade remit dans la poche de son veston les cigarettes qu'il avait voulu proposer. Vus de dos, ses parents avaient l'air en forme, bien droits, élancés, tous deux encore jeunes. Quand, à l'occasion et chacun de son côté, il leur arrivait de parler du début de leur relation passée, ils utilisaient des mots comme le grand amour, *l'amour fou*, une incroyable romance. Quant à son vrai père, Ada ne se souvenait pas de lui.

Elle s'arrêta à la porte dont la poignée lui arrivait à hauteur de poitrine. A l'extrémité du couloir, on entendit un grand tapage, des disputes, le bruit de lourdes bottes, des voix d'hommes semblables à des aboiements. Dans la salle, on salua également la juge en plaisantant, elle rit tout en rejetant en arrière ses boucles rousses qui lui tombaient sur le front. Dans cette assemblée, le général de brigade avec ses quarante-cinq ans faisait office de doyen. Par rapport à lui, les employés de la Justice faisaient l'effet d'un groupe d'étudiants dans un amphi. Ils s'installèrent à leurs places, répartirent des Codes civils rouges et des porte-documents sur les tables et Ada comprit qu'ils étaient tous collègues, se connaissant depuis les bancs de l'université, certains en bons termes, d'autres pas. Ils travaillaient dans la même entreprise où l'on introduisait des cas juridiques, comme des pièces d'une machine dans une chaîne de fabrication. Il n'y avait pas la moindre magie là-dessous.

Le vacarme se rapprochait. De sa place, Ada apercevait le grand hall où aboutissaient escaliers et ascenseurs et d'où partaient tous les couloirs. Des policiers encadraient deux jeunes qui n'étaient guère plus âgés qu'elle. Menottes aux poignets, ils se jetaient alternativement à droite et à gauche tout en essayant de donner des coups de pied dans les tibias des fonctionnaires. Juste au moment où ils passèrent dans le couloir où se trouvait Ada, l'un d'eux se jeta à terre et, couché sur le dos, roula à plusieurs reprises d'un côté à l'autre ; puis il se fit aussi lourd que possible quand ils l'empoignèrent sous les aisselles pour le remettre debout. Tu vas arrêter tes conneries ! Ils faillirent tomber les uns sur les autres. Les longs cheveux du garçon retenus en queue de cheval par un élastique s'étaient dénoués et il ne pouvait les rejeter en arrière à cause des menottes. Il se mit à secouer convulsivement la tête ce qui le faisait ressembler à Rocket pendant un solo de guitare. Ada eut un moment de frayeur quand leurs yeux se rencontrèrent. Elle y lut une sorte de connivence profonde, il voulait lui dire quelque chose. L'ordre et le désordre, semblait-il vouloir lui dire, les deux principes qui se combattent dans cette arène, recrutent leurs guerriers dans les mêmes rangs. Il aurait peut-être employé des mots légèrement différents. Bande de salauds ! hurla-t-il.

Pour une raison qui mit longtemps à lui apparaître clairement, quelque chose la gênait dans cette idée. Pour elle, les juges avaient toujours été les représentants d'un principe, ultimes maillons d'une fonction universelle, ventouses terminales sur les tentacules de l'être collectif. Il n'était pas question que des prisonniers traduits en justice fraternisent avec des témoins présents par hasard, procureur et avocats étaient d'irréductibles ennemis. Evidemment, c'était absurde. Les hommes ne seraient jamais que des hommes. Après avoir passé des robes et des menottes, ils faisaient ce qu'on attendait d'eux. Dans cet édifice, leur mission consistait à entretenir la douleur fantôme d'un système de valeurs amputé de ses membres.

Le groupe avait disparu. La porte, s'il vous plaît ! Ada ne savait où s'asseoir. L'excès de chaises dans la pièce donnait l'impression qu'il y avait bien d'autres intéressés, mais qu'ils ne s'étaient pas tous dérangés pour assister au spectacle. Les énormes tables où avaient pris place son père, sa mère et leurs avocats auraient pu accueillir trois personnes de plus ; Ada occupait une des trente chaises destinées aux spectateurs et sur l'estrade il restait encore plusieurs places libres à gauche et à droite de la dame aux boucles rousses.

La juge s'adressa à son dictaphone. La plaignante a introduit sa demande par un courrier en date du… – un bref signe de tête à l'adresse de l'avocat de sa mère –, le défendeur requiert, attendez, vous reconnaissez quel montant ?

Les robes se mirent à compulser leurs dossiers, le soleil brillant à l'extérieur était vraiment déplacé, il n'y avait ni rideaux, ni stores aux fenêtres, les vieux radiateurs accomplissaient impassiblement leur tâche. Ada surprit quelques regards d'impuissance échangés par ses parents. Bientôt ils se lèveraient, flottant dans l'air ils quitteraient tous deux la salle d'audience, où les juristes continueraient à feuilleter et à dicter, pour sortir dans la rue, dans la lumière étincelante du soleil. Puis les choses reprirent un cours normal, une invisible souffleuse ayant chuchoté la réplique. En outre, ajouta la juge, il est demandé que le plaignant soit débouté des fins de sa demande.

On fit sortir Ada, puis on la fit revenir, ses parents l'accueillirent avec des regards pleins de culpabilité. Dans les yeux embués de sa mère, Ada lut les signes avant-coureurs d'une scène pathétique, prenez tout ce que vous voulez mais laissez ma fille en dehors de tout ça, et elle lui lança un regard noir en guise d'avertissement. On lui indiqua une chaise au centre de la salle, puis on lui fit savoir avec beaucoup de douceur qu'elle était tenue, en cas de déposition, de dire la vérité. Contrairement à l'époque du poing américain, Ada était pénalement responsable à présent. Le général de brigade clignait bizarrement des yeux, manifestement il voulait lui dire quelque chose mais elle ne le comprenait pas.

— Votre beau-père vous verse-t-il régulièrement, au début de chaque mois, la somme de quatre cent cinquante euros en liquide ?

Ada ne répondit pas tout de suite. Elle s'imagina Alev assis derrière elle sur un des bancs des spectateurs, les jambes étendues, la bouche étirée en un sourire égyptien, grattant doucement de ses ongles longs le tissu de son pantalon. Depuis deux semaines, il la prenait dans ses bras et l'embrassait sur la bouche au vu et au su de tout le monde quand ils se retrouvaient dans la cour le matin.

— L'instant de vérité est toujours celui où l'on ne comprend absolument rien, dit-elle.

La juge releva ses sourcils épilés et lança un regard à l'avocat du général qui semblait être son préféré, peut-être parce qu'il avait une plus grande expérience du monde, mais cette fois il se contenta de hausser les épaules.

Ada rejeta la tête en arrière et rit : voilà qui aurait plu à Alev, il y aurait vu sans doute la confirmation d'une de ses théories. Tant qu'elle y était, elle rit aussi de bonheur à la simple idée de savoir qu'il existait ; en même temps elle rit d'elle-même parce qu'elle espérait qu'il s'habituerait à elle, un peu comme on se fait à un animal domestique qu'on a pris en pension pour quelque temps et dont on s'est épris si vite qu'on n'arrive plus à s'en séparer. Elle rit aussi de cette douleur entre ses jambes qui n'appartenait qu'à elle, un mystère dont elle pouvait dire "je". Et elle rit aussi parce qu'elle avait la conviction qu'elle était en train d'entrer dans la plus belle période de sa vie. Tout cela prit un certain temps ; quand elle eut fini, elle essuya ses larmes au coin de l'œil, entourée du noir silence des personnes présentes confrontées à un gentil petit poney victime d'un accès de folie en plein manège.

— Tu leur as raconté ça ? T'es vraiment pas dégonflé.

— Ce qui veut dire, je présume, que ces paiements se sont toujours fait attendre ?

Le mot "attendre" lui rappela qu'il lui fallait de toute urgence un rendez-vous chez un gynécologue.

— Je n'ai jamais rien eu. Désolée…

— Vos frais de scolarité mensuels au lycée… des pages tournées à la hâte… Ernst-Bloch n'ont pas été réglés depuis six mois. Votre père a prétendu que leur montant était inclus dans la pension allouée à votre mère mais qu'elle les avait gardés pour elle.

— Inclus ? Comment voulez-vous ? Il ne paie rien ! lança sa mère.

— Vous l'avez déjà dit, on sait. La juge se tourna de nouveau vers Ada. Il affirme vous avoir versé cette somme directement pour régler l'établissement.

Ada n'avait pas la moindre idée de ce que le général pouvait bien faire de son argent ; mais l'idée qu'il pouvait en faire quelque chose dont il avait honte la perturbait profondément. La bonne humeur du début s'était brusquement dissipée. Elle n'avait aucune envie de parler du lycée, ça n'avait rien à faire ici. Tout à coup, Teuter, Smutek, Höfi, Odetta et quantité d'anonymes pénétrèrent dans la salle d'audience.

— Est-ce à dire que selon vous votre fille détourne ces sommes ?

Le regard du général croisa une seconde fois les yeux d'Ada, une petite lueur bleue les éclaira brièvement tel le clignotement silencieux d'une sirène de police.

— Non, répondit-il.

Si on avait demandé à Ada de citer un de ses gestes les plus caractéristiques, elle aurait sans aucun doute parlé de cette main gauche plongeant dans la poche de son pantalon où se trouvait toujours une liasse de billets multicolores enroulés sur eux-mêmes. Quand il n'était pas en uniforme, il portait des costumes qui semblaient avoir été moulés sur lui ; ils ne lui laissaient pas moins suffisamment d'air pour piquer brusquement un sprint ou pour vous embrasser avec fougue. Ada avait toujours été persuadée qu'il gagnait bien sa vie.

— Ça mérite un dépôt de plainte ! s'exclama l'avocat-conseil de sa mère.

— N'en faites pas trop, répliqua l'autre d'un ton sec.

Quelques répliques de théâtre en salle d'audience justifiaient bien une brève suspension des rapports amicaux : c'était la marque des vrais professionnels. Les joues de sa mère portaient une fois de plus des traces noires, Ada n'avait jamais compris pourquoi sa mère n'achetait pas de mascara résistant à l'eau. Mais cela faisait peut-être également partie de la mise en scène. De ses doigts souples comme ceux d'un pianiste, le général de brigade tambourinait sur le rebord de la table. Ada avait l'impression d'être le seul être pensant entre des concentrés de biomasse dont les cœurs et les cerveaux tournaient à plein régime, tandis que des glandes pompaient et que des muscles frémissaient. Quand elle avala sa salive d'un coup sec, elle sentit une brûlure acide dans la gorge. Sa mère avait fini par trouver un mouchoir : elle commença par s'essuyer les joues, puis le passa sur le plateau de la table et enfin sur les piles désordonnées de dossiers.

— Pour toi, je suis quelqu'un de bien ? Oui ou non ? demanda le général de brigade.

Un frémissement de gêne traversa la salle, les juristes eurent un sourire discret, ils étaient habitués à pire. Personne ne disant rien, Ada, exposée au pilori de sa place de témoin, reprit la parole.

— Permets-moi de te citer, dit-elle. Ça fait un siècle qu'on ne parle plus de bien et de mal ; ils ont été remplacés par l'efficient et le non-efficient. Les valeurs sont devenues des critères et la morale une norme industrielle. Tu t'en souviens ?

— Je m'en souviens. Il avait retrouvé son sourire.

— Très bien. Ce que tu leur as servi n'était pas efficient.

— Tu as toujours été plus intelligente que les autres enfants, répondit le général.

Avant de pouvoir lui donner la réplique, Ada fut interrompue par la juge.

— Voilà donc un point éclairci, dit-elle d'une voix forte. J'aimerais vous préciser, Ada, que vous n'avez aucun droit à prétendre légalement à une éducation aussi onéreuse.

Il y eut un silence de quelques secondes, le chauffage lui-même fit une pause.

— Pas la peine de vous inquiéter, finit par dire Ada. Il y a toujours moyen de s'en sortir.

Tandis que la juge expliquait à son dictaphone que l'instruction de l'affaire était close, Ada éprouva soudain le besoin d'ajouter quelque chose. Durant les heures de cours de Höfi elle avait appris à quel point il était plaisant de brasser des idées négligées qui reposent habituellement au plus profond de la conscience. A présent, c'en était fini des heures de Höfi.

— Ai-je le droit de dire un dernier mot ?

Cette fois, la juge ne souleva qu'un de ses sourcils tout en abaissant simultanément le coin opposé de sa bouche. Elle avait un visage aussi mobile qu'un acteur de théâtre.

— Non. Mais si vous voulez bien être brève, je vous donne la parole.

— Tout à l'heure, dans le couloir, j'ai compris ce que vous faisiez ici : vous faites de l'archéologie. Vous me donnez l'impression de quelqu'un qui tenterait de ranimer un squelette en lui faisant un massage cardiaque et du bouche-à-bouche. Un jugement comme celui-là a quelque chose de nécrophile. Ou pour dire les choses de façon moins morbide : vous braillez des cris de guerre sur des champs de bataille que les survivants ont quittés depuis longtemps.

— Voilà qui ne manque pas d'intérêt, dit la juge avec courtoisie, mais je vous prierais à présent de bien vouloir quitter vous aussi ce champ de bataille.

— La prochaine fois que vous serez chez vous à vous demander si ce que vous faites a un sens, vous repenserez à ce que je viens de dire.

— Ça suffit. Veuillez sortir.

Ada haussa les épaules, fit un petit signe de la main à sa mère et posa deux doigts sur l'épaule du général quand elle passa près de lui pour rejoindre la porte. Un silence démesuré, où un brouhaha colossal aurait facilement trouvé place, accompagna sa sortie.

Sa mère ne rentra qu'en début de soirée, elle était ivre. La frange de sa coiffure à la Cléopâtre n'avait plus beaucoup de tenue, par manque de laque elle lui tombait jusque dans les yeux ; non seulement elle n'avait pas remis de mascara depuis ses dernières larmes, mais elle l'avait totalement essuyé, et seuls les bords de ses lèvres portaient encore quelques fines traces de rouge. Ada, jambes et bras en *o*, se trouvait dans la cuisine où elle était occupée à lever les filets d'une pizza surgelée. Elle aimait bien que sa mère lui parle appuyée d'une main au chambranle de la porte. Autrefois, c'était fréquent : un signe du bon vieux temps.

— Tu es heureuse, n'est-ce pas ? dit sa mère.

— Mais oui. Tu veux de la pizza ?

— Merci. Ça n'était pas trop dur aujourd'hui ?

— Bien au contraire. Et pour toi ?

— Pour moi non plus. C'est parce que toi… Oh, et puis tu sais bien ce que je veux dire.

D'une main ferme, elle saisit Ada par la nuque et la secoua comme un jeune chien. C'était un geste sportif qui n'avait rien de la malsaine tendresse habituelle, un geste qui tenait davantage de la bagarre que de l'affection. Munie de son assiette à pizza, Ada se glissa par la porte où se trouvait toujours sa mère. Une fois à table, elle mastiqua sauce tomate et pâte tandis que sa mère faisait revivre des détails de l'audience, avant de pouvoir les enterrer définitivement.

— Et le plus beau dans tout ça, dit-elle le souffle court à force de rire, c'était encore ton intervention semi-philosophique de la fin. C'est bien la première fois que cette espèce de gonzesse à boucles aura entendu un truc pareil dans son tribunal.

— Sans l'aide de la philosophie, répondit Ada la bouche pleine, seuls les criminels ont le courage de condamner leurs concitoyens. Pour les autres, c'est l'esprit universel qui leur tient lieu de légitimité.

Elle savait parfaitement que la bonne humeur de sa mère était moins le fait de digressions semi-philosophiques que le résultat manifeste du fiasco du général dont il serait sans doute possible de tirer profit à l'avenir.

— C'est superbe de voir à quel point tu es devenue adulte, dit sa mère tout en se servant un cognac.

— Tu te trompes, répliqua Ada dans un bâillement et elle prit la décision que les paroles qu'elle allait prononcer seraient les dernières de la journée. Le chameau était déjà mort quand je suis venue au monde. Je suis née lionne, c'est en lionne que j'ai grandi et je serai une lionne lassée de tout, bien avant le temps. Jamais je n'ai senti vibrer en moi l'espoir réel de parvenir un jour au stade de l'enfant.

Sa mère n'y comprit rien, mit cela sur le compte de la puberté et n'entendit pas Ada murmurer au moment où elle quittait la pièce : tu devrais relire Nietzsche. Lorsque, tout en se rendant aux toilettes pour y vomir, elle jeta un dernier coup d'œil à sa fille, elle vit qu'elle dormait à poings fermés. Sa tête claire s'enfonçait dans son oreiller comme un énorme œuf d'autruche dans son nid.

Si jamais je voulais devenir écrivain

POUR Ada, les semaines qui suivirent furent les plus belles de sa vie. Etait-ce grâce à Alev qui recherchait ouvertement sa présence, grâce aux journées printanières bleu-vert, rares mais fignolées avec soin, que l'année 2004 prodigua aux habitants de Bonn, à Smutek qu'elle commençait à connaître en détail comme un scientifique connaît l'objet de ses recherches, ou à l'une de ces modifications fortuites de l'équilibre hormonal qui sont en grande partie responsables du bonheur et du malheur des hommes alors que les intéressés les qualifient volontiers de tournants du destin ? Impossible de le savoir. Ce qui était sûr, c'était qu'elle se sentait bien. Toute sa garde-robe lui allait à la perfection, le petit-déjeuner avait un bon goût de petit-déjeuner et ses cheveux étaient assez longs pour qu'un élastique de cuisine les rassemble en un pinceau blond aux poils hérissés, un merveilleux jouet pour les doigts. Sitôt qu'elle étendit la main pour saisir cette nouvelle sensation d'être, elle attrapa le mot qui convenait : elle se sentait inattaquable. Elle n'avait rien à faire, sinon jouir de la capacité que la nature lui avait dispensée avec la plus grande libéralité : l'indifférence à l'égard de sa propre existence. C'était là tout le secret.

Elle pensait souvent à l'homme sans qualités, dont elle se sentait aussi proche que si elle avait été une réincarnation d'Agathe. Ils n'étaient ni l'un ni l'autre en mesure d'édifier leur mémoire comme un palais massif de verre et d'acier, ils préféraient voyager avec un bagage léger et restaient pour cette raison des vagabonds dans les vastes plaines du présent. Certitudes et doutes les traversaient au galop comme un terrain pierreux, en soulevant des nuages de poussière mais sans laisser de traces. A l'instar d'Ulrich, Ada se tenait moins pour un individu que pour la quintessence de l'esprit du temps. Quand elle se présentait aux autres en actes et en paroles, elle avait l'impression de leur montrer un prototype conçu pour faire voir aux humains émergents la prochaine étape vers laquelle l'évolution se dirigeait de manière tellement inéluctable que pessimisme et désenchantement n'avaient pas plus de sens qu'un hobby à la mode. De cette façon, toute nouvelle journée était une représentation, toute nouvelle rencontre était froide et absurde, comme si Ada était séparée du reste du monde par la paroi de verre d'une vitrine. Personne n'oserait toucher à une pièce d'exposition protégée par des fils invisibles. Ada était inattaquable comme une décision prise en dernière instance.

Alev avait depuis peu l'habitude de faire le matin un bout de chemin à sa rencontre et de l'attendre au coin d'une rue bordée de maisons particulières qui conduisait directement au formidable bâtiment en briques du lycée Ernst-Bloch dont les toits hauts et lourds dominaient le quartier résidentiel comme le pont d'un vapeur surplombe les yachts d'un port de plaisance. Alev avait posé un pied sur son cartable dans l'attitude d'un chasseur de fauves, comme s'il s'attendait à être photographié d'une minute à l'autre. Tandis qu'elle s'approchait lentement, Ada sentait chacun des muscles de ses jambes porteur d'une énergie inhabituelle qui lui obéissait au doigt et à l'œil. Bien que portant un sourire à l'intérieur d'elle-même, elle le salua d'un simple mouvement de sourcil ; inattaquable comme elle l'était, elle ne pouvait se permettre davantage. Quand Alev l'attirait vers elle, elle sentait son cœur monter jusque dans l'épaule gauche. L'odeur de son corps représentait encore pour elle la sensation la plus intense jamais offerte à ses organes réceptifs. Elle l'aspirait avec précaution, le nez enfoui dans ses cheveux sombres aussi épais et drus qu'une brosse à habits. Ils étaient ainsi totalement isolés au milieu de la rue, chacun pressant son visage contre le corps de l'autre pour le cacher au monde.

Dans les maisons, des mères de famille, debout à la fenêtre d'une cuisine encore éclairée en dépit de la lumière du jour, trouvaient chaque matin que c'était un spectacle merveilleux et que les deux enfants qui se tenaient là-dehors se marieraient un jour pour faire eux-mêmes des enfants et se poster près d'une fenêtre de cuisine ; elles fondaient d'une nostalgie qui se tournait aussi résolument vers le passé que s'il était possible d'y retourner pour en ramener quelque chose. Au bout d'une semaine, déjà, on se mit à les attendre. Regarde, c'est lui, avec son cartable démodé, et la voilà qui arrive, jolie comme un animal inconscient de lui-même. Il peut l'embrasser sans lui barbouiller le visage. De notre temps, on se maquillait. Ada ignorait totalement l'existence d'une surface néo-romantique qui les recouvrait tous les deux, bien lisible et mensongère comme une publicité au dos d'un paquet de corn-flakes, qu'on étudie chaque matin au petit-déjeuner. Comme elle n'avait aucun don pour regarder comme Sartre dans le miroir des autres et qu'elle fixait son regard non dans les yeux des gens, mais sur leur menton, elle restait invisible à elle même comme un enfant qui referme ses mains sur son visage et pense avoir trouvé la meilleure cachette du monde. A quinze ans et avec son intelligence hyperactive prisonnière dans son bocal, elle avait toutes les aptitudes pour devenir folle dans les règles de l'art au cours d'une vie modérément longue. Si son public féminin en avait eu la moindre idée, il ne serait pas resté une seconde de plus à la fenêtre. Il se serait rappelé que tout regard en arrière qui transfigure le passé doit se payer chèrement par l'impression que "les choses vont de plus en plus mal", et ce jour-là il aurait beurré les tartines de ses rejetons avec un mélange de satisfaction et de résignation.

Cependant les baisers qui formaient l'essentiel du spectacle n'en étaient pas vraiment. Alev effleurait de ses lèvres la bouche d'Ada et commençait à parler alors qu'il la serrait encore contre lui comme une valise au précieux contenu qu'on retrouve après l'avoir égarée. Il était avide de parler, il recherchait son oreille, non sa bouche.

— Si jamais je voulais devenir écrivain, disait-il par exemple, j'inventerais une jeune femme.

— Peut-être devrais-tu t'efforcer de pouvoir vouloir le devenir, répondit Ada en se mettant en route, tandis que les rideaux bougeaient derrière les fenêtres.

— La jeune femme tombe amoureuse d'un jeune homme. Elle a passé la plus grande partie de sa vie dans une petite ville paumée alors que lui a beaucoup bourlingué. En comparaison de sa petite boule à neige fédérale, son horizon à lui relève du Grand Nord canadien.

— C'est censé me rappeler quelqu'un ?

— Mais non, voyons.

Il retint Ada par la manche et ils laissèrent passer deux feux verts pour gagner du temps.

— Pour l'impressionner, poursuivit-il, la jeune femme déclare qu'elle veut faire un voyage autour du monde. Elle saute dans un train et la voilà partie. Quelques jours plus tard, il reçoit un premier courriel de Londres. Puis peu après de Paris, Lisbonne, Madrid…

— Odessa, Tbilissi, Al-Qahira et Al-Iskandariya ?
— Pourquoi pas ? Johannesburg. Montevideo. Fitzroy.
— C'est où, Fitzroy ?
— Aux Malouines. Tu vois où je veux en venir ?
— Oui.
— Où se trouve-t-elle en réalité, la jeune femme ?
— Ici.
— Avec une connexion Internet et un atlas de la New World Edition sur son lit. Mon roman serait composé des lettres qu'elle envoie à son amant pour lui raconter ses aventures. Les villes se dressent l'une après l'autre comme un décor qui se déplie dans un livre pour enfants.
— Tu crois que ça marcherait ?
— Absolument. La seule chose qui soit partout pareille, ce sont les différences. Ville et campagne, riches et pauvres, amour et haine, assassin et victime. Il suffit d'un point de départ pour calculer tout le reste. De nos jours, ce n'est plus la peine de partir pour parler du monde.
— Internet : fournisseur de couleur locale pour natures nomades.
— Absolument. J'écrirais ce livre en quatre langues. Il s'appellerait *Letters from the World*.

Et ainsi de suite jusqu'au lycée. Alev restait à son côté et même devant la salle de classe ils s'appuyaient encore un moment au mur pour poursuivre leur conversation, l'air sérieux, les gestes discrets comme de bons collègues au seuil d'une journée de travail remplie de conférences, de conflits et de conséquences.

Ni l'un ni l'autre ne prenait en compte le temps qu'ils ne passaient pas ensemble. Quand on voyait Ada et Alev, on les croyait amoureux, amis très proches ou bien frère et sœur ; Ada en revanche supposait qu'Alev ne pensait pas plus à elle en son absence qu'un homme d'affaires en voyage ne pense à son épouse. Tant qu'elle ne se rendait pas, sur le parcours santé des concepts, aux stations Amour, Amitié et Fidélité, rien ne lui manquait. Le sentiment d'être inattaquable était comme une eau plate qui s'écarte quand on y pénètre pour se refermer intacte. Les bons jours, le monde la traversait dans des petits bateaux. Les mauvais jours, Ada sentait le mouvement des marées, le va-et-vient de la lune, et quand elle tentait de regarder en elle-même elle voyait son propre visage qui tentait de regarder en elle.

Il lui semblait qu'elle avait commencé à grandir. Ses membres s'allongeaient et devenaient plus agiles, son dos plus souple, ses hanches s'affinaient. Elle écartait les jambes sans douleur, comme une gymnaste. Elle courait plus vite que jamais.

Smutek garde l'esprit clair.
Sa Blanche-Neige se réveille et voit en lui un malade convalescent.
Jamais le Dieu catholique ne s'est montré aussi faible

QUAND un être humain essaie de se représenter quelque chose, il ne peut que faire erreur. Représentation et réalité n'entretiennent que des rapports minimes : croire que l'une est en relation continue avec l'autre repose sur le fait que l'équation irrésolue connue sous la forme du "je" se situe exactement au point d'intersection dont ces deux éléments constituent les coordonnées. Lorsque, malgré une lutte acharnée pour se rapprocher l'une de l'autre, s'ouvre un abîme entre les deux, l'être humain devient nerveux.

Smutek était nerveux. Quand il essayait de se représenter une liaison avec une élève, il s'imaginait un type en proie à la folie, un peu comme on peut être en proie à une maladie en sommeil dans toutes les cellules de son corps et qui, de temps à autre, fait surface avec des bouffées de sueur. Il songeait à quelqu'un qui serait le jouet impuissant de ses pulsions et qui aurait recours à des victimes importées ou qu'il capturerait lui-même, comme un héroïnomane attrape une seringue. Sans doute ces pulsions avides fonctionnaient-elles comme des accès de rage, remontant d'abord de l'estomac, oppressant la poitrine, rougissant les yeux et transformant la tête en une vaste étendue vidée de ses meubles où des pensées haletantes faites d'un kitsch obscène se cogneraient aux parois tandis que le corps se jetterait sur sa proie comme un chien échappé. Smutek en revanche allait au lycée, distribuait des notes généreuses, restait à l'écart de ses collègues, qui en avaient généralement déduit qu'il n'avait pas réussi à surmonter la mort de Höfi, et se rendait tous les vendredis à cinq heures précises dans le vestiaire pour y attendre ses deux dompteurs. Son esprit était en pleine possession de ses moyens pour procéder à un rapport sexuel qui avait tout d'une pièce de théâtre contemporaine : texte minimal et prestation physiquement éreintante posant chaque fois un problème esthétique. Il était ouvert, patient et compréhensif à l'égard de sa femme, légèrement absent en cours comme s'il s'adressait de très loin à son public. Contrairement à ses habitudes antérieures, il ne quittait plus son pupitre pour entreprendre tout en parlant de longues promenades entre les rangées de bancs. Le billet transmis par Alev pour lui demander d'éviter à tout prix d'entrer en conflit avec Teuter était parfaitement inutile. En toute situation Smutek arborait le sourire d'un révolutionnaire à la retraite. Quand il lui arrivait en plein cours de penser aux seins d'Ada, les confins de sa paranoïa l'amenaient à craindre que ces enfants innocents ne puissent flairer la présence de ces images dans sa tête, comme les animaux sauvages le sang d'un de leurs congénères. Il renonça à dessiner des schémas au tableau et portait des vestons dont les pans recouvraient ses jeans. S'il avait pu croire à l'éventualité d'un nouvel été, la perspective d'avoir à subir des températures élevées aurait constitué pour lui une véritable menace.

Maintenant qu'il avait sauté en marche de l'express de sa vie, il s'était engagé, d'un pas mal assuré d'abord, plus ferme ensuite, sur la voie ouverte devant lui par ce chantage et depuis lors il se précipitait sans l'ombre d'une hésitation dans la direction indiquée. Il savait pertinemment ce que films et livres disaient de ce genre de jeux. La route parfaitement goudronnée qui s'étendait devant lui ne comportait aucune bifurcation possible, se dirigeant tout droit vers un destin fatal qui, sur ce terrain complètement dégagé, restait visible en permanence. Il allait perdre son travail, sa femme, passerait quelque temps en prison ou exposerait pendant des années, à raison de deux fois par semaine, à un éducateur spécialisé dans le suivi de délinquants, les ruines de son existence détruite. Il aurait un casier judiciaire et maudirait l'adhésion de la Pologne à l'Union européenne qu'il appelait de ses vœux depuis tant d'années, parce qu'elle rendrait plus difficile la tentative de refaire sa vie dans cette grande ville anonyme qu'était Varsovie. Il pouvait donc s'épargner la peine de chercher une issue. A supposer même qu'Alev et Ada, à l'instar de deux enfants capricieux, abandonnent un jour leur jouet et tranchent le lien qui le retenait, à supposer que, une fois leur bac en poche, ils perdent le goût de dresser leur professeur tel un cheval de manège, ce chantage laisserait des hameçons enfoncés dans sa chair et le jour où il ne les sentirait plus était dès à présent définitivement rayé des cartes du futur.

Il lui arrivait parfois, sur le chemin du lycée, de laisser tourner placidement sa Volvo, le pouls du warning allumé, devant une succursale de la Caisse d'Epargne pendant qu'il se rendait à l'automate pour retirer de l'argent afin de régler de petites sommes dans une enveloppe à déposer avant la récréation sous le cahier de textes. Les rares messages qui lui réclamaient de l'argent portaient les stigmates de la honte jusque dans leurs moindres mots, et Ada n'omettait jamais de lui exprimer sa reconnaissance à la première occasion alors même que le fait qu'il s'accouplait à elle non moins involontairement tous les vendredis après-midi ne valait pas le moindre mot de reconnaissance. Smutek donnait volontiers. Il se sentait apaisé à l'idée que Bonnie et Clyde pouvaient trouver, entre perversion et sombre normalité, un moment pour songer à des plaisirs anodins, quelques achats, un nouveau pantalon, un bon repas, de la musique, des livres ou de la drogue, bref tout ce qu'on peut faire à cet âge-là avec cinquante euros. Voilà qui l'aidait à être raisonnable et à ne pas se poser trop de questions. Il existait des gens auxquels il manquait une jambe ou que l'on battait tous les jours, alors qu'ils étaient encore enfants, dans la remise du jardin en changeant de bûche chaque fois. La multiplicité des épreuves possibles était inimaginable : dans ce zoo habité de monstres créés par Dieu, Smutek n'était qu'un tout petit poisson. Pour tout homme, l'enfer commençait au moment précis où il se mettait à se taper la tête contre les barreaux. Smutek n'avait pas l'intention de céder à la panique. C'est seulement les jours où il se réveillait bien avant que le réveil ne sonne, se réjouissant d'abord de tout ce temps numérique affiché en chiffres rouges qu'il avait devant lui, mais où il se voyait finalement rattrapé par des idées qui lui envahissaient le cœur et l'esprit tels des termites – c'est alors seulement que, debout entre les portes-fenêtres du salon, tremblant comme une feuille, il plaquait ses deux mains sur la paroi, afin de ne pas se blesser sérieusement au front en se cognant la tête contre les murs.

A part ça, il était parfaitement sain d'esprit. Non seulement tout fonctionnait comme d'habitude, lycée, appartement, voiture et femme, ça marchait même mieux que d'habitude. Smutek se sentait comme un homme qui, après avoir enlevé son costume, sa chemise et ses chaussures, est bien obligé de constater qu'ils continuent tout seuls à vaquer à leurs occupations : assis au bureau jambes croisées, utilisant l'ordinateur ou préparant un apéritif sans même prendre note de l'absence du propriétaire.

Entre-temps une grippe profita de l'occasion pour s'emparer de Mme Smutek déjà bien affaiblie. Amygdales enflées, bronches douloureuses et sinus bouchés repoussèrent la dépression hors du champ de bataille, quoique étant eux-mêmes mis en difficulté par des armes pharmaceutiques de destruction massive. Une fois la lutte terminée et tous les virus terrassés ou expulsés, Mme Smutek se leva. Elle n'était plus vraiment comme avant, mais n'avait pas entièrement changé non plus. Elle était un être humain comme les autres, se relevant d'une longue maladie et vivant, en raison d'un enchaînement de circonstances impossibles à démêler, dans des pièces qui, mises bout à bout, finissaient par constituer un appartement. Sur le rebord de la fenêtre de la cage d'escalier, des jacinthes fraîchement plantées grandissaient d'un centimètre par nuit avant de faire éclater leurs bourgeons charnus, emplissant tous les étages d'un parfum douceâtre et pénétrant : un spectacle qui inspira tout autant d'étonnement à Smutek que la métamorphose de sa femme. Deux semaines plus tard, elle repartait au travail, enfonçant de grandes seringues dans de petites souris pour en extraire un peu de liquide, et revenait chez elle dans l'après-midi.

Comme c'est souvent le cas, ce sont les petites choses qui révélèrent l'importance du changement. Quand Mme Smutek s'affairait dans sa cuisine ou qu'elle observait la rue où des gens ordinaires vaquaient à leurs occupations apparemment ordinaires et pourtant mystérieuses, elle chantonnait tout doucement. Jamais elle ne se serait permis ça auparavant. Quand le neurologue, qu'elle consultait deux fois par semaine pour obtenir la conviction que la vie a un sens, la surprit en train de fredonner une mélodie de son invention, il fut pris d'enthousiasme comme s'il venait de capter le premier signe de vie de l'intérieur d'un donjon dont il frappait depuis longtemps les murailles avec une obstination toute professionnelle. Selon son diagnostic, Mme Smutek avait, grâce à cette période de sourde dépression, évacué la nuit fatale de son souvenir. Elle avait immobilisé l'activité des lieux de production de sa personnalité, avait stoppé des chaînes entières où défilaient des pensées en gestation et bloqué des bras mécaniques à présent figés dans l'air qui tenaient encore les pièces de fabrication toutes prêtes du prochain processus de conscience. Pendant un temps, Mme Smutek était restée dans le hall de montage de l'usine, à présent silencieux, avant de se décider à sortir. A présent, elle marchait à petits pas prudents, tous ses sens en éveil, sur ce terrain inconnu. Quand le médecin se mit en devoir de lui expliquer tout cela, elle partit d'un éclat de rire et ne fredonna plus jamais en sa présence.

Tous les après-midi et tous les soirs, elle retrouvait un mari qui avait bonne mine et était affectueux. Elle y vit la confirmation de son soupçon : il avait traversé une crise grave et était en voie de guérison depuis quelque temps.

Smutek, tel un prince charmant, accueillit à bras ouverts sa Blanche-Neige qui semblait enfin se réveiller vraiment. Le soir, quand ils prenaient leur repas, face à face à la table de la cuisine, les yeux dans les yeux, chacun voyait dans l'autre un être totalement délaissé, alors qu'il se considérait lui-même comme une personne tout juste fertilisée avec qui il convenait de familiariser son vis-à-vis avec précaution. Smutek remplissait les vides de paroles choisies avec circonspection. Comme il lui fallait simultanément réprimer le besoin absurde de parler à son épouse d'Ada et d'Alev et parce qu'il ne voulait pas, en pleine phase de résurrection, se répandre en banalités, il eut recours aux sonorités magiques de la langue polonaise qu'il enfila comme des gants de caoutchouc afin de lui parler de Höfi.

Il arrive parfois des choses dont le sens profond nous échappe, disait-il. Elles transforment en étrangère la personne aimée. Que se produise le moindre décalage dans son esprit et un être est susceptible de faire une chose dont nous ne l'aurions jamais cru capable. Il se pourrait bien que cette mystérieuse incertitude renferme ce que le monde nous réserve de plus effroyable.

Ainsi parlait Smutek, tout en sentant qu'un autre sujet de discussion peu à peu le rattrapait, arrivait à sa hauteur où il se maintenait, tentant de l'inciter en pleine course à changer de couloir et à parler de lui-même. Mme Smutek le regardait d'un air étonné. Un à un, elle embrochait des petits pois sur les dents de sa fourchette avant de les porter à sa bouche. Autour de l'index de sa main gauche, elle enroulait une longue mèche de cheveux qui finissait par constituer une grosse pelote qu'elle relâchait avant de refaire le même geste. Smutek admirait depuis toujours cette aptitude des femmes à faire deux choses totalement différentes de la main droite et de la main gauche.

— Nous devrions nous réjouir d'être assis bien au chaud dans notre cage dorée tandis qu'à l'extérieur – à la manière d'un prédicateur ambulant, Smutek fit un geste vers la porte-fenêtre du balcon contre laquelle la nuit venait appuyer son visage noirci – une lutte sans merci fait rage, engloutissant tous les jours une grande partie de l'humanité.

— Qu'elle engendre à nouveau.

— Pardon ?

Mme Smutek, après avoir posé la fourchette à côté de son assiette, leva les yeux au plafond et répéta cette phrase tronquée : qu'elle engendre à nouveau.

— Certainement, répondit Smutek. Nous devons nous réjouir. Nous avons le devoir d'être heureux, c'est inscrit noir sur blanc dans les clauses générales qui accompagnent nos actes de naissance.

Son épouse se mit à épier, la tête légèrement penchée, les bruits qui provenaient de l'atelier de production vide au fond d'elle-même ; elle entendit l'écho de phrases qui semblaient prononcées par un autre. Notre naissance nous a plongés au cœur d'une guerre. Nous sommes les victimes de l'histoire. Avec un sourire, Smutek saisit sa main et la serra doucement comme s'il s'agissait de la nuque d'un chien qui vient enfin de comprendre qu'il ne doit pas aboyer quand le voisin passe devant la porte. En se retirant, ses doigts laissèrent de fugitives taches blanches sur la peau de son épouse. Il rassembla les petits pois restants avec une cuillère et les mélangea au reste de purée. En courant, et au prix de quelques détours, il venait d'échapper à ses poursuivants qui voulaient le pousser à une confession absurde.

— Nous avons la chance d'être ensemble, lui dit-il sur un ton insistant et il comprit qu'il venait de trouver une transition parfaite. J'ai quelque chose de terrible à te dire. Höfi est mort.

— Je sais, répondit son épouse.

Il n'avait pas été possible d'éviter qu'elle découvre le petit entrefilet dans la rubrique "Faits divers". L'intérieur de chacune des lettres avait été rempli au stylo rouge.

— J'ai su tout de suite que tu aurais besoin de temps avant d'en parler. Elle poussa les assiettes vides sur le côté, appuya ses coudes sur la table et lui effleura la joue. Je suis contente de voir que tu vas mieux. Enfin, tu es à nouveau toi-même.

Enfin à nouveau qui ?

Smutek ne répondit pas. Il s'agrippa au plateau de la table pour se rappeler, grâce au contact avec la matière, qu'ils se trouvaient à un endroit banal et qu'ils n'étaient pas en train de tourner, sens dessus dessous, en orbite autour de la terre. Il se sentit heureux à l'idée que son épouse avait sans doute besoin de croire que c'était lui le malade en voie de guérison afin de se faire à l'idée de sa convalescence à elle. Un spécialiste aurait sûrement trouvé un terme grec pour désigner ça.

Ils s'étaient rencontrés en un endroit qui faisait leur bonheur à tous deux. Au cours de ce genre de conversation, c'était encore sa conscience qui lui posait le moins de problèmes. La conviction que les exercices de gymnastique sur fond bleu clair l'aidaient entre autres à laisser derrière lui sa vieille peau et lui offraient la possibilité d'apprendre à connaître une seconde fois sa Blanche-Neige, cette conviction était si forte et si lumineuse que la morale n'était qu'un paysage sans couleur perdu dans la brume, un peu comme le désert derrière les publicités lumineuses de Las Vegas. Jamais le Dieu des catholiques ne s'était montré aussi faible.

Une belle soirée

LES BILLETS de cinquante euros fournis par Smutek n'étaient pas investis dans des jeans ou des CD. Alev les fourrait dans une bouteille de bière vide, qu'il fracassa quand la somme fut assez importante. Le vendredi qui précédait les vacances de Pâques, Ada se présenta devant sa mère et sollicita un week-end de liberté totale à passer entre amis. Par égard pour une légitime sollicitude parentale, elle répondit à quelques questions : qui sont les autres – tu ne les connais pas, est-ce qu'Alev est vraiment majeur – oui. Sa mère posa son crayon sur les papiers en désordre pleins de chiffres romains, de marques de paragraphes et de tirets qui couvraient son bureau, et eut un sourire narquois :

— Vous tombez sous le coup de la loi, non ?

Pendant de longues secondes, Ada resta pétrifiée, puis le sourire de sa mère vola en éclats de rire :

— Ne fais pas cette tête, tout le monde s'en fiche.

Ada comprit enfin : Alev avait dix-huit ans, elle quinze, il n'en fallait pas plus pour le Code pénal, et elle ne put s'empêcher de rire d'elle-même, et aussi parce qu'elle pouvait répondre sans mentir :

— Tu sais, on ne couche pas ensemble.

Sa mère la prit dans ses bras comme une vraie mère sa vraie fille, tu es intelligente, bien plus intelligente que les autres, amusez-vous bien à Amsterdam.

Ils étaient trois sur la banquette arrière, Alev au milieu, ses courtes jambes posées sur la moquette qui recouvrait la surélévation centrale. La chaleur des corps réunis dans l'habitacle étroit générait une bulle de bien-être semblable à celle qui enveloppe des enfants blottis sous la même couette. Ada était calée dans un coin, le front contre la vitre que la pluie zébrait nerveusement de petits traits rapides. Etant la camarade de jeu préférée d'Alev, elle jouissait d'une immunité qui interdisait aux autres ne fût-ce que de lui adresser la parole. Elle pouvait réfléchir en paix.

Au cours des dernières semaines, le temps était passé beaucoup trop vite. Les secondes se ruaient vers ce point de fuite constant que l'homme a toujours devant les yeux et jamais à portée de main, et qu'il nomme à son gré "horizon" ou "futur". Ada semblait être seule entre tous à remarquer qu'après la quatrième fois les rendez-vous du vendredi prenaient l'odeur crayeuse d'une heure de classe. Malgré son flegme coutumier, elle ne supportait pas de marcher sur un sol plat : elle avait besoin de dévaler un terrain en pente. Mais elle n'avait pas la compétence pour décider si les choses allaient bien ou mal. C'était l'affaire d'Alev. Celui-ci semblait détendu comme un pèlerin qui franchit une étape semaine après semaine, content d'être enfin en route et encore trop éloigné du but pour se hâter. Il pianotait, l'esprit absent, la musique qu'il avait composée à grand-peine. Pour empêcher son attention de s'égarer, Ada aurait été prête à bien des choses. Mais Alev demandait seulement à tenir le rythme qu'ils avaient défini : jeudi entretien préliminaire, vendredi salle de sport, mardi chargement des photos sur le site du lycée.

Tandis qu'ils longeaient le Rhin en direction de l'autoroute, elle se demanda si Smutek avait perçu lui aussi cette baisse de concentration chez Alev. Lors de la dernière rencontre, il s'était montré différent. Peut-être lui avait-elle indiqué sans le vouloir que le jeu désirait passer à l'étape suivante. Ou il avait opté pour une tactique qui consistait à sonder les murs à la recherche d'une faille. Quoi qu'il en fût, quelque chose avait surgi entre eux, qui ressemblait à un double plan incliné sur lequel ils glissaient lentement l'un vers l'autre. Jusqu'alors, le jeu s'était composé de deux axes, l'un situé entre Ada et Alev, l'autre entre Alev et Smutek. L'idée qu'une troisième chose, qu'elle ne comprenait pas encore elle-même, pourrait être en train de se mettre en place, lui chatouillait le diaphragme. Elle se blottit plus profondément dans son coin et effleura Alev d'un bref regard oblique. Penché entre les sièges avant, il discutait avec Grüttel et Bastian. Toni, assis à sa droite, ne prenait aucune part à la conversation.

Ces gestes nouveaux, tendres, à demi transparents, Alev n'en avait rien perçu. Quand Smutek s'était agenouillé conformément aux instructions pour enfoncer son visage entre les jambes écartées d'Ada, il était parvenu, à l'insu d'Alev qui réglait l'appareil photo derrière lui, à lancer en direction de ses yeux un regard étrangement pénétrant. Il la regardait comme s'il tentait désespérément, dans le parloir surveillé d'une prison, de faire comprendre sans paroles quelque chose d'important : était-il innocent, ou non ? Elle ne put en comprendre davantage. Les quelques secondes de la visite étaient terminées quand Alev avait pris la parole : “Au cas où vous envisageriez de partir en vacances pour Pâques, je me vois malheureusement dans l'obligation de vous informer que des impératifs scolaires s'y opposent formellement.”

Les doigts de Smutek s'étaient plantés comme des griffes dans les cuisses d'Ada ; quand il s'en aperçut, il tapota les endroits meurtris comme le dos d'un brave cheval brutalisé par inadvertance. Sans doute avait-il pensé à sa petite maison et au fait qu'il n'existait plus aucun endroit où il aurait pu passer des vacances.

Peu après, au moment où Ada sortait de la douche, il s'était glissé derrière elle en murmurant : Toi et tes cheveux mouillés ! tu sais bien qu'il fait encore froid dehors, très froid. Il la prit dans ses bras et la serra si étroitement qu'elle pouvait le sentir trembler. Il tremblait de tout son corps, les genoux, le thorax, les lèvres et bien sûr les mains. Sa force avait quelque chose de machinal. Il la serrait de plus en plus brutalement, comme s'il pouvait ainsi ne plus faire qu'un avec elle, dans un sens mécanique et non pas sexuel, comme on presse violemment l'une contre l'autre, au risque de les briser, deux pièces de plastique qui refusent de s'emboîter.

Quelque chose s'était enclenché, le tremblement avait cessé et ils éclatèrent de rire comme deux écoliers complices qui, les poches pleines de cerises, viennent d'échapper à leur vieux voisin. Tandis qu'ils se regardaient, Ada commença de soupçonner que quelque chose de plus grand était possible, une domination dont Alev lui-même ne pouvait se faire la moindre idée, parce que seule Ada avait le pouvoir d'en disposer. Cet homme grand, adulte, avait besoin de quelque chose qu'elle était seule à posséder.

Puis cet instant avait passé, comme les autres. Avec un hochement de tête, Smutek lui avait donné, du plat de la main, une tape dans le dos, comme si elle venait tout juste de battre son propre record.

N'oubliez pas de fermer à clé.

Elle était restée là, sans réponse. S'était-il vraiment passé quelque chose entre eux et, dans l'affirmative, quoi ?

La voiture atteignait la bretelle, les pensées d'Ada se dissipèrent. La bruine qui tombait au-dehors mettait en scène un monde éternellement sombre et rêveur. Les pattes de béton du pont sous lequel un feu rouge les arrêta étaient celles d'un pachyderme. Sur la voie d'accélération, Grüttel passa les vitesses les unes après les autres, Ada abandonna son corps au conflit entre la force d'inertie et la vitesse, prit plaisir à sentir l'odeur des vêtements mouillés et à voir briller les cheveux sous le plafonnier et pria pour mourir d'une mort rapide et douce.

A un moment ou à un autre, ils arrivèrent au but, se retrouvèrent debout sur la passerelle d'une péniche amarrée en attendant Grüttel et Bastian qui avaient, pour la deuxième fois déjà, reconnu quelqu'un dans la foule et échangeaient des formules de politesse en anglais. Une surface importante des parois du bateau avait été remplacée par des panneaux de verre. A l'intérieur, les clients, serrés sur leurs tabourets de bar, ressemblaient à des oiseaux géants dans un élevage d'autruches. Toni les précéda et leur fraya un chemin par l'étroite porte d'entrée.

Une quantité de petits haut-parleurs diffusaient une chanson qu'Ada avait jadis presque autant aimée que *Don Camisi*. *Jessie, paint your pictures about how it's gonna be*. Emergeant de la cohue et des nuages de fumée, une fille qui devait être encore plus jeune qu'elle s'approcha. D'un regard aussi limpide et rigide qu'un cadre autour d'un tableau, Ada cerna ce visage que des cheveux d'un blond de paille entouraient comme des rayons de soleil. Elle vit des ongles rongés à ras, laqués d'un vernis rouge vif, brillants comme des coccinelles sans points, qui s'élevèrent tous les dix quand la fille écarta des deux mains les mèches qui couvraient son front. L'espace d'une seconde, Ada crut qu'elle voulait la saluer, l'entraîner avec elle, lui dire quelque chose. *Jessie, you can always sell any dream to me*. Puis un garçon se retourna, il avait l'âge d'Alev, portait des cheveux si longs qu'ils tombaient en spirales noires sur ses épaules, et il se déplaçait avec la force contenue d'un prédateur. Jessie ! La fille rentra les épaules, se faufila devant Ada en direction de la sortie, fut absorbée par le dos des garçons qui l'accompagnaient, et disparut. Ada resta sur place, fascinée par une impression de déjà-vu, jusqu'au moment où Alev la prit par le coude pour la faire entrer dans la salle surpeuplée.

Elle parlait peu et, quand on disait quelque chose, elle n'y comprenait rien. La plupart du temps, elle regardait Alev, comme pour contrôler s'il ne commençait pas à devenir moins intéressant hors du monde étriqué de la petite ville où elle l'avait rencontré. Grüttel et Bastian apportèrent des tuyaux en verre qu'ils tenaient devant leur visage comme des trompes transparentes et se métamorphosèrent en animaux étranges aux membres entortillés et aux yeux mi-clos, dont la coiffure présentait la perfection britannique d'une savante absence de coupe. Alev et Ada trônaient comme un couple royal sur l'unique divan ; Ada pouvait rester silencieuse et même dormir pendant qu'Alev refaisait le monde, donnait des instructions et faisait rire sa cour. Au bout d'un instant, elle comprit que les cadeaux extorqués à Smutek permettaient ce soir-là de régler l'addition pour tout le monde.

La bruine s'était transformée en brouillard. C'était la nuit, le matin, l'après-midi, le jour ne voulait pas se lever, ou peut-être n'avait-il jamais fait noir. Alev la fit sortir dans la rue, les autres s'étaient perdus et Ada ne pouvait plus se rappeler quand elle avait vu l'un d'entre eux pour la dernière fois. Dans les ruelles, les lampadaires enfermaient les gens dans des bulles de lumière orange, des gens qui trébuchaient, chuchotaient, couraient, riaient et qui avaient tous le même âge, celui des âmes sans abri. Formes aplaties par l'obscurité, jeans crasseux et boas de plumes, bouches de rouge à lèvres qui dévoraient les visages en parlant. Alev avait pris Ada par le bras ; elle se laissait conduire, la tête renversée en arrière. Au-dessus des lampadaires régnaient le calme et la paix, ombre et lumière se côtoyaient amoureusement. De vieilles maisons s'inclinaient vers l'avant, comme si leur pignon voulait observer ce qui se passait à ses pieds. Tourelles de brique se détachant nettement sur le ciel nocturne, câbles téléphoniques mal tendus sur lesquels un écureuil, funambule vacillant, traversait le canal le plus proche en passant de mât en mât.

Quand Alev lui donna un coup de coude, Ada abaissa son regard perdu dans les toits et, par mégarde, le fixa droit dans les yeux. Elle crut qu'il allait se produire entre leurs deux cerveaux un court-circuit qui les fondrait en un bloc unique et les laisserait sur place, formation figée dans laquelle Dieu sait qui pourrait lire l'avenir. Les poubelles étaient plus pleines, les affiches de concert plus vieilles, les entrées d'immeubles plus humides. De-ci, delà, sur les marches, un bienheureux, une aiguille plantée dans le bras nu comme une fléchette qui aurait raté sa cible.

C'est là. Alev ouvrit une porte et la fit entrer. Accès interdit aux heures du jour.

A l'intérieur, les filles réparties sur les sofas râpés avaient l'air d'une classe de collégiennes en goguette. Elles portaient des jeans de taille vingt-six et des chemises courtes ; aucune ne semblait avoir beaucoup plus de quinze ans.

— *Welcome home sweethearts be our guests !* s'écria de derrière le bar une fille à la frange affûtée comme un rasoir. Elle zézayait comme si on lui avait retiré la veille son appareil dentaire.

— Ici, tu vas te sentir bien, dit Alev. D'un certain point de vue, elles sont toutes comme toi.

Ils étaient les seuls clients. A peine étaient-ils installés dans un coin confortable que les filles se mirent à passer nonchalamment une à une devant eux. Alev distribua des cigarettes et des billets de cinq euros, pour montrer qu'il n'attendait rien d'elles, et elles tordaient leurs petits museaux dans un miaulement, *oh honey, I love you !*, s'exprimaient en textes de chansons, prenaient dans leurs deux mains le visage d'Ada et lui donnaient des baisers qui, telles des guêpes, ne se posaient qu'un bref instant avant d'être chassés. Ada regardait avec attention tous ces visages, comme elle ne l'avait jamais fait depuis des mois et des années ; tout cela vivait, dansait et riait devant ses yeux, ni misère, ni déchéance, des filles joyeuses, pas encore vraiment sorties des jeux de l'enfance, installées dans un espace vide entre deux mondes où les attendaient désespoir et tristesse.

— Tu vois, ma petite – Alev buvait du gin. Une belle soirée.

Epuisés, effondrés sur les coussins, tendrement enlacés par le sofa, ils faisaient partie du décor comme si on les avait apportés avec les meubles il y avait bien longtemps. Un demi-litre de vin se balançait dans sa carafe, faisant tourner un point rouge sur la table. Ada vida un premier verre pour étancher sa soif. L'alcool, auquel elle n'était pas habituée, lui amena le monde sur un tapis roulant, des couleurs qui n'offensaient pas les yeux, des odeurs qui n'offensaient pas l'estomac. *Welcome be our guests*. Oublie l'humanité, ici, il n'y a que des humains. La petite sportive coiffée d'une crête iroquoise, la rousse longue de partout, la brune derrière le bar dont les mains agiles attrapaient les verres comme des souris fugitives – elles avaient toutes des parents, peut être des amis et une espèce de chez-soi et dans leur tête roulait comme toujours le fleuve de la pensée avec son bavardage incessant. Dehors, il y avait encore six milliards de fleuves de pensées, mâles et femelles, qui passaient leur temps sur terre à bavarder et finissaient, s'ils n'avaient rien couché sur le papier, par disparaître sans laisser de traces. A la sortie de l'univers, il devait y avoir un écriteau : Prière de laisser cet endroit comme vous voudriez le trouver en entrant. L'absurdité de cette injonction contenait déjà l'éternité. Nul besoin de ciel ni d'enfer pour conserver éternellement des esprits humains désincarnés. On avait juste besoin de l'éternel retour. Ada ignorait tout de ces filles, elle ignorait tout des histoires que six milliards d'hommes se racontaient à eux-mêmes. Même d'Alev, dont elle se sentait si proche, elle savait juste qu'il avait un frère qu'elle n'avait jamais vu et que, dans le temps, il avait frappé des serviettes contre le mur pour les corriger. Tant qu'il ne parlait pas, elle n'avait aucune idée de ce qui se passait en lui.

Elle avait à demi vidé son deuxième verre de vin quand une pensée la frappa. Parmi tous les gens entassés dans le débarras de sa mémoire comme des livres aux pages blanches, il y avait quelqu'un dont elle pouvait dire quelque chose. Pendant qu'ils couraient côte à côte, il avait parlé de lui-même, inlassablement. Smutek, lui, était une histoire avec une entrée en matière, un développement, une conclusion prévisible.

Alev, qui jusque-là avait gardé les yeux clos, lui demanda pourquoi elle riait.

— Je sais plein de choses sur lui, maintenant. Au foyer de réfugiés, il avait tapissé sa chambre de poèmes. Il les copiait dans un livre, à part ce livre il avait tout perdu, et il les accrochait au mur après les avoir encadrés comme des tableaux. Je peux même citer un des poèmes. Zbigniew Herbert.

Alev haussa un sourcil et fit une grimace. Il savait évidemment de qui il était question. Sa mimique n'incitait pas vraiment à poursuivre, mais Ada était lancée. Le regard au plafond, elle prenait plaisir à la précision des mots et des phrases qui se pressaient sur ses lèvres.

Ada raconte quelque chose parce qu'elle le sait. Une voiture de police met fin à cette belle soirée

SMUTEK avait compris la nature profonde de sa future épouse le jour où elle lui avait rendu visite pour la première fois dans son logement minable et où, malgré toutes ses protestations, elle avait insisté pour enlever ses chaussures afin de ne pas entrer avec des feuilles d'automne humides collées à ses semelles dans les huit mètres carrés qui lui servaient provisoirement de domicile. Sous ses minces bottines, elle portait des chaussettes bleues en laine, usées au point de laisser transparaître la blancheur de ses orteils. Smutek savait ce qu'une paire de chaussettes comme celle-là représentait pour une Polonaise. Sa volonté d'enlever ses chaussures malgré cela trahissait toute la détresse d'un caractère bien trempé.

Elle inspecta sa chambre : l'armoire métallique qui rappelait les casiers des élèves au gymnase, la petite couchette de prison, le bureau d'enfant avec ses deux chaises et une étagère basse où étaient soigneusement répartis sur trois niveaux une brosse à dents, une brosse à habits et un nécessaire à chaussures. A plusieurs reprises, elle le regarda intensément, de ses yeux noirs brillants, les lèvres légèrement entrouvertes. Tout étonné, il lui rendit son sourire : il n'arrivait pas à comprendre pourquoi cette cellule lui plaisait tant, pourquoi elle enviait cette vie de fugitif qu'elle trouvait virile et authentique alors qu'elle avait honte de sa propre existence d'Allemande bien conforme à la constitution de la République fédérale. Ne sachant que faire et parce qu'il avait envie de lui faire un cadeau, Smutek décrocha un cadre du mur qu'il lui offrit en le pressant fortement des deux mains sur sa poitrine. *Trzymaj, to dla Ciebie*. Par courtoisie, elle dissimula le dégoût que lui inspiraient toutes les reliques de la culture polonaise ; elle resta assise une heure durant sur la couchette de sa cellule, le poème posé sur les genoux, à boire du café sans lait.

Jamais je n'ai pensé à tes mains sans sourire / à présent qu'elles sont là, sur la pierre, tels des nids d'oiseau tombés de l'arbre / elles sont sans défense, tout comme avant, voilà bien la Fin.

Lors de leur rencontre suivante, elle exigea, comme droit d'accès à son cœur à elle, le récit de sa déportation. D'abord à contrecœur, puis machinalement Smutek se mit à raconter son histoire : après cinq mois de détention, on lui avait fait traverser la cour de la prison pour le jeter dans un fourgon crasseux. Une des mitrailleuses lui avait crié qu'il pouvait leur être reconnaissant de ne pas s'être débarrassé de lui d'une manière plus expéditive et, lorsque Smutek leur avait exprimé toute sa reconnaissance, on lui avait donné un conseil d'ami : éviter pour l'instant de reprendre contact avec sa famille.

Durant le trajet effectué dans l'obscurité la plus totale, il perdit toute notion du temps, et tout ce qui jusque-là lui avait semblé évident lui parut tout à coup incertain. Parce que l'œil n'avait plus le moindre repère au cœur de ces ténèbres et parce que son corps, secoué par les cahots d'un chemin qui ressemblait davantage à une piste qu'à une route, perdait tout sens de soi, il finissait par douter de son existence même. De ses dix doigts il palpa son visage afin de savoir s'il pourrait se reconnaître. Parfois la portière arrière s'ouvrait pour laisser entrer un peu d'air qu'il buvait goulûment. Il voyait la nuit, le canon d'une mitrailleuse et le contour d'une forêt au loin. Si jamais il arrivait à quitter cette cage, Smutek se disait qu'il se retrouverait au point de départ de son voyage, dans la ville de Cracovie où plus personne ne le connaissait. Il avait l'impression qu'on était en train de faire un grand détour pour l'envoyer dans un avenir ou dans un passé lointains.

A Berlin-Ouest on était en 1983, comme dans le reste du monde d'ailleurs. On vivait bien. On croyait encore moins à la réunification qu'on ne croyait en Dieu, on vivait dans la crainte d'une guerre nucléaire et on était dans la décennie la plus innocente de tout le XXe siècle. Les goûts musicaux de la génération montante constituaient une menace plus grande que l'idée qu'un Polonais, sans véritable connaissance du pays et de la langue, pouvait faire son entrée à pied dans la grande ville. Il se produisait trop de choses étranges pour que l'on puisse s'arrêter à des broutilles. Quand Smutek devina le nom de cette ville dont les arbres filtraient la lumière d'un jour qu'il revoyait enfin, il pleura de bonheur. Zbigniew Herbert était dans son dos, coincé dans la ceinture de son pantalon.

Sa future épouse refusait de croire qu'il ne connaissait pas la raison de son incarcération. Elle préférait voir dans son extrême réserve l'admirable lutte d'un combattant de Solidarnosc, accueillit avec enthousiasme sa décision absurde non seulement d'apprendre l'allemand mais aussi et surtout de se lancer dans des études de germanistique et se proposa elle-même pour devenir son professeur.

Elle avait appris la langue allemande dans un univers totalement clos. Bien que son grand-père ait refusé dans les moments les plus sombres d'inscrire son nom sur les listes du Parti, bien que cela lui ait fait perdre toute sa fortune accumulée dans l'industrie et qu'il ait dû se réfugier à Lodz pour se cacher, des Allemands d'abord, des Russes ensuite, on avait continué bien après la guerre à jeter des pierres à Mme Smutek et à la traiter de *hitlerowiec*. Quand la police militaire était venue arrêter son père pendant l'état d'urgence, il s'était retourné sur le seuil pour lancer dans le silence de la maison : La terreur est de retour, faites passer la petite à l'étranger ! La petite avait vingt ans, voulait rester pour se battre mais la nouvelle du décès de son père en détention fit de ces paroles l'expression de sa dernière volonté. Empruntant les anciennes autoroutes construites par Hitler que des dalles ajustées de biais transformaient en escalier descendant en permanence, elle prit de nuit la direction de l'ouest en compagnie de sa mère. La plaque d'immatriculation polonaise collait à la limousine blanche telle une tache sale au beau milieu d'un visage. Une fois les formalités réglées aux deux frontières, la famille ne possédait plus rien, à part cette voiture et un appartement dans une ville polonaise.

A Berlin-Ouest, une chambre avait été retenue et réglée d'avance pour les quatre semaines à venir. Arrivée devant la porte de la pension, sa mère frappa le sol des pieds à plusieurs reprises, comme pour contrôler la résistance d'une couche de glace. C'est ici, mon enfant, ici que sont tes racines. La seule chose qui te reste encore, c'est ton nom allemand. Une fois encore, elle frappa le sol. La répression et la fuite font partie du rythme biologique de notre pays. Ne maudis pas l'éternel retour de ces éléments, ce ne serait pas chrétien. Et de plus, stupide.

La future Mme Smutek maudit sa propre mère. Elle maudit la terre polonaise et son propre sang qui se conformait à la volonté d'un homme mort. Elle n'avait pas été élevée comme les autres jeunes filles en Pologne, son père avait fait d'elle une combattante, elle avait sa place au côté des révolutionnaires et elle ne lui pardonnerait jamais de l'avoir, dans un moment de faiblesse, mise sur une voie de garage et d'être mort ensuite sans revenir sur ses instructions. Son visage fier restait obstinément tourné vers un ciel d'une blancheur toute matinale tandis que sa mère embrassait ses joues insensibles tout en disparaissant sans bruit derrière une ligne de démarcation infranchissable qui séparait pour toujours le présent du passé.

Smutek admirait et craignait tout à la fois son lyrisme politique. Tête baissée, il écoutait ses tirades haineuses contre ce cadavre russe qu'était devenue la Pologne, et il avait l'impression irrationnelle que sa future épouse s'en prenait à lui. Elle avait deux ans de plus que lui, et ces deux années pesaient sur sa nuque comme si le poids de toute une génération l'écrasait. Il ne savait pas encore qu'il était sur le point de perdre sa mère au bénéfice d'un mensonge.

Ada s'étant interrompue pour boire une gorgée de vin, Alev ouvrit brutalement les yeux.

— Pourquoi est-ce que tu me racontes tout ça ?

— Parce que je le sais, répliqua Ada.

— C'est une histoire pitoyable, celle d'un homme habitué à obéir. Ça se termine comment ?

— La fin, mon cher, est actuellement entre tes mains. Ce qui devrait t'intéresser, c'est d'en connaître le début.

Le visage d'Alev s'éclaira, il était flatté ; son regard se posa sur les longs ongles de ces deux mains qui tenaient tous les fils de l'intrigue, puis il attrapa son verre de gin pour le vider d'un trait. Tandis que la serveuse remplaçait son verre sans qu'il ait rien commandé et qu'elle apportait un nouveau cendrier tout en tirant à grosses bouffées sur sa cigarette, Ada se demandait si une nouvelle journée avait déjà fleuri au-dehors et si on remplaçait discrètement les serveuses de nuit par l'équipe de jour afin que les clients présents dans cette caverne ne remarquent pas qu'ils étaient en train de rater la correspondance qui les aurait ramenés à la vraie vie.

— Continue, je t'écoute ! Alev se rejeta en arrière, il avait à nouveau l'air de dormir.

Smutek et sa future épouse avaient commencé à sortir ensemble. Dans les bars du quartier de Kreuzberg, ils choisissaient toujours la même table : dans un coin sans fenêtres, entre le distributeur de cigarettes et le couloir menant à la cuisine. De là, dos au mur, leur regard embrassant la salle dans sa totalité, ils buvaient du vin au lieu de vodka et se traitaient mutuellement avec une délicatesse raffinée censée correspondre à la spécificité de leur relation. La future Mme Smutek gagnait sa vie en donnant des cours de polonais et chaque nouvelle addition qu'elle réglait écorchait un peu plus l'amour-propre de son vis-à-vis. A part cela, il ne se passait rien. Les événements se déroulaient autour d'eux sans tenir compte de la présence de ces deux spectateurs.

C'est elle qui avait eu l'idée d'arracher ces petits papiers griffonnés à la hâte et collés sur les compteurs électriques et les portes d'entrée condamnées pour signaler réunions festives et autres rencontres. Il y eut bientôt, entre les manuels d'allemand et les feuilles de vocabulaire, toute une collection de tracts bariolés évoquant un Berlin bouillonnant et inaccessible. Ils consultèrent un plan de la ville pour y chercher certaines adresses en se disant : on pourrait y aller.

Après une période de réflexion assez longue, leur choix s'arrêta sur une fête organisée par des squatteurs qui avaient utilisé un papier à fond orange pour leur tract. Assourdis par le bruit, Smutek et sa future épouse s'étaient retrouvés dans un vieil immeuble délabré dont ils grimpèrent les étages les uns après les autres. Un peu partout, dans un brouhaha de cris et de rires, des gens se tenaient appuyés aux murs ou dans l'encadrement des portes. Ils buvaient dans des gobelets en plastique sur lesquels on inscrivait les noms des propriétaires près d'un bar formé de caisses de bière empilées. Smutek et sa compagne traversèrent des salons et des chambres à coucher, des cuisines et des salles de bains dont la plupart étaient habités. Des matelas nus traînaient un peu partout. Il leur fallait continuer d'avancer sans cesse, le long de murs humides, à monter ou à descendre d'un étage, rester toujours en mouvement afin de ne pas échouer dans un coin où, immobiles et muets, ils finiraient par être découverts pour ce qu'ils étaient : des intrus venus d'une autre planète. Au milieu d'une foule de punks, de nihilistes et autres anarchistes au sexe indéfini à moins qu'ils ne portent la barbe ou ne se promènent à moitié nus, les deux Polonais et leur indéniable élégance étaient aussi discrets qu'un couple de gothiques au milieu d'un groupe d'employés de la bourse de Francfort.

Smutek observa avec étonnement que cette jeune fille à l'allure de Blanche-Neige, dont il n'arrivait pas vraiment à croire qu'elle pourrait avoir une place dans sa vie, glissait littéralement à travers cette foule crasseuse. Elle semblait y prendre plaisir. Comme il n'avait pas bien compris ce que le type au bar lui avait dit, son gobelet à elle portait aussi le nom de Smutek. Mais il était trop perturbé pour y voir un signe du destin. Quand elle lui cria à l'oreille que ces gens urbanisés faisaient un étalage impitoyable de leur personne alors que tout un chacun dans une Pologne encore rurale s'efforçait de dissimuler les empreintes de mère nature sous de nobles étoffes, des parfums et du kajal, il ne sut que répondre et se contenta d'acquiescer gentiment de la tête tout en se disant que tôt ou tard elle rencontrerait un Allemand proche de la nature et un peu moins négligé que lui et qu'elle disparaîtrait pour vivre son propre futur. Ainsi allait la vie ; au bout de quelques verres de bière, Smutek se sentit en mesure de goûter ce bout de chemin parcouru en commun avec cette jeune fille qu'on lui avait prêtée pour un temps. Il prit la ferme résolution de la rendre, à la fin de cette période provisoire, en parfait état et aussi pure qu'il l'avait reçue.

Deux heures du matin. Leurs habits étaient trempés de sueur et tout ce qu'ils avaient de poils et de cheveux collait à leurs corps. La traversée de tous ces étages avait épuisé leurs forces. Munis de deux gobelets de bière fraîchement remplis, ils trouvèrent enfin un peu de calme dans une vaste pièce du premier étage. Ils regardèrent longuement le paysage par la porte-fenêtre du balcon. Les fenêtres de l'immeuble d'en face étaient allumées et sa façade ressemblait à un calendrier de l'Avent dont on aurait ouvert toutes les petites portes. L'être collectif qui haletait, vibrait et buvait dans leur dos, et dont on ne pouvait être que globalement l'ami ou l'ennemi, perdit de son importance pour quelques instants.

Quand ils se retournèrent, un animal solitaire qui s'était détaché du troupeau s'avançait vers eux d'un pas mal assuré et vint se planter devant eux avant même qu'ils aient pu échanger le moindre regard. Smutek s'attendait presque que la pièce tout entière se retourne sur eux, un peu comme s'ils avaient ôté des vêtements qui jusqu'à présent les avaient rendus invisibles. Mais la fête continuait de tourner sur elle-même, les laissant seuls avec leur visiteur. Il avait un physique taillé à la hache, un peu comme s'il était constitué de morceaux disparates. Smutek, bien plus grand que lui, voyait des cascades de cheveux sombres qui brillaient à la lumière des ampoules recouvertes de peinture rouge.

— Polonais, hein ?

Mme Smutek répliqua dans un allemand parfait :

— Qu'est-ce qui te fait dire ça ?

— Un aveugle ne s'y tromperait pas. Avec votre air d'être à une réception officielle.

Smutek lui demanda une traduction. Le visage de leur interlocuteur qui se tournait tour à tour à droite et à gauche s'illumina au point de s'agrandir et ses énormes pattes de Viking attrapèrent chacune la partie de corps qui leur était la plus proche.

— Pologne, c'est bon ! Communisme ! Très bon !

D'un coup d'œil en biais, Smutek examina l'expression de la Blanche-Neige qui lui avait été confiée.

— Communisme, pas toujours bon, dit-il.

— Qu'est-ce que tu fabriques ici, intervint la future Mme Smutek en polonais, si tu trouves que la République populaire est tellement irrésistible ?

L'idée subite de recourir à leur langue commune fit hurler le Viking.

— C'est tout simplement parce que ça bouge plus ici ! s'écria-t-il. Mais en fin de compte rien ne vaut la cuisine polonaise.

— Bortsch ukrainien ou pirojkis russes, lui lança Blanche-Neige d'un ton sarcastique tandis que Smutek suggérait à voix basse qu'il était temps de rentrer.

Le Viking leva son gobelet et se mit à chanter :

— La Pologne n'est pas encore perdue ! En avant, en avant, Dabrowski, nous sommes les enfants de Bonaparte.

— Ferme-la, lui dit Blanche-Neige.

Le Viking lui lança un regard globuleux, comme s'il venait de prendre une gifle.

— C'est ta copine ? demanda-t-il en s'adressant à Smutek.

— Non.

— Si, lui dit la future Mme Smutek. Si on traîne dans ce genre de fêtes pour adolescents bourrés, c'est la faute des putains qui se prostituent aux Russes. La faute des types comme toi.

Le Viking rit à gorge déployée, leva son gobelet comme s'il voulait porter un toast et en renversa le contenu sur la poitrine de Mme Smutek.

— Et toi, s'écria-t-il d'un ton joyeux, toi, t'es quoi, une pute à nazis ? Une fille qui se prostitue aux Allemands ? Une *hitlerowiec* ?

Ensuite tout alla très vite. Smutek attrapa le petit bonhomme par la manche de sa parka militaire, le souleva de sorte que son poids se confondit pratiquement avec celui de la veste et le poussa à reculons contre la porte du balcon. La fenêtre vola en éclats et le Viking disparut. Il n'y avait pas de balcon derrière la vitre. Tout en bas, on entendit tomber les éclats de verre, puis le bruit sourd d'un impact, un peu comme celui d'un sac de linge mouillé sur un sol dur. Quelques invités présents dans la pièce levèrent leurs verres pour boire à la santé de Smutek qui chancelait devant la fenêtre brisée. Une voix de femme lança : Le verre cassé, ça porte bonheur ! Personne en revanche n'avait remarqué qu'il manquait quelqu'un.

Un courant d'air frais emporta Smutek et sa Blanche-Neige au milieu d'un océan de sympathie, ils se retrouvèrent entourés d'une nuée de visages indistincts qui leur adressaient la parole en grimaçant, ouvre une autre fenêtre, c'est bon pour la santé, tandis que, caressés et palpés, ils passaient de main en main, emportés dans un nouveau monde, une nouvelle vie, vers l'Allemagne, le couloir, où ils se mirent à courir jusqu'à la cage d'escalier, dont ils dévalèrent les marches à toute vitesse. Une fois sur le trottoir, Blanche-Neige saisit la main de Smutek pour l'emmener loin du bâtiment. Au bout de deux cents mètres, Smutek renonça à se défendre et se mit à courir. Ils traversèrent en zigzaguant de larges boulevards à plusieurs voies, des arrière-cours silencieuses et de sombres parcs jusqu'à ce qu'ils n'en puissent plus et que la future Mme Smutek s'arrête derrière un arrêt de bus pour vomir dans un buisson rempli de déjections diverses. Sur l'étroite couche d'une piaule d'étudiant, sous le poème de Zbigniew Herbert, ils s'aimèrent dans l'aube de cette nuit finissante.

Ada et Alev se turent pendant un instant. Le verre de vin était vide, Ada prit une gorgée de gin et fit une grimace.

— Et ensuite ? finit par demander Alev.

— Ensuite la mère de Smutek s'est jetée du pont parce qu'on lui avait fait croire que son fils était mort en prison. Smutek s'est marié, est devenu un bon Allemand et un homme heureux. Avant d'être pris dans notre filet comme un poisson.

— Tu veux que je verse une larme ou est-ce que mes applaudissements suffiront ?

— Le bruit de cette porte vitrée qui vole en éclats doit lui avoir profondément marqué l'esprit.

— Qu'est-ce qui est vrai dans tout ça, et quelle est la part de ce que tu as inventé ?

— Je n'en sais rien. Je ne l'ai jamais écouté que d'une oreille distraite.

Alev restait totalement impassible, l'expression de son visage était un mélange de scepticisme et d'ironie. Quelque chose ne lui plaisait pas, toute l'histoire lui avait déplu. Une petite roue du mécanisme s'était grippée et il essayait de trouver les mots pour la débloquer et la remettre en route. Des yeux, Ada jaugea son corps à demi couché comme si elle avait voulu évaluer sa taille, son contenu, sa qualité et son poids pour pouvoir le comparer avec un autre.

Alev reprit la parole :

— Note bien ceci : entre Smutek et nous, il n'y a pas l'ombre d'une similitude. Ce dont tu parles avec tant d'enthousiasme n'est que le produit de ton imagination.

— L'enthousiasme n'a rien à voir là-dedans, répondit-elle.

Alev lui adressa un sourire ambigu. Ada acquiesça lentement de la tête, ce n'était pas le moment de le contredire. On venait de dépasser le stade ultime de la fatigue, la pièce avait gagné en clarté, une clarté désagréable qui mettait en évidence la poussière sur les tables, des abat-jour sales et des visages creusés. Il était temps de partir. Alev déposa quelques billets sur le comptoir, la fille du bar les accompagna jusqu'à la porte. Le bord inférieur du ciel s'éclairait des premières lueurs du matin.

La lumière fut visible avant qu'on n'entende le moindre bruit, un éclat bleu semblable à des éclairs de chaleur au-dessus des toits des maisons voisines, puis on entendit le hurlement d'un moteur. Ce fut la noiraude à la frange menaçante qui saisit Ada par le bras pour la ramener dans l'entrée de la maison. D'un bond, Alev les suivit. Un crissement de pneus, puis le hurlement de la sirène déchira la nuit agonisante et la réduisit en lambeaux. Ensuite, ce fut le silence. Le clic d'un briquet, les yeux de la fille d'un noir d'huile juste au-dessus de la flamme.

— *Relax*, gazouilla-t-elle, *if they drive like this, they mean somebody else*.

Malgré cela, Ada fut obligée de s'asseoir ; les mains moites, elle appuya son dos contre le mur. Alev la regardait d'en haut. Il souriait, la peur avait déposé des ombres sur son visage, comme si une énorme gifle avait bouleversé ses traits. C'était tout simplement parce qu'ils étaient différents. Tout simplement parce que, tels des chats domestiques, ils n'avaient pas appris à vivre dans la crasse. S'ils l'avaient appris, ils auraient surpassé tous les autres dans cette discipline. Viens, on rentre. Il l'aida à se relever.

— *Take care*.

— *You too*.

Il existait bel et bien un chez-soi, tout était prévu. Ils coururent longtemps, bras dessus bras dessous, en une course sinueuse, non parce que la planète aurait essayé par ses soubresauts de les faire tomber de son dos mais parce qu'ils voulaient faire le trajet le plus long possible avant d'arriver. Ils se réveillèrent dans un lit qui sentait la moisissure, emmaillotés dans les fils d'une couverture synthétique qui se défaisait, un peu comme si une gigantesque araignée était venue pendant leur sommeil pour tenter à la hâte d'enfermer sa proie dans un énorme cocon. Au réveil, Ada avait le nez plaqué entre les omoplates d'Alev.

Ada rencontre le général de brigade et se penche au-dessus de l'abîme

ELLE trouva pathétique qu'il l'attende devant la maison, dans le jardin obscur. Elle avait trouvé pathétique qu'il la poursuive par portable interposé, comme un amoureux éconduit. Si elle n'avait pas répondu à ses appels, c'était plus par paresse que par dépit ou par désir de vengeance. Elle savait qu'il l'aimait. Elle savait qu'il avait peur. Elle était simplement trop épuisée pour le délivrer.

Tel un criminel, il quitta l'ombre des buissons et s'avança vers elle. Plus que jamais, il était de ces hommes que les divorcées de fraîche date suivent du regard dans la rue ; un homme qui mettait en scène le franchissement du zénith de sa vie pour en faire une marche triomphale et non un voyage à Canossa ; un homme fait pour incarner, sur des affiches publicitaires couvrant toute une façade, le prince charmant des temps modernes. Ada se demanda s'il avait au ministère de la Défense des liaisons avec de jeunes engagées. Il devait être tout à fait leur type. Au cinéma, il aurait pu incarner – lui et non Smutek, qui ne faisait rien sans y être forcé – l'amant diabolique de très jeunes filles.

A peine avait-elle achevé cette réflexion qu'elle lui parut inexacte. Aussi longtemps qu'ils le forceraient, elle ne pourrait savoir si Smutek ne faisait vraiment rien sans y être forcé. Selon les pronostics d'Alev, ils n'en étaient pas encore arrivés au point où Smutek commencerait à agir librement de lui-même. Ces simples constatations engendrèrent une confusion qui l'aida à recevoir dignement le général de brigade. Il vint à sa rencontre les deux mains tendues comme un pénitent.

— Désolé, petite fille. Je ne voulais pas te faire peur.

— Ça va, ça va, tu ne m'as pas fait peur.

— Depuis le procès, impossible de te joindre au téléphone, alors j'ai pensé…

— Je sais ce que tu as pensé.

Sa mère ne l'aurait pas laissé entrer dans l'appartement, une lettre adressée à Ada ne serait jamais arrivée, et il n'osait pas appeler sur le téléphone fixe. Quand il avait déménagé, il lui avait demandé si elle voulait venir habiter avec lui. Elle lui avait ri au nez en déclarant de sa voix raisonnable que, dans l'appartement qu'il occupait désormais en ville, ils se pousseraient mutuellement à bout. Et en plus toutes les pièces étaient recouvertes de linoléum. Le général savait très bien que, contrairement à lui, Ada ne pouvait ni ne voulait quitter sa famille car il n'y restait plus rien à quoi elle aurait pu vouloir échapper. Outre Ada elle-même, il ne restait plus que sa mère, et celle-ci n'était pas une situation qu'on cherche à fuir mais un être de chair et de sang. Côte à côte, ils regagnèrent la rue et tournèrent le coin, afin que la villa voisine leur cache les fenêtres éclairées de leur ancien foyer.

— Et tu sais aussi pourquoi je suis venu ?

— J'ai ma petite idée.

Ada posa son sac de sport par terre entre ses pieds, tira son tabac de la poche arrière de son pantalon et se mit à rouler une cigarette. Le général se détendit, s'appuya au mur de la villa voisine et sortit un paquet de Davidoff de la poche intérieure de son blouson de cuir.

— Je voulais m'excuser.

Elle ne répondit pas. Elle avait fini de rouler sa cigarette avant qu'il ait pu extraire la sienne de son paquet et la glisser entre ses lèvres. Il lui donna du feu sans protéger la flamme.

— Je voulais m'excuser de ne pas avoir été libre pour toi pendant le week-end de Pâques. Il y a un symposium à Graz sur la lutte contre le terrorisme et l'intervention humanitaire, et je suis en retard pour ma communication. J'aurais bien aimé partir avec toi, ma puce. Vraiment.

Elle leva un visage étonné, mais en baissant les yeux pour loucher sur le bout incandescent de sa cigarette, si bien qu'il ne pouvait rien voir d'autre que ses longues paupières et ses cils dépourvus de maquillage. Elle cachait ainsi la rage qu'il lui inspirait. Cela l'agaçait prodigieusement de le voir là, sous les fenêtres du voisin qui avait un fils dont elle avait été amoureuse quand elle était petite et dont elle ne voulait plus entendre parler, parce qu'il se faisait appeler Tschako et se rasait les cheveux dans la nuque jusqu'à la hauteur des oreilles. Le général grattait le sol de ses pieds, au lieu de l'inviter à boire un verre au centre-ville dans un endroit où, installés dans de larges fauteuils de cuir, enveloppés dans la fumée de cigares des débris de la *high society* de Bonn, ils auraient pu discuter en toute quiétude. Si Ada s'était permis une telle faiblesse à son égard, il aurait réagi avec impatience et une simple exhortation : "Avoir peur du monde ne le rend pas plus facile à vivre. Viens-en au fait." Sa fatigue fit place à l'envie de le punir. Aussitôt, la voix d'Alev la mit en garde dans sa tête : "Le désir de vengeance est dangereux, mon petit. Il nous rend prévisibles."

— Aucun problème, dit-elle. De toute façon, je n'aurais pas pu venir.

— Oh, s'exclama-t-il tout réjoui, tu avais mieux à faire ?

— Il faut que je travaille pour payer mes frais de scolarité.

Il fit un pas de côté comme si elle lui avait asséné un coup en pleine poitrine, retrouva son équilibre et écarta les jambes à hauteur des épaules comme un tireur d'élite, cependant que ses yeux se promenaient sur le sac de sport posé au sol, le visage d'Ada et les façades éclairées du voisinage.

— Tu travailles pendant les vacances ?

Ada jouit pendant quelques secondes du spectacle de son adversaire à terre.

— Que tu le croies ou non, dit-elle, ça m'est égal. Je n'ai jamais pensé que tu étais tenu de payer pour moi. Je me demande simplement ce que tu fais de tout ce fric.

— Maligne comme tu es, tu devrais consulter le Code civil à l'article pension alimentaire.

Quand elle se mit à rire, il l'imita :

— Mettons que je l'ai dépensé.

Elle hocha la tête :

— Parfait. Je préfère ça.

— Quelquefois, tu me fais peur.

— Mon professeur d'histoire m'a dit un jour que s'il avait été mon père il m'aurait noyée dans la baignoire quand il en était encore temps.

A ces mots, le général renversa la tête en arrière et envoya un éclat de rire en direction du ciel nocturne.

— Excellent ! s'exclama-t-il un rien trop fort. Voilà ce que j'appelle de la pédagogie postmoderne. A l'occasion, j'irai le féliciter, ce type.

— Ça sera difficile. Il s'est tué en se jetant du toit du lycée et il s'est écrasé juste devant mes pieds.

Le regard du général redescendit des étoiles et chercha à rencontrer celui d'Ada, mais dans l'ombre son visage blême semblait dépourvu d'yeux, comme la lune. Elle profita du temps qu'il mettait à digérer cette information pour arracher quelques feuilles au rhododendron du voisin et les jeter au sol. D'une main, le général se frotta la figure avec autant de vigueur que s'il voulait en effacer toute trace de mimique.

— Mauvais signe pour l'histoire de l'humanité, si les historiens se jettent du haut des toits.

— Oui, très mauvais signe.

Un silence suivit, que ni l'un ni l'autre ne sut meubler intelligemment.

— Et c'est quoi, demanda-t-il enfin, ton… travail ?

Bien sûr, il connaissait le montant de la dette accumulée et savait fort bien ce que le lycée continuerait à coûter chaque mois. Ada sentit sur sa langue le goût de l'erreur qu'elle venait de commettre.

— C'est un bon job, dit-elle, bien que j'aie eu des problèmes aujourd'hui.

— Il est dix heures et demie. Tu es serveuse dans un café ?

— J'avais fini à dix-huit heures. Après, je suis restée à l'internat avec Alev.

— C'est ton copain ?

— En poussant un peu, on pourrait dire les choses comme ça.

Ils se regardèrent en grimaçant un sourire. Ils appréciaient tous deux cette façon de ne pas se ménager. Même sur le point d'être jetés à l'eau par des pirates, ils auraient trouvé matière à sarcasmes.

— Quel genre de problèmes ?

Ç'aurait été bon de pouvoir lui dire : “Imagine-toi que Smutek a pété les plombs, l'imbécile.” Elle se força à être raisonnable et réprima le besoin de se confier.

En fait, aujourd'hui, ils s'étaient sentis particulièrement bien dans l'enceinte de l'établissement désert. Un collectif d'abeilles bourdonnait activement dans les sureaux, le soleil de l'après-midi dispensait une chaleur presque estivale, tous trois avaient noué leur veste par les manches autour de leur taille et, en matière d'introduction, ils s'étaient souhaité *a posteriori* de joyeuses fêtes de Pâques. Il faisait très chaud dans la salle de sport où régnait une odeur d'effort physique et d'appareils fonctionnels. Mais quand Alev avait tiré de sa poche un foulard noir et l'avait lancé à Smutek tandis qu'Ada lui tendait ses poignets il s'était redressé comme un ours et était devenu d'un seul coup un gigantesque professeur face à deux petits enfants.

— C'est contre nature ! rugit-il.

On comprenait sans peine qu'il voyait rouge. Dans un mouvement de répulsion, Alev recula de quelques pas.

— C'est pervers ! Qu'est-ce que vous avez dans la tête ?

— Chut, fit Alev, crier n'arrangera rien. De la tenue, si je puis me permettre.

— Contre nature, répéta Smutek d'une voix étouffée. Son regard errait farouchement de part et d'autre comme celui d'un animal traqué, passait sur les cordes à sauter, les tabourets, les relais, les barres et autres accessoires peu ragoûtants. Ada était assise par terre devant le mur d'escalade.

— Qu'est-ce qui est contre nature, demanda gentiment Alev, faire l'amour ?

— C'est contre nature d'obliger quelqu'un d'autre à faire l'amour.

— Ah bon ?

Alev prit une profonde inspiration et avança un pied dans l'attitude d'un orateur. Je t'aime, pensa Ada en croisant son regard égyptien, je t'aime, tout simplement. Alev poursuivit :

— Tu veux dire que ce que nous faisons ici n'est pas prévu par la nature ? Que c'est anormal ? Une grande partie des contacts sexuels s'opèrent en restant soigneusement à l'écart des sentiments, et au moins la moitié des rencontres se produit sans que l'un des intéressés soit d'accord à cent pour cent. Les femmes recherchent la féminité, les hommes la virilité, c'est le règne de l'égoïsme, de la routine, du pouvoir et de l'argent. Et la contrainte est un élément nécessaire à tout acte sexuel. Il s'agit toujours de vaincre des résistances, non ?

Alev ponctua la fin de son discours par la fioriture d'un sourire sympathique, s'approcha et fixa un regard aimable dans les yeux de Smutek. Celui-ci luttait visiblement pour reprendre sa respiration ; il siffla :

— Qu'est-ce que tu en sais, toi ?

Alev se retrouva aussitôt dans son élément. Bras écartés, il déchargea une pleine cargaison de cordialité orientale. La lumière oblique qui lui arrivait dans le dos le plaça un instant au centre de l'univers.

— Je sais tout ce que seule une personne extérieure peut savoir. Laisse-moi te donner mon point de vue : ce qui se passe ici entre nous n'est pas plus grave que le bruit de verre cassé d'une porte-fenêtre traversée par un corps humain. Ces choses-là se produisent tous les jours dans le monde.

Pendant toute cette scène, Ada était restée aussi immobile qu'un médecine-ball, boule de cuir et d'air ramassée sur elle-même. Smutek avait effectué un mouvement de côté et son large dos avait soustrait Alev à ses regards. Mais elle voyait une forêt miniature de jambes impatientes, et elle aperçut le frémissement des bras de Smutek dont les mains effectuaient juste devant le visage d'Alev un geste qui amena ce dernier à abandonner sa position et à reculer. Ada s'attendait à entendre des pas rapides, un coup, des gémissements ou des cris, des bruits qu'elle pouvait imaginer de façon précise sans jamais les avoir perçus. Rien ne se produisit. Smutek vint vers elle, s'accroupit à son côté, si près que leurs épaules se touchaient et referma ses bras sur ses genoux jusqu'à être réduit, comme elle, à un petit paquet. Côte à côte, ils regardèrent Alev qui dissimulait son visage en se penchant sur l'appareil photo. D'un seul coup, Ada eut peur, une peur absolue, viscérale, devant cet homme qui, non content d'être un brave garçon, se rendait chaque vendredi dans ce gymnase sous la contrainte alors qu'il aurait eu la force de les tuer de ses mains.

— Ce qu'il y a de vraiment pervers, dit Smutek à voix basse, c'est que je te pardonne à toi n'importe quelle trahison et que celui-là me fait pitié.

Je t'aime, pensa Ada, non parce que c'était vrai, mais parce que ces mots lui venaient à l'esprit sans raison. Alev frappa dans ses mains comme un animateur, il avait mis l'appareil photo en place. Il fallut plus d'une demiheure avant que Smutek soit capable de faire ce qu'ils exigeaient de lui.

Ada n'était restée silencieuse que quelques secondes ; le général la regardait et attendait. Elle sentait dans son dos l'envie de parler des événements de l'aprèsmidi comme si ç'avait été une présence matérielle. Une cage aux fauves devant laquelle ils bavardaient tous les deux, cependant qu'elle était seule à remarquer la porte ouverte. Sa cigarette s'était éteinte ; d'un index impatient, elle réclama une deuxième fois du feu, prit elle-même l'allumette et, le visage penché de côté, ralluma le mégot. Cependant, le général était trop près d'elle et elle fut soudain saisie d'une nausée qui s'empara de son corps sur toute la longueur : prenant naissance dans les orteils, elle obligea les rotules à se serrer l'une contre l'autre, étreignit ses entrailles et tordit les coins de sa bouche.

— Ça va ?

— Oui, oui. Je me suis juste un peu brûlée.

Elle retrouva son calme à l'instant. Un peu trop brusquement, elle avait songé que Smutek n'était pas beaucoup plus jeune que le général de brigade : que représentaient cinq ou six ans une fois qu'on avait dépassé la trentaine ? Dans un premier temps, cette idée innocente lui avait semblé perverse, plus perverse que tout ce que Smutek avait contesté dans la salle de sport. Bien sûr que ça n'avait aucune importance. Tous deux étaient jeunes encore, des hommes du même âge, amis ou ennemis potentiels ; la seule différence, c'était qu'on pensait à Smutek, et à personne d'autre, quand dans une boîte de nuit hollandaise on cherchait des gens pour citer le cours de leurs pensées. Le général était l'une des nombreuses personnes qui peuplaient le monde extérieur, et l'une des rares avec qui on pouvait parler. Pas de quoi paniquer.

— Rien de grave, dit Ada pour revenir à la conversation en inhalant la fumée des dernières bribes incandescentes. Parce que les plus beaux mensonges sont le fruit de la vérité, elle décida de s'en tenir à la vérité : Disons que la vache que je voulais traire a commencé par se défendre.

Il approuva d'un signe de tête, sans insister. Il ne la croyait pas capable de faire quelque chose de nuisible pour elle-même. Elle était trop intelligente pour cela, trop rapide, trop impitoyable. Et sur ce point, il avait raison. Quand il se retourna pour partir, elle le retint :

— Maman s'apprête à engager une procédure contre toi, dit-elle. Pour détournement de pension alimentaire. Juste pour que tu sois au courant.

— Ça n'a pas de sens.

— Possible. Mais elle veut demander au parquet de revenir sur sa décision de classer l'affaire. Qu'est-ce qui se passera si ton employeur en entend parler ?

Malgré la nuit et le clair de lune, elle le vit pâlir ; elle ne se souvenait pas d'avoir jamais vu son visage changer ainsi de couleur. Elle ajouta :

— Tu comprends bien que, dans le doute, tout dépendra de mon témoignage ?

— Ada !

Quand il voulut la saisir, il ne rencontra que le vide. Elle avait reculé bien avant que ses mains ne l'atteignent. C'est alors seulement qu'il distingua ce sourire avec lequel ils marcheraient tous les deux sur la planche du bateau pirate.

— C'est juste au cas où tu chercherais un peu trop à savoir comment je me procure l'argent pour le lycée, dit-elle.

Il la prit dans ses bras, la remercia pour l'absolution qu'elle lui avait accordée, et aussi parce que les enfants tiennent des parents, même quand ce ne sont pas les leurs. Sur ses bruyantes semelles de cuir, il disparut dans la nuit ; sa voiture était garée deux rues plus loin. Il emportait avec lui de nombreux sujets de réflexion.

Smutek assomme une mouche. Smutek est prêt à payer

A LA FIN des deux semaines de répit pascal, toutes les personnes concernées plongèrent dans le train-train scolaire comme des poissons qu'on aurait rejetés à l'eau *in extremis*. Toutes ces matinées oisives et inondées de soleil, les après-midi froides et pluvieuses suivies de soirées paisibles sur le divan du salon, le lit ou la cuvette des W.-C. provoquaient une véritable déliquescence. Le tic-tac régulier des secondes ressemblait au supplice chinois de la goutte d'eau. La télévision ne débitait que des inepties, et on ne pouvait pas lire tout le temps, ou plus exactement, quand on attendait la suite d'événements bien réels, toute tentative de lecture était vaine. Smutek n'était même pas parvenu à parcourir la pile de littérature contemporaine, exhortation permanente qui traînait depuis des mois sur son bureau. Comme des enfants interdits de sortie, les idées s'écrasaient le nez à la vitre de la conscience.

Le mardi matin, au beau milieu de son cours, Smutek découvrit un billet glissé comme un signet entre les pages de *L'Homme sans qualités*, juste là où se trouvait le passage qu'il avait donné à résumer pendant les vacances. Depuis qu'Ada et Alev ne considéraient plus ses cours comme un champ de manœuvres, le niveau de la classe avait sensiblement baissé. Tandis que, dans un exposé ponctué par le bourdonnement intermittent d'une mouche qui se jetait obstinément contre la promesse vitrée d'une liberté fallacieuse, un élève ânonnait péniblement ses idées sur les festivités préparées par Vienne pour concurrencer Berlin, Smutek lut la petite lettre qui, écrite de la main d'Ada, avait un tout autre aspect et même une autre odeur que les précédents billets des maîtres chanteurs.

Ada était assise à sa place, immobile comme une statue. Ses cheveux pendaient à droite et à gauche comme une petite tente blonde et cachaient son visage, si bien qu'elle avait l'air de pencher la tête pour suivre dans le livre posé sur le bord de la table. En réalité, elle contemplait ses pieds parallèles, chaussés de souples baskets rouges. Alev lui avait offert ces chaussures le matin même, c'était un cadeau de Pâques différé, en exigeant qu'elle ôte immédiatement ses lourdes bottes. Les baskets étaient en daim, ornées de bandes blanches sur les côtés, et Ada n'avait encore jamais possédé de vêtement aussi onéreux. Associées à l'ourlet râpé des jambes de son jean, elles formaient un résumé optique de la décennie actuelle. Ada portait aux pieds l'esprit du temps, et elle ne se lassait pas du spectacle. Quand on a des pieds aussi rapides que les tiens, lui avait dit Alev, il faut les protéger par des fourreaux adaptés. Ce n'étaient pas des chaussures de sport, mais des chaussures de ville. Ada possédait maintenant quelque chose qui lui donnait la possibilité de s'enfuir, même dans la vie de tous les jours. Elles lui allaient à la perfection.

Du point de vue de Smutek, Ada regardait vers le sol pour dissimuler son visage. Elle devait l'avoir vu prendre son livre en main, elle devait savoir qu'il lisait le billet. Veux-tu venir avec moi ? Oui, non, peut-être. Comme la plupart des gens, il estimait que l'option "peut-être" était la seule réponse possible, présentant un haut degré de sincérité et convenant à toutes les questions. La lettre qu'il avait reçue ne comportait pas cette variante, il n'y avait pas de cases à cocher en bas de la feuille. L'expéditrice ne demandait pas de réponse, elle donnait des ordres tout en s'excusant de le faire.

Je dois de l'argent au lycée. Nouveau changement d'établissement déconseillé. Envoie-moi un signe pour montrer que tu es prêt à m'aider. Ne crois surtout pas que cela m'amuse. P.-S. : Aucun délai de réflexion.

Smutek remercia l'élève pour son exposé, dont il n'avait pas compris un mot, et donna la parole au suivant pour gagner quelques minutes. Sans se faire voir, il roula le billet en boule et le glissa dans la poche de son pantalon, rectifia une fois de plus la prononciation de "Diotima", puis laissa le flot de paroles se déverser tranquillement. La femme du chef de service Tuzzi est une dame cultivée, bien que sans fonction publique.

Ada n'avait pas bougé d'un nanomètre. Dans l'angle opposé, Alev se balançait sur sa chaise en suivant le trajet de la mouche affolée de l'air nonchalant d'un grand félin qui, tout distrait qu'il paraisse, est prêt à bondir d'une seconde à l'autre. Quelque chose dans son attitude trahissait qu'il ignorait l'existence du billet. C'était une faille. Une fêlure imperceptible entre Alev et Ada, où l'on pouvait enfoncer un coin pour séparer les deux moitiés d'un coup violent. Que se passerait-il si Smutek lui disait qu'il suivrait les instructions d'Alev, non les siennes ? S'il allait vers Alev pour laisser tomber le billet froissé sur son pupitre ? Smutek était certain que, livrée à elle-même, Ada ne ferait jamais exploser la bombe. Sa menace était creuse et, maligne comme elle était, elle devait se douter qu'il s'en doutait aussi.

En y regardant de plus près, il crut remarquer que son affectation d'indifférence totale contenait un message.

Ses bras pendaient le long de la chaise, sa nuque ployée vers l'avant paraissait douloureuse. Traces de désarroi, symptômes de faiblesse. Il existait donc un truc qu'elle voulait vraiment, quelque chose d'important pour elle. Elle ne voulait pas quitter le lycée Ernst-Bloch, cette île des naufragés. Cela ressemblait à un sentiment. Smutek en fut touché.

— Même le grand Paul Arnheim, débitait l'élève, qui est allemand, ne peut pas se soustraire au charme de Diotiiii-ma. Et pourtant en fait elle n'a jamais une véritable idée, tout ce qu'elle raconte c'est rien que du vent.

La classe se mit à rire. C'était ahurissant, mais il suffisait d'une innocente plaisanterie pour mettre en joie une génération qu'on disait être la plus blasée de tous les temps. Bien sûr, Ada et Alev ne riaient pas ; ils campaient sur leurs positions, impassibles comme des sourds-muets confrontés à une pièce radiophonique. Smutek s'approcha de la fenêtre sans avoir pris de décision. Décider n'avait pas de sens. Il voulait se concentrer sur la façon d'obéir, pour sauver ainsi au moins une partie de sa dignité. Depuis qu'il avait renoncé, le vendredi précédent, à lancer sa brusque colère à l'attaque d'Alev, il luttait avec l'idée que s'il supportait cette situation, c'était peut-être pour Ada : non sous la pression du chantage, non par crainte de sanctions juridiques, mais parce que cette fille semblait si heureuse aux côtés de son petit seigneur et maître. Cette pensée était intolérable.

La mouche s'était posée sur le mur pour souffler un peu. Si elle avait eu des poumons, ils auraient pratiquement éclaté sous l'effort. Smutek glissa un doigt entre deux pages pour ne pas perdre le chapitre, referma son livre et le brandit en direction de l'insecte. Il le fit claquer contre le mur avec une telle violence que l'élève qui faisait un exposé poussa un léger cri et que le papier quadrillé froissé qui contenait ses notes glissa à terre. La mouche était à présent une vilaine tache grumeleuse sur *L'Homme sans qualités*. Smutek avait envoyé un signe.

— Certains êtres, dit-il à la classe, doivent être délivrés des illusions qu'ils nourrissent quant à la nature de la liberté.

Cette réflexion ne fit rire qu'Alev, mais si fort que cela suffisait pour tous les autres. Au même moment, Ada rejeta en arrière les cheveux qui lui couvraient le visage et gratifia Smutek d'un sourire aussi radieux que si, debout devant l'autel, ils attendaient que le prêtre les autorise à s'embrasser.

Au cours des insomnies matinales qui suivirent, des termites voraces en forme de colonnes de chiffres trottèrent dans la tête de Smutek. A force de calculs, on pouvait les domestiquer pour en faire une cité de fourmis travailleuses dont le fonctionnement protégerait de toute agression. Une après-midi, ayant fini de calculer, Smutek se rendit à la banque pour solliciter l'ouverture d'un petit crédit. Comme il ne possédait rien sinon un terrain au bord d'un lac polonais et sur ce terrain le squelette calciné d'une maison en bois, il engagea son traitement en guise de caution.

Des murmures perfides se mirent à circuler dans la salle des professeurs. Encore un peu, notre tyran aurait été débarrassé de la petite A. sans rien faire pour cela. Sonia Rosenhof enfla sa poitrine maternelle. Plus le péril est grand, plus proche est l'aide de Dieu ! D'après mes informations, siffla le prof de maths, ce n'est pas Notre-Seigneur qui paie ses dettes, mais plutôt un oncle généreux.

On ne demanda pas l'avis de Smutek. L'aura personnelle qui le nimbait lui permettait depuis plusieurs semaines de slalomer comme un loup des steppes entre les rapports sociaux. Pour échapper aux cancans, il s'installa avec sa tasse de café le plus loin possible des groupes qui chuchotaient, de l'autre côté de la pièce. On savait donc cela aussi. Le matin même, il avait dû, en quelques mots rapides, expliquer à une petite A. angoissée qu'il fallait un certain temps pour se faire accorder un prêt et verser l'argent. Personne ici n'était allé voir Gründer pour empêcher qu'une élève aussi douée soit exclue du lycée pour des raisons pécuniaires, personne n'avait tenté d'obtenir un délai de paiement ou une exonération des frais de scolarité ; quant à lui, pour tout ce qui concernait Ada, il avait les mains liées. Il se détourna, craignant que son exaspération ne se lise sur son visage. Depuis la mort de Höfi, il ne se sentait plus à sa place dans cet établissement. Höfi aurait su quoi faire, Höfi ne se serait pas contenté de murmurer. Peut-être même aurait-il trouvé le moyen de tirer Smutek d'affaire. Sans Höfi, Smutek était un corps étranger en ces lieux, un agneau dans une horde de loups, une goutte d'huile dans un verre d'eau. Il avait l'impression d'être une pièce rapportée. Il voulait rentrer dans son pays, retourner en Pologne où ces choses-là arrivaient aussi, mais, pour l'instant, pas à lui.

A l'instant même où il formulait cette pensée, il sut qu'il n'avait pas toute sa tête. Quand il pensait à la petite A., dont les frais de scolarité divisaient les collègues ; qui, dès qu'elle apparaissait, se transformait en pomme de discorde ; qui n'avait absolument rien pigé à aucune règle de la vie en société ; qui était rebelle et – à sa manière intelligente – stupide, il ne ressentait qu'un unique désir : vider tous les tuyaux de son corps, extraire de ses veines jusqu'à la dernière goutte de sang et la donner pour elle, si nécessaire. Elle avait perdu sa grosse tête dans le brouillard d'une époque émergente qui lui montrait une autre réalité que celle dans laquelle Smutek évoluait et qu'il avait jusqu'alors tenue pour la seule possible. Elle n'y pouvait rien. La petite A. était amorale, anormale, asociale. Il l'aimait bien. Smutek, planté devant les tableaux accrochés aux murs de la salle des professeurs sans en regarder un seul, sentait nettement que s'il se trouvait là, c'était faute de posséder un deuxième corps et une deuxième âme qui auraient pu servir à abriter son existence. L'idée de retourner dans un pays qui se présentait maintenant comme une photographie en noir et blanc des années 1970 s'était évaporée aussi vite qu'elle était venue. On pouvait faire naufrage partout. Il avait envie de pivoter sur ses talons et de cogner sur la gueule du matheux, parce qu'il l'avait appelée "la petite A.".

Pour plus de sûreté, il se retint à un tuyau de chauffage. Mais la fin de la récréation avait sonné depuis longtemps et derrière lui la salle des professeurs était déserte et vide. Smutek était donc seul, le visage tourné vers le mur, et pour le moment dans un abandon total. Il se trouvait là pour des raisons purement statistiques : l'inéluctable marginal, vaisseau exsangue, récipient vide tenant à la main une tasse pleine de café froid.

Constructions volantes. Smutek ne s'en sort pas avec le monde contemporain. Dans un flash-back, Ada essaie de le vacciner préventivement

DANS les premiers jours de mai, le printemps vint présenter ses excuses habituelles pour l'hiver précédent, pour la neige fondue, les pluies verglaçantes, les arbres renversés et pour tous ces ancêtres que l'humanité avait utilisés comme tous les ans pour alimenter ses installations de chauffage, exprimés en kilojoules. Tous les matins, on suspendait dans l'air un ciel humide pour le faire sécher, il flottait doucement au vent tandis que ses bords ondulaient sous la chaleur du soleil. Dans les buissons, on entendait les cris des oiseaux qui se battaient en ce début de saison des amours, remplissant le cœur des hommes de fadaises sur la joie des mésanges qui se réjouiraient du beau temps. Des enfants avançaient en sautillant, des passants se souriaient sans savoir pourquoi, le nombre d'accidents de la route diminuait comme toujours en cette saison, et les journaux cessaient de se lamenter sur l'inéluctable déclin de la nation. Smutek avait recommencé à entraîner de son groupe en plein air.

Le diamètre du cercle à l'intérieur duquel il faisait ses exercices d'échauffement s'était notablement agrandi. Il voyait parfaitement qu'on parlait de lui avec bienveillance, surtout les filles. Le groupe tout entier était soumis aux structures démographiques d'un cours destiné à raffermir le ventre, les cuisses et les fesses. Quand il regardait les élèves qui écartaient les jambes, se pliaient et s'étiraient, quinze paires de mains appuyées sur de frêles hanches, les cheveux de différentes couleurs flottant au vent, quinze visages, moelleux et purs comme une pâte tout juste pétrie, tournés vers les premières pichenettes du soleil, il aurait eu tout lieu de ressentir un peu de cette félicité du *mens sana in corpore sano*. Mais tout ce qui venait à l'esprit de Smutek, c'était que ces jeunes gens ne seraient jamais rapides. Il lui manquait une certaine *mens insana*, qui avait pour habitude de rester à l'écart pendant l'échauffement, accroupie sur le sol avec indifférence et qui s'intéressait aux brins d'herbe jusqu'à ce que le groupe se dirige vers la piste. Un jour, il l'avait vue qui jetait une cigarette allumée avant de s'avancer sur le revêtement granuleux et rougeâtre. Ces jours-là, tout de bleu-vert-blanc revêtus comme une publicité pour une lessive, il lui était presque impossible d'imaginer les raisons qui avaient bien pu le pousser à lui interdire de participer à l'entraînement. Ça faisait longtemps qu'ils ne s'étaient plus adressé la parole. Quand il arrivait à leurs regards de se croiser, le visage d'Ada s'assombrissait, et Smutek, ravi, se demandait alors si elle lui en voulait pour ça.

L'adhésion des nouveaux pays à l'Union ne fit pas grand bruit. Un simple clic, rien de plus, un bouton qu'il suffit d'enclencher, le mécanisme ayant été bruyamment réglé par des années d'un intense travail préparatoire. On entendit bien parler de quelques fêtes organisées à Berlin pour célébrer cet élargissement vers l'Est. Le 1er mai tomba un samedi, privant la population laborieuse d'un jour férié. Mme Smutek, qui six mois auparavant prétendait encore qu'elle allait passer cette journée historique enfermée dans sa chambre à pleurer la fin d'un monde, était partie se balader dans l'Eifel en compagnie d'une collègue.

Totalement désœuvré, Smutek se mit à traîner dans son bureau comme un homme qui traînerait à un arrêt de bus après avoir raté le dernier passage : il finit par attraper un livre dans la pile consacrée à la littérature contemporaine.

“Lorsque j'embrassai mon ami sa bouche était aussi douce que si ses lèvres avaient été celles d'un sexe féminin : un vagin à l'horizontale avec une bouche qui s'agitait en son milieu. Je connais la sensation d'un vagin qu'on embrasse. Lorsque j'étais étudiante, je n'ai jamais eu que des femmes. Il me semblait que c'était la seule forme d'amour encore possible. Tout le reste était battu, rebattu et mille fois débattu dans les endroits les plus honteux. Publicités pour plan d'épargne-logement, voitures familiales, *love parade*, places dans les crèches, reportages dans les magazines à sensation, de *Bravo* à *Brigitte*, pubs pour jeans Levi's et autres Kiss Cool : partout on trouvait l'habituel kitsch hétérosexuel. Je n'en pouvais plus. L'idée de reproduire ces schémas de merde m'était devenue insupportable. Je n'étais pas assez moche pour avoir les idées pures. Je craignais toute cette armée de poupées comme s'il s'agissait des légions du Malin et je n'aspirais plus qu'à une chose : qu'on s'aligne sur l'islam pour interdire toute image. Parce qu'en fin de compte c'est bien la santé mentale de l'individu qui est au cœur de toutes les religions, non ? Mais en même temps j'aspirais à être «nous». Je ne supportais plus les phrases commençant par «je». Ce «je» n'était qu'une fiction psychologique, littéraire et économique, une plaque bien pratique apposée sur la porte des laboratoires de la création de la personnalité, et maintenant il aurait dû tenir lieu de programme politique, d'étendard d'un morcellement territorial moderne dans un pays constitué de quatre-vingts millions de systèmes à base d'une cellule unique ? Qu'on me donne un uniforme pour que je puisse me transformer en «nous» ! Mais il n'y avait plus d'uniformes. Quand, accompagnée de mon ami du moment, je voyais mon reflet dans une vitrine, je me disais que ces deux-là au moins ne ressemblaient pas à une publicité pour cigarettes est-allemandes. Ah, les années 1990, le XXe siècle ! Musique de pacotille et expansion de la conscience humaine. A quoi bon y penser. C'est du passé. Mais au moins je ne veux pas que la bouche d'un homme me rappelle cette époque."

D'un coup sec, Smutek referma le livre et le remit dans la pile. Ces livres, chauds et humides, sortaient directement des fourneaux aseptisés du présent pour venir jusqu'à lui, c'étaient des livres d'une bien belle apparence et de grandes photos en couverture attestaient que leurs auteurs aussi avaient une bien belle apparence. Il aurait dû demander à sa classe de lui expliquer le sens de ces récits, leur signification, et il aurait été tout seul, confronté à trente petits enseignants. Mais nerveusement il n'en avait pas la force. Il ne voulait pas être obligé de chercher à comprendre, il voulait avoir le droit de savoir. Le livre dont il venait de lire un extrait était intitulé *Constructions volantes*, la femme qui l'avait écrit était nettement plus jeune que lui et gagnait sans doute beaucoup mieux sa vie. Pour les programmes scolaires, Böll, Brecht, et Borchert étaient tout aussi contemporains qu'un ouvrage publié quelques mois plus tôt. Mais Smutek ne voulait pas être un de ces machinistes qui se contentent de présenter aux élèves sur un arrière-plan moderne une œuvre fondée sur un concept littéraire appartenant au passé. Cela dit, les œuvres vraiment contemporaines il ne les comprenait pas, ou peut-être avait-il pris l'habitude d'affubler tout ce qu'il ne comprenait pas du qualificatif de "contemporain".

Smutek était perplexe et il consulta un dictionnaire pour vérifier l'expression *Constructions volantes* : il tressaillit de tout son corps comme si on venait de le toucher inopinément quand il découvrit qu'elle existait effectivement. C'était une *notion juridique*. "Les constructions volantes sont des éléments de construction destinés à être montés et démontés de manière répétée en divers endroits."

De cette innocente définition émanait une profonde tristesse, et Smutek sentit son visage qui s'alourdissait pendant qu'il continuait sa lecture : "Exemples : chapiteaux de cirque, baraques de foire, W.-C. mobiles, manèges. Les constructions volantes inférieures à cinq mètres et non destinées au public sont dispensées d'autorisation administrative."

Il resta assis, sans un mot, sans un geste, jusqu'à ce qu'il ne lui fût plus guère possible de nier qu'il pouvait aisément imaginer le sujet d'un tel ouvrage. Monter. Démonter. Poursuivre sa route. Pas de public. Baraques de foire. W.-C. mobiles. Quel rapport avec lui ? Aucun ! Il laissa tomber sa tête dans ses mains. La fatigue pesait sur sa nuque et sur ses épaules, épuisées de devoir inlassablement l'aider à porter son menton.

Par réflexe conditionné, un drogué peut vivre une expérience semblable à celle qui suit la prise de drogue sans qu'il se soit drogué pour autant. Une simple infusion de tilleul, une piqûre d'aiguille ou encore le goût d'une poudre blanche sur la langue suffit pour que le corps comprenne ce qui lui reste à faire et que le cerveau lui envoie l'information attendue : *shooté*. La notion de construction volante procura le même genre de flash à Smutek. Une conversation lui revint en mémoire. Quelques jours auparavant Ada l'avait littéralement assailli, ne supportant manifestement plus le silence qui leur était imposé. Les paroles qu'elle lui avait dites lui apparaissaient à présent comme une sorte de prologue à cette tristesse sans fondement, un peu comme si elle avait voulu lui expliquer d'avance et dans un langage codé les raisons pour lesquelles il n'était pas en mesure de lire un livre intitulé *Constructions volantes*.

Tout doux, Smutek ! Il croyait encore entendre cette phrase, amplifiée par les murs carrelés dont son bureau était dépourvu ; une fois de plus, il ressentait ce sentiment de rejet mêlé de désir qui s'emparait brutalement de lui chaque fois qu'il se trouvait seul avec elle. Elle avait attendu qu'il ait fini de s'entraîner et avait guetté son retour dans les douches du gymnase. Ne sachant comment réagir, Smutek avait d'abord tenté de se persuader qu'il s'agissait d'un mirage suscité par les perles qui ourlaient ses cils. Depuis qu'il avait passé le cap de la trentaine, la durée des phases de transpiration après l'entraînement s'allongeait d'année en année et il passait de plus en plus de temps penché sur des cuvettes en céramique blanche. Ada lui avait vraiment fait peur.

— Je suis convaincue, commença-t-elle d'une voix forte et sur un ton sec, que toi aussi tu as une place quelque part dans ce monde. Peut-être pas ici. Mais ailleurs, sûrement.

Tout en laissant ses mains sous l'eau du robinet, il releva la tête du lavabo, respirant à grand bruit comme s'il venait d'échapper à la noyade. Ada avait rassemblé ses cheveux en arrière, ils étaient retenus par une pince en plastique qu'il ne lui avait encore jamais vue et qui, de ses piques recourbées, semblait lui enfoncer des trous dans le cuir chevelu. Elle était furieuse.

— Tu débarques comme ça, sans crier gare, pour me reprocher mes origines ? Ça va pas la tête ? Smutek était content de la voir et ne songeait nullement à essayer de s'en cacher.

— J'étais dans le parc, couchée dans l'herbe, pour vous regarder, toi, le printemps et tes coureurs. Elle vint se placer à côté de lui ; comme il était penché sur le lavabo, leurs deux visages se retrouvèrent à la même hauteur dans la glace. Smutek se demanda avec étonnement s'il devait voir dans son attitude une scène de jalousie ratée. Jusque-là cette fille lui avait montré autant d'intérêt qu'un paysan en a pour la vache qu'il mène au pré.

— Tu fais un drôle de numéro : tu souffres, tu es buté et en plus tu es sûr d'avoir toujours raison, reprit Ada. Tu parles d'une réalité qui n'existe plus.

— Qu'est-ce qui n'existe plus ?

— D'innocentes jeunes filles qui gambadent bien gentiment dans de vertes prairies.

— Et qu'est-ce qui existe ?

— Des gens qui ne gambadent pas si ces bonds ne contribuent pas à les faire avancer. Des gens qui ne regardent même plus la télé parce que ça les fatigue trop, qui n'ont plus aucune idée de ce qu'est une prairie, sans même parler d'un prof de sport.

— Ça veut dire quoi tout ça ? Que toi tu existes ?

Ada ne répondit pas. Smutek essaya autre chose :

— Et l'existence de mon groupe de sport, ça ne prouve pas le contraire ?

— Si elles viennent courir, c'est pour voir tes belles épaules bien carrées, ton joli petit cul musclé et ton sexe bien moulé dans ton boxer-short.

Smutek répondit en haussant le ton :

— Tu veux me dire quoi, à la fin ?

— Si je le pouvais, dit-elle d'un ton grave, je te sauverais. Je t'emmènerais ailleurs. Tu n'es pas d'ici.

— Parce que je viens de Pologne, c'est ça ?

Elle le regardait fixement, les yeux dans les yeux, il soutint son regard. Elle avait moins de mal à le regarder par le biais d'un miroir. C'est exactement ce à quoi ils pensaient, chacun de son côté, tandis que leurs regards allaient d'un œil à l'autre, fixant tour à tour l'œil droit puis l'œil gauche. Puis ils reprirent, maille après maille, cette conversation qu'ils venaient de laisser un instant comme on oublie un tricot. Deux mailles à l'envers, deux mailles à l'endroit. Laisser tomber deux mailles.

— Je ne sais pas, répondit-elle. Tu viens d'un autre monde. Ou d'une autre époque. Tu crois à une vie avant la mort.

— C'est follement spirituel.

Elle ne se départit pas de son calme. Dans la glace, son visage ressemblait à un masque de plâtre décoré par un artiste sur fond de mur carrelé.

— Tu ignores la tragédie particulière de la Statique.

— De la quoi ?

— De la Statique. C'est elle qui nous apprend à ne pas tomber.

Les constructions volantes, songea Smutek, ont une statique qui leur est propre. Sans fondations. *A posteriori*, il lui sembla qu'à ce stade de leur conversation ils avaient tressailli tous les deux à l'idée qu'Ada était venue exprès pour lui dire ça et ils avaient sursauté comme s'ils s'étaient tenus par la main en touchant une clôture électrique. Smutek avait deviné qu'elle ne parlait pas de la constitution du monde en général mais plutôt de sa situation particulière. Ça doit être une sorte d'arrêt de jeu, se dit-il, tout en sentant peu à peu monter en lui une excitation, un peu comme le gaz carbonique dans une bouteille d'eau pétillante qu'on vient d'ouvrir. Déjà la mi-temps. Ils s'étaient retrouvés au bord du terrain pour échanger quelques phrases codées, ne sachant pas si leur vis-à-vis était un membre de leur équipe ou de l'équipe adverse.

Ada lui conseilla d'enlever au plus vite sa vieille vie, un peu comme on se débarrasse à la hâte d'une grosse veste après être tombé à l'eau. Mais comment allait-il pouvoir se libérer d'une chose dont il n'avait plus guère de souvenir ? Son club d'athlétisme faisait-il partie d'une ancienne vie, d'une vie nouvelle ou bien ne faisait-il partie d'aucune vie ? Avait-il aimé son travail du temps de son ancienne vie ? Avait-il cru en Dieu, poursuivi un but, voulu un enfant ? Une seule chose lui avait appartenu avec certitude : sa femme, et il ne permettrait à personne, surtout pas à Ada, de lui conseiller de se libérer d'elle. Avant même d'avoir pu trouver une réponse appropriée, ses lèvres et sa langue se mirent à exécuter une danse balbutiante sous la pression de tous ces mots qu'il avait probablement voulu lui dire depuis toujours.

— Tu parles toujours de la même chose ? De la supériorité d'une fille des Lumières sur le vieil idéaliste que je suis ? Tu veux savoir en quoi consiste ton aveuglement ? Tu crois que l'horreur du vide est une de tes inventions. Ce qui te paraît aussi définitif qu'une fracture dans l'histoire des idées, tout homme un peu intelligent l'a vécu avant toi. C'est un point de départ de la pensée, pas son point d'arrivée.

— Ecoute…

— Tu me laisses terminer, tu veux !

Des murs carrelés lui parvint la réponse de la nymphe Echo, condamnée pour l'éternité à la répétition. Un sourire narquois au coin des lèvres, Ada ne dit rien et laissa poursuivre Smutek.

— Moi aussi, il m'arrive souvent de me poser cette question : à quoi bon tout ce vent, si je n'ai pas de voilier ? A quoi bon tout ce soleil, si je ne suis pas une cellule solaire ? Je lève les yeux : des étoiles, toujours des étoiles, débris du big-bang originel, pour la plupart mortes depuis longtemps, lumière en suspens dans ce voyage absurde à travers un espace tout aussi absurde. Et, à côté de moi, te voilà toi : il m'arrive parfois, en te regardant, de m'étonner de tout cœur que tu ne sois pas un simple souvenir. Il n'est pas possible que tu aies vraiment un présent, il n'est pas possible que tu sois vraiment – encore là ?

Il s'arrêta lui-même, comme on arrête un gamin qui vient de vous échapper, juste avant un grand carrefour, hors d'haleine, attrapant des deux mains le premier appui venu.

— Tout doux, Smutek, répliqua Ada une fois que le silence eut fait son effet. Tes paroles sont trop exaltées pour ne pas réfuter tes arguments. A vrai dire, je m'attendais vraiment que tu commences à parler des souffrances endurées par ta femme et du sens qu'elles donnent à la vie. Mais je n'ai rien non plus contre les voiliers et le soleil. Rien contre Juliusz Slowacki. Mais on ne peut pas se débarrasser des choses dont je voulais te parler en faisant appel à quelques envolées lyriques inspirées par la puberté.

Smutek appuya enfin ses deux mains sur les bords du lavabo et s'étira le dos, déchargeant ainsi sa colonne vertébrale. Il s'imagina le regard de la jeune fille, perdu dans les airs, à l'endroit exact où l'instant d'avant se trouvait encore son visage, un axe qui venait de perdre l'une de ses extrémités.

— Si je te demandais si tu es mon amie ou mon ennemie, tu éclaterais de rire, n'est-ce pas ?

— Et à gorge déployée, encore. Et je me roulerais par terre, à tes pieds, là, devant toi.

Comme il ne lui répondait rien et qu'il se mit à respirer bruyamment, elle ajouta dans un souffle :

— Doucement, Smutek, doucement. Il s'agit d'un vaccin vivant. C'est excellent pour le système immunitaire. Et efficace contre les coups du sort.

Il n'avait pas écouté ce qu'elle disait.

— Ton problème – à présent il hurlait, les mains toujours appuyées sur la porcelaine qui commençait à chauffer et à s'embuer autour de ses doigts –, ton problème, c'est que tu confonds le NÉANT global avec ton propre VIDE.

Là, il empiétait sur sa sphère privée. Elle n'était pas sa fille, elle avait même cessé d'être son élève. Et en plus elle n'avait que quinze ans. Une enfant donc. Il n'avait pas le droit de crier avec elle, pas le droit de la heurter, encore moins de la blesser. Son visage, pâle lune pleine aux contours de soucoupe, avait disparu de la glace avant même que les yeux de Smutek aient eu le temps de chercher les siens pour lui demander pardon ou le lui accorder, pour jeter un pont par-dessus le flot de paroles qui les séparait depuis leur première rencontre.

— Ada, Ada.

Il chuchotait son prénom, comme un mari qui est allé trop loin et qui est pris de remords dans l'instant qui suit. Elle s'éloignait, avec ses chaussures rouges, surmontée de cette curieuse coiffure tout en hauteur, faite de mèches blondes beaucoup trop courtes. Jamais encore le contraste entre son esprit blasé, fatigué de tout et sa scandaleuse ingénuité n'avait été aussi violent. Ni le professeur, ni l'amant, ni la victime de leur chantage ne purent occulter la réalité aux yeux de Smutek : il vit une toute petite femme, condamnée à mort par la vie, une jeune fille de quinze ans qui raisonnait comme un vieillard. Il continuait de chuchoter pour lui-même alors qu'elle avait quitté le gymnase depuis longtemps : peut-être a-t-elle besoin d'aide, mon Dieu, elle a besoin d'aide – tout en sachant bien qu'il n'en était rien.

Il était toujours assis à son bureau, une main posée sur la pile de livres, comme s'il pouvait de cette façon assimiler ce qui était inaccessible au raisonnement. Il n'avait pas encore sectionné les ultimes racines qui le reliaient à la terre. Alors seulement, une fois coupées, il se transformerait en une structure que l'on pourrait monter, puis démonter, puis remonter. Alors seulement, il pourrait regarder Ada droit dans les yeux, sans avoir à lutter.

Mme Smutek vide son sac

Le lendemain soir, Blanche-Neige rentra de l'Eifel. Elle avait passé deux jours à faire de longues randonnées en forêt en parlant d'abondance. A raison de trois mots par pas. Sa collègue l'avait écoutée patiemment. Elle s'affaira un moment dans l'appartement dominical, puis pria Smutek de la rejoindre à la cuisine. Deux assiettes étaient posées sur la table, deux coupes en plastique contenant de la viande et des légumes tournaient dans le micro-ondes. Smutek se jeta sur une chaise si violemment que le bois gémit sous son poids.

— Tu sais ce que c'est, des constructions volantes ?

— Aucune idée.

— Ça me rassure.

En fait, il n'y avait aucune raison de se faire du souci. *Chodê do mnie na chwile*. Son visage était pâle, il l'embrassa ; quand il eut fini, la porte du micro-ondes s'était ouverte depuis longtemps et une odeur de viande en sauce et de pommes de terre se répandit dans la cuisine.

Elle se décida enfin à tout dire. Ils avaient commencé par parler d'autre chose, sans doute de littérature, Smutek lui avait peut-être expliqué ce que sont les constructions volantes tandis que montaient et descendaient les fourchettes et que les couteaux allaient et venaient. Cela lui remonta comme une bulle d'air sous l'effet d'une hyperacidité gastrique. Elle semblait la première surprise des mots qu'elle prononçait ; ils semblaient apporter une réponse à une question que nul n'avait formulée :

— Tout cela est arrivé parce que, quelques jours plus tôt, j'avais appris la mort de mon père.

Après cette phrase, elle leva le visage et le fixa d'un air étonné. Le regard vacillant, Smutek s'égarait dans le dédale des époques et des événements en cherchant l'objet auquel elle se référait. La bouche de sa femme fondit en un sourire.

— Ton père, dit-il avec précaution, est mort de froid depuis plus de vingt ans dans une prison polonaise.

— Il est mort l'automne dernier, de vieillesse ; peut-être de chagrin. Apparemment, il était aussi malade. Un peu seulement. Pas beaucoup plus que nous tous.

Smutek crut à une rechute, à une confusion mentale ; il faudrait faire preuve de beaucoup de ménagement pour ne rien casser. Il étendit une main aussi douce que ses paroles :

— Tu parles de quoi, au juste ?

— La nouvelle est arrivée par la poste. Ils savaient depuis toujours où j'étais et ce que je faisais, tu comprends ? Ils ont pris des renseignements, fait des recherches. J'ai été stupide de ne pas réaliser jusqu'à quel point c'était simple.

— Avant la chute du Mur, ou après ?

— Comment veux-tu que je le sache ? En tout cas, ils m'ont retrouvée sans problème. Ton nom ne m'a pas mise à l'abri.

Quoi qu'il se fût passé, Smutek était sûrement coupable, mais il avait l'habitude et n'y prêtait plus guère attention. Tout de suite après la chute du Mur elle avait insisté pour l'épouser : pourtant elle n'était ni enceinte, ni catholique pratiquante. Elle ne voulait pas qu'il risque de se faire expulser à cause d'elle, avait-elle dit, et quand Smutek avait répondu qu'il ne se marierait pas pour une raison aussi futile elle lui avait reproché sa phobie pathologique du mariage. Mme Smutek n'était pas une de ces jeunes Polonaises qui, à l'approche de la trentaine, tentent de décrocher un mari comme elles ont tenté de décrocher leur bac à dix-huit ans. Faute de pouvoir imaginer une meilleure raison, Smutek avait supposé qu'elle l'aimait. Et à présent, assise en face de lui, elle baissait les yeux comme une gamine qui a raté son année scolaire.

— Tu vois un peu ? Ma propre famille n'a jamais tenté de reprendre contact avec moi. Et au bout de vingt ans on me notifie le décès de mon père mort.

— A l'époque, tu as bien demandé à ta mère de considérer qu'elle n'avait plus d'enfant ? Tu lui as bien dit : "Désormais, ta fille est orpheline" ?

Un silence. Il poursuivit :

— Je veux savoir une chose.

Sa main vide reposait sur la table ; quand elle commença à prendre les contours d'un piège à souris, il la retira.

— Quand tu étais assise au bord de mon lit, dans le foyer de réfugiés, et que tu envoyais à tous les diables en sacrant comme un charretier le général Jaruzelski, tes parents et la république populaire de Pologne, tu savais que ton père était encore en vie ?

Brutalement, une haine bien connue jaillie des yeux noirs le frappa de plein fouet, comme si deux stores s'étaient brusquement levés sur une source de lumière qu'il croyait éteinte depuis longtemps.

— On n'a pas cessé de nous mentir ! cria Mme Smutek. Et ta mère, elle ne croyait pas que son fils était mort, peut-être ? Si elle s'est jetée dans la Vistule, c'est parce que ce pays avec tous ses fondements était édifié sur le mensonge, elle n'avait pas besoin d'autre raison. C'est toi qui es coupable, Smutek ? Ou le général Jaruzelski ? Les circonstances ? Ou bien ta mère, le destin, Dieu ?

Smutek n'avait aucune envie de parler de tout cela. Seule une phrase ridicule, dictée par sa contrariété, lui vint à l'esprit :

— Laisse les morts enterrer leurs morts.

— Ne t'en fais pas, je ne vais pas mettre la pagaille dans ton passé. Est-ce que tout le monde n'a pas le droit de croire ce qui l'arrange ? Quand on vous ment, est-ce qu'on est obligé de savoir la vérité quand même ? Est-il possible, poursuivit-elle, presque dans un cri, que ce soit *ça* qu'on exige de chacun de nous ? De ne jamais être dupe ? Quoi qu'il arrive ?

Ni l'un ni l'autre ne connaissait la réponse, la question formulée était trop compliquée. Ils restèrent longtemps silencieux, le regard fixé sur leurs assiettes froides encore à demi pleines, et dans ce silence funeste se déployait un immense étonnement.

— Tu ne trouves pas curieux, dit Smutek, qu'il nous soit arrivé presque la même chose ? Comme si chacun de notre côté nous avions joué dans deux représentations d'une même pièce de théâtre.

Il avait voulu faire une réflexion profonde, et voilà qu'elle était terne et insipide. Il poursuivit :

— Nous sommes vraiment les témoins de l'éternel retour, de la répétition sans fin. Ça crée entre nous des liens particuliers.

Elle se déroba à son regard qui cherchait du secours.

— Depuis quand t'intéresses-tu à Nietzsche ? Nous sommes tout simplement les enfants du même système. Ce qui est valable pour nous, c'est un autre principe : à force de mentir aux gens on fait d'eux des criminels.

C'était sans doute exact. Avec des précautions infinies, Smutek reprit dans la sienne la main de sa femme, qui cette fois la lui abandonna sans résistance, et l'observa intensément comme un objet intéressant.

— Tu m'as écoutée ? demanda-t-elle. C'est vrai aussi pour toi. Criminel d'un jour, criminel toujours. Ça te poursuivra pendant toute ton existence.

Smutek entendait et décida cependant de ne pas tenir compte de ces phrases. Sa femme avait une pensée politique, même si elle avait été occultée durant ces derniers temps. Avoir une pensée politique, cela signifiait qu'il n'existait rien dont le système ne fût responsable. Il aimait en elle ce trait de caractère et n'avait nullement l'intention d'attacher une pierre au cou des réflexions générales pour les noyer dans l'étang des considérations personnelles. Il était parfaitement capable de penser dans l'abstrait pour peu que cela servît une bonne cause.

— Ce que tu dis, affirma-t-il, est plus que jamais valable. La vérité, ou plus exactement l'absence de mensonge, est la dernière valeur à laquelle nous puissions dédicacer le livre de notre vie. A côté de cela, il reste un commandement et demi sur les dix qui existaient autrefois. Premièrement : Tu ne taperas pas sur les nerfs de ton prochain. Et le demi : Tu ne tueras point si tu peux l'éviter. Si chacun respectait ces commandements et s'en tenait en plus à la vérité, le monde serait depuis longtemps un vrai paradis.

— Et dissimuler, dit-elle sur un ton chargé de sous-entendus obscurs, c'est la même chose que mentir ?

Il secoua la tête, lentement pour ne pas mettre le désordre dans ses idées, en affectant de réfléchir profondément parce qu'il fallait décider très vite si cette remarque avait un objectif précis.

— Chacun a des raisons et le droit de se taire. Mais si on décide de parler on pourrait essayer de s'en tenir à la vérité, tu ne crois pas ?

— Tu parles comme si tu m'avais pardonné.
— Pardonné ?

Smutek n'avait pas pensé à ce possible aspect des relations humaines. Il ne put s'empêcher de rire, d'un rire un peu las comme celui qui salue la chute trop longtemps différée d'une histoire drôle mal ficelée. Bien sûr, on pouvait raconter n'importe quoi, demander le pardon et l'obtenir, et ce qui se passait entre eux était ce qu'on avait coutume d'appeler "le bon moment". La mauvaise conscience de Mme Smutek constituait le terreau idéal où pouvait s'épanouir l'octroi du pardon. Et puis quelle importance, ce qu'elle avait fait elle, ce qu'il avait fait lui ? L'homme est faillible, les tribunaux en savent quelque chose. Entre eux il avait toujours existé un espace au sein duquel chacun s'aimait soi-même et aimait l'autre ainsi que tout ce qui les entourait : leur jolie maison, les plantes vertes, leur voiture, le chat des voisins, tout ce qui vivait, tout ce qui souffrait. Un soir, en se promenant, ils avaient trouvé un hérisson sorti prématurément de son sommeil hivernal. En pleine nuit, ils l'avaient emmené en voiture chez le vétérinaire et lui avaient payé un traitement spécial. Ils se faisaient mutuellement remarquer les nuages de forme étrange. Ils lisaient des livres. Quand Mme Smutek retirait ses mains, le froid s'installait. Les choses qu'elles touchaient se mettaient à respirer. C'était un espace où l'on pouvait se confesser le cœur léger.

Et voilà qu'elle revenait, la tentation de tout avouer. Sa femme était assise en face de lui, inexpressive comme un bloc de glaise attendant les mains du potier, et Smutek se servit des siennes pour se frictionner le visage de toutes ses forces, comme s'il pouvait ainsi débarrasser de ses idées fausses le cerveau qui se trouvait derrière. Il prit sur la table une tasse vide, la colla à son oreille et entendit mugir la mer comme dans un coquillage.

— S'il y avait quelque chose à pardonner, dit-il, bien sûr que je t'aurais pardonné.

— Hier, la Pologne est entrée dans l'Union européenne, poursuivit Mme Smutek. As-tu senti quelque chose ? Un choc ? Un élancement ? Rien de tel. Nous sommes ce qu'est devenu ce pays perdu. C'est là l'unique vérité.

Il fit le tour de la table et la prit dans ses bras, où elle se mit à pleurer de soulagement. Il la berçait comme une petite fille, en chuchotant des consonnes douces, tout en gardant au fond de lui son secret comme une source cachée qui l'empoisonnait et le faisait vivre tout à la fois. Il perdit sa dernière chance de sauter en route, mais volontairement cette fois, d'un véhicule qui filait droit vers l'abîme, les ténèbres, le néant.

Il était trois heures du matin quand ils se levèrent, débarrassèrent la table, firent glisser dans la poubelle, en s'aidant d'un couteau, les restes du repas interrompu, placèrent les verres dans les compartiments du lave-vaisselle qui leur étaient destinés. Smutek dormit deux heures ; ses rêves comportaient un générique de fin. Ada, debout sur le toit du lycée, les jambes écartées comme dans des bottes d'équitation, lui criait quelque chose qu'il ne comprenait pas. Conception et réalisation : Szymon Smutek. Scénario : Szymon Smutek. Musique… et ainsi de suite jusqu'au moment où il quitta son lit, cette batterie de ponte pour œufs non fécondés, afin de s'accouder à la fenêtre du salon, l'oreille attentive aux murmures électroniques lointains émanant des haut-parleurs des voitures qui passaient. Il lui était désormais impossible de reposer calmement près de sa Blanche-Neige. Leurs souffles respectifs, devenus incompatibles, se battaient en duel.

Smutek avait l'impression d'être un sac de peau rempli d'ossements blanchis et d'une petite portion de nuit éternelle. Il côtoyait d'autres sacs de peau et donnait à ses relations avec eux le nom d'“amour” ou de “haine” ; quant à l'incompréhension de sa propre existence, il la baptisait du nom d'“âme”. Dehors la lune, flottant dans le ciel, semblait reculer derrière les nuages qui passaient devant elle. Dans la pièce voisine, l'être qu'il avait aimé reculait derrière les pensées de Smutek, qui passaient devant lui. Les gens en bonne santé avaient bien raison de dormir entre quatre et sept heures du matin. Cette période engendrait une lucidité indésirable. Ce qui, de jour, paraissait évident et inébranlable se révélait brusquement stérile et s'étalait dans toute son insignifiance. Jadis, grâce à cette femme qui reposait derrière la cloison, non seulement il avait eu des raisons de se lever le matin, mais il se sentait en accord avec le cours du monde, jouissait d'une digestion régulière, acceptait paisiblement les contraintes fastidieuses qu'entraîne la nécessité d'assurer l'existence matérielle, et il se présentait sans cesse une occasion de rire. Mais entre quatre et sept heures du matin le bonheur était le résultat d'une convention dont Smutek ne savait pas avec certitude si elle concernait quelqu'un d'autre que lui. Il entendait la voix d'Ada : Tous les chemins mènent à la certitude de l'inanité de toute chose, mais aucun ne permet de revenir.

Enfin, le réveil sonna dans la pièce voisine. Smutek rapporta sa couverture dans la chambre à coucher et souhaita le bonjour à sa femme en posant un baiser au beau milieu de son visage. Quand ils furent debout devant le miroir de la salle de bains, une brosse à dents dans la bouche, le front du quotidien se referma sans faille. C'était un lundi matin. Smutek tenta sans succès d'écarter une pensée récurrente : à partir de ce moment, de ce moment seulement, tout allait vraiment changer. Quand ils voulurent se rincer la bouche, la tête de Blanche-Neige et la sienne se rencontrèrent brutalement.

Un jeudi insolite.
Une tension s'installe, mais il ne se passe rien.
Une somme d'argent transite
par un intermédiaire

CE MATIN-LÀ, absolument personne ne se sentait vraiment bien. Rien dans cette journée n'indiquait quoi que ce fût d'inhabituel, mais chacun n'en avait pas moins l'impression qu'il allait se passer quelque chose. Un changement de pression atmosphérique peut-être. Ou encore la préparation d'une correction de trajectoire dans l'histoire partielle de l'humanité. L'être humain est aveugle et sourd à l'égard du monde qui l'entoure, mais il ressent une sorte de rhumatisme quand son propre destin est en jeu.

Bien avant le début des cours, le soleil se livrait à grand-peine à des exercices d'échauffement. Au-dessus des têtes se balançaient doucement des fleurs blanches sur fond de ciel bleu : on eût dit un interlude sur les chaînes du service public. La place de parking où Smutek garait sa voiture depuis des années était occupée. Etait-ce un signe ? Il secoua la tête tout en verrouillant la portière, puis laissa son visage prendre un instant le soleil. Il était accablé de fatigue, avait les nerfs à fleur de peau et se trouvait dans cet état agréable où il n'était pas obligé de se faire confiance. Il aurait aimé jeter une bombe au napalm dans le buisson voisin pour mettre un terme définitif aux piaillements apocalyptiques des moineaux.

En dehors d'Alev, Odetta manquait également ; c'était frappant, comme si leurs deux chaises avaient été reliées par plusieurs mètres de fils invisibles. Ada avait ramené ses jambes devant elle, puis entourant les genoux de ses deux bras elle avait lancé à Smutek un regard noir pour lui faire comprendre qu'elle ne changerait pas de position, quoi qu'il fasse. En effet, cette journée qui venait seulement de commencer s'était déjà disqualifiée d'elle-même. Ada aussi était fatiguée et avait les nerfs à fleur de peau. Depuis que chez elle des poursuites pénales contre un ancien membre de la famille avaient été engagées, la porte de la salle de bains, même verrouillée, n'offrait plus une protection suffisante. Parfois elle avait l'impression d'être en terrain miné ; il fallait quitter cet endroit au plus vite mais sans avoir la possibilité de mettre un pied devant l'autre. Dans la poche droite de son pantalon se trouvait aujourd'hui un rouleau de billets de banque, gros comme un phallus ; elle avait été le chercher la veille dans la cache prévue, la poubelle tout près de la piste.

Avec une demi-heure de retard, Alev entra dans la salle de classe, salua tout le monde comme s'il s'agissait de son propre fan-club, section Godesberg, fit un petit signe de la tête en direction d'Ada, qui le regardait sans un geste, et se retira en lui-même comme un escargot, les bras croisés, les yeux rivés sur sa table. Odetta fit son entrée deux minutes plus tard, marmonna quelques mots d'excuse et s'installa rapidement à sa place : elle était blême. On entendit un sifflement, la classe tout entière éclata de rire, Alev resta exactement dans la même position. Smutek consigna deux inscriptions inutiles dans le cahier de classe.

Il avait donné deux semaines aux élèves pour faire un travail précis : ils devaient présenter un chapitre de *L'Homme sans qualités*. Autant il était évident qu'Ada s'était acquittée de cette tâche avec beaucoup de soin, autant il était manifeste qu'Alev n'avait absolument rien fait. Smutek n'avait aucune envie de leur parler, ni à l'un ni à l'autre. Il interrogea une fille habituellement très discrète. Cheveux bruns, yeux bleus, elle plombait ses excellentes notes à l'écrit par une participation orale nettement insuffisante. Quand Smutek lui demanda de bien vouloir lire ce qu'elle avait écrit, elle replia deux feuilles de papier couvertes d'une écriture minuscule pour en faire un rectangle parfait.

"A tout moment quelque chose peut sortir du rang, se mettre en travers, faire un demi-tour sur soi-même pour se retrouver dans le sens inverse de la circulation. Un gros camion par exemple qui donnerait un coup de frein brutal avant de s'arrêter, le corps entier barrant la chaussée, une roue sur le trottoir, juste devant un lampadaire comme pour lever la patte, tandis que de sombres nuées de piétons viendraient s'agglutiner comme des mouches devant son museau pour regarder sur la chaussée une masse inerte, informe, un tas de vieux vêtements peut-être qui ne rentraient plus dans le conteneur à chiffons ? Même sans y regarder de plus près, on sait ce que c'est. On commence par ouvrir la veste de la personne inerte, puis on la referme, on lui relève la tête, puis on la repose, on lui appuie sur le thorax, en rythme, on lui insuffle peut-être même de l'air par le nez. Les hurlements de la sirène des pompiers qui se rapprochent donnent à l'incident une dimension technique. A présent, il faut sortir une civière, y déposer le blessé, qui peut être grièvement atteint, préparer des piqûres, ouvrir des soupapes, y brancher des tuyaux. Un gyrophare bleu tourne pour rapiécer à petits points rapides ce trou béant dans l'ordre des choses, creusé par la mort inopinée d'un de nos semblables, un trou sur lequel se penche la foule des badauds accourue pour jeter un regard d'effroi dans le chaos qu'il révèle. On referme le hayon de l'ambulance. Encore un de ces problèmes qui trouvent dans l'oubli sa solution idéale. Un temps d'arrêt, un gémissement et la journée reprend son cours. Une cinquantaine de passants perturbés imaginent que la victime de cet accident va survivre : est-ce suffisant pour qu'il ressuscite des morts ? Quelle que soit la réponse, je ne veux pas la connaître."

Et ainsi de suite. C'était une journée de mai tout à fait banale, pour être plus précis : le 6 mai 2004 jusqu'à la conclusion de ce devoir : "Que faire devant cette porte ? Quoi que l'on fasse, dans l'entrelacs de forces qui règnent à l'extérieur, c'est sans aucune importance."

La jeune fille se tut, elle regardait calmement devant elle comme si elle avait été seule dans la pièce. Smutek feuilletait nerveusement les dix premières pages de sa propre édition pour y retrouver les éléments dont elle avait pu extraire ces phrases, et il retrouva différents passages où se trouvait la matière de ce compte rendu, mais pas la tonalité générale du récit. Quand il releva les yeux comme un homme en train de se noyer qui réussit à refaire surface, son regard rencontra le visage d'Ada où se reflétait son propre étonnement. Pendant quelques instants leurs regards restèrent accrochés l'un à l'autre, pour se donner réciproquement l'assurance muette qu'il ne s'agissait que d'un devoir scolaire bien fait, et non d'une voix off. Seulement, ce jeudi était un jour insolite.

— C'était très bien, finit par dire Smutek. Vous avez apparemment beaucoup de talent.

A la fin de ces deux heures de cours, la tension se déchargea dans une confusion sans intérêt. L'ombre d'un événement extraordinaire avait été projetée sur les murs, à l'instar de ces apparitions qui dans les contes revêtent la forme de dragons et de cavaliers nocturnes et qui pourtant ne sont que des déplacements sur les aires de triage du temps et de l'espace si bien que les hommes se souviennent de choses qui n'ont jamais été ou qu'ils croient avoir prévu un événement futur. A l'occasion, il peut arriver que le destin vienne frapper tel ou tel coup, un peu comme un raté à l'allumage. Mais cette fois rien n'était sorti du rang. Le lourd véhicule avait simplement eu un léger à-coup avant de poursuivre sa route.

Les élèves prirent leur temps pour ranger leurs affaires. Smutek attendait la rédactrice habituellement si effacée. Ada attendait Smutek, tandis qu'Alev lui faisait signe de le suivre à l'internat. Les rituelles discussions préalables du jeudi n'avaient pas lieu pendant la récréation mais à la fin des cours, si bien que Toni ne regagnait même pas sa chambre après la cantine. Ada qui avait rendez-vous avec Teuter secoua légèrement la tête et aperçut au même moment Olaf, debout contre le mur juste en face de la porte de la salle de classe. Une princesse, venue parler à Smutek pour un motif futile, se retrouva juste entre eux ; les premiers boutons de son chemisier étaient ouverts et elle se penchait généreusement par-dessus le bureau pour que le regard du prof d'allemand puisse plonger dans son décolleté. Pendant ce temps, l'élève effacée s'éclipsa et Ada se laissa intercepter par Olaf afin d'échapper à Alev qui ne devait en aucun cas apprendre qu'elle avait rendez-vous avec Teuter.

— Quel plaisir de te voir, lui lança Olaf quand elle se jeta littéralement dans ses bras.

— Tout le plaisir est pour moi, répliqua-t-elle, tout en suivant du regard le dos d'Alev qui s'éloignait, ostensiblement décontracté, avant de disparaître au bout du couloir. Quand il eut disparu, Ada voulut s'éloigner mais Olaf la retint par le bras.

— Doucement. Ça tourne à l'hystérie : on se calme un peu.

Elle eut du mal à se retenir ; l'envie de lui coller un coup de pied dans les tibias avec la pointe de ses chaussures la démangeait. On pouvait l'accuser de bien des choses, mais certainement pas d'hystérie. Elle était fière de cette ceinture noire d'indifférence qu'elle portait. Et de toute façon, elle ne supportait pas qu'on la retienne de force.

— Pas le temps.

— Evidemment, répondit Olaf, toujours sur la brèche à traiter des affaires importantes.

D'un air méfiant, elle parcourut l'expression de son visage comme on parcourt la page d'un livre écrit dans une langue étrangère. Une aura de gravité entourait toute sa personne comme s'il avait trouvé une mission à remplir. Malgré son teint de lait, ses os d'oiseaux et sa petite bouche vulnérable il affichait le désespoir empreint de dignité de l'être pensant.

— Je venais te demander de bien vouloir assister demain à la répétition de notre groupe.

— Depuis quand les Oreilles répètent-elles le vendredi ?

— Bon, d'accord.

Olaf passa ses mains dans ses longs cheveux, son geste de prédilection :

— Formulons les choses différemment. Viens dans la cave à vélos demain à dix-sept heures.

— Dix-sept heures ? Impossible.

— Ada. Ses lèvres se serrèrent convulsivement, deux barrières à la frontière entre le monde intérieur et le monde extérieur qui avaient la délicate mission de choisir parmi la foule de mots qui se bousculaient certains termes particuliers pour les laisser passer. Toutes nos tentatives pour nous expliquer se sont soldées par des échecs. Je te demande simplement de venir demain à dix-sept heures. Il faut que je te parle. Disons que c'est important. Disons que tu me dois encore quelque chose.

— Il faudra rayer la dernière phrase du procès-verbal. J'y serai à dix-huit heures.

— Ada !

Sans élan et en quelques pas elle avait atteint sa vitesse maximale, elle courait parce que le linoléum crissait merveilleusement sous ses semelles de caoutchouc, parce que les bonds qu'elle faisait la libéraient presque de la gravité et parce qu'elle avait déjà cinq minutes de retard sur son heure de rendez-vous. Elle descendit les marches par paquets de quatre, une main glissant sur la rampe afin de pouvoir se pousser de côté pour éviter des élèves qui montaient. Puis à travers la cour, la rue coupant en deux le terrain du lycée et le parc dont les buissons abritaient des familles entières d'oiseaux qui continuaient à discuter à grands cris de l'état du monde. Les bureaux de l'institution responsable des bâtiments de l'école étaient installés dans une maison individuelle située tout au bout du parc, côté Rhin. A cette vitesse, il ne restait guère de temps pour réfléchir à ce que pouvait bien cacher l'insistance d'Olaf et s'il fallait en aviser Alev. Elle était tout près de prendre la décision de ne pas se mêler de sa propre vie quand elle atteignit le bureau de Günder dans lequel elle pénétra en coup de vent.

Gründer n'était pas bien meublé. Le bâtiment, vieux de plus d'un siècle, aurait exigé un design capable de maîtriser hauts plafonds, lustres, parquets en arête de poisson et façade en saillie avec bow-windows. Au lieu de cela, tout était fonctionnel et démontable, en pin naturel avec nœuds ou plaqué noir. A côté de la grande table carrée, Teuter faisait l'effet d'un gamin participant à une séance de bricolage.

Après avoir respiré profondément par le nez à plusieurs reprises pour oxygéner ses muscles, Ada regarda Gründer et lui seul : assis derrière son bureau, il tirait sur sa pipe, remplissant la pièce d'arômes de vanille.

— Alors lààààààà, entrez donc, dit Teuter.

— Entrez, entrez ! s'écria Gründer.

Ada se força à avancer, attrapa tout en marchant le rouleau de billets dans sa poche et le jeta sur la table, où il se défit immédiatement pour constituer un tas informe.

— Vous pouvez recompter, lança-t-elle. J'ai besoin d'une quittance pour le généreux donateur.

L'idée de la quittance lui était venue à l'instant. Les gens qu'on fait chanter, les clients des putes et les employés de banque dépouillés n'ont pas besoin de quittance. Gründer fit un petit signe de la tête, c'était parfait, tout y était.

— Au cas où il y aurait de nouveaux retards, je vous prierais de faire preuve d'un peu de patience, dit Ada. Mon père a accepté de reprendre les paiements.

— C'est tout de même incroyable, dit Gründer avec un rictus entourant le tuyau de sa pipe. En tout cas, vous êtes bien la première élève que je vois entrer ici pour régler ses frais de scolarité en liquide.

— Pour moi, ce qui m'intéresserait surtout, c'est de savoir d'où provient cet argent, dit Teuter.

— Suis-je dans l'obligation de divulguer mes relations familiales ?

— Vous n'avez absolument aucune obligation, intervint Gründer tout en se levant d'un pas chancelant pour lui serrer la main. Car, en fin de compte, on est bien content que vous soyez parmi nous. N'est-ce pas ?

— Ça dépend, dit Teuter. On le saura un jour. Rapidement même !

— Tout le plaisir est pour moi, répliqua Ada en esquissant une révérence.

Jusqu'au moment où elle eut enfin refermé définitivement la porte derrière elle, elle s'attendait à être rappelée par Teuter. Alors làààààààà, vous allez m'accompagner. On va aller dans mon bureau. Mais rien. Elle marcha lentement sur le chemin du retour et décida qu'il y avait tout de même lieu de prévenir Alev.

Ils n'avaient plus de cours en commun ce jour-là. Durant les récréations suivantes, il ne se montra pas dans la cour du lycée. Après la dernière heure, elle attendit en vain devant la salle de classe qu'il vienne la chercher pour aller manger ensemble à l'internat. Sans invitation, il lui était impossible de pénétrer dans les étages supérieurs. Comme elle n'avait rien d'autre à faire, elle décida d'aller courir tout de suite et d'en faire le double aujourd'hui.

Tandis que les tours de piste se succédaient, trois SMS traversèrent l'éther, filant sur les ondes avant de se poser, avec un petit cri vibrant, dans le pigeonnier de son téléphone portable.

Le plus bref avait été envoyé par Olaf : "Réfléchis bien. Par amour pour toi."

Le second par sa mère : "SVP rentre cet après-midi j'ai besoin de toi ici maman."

Le dernier enfin était de Smutek qui écrivait sans intervalles et savait utiliser les cent soixante signes du clavier : "Possible que je sois fou. J'aimerais bien te rencontrer seule, pour prendre un café par exemple. On pourrait parler. Et en juin auront lieu les championnats régionaux, tu es capable de les battre tous."

Tout en lisant ces messages, Ada se demanda si Smutek avait quitté sa femme, s'il se préparait pour demain un attentat à la bombe contre le lycée auquel on ne pourrait survivre qu'en se réfugiant dans la cave à vélos et si sa mère prévoyait d'acheter quelqu'un pour s'attaquer au général de brigade et avait besoin d'une aide logistique.

Elle effaça tous les messages et rentra chez elle. L'avenir était une affaire bien délicate : qu'une chose ne se produise pas et une autre la remplacerait.

Deux personnages sont écartés du récit avant que l'on en vienne au vendredi manqué

C'ÉTAIT la première fois qu'une entrevue préliminaire entre Ada et Alev ne pouvait avoir lieu. Ada se dit qu'il ne fallait pas y attacher trop d'importance : comme tout événement, celui-ci devait bien avoir ses raisons. Depuis le temps, elle se sentait parfaitement capable d'improviser pour faire face aux exigences d'un vendredi après-midi. Mais jusqu'alors le jeu avait obéi à des règles strictes que personne n'avait enfreintes. Si Ada avait réfléchi un peu plus longuement, elle aurait été frappée par la leçon qu'on pouvait tirer de cette irrégularité : Alev continuait à suivre des voies toutes personnelles, dont l'origine, les détours et le but n'étaient connus que de lui seul – ou de cette instance qui le dirigeait.

Quand il se montra au lycée le vendredi matin, ponctuel et jovial, il répondit à la pressante demande d'audience qu'elle lui adressait par un geste de la main qui ressemblait à l'ondoyante ascension d'un papillon géant. Renonçant à toute retenue en public, il lui passa un bras autour de la taille, l'autre autour des épaules et l'attira vers lui avec une telle vigueur que ce geste impérieux le fit grandir de deux têtes et qu'Ada tomba au creux de son coude comme une paire de skis. Tous les élèves présents dans la cour tournèrent la tête, les enseignants de service, et même les passants de l'autre côté du grillage haut de cinq mètres regardèrent dans leur direction, ce qui entraîna un bruissement sec comme si les arbres de l'avenue adjacente s'étaient débarrassés d'un seul coup de leurs feuilles toutes fraîches. Le silence soudain, toutefois, n'existait que dans l'imagination d'Ada. Elle n'entendait rien d'autre que la voix d'Alev, un courant d'air chaud qu'il lui soufflait à l'oreille : "N'oublie pas qui nous sommes, ma petite. Les enfants du néant, les héritiers d'un pouvoir que personne ne veut ou ne peut plus exercer. Nous ne pourrons le retenir qu'en gardant les poings serrés. Fais-moi confiance."

Manifestement, sa mégalomanie avait trouvé une nouvelle pâture. Peu en importait la raison aussi longtemps qu'une personne, et une seule, prétendrait savoir et comprendre ce qui se passait. En dépit de toutes les affirmations contraires, les hommes n'en ont jamais demandé davantage.

Mais avant que soit évoqué le vendredi manqué, le reste du jeudi nous barre le chemin avec insolence. Comme l'entrevue n'avait pas eu lieu, Ada était rentrée chez elle trois heures plus tôt que d'habitude, exauçant ainsi sans le vouloir le souhait que sa mère avait exprimé par SMS. A cet instant, l'affolement déclenché par un fax du général de brigade avait atteint son apogée. La mère d'Ada, postée à la fenêtre, n'avait pas cessé de regarder la rue et attendait sa fille sur le palier devant la porte de l'appartement, l'air innocent comme Job. Le fax se tortillait autour de sa main droite, tentant désespérément de retrouver sa forme cylindrique. Ada profita des trente marches de l'escalier pour faire le vide dans sa tête et ramener les troupes éparpillées de ses idées dans le bastion retranché de son for intérieur : Ada est sans qualités et inattaquable. Elle est la réalisation d'un prototype annoncé voici cent ans, destiné provisoirement plus à la présentation de ses fonctions qu'à l'usage effectif. Peu à peu, marche après marche, elle sortait d'elle-même, émergeant du quotidien ; quand elle atteignit le palier, elle était la sérénité même.

— Quel escroc. Il ne respecte rien. Il jetterait ses propres enfants en pâture aux loups. S'il en avait. Tu ne crois pas ? Entre.

Rapidement, Ada parcourut des yeux les quelques lignes, son cerveau travaillait à la même vitesse. Il n'y avait pas trente-six façons d'expliquer la lettre du général, certes adressée à sa mère, mais qui indirectement la concernait tout autant. Il tentait peut-être un coup de poker. Il était plus vraisemblable que Teuter l'avait appelé, tout de suite après leur rencontre dans le bureau de Gründer. Ada n'avait aucune peine à imaginer la voix de Kermit la grenouille dans l'écouteur. A la déformation causée par un larynx haut placé et des cordes vocales trop tendues s'ajoutaient les distorsions dues à la technique, si bien que Teuter avait dû coasser comme un maître chanteur causant avec ses victimes à travers un filtre. Alors làààààà, votre belle-fille sort de chez moi. Elle a posé sur la table une somme considérable en argent liquide. Vous êtes au courant ?

Le général de brigade était au courant. Non seulement il était au courant, mais cela lui déplaisait. En tant que chef d'établissement, Teuter était responsable et se sentait personnellement impliqué dans le destin de chacun de ses élèves. Alors làààà, était-il bien certain que de pareilles liquidités avaient leur place dans les mains d'une gamine ?

Plus le général réfléchissait, plus il lui paraissait évident que cet argent ne pouvait venir que de lui. Il devait ce pieux mensonge à sa fille adoptive. Si Teuter voulait bien comprendre qu'il s'agissait d'une affaire strictement familiale qu'on lui confiait sous le sceau du secret le plus absolu, il pouvait bien lui dire que l'absence initiale de règlement ne résultait pas d'un non-respect de l'obligation alimentaire, mais de la légèreté excusable d'une jeune fille qui avait voulu dépanner un ami très cher. Cela avait engendré un certain nombre de complications, mais à présent tout était rentré dans l'ordre.

Sans hésiter, Teuter se montra compréhensif et assura son correspondant de sa totale discrétion. Le général connaissait-il par hasard le nom de l'ami en question ?

Non, il ne le connaissait pas et, même dans le cas contraire, il considérerait la chose comme définitivement réglée.

Certainement.

En vain, Ada lissait le fax de ses deux mains : il se réenroulait immédiatement. Elle sentait les regards nerveux de sa mère parcourir son visage comme une tribu d'insectes trottinants ; d'un revers de main, elle se frotta le front et les joues. Puis elle alla sur le balcon pour téléphoner, ferma la porte vitrée derrière elle sans quitter des yeux sa mère qui, assise à la table, contrôlait sa respiration pour tenter de se calmer. Le général de brigade décrocha immédiatement.

— Ma puce ! Content de t'entendre.

— A quoi tu joues ?

— Tu ne peux pas parler plus fort ? Je t'entends à peine.

— Non, je ne peux pas. Elle est assise à la table, les nerfs en pelote et l'oreille aux aguets. Tu la mets dans un de ces états ! On dirait un bébé phoque avec lequel un requin joue cruellement pour apprendre à ses petits à chasser.

— Moi aussi, j'ai vu le film, répondit le général. Des prises de vue fantastiques. Je sais bien qu'elle souffre. Nous souffrons tous les trois.

— Pas moi.
— Peut-être que tu ne t'en aperçois pas.
— Une souffrance qu'on ne remarque pas n'en est pas une.
— Possible. Quoi qu'il en soit, c'est la guerre. Crois-moi, je m'y connais. Et tu vas garder ton calme, ou est-ce que je me trompe ?
— Viens-en au fait.
— D'accord. Qu'est-ce que tu penses de ma solution ?
— Tu m'as joué un tour de cochon.
— N'importe quoi !
Le général éclata de rire. L'incident, sans doute, lui déplaisait dans l'ensemble, mais certains de ses aspects l'amusaient fort. Il poursuivit : Tu n'es pas à la hauteur de tes talents stratégiques. Réfléchis un peu !
Ada se tut. Sa mère, toujours assise à la table, s'était mise à pleurer ; le visage caché dans ses bras, les épaules secouées de sanglots, elle était désemparée comme un enfant accablé dans la nuit par le vide infini de l'univers.
— Dans ma situation, je ne peux pas me permettre d'être traîné pour rien devant les tribunaux, reprit le général. Et toi, si je ne m'abuse, tu n'as aucune envie qu'on cherche à savoir d'où vient cet argent.
— Je me disais bien que Teuter t'avait téléphoné.
— Sur ce front-là, le danger est provisoirement conjuré. Mais si tu t'obstines à dire que je ne t'ai rien donné, nous sommes perdus tous les deux. L'affaire est entre tes mains. Je te demande un service.
— Tu me proposes un marché.
— Non, Ada.
Il était redevenu sérieux. Quand il le voulait, il contrôlait sa voix dans les moindres détails.
— Quoi que tu aies fait, reprit-il, je ne te mettrai jamais en difficulté. Je suis le mur auquel tu peux t'adosser.

— Devant un peloton d'exécution ?

— Maintenant, ça suffit. Même les jeux de mots ont leurs limites. Les jeux sans frontières, c'est l'enfer.

— Tu me demandes quoi, au juste ?

— D'écrire au procureur pour déclarer que je t'ai donné l'argent et que tu l'as détourné à des fins personnelles. En échange, je te paierai tes études hors de prix jusqu'au bac, même si je n'y suis pas contraint par le tribunal.

— C'est une fausse déclaration délibérée.

— En cas de problème, tu pourrais toujours te rétracter et refuser de témoigner. Mais on n'en arrivera pas là. Ta mère va retirer sa plainte, et on mettra fin à cette procédure sans intérêt.

— Quelquefois, dit Ada, tu es tellement pragmatique, réaliste et rationaliste que j'ai l'impression que tu es un pur esprit.

— Mon petit, nous ne sommes pas de la même génération et donc pas absolument obligés de nous comprendre. C'est mieux comme ça.

— En ce moment, je fais un peu la même expérience dans un autre contexte.

— J'en suis heureux pour toi. Donne-lui le bonjour de ma part et dis-lui merci pour l'argent. S'il insiste, je le lui rembourserai un jour ou l'autre.

Le cerveau d'Ada se vida provisoirement de ses idées : silence sur toute la ligne.

— Je peux déduire de ton mutisme que tu es d'accord ?

— Oui.

C'était la réponse la plus facile. Ada perçut avec jubilation la joie de son beau-père. Son rire n'exprimait pas le soulagement, mais le ravissement devant une connivence qui ne devait rien à personne, devant cette relation singulière qui ne procédait que de leurs personnalités respectives : parce que c'était lui, parce que c'était elle. Voilà maintenant que le général la croyait entretenue par un vieil amant. C'était le bouquet.

Sans s'en apercevoir, elle avait appuyé le téléphone contre son oreille si fermement que sa joue droite était rouge et douloureuse. D'un mouvement lent, elle retourna dans la pièce. Sa mère leva les yeux et tendit un bras vers elle.

— Ada ! Tu lui as dit qu'il peut se dispenser de mentir ? Je suis de ton côté. Je sais bien que tu n'as pas dépensé cet argent pour toi.

Sur ce point, elle avait raison, ce qui accentuait l'aspect tristement comique de la chose. Ada lui échappa, ouvrit un tiroir du vieux secrétaire et en sortit du papier et un stylo.

— Qu'est-ce que tu fais ? Viens ici, regarde-moi. Il ne faut pas l'écouter, tu le sais bien, non ? Il faut toujours parler, assez fort et sans arrêt, pour ne pas l'entendre. C'est ce que j'ai fait quand il prétendait que c'était à moi de payer tes études.

Quand Ada se fut assise, eut décapuchonné le stylo et que les premiers mots apparurent sur le papier, *A M. le procureur près le tribunal d'instance de Bonn*, le sang se retira des joues de sa mère : elle avait compris.

— Pourquoi fais-tu ça ? murmura-t-elle.

L'hystérie avait fait place à un authentique effroi qui irradiait un calme funeste. Le grattement du stylo sur le papier était amplifié par le corps de résonance de la table qui avait patiemment supporté sur son dos tout le cacao renversé par la petite Ada.

— C'est la vérité qui est en jeu, poursuivit sa mère. Notre vérité. Tu dois pouvoir choisir ton lycée. Tu as droit à une enfance normale. Tu ne trouves pas ?

Ada était sur le point de perdre son calme. Elle repoussa brutalement la main de sa mère qui tentait de lui arracher le stylo. Les larmes recommençaient à couler, mais ce n'étaient pas les mêmes qu'auparavant, elles avaient une autre forme et une autre couleur, elles descendaient plus lentement, elles étaient plus grosses, grosses de douleur et non plus de rage ni d'amour-propre blessé.

— C'est la vérité, dit Ada. C'est pour ça que je l'écris.

Gardant prudemment ses distances avec le stylo, sa mère se mit à lui caresser les cheveux.

— Je t'aime, dit-elle. Tu ne t'en rends peut-être pas compte. Mais je sais que tu n'as pas volé cet argent.

— Et l'autre jour, quand tu as mis ma chambre sens dessus dessous, dit Ada sans que s'interrompe le mouvement du stylo, tu savais aussi que je n'avais rien fait ?

Il y eut un crissement presque imperceptible, semblable à celui d'une soie mince qui se déchire. Puis la mère se referma sur elle-même, sans un bruit. La lettre était finie, l'adresse et la référence du dossier se trouvaient dans le fax du général. Ada chercha une enveloppe et un timbre et prit sa lettre pour la poster elle-même. Quand elle quitta la pièce, sa mère n'avait pas bougé. Elle était effondrée sur la table, les yeux ouverts, la tête dans les bras. Elle ne pleurait plus. Elle avait l'air de rêver sans éprouver rien de spécial. Quelque chose s'était produit sans qu'Ada le veuille. Cela concernait sa mère et cela concernait le général. Ils s'annulaient mutuellement. Quelque chose venait de toucher à sa fin et confirmait la vieille intuition selon laquelle on ne peut pas emmener ses parents, nulle part. Ils demeurent à l'endroit où on les a trouvés en accédant lentement à la conscience. Ils rapetissent de plus en plus, comme s'ils restaient, les bras ballants, derrière un train qui s'en va et que leur unique joie, leur douleur et leur vice soient de le regarder partir.

Au moment où Ada refermait avec précaution la porte du salon derrière elle, elle sut que cette image ne la quitterait plus. C’était un meurtre par oubli, et désormais nous n’entendrons plus parler ni de sa mère ni du général de brigade.

Vendredi manqué

Ils partagèrent comme frère et sœur le poisson mollasse du vendredi, cuit dans son enveloppe de chapelure humide. Les coudes appuyés l'un contre l'autre, ils mangeaient dans la même assiette, se servant généreusement en mayonnaise et en pommes de terre pour se caler. Si les élèves non inscrits étaient accueillis avec beaucoup de gentillesse par le personnel de cuisine de l'internat, en revanche ils n'avaient pas droit à une part spécifique.

La bonne humeur d'Alev les avait portés dans l'escalier, les poussant à monter dans sa chambre avant même le repas pour y savourer quelques lignes du livre qu'il était en train de lire : *As-tu jamais ressenti l'absurdité totale de ce que l'on peut faire pour d'autres hommes parce qu'on est soi-même un homme et que l'on sait bien qu'ils ne le méritent guère ? Dès qu'on a compris cela, le sens de toutes nos activités s'effondre : tout ce qu'on fera dorénavant ne peut que faire partie d'un jeu. C'est par pur pragmatisme que les chrétiens ont inventé la formule : "Aime ton prochain." Seulement voilà, ils auraient dû éviter d'ajouter : "comme toi même"*

Ada se demandait si cela faisait partie de l'éducation quotidienne destinée à faire d'elle un membre à part entière de leur duo ou si, une fois de plus, il croyait avoir entendu la voix d'un autre membre de cette existence collective diabolico-divine. Il ne lui avait pas laissé le temps d'y réfléchir, l'avait accompagnée jusqu'à la cantine dans un tourbillon et avait ensuite amusé la galerie rassemblée au grand complet pour le repas avec sa description du débat qui avait eu lieu ce matin-là pendant le cours de M. Hauser.

Deux mois durant, les différentes forces en présence avaient donné une représentation gratuite pendant le cours d'histoire. Hauser venait tout juste d'arriver ; professeur d'histoire stagiaire, il ne songeait nullement à remplacer Höfi. D'entrée de jeu, il avait expliqué aux élèves que *primo* il avait des conceptions pédagogiques très personnelles, que *secundo* cela ne le dérangeait nullement d'être affublé dans son dos du surnom de Kaspar Hauser et que *tertio* les élèves qui en avaient le courage pouvaient commencer à le faire dès maintenant. Quand après cela une jeune fille lui demanda qui était Kaspar Hauser, il inscrivit son nom dans le cahier de classe. C'était un homme paisible qui ne voulait ni être aimé ni être craint.

— Je vais vous ennuyer à mourir, dit-il. Vous n'en êtes pas moins obligés de m'écouter parce que sinon vous allez le payer le jour du bac. Voilà en substance tout le mystère qui préside à notre relation.

Quiconque connaissait Alev pouvait d'un simple coup d'œil sur son visage comprendre que ce type flegmatique et prétentieux constituait un défi. A la vitesse d'une étoile filante, une question fugitive traversa l'esprit d'Ada : un minuscule décalage temporel de l'ensemble des éléments n'allait-il pas la conduire à retrouver Hauser cette après-midi-là à la place de Smutek ? Une vague de sympathie pour Smutek, dont le SMS était resté sans réponse, s'empara d'elle avant de retomber aussitôt.

L'attaque n'avait pas été préméditée, elle avait jailli du champ de force qui entourait Alev ce jour-là comme des électrons gravitant autour d'un noyau central. L'Alevium : radioélément à la période indéterminée. Ils avaient inscrit leurs noms sur de petits cartons placés au bord de leurs tables, Hauser s'apprêtait à faire son œuvre dans les règles quand Alev, qui d'habitude ne demandait jamais la parole mais attendait qu'on lui pose une question, leva la main. Le silence se fit instantanément : plus aucun de ces bruits de feuilles, de pieds, de respiration et de chuchotement qui accompagnent inévitablement toute activité humaine.

— Monsieur El Qamar ?

— Avant de nous perdre dans des détails historiques, j'aimerais vous poser une question fondamentale.

— Je n'avais pas l'intention de me perdre, mais allez-y je vous en prie.

— Depuis que je possède deux yeux pour lire le journal et deux oreilles pour suivre les débats politiques, je me demande pour quelle raison on gaspille tous les jours des millions de kilojoules en énergie cérébrale pour analyser et comprendre les événements internationaux alors qu'il est possible d'expliquer n'importe quel fait dans le monde grâce à la Sainte-Trinité de la plus noble des lois humaines. Imaginez tout ce que l'on pourrait chauffer avec tant d'énergie, si on…

Une des filles de la classe émit un petit rire, signe que tout le fan-club d'Alev le soutenait en bloc.

— Soyez bref, dit Hauser, tout en regardant Alev d'un œil vide de bête de cirque. C'est quoi cette Trinité ?

— Lâcheté, stupidité, intérêt particulier, répliqua Alev. Les articulations fondamentales du système de corrélation tridimensionnel de tout comportement.

— En la matière, rétorqua Hauser, vous devriez peut-être éviter de juger les autres à partir de ce que vous êtes.

A cette réponse, un murmure avait parcouru la classe.

Les yeux d'Alev s'éclairèrent une fois de plus d'une lueur fiévreuse au moment où il racontait cette histoire tout en brandissant une pomme de terre piquée au bout de sa fourchette et en éclatant d'un rire qui découvrait aux autres le contenu à demi mâché de sa bouche.

— Faux, totalement faux, monsieur, s'était-il écrié. Il faut évidemment juger les autres à partir de nous-mêmes, c'est le premier pas vers la connaissance et c'est le seul possible. Ou bien croyez-vous à l'objectivité ?

— Soyez bref, avait répliqué Hauser. J'aimerais commencer mon cours.

— Vous ne pouvez *pas* commencer votre cours. C'était Ada qui venait d'intervenir, depuis le côté opposé de la salle. Hauser se tourna lourdement vers elle, abasourdi comme un pachyderme qu'un second coup de lance vient de toucher par l'arrière. Pas avant d'avoir compris de quoi il s'agit.

Alev, l'animal alpha, à cent pour cent dans son élément, avait lancé un regard languissant vers Ada, regard qu'il remplaçait à présent, dans le courant de son récit, par un massage vigoureux de la nuque ce qui l'obligeait à se lever à moitié de sa chaise. Une partie des élèves de l'internat rassemblés autour de la table l'écoutaient d'un air amusé, les autres étaient penchés sur leur poisson, le dos arrondi sous l'effet de l'hostilité.

— Et cette fabuleuse jeune fille, lança-t-il en direction des multiples paires d'yeux qui le regardaient, ce monstre à forme humaine lui a tout simplement marché sur les pattes à ce jeunot. En paroles, évidemment.

— Il vous faut un exemple, avait-elle lancé à Hauser, pour comprendre les raisons qui nous amènent, face à des possibilités d'explication simple, à ne pas souscrire à tout votre bazar scientifico-historique. Votre prédécesseur a commis une erreur : il nous a appris à réfléchir.

Ne sachant pas très bien à quel jeu on était en train de jouer, Hauser s'était mis sur la défensive. Olaf, assis à deux mètres à peine d'Ada, fit un geste comme pour fermer du plat de la main un pot de confiture invisible avant de le secouer. Temps mort ! murmura-t-il entre ses lèvres.

— Depuis près de deux ans le monde se demande s'il y avait des armes de destruction massive en Irak. La réponse est très simple : s'il y en avait eu, les Américains avec leur phobie des cercueils en zinc n'auraient jamais attaqué ce pays. L'attaque elle-même réfute la raison avancée pour la justifier.

— Dieu le Père : la lâcheté !

Hauser ouvrit la bouche, puis la referma sans rien dire. Cette fois, c'était la voix d'Alev qui l'avait fait pivoter sur son axe.

— Autre exemple, lui lança ce dernier depuis la porte. Cela fait des années que les journaux et la politique s'interrogent doctement sur les angoisses des populations face à l'élargissement de l'Union européenne. Pourtant là encore la réponse est toute simple : si l'élargissement à l'Est d'une façon ou d'une autre présentait des inconvénients pour nous, il ne se ferait pas. Parler d'altruisme politique tient de l'oxymore.

— L'intérêt particulier, lança Ada, le Fils !

— Ma question, poursuivit Alev, est la suivante : *Cui bono* ? A quoi bon toute cette zoologie humaine, ce mécanisme pompeux fait d'histoire, de politique et de sciences sociales, alors qu'il s'agit simplement de dissimuler que le monde entier peut se résumer à trois principes ?

— Lâcheté, intérêt particulier, stupidité, lança Ada avec insistance en direction de Hauser. Quelle est la discipline du triathlon humain qui vous a conduit chez nous ?

Il s'ensuivit une pause volontaire de trois bonnes secondes. Lors du repas de midi, Alev les compta sur ses doigts : vingt et un, vingt-deux, vingt-trois.

Dans le silence total qui s'était installé, Hauser avait fini par dire :

— Dans ce cas, qu'est-ce qui reste ?

La moitié des élèves avait éclaté de rire et avait mis du temps à retrouver son calme, à l'internat on entendait le bruit des cuillers frappées contre les assiettes. Sans se soucier du chahut, Hauser avait pris quelques notes dans ses dossiers. Ada et Alev se regardaient en riant, bouche fermée, et semblaient attendre que le rideau tombe afin de les enlever au regard de la foule. Ce devait être leur avant-dernière scène en public.

Mais, ça, ils l'ignoraient. Alev renonça à relater l'épilogue de cette comédie, non parce qu'il était déplaisant mais pour la simple raison que l'on venait de passer au dessert et que ce dernier acte s'intégrait mal à l'évolution dramatique. Sa mise en scène était le fait d'un dilettante.

Hauser avait fait un pas en direction d'Ada, puis il s'était ravisé, détourné de son but à la fois par le champ de gravitation d'Alev et par la réflexion qu'il lui aurait fallu enjamber des tables pour s'approcher d'elle par l'avant. Il s'était planté si près d'Alev qu'il le dominait de très haut.

On entendit Alev siffler entre ses dents :

— J'ai une seconde et demie pour riposter en état de légitime défense.

— J'ai entendu dire, avait répliqué Hauser, que vous ne serez plus très longtemps des nôtres, en tout cas plus comme élève de cet établissement. Je commence à comprendre les raisons de cette rumeur et je regrette d'avance de perdre un élève si finement astucieux, pour ne pas dire un esprit d'une aussi exaspérante sagacité.

— Je vous remercie très humblement pour vos condoléances, avait répondu Alev, tout en ouvrant grands la bouche et les yeux pour les transformer en une grimace carrément géométrique, l'air grossier, insolent, l'air de tout mépriser comme un clown malveillant. Fin de la scène.

Ils tuèrent les heures qui les séparaient du rendez-vous de dix-sept heures dans la chambre d'Alev. Alors que d'habitude il prenait le plus grand soin d'arriver seul au gymnase et dans la plus grande discrétion, il avait invité aujourd'hui Bastian, Grüttel et Toni dans sa chambre. On avait solennellement constitué un cercle où l'on faisait circuler un joint. La bonne humeur s'empara également d'Ada qui n'avait aucune idée de ce que l'on pouvait bien fêter. A cinq heures moins vingt, Alev approcha ses lèvres de l'oreille gauche d'Ada pour lui demander si elle avait apporté son sac de sport. Son sac à dos de l'armée sur les épaules, elle disparut dans la salle des douches au bout du couloir et revint quelques instants plus tard en pantalon de jogging et T-shirt.

Dans la cage d'escalier le cannabis fit son effet, lui plaçant des coussins d'air sous les pieds et l'amenant à se prendre pour une métaphore, sans qu'elle puisse toutefois déterminer ce qu'elle représentait. Elle s'arrêta sur le palier du troisième étage :

— Un jour Smutek m'a raconté que lorsqu'il faisait l'amour avec sa femme il se laissait aller à des fantasmes dans lesquels ni lui ni elle n'étaient présents. Il pense alors à des visages étrangers et anonymes aux bouches tordues et aux yeux chavirés, à de toutes jeunes filles aux seins étonnamment gros.

— Tu es une toute jeune fille aux seins étonnamment gros.

— Mais ce n'est pas de moi qu'il s'agit. C'est bizarre, non ?

— Non. Tous les gens pensent à autre chose quand ils font l'amour. Ils ont appris ce qu'était une relation sexuelle en se masturbant ; c'est tout ce qu'ils connaissent. Les choses du sexe fonctionnent grâce à l'intervention de l'imaginaire.

— Mais pourquoi ?

— Pauvre petite. Tu connais le premier des dix commandements : tu ne tueras point – et pourtant le premier péché n'était pas un meurtre, mais une relation sexuelle interdite, la pomme et le serpent. Le Sauveur lui-même a été torturé à mort, mais conçu sans péché. Vu sous cet angle, le bon côté est totalement surpeuplé, tout, y compris l'assassinat, peut s'y trouver. En face, il n'y a qu'une chose : le sexe avec toute sa volupté. Chacun pratique ce mal, la plupart des gens le plus souvent possible, et c'est là que se situe notre si particulière damnation.

— Mis à part la tienne ? Tu es une Vierge Marie impuissante ?

— Je suis le cerveau du crime, je n'agis pas moi-même. Smutek en revanche est catholique, vous ne devriez pas oublier ça, ni l'un ni l'autre. Il t'a dit à quoi il pensait quand il était couché sur toi ?

— Non.

Alev se mit à rire, il prit Ada par la main et la remit en mouvement.

— Je te l'ai toujours dit : Smutek a trouvé en nous son véritable moi intérieur. Notre relation est plus pure que l'amour, plus profonde que l'amitié et plus intime que le lien qui unit l'alpiniste à sa corde. Nous devrions nous marier, tous les trois.

Ils traversèrent la cour côte à côte. Ada riait encore, alors qu'Alev avait déjà totalement oublié leur conversation et s'était mis en quête d'un nouveau centre d'intérêt.

— Tu as lu jusqu'au bout *Les Jeux non coopératifs* de John Nash ? demanda-t-il.

— Presque.

— Et tu en penses quoi ?

— Qu'il aurait eu besoin d'une bonne relecture.

— Quand est-ce que tu apprendras à privilégier le fond et non la forme ?

— Le jour où le fond aura appris à se passer de la forme.

— C'est ça ce que tu souhaites ? Le fond sans la forme ?

— N'importe quoi. Ça fait longtemps que le fond et la forme ont cessé d'être un problème pour moi. Quand on est intelligente sans être super belle, on a tout intérêt à faire la paix avec ces deux comparses. Ce que j'aimerais... Ils venaient de s'arrêter à la limite du parking ; derrière s'étendait le gymnase, plat et couleur de brique comme une caserne. J'aimerais m'asseoir au bord de la mer, voir dans le port les bateaux s'incliner devant le rivage consolidé.

— Allons-y.

— Pardon ?

— Allons à la mer. Les vacances arrivent. Ce semestre a été particulièrement dur. Smutek paiera.

— Tu m'aimes.

— Je ne t'aime pas, pas le moins du monde.

— Pourquoi ne pars-tu pas à la mer avec Odetta ?

— Parce que son bavardage stupide de blonde me tape sur les nerfs.

— Mais alors pourquoi passes-tu tout ton temps disponible avec elle ?

— Bonne question, petite. Tu as un bel avenir devant toi.

— Tu l'aimes ?

— Peut-être. Dans un rire il attrapa sa queue de cheval et lui tira la tête en arrière. Oui, c'est probable.

— Moi aussi, je suis blonde.

— Oui, mais chez toi c'est du camouflage. Alev jeta un coup d'œil à sa montre. OK, dit-il. On y va.

La première chose qui avait trahi une visite-surprise, ce fut le cliquetis du passe-partout dans la main de Teuter. Un demi-pas en arrière, le surpassant d'une bonne tête, se tenait un témoin spontané au visage fermé : Hauser. Telle une divinité à deux têtes, curieusement ramassée sur elle-même, ils se dressaient à l'entrée du gymnase.

Les mouvements de gymnastique comprimèrent le poisson mollasse du déjeuner dans le ventre d'Ada, faisant remonter des bulles d'air au goût de mer et de mayonnaise jusque dans sa cavité buccale. Les protestations contre ces exercices inhabituels s'étaient tues avant même de commencer. Avec une sévérité plus grande encore qu'à l'accoutumée Alev n'avait toléré aucune question. Il leur avait intimé l'ordre de commencer sans délai, avant même que l'appareil photo soit en place. Smutek avait plus de facilités qu'Ada : il avait l'habitude de ce genre d'exercices quand il faisait de la musculation. Les mains croisées derrière la tête, son corps massif s'élevait avec un rythme aussi régulier que s'il avait été tiré par des filins d'acier. Ils portaient tous deux des T-shirts blancs et des pantalons de sport, ils avaient replié leurs genoux tout en coinçant leurs pieds nus sous la barre inférieure des espaliers. Les pointes de leurs cheveux prenaient un éclat doré, comme décoloré, chaque fois que leurs têtes en s'élevant pénétraient dans la lumière du soleil. Ils étaient synchronisés, ils étaient puissants et rapides, ils contrôlaient parfaitement leurs corps : deux modèles parfaits de la machine humaine, homme et femme, frère et sœur, Adam et Eve avant la chute.

— Cinquante, leur lança Alev, tout en feignant d'être toujours occupé à installer l'appareil photo, on ne mollit pas !

Juste après le bruit de clés, Smutek, tout en exécutant un ciseau sur sa gauche, s'était tourné un peu plus, si bien que du coin de l'œil il voyait derrière lui. Ada aussi sortit du rythme pendant un bref instant avant de se ressaisir en gémissant bruyamment.

— Alors làààààààà, mon cher Smutek ! La voix de grenouille cherchait à monter jusqu'au plafond, échoua et retomba comme un oiseau aux ailes paralysées. Smutek fit encore deux ciseaux avant de s'arrêter, reprit pied et se retourna. A côté de lui, à deux mètres à peine, Ada se laissa tomber sur le dos et étendit ses bras sur le sol glacé du gymnase comme si elle voulait de tout son corps imprimer l'empreinte d'un aigle ou d'un ange dans la neige.

— Monsieur le directeur, dit Smutek. Son visage avait perdu toute couleur, on voyait tressaillir la commissure de ses lèvres et ses yeux, faibles comme des poings après un long sommeil, n'arrivaient pas à se fixer plus d'une minute sur le même objet. Comme des boucs aux cornes baissées, des sentiments contradictoires se jetaient les uns contre les autres et Smutek restait là, sans rien faire, assourdi par le bruit qui régnait au fond de lui.

— Qu'est-ce que vous faites là ? demanda Teuter d'une voix sourde.

— On s'entraîne pour le championnat régional, répondit Alev, debout sur le côté gauche de la scène.

— Vous… ! On pouvait lire sur le visage de Teuter qu'il avait du mal à se retenir de jurer. Vous, je ne vous ai rien demandé.

— Vous, vous êtes sans doute le nouveau prof d'histoire, enchaîna Smutek. Un sourire grimaçant remplaça la terreur qui s'était emparée de son visage. Bienvenue dans l'établissement.

Le regard fixe, Hauser regardait toute la scène sans rien y comprendre, un peu comme quelqu'un qui s'est trompé de film ; il leva brièvement la main comme s'il saluait depuis une voiture en train de passer.

— Et ça, vous pouvez m'expliquer ce que c'est ? demanda Teuter en indiquant l'appareil photo.

— La question s'adresse à moi, cette fois ? A la manière d'un singe, Alev qui était en chaussettes ramassa du pied le capuchon et referma l'œil rigide de l'objectif.

— Répondez !

— C'est un Canon Eos 300 D, dit Alev. Il appartient à mon cher Bastian qui est riche comme Crésus et qui veut bien nous le prêter chaque fois.

— Oui, mais làààààààààààà, ça sert à quoi cette petite merveille ? La voix de Teuter était à présent aussi douce que celle du gendarme de Guignol.

— Observation physique à vocation autoréflexive, intervint Smutek. Autocontrôle de l'enchaînement des mouvements sportifs.

— Montrez-moi les photos.

— Comme vous pouvez le constater, dit Alev, après une phase d'échauffement, Ada est en train de faire des exercices de musculation. Nous allons passer à la course d'ici vingt minutes environ.

— Alors montrez-moi les photos du dernier entraînement.

Teuter qui luttait pour rester maître de lui-même était tout près de reconnaître sa défaite. Il se dirigea à grands pas vers Alev, trébucha sur les chaussures que ce dernier avait enlevées conformément au règlement et, chancelant bruyamment, il évita de justesse de s'étaler sur le linoléum.

— Alors làààààààààààà, pour ce qui est des objets, c'était Ada qui venait de parler d'une voix sourde, toujours en position dorsale, le regard dirigé vers le plafond. Un objet est le résultat de l'association d'une opposition et d'une résistance. Soyez prudent.

— Les photos de la dernière phase d'entraînement, dit Alev sur un ton apaisant, ont été effacées de la carte mémoire. Une fois visionnées, elles sont sans intérêt.

— Ne vaudrait-il pas mieux avoir une caméra vidéo avec écran séparé, plutôt que ce tout petit affichage sur écran ?

Smutek ramena ses jambes sous son corps et se remit sur pied d'un bond.

— Monsieur Teuter, dit-il d'un ton empressé, si vous avez dans l'idée de compléter notre équipement en la matière, je vous en serais très reconnaissant. Il est tout à fait exact que pour ce genre de travail une caméra numérique…

— Ça suffit.

Teuter tourna les talons, fit un large cercle pour éviter les chaussures d'Alev qui reposaient à l'envers sur le sol comme les pieds brisés de l'homme invisible, et finit par atteindre la grande porte coulissante.

— C'est pour quand ce championnat régional ? lança-t-il en partant.

— Du 16 au 18 juillet, répondit Smutek.

— Nous nous réjouissons à l'avance d'assister à cet événement, intervint Hauser, toujours debout sur la ligne des trois points comme un arbre isolé en plein désert.

Une fois refermée la porte extérieure donnant dans le sas d'entrée du gymnase, tout s'arrêta : le temps universel et la rotation de la terre. Dans le gymnase restaient des statues de glace : la main d'Alev sur le pied de l'appareil photo, Ada couchée à plat sur le sol, Smutek, bras croisés, dans la pose du grand propriétaire, entre eux deux. Il régnait une étrange absence d'action – jusqu'à ce que la chronologie des événements, ayant réussi à franchir un aiguillage, retrouve une voie nouvelle et sûre et que Smutek se mette en mouvement. Il se précipita dans l'entrée, attrapa un balai dans la réserve et le coinça sous la poignée de la porte. A son retour, Alev avait déjà rangé l'appareil photo et le pied dans le sac, était debout et mettait de l'ordre dans sa coiffure comme si elle venait de se réveiller à l'instant. Smutek se mit à courir. Il avait des jambes pour courir, des poumons pour respirer et un diaphragme pour rire : il était parfaitement vivant. Au comble d'une joie puérile, il se jeta littéralement dans les bras d'Ada ; la prenant par les hanches, il la souleva de terre et la fit virevolter en l'air. Il donna des tapes sur l'épaule d'Alev, puis ramassa une chaussure et la jeta si violemment contre le panneau de basket en plastique qu'il résonna comme un gong infernal. Alev lui aussi riait tout en mettant sa deuxième chaussure, comme Ada qui, pliée en deux, se tenait le ventre de ses deux mains. Montrez donc les photos de la dernière séance. On s'entraîne pour le championnat régional. Il peut nous acheter une caméra vidéo. Pour un peu, ils se seraient pris tous les trois par la main pour sortir ensemble du gymnase et s'enfoncer d'un pas alerte dans cette soirée printanière.

Une fois sur le terrain recouvert de gravier ils restèrent encore un instant ensemble, ils avaient retrouvé leur sérieux mais étaient détendus, trois personnes après une séance de sport, les sacs sur les épaules, appuyant alternativement leur poids d'un pied sur l'autre.

— Cette fois, on laisse tomber les petits billets, dit Alev. A partir de maintenant, vous recommencez votre entraînement à deux, au moins deux fois par semaine. Je vous laisse le choix du jour. Pour le reste, on verra plus tard. Bon week-end.

Il disparut en balançant son sac photo à bout de bras, sifflotant comme un ouvrier.

Les deux derniers sur place avaient quelque chose à se dire. Au bord du parking, le soleil était plus chaud que dans le reste du pays. Debout tout près l'un de l'autre, ils regardaient tour à tour le ciel et la terre, leurs visages cachés derrière leurs cheveux. Avec précaution, Smutek prit la main d'Ada, elle reposait dans la sienne comme un objet inerte, "jamais je n'ai pensé à tes mains sans sourire… voilà la fin", puis il regarda autour de lui et lâcha immédiatement sa main. OK. A lundi. Bon week-end. Il courut jusqu'à sa voiture. Il dut s'y reprendre à trois fois avant de réussir à mettre la clé de contact.

Splendid isolation

La volvo de Smutek quitta le parking en faisant grincer ses pneus comme la Ford Escort d'un gamin de dix-huit ans ; Ada la suivit des yeux et resta encore un instant plantée à regarder, bien qu'il n'y eût rien à voir dans la rue déserte. Le sentiment en train d'élire domicile en elle pouvait se résumer d'un simple mot : liberté. Comme s'il n'existait pas de parents qu'on devait aimer et dont on devait supporter l'amour, parce que la nature et les années passées en commun l'exigeaient. Comme s'il n'existait aucune raison de se faire des amis et de combattre ses ennemis. Elle ressentait les choses comme si Alev avait raison, alors même qu'elle n'avait jamais cru un seul mot de ce qu'il racontait. Comme si tout cela était vraiment un jeu. Non pas : "seulement un jeu", mais bel et bien "un jeu". Même l'instinct étrange qui la contraignait depuis plusieurs mois à adopter un galop désordonné pour courir exclusivement après un individu, le nez au sol tel un chien de chasse sur la piste du gibier blessé, sans avoir jamais aperçu rien d'autre qu'une ombre, reflet et absence d'une chose encore présente l'instant d'avant – même cette incroyable aberration l'avait presque entièrement quittée. Pour la première fois, ils avaient ri ensemble tous les trois, et un barrage semblait rompu ; un verrou, une chaîne, une grille avaient sauté. Ada se demandait si ce n'était pas cela qui mettait un terme au dilemme du prisonnier : le moment où juge et accusés se retrouvaient pour se moquer d'une seule voix d'un représentant de l'ordre ancien. Si c'était le cas, l'effet libérateur du rire, selon l'expression consacrée, avait toujours été mal interprété. Le rire ne libère pas de soi, mais il libère de tout le reste.

Ada ne savait pas au juste si l'état dans lequel elle se trouvait en cet instant lui convenait ou non. Elle avait la ferme conviction qu'il y aurait d'autres vendredis après-midi. Mais le jeu ne pouvait fonctionner que tant que les trois joueurs seraient embarqués sur le même bateau. Ada avait besoin d'un adversaire, ou plutôt de deux : Smutek et Alev. Si ce dernier, avec la mise en scène d'aujourd'hui, avait délibérément provoqué ce changement de situation, cela relevait soit du courage, soit de la bêtise.

Six heures sonnaient, elle se mit en route vers le garage à vélos.

Légère comme un papillon, une idée traversa son crâne vide : Smutek. Quand elle avait tenté naguère de trouver quelqu'un dont elle pût dire quelque chose, c'est à lui qu'elle avait pensé. Quand elle se permettait, contrairement à son habitude, de songer à l'avenir, la même chose se produisait. Smutek lui venait à l'esprit. Elle voyait son appartement, qu'elle ne connaissait pas, et se voyait elle-même parcourir ces pièces encore tièdes de la présence d'une épouse enfuie. Elle s'imaginait écartant d'une main les cintres vides accrochés dans l'armoire pour suspendre à côté ses quelques rares affaires. Prenant en commun leur petit-déjeuner avant de partir chacun de son côté dans une école différente. Le soir, il la laisserait tranquille jusqu'au moment où, le désespoir quotidien dissipé de lui-même, elle pourrait à nouveau se consacrer à lui. Elle se voyait sur le divan, roulée dans une couverture bariolée, un volume de Balzac à la main, loin des portes de salle de bains et des rebords de baignoire. Passant son baccalauréat et portant vers une quelconque université la machine performante qui fonctionnait dans sa tête, pour étudier par exemple le droit. Tout cela était aussi facile à imaginer que la réalité. Les images qui se formaient dans son cerveau n'étaient pas moins vraisemblables, n'étaient ni plus ni moins fallacieuses que la situation actuelle. Si Smutek, qui contrairement à elle croyait à l'avenir, voyait les mêmes images au même instant, il aurait peine à résister à la force de cette vision.

Toutes les idées s'écrasèrent sur le plan incliné de la rampe de béton. En bas, Olaf, appuyé contre la porte métallique, levait les yeux vers Ada : minuscule statue dans sa chapelle de ciment. Rien qu'à le voir, on comprenait qu'il l'attendait depuis une heure. Tandis qu'elle descendait en ondulant des hanches, il ne cessait de fixer un point derrière elle comme s'il s'attendait à voir surgir quelqu'un d'autre.

— Tu es seule ?

— Comme toujours : *splendid isolation.*

Elle s'arrêta un peu trop loin de lui pour permettre une conversation normale.

— Tout va bien ?

— Le mieux du monde.

Il s'essuya le front avec la manche de sa parka et réussit le tour de force d'éviter à ce geste la moindre théâtralité.

— Comment savais-tu ce qui allait arriver ?

Ada ne pensait pas qu'elle aurait autant de plaisir à le voir, et finit par s'accommoder de l'humeur singulière où elle se trouvait aujourd'hui.

Olaf haussa les épaules :

— Quelqu'un vous a caftés.

— Tu n'as pas peur qu'Alev puisse penser que c'était toi ? Des fois que tu nous aurais espionnés ?

— Tu lui as dit que j'ai essayé de te mettre en garde ?

— En ce lieu de représentation annexe, la parole ne semble pas la voie de communication habituelle.

— Là, tu pourrais bien avoir raison.

— Si tu cherches des histoires, Alev n'aura aucun mal à recruter quelques copains.

— Moi non plus, répliqua Olaf.

Quelques secondes durant, ils goûtèrent en silence un spectacle imaginaire. A la tombée de la nuit, plusieurs silhouettes sombres venues de côtés opposés se dirigeaient vers le centre de la cour. L'un des fronts était formé par Alev, Grüttel, Bastian et Toni ; Olaf et les Oreilles se matérialisèrent derrière la deuxième ligne. Comme les duellistes de *West Side Story*, ils se firent face sans un mot jusqu'à ce que survienne l'instant libérateur, semblable à un grand rire prolongé : une explosion de violence. Ada effaça l'image. Elle savait Alev en mesure de mobiliser une troupe bien plus nombreuse, et savait aussi qu'il s'y prendrait différemment.

— Ce qui veut dire que vous allez continuer ? demanda enfin Olaf.

— Je ne vois pas en quoi ça te regarde.

— Tu peux prendre ça pour de la sensiblerie, mais je suis sacrément content que rien ne te soit arrivé aujourd'hui.

— Tu nous as balancés ?

— Que tu le croies ou non – il haussa les épaules à nouveau –, ce n'est pas moi. Pas même pour te sauver. Tu sais bien que je ne peux pas encadrer Teuter.

— Je répète ma question : en quoi est-ce que tout ça te regarde ?

Détournant son regard, il étendit les bras comme le Christ en croix et plaqua ses deux mains contre le mur :

— Disons que ça me dérange que tu te vendes. Et sans doute, une fois encore, sans contrepartie. N'importe quelle prostituée sait pourquoi elle exerce sa profession : parce qu'elle a besoin d'argent, parce qu'on l'y force, parce qu'elle est accro à la drogue. Toi, tu es pire qu'une putain, tu n'en retires rien. Pas un centime, pas de reconnaissance, pas d'amour, rien. La moindre petite pute cherche à se mettre en avant pour étaler sa valeur marchande – toi, tu fais ça en cachette. Une nymphomane cherche son plaisir – toi, tu restes indifférente et froide. L'absence de motivations, c'est ça qui est plus grave que tout.

— Ouaah, dit Ada admirative, tu en fais plus à toi tout seul que mes parents réunis.

— Je ne sais pas si je te l'ai déjà dit : je suppose que tu es folle. Et assez stupide pour permettre à d'autres fous d'exploiter ta folie.

— Bon, dit Ada en avançant de deux pas pour se trouver tout près de lui, donne-moi une raison de ne pas le faire, puisqu'il te faut absolument des raisons.

Un long silence sépara les sphères de leurs pensées respectives, jusqu'au moment où ils ne se trouvèrent plus côte à côte que par hasard, comme deux buissons dans un sous-bois. La remarque suivante les ramena brutalement en contact.

— Pour rester respectable, dit Olaf, aux yeux des autres et aux tiens.

Elle éclata d'un rire qui n'avait rien d'artificiel ; il exprimait le plaisir qu'elle prenait à le voir patauger dans ses arguments, cherchant désespérément à justifier par un discours raisonné une chose qui était du ressort du seul sentiment. Elle remarqua une fois de plus combien il avait changé. Il était presque adulte à présent, on avait peine à croire qu'il jouait toujours de la guitare basse comme un an plus tôt.

— Merci pour ta sollicitude, dit-elle, mais la plupart des gens ont pour moi le plus grand respect.

— Alors, pourquoi te ravaler au rang d'esclave ?

— Esclave de qui ?

— De ce – le nom lui écorchait la langue –, de cette espèce de demi-Egyptien.

— Tu t'imagines que je suis l'esclave d'Alev ?

Le rire d'Ada passa du jaune clair au gris sale :

— Parce que je fais des choses qui n'entrent pas dans le schéma d'un petit bourge ? Ton combat en faveur du bien, je trouve ça touchant et je t'envie de si bien savoir ce qui se fait et ce qui ne se fait pas. C'est gentiment anachronique, mais ça ne sert à rien d'attaquer avec un arc et des flèches un monde sur lequel pleuvent des bombes atomiques. Tu comprends ça ?

Elle posa une main sur sa joue :

— Merci de te faire du souci pour moi. Vous n'êtes pas nombreux, c'est un sentiment rare et précieux.

Olaf se déroba et tenta de cacher son visage en tournant la tête. Puis il y renonça, prisonnier qu'il était dans l'angle entre la porte et le mur, et la laissa suivre du doigt le contour de sa mâchoire, lui attraper doucement les cheveux derrière l'oreille gauche, lui fermer les yeux de l'autre main et introduire le petit doigt entre ses lèvres. Après cinq respirations pendant lesquelles son corps pesa sur le sien dans une intolérable proximité, elle le libéra. Elle se tenait devant lui, parfaitement calme, et disséquait son expression d'un regard chirurgical. Tous deux savaient qu'il était au bord des larmes. Il articula péniblement :

— Pourquoi tu ne me dis pas pour quelle raison tu fais ça ?

— Si une motivation positive peut te rendre ta santé mentale : je le fais parce que ça m'apporte quelque chose. Et vous autres, la plupart d'entre vous, vous n'avez rien.

La réponse sembla l'apaiser un peu. Il s'essuya le nez d'un revers de main :

— Ça ne t'intéresse plus de savoir comme j'ai appris toute l'affaire ?

— Si.

Elle recula d'un pas.

— Par Odetta.

Le nom la percuta de plein fouet. Elle porta les mains à ses tempes comme si elle avait été frappée par un objet pointu :

— Tu t'es reconverti dans le rôle du bon copain des petites copines d'Alev ?

— En ce qui te concerne, j'étais le premier. Tu l'as déjà oublié ?

Ada ne l'écoutait pas. Elle poursuivit :

— Alors, c'est Alev qui l'a envoyée à Teuter. J'aurais dû y penser.

— Tu veux dire qu'il s'est cafté lui-même ? Il est encore plus fêlé que je ne le croyais.

Ada eut un geste de dénégation :

— Tu ne comprends pas. Tu ne peux pas piger ce qui est en jeu.

— A ta place, je m'attendrais à être chargée prochainement d'une mission semblable.

— Qu'est-ce que tu veux dire par là ?

— Je veux dire qu'Odetta et toi vous êtes en train de vivre une expérience nettement similaire.

Il tenta de lui échapper. Ada et Alev, Olaf et Odetta, Alpha et Oméga.

— Reste ici !

Les dix doigts enfoncés dans la toile de sa parka, elle l'agrippa, le colla contre le mur. Il était moins fort qu'elle :

— Continue.

— J'ai fini.

— Tu sais pourquoi j'ai dû changer de lycée ?

— Je sais.

— Et tu crois que je ne serais pas capable de te frapper pour te faire parler ?

— Content de voir que quelque chose peut encore te toucher.

De sa main droite, elle attrapa sa main gauche, enfonça ses doigts dans la chair entre le pouce et l'index, trouva l'intersection des nerfs et appuya. Le général de brigade lui avait montré très tôt ce qu'il appelait "les prises". Olaf poussa un cri ; les jambes molles, il s'aperçut trop tard qu'Ada enfonçait sa main sous sa veste et, à travers l'étoffe du sweat-shirt, tâtait au creux de l'aisselle les tendons du muscle pectoral. Une pression légère suffit à le faire gémir.

— Tu veux quoi, à la fin ? dit-il dans un souffle.

— Je veux savoir ce que signifient tes allusions.

— Pourquoi tu ne vas pas voir toi-même ce qui se passe en salle de physique le jeudi à dix-sept heures ?

Ada le repoussa violemment, tituba sous l'effet de son propre élan et se raccrocha à la main courante métallique qui longeait la rampe.

— De deux choses l'une, dit-elle, ou tu es un fin stratège ou tu es un con fini.

Une mèche collée au coin des lèvres, elle haletait comme un animal poursuivi. Olaf secoua ses cheveux et renoua sa couette.

— Ça valait le coup de te faire sortir de tes gonds.

Elle fit demi tour, mit un pied devant l'autre et commença de remonter la rampe.

— Ada !

Elle s'arrêta sans se retourner.

— Je t'ai aimée. Il y a longtemps !

Inspirant profondément, elle remplit ses poumons à les faire éclater, les pressa comme un soufflet :

— Tout ça, hurla-t-elle, n'a rien à voir avec un putain de roman d'amour !

— C'est quoi, alors ?

— La normalité.

On était en mai, le soir se refusait à tomber à dix-huit heures quinze. Ada dut rentrer chez elle en plein jour, recroquevillée sous le soleil comme sous une averse, les mains dans les poches de son jean, le sac sur l'épaule.

Saint-Pancrace, matin

LES ANNÉES se suivent et ne se ressemblent pas. Ce n'est pas le calendrier qui décide si, au milieu du mois de mai, des courants d'air froid venus des régions polaires vont ou non pénétrer en Westphalie : c'est le temps qu'il fait au nord. Si, à la fin du printemps, un anticyclone au-dessus de la Grande-Bretagne ou de la Scandinavie écrase le continent sous une chape d'air glacé, tout ce qui chez nous avait osé se mettre à vivre dès le mois de mai gèle impitoyablement : tué par la météorologie. Peu de gens obéissent aux lois aussi scrupuleusement que le temps, et pourtant nul n'est aussi imprévisible. C'est encore en prédisant le temps actuel pour le jour suivant qu'on a le plus de chances de tomber juste, car les statistiques sont formelles : il fera demain le même temps qu'aujourd'hui. Seuls les paysans superstitieux attendent pour semer que les saints de glace soient passés. Et ils ont presque toujours raison.

Au réveil, l'odeur apprit à Ada ce qui était arrivé. Un matin d'hiver plus lourd que l'atmosphère ouatée de la chambre, saturée de tiédeur corporelle, entrait à flots par la fenêtre ouverte comme une cascade invisible, inondant le lit. Le petit Pancrace, vêtu de son armure de glace et de givre, la nuque raide, portant le numéro 12 sur sa casaque, avait traversé le pays. Cela sentait la vague de froid, la danse hésitante de flocons de neige isolés, la terre tétanisée, les branches nues. Ada rejeta sa couverture et resta couchée encore un moment, respirant par la bouche jusqu'au moment où le froid eut pris possession de son corps tout entier, et elle regardait naître sur ses lèvres et se dissiper les nuages de vapeur. Quand elle se leva enfin, il était trop tard pour le petit-déjeuner. L'appartement se tenait tranquille, les portes fermées racontaient des histoires fallacieuses de solitude paisible entre les quatre murs du foyer. Ada se réjouissait à l'idée d'être bientôt dans la rue. Les pneus des voitures faisaient leur bruit d'hiver.

Cette année-là, la Saint-Pancrace tombait un mercredi. Le froid traversait à toute allure un ciel mal éclairé, l'humanité, entortillée dans du cachemire gris ou des lainages bariolés, grattait les pare-brise à coups d'étui à CD pour en faire disparaître les traces laissées par le dernier show hivernal de l'année. Nul ne parlait. Nul ne gazouillait. Les chats, assis derrière une vitre sur un appui de fenêtre, regardaient au-dehors en silence. Ada, elle aussi, était toute froide et silencieuse à l'intérieur, si bien qu'elle se sentit instinctivement responsable de cette matinée. Elle passa sans ralentir le coin où Alev avait jadis coutume de l'attendre.

Après sa conversation avec Olaf, elle était restée sur son lit tout le week-end, les membres lourds comme du plomb, sous l'oreiller un téléphone promu porte-parole de Smutek et qui, à intervalles réguliers, demandait audience en son nom. Ada ne décrochait pas. Son envie d'être au lundi avait atteint un niveau qui détenait le record du monde absolu. Elle avait passé la nuit du dimanche presque sans dormir, couchée sur le dos, à regarder fixement par la fenêtre comme si elle était personnellement chargée de faire traverser le ciel à la cinquième pleine lune de l'année. Le matin suivant, elle s'était ruée hors de la maison et sur le chemin qui la séparait du coin de la rue elle avait composé un discours censé exprimer sous une forme rhétorique acceptable ce qu'elle avait à dire : arrêtons toute cette merde.

Alev aurait rit. Il l'aurait méprisée. Il lui aurait demandé si elle avait déserté, si elle était passée du côté des imbéciles, des invertébrés, des médiocres. Mais ce fut pire : il n'était pas venu. Elle avait attendu que l'heure de la rentrée soit passée de cinq minutes, avait couru jusqu'au lycée et l'avait trouvé en classe, somnolent, avachi sur sa chaise sans chercher à dissimuler qu'aucune des syllabes prononcées dans cette salle ne parviendrait à son oreille.

Apparemment, cela ne l'avait pas gêné que pendant cette heure et toutes les suivantes Ada l'ait fixé sans discontinuer, cherchant à lire sur son visage. Le mardi, au cours d'allemand, n'y tenant plus, elle lui avait lancé à la tête un billet roulé en boule. Smutek, occupé à tracer au tableau la courbe du déclin qui menaçait la monarchie austro-hongroise, fit mine de ne rien voir.

Qu'est-ce qu'on fait vendredi ?

La réponse d'Alev fit le tour de la classe en passant de main en main ; affectant un cœur battant, Ada déplia le papier écrasé par une douzaine de mains lycéennes :

Pas de changement.

En levant les yeux, elle s'attendait à rencontrer les siens, mais il avait toujours le regard vide et béat d'un camé après sa piqûre. Il lui fallut beaucoup d'énergie pour écrire les trois mots suivants et quand le message fut terminé elle eut toutes les peines du monde à lever le papier au-dessus de sa tête pour l'expédier à l'autre bout de la classe.

Je veux pas.

Alev afficha un sourire sous ses paupières baissées ; il passa une main sur son visage pour lisser ses traits qui ressemblèrent l'espace d'un instant à une image de sainte

Thérèse à la fois pieuse et érotique. Les ongles longs au coin des yeux et de la bouche, les lèvres entrouvertes et enfin le regard noir surgi des profondeurs ramenèrent fugitivement cette flamme froide qui avait forcé Ada à s'incliner, faisant d'elle une disciple consciencieuse.

Vous êtes amoureux l'un de l'autre ? demandait le billet suivant.

Smutek poursuivait stoïquement sa leçon en marge de cette conversation qui, de façon obscure, commençait à mettre toute la classe en émoi comme un troupeau alerté par les ébrouements du bélier de tête. Quelqu'un demanda pourquoi Musil n'avait pas condamné plus sévèrement la montée de l'antisémitisme dans la maison des Fischel. La réponse de Smutek fut plus sèche qu'il ne l'avait voulu : "Est-ce que vous savez qui ou quoi vous devriez condamner, vous, aujourd'hui ? Dans vingt ou trente ans, on vous demandera des comptes et on dira que vous auriez dû le savoir !"

La classe se tut, en proie à une perplexité anxieuse. Ada fourra le billet froissé dans sa poche et arracha de son bloc une feuille vierge. Le message suivant serait plus long.

Je ne peux pas parler en son nom. Quant à moi, je ne crois pas être capable d'éprouver ce genre de sentiment. A la place je possède des antennes d'une sensibilité sismographique pour déceler les moindres variations dans les rapports de force. Peut-être que ça ressemble vachement à ce que tu appelles l'amour.

Alev était retombé dans sa bienheureuse léthargie. Sa réponse avait l'allure d'une parole définitive ; cette fois, elle ne fut pas confiée au service postal des élèves, mais expédiée par la voie des airs comme les messages d'Ada.

Peu importe. Notre petit jeu de société continue à rouler sur ses rails. Tu seras vendredi à l'heure habituelle à l'endroit habituel. Inutile de te rappeler la reconnaissance que vous me devez tous les deux, toi et Smutek, pour mon silence.

Ada déchiffra ces lignes en slalomant entre une quantité de fautes d'orthographe. Elle eut envie d'entraîner Smutek dans un débat sur la culpabilité devant l'histoire, de lui demander si l'homme avait le devoir de distinguer la vérité. Elle-même avait compris dès le début de quoi il retournait et avait consciencieusement ignoré la vérité : le dilemme concernait deux prisonniers et non un seul. Peut-être que le jeu, dont elle croyait qu'il battait son plein depuis longtemps, n'en était qu'à ses débuts. Peut-être qu'avec ses billets elle venait juste de jouer les dernières mesures de l'ouverture. En réponse à l'introduction d'Alev à la sous-dominante sur les notes *pas – de –changement*, Ada avait terminé le prélude par un formidable accord résolutif : *je – veux – pas*. Il y aurait un silence tendu, puis ce serait le mugissement infernal du véritable début : acte premier.

Elle avait lissé le billet, l'avait plié avec soin puis rangé dans son cahier. Alev semblait nager en plein bonheur.

Cela s'était passé la veille. Saint Pancrace ne ressemblait pas à un personnage d'opéra. Si les premières mesures retentissaient derrière le brouillard glacé et la course des nuages, elles commençaient *piano* et *dolcissimo*. En se rendant au lycée, Ada sentait la présence du petit corps froid décapité à l'âge de quatorze ans et jeté en pâture aux chiens. Depuis son exécution, qu'il avait supportée sans mot dire, Pancrace punissait la sottise et les mensonges de tous ceux qui refusaient de comprendre qu'on ne pouvait rien savoir quand on ne croyait à rien, parce que toute affirmation véridique devait reposer sur un acte de foi. Avec ses quatorze ans, il était le plus dur de tous. Sur l'escalier principal du lycée, il relâcha à contrecœur son étreinte glaciale sur Ada et prit congé d'elle en lui soufflant à l'oreille : "Petite sœur, tu n'es pas beaucoup plus vieille que moi, sois tout aussi froide. Ils veulent que tu abjures. Ils veulent ta tête. Tu résisteras." Sa détresse intérieure empêcha Ada de le comprendre. Elle se frotta vigoureusement les oreilles et monta l'escalier en courant.

Après deux heures avec Hauser qui, debout près du tableau et humble comme un figurant professionnel, déversait son cours dans l'océan d'élèves qui lui faisait face, elle était au bord de la dépression. Pendant la récréation, elle traîna dans le couloir, parce que cette agitation imprécise convenait à son état d'âme. Elle éprouva une frayeur mortelle quand une main s'abattit sur son épaule.

Elle lui avait manqué. Il ne savait pas qu'on pouvait tomber sous la dépendance des vendredis comme sous celle d'une drogue. Il ne s'était réjoui qu'une demi-journée de l'échec de la dernière rencontre, puis la panique s'était emparée de lui. Il était prêt à mendier, à payer, à forcer.

Rien de tout cela n'était nécessaire. Ada obéit par réflexe à la prière de ses mains quand il ouvrit la salle des cartes en profitant d'une seconde où personne ne passait pour la pousser dans la pièce. La porte était à peine fermée de l'intérieur qu'on entendait à nouveau des pas dans le couloir, si bruyants qu'on aurait cru qu'ils passaient entre eux deux. Les cartes que contenait cette pièce permettaient d'épingler le monde entier au mur. Roulées en cylindres de la hauteur d'un homme, elles se dressaient dans des barils ; elles reposaient, tendues sur des cadres, dans des coffres anguleux ; s'accrochaient, couvertes de craquelures, à des supports métalliques branlants. Il restait à peine assez de place pour deux personnes debout.

Ils s'accrochaient l'un à l'autre pour ne pas perdre l'équilibre au milieu des objets qui les cernaient.

Smutek était agité et fébrile, tout son corps le brûlait comme sous l'effet de la fièvre. Après avoir pensé à Ada pendant tout le week-end, il s'était dit qu'il devait s'agir d'un désir pathologique qui ne pouvait exister que sous la menace du chantage, comme un forcené dans sa cellule capitonnée. Si c'était le cas, il lui serait impossible ne serait-ce que d'effleurer Ada en l'absence d'Alev ; cela lui aurait semblé absurde, pervers, intolérable. Dès qu'il en aurait le cœur net, Smutek se considérerait comme un malade, chercherait à guérir et mettrait tout en œuvre pour retourner dans ce monde où il se levait le matin pour aller au lycée et avait le droit d'être professeur d'allemand. Il voulait savoir. Pour savoir, il était prêt à tout, ou presque.

Il retourna Ada, ouvrit tout en restant derrière elle le bouton et la fermeture Eclair de son jean, lui ôta ses chaussures rouges en appuyant sur leurs talons et arracha violemment de ses jambes l'étoffe qui se rebiffait. Il reconnut la petite culotte ornée d'un motif bleu clair et crut que cette impression de déjà-vu qui lui rappelait le gymnase allait l'obliger à abandonner sur la ligne de départ. Aussitôt après, sa main droite lancée vers l'avant trouvait les seins sous le gros pull-over. Il cracha sur ses doigts, mouilla les petites lèvres d'Ada et se glissa en elle aussi prudemment que l'urgence le lui permettait.

Aucun problème, évidemment. Dans un premier temps comme d'habitude ; ensuite, même mieux. Et évidemment, il n'en avait jamais douté. Il rit sans bruit de cette façon subtile qu'il avait eue de se berner, et la haine redoublait la tension qui voulait à tout prix se décharger dans Ada. Les bruits du couloir, pas, rires enfantins, parfois la voix sonore d'un professeur évoquant dans son sillage un nom et un visage, se heurtaient à l'électricité qui, engendrée par la pression d'un lourd derrière féminin contre ses hanches, voulait à tout prix monter jusqu'à son cerveau, sans cesse refoulée par le ressac du monde extérieur contre la porte de la salle des cartes. Les secousses suivantes permirent à Smutek de monter encore un étage, puis encore un qu'il n'avait jamais gravi, et enfin, quand il crut identifier la voix de Teuter dans le couloir, il atteignit deux, trois, quatre paliers dont il ignorait jusqu'à l'existence. Ada penchée en avant, son dos courbé. Le balancement de ses cheveux blonds. Elle était muette comme un poisson, froide comme un poisson. Il l'enserra de ses deux bras, la pressa contre lui dans une grande étreinte affectueuse, tandis que l'obscurité envahissait déjà sa tête dans l'attente de l'éclair qui anéantirait tout. Ada, partons d'ici, sans Alev, partons et recommençons de zéro, ce n'est pas difficile. Smutek ne pouvait plus chuchoter, il se mit à gémir sans bruit. Quand cela se produisit, ce ne fut pas un apogée assourdissant, mais un déclin lent et douloureux, un spasme sans délivrance. Il referma son corps sur celui d'Ada, serrant lèvres et dents pour ne pas crier, et alors qu'il croyait ne plus pouvoir s'arracher à elle, être soudé à elle, brûlé en elle, réduit en cendres, un ultime élan les envoya tous deux contre un des barils remplis de cartes. Tout s'effondra dans un grand fracas.

Partons, partons ensemble. Rien que nous deux. Ils reposaient entre l'Afrique et les îles Canaries. Smutek avait glissé hors d'elle, il y avait de l'humidité, de la peau gluante, des vêtements souillés. Par précaution, il avait laissé la clé dans la serrure. On allait se demander ce qu'était ce bruit. Il n'y avait pas de miroir, comment se rajuster ? Ils ne bougeaient pas, attendant que l'on secoue la serrure, que l'on frappe le bois du plat de la main.

Rien de tel ne se produisit. La cloche sonna la fin de la récréation, on entendit encore le trot bruyant de cinq paires de pieds qui passaient dans le couloir. Enfin le silence.

Smutek sauta sur ses pieds comme seuls les sportifs savent le faire, rassembla les cartes d'une main preste et les fourra à leur place dans le baril, encore un peu il le renversait une deuxième fois. Ada restait couchée. Il chuchota son nom, crut un instant qu'il l'avait blessée dans leur chute. Ses yeux ouverts ne le regardaient pas. Elle attendait qu'on la remette à la verticale comme une carte de géographie. Il l'attrapa sous les aisselles, la reposa sur ses pieds, remonta son slip et son pantalon, lissa son pull-over et ses cheveux.

— J'ai l'air de quoi ?

Tous doigts écartés, il fourrageait dans ses cheveux.

— Téméraire, dit-elle. Impeccable.

Elle grimaça un sourire qui le fascina pour s'effacer aussitôt.

— Viens, dit-il. Tu as un cours de maths.

Ils se tinrent par la main tandis qu'il ouvrait la porte. Ils sortirent côte à côte dans le couloir. Personne en vue. Les fenêtres révélaient un ciel privé de contenu et séparaient avec indifférence le froid printanier de l'air chauffé.

— Ce soir, dit Ada tandis qu'il l'embrassait rapidement au coin du couloir, on va courir.

— Dix-huit heures, dit Smutek, au gymnase.

Il était parti, emportant avec lui sa dépression. Elle se rendit aux toilettes pour se laver les mains. Le miroir lui renvoya le visage souriant d'une fille libre. Libre pour quelques rares instants, séparés par une poignée de secondes, libre comme un poisson volant.

Saint-Pancrace, début de soirée

— Szymon Smutek. On oublie facilement que tu as aussi un prénom. Szymon Smutek, on dirait le nom d'un homme décédé il y a longtemps, mais relié encore à l'éternité par une minuscule ancre flottante dans une encyclopédie.

— Sans photo, évidemment.

— Né et mort en des années aussi insignifiantes l'une que l'autre : 1824 et 1878.

En raison du froid, Smutek avait forcé Ada à faire des exercices d'échauffement ; tandis qu'ils pliaient leurs torses, qu'ils appuyaient leurs talons sur le sol, jambes tendues, en tirant sur les ligaments et qu'ils faisaient pivoter leurs troncs comme les pièces d'un mécanisme autour de l'axe vertical de leur corps, Ada, qui n'était plus la même, n'arrêtait pas de parler.

— Physicien polonais. A développé une théorie de l'espace-temps considérée comme invraisemblable par ses collègues et rejetée en bloc. Certaines des idées développées par S. pourraient avoir servi à l'élaboration de la théorie de la relativité d'Einstein. Voir ce nom.

— Comment sais-tu qu'à une époque très ancienne j'ai eu envie d'étudier la physique ?

— Je n'en savais rien. Tu m'as peut-être parlé d'espace et de temps un jour.

La cadence de leur respiration donnait à chacune de leurs réponses un rythme à quatre temps.

— Et comme ça – Szymon Smutek – 1965-2005 – enseigne l'allemand – né en Pologne – a travaillé sur – une théorie éthique – a échoué – s'est suicidé – le jour de son – quarantième – anniversaire – dans sa cellule ?

— Tu travailles sur une théorie éthique ?

— Pas encore. Mais si ça continue comme ça je n'aurai pas le choix.

— Tu vas avoir quarante ans l'an prochain ?

— Tu trouves ça vieux ?

Ada avait le regard brillant d'ironie quand elle s'arrêta ; elle leva les yeux vers lui.

— Une fois de plus, tu as peur. C'est une erreur, comme toujours.

— Crois-moi, Ada, si tu étais à ma place, tu aurais peur toi aussi.

— Encore une erreur, monsieur Smutek, comme toujours. Tu crois que le même sentiment peut se reproduire dans deux personnes différentes. Absolument pas. Il n'y a rien de commun entre les êtres, pas même en ce qui concerne la peur. Encore moins, entre toi et moi.

— Je suppose que je devrais m'en réjouir ?

— Et comment.

— Sortons. De toute façon, le temps ne se réchauffera plus aujourd'hui. Il peut tout au plus se refroidir.

Le brouillard, qui remplissait la vallée du Rhin jusqu'au bord, enveloppait les maisons, les arbres et les colonnes des réverbères dans du coton et chaque objet, totalement isolé, ne renvoyait à rien d'autre qu'à lui-même. Il n'y avait plus de ville, mais une série d'objets répartis sur un territoire délimité. Ils s'élancèrent : devant leurs bouches, le vent découpait leur haleine glacée en tranches et leur offrait en retour un volume d'air d'une froideur métallique qu'ils ingurgitaient de force dans leurs poumons, la face levée, comme des avaleurs de sabre. Le long des talus, l'herbe haute, rabattue par le vent, était comme étrillée vers l'amont, des guirlandes de fleurs faites de minuscules gouttelettes d'eau surmontaient chaque brin, à découvert elles étaient gelées, transformées en un filigrane de cristaux. Un bouleau, figé de terreur, toutes branches écartées, chaque rameau, chaque feuille enrobé de glace, semblait avoir été arraché par une main gigantesque qui l'aurait plongé dans du plexiglas avant de le replanter. C'était le genre de journée qui ne serait pas mentionnée dans les archives de l'humanité parce qu'il ne se passait rien de mémorable, parce que personne n'avait ni produit, ni mis au monde, ni tué quoi que ce soit d'important, que rien n'avait été inventé, que rien n'avait été détruit, que rien d'essentiel n'avait été pensé ou dit. Le gros de l'humanité ne quittait pas les espaces fermés et remettait à une autre fois les choses d'importance. C'était le genre de journée dont personne ne se souviendrait jamais.

L'envie de parler d'Ada avait cédé la place à un silence qui, contrairement à ce qui se passait auparavant, n'était plus un mur contre Smutek : telle une toile sans un pli, il s'étendait jusqu'aux confins du brouillard, enserrant tout, servant de bande sonore à cette ébauche irréelle de la réalité. De tous côtés, le bout du monde était à portée de main. Le vent plaquait leurs cheveux sur leurs têtes, rafraîchissant et purifiant leurs corps en sueur. Ils étaient seuls, sans personne, dans cet échange de puissance et de mouvements, deux chevaux au galop traversant un territoire sans obstacle.

Il n'y avait pas de témoins de mariage. Personne pour écouter leurs arrangements silencieux, même Ada et Smutek n'apprendraient jamais leurs accords tacites au cours des vingt kilomètres parcourus, où et comment leurs désirs et leurs craintes s'étaient rencontrés, quelle était la nature de l'intersection où le bleu et le rouge se superposant se transformaient en violet. Quand ils s'engagèrent à nouveau dans le chemin menant au parc du lycée et qu'ils escaladèrent en courant à petits pas les marches de pierre du rempart, l'avenir, tel un gigantesque et vieux notaire, se pencha par-dessus leur épaule sans divulguer s'il allait apposer son paraphe sous leur contrat.

Smutek verrouilla le gymnase et s'adossa de l'intérieur à la porte constituée de petits dés de verre enserrés dans un fin réseau de fil de fer. Ada avait les cils couverts de givre, il se mit à fondre sous l'effet du chauffage. Après une course comme celle-là toute parole aurait semblé déplacée ; Smutek endossa cette lourde responsabilité :

— Ma petite sainte de glace, dit-il avec un sourire. Ma froide petite Sophie.

— Alors appelle-moi plutôt : Pansophie, s'il faut absolument que tu m'affubles de ce prénom.

— Quand j'avais ton âge, dit-il, je vivais dans un pays communiste, j'apprenais sous la direction des grands à haïr le monde et je me croyais heureux. Bizarre, non ?

— Non.

Les yeux fixés sur la fermeture Eclair de son pull, elle évitait de regarder vers le débarras où l'on rangeait les agrès et dont la porte était entrouverte. Il en émanait une odeur de vieux médecine-balls, de magnésium et de tondeuses à gazon. Il ne s'y trouvait personne, mais Ada luttait contre l'impression fugitive d'une dissémination de pollen paranoïaque.

— Quand j'avais ton âge, quand tu avais mon âge, dit-elle, j'étais une bouse de vache satisfaite parmi beaucoup d'autres bouses satisfaites, et personne d'entre nous ne se souvenait de quel cul de vache il était tombé. Jour et nuit nous respirions l'odeur pestilentielle de notre propre inquiétude totalement creuse et nous en déduisions que nous étions malheureux.

Appuyé à la vitre, Smutek se repoussa d'un coup et alla ouvrir en grand la porte du débarras. Après l'avoir brièvement inspecté, il chercha la clé dans son trousseau et ferma à double tour. D'un pas rapide, il vint reprendre sa position. Le visage d'Ada s'illumina de dizaines de lumières, elle levait les yeux vers lui, rayonnante ; elle n'était pas plus grande qu'une bouche d'incendie. C'est donc que lui aussi craignait, quand ils étaient ensemble, la présence de deux yeux fouineurs, lui aussi sentait le regard froid d'un objectif.

Smutek ne comprit pas sa joie et reçut son sourire comme un cadeau inattendu. Il essayait de trouver la solution d'un mystère qui le préoccupait depuis le matin et qui, sans concerner directement le sens de la vie, n'en touchait pas moins le contenu de toute existence humaine. Nous passons une grande partie de la vie à attendre ; *a posteriori* pourtant notre parcours est constitué d'une chaîne ininterrompue d'événements. Cette divergence entre le passé et le présent génère un bruit parasite qui a pour nom “nostalgie”, et que Smutek en cet instant précis trouvait tout à la fois effroyable et sublime. Il n'arrivait pas à se défaire du sentiment que c'était Ada qui lui donnait ce genre d'idées. Il tendit ses deux mains vers elle, bien à plat, et elle y déposa les siennes comme deux parts légitimes d'un même butin. Il ne referma pas ses mains, mais maintint ces deux petits corps blancs en l'air. L'atmosphère se fit solennelle. Tout pouvait basculer d'un moment à l'autre. S'il ne se passait pas rapidement quelque chose, personne ne se souviendrait de cet instant. Une perte insupportable. Smutek était sur le point de dire quelque chose d'important.

Ada savait ce qu'il allait dire, car elle venait de penser la même chose : en d'autres circonstances, nous aurions pu être bien ensemble. Ces pensées passaient comme une rafale de vent un après-midi d'orage : elles avaient une origine que n'importe quel expert était capable de déterminer pour peu qu'il connaisse les conditions de leur apparition, et pourtant elles ne permettaient pas le moindre pronostic, ni de dire ce qui avait pu les précéder. Elles ne révélaient rien et n'annonçaient rien, n'étaient ni une avant-garde ni une arrière-garde, ni témoins ni attachés de presse d'un événement heureux ou d'une catastrophe. Elles ne méritaient pas la salive qui aurait permis de les énoncer.

— Garde ça pour toi, répliqua Ada s'adressant à ce silence dont Smutek était gorgé. Ce n'est pas vrai, mais même si c'était vrai, ça n'y changerait rien.

Elle était presque sûre qu'il allait faire demi-tour et s'éloigner, mais il se contenta de retirer ses mains et Ada sentit les siennes qui tombaient comme si plus rien de vivant ne s'opposait à la pesanteur ; alors Smutek l'embrassa en riant et, comme elle ne put réprimer un sourire, leurs canines se rencontrèrent un peu durement. Il n'arrêtait pas de l'embrasser jusqu'à ce qu'il sente ses lèvres se reformer et une légère pression lui répondre. Elles avaient un goût salé et humide comme un poisson que l'on vient de remonter sur le pont. Ni l'un ni l'autre ne fermait les yeux. Mesurant tout son corps, Smutek descendit avec ses mains le long de sa colonne vertébrale, dépassa ses hanches et ses fesses jusqu'aux cuisses avant de se tasser comme un singe pour parvenir enfin à toucher, grâce à la longueur de ses bras, le creux de ses genoux. Le corps d'Ada tout entier était froid comme celui d'un amphibien.

— Il faut que tu prennes une douche, lui dit-il en se redressant de toute sa taille.

Sans un mot, elle se dirigea vers le vestiaire des élèves, tira une serviette et du shampoing de son sac à dos et alla se placer sous le jet d'eau brûlante. La tête renversée en arrière, ses cheveux coulaient le long de son dos. C'était la plus tendre des caresses.

Peu de temps après, alors qu'elle enfilait son jean tout en s'inclinant devant le crépuscule qui s'installait peu à peu, elle aperçut tout à coup Smutek dans l'encadrement de la porte : cheveux mouillés, T-shirt moulant dans la ceinture d'un short tout frais qui mettait en valeur ses abdominaux. La tête penchée, il souriait comme un adolescent tout droit sorti d'une publicité pour boisson énergisante. Sur le coup, il lui fit peur et Ada se détourna, se baissa pour lacer ses chaussures rouges tout en caressant légèrement le cuir du bout desdoigts. Quand elle refit surface, il était toujours au même endroit. Il avait de belles dents. Pendant un temps, elle le regarda qui souriait, puis le monde devint flou.

— Que dirais-tu, lui demanda-t-elle, si je te révélais qu'il m'arrive de saupoudrer de poivre moulu la plaque brûlante de la cuisinière pour observer les constellations que forment les grains qui se consument et inspirer le parfum qui s'en dégage parce que l'odeur me fait croire que de temps à autre quelqu'un cuisine pour moi ?

— Je ne dirais probablement rien du tout. Les parois de mon estomac seraient tapissées de plomb.

— Tu vois bien, s'exclama-t-elle. Je n'ai jamais jeté le moindre grain de poivre sur une plaque électrique. Il suffit d'une poignée de mots pour te faire croire que tu m'aimes. Tu comprends ?

— Oui, évidemment, répondit-il. La langue est le moteur des choses, elle est à la fois le contenu et l'aboutissement logique de notre étrange monde. Moi aussi, j'avais remarqué ça.

— Excuse-moi. On oublie facilement que tu es professeur de littérature, un métier qui ne te va pas vraiment. On a toujours l'impression de devoir t'expliquer quelque chose.

— Le plus beau dans tout ça, répliqua Smutek, c'est que tu peux qualifier la réalité d'illusion, de *shadow boxing* ou encore de jeu du langage sans que, et ce sont tes propres termes, ça fasse la moindre différence.

— Superbes shrapnells d'expressions acérées susurrées par Smutek.

Durant les trois dernières minutes, elle n'avait pas une seule fois fixé son menton ni l'emplacement entre ses sourcils.

— Additif aberrant : alertée l'adorable Ada appréhende ardemment des *adiaphora* appropriés.

Elle n'avait pas compris ce qu'il disait mais les mots étaient plaisants à entendre : elle se mit à gigoter comme si elle se réduisait à deux bras et deux jambes. Elle retrouva très provisoirement sa voix d'enfant aux intonations de manège de chevaux de bois et de prairies en fleurs.

— La seule certitude, et c'est une lapalissade, c'est que la réalité n'existe pas en dehors de notre capacité à la décrire ! C'est pourquoi il est en notre pouvoir de nous sauver mutuellement.

Smutek la captura, lui enserra les poignets de son énorme poing et sentit pour la seconde fois ce rire étrange sous les lèvres : une peau douce et tendue et l'éclatante porcelaine de ses jeunes dents.

— Je ne pensais pas seulement à toi et à moi, se corrigea-t-elle à peine libérée, mais à l'humanité en général.

— Evidemment, répliqua-t-il, l'humanité en général, nous deux, on n'en fait pas partie.

Elle sortit brièvement du mouvement, son visage se referma comme un rideau de théâtre pour se rouvrir immédiatement. Tout le monde en scène.

— En fait, ce que je veux te dire, c'est de te faire moins de souci. J'ai décidé de te sortir de tout ça.

— Me sortir de tout ça ? Brusquement, il avait retrouvé toute sa gravité. Mais me sortir de quoi ?

Elle ramassa énergiquement son sac et s'éloigna en courant, sans qu'il essaie de la retenir. S'il avait tenu un journal, il y aurait porté l'inscription suivante : Saint-Pancrace, début de soirée. Aujourd'hui, nous avons parlé pour la première fois.

Le souvenir de ces grains de poivre imaginaires sur une plaque électrique, de ces constructions et de ces destructions, de ces *adiaphora* et de ces différents visages du réel n'allait plus quitter Smutek de sitôt. Durant les heures qui suivirent, ce souvenir le poursuivit, frôlant ses jambes, enfonçant son nez dans le creux de ses genoux, s'éloignant, se rapprochant, toujours à portée de vue, tout à la fois animal de compagnie, esprit malin et peluche caressante : Smutek attendit la tombée de la nuit pour s'en débarrasser à la première occasion.

Saint-Pancrace, la nuit

IL AVAIT dîné en compagnie de sa Blanche-Neige qui menait hors de portée de ses mains une vie personnelle de plus en plus intense, et il avait admiré de loin sa beauté retrouvée comme on admire la triste perfection d'une cover-girl sur la couverture d'un magazine, tout en prêtant l'oreille à un bavardage sibyllin qui mêlait le travail matinal au laboratoire, la politique mondiale et les programmes cinématographiques, et dont il avait couché l'auteur à dix heures et demie. Puis il était resté assis en silence sur le bord du lit, souriant chaque fois qu'elle ouvrait les yeux, jusqu'au moment où, les vingt minutes prévues écoulées, elle avait sombré dans un sommeil profond. En quittant la chambre, il avait senti le morceau de pomme coincé dans son gosier.

A présent, il avait retrouvé sa place attitrée à la fenêtre du salon, dominant de haut la rue la plus heureuse de la ville, qui semblait respirer lentement dans un sommeil hibernal. Il poursuivait sa conversation imaginaire avec Ada en espérant parvenir à une conclusion satisfaisante pour se débarrasser du souvenir importun qui le suivait comme un chien, la truffe sur ses talons. Il voulait lui demander son opinion, la prier de lui dire sans détour ce qu'elle pensait de la situation. Comme il connaissait parfaitement le genre de croche-pied verbal dont elle était capable, il n'était pas difficile de trouver un début.

Une opinion ? se serait-elle exclamée. Ça fait longtemps que je n'ai plus d'opinions. Je dis certaines choses parce qu'elles sonnent mieux que d'autres que j'aurais tout aussi bien pu dire.

Là-dessus, tel qu'il se connaissait, il aurait eu l'idée saugrenue de vouloir la convaincre de quelque chose. Que c'était une phase intermédiaire. Que la pensée supprimait pour un moment toutes les différences avant de se trouver en mesure d'en établir de nouvelles. Elle l'aurait remis à sa place d'une formule brève et rude, comme une bête qui s'obstine à prendre le mauvais chemin bien qu'elle connaisse par cœur depuis longtemps le sentier menant au pâturage. Mais cette fois il ne lâcherait pas le morceau.

Si tu n'as pas d'opinion, qu'est-ce qui te fait penser que le néant est le point de fuite de tous les efforts humains ?

Je n'ai jamais dit ça.

Vous ne vous êtes pas traités de nihilistes ?

Autant que je me souvienne, j'ai dit un jour que nous étions les arrière-petits-enfants des nihilistes.

Donc vous ne croyez à rien.

Nous n'avons plus rien que nous puission ne pas croire. Il en résulte mathématiquement que nous croyons à tout. Tout est in-différent, équi-valent.

Et comment en es-tu arrivée là ?

Mais enfin, Smutek, fais un effort.

Il sentait clairement qu'elle serait restée parfaitement calme, que ce calme aurait remis en question l'ouverture espagnole de la partie qu'il venait d'engager et qu'il aurait admis qu'elle le noie sous un de ses monologues habituels :

Le néant ne peut faire l'objet d'une opinion. C'est l'absence de choses, un espace vide que le vouloir humain tente inlassablement de remplir. C'est l'origine et le terme, c'est l'arrière-plan de notre existence, vital et mortel. Les hommes le baptisent "quelque chose", s'y promènent et y édifient leurs constructions mentales comme si c'était un terrain solide. Une illusion à laquelle je n'ai jamais pu succomber. L'errance délibérée au sein de notre époque n'a pas que des inconvénients. Du moment que nous avons perdu la foi, c'est le dernier rempart qui nous protège de la connaissance ultime.

Voilà qui aurait mis fin à la conversation. Smutek voulut continuer, mais malgré tous ses efforts il ne trouvait aucun moyen de renouer le fil, l'entretien était terminé, arrivé au bout comme une corde qui refuse de s'allonger après le dernier centimètre en dépit des souhaits ardents formulés par l'évadé. Et tandis qu'il se taisait en pensée, quelque chose se mit à bouillir dans sa poitrine, comme si un thermoplongeur descendait du plexus solaire au creux de son estomac. C'était une rage puérile qui bouillonnait en lui, entre autres choses parce qu'il avait laissé une gamine lui donner une leçon, même si ce n'était que dans son imagination. Il se laissait toujours prendre à sa façon d'argumenter, ce système clos qui emprisonnait tous ceux qui commettaient l'erreur d'engager le fer avec elle. A la fin, on retrouvait toujours le même silence radio métaphysique. Il avait eu l'intention de discuter d'autres choses encore, mais il avait oublié de quoi il s'agissait.

Pour être tout à fait honnête, il devait convenir que son propos était trop simple pour être oublié. Seulement la question ne parvenait pas à passer ses lèvres. Est-ce qu'ils ne pourraient pas cesser ? Est-ce qu'Alev et Ada ne s'étaient pas assez amusés comme ça ? Il pouvait proposer de payer les études d'Ada jusqu'au bac. Il voulait lui rappeler que sans elle le jeu s'arrêterait automatiquement comme une partie de belote sans troisième. Et que pour cesser comme pour continuer, il n'y avait qu'un tout petit pas à franchir.

Défiant toutes les lois de la probabilité, trois voitures rouges de même marque et de même type passèrent l'une derrière l'autre sous la fenêtre. Tandis que Smutek les regardait disparaître au coin de la rue, il comprit clairement que sa question était inutile. Ada ne pouvait pas répondre, parce que dans son monde à elle la réponse n'existait pas. Il avait trouvé un nouveau point de ressemblance entre eux. Elle non plus ne prenait pas de décision. Lui poser une telle question, à elle, c'eût été le comble du ridicule.

Dans son imagination, elle et lui se dressaient côte à côte comme deux sèche-linge dans une laverie automatique, dont les programmes se seraient terminés en même temps. Une idée sollicita son attention. Tout étonné, Smutek lança un regard oblique à son Ada imaginaire et se souvint de cette expression radieuse, angélique, qu'il avait surprise ce même soir deux fois sur son visage. Peut-être ne manquait-il pas grand-chose. Peut-être son refus obstiné cachait-il le désir pressant d'exprimer une hypothèse afin qu'elle devienne réalité. Cette hypothèse était la suivante : la seule chance d'éviter une fin inévitable, c'est l'espoir qu'Ada tombe sans le vouloir amoureuse de Smutek.

Sur le fond de la vitre noire qui cessait d'être transparente sitôt qu'il en éloignait ses yeux ne fût-ce que de quelques centimètres, il voyait le visage d'Ada arborer l'expression adéquate, comme la dernière image de l'heureux dénouement d'un thriller cauchemardesque : un flou tendre annonçant le retour de son âge véritable, triomphe discret de ses quinze ans vulnérables, pleins de cette quête suppliante d'affection, de proximité, de chaleur qui, dans l'idée que Smutek se faisait du monde, constituait le noyau secret de tout comportement humain.

Apparition immobile surgissant des frondaisons nocturnes comme une lune ronde, Ada dirigeait sur lui un regard figé. Smutek l'observa un moment, et comprit que la cruauté de l'homme procède de l'innocence. Par conséquent, toute distinction entre le juste et l'injuste ne pouvait être rien d'autre qu'une tentative bien intentionnée, de sorte que le monde, son petit monde à lui comme le grand en général, était irrémédiablement perdu. L'état qui résultait de cette constatation lui sembla aussi intolérable que s'il venait d'apprendre que la gauche et la droite étaient désormais abolies, et que l'humanité devait trouver toute seule le moyen de s'en accommoder.

A présent, il commençait à ressentir le besoin de prendre congé. La main d'Ada dans la sienne, Smutek la regarderait droit dans les yeux et lui dirait que l'enjeu n'était pas de sauver quelqu'un, ni elle, ni lui, ni même Mme Smutek qui dormait dans la chambre voisine sans se douter de rien, plongée par les médicaments dans un sommeil réparateur – et qu'il avait enfin compris tout cela. Il la prendrait une dernière fois dans ses bras, paternellement, quelque chose de bref et de singulier se terminerait en cet instant : un sentiment violent et tendre à la fois qui les avait unis, et dont l'existence fugitive était sortie des ténèbres pour y retourner.

Il ne fit rien de tel. Il n'y avait là personne dont il pût prendre congé, rien que les cimes des arbres, un ciel obscurci par une brume glacée et la lune déclinante, semblable à une crêpe grignotée. Smutek se détendit, ouvrit la fenêtre et s'offrit à l'haleine enveloppante d'un Pancrace tardif, prêt à passer à son successeur le témoin glacé. Le souvenir s'effaçait tel un chien disparaissant dans l'obscurité à la recherche d'un meilleur maître. Au bout de quelques minutes, Smutek, contraint de prendre une décision pour ne pas perdre la face à ses propres yeux, décréta qu'il passerait les derniers jours, quel qu'en soit le nombre, à attendre que le dénouement, dont il n'avait toujours qu'une vague idée, finisse par intervenir.

Saint-Servais, matin

SAINT SERVAIS était de bonne humeur. Tous les sept ans, des pèlerins portaient en procession solennelle ses ossements par les ruelles de Maastricht, et c'était justement l'année du septénaire. Qu'est-ce qu'une période de sept ans au regard de l'éternité ? L'éclair fugace d'un néon défectueux. Il se réjouit, enfila le sabot de bois avec lequel on l'avait assommé jadis, et entreprit de traverser le pays en claudiquant, arborant un sourire tellement rayonnant qu'un soleil arménien s'éleva dans le ciel, effaçant les traces blanchâtres laissées par le grincheux petit Pancrace. Ils pourraient toujours se disputer plus tard. Quand on n'est de sortie qu'un seul jour dans l'année, on en profite, même si le temps qui passe n'a pas le même sens dans l'éternité.

Le dos rond, Ada était penchée sur un bol de muesli comme un chien sur son écuelle, lorsqu'une coïncidence surprenante fit se rencontrer dans son cerveau un problème et sa solution. Si, suivant les indications d'Olaf, elle voulait surgir discrètement dans la salle de physique cette après-midi, il lui fallait une clé du bâtiment principal, dont les portes étaient verrouillées une fois les cours terminés. Il était évident qu'une seule personne pouvait la lui prêter.

Un silence de mort régnait dans l'appartement, comme tous les matins depuis qu'on avait reçu l'avis informel que la plainte déposée à l'encontre d'un haut fonctionnaire du ministère de la Défense avait été rejetée faute de preuves suffisantes en vertu de l'article 170 du Code de procédure pénale. La cuiller à muesli et la cuiller à café, qu'Ada avait repoussées pour mieux penser, servaient de miroirs concaves à un soleil d'une blancheur éclatante et envoyèrent un faisceau de rayons directement dans sa pupille dilatée quand elle se souleva de sa chaise pour prendre son mobile dans la poche de son pantalon. Il lui fallut quelques secondes avant de pouvoir distinguer la faible lueur de l'écran.

Fais-toi porter malade. Je t'attendrai à huit heures et demie sous le pont du Sud.

Au même instant, Smutek, penché à la fenêtre, la main en visière au-dessus des yeux, suivait du regard sa Blanche-Neige qui, vêtue d'un chaud tailleur de lainage gris très cintré, chaussée de bottes en cuir, ses cheveux noirs sur les épaules et un sac marron en bandoulière, se hâtait vers l'arrêt du tram. Arrivée au coin de la rue, elle se retourna et lui fit un signe de la main. Ce geste était un souvenir du temps ancien où Mme Smutek quittait seule la maison le matin pour gagner leur vie à tous les deux, et les voisins y voyaient aujourd'hui encore la preuve d'un bonheur possible entre un homme et une femme.

A peine avait-elle disparu qu'un bip retentit dans la poche de son pantalon et, comme il lui fallait ôter la main de ses yeux pour attraper le téléphone, un obus de lumière éclata dans ses pupilles, lancé à travers la cime des arbres depuis l'endroit où, la nuit précédente, il avait vu en rêve flotter le visage d'Ada. Aveuglé, il recula de deux pas et dans ce geste son coude arracha de leur support une touffe de primevères mauves plantées dans le sabot d'un forçat polonais. Jadis, un pied nu chaussé de ce sabot s'était rendu en plein champ par moins trente degrés pour creuser le tracé d'une autoroute et assembler de grandes dalles de béton en un escalier interminable que, depuis, la Volvo de Smutek, brimbalant et cahotant, avait sillonné à de nombreuses reprises en direction de l'est. Le pied était celui du grand-père de Mme Smutek.

Pendant la fraction de seconde que dura la chute des primevères, Smutek se demanda si on avait vraiment contraint au travail obligatoire des industriels d'origine allemande opposés au régime. Ce sabot pouvait tout aussi bien venir d'une de ces brocantes berlinoises où l'on vendait également des uniformes de l'Armée populaire, des cartes des Jeunesses socialistes, des drapeaux à l'effigie du Che et, un peu à l'écart des étalages, le livre mal écrit de Hitler. L'histoire familiale de Mme Smutek était devenue une vraie histoire : elle ne fonctionnait que quand on l'écoutait d'un bout à l'autre et sans poser de questions. Le talon en avant, le corps du délit frappa le pied nu de Smutek au niveau des trois orteils médians ; la douleur lui plia les genoux et fit jaillir des larmes au coin de ses yeux. Quelques secondes durant, il fixa l'écran de son mobile sans rien voir. Puis il comprit et se dirigea en boitillant vers le terminal de son téléphone fixe.

Dans l'ombre du pont, derrière des lunettes de soleil semblables à celles que portait Néo dans le premier épisode de *Matrix*, affublée d'un haut bonnet de laine emprunté à la panoplie hivernale de sa mère, Ada ressemblait à une star anonyme sous la marquise d'un hôtel new-yorkais. Elle conserva son accoutrement dans la voiture et ne dit pas un mot, comme si la Volvo risquait d'être sur écoute. Le monde était un village, surtout à Bonn.

Elle attendit auprès de la voiture et laissa s'écouler dix minutes avant de rejoindre Smutek dans l'immeuble. Le vestibule était pavé de carreaux multicolores, des arabesques peintes escaladaient les murs jusqu'au plafond, les vitres polies décomposaient la lumière extérieure dans toutes les couleurs du spectre. Ada n'avait jamais eu l'idée qu'il existait des demeures qui, encore que moins vastes que les halls monumentaux du quartier résidentiel de Godesberg, invitaient au séjour. Songeuse, elle monta l'escalier jusqu'à une porte entrouverte. L'appartement qui se trouvait derrière sentait le café frais moulu. Smutek versa de l'eau bouillante dans deux tasses, remua le contenu avec l'habileté d'un barman et leva un visage amical quand Ada, se dirigeant au bruit, pénétra dans la cuisine.

— Voilà qu'on fait tous deux l'école buissonnière.

— Et tu sais pourquoi ?

— Ça m'est égal.

— Je voulais voir ton appartement, et à un autre moment je serais sûrement mal tombée. Exact ?

— On ne peut plus exact.

— En plus, j'ai besoin de ton passe.

Sans répondre, Smutek haussa les sourcils en signe d'accord imprécis et poussa vers elle sur la table de cuisine une tasse pleine à ras bord.

— Bois.

Tenant à deux mains sa tasse de café, elle entreprit de visiter l'appartement. Les pièces avaient un air familier, comme si Ada les avait conçues elle-même. Désordre artistique dans le bureau de Smutek. Piles vacillantes de livres qu'il n'avait pas lus, et qu'elle connaissait tous. Un grand tapis de couleurs vives, apparemment rapporté de vacances marocaines, emplissait toute la pièce d'un large sourire laineux. Constructions volantes.

— Tu connais ?

La main de Smutek pesait sur sa nuque, chaude, humide et lourde comme une compresse.

— Je connais. Mais je ne te le conseille pas.

— Tu peux m'expliquer ?

— Ça baise dans tous les coins avec des amis de rencontre et des vieilles connaissances. Voyages à Paris, à Belgrade et à Fitzroy, monologues intérieurs dans des chambres d'hôtel minables. Ce n'est pas un truc pour les vrais mecs avec un système de valeurs bien définies. Tu as une raison pour boiter comme ça ?

— En l'honneur de cette journée.

Même la tache sombre sur la porte à l'endroit où la laque avait sauté et qui, vue du coin de l'œil, semblait se déplacer comme une blatte – même cette tache, elle avait l'impression de la connaître.

Un lit refroidi dans la chambre à coucher. Une armoire ouverte. Ada était toujours capable de se voir en train d'écarter les cintres pour accrocher ses quelques affaires. Une fois par jour, il faudrait qu'il la soulève en la prenant avec ses bras musclés sous les épaules et sous les genoux pour lui faire faire un petit tour dans l'appartement, tandis qu'elle cacherait son visage dans le col de sa chemise fraîchement lavée.

— Pourquoi tu ne la fiches pas dehors ?

— Pardon ?

— Si tu la mets à la porte, je m'installe chez toi.

La compresse disparut, Smutek mit une certaine distance entre Ada et lui et s'appuya au mur.

— Tôt ou tard, reprit-elle, elle te quittera. Ce n'est qu'une question de temps. Sépare-toi d'elle, donne ta démission du lycée, préviens tes meilleurs amis. Alors tu pourras attendre tranquillement, assis dans un fauteuil, les jambes allongées, comme un adulte.

Smutek mit une main sur sa bouche pour s'empêcher de répondre, et regarda Ada comme s'il la voyait pour la première fois. Quand elle s'approcha de lui, il enfonça la main dans ses cheveux à la recherche des cornes qui ne manqueraient pas de pointer d'une minute à l'autre à travers le cuir chevelu.

— Réfléchis bien, chuchota-t-elle. Le reste, je m'en charge.

Sans rien dire, il l'attira à lui, et sa tête vint se poser au creux de son épaule.

— Il y a une chose, murmura-t-elle, que je veux te dire depuis longtemps.

Comme elle levait la tête pour le regarder, ses yeux s'agrandirent, deux flaques bleu pâle qui reflétaient en leur centre des miniatures déformées du visage de Smutek :

— Si jamais ça arrive, ne réponds à aucune question. Invoque tout de suite ton droit au silence. Pendant quelque temps, nous ne pourrons pas nous voir. Mais ça ne durera pas. C'est clair ?

A nouveau, il haussa les sourcils, en signe d'épouvante, de connivence ou d'amusement. Il fléchit lentement les genoux et la souleva sans peine, lui fit traverser l'entrée, jeta un coup d'œil dans la cuisine et dans la salle de bains cependant qu'elle cachait son visage dans le col de sa chemise, et se décida pour le salon. Ils se posèrent sur le patchwork bariolé. Sous la fenêtre, les primevères, le cou brisé, avaient couché leur tête sur le parquet.

— Et maintenant, dit-il doucement, je vais te montrer quel est depuis toujours le véritable enjeu.

Tout un chacun, ou presque, sait ce qui se passe quand un corps humain en rencontre un autre comme l'a prévu la biologie pour l'ensemble des êtres depuis la nuit des temps. Comme tout animal sauvage, l'homme redoute le contact physique et supporte difficilement la proximité de ses congénères. Il a besoin de rituels raffinés pour surmonter l'altérité, il doit transformer les rencontres intimes en une danse qui abolit les barrières de l'instinct pour frayer la voie au désir. Chacun d'entre nous a dans l'âme une petite ouverture qui lui permet d'épier le ballet annuel des albatros quand, leurs grands pieds posés sur le sol rocheux, leurs vastes ailes écartées, ils recherchent dans la colonie grouillante le partenaire unique que la vie a créé pour eux. Nous connaissons la récompense que nous réserve la nature quand nous nous livrons à cette quête avec sérieux. Nous savons ce que cela signifie quand les nomades deviennent des partenaires. Ce savoir préalable rend inutile toute description tendant à montrer comment Smutek et Ada se trouvèrent une fois qu'il l'eut déshabillée sur le bord du canapé et fut tombé à genoux devant elle. Nous pouvons les laisser sans témoins, détourner les yeux et nous contenter d'embaumer pour l'éternité une demi-heure de la plus haute importance.

A midi pile, le réveil de Smutek sonna. Depuis longtemps déjà, ils étaient assis tout habillés dans la cuisine ; la deuxième tasse de café, lavée et essuyée, était rangée dans l'armoire, la couverture en patchwork lissée, la parka, le bonnet et les lunettes d'Ada préparés près de la porte. Cette fois, elle sortit la première et, pendant dix minutes, contempla fixement son propre visage dans la vitre arrière avant qu'il ouvre la portière du passager pour la caser sur le siège.

A la commissure des lèvres, une souffrance se mit à trembler. Dehors, des écoliers que leur haleine surmontait d'un petit drapeau de vapeur rentraient gaiement chez eux. Dans les supérettes, des hommes vendaient des marchandises aux femmes. Des chiens laissaient couler leur urine contre les réverbères et les encoignures des maisons. Pendant quelques minutes, le cœur d'Ada fut un métronome battant la mesure de toute la musique existentielle.

— S'il n'y avait pas tout ça, dit-elle à saint Servais, il ne resterait rien. A part Alev et Smutek, je n'ai personne, même pas moi.

— C'est triste, dit Smutek de très loin. Je croyais que votre génération avait besoin d'un stimulateur cardiaque pour éprouver un sentiment humain ?

Secouant violemment la tête, elle revint à lui, rabattant son air blasé sur son visage comme la visière d'un casque.

— Tu as fondamentalement raison. Dans les années 1990, j'aurais été anorexique ou droguée. Sans doute les deux.

— Et en 2004 ?

Elle haussa les épaules. Ombre et lumière se succédaient sur son corps à cinquante à l'heure.

— Peut-être n'y a-t-il pas encore de mot pour ça. Attendons, on verra ce que les gens en diront dans dix ans.

Quand une main toucha son épaule, elle réalisa que la voiture était arrêtée à l'angle de la rue où elle habitait.

— C'était ma plus belle matinée depuis longtemps, dit Smutek. On se voit demain ?

Elle sortit de la voiture sans même se retourner.

— *Do widzenia*, ma petite ! lui lança-t-il tandis qu'elle s'éloignait.

Saint-Servais, l'après-midi

DÈS l'après-midi, saint Servais avait totalement épuisé sa bonne humeur ; mal organisé, il n'avait jamais su gérer sa journée. La physionomie du ciel s'assombrit, avec menace de grêle et de vent. Balayée par des rafales, la cour du lycée était vide et, dans la lumière tamisée, le feuillage vert des arbres avait l'air sale. De peur, les maisons avaient aspiré leurs habitants, quelques fenêtres s'allumaient. Tout en haut, sous la couverture nuageuse, le dernier étage de la forteresse Ernst-Bloch, telle la tête affairée d'un corps qui repose lourdement, était illuminé. Il ne sentit pas le passe-partout qui s'enfonçait dans son talon. Pendant quelques instants, Ada crut que Smutek l'avait trompée ou qu'il avait par mégarde retiré la mauvaise clé de son trousseau, mais bientôt les dents firent leur œuvre et la porte s'ouvrit instantanément. La salle de physique était cachée dans le ventre du bâtiment. A l'intérieur de ces murs épais, il n'y avait aucune raison de marcher à pas feutrés mais Ada n'en avançait pas moins avec tant de circonspection qu'on aurait pu croire qu'une entreprise pareille verrait même les marches de pierre se mettre à craquer.

Un bâtiment scolaire vide ressemble aussi peu à son *alter ego* de la matinée qu'un cadavre à un être vivant. Les lieux familiers accueillirent Ada avec un silence méfiant. Un lambris sombre, dissimulé le matin derrière des élèves qui lanternent et lambinent, se bousculent et se bagarrent, dominait à présent l'atmosphère de l'étage des sciences physiques, oppressant sourdement les voies respiratoires. Tout en haut, sous le plafond, des chouettes empaillées, un aigle avec un serpent dans les serres et une hure de sanglier grimaçante émergeaient des angles et se penchaient d'un air inquisiteur sur cette curieuse visite. Des étagères en verre supportaient toutes sortes de choses plongées dans du formol. Par l'imagination, Ada y ajouta un gros ballon de verre qui contenait la tête d'Olaf conservée dans un liquide transparent.

Rien de ce qui s'était passé durant les mois précédents n'avait entaché son honneur. Son corps transformé par l'habitude en instrument hétaïrique, le tacle rhétorique permanent à seule fin de saboter les ardeurs morales de Smutek, la realpolitik pratiquée dans la sphère familiale et la tentative d'assassinat perpétrée contre l'innocence d'Olaf, tout cela s'était passé aux confins extrêmes de sa personnalité, disparaissant toujours immédiatement dans le passé, inaccessible donc à toute rectification. Pièce touchée, pièce jouée. En revanche, cette marche hésitante, un peu comme dans un musée, à travers les espaces vides du lycée se passait ici et maintenant. Il n'existait qu'un seul mot, un mot tout simple pour ce qu'elle était en train de faire : fouiner. Au cinéma, la musique se serait arrêtée à cet instant.

Elle entendit des voix dans le couloir suivant. Elles parvenaient jusqu'à elle, traversant la porte à deux battants de la salle de physique ; quand Ada, sans un bruit grâce aux semelles en caoutchouc de ses chaussures, y parvint, elles s'étaient tues. Un léger claquement. Un soupir féminin, une profonde inspiration masculine. Puis plus rien. Ada donna des ordres d'un ton sec : lever le bras, introduire avec précaution la clé dans la serrure, tourner, appuyer sur la poignée. La porte s'ouvrit vers l'intérieur.

Les peintures rupestres du professeur Lindenhauer faisaient tout le tour de la pièce. Elles commençaient sur le triptyque du tableau de devant, se poursuivaient sur le mur de briques, sautaient les fenêtres, se rendaient maîtresses des trois portes du fond dont l'une dissimulait l'arrière-salle de chimie et revenaient à leur point de départ en empruntant les tableaux d'ardoise du mur latéral. Ada pensait trouver la salle de physique vide et la porte de l'arrière-salle entrouverte. Mais les portes étaient fermées et arboraient, en lettres tracées à la craie poudreuse, ces mu et ces sigma gaussiens qui savaient traduire en lois ce qui n'en avait pas. A une distance de dix mètres, Ada observait les emblèmes de la densité de probabilité et des fonctions limite, ignorant volontairement le triptyque à trois personnages debout au centre de la pièce, et songeant à ce que le prof de maths avait dit de la stochastique : ses propositions n'étaient valables que pour l'infini virtuel, alors que le réel fini grouillait d'erreurs fortuites, qui se multipliaient à leur tour selon des règles spécifiques. La théorie du jeu d'Alev était fondée sur des calculs qui n'avaient jamais pris en compte les divergences et leur norme de répartition habituelle. Il comptait sur l'infini, sur l'éternelle répétition des réunions du vendredi après-midi qui voyaient Ada tenir le rôle du signe infini couché à plat.

Mais à présent on était jeudi, dix-sept heures trente. Ada se vit elle-même, debout à l'extrémité d'une courbe de Gauss qui s'étirait à l'horizontale, la tête renversée en arrière pour lever les yeux vers la pente abrupte d'une fonction de densité tandis que s'étendait sous ses pieds l'espace hautement improbable, mais nullement impossible, d'une divergence.

— Notre petite élève modèle, lança Lindenhauer d'une voix amicale, mais entrez donc et donnez-moi un coup de main pour expliquer à ces deux aveugles les fondements du problème de Délos.

— C'est que…, répliqua Ada, j'étais justement en train de savourer la vision de la formule de Gauss.

Lindenhauer suivit son regard jusqu'à la porte du débarras. Malgré son âge, il faisait l'effet d'un homme bien bâti et vigoureux. Presque aussi grand que Smutek, il avait un crâne étroit et rectangulaire de mathématicien, des cheveux bouclés gris et humides collés à coups de brosse sur sa tête et un costume impeccable qui le faisaient ressembler à l'acteur principal d'un de ces films de génies fous qui étaient à la mode ces dernières années.

— Ah ça, dit-il, ça vient du cours d'option de ce matin. Vous n'imaginez tout de même pas que vos collègues ici présents puissent s'enthousiasmer pour des connaissances aussi élémentaires ?

— Salut Ada, susurra Odetta qui, assise tout près des fenêtres, mordillait l'extrémité non taillée d'un crayon à papier. Elle arborait un sourire fait d'un mélange de confiance et de crainte.

— Alors, mon hydrocéphale, dit Alev avec une grimace diabolique. Et il ajouta en français : *Apparemment, j'ai une sensation de déjà-vu. Il en est de même pour toi ?*

Ada s'adressa à Lindenhauer et à lui seul :

— Depuis quand donnez-vous des cours de soutien de mathématiques ?

— Depuis que votre professeur principal m'a demandé si je voulais bien m'en charger.

— Smutek vous a demandé de vous retrouver ici avec Alev et Odetta ? Szymon Smutek ?

— A ma connaissance, répliqua Lindenhauer et ses lèvres dégoulinaient littéralement d'ironie, il n'est actuellement qu'un seul enseignant de ce nom dans l'établissement.

— Pour autant que je puisse en juger, intervint Alev, et au vu des circonstances présentes M. Smutek n'avait pas le choix. Il s'est même senti carrément contraint de le faire.

— Sinon, ces deux polichinelles vont rater leur année, ajouta Lindenhauer.

— Nous avons abordé le problème des courbes, précisa Odetta d'une voix qui semblait provenir directement d'une chambre à coucher. Le T-shirt trop petit tendu sur sa poitrine portait une toute petite inscription qu'il était impossible de déchiffrer à cette distance. Pour écouter, Odetta tenait sa tête de travers comme un petit chiot, et ses longs cheveux blonds reposaient sur la table.

— *Et voilà tout*. Alev venait une fois de plus de parler en français ; tout en étalant ses bras en un geste de triomphe jusqu'à toucher les épaules d'Odetta, il se mit à rire à gorge déployée avant d'ajouter : En plus, nous sommes en ce moment en plein dans les semaines françaises : les paroles l'emportent sur les actes. Toi aussi, tu l'auras probablement remarqué.

— Si mes souvenirs du dernier conseil de classe sont exacts, dit Lindenhauer tout en posant un doigt sur son front et en faisant quelques pas dans une sorte de balancement autiste caractéristique des grands pontes, vos notes dans la plus noble de toutes les sciences sont excellentes. Alors je m'interroge : que faites-vous là ?

Tout cet échange s'était déroulé par-dessus six rangées de bancs et l'écho d'une dizaine de mètres de salle de physique. A ce stade de la conversation s'ouvrait la possibilité de briser d'une prompte repartie le front qui venait de se former, de demander du papier et un crayon et de participer triomphalement à une farce dont Ada, dans le cas contraire, allait être la tragique victime. Pour le reste, Alev s'en occuperait. Elle avait la certitude qu'il tenait en réserve un scénario adapté qui prévoyait la possibilité de se rallier une seconde fois à sa suite sans perdre la face. Ada vit sa main droite qui reposait, paume retournée, sur le vieux banc, et son index qui exécutait dans le dos de Lindenhauer le geste d'appel des sorcières. Les membres longs d'Odetta reposaient bien sagement dans la position prescrite par le pupitre tandis que ses yeux verts fixaient vaguement le visage d'Ada. Rien à craindre de ce côté-là. Aucune déclaration de guerre, seulement des offres de paix prêtes d'avance à accepter n'importe quelle condition. Ada ne put s'empêcher d'admirer la perfection de la mise en scène et elle porta une main à son front : chapeau.

— Je crois que je me suis trompée de porte, si l'on peut dire.

Alev remballa son index et elle vit son poing se serrer.

— Pièce touchée, pièce jouée, lança-t-il sur un ton menaçant.

— J'adoube, répliqua Ada.

Puis se tournant vers Lindenhauer :

— Veuillez excuser le dérangement.

Elle referma doucement la porte, puis enfonça avec énergie la clé dans la serrure avant de fermer bruyamment à double tour. Le rire d'Alev la poursuivit jusque dans l'escalier, telle une rengaine il s'installa dans sa tête, devint plus fort, se renforçant encore du silence qu'elle transperça en courant, et c'est seulement au moment où elle ouvrit la porte et sortit à l'air libre, se libérant elle-même, qu'il disparut.

A l'extérieur, tout était normal. Il tombait un grésil qui hachurait l'air presque à l'horizontale, les feuilles des arbres tremblaient, les branches se pliaient pour se défendre en silence, dans un crépitement des glaçons jouaient du tambour sur les pavés de la cour, mélodie annonciatrice d'un été de tornades et de catastrophes orageuses. Ada récupéra son ministre des Affaires étrangères électronique et lui confia un message pour Smutek :

On raconte que ton intercession a réuni le physicien, la belle et le diable. Savais-tu que les lois des mathématiques conduisent toujours et en tout lieu au même résultat ?

Impossible de savoir si ce message a jamais atteint son destinataire. En tout cas, il resta sans réponse. Ada se jeta dans les bras de saint Servais et rentra chez elle en courant contre le vent.

Saint Boniface, le bienfaiteur

POURQUOI l'a-t-on nommé le bienfaiteur ? Même lui n'en savait rien. En admettant qu'il y ait eu des traditions, il les ignorait. On disait peu de chose de lui, il ne se souvenait de presque rien, et neuf papes homonymes ainsi que le bonifacieux apôtre des Allemands ne lui simplifiaient pas la gestion de sa biographie. Boniface était un chasseur d'ossements qui avait reçu mission d'explorer la ville de Tarse en Turquie pour y dénicher les reliques des martyrs chrétiens. De retour à Rome, il fut témoin des tortures infligées par l'empereur Galère à ses pieux commanditaires. Par masochisme, par bêtise ou bien poussé par l'instinct humain de se placer toujours du côté des plus faibles, il se fit baptiser et, alors qu'il n'avait nullement la vocation du martyre, trouva la mort dans un chaudron de poix bouillante.

Cette année-là, il rata sa prestation. Boniface était un bidouilleur. Au début du mois, il s'était arrangé pour provoquer un réchauffement considérable à la surface du continent, si bien que la convection avait fait monter les masses d'air chaud comme une énorme montgolfière invisible. Ces bulles étaient censées redescendre brutalement au-dessus de la Grande-Bretagne pour ramener un front froid en direction de l'Europe centrale. Des nuages formidables se seraient alors amoncelés en première ligne pour se décharger dans un orage dont les averses de neige et de grêle auraient, le jour même de sa fête, transformé l'atmosphère au-dessus de Bonn en un enfer dantesque. Il ne savait pas pourquoi cela n'avait pas marché. Des nuages d'altitude, stratus et cirrus, donnaient au ciel matinal l'aspect d'un mur mal badigeonné. Il faisait plus chaud que la veille, et les gens étaient heureux de pouvoir se remettre un peu avant l'arrivée de sainte Sophie, l'ultime sainte de glace locale. Vers midi, un épais stratus allait se former à une altitude moyenne, le soir la pluie devait se mettre à tomber. Boniface décida de ne plus se soucier du temps et de vaquer à d'autres occupations qu'il n'aurait pu préciser davantage.

A cinq heures moins le quart, Smutek, debout sur la terrasse gravillonnée devant le gymnase, leva la tête dans l'attente des premières gouttes. Rien. Le ciel était bas, mais sec. Un vent aux allures de foehn caressait les joues de Smutek, qu'il n'avait pas rasées depuis plusieurs jours, en guise de vague protestation contre toute contrainte. Il n'éprouvait pas l'envie d'entrer dans le gymnase, grattait le sol de ses pieds, shootait dans les graviers trop gros pour les envoyer contre le mur et, tout non fumeur qu'il était, il aurait bien allumé une cigarette s'il en avait eu à portée de main. Depuis le matin déjà, une inquiétude habitait tous ses membres, un mélange d'impatience, d'instinct chasseur et d'angoisse sans but véritable ni cause précise. Il avait envie de danser sur place en boxant dans le vide comme un sportif de haut niveau avant un marathon. Mais il ne voulait pas se faire remarquer. Il se ressaisit, quitta la terrasse où il était trop en vue et se mit à couvert derrière les plaques de plastique qui protégeaient l'entrée du gymnase.

Vue à travers deux couches de plexiglas sale, la forme qui s'avançait n'était même pas une silhouette, c'était une tache mouvante qui grandissait. La grande aiguille de sa montre-bracelet indiquait l'heure juste, la petite touchait le cinq. Une tache, pas deux. Quand elle fut tout près et que Smutek quitta son abri vitré, il tressaillit :

— Où est-elle ?

— Qui ça, elle ? demanda Alev en retour. Odetta ? Ada ? ou une troisième ?

Sans regarder Smutek, il étendit la paume et regarda le ciel.

— Beaucoup trop chaud, grommela-t-il en s'essuyant le front d'un revers de manche. Bof, elle finira bien par arriver.

— Ada ?

— La pluie. Attendons tout simplement de voir qui ou quoi va venir nous tenir compagnie.

L'absence d'Ada ne semblait pas seulement étrange à Smutek, c'était un événement surnaturel. Alev lui adressa un large sourire et passa avec lui derrière la vitre en plexi. Malgré la décontraction ostensible de son adversaire, Smutek soupçonnait que tout ne se déroulait pas comme prévu. Comme un délire fiévreux, l'idée lui traversa l'esprit qu'Alev pouvait projeter un changement de partenaire et lui amener la junonienne Odetta pour accoupler Ada avec un autre homme. Lindenhauer, le nouveau maître auxiliaire ! Il frémit, cette seule idée lui donnait la nausée.

Quelques minutes s'écoulèrent durant lesquelles ils échangèrent quelques platitudes sur les particularités météorologiques des derniers jours, pour se remettre à regarder fixement devant eux sans rien dire. Alev fuma une cigarette, inspira profondément la dernière bouffée et écrasa le mégot sur le gravier.

— C'était sympa, dit-il. A mardi. En cours.

— Attends un peu.

Alev n'avait pas fait mine de partir. Il restait planté là, le regard baissé, les deux mains dans les poches, souriant comme s'il pensait en son for intérieur à quelque chose d'agréable.

— Elle a laissé tomber ? demanda Smutek.

— Comment ça ?

— Ada ne joue plus ?

Alev secoua la tête et fit claquer sa langue trois fois comme devant un enfant désobéissant et borné.

— Ne sois pas ridicule, dit-il. Regarde les choses en face. C'est fini.

Smutek ne pouvait pas décider si Alev bluffait, s'il tentait de sauver à son avantage une situation compromise ou s'il suivait comme de coutume un plan parfaitement défini. Il n'était même pas sûr d'avoir bien entendu.

— Qu'est-ce que tu as dit ?

Tandis qu'il fixait intensément le visage baissé à la recherche d'un indice de vérité, Alev releva la tête et montra un visage de clown triste déformé par une grimace.

— Fini de jouer.

Quelques instants plus tôt encore, Smutek attendait cette phrase de toutes les fibres de son être, comme une formule magique, aussi improbable et ardemment espérée que le salut du monde. Peut-être ne croyait-il pas Alev. Peut-être tenait-il cette scène pour une ruse, pour le prélude d'un niveau de jeu plus élevé, encore plus terrible. Fini de jouer. Pour quelque obscure raison, ces trois mots n'étaient pas ceux que Smutek attendait.

Alev savoura son désarroi comme les applaudissements d'un large public. La grimace clownesque avait fait place au doux sourire blasé du médecin qui a une mauvaise nouvelle à annoncer.

— Mon petit Smutek chéri, tout a une fin en ce monde, tout cesse d'exister quand l'objectif est atteint.

Ada ne viendra plus. Alev non plus. Je suis ici pour te le dire. A plus.

Les bras de Smutek étaient croisés devant sa poitrine comme s'il se cramponnait à lui-même. Après avoir respiré deux fois à fond, il comprit que la seule décision encore en suspens ne concernait qu'une seule question : avait-il quelque chose à ajouter ? Au cinéma, les protagonistes de ce genre de scène s'empêtraient généralement dans un dialogue destiné à donner aux spectateurs et à eux-mêmes d'ultimes éclaircissements. *Dites-moi quelle était mon erreur. – Quelle importance, à présent ? – Tenter d'éviter les erreurs, c'est là l'unique but de notre vie. – A présent, je vous déconseille de mesurer quoi que ce soit à l'aune de votre vie.* Et ainsi de suite. Il n'était pas rare que la situation se retourne au cours d'un de ces dialogues, pas rare que tout se montre soudain sous un jour nouveau. L'innocent devenait coupable, le bien se révélait être le mal, et le méchant se métamorphosait finalement en tendre victime.

Smutek décida de ne pas parler. Quelque chose, il ne savait quoi, l'incitait à rire, mais il ne voulait pas rire non plus.

Puis tout alla très vite, selon la formule consacrée.

Il s'arracha à l'étreinte de ses propres bras et, ramenant son poing en arrière, asséna de tout son élan un crochet au menton de son vis-à-vis dont le visage se trouvait à la hauteur de ses pectoraux. Alev était sur le point de dire quelque chose. Ses dents se heurtèrent avec violence, sa tête vola en arrière ; le temps d'un éclair, on vit le blanc de ses yeux sans la moindre trace d'iris ni de pupille. Il faillit s'écraser au sol, tituba, tomba contre le mur latéral de l'entrée du gymnase, s'y agrippa et se redressa péniblement. Smutek, secouant la main droite et agitant ses doigts dans le vide comme un pianiste, attendit qu'il se fût remis sur ses jambes. Son élève le regardait, le blanc de l'œil droit noirci, injecté de sang, et pourtant il n'avait certainement pas été touché à cet endroit. L'envie de rire se fit plus forte. En dehors de son œil, Alev n'avait pas l'air blessé. Tous ses traits exprimaient l'étonnement et Smutek comprit enfin ce qu'il trouvait de si comique à la situation. Il avait une tête et demie de plus qu'Alev, il pouvait sans la moindre peine fléchir les genoux pour l'empoigner et le brandir à bout de bras. Pourtant son adversaire, qui avait su prévoir tant de choses, n'avait pas prévu cela. Pour la première fois, il regarda Smutek avec étonnement et cet étonnement le faisait ressembler à un petit garçon à qui depuis le début quelque chose avait échappé.

Finalement, ce fut Alev qui se mit à rire. Quand il ouvrit la bouche, un flot de sang coula sur son menton, accumulé pour faire peur à Smutek. Sa bouche se vida toute seule, une chose tomba par terre, une autre resta accrochée à sa veste.

— OK, dit-il sans se servir de sa langue, vas-y.

Ses lèvres vaporisaient une bruine rouge qui tacha les avant-bras de Smutek.

Le coup suivant toucha la racine du nez. Smutek n'eut pas la patience d'examiner les conséquences. De son poing retourné et avec une force accrue par une demi-rotation du corps, il frappa Alev juste derrière l'oreille et, comme celui-ci tombait vers l'avant, il le cueillit d'un genou gauche relevé à la verticale qui pénétra dans le plexus solaire et au creux de l'estomac. Quand il le lâcha, Alev tomba à terre et, avec un bruit sec qui n'était pas sans rappeler celui de ses mâchoires, son front heurta le bord de la marche en maçonnerie. Smutek crut entendre quelque part l'explosion d'une vitre traversée par un corps humain, bien que rien à proximité n'eût pu provoquer un tel bruit.

Vingt secondes à peine s'étaient écoulées depuis le premier coup. D'une part, Smutek présumait qu'Alev n'était désormais plus en mesure de comprendre ce qui lui arrivait. D'autre part, il n'en avait pas encore fini. Parce que son élève était couché sur le côté, son visage aux yeux ouverts dirigé vers le bas comme s'il voulait examiner le béton à une distance de quelques millimètres, le pied de Smutek visa d'abord le coccyx, puis le rein gauche. Le corps d'Alev cédait comme un édredon bien rembourré, il n'émettait pas le moindre son, ne tentait pas le moindre mouvement. Dès les premiers coups de pied, Smutek avait frappé sans entrain. Bientôt, il ne trouva plus aucun endroit qu'il aurait pu brutaliser sans se répéter. Une espèce de respect l'empêchait de s'en prendre aux parties sexuelles et, bien qu'il fût chaussé de baskets, il n'osait plus s'attaquer à la tête.

Si jamais Smutek avait eu l'idée de rosser quelqu'un d'autre, il se serait imaginé l'opération autrement complexe, plus désagréable et plus problématique, difficile dans son ensemble et donc, rétrospectivement, beaucoup plus satisfaisante. Il se demandait quand il allait comprendre, et par conséquent être terrifié. S'il lui était donné encore une possibilité de parler avec Ada, elle lèverait sur lui un regard vitreux en disant : Tu vois. Le problème, ce n'est pas que les gens aiment à se montrer cruels, c'est que la cruauté est terriblement simple. Et de nos jours, ce qui marche bien passe pour être bien.

Il retourna Alev avec répugnance et eut un mouvement de recul devant son visage. Celui qui allait le retrouver, quel qu'il soit, ne pourrait guère l'identifier que grâce à ses vêtements. Smutek était sûr de lui avoir brisé la mâchoire et le nez, cassé quelques dents et peut-être coupé le bout de la langue, mais avait en même temps la certitude absolue qu'il était encore en vie. L'espace d'un instant, il se demanda si cette assurance ne ressemblait pas à la tentative d'un enfant pour revenir en arrière en reposant sur sa pierre la grenouille qu'il vient de torturer à mort. Il n'avait pas envie de coller son oreille contre les lèvres ensanglantées d'Alev ni de glisser la main sous sa veste. Faute de connaissances médicales, il mit sa croyance en la résistance de sa victime sur le compte de l'intuition.

En regagnant sa voiture, il se sentit enfin soulagé. La pluie se faisait attendre ; elle ne tomberait qu'en fin de soirée. Smutek fit deux ou trois pas en sautillant, cassa une branchette à un buisson, la lança en l'air et la rattrapa dans sa chute avec le talon de sa chaussure droite. Terminé. Fini de jouer. Il s'installa au volant et explora toutes les stations à la recherche d'une bonne musique. *My god, my tourniquet, return to me salvation.*

Ada avait dit un jour : Le pragmatisme remplace pour nous tout ce qu'offraient autrefois les grandes idées, les idéologies et les religions, ce qui faisait croire à la paix, aux droits de l'homme et à la démocratie. Le pragmatisme nous empêche de devenir des criminels ou nous y incite quand c'est nécessaire. Il légitime la persistance de la justice, de la famille et du travail, il nous rend gentils et recommande de soigner son apparence. Après nous être libérés de toute contrainte, nous n'avons plus qu'un seul mentor : le pragmatisme. Tu verras, Smutek : nous qui sommes vidés de tout, il ne nous manque rien !

Tout seul derrière son volant, Smutek hocha la tête. En se remémorant ses paroles, il venait pour la première fois d'écouter vraiment ce qu'elle avait dit. Il avait agi de façon pragmatique. Chez lui, sa Blanche-Neige attendait de passer en sa compagnie une soirée calme qui serait la dernière. Elle serait contente de le voir rentrer plus tôt que d'habitude.

Il était minuit passé quand ils s'arrêtèrent sur le trottoir juste devant l'immeuble. Smutek les avait attendus ; d'en haut, il leur fit signe de ne pas sonner et appuya sur le bouton d'ouverture de la porte. Ils étaient en civil, le traitèrent poliment et lui firent part de ses droits à voix basse pour ne pas réveiller Blanche-Neige. Tout cela était nettement moins désagréable qu'un simple contrôle routier. Non, il n'avait rien à emporter. On voulait l'interroger, rien de plus. A la rigueur une brosse à dents, qui sait ? Ils étaient désolés de le déranger la nuit. Malheureusement, on ne pouvait pas savoir. Certains perdaient la tête et alors, le lendemain matin, il était trop tard.

Smutek éprouvait une profonde satisfaction en constatant que tout de suite après s'être rendu coupable de violences l'homme pouvait entretenir des relations courtoises avec des congénères intelligents, que les règles de la bienséance restaient valables même après un meurtre. Il pria les deux hommes de lui accorder une minute. Discrètement, ils l'observèrent par la porte de la cuisine tandis qu'il laissait pour sa Blanche-Neige un billet sur le buffet ; quand il eut terminé, l'un des policiers jeta un bref regard par-dessus son épaule pour en prendre connaissance :

J'aimerais que tu ailles t'installer chez une amie. Ici quelque chose vient de prendre fin. Je mentirais en prétendant que ça me fait de la peine.

La froide Sophie…

VOILÀ le surnom dont m'avaient affublée mes condisciples parce que je ne pleurais jamais : ils avaient beau me frapper, me tirer par les cheveux ou me lancer des boules de neige gelée. Les enseignants aussi utilisaient la même formule quand mes réponses étaient plus précises que leurs questions. En choisissant ce prénom, mes parents avaient davantage pensé à la sagesse qu'à la froideur : pourtant, contrairement à une idée répandue qui veut que le prénom détermine l'avenir, en réalité il crée ses propres futurs. Pour mes parents, je suis toujours restée Sophie alors même que je n'avais pas la moindre notion du monde des idées de Platon et de ses âmes idéales. Pour mon petit copain anglais d'Oxford, j'étais Sophie-sticated, la jolie Sophie pour les amis rencontrés lors de mes vacances en France, Sophisme dès mon premier semestre de droit à l'université de Heidelberg, Sofa pour des amis délaissés et Sophette pour mes grands-parents. Mais maintenant, quand je traverse les couloirs du tribunal pour aller prendre un café à la cantine, je n'entends plus que mon seul prénom, chuchoté dans tous les coins. Mes clients attitrés en parlent aux petits nouveaux en préventive, les défenseurs s'y sont faits et mes collègues secouent la tête, d'un air agacé ou amusé : Laisse tomber toute idée de stratégie si tu as affaire à la froide Sophie. La formule semble convenir à Mme le juge comme une combinaison de ski parfaitement ajustée.

En décidant de s'engager dans la voie juridique, la sage Sophie avait fait grand plaisir à ses parents. La sagesse n'était-elle pas avant tout la capacité de distinguer le bien du mal ? A quoi bon la sagesse si elle ne vous met pas en situation de prononcer un jugement ? Et n'est-ce pas précisément dans le cadre d'une décision de justice que s'est révélée la sagesse de Salomon ? Les gens ont imaginé que je voulais faire honneur à mon prénom. Je répondais avec réticence quand je venais passer mes vacances universitaires chez mes parents. Selon moi, le droit était un territoire où la justice ne pénétrait jamais, la justice était une fiction soigneusement entretenue par des moralistes séniles. J'étais jeune à l'époque, je ne comprenais rien à rien et pourtant j'avais raison – en droit.

Le droit n'est pas la salle d'accouchement de la justice : il n'a d'ailleurs jamais eu cette prétention. Le droit est fait de lois, les lois sont faites de mots et si les mots peuvent être bien des choses ils n'ont rien à voir avec la justice. Comment une règle écrite, prévue pour résoudre un grand nombre de cas disparates, pourrait-elle permettre le juste traitement d'un fait unique ? Le droit est bien au-delà d'une telle exigence. Ses règles peuvent être aussi salutaires que nocives, à l'instar de ces moules qu'il nous faut d'abord remplir de contenus différents.

Mes parents se seraient écriés : Ça veut dire quoi tout ça ? Il est interdit de tuer, voilà ce que dit le droit.

Un soldat est en droit de tuer. En état de légitime défense, on est en droit de tuer. Un policier est en droit de tuer en dernier recours et pour se défendre un homme est en droit de se tuer lui-même, un autre est en droit de l'assister dans ces cas-là. On a le droit de tuer un animal.

Quelqu'un qui tue sous l'emprise de l'alcool ou de la démence n'est pas pénalement responsable. On peut tuer par accident tant qu'il n'y a pas homicide par imprudence. Tuer n'est pas interdit : ce qui est interdit, c'est l'acte criminel. Quant à définir cet acte qui tombe sous le coup de la loi, le droit ne s'y risque pas. Tout cas particulier suppose, pour être jugé, la prise en compte d'un élément nouveau.

L'application de la loi suppose un intermédiaire entre les mots et la réalité qui se livrent une guerre de position depuis que les langues existent. Je suis juge-arbitre, non pas entre les hommes, mais d'abord entre l'écrit et les faits. Le moindre étudiant en première année de droit se fend de vingt pages pour pouvoir appliquer un simple paragraphe à un cas concret, sans pour autant parvenir à évoquer tous les éléments importants. Pour accorder la règle et le réel, de longs débats sont nécessaires qui s'achèvent sur la solitude du conciliateur. Le nombre des possibles est quantifiable : mais les cas litigieux le contraignent à chercher une solution en son for intérieur.

Et que découvre-t-il lors de ces longues recherches au fond de son moi mythique ? Un entrelacs ténu de représentations variées du bien et du mal. Quantité d'éléments bibliques, qu'on soit croyant ou non. Les contes de Grimm, qu'on les ait lus ou non. Sigmund Freud, le national-socialisme, Adorno, le postmodernisme ainsi que la conscience de la mutation permanente de toute chose et de l'impossibilité de saisir le présent, un peu comme un rouage qui ne saurait comprendre le mécanisme dont il fait partie.

Enfoncé jusqu'aux genoux dans cette boue éthique originelle, le juge-arbitre se doit d'être convaincu que s'exprime par le truchement de son esprit, de ses mains et de ses lèvres l'histoire de l'humanité tout entière. Parfait, disaient mes parents : cette boue originelle, c'est la sagesse, nous le savons depuis toujours. Il n'y avait plus aucune raison de les contredire.

Appelez ça comme vous voudrez. Une autre question est bien plus intéressante : que se passe-t-il lorsqu'un juge, après avoir examiné un dossier avec le plus grand soin, après avoir établi et interprété les normes déterminantes, considéré le déroulement des faits, après avoir réfléchi aux spécificités et aux singularités et avoir trouvé un juste milieu entre des théories contradictoires, que se passe-t-il lorsque ce juge tente d'entendre en lui-même la voix qui lui dit de trancher et que la réponse reste – absente ! Il va se mettre à feuilleter ses dossiers avec frénésie. Réexaminer les faits. Interroger un collègue. Prendre trois jours de congé pour penser à autre chose, puis reprendre posément le tout depuis le début, pour parvenir au même résultat : rien.

Dans cette situation, le juge est bloqué : coincé dans la crevasse d'un glacier, entre deux époques, une crevasse qui ne se refermera que le jour où l'une des époques aura totalement remplacé l'autre. Car l'ancien disparaît sans qu'il soit immédiatement remplacé. L'humanité se sépare avec sérénité de l'ancien monde sans se soucier de la mise en service du nouveau. Désarmante de naïveté et pleine de gravité, une formule s'impose alors : la vie continue. Mais si nous nous contentons de constater la perte d'une certitude tout en pleurant ou en célébrant le vide qu'elle laisse derrière elle, cette vie continuera sa route enjambant les vides par-dessus lesquels elle jettera des ponts faits de légalité édifiée à grands coups de "pragmatisme" et qui n'entretiendront pas plus de rapport avec la réalité qu'un portemanteau avec la nouvelle collection d'été. Le pragmatisme classe les hommes, les choses et les pensées selon leur fonctionnalité. Mettant en concurrence le grand et le petit, le beau et le laid, le vieux et le jeune, en un mot tous les contraires, il déclare vainqueur celui qui l'emporte. Pour lui, le vainqueur incarne le bien alors même qu'il se met ainsi au service du plus vieux, du plus primitif de tous les instincts : l'instinct de conservation. La nature est pragmatique. Tout animal est pragmatique. L'homme le devient, par défaut d'idées.

Regardez les océans. Ils sont peuplés de créatures en nombre bien plus important que les continents, la nourriture y est limitée et inégalement répartie. Sous l'eau, il n'existe ni codes, ni juges, ni prisons, ni avocats, ni police. Tout n'est que lutte ; mais il n'y a pas de guerre. La diversité des espèces ne diminue pas, les populations restent équilibrées : c'est un grand tout qui fonctionne tandis que chaque être vivant couvre simplement ses besoins et rien de plus. Ce miracle est le fruit du pragmatisme. Un animal ne croit en rien, sauf à l'absurde nécessité de survivre. Mais un détail d'importance distingue le pragmatisme de l'homme de celui de l'animal. Chez lui, l'instinct du jeu ne s'éteint pas avec la maturité sexuelle : il perdure éternellement. Est-ce là ce qui fait du pragmatisme humain une disposition dangereuse ? Je suis incapable de le dire.

En tout cas, il n'est pas question que je précède les peuples de Gog et de Magog pour annoncer la fin du monde aux hommes. Je n'avouerai pas publiquement qu'il existe peut-être des jugements pragmatiques, mais certainement pas une justice pragmatique. Moi aussi, je suis fille de mon temps et j'ai le droit de prendre à la légère ce qui nous arrive. Des centaines de milliers de personnes pensent qu'il est impossible qu'une seule puisse changer quoi que ce soit, et elles ont sacrément raison.

Je joignis les deux affaires dès que les dossiers arrivèrent sur mon bureau. Etant donné son âge, M. El Qamar relevait du tribunal pour enfants, mais je les voulais tous deux dans ma salle d'audience : l'autre pouvait s'estimer heureux d'être jugé comme un adolescent. Après avoir appris que la moitié du personnel de l'établissement d'éducation concerné avait exprimé son désir d'assister aux débats, je rejetai une demande visant à autoriser la présence du public. Le procès aurait dégénéré en spectacle judiciaire.

Les accusés n'avaient pas fait de préventive. Sans doute auront-ils appris par leurs défenseurs que la froide Sophie s'apprêtait à faire leur procès. J'imagine sans peine les avocats hochant la tête et agitant l'index : Ce n'est pas pour vous inquiéter, mais ça se présente mal pour nous. Personne ne peut soupçonner que c'est un coup de chance. La justice existe en enfer. Au ciel règne la grâce.

Devant la loi et en haute mer, nous sommes dans la main de Dieu

SMUTEK était venu habillé d'un complet noir, les cheveux collés au crâne ; il baissait les yeux et l'ensemble lui donnait l'allure d'un premier communiant qui se résigne difficilement à être attifé comme un adulte. Alev, assis deux avocats plus loin sur le banc des accusés, portait son pantalon beige, des chaussures italiennes en cuir et sa chemise de tous les jours. Juste en dessous de ses yeux, un pansement cachait les traces de la deuxième opération subie par son os nasal. Au milieu du front, vingt points de suture dessinaient un lambda qu'il conserverait toute sa vie. Pour pouvoir soigner les blessures légères qu'il avait à la tête, le personnel de l'hôpital lui tondait régulièrement le crâne, si bien que celui-ci pesait sur ses épaules tel un astre d'un gris poussiéreux, brutal et pitoyable, taché un peu partout de teinture d'iode. Les yeux à demi fermés, on aurait dit qu'il était sur le point de regarder pour la première fois le monde en face, récalcitrant comme un chaton nouveau-né. Son menton et ses mâchoires violacés paraissaient putréfiés comme s'il allait se décomposer tout vif à partir du cou.

Mais les pires dévastations se cachaient derrière ses lèvres closes. Il lui manquait trois dents, deux autres étaient brisées, il faudrait plusieurs semaines pour déblayer le champ de ruines qui s'étalait dans sa bouche et s'attaquer à la reconstruction. Lorsque deux infirmiers, alertés par un appel téléphonique anonyme de Smutek, avaient trouvé la victime gisant à terre et l'avaient placée sur une civière, sa tête avait roulé sur le côté en versant par la bouche et les narines un tel torrent de sang que les deux hommes s'étaient jetés à quatre pattes pour explorer la terrasse gravillonnée comme s'ils cherchaient un sou perdu. Ils avaient fini par découvrir une chose tout entière panée de sable qui ressemblait à une petite limace recroquevillée. Ils l'avaient enveloppée dans un mouchoir pour l'apporter au médecin de service qui la contempla avant de la jeter dans la poubelle sous le lavabo. Ce morceau de chair dérisoire avait déjà cessé de vivre, et les dernières vibrations du couvercle de plastique blanc conclurent la cérémonie des funérailles de cette arme verbale, deuxième alliée d'Alev pour la rapidité.

La plus rapide, quant à elle, était en vie. Assise derrière la porte de la salle d'audience, elle attendait d'être appelée à la barre.

Alev avait impérieusement exigé d'être présent à la première audience possible. Les médecins avaient fini par l'y autoriser avec un haussement d'épaules moqueur : un Indien ignore la douleur. Une paire de béquilles était appuyée au mur entre les deux fenêtres. Lentement, prononçant tous les *l* comme autant de *r* gutturaux en une lallation inversée, il se déclara apte à comparaître. Quand il ajouta qu'il attendait avec une joyeuse impatience l'après-midi la plus divertissante qu'il aurait connue depuis huit semaines, la froide Sophie leva deux sourcils arqués comme des ailes d'hirondelle devant un soleil couchant et secoua ses cheveux courts, lisses et blonds. La désinvolture de ce geste encouragea Smutek à regarder enfin sa victime en face. Il se pencha en avant, leurs regards se croisèrent, ils échangèrent un signe de tête et se détournèrent prestement. Nulle haine. Nulle hostilité. Rien qu'une destruction, des ruines silencieuses. Le calme après la tempête et un peu d'embarras face à la criante évidence de ce physique ravagé. L'étrange beauté d'Alev, qui ne se présentait que furtivement tel un animal sauvage, l'impression qu'il donnait de pouvoir jouir d'un extrême bonheur et ressentir une souffrance extrême, enfin les acrobaties rhétoriques qu'il accomplissait en se jouant sur les trapèzes de l'esprit, tout avait disparu sous les mains de Smutek, et nul ne pouvait croire que cela revivrait un jour. Ce qui restait, c'était un être humain – ni Dieu ni diable, ni rêve ni cauchemar. Un garçon de dix-huit ans qu'une ambulance avait amené à l'audience à la demande du tribunal, qui traitait son défenseur avec mépris et avait l'air perdu entre les adultes habillés de noir. Smutek le trouva presque sympathique. Il aurait aimé pouvoir se lever, poser une main affectueuse sur le crâne chauve qui reposait courageusement à sa place comme le monde sur les épaules d'Atlas et dire que d'une façon ou d'une autre tout allait s'arranger, que la vie allait continuer, et autres sornettes du même acabit. Au lieu de cela, il lança à Alev un deuxième regard en biais et sentit pâlir le souvenir qu'il gardait de son aspect antérieur. Il le sentit disparaître définitivement, comme si cet aspect n'avait jamais existé, comme si Alev n'avait jamais été que l'ombre d'une chose plus grande, une ombre qui pouvait par instants se dresser de toute sa taille pour se retrouver l'instant d'après toute petite et sagement accroupie sur ses talons.

Au micro, la froide Sophie invita les témoins à entrer dans la salle et à prendre place sur les bancs du public. La lourde porte en bois s'ouvrit lentement comme s'il fallait déployer des efforts surhumains pour la pousser. Lindenhauer, Hauser et Teuter franchirent sans bruit le linoléum verdâtre dont la surface était griffée comme le sol d'un vieux gymnase et se laissèrent choir sur trois sièges au premier rang, avec autant d'adresse et d'empressement que s'ils jouaient aux chaises musicales. Lindenhauer coinça ses mains entre ses cuisses comme s'il avait froid. Odetta et Olaf, main dans la main, tournèrent aussitôt à droite et se dirigèrent vers le dernier rang, où ils se perchèrent côte à côte comme deux oiseaux sur une branche. A la mine des témoins, on voyait bien qu'ils n'avaient échangé un seul mot derrière la porte. Le mutisme les enveloppait comme une aura pestilentielle.

La froide Sophie parcourut du regard sa salle d'audience, que l'assistance clairsemée faisait ressembler à un cinéma délaissé, et se pencha une nouvelle fois sur son micro :

— Je sais que vous êtes là. Cessez de faire des manières et entrez, mais *fissa* !

La porte ouverte renvoya bruyamment l'écho du dernier mot, comme si une deuxième Sophie restée dans l'antichambre poussait les retardataires dans la salle tel un troupeau rétif. L'avocat de la partie civile leva la main pour dissimuler un sourire perfide derrière sa vaste manche. Depuis qu'il connaissait la froide Sophie, il enviait tous les accusés mâles de pouvoir contempler quelques heures son profil gauche pendant les débats, alors que de sa place lui-même ne voyait jamais que le droit. Il avait envisagé de commettre un délit pour tomber sous sa férule, puis rejeté immédiatement cette idée. Il avait plus de vingt et un ans, et son nom commençait par une lettre qui ne relevait pas de la compétence de cette juge.

Ada était déjà au milieu de la pièce quand elle souffla entre les dents l'ultime reste de sa fumée de cigarette, clignant des yeux comme un animal nocturne qui tenterait de s'orienter en plein jour en terrain inconnu. Sans le vouloir, Smutek s'était levé quand elle était apparue dans le cadre de la porte. Une bouffée de chaleur lui était montée au visage, se répandant sur ses joues, et il dut se surveiller pour ne pas lever le bras et lui faire signe de s'asseoir près de lui. Huit semaines qu'ils ne s'étaient pas vus. Huit semaines pendant lesquelles il n'avait passé aucun coup de téléphone, envoyé aucun SMS, pendant lesquelles il n'était sorti de chez lui que la nuit pour s'approvisionner en vitesse à la station-service la plus proche. De jour, il courait le risque d'être harponné par un journaliste local ou, pire encore, de tomber entre les griffes d'une horde de lycéens excités.

— Peut-être l'ignorez-vous, lui avait dit son avocat dès leur première entrevue, mais les crimes sexuels font l'objet d'une réprobation plus dure que le meurtre ou l'assassinat, et quand ils concernent une mineure même les taulards les plus endurcis préfèrent inventer un braquage de banque avec prise d'otages. En prison, le plus terrible, ce ne sont pas les barreaux.

Smutek avait disjoncté brutalement :

— Traitez-moi de pédophile, tant que vous y êtes !

Durant une fraction de seconde, il avait imaginé le bruit de deux mâchoires claquant l'une contre l'autre et s'était calmé instantanément, mettant sa nervosité sur le compte de l'isolement cellulaire qu'il subissait dans son propre appartement.

Sur l'arrière-plan de ces huit semaines, Ada lui faisait l'effet d'un ange descendu du plafond. Sa peau claire était baignée d'un éclat suscité par son T-shirt foncé et un pantalon noir que Smutek ne lui avait encore jamais vu. Les revers découvraient le bout de ses chaussures rouges. Elle semblait plus mince, et ses cheveux avaient bien poussé de dix centimètres en deux mois. Smutek chercha à s'expliquer ce mystère jusqu'au moment où il se souvint que l'image d'elle qu'il avait gardée en mémoire datait de l'époque où il l'avait soulevée pour la porter dans la salle de bains en traversant les couloirs de l'auberge de Dahlem. Dans son souvenir, elle reposait comme endormie dans ses bras tandis qu'il la contemplait en toute quiétude. Quand on était jeune comme elle, huit mois représentaient une petite éternité. Rien qu'en l'espace de huit semaines, le monde pouvait changer de fond en comble. Cette idée lui fit froid dans le dos. Ada avait pu devenir une autre. Peut-être se rappelait-elle à peine ce qui s'était passé entre eux. Quand elle tourna son visage vers lui, il écarta largement les coins de ses lèvres pour la saluer. Son regard le frôla pour se perdre au-dehors, comme si Smutek était aussi transparent que la fenêtre.

La froide Sophie était une observatrice attentive. Elle remarqua l'échec de cet échange de regards, la joie instinctive de Smutek et le désarroi qui l'avait suivie. Elle vit qu'Alev tenait la tête baissée pour cacher son visage ravagé à cette jeune fille, et qu'Ada exhalait encore de la fumée de cigarette à l'expiration suivante. Quand celle-ci leva enfin les yeux vers la chaire du magistrat, l'expectative muette se transforma en tension, la juge et son témoin restaient accrochées l'une à l'autre par le regard. Affrontées en un combat invisible, Urd et Skuld, déesses impétueuses du passé et de l'avenir, crurent déceler dans leur adversaire respective des aspects familiers et, se ruant l'une sur l'autre, elles écrasèrent entre elles Werdandi, le présent toujours passif. Pour un instant, déraisonnable, la froide Sophie fut heureuse que le ministère public ait dans un premier temps renoncé à porter plainte contre Ada, au motif qu'elle serait plus utile comme témoin. Elle aurait eu l'impression qu'on l'avait convoquée pour se juger elle-même.

— Je vous souhaite le bonjour, dit Ada.

— Je vous retourne votre souhait.

Le charme se rompit sans bruit et sans éclats. Sophie poursuivit :

— Auriez-vous l'amabilité de vous asseoir ?

Elle appela l'affaire, constata la présence des témoins et des experts, salua le représentant du service d'aide juridique aux mineurs, rappela aux parties qu'elles étaient liées par le devoir de vérité et les informa sur les suites pénales d'un faux témoignage, puis invita les témoins à quitter la salle d'audience. Quand tout cela fut fini, un bruyant soupir de soulagement traversa les rangs comme si on avait franchi de concert le premier gros obstacle.

Le procureur donna lecture de l'acte d'accusation d'une voix tonitruante, comme un chef de tribu accoutumé à haranguer ses troupes en plein air. En prononçant les mots "coups et blessures", "lésions graves" et "sévices exercés par personne ayant autorité", il lançait des regards noirs à Smutek. La froide Sophie écouta avec attention, le menton appuyé sur la main, remercia et, sans s'émouvoir, pria les accusés de décliner leur identité, cependant que le représentant de l'accusation, déçu, retombait sur sa chaise en gonflant ses plumes comme un corbeau en hiver.

Smutek répondit à voix basse, avec un empressement docile. Alev extorqua péniblement de son gosier une syllabe après l'autre, mêlant sur sa langue mutilée spirantes aiguës et voyelles gutturales, si bien qu'il donnait l'impression de parler avec une brosse à dents dans la bouche. Les deux avocats firent savoir que leurs mandants se refusaient à toute déclaration. On s'apprêtait à ouvrir l'instruction quand Alev leva la main.

— Vous voulez quand même dire quelque chose ? demanda la froide Sophie.

Alev leva sur elle un regard rose bonbon sorti tout droit d'une chambre à coucher.

— Mon client a décidé de faire usage de son droit au silence, s'écria son avocat en bondissant à moitié de sa chaise, une main sur l'épaule d'Alev. Il faillit perdre l'équilibre quand celui-ci le poussa de côté d'un bref coup d'épaule.

La froide Sophie lança immédiatement à l'avocat :

— Devant la loi et en haute mer, nous sommes dans la main de Dieu. Ne troublez pas le déroulement des débats si vous voulez éviter un rappel à l'ordre.

— Je vous suis infiniment reconnaissant, dit Alev. Votre Honneur, connaissez-vous le dilemme du prisonnier ?

— Ici, c'est moi qui pose les questions, rétorqua la froide Sophie. Et évitez de m'appeler *Votre Honneur*.

— J'aimerais vous parler du dilemme du prisonnier.

— Est-ce en rapport avec notre affaire ?

— Les événements dont nous faisons aujourd'hui mémoire étaient censés contribuer à la vérification d'une hypothèse relevant de la théorie des jeux.

— Suis-je en droit de supposer que vous aviez imaginé à ce dilemme une solution quelque peu différente ?

Alev rit silencieusement, la main devant la bouche.

— Vous êtes une femme intelligente, dit-il.

— Epargnez-moi ce genre de familiarités !

La froide Sophie était capable de tonner comme un orage sans que la moindre goutte d'eau fût tombée auparavant.

— Le fait que M. Smutek et moi-même – Alev désigna du regard le deuxième accusé – nous retrouvons aujourd'hui ensemble devant la même juge procède d'une certaine perfidie ironique du destin. Voilà ce que je voulais vous dire.

— Vous avez terminé ?

— D'après les règles de la théorie des jeux, nous nous enverrions mutuellement à la guillotine si nous pensions nous trouver devant vous pour la première et la dernière fois. Si nous tenons notre rencontre pour le début d'une chaîne itérative, nous coopérerons. C'est ainsi que vous devez comprendre notre refus de témoigner : nous ne sommes pas encore sûrs.

— Et maintenant, vous avez fini ?

— Oui.

— Parfait. Maintenant, écoutez-moi bien. Premièrement : quand, moi, j'en aurai fini avec vous, votre passage dans cette salle aura selon toute vraisemblance été le premier et le dernier. Je parle d'expérience. Deuxièmement : vous pouvez être sûr que je ne propose pas de marchés qui vous permettraient d'atteindre à une solution optimale grâce à une stratégie maximale. L'équilibre stratégique gagnant existe en théorie. Mais, monsieur El Qamar, si je puis me permettre : ici nous sommes en plein réel.

Elle avait repris une voix de tonnerre, le procureur roula des yeux extasiés.

— Touché, s'exclama Alev, la main droite sur le cœur. Dorénavant, je suis tout à vous. Il est vrai que j'ai une opinion différente en ce qui concerne le vieux flirt entre la théorie et la pratique. Mais *regina regit colorem*.

— Dans ce cas, montrez-vous chevaleresque à mon égard et tenez-vous tranquille si vous n'avez rien d'autre à dire sur l'affaire.

Alev, d'un geste de mousquetaire, souleva un feutre imaginaire. Les lèvres de la juge tressaillirent légèrement et ses sourcils se levèrent, ce qui n'échappa à aucune des personnes présentes. Au moment d'appeler les témoins, Smutek leva la main.

— Madame le juge, je voudrais faire une déclaration partielle.

Le procureur grimaça un large sourire. Avec la froide Sophie, ça ne manquait jamais. Tôt ou tard, ils se mettaient tous à table.

— Une déclaration partielle, dit-elle, c'est mieux que rien. Je suppose que vous voulez évoquer l'accusation de coups et blessures volontaires ? Parfait. Autrement, nous aurions dû traiter séparément les deux affaires et entendre M. El Qamar comme témoin. Double travail pour toutes les parties en cause. Allez-y.

Smutek fit des aveux rapides et circonstanciés. Aviez-vous prévu que la victime allait tomber et heurter l'escalier de la tête ? Non. Avez-vous frappé la victime à l'aide d'un instrument quelconque ? Un bâton ? Une pierre ? Un – poing américain ? Rien de tel. Quelle sorte de chaussures portiez-vous ? Des baskets. Vous êtes-vous approché de la victime par-derrière ? Non. Le procureur prenait des notes et voyait ses lésions graves s'en aller à vau-l'eau. Il demanda la parole, mais la froide Sophie n'en avait pas encore fini :

— Pourquoi avez-vous fait cela ?

Smutek avait déjà eu l'idée de se poser la question, et il avait eu huit semaines pour se consacrer à la recherche des motifs. Mais la réponse n'était pas simple. Il n'en savait rien. Le représentant de la partie civile se leva de sa chaise avec assurance :

— Vous étiez poussé par la haine. Par un besoin de vengeance compréhensible. Par le désespoir consécutif à une situation vraiment intolérable.

— Non, ce n'était pas ça.

— Vous étiez rempli d'une juste colère envers un être qui avait réussi à mettre deux jeunes filles dans une situation abjecte ?

— Je vous en prie, dit Sophie. Nous ne sommes pas en Amérique. Où voyez-vous des jurés ?

Elle embrassa l'air ambiant de ses deux bras écartés en agitant les doigts. Alev rit une fois de plus à l'abri de sa main.

— Non, dit Smutek, ce n'était pas ça.

— Si vous vouliez simplement mettre un terme à la situation, il aurait été plus facile de demander de l'aide à quelqu'un. A la police ? Au proviseur ? Aux parents de ce… deuxième accusé ?

— Cogner, dit Smutek, c'est toujours la solution la plus facile.

— Là, vous avez raison, dit la froide Sophie. Et maintenant, monsieur Smutek, dites-nous enfin pourquoi vous avez fait ça.

— Je n'ai qu'une seule réponse, et elle est déconcertante.

Quand il regarda droit devant lui pour tourner son visage vers la chaire du magistrat, la perspective écarta le procureur qui rapetissa et disparut comme une pièce ôtée de l'échiquier :

— Je ne peux pas l'expliquer davantage, mais je l'ai fait par amour.

Alev se pencha vers l'avant pour adresser un sourire à Smutek :

— Il dit la vérité.

Le procureur frappa la table du plat de la main :

— Vous le regrettez ?

Smutek fit du bras un geste si large qu'il faillit frapper la poitrine de son avocat :

— Il suffit de regarder ce malheureux ! Bien sûr que je le regrette !

— Merci. Je n'ai pas d'autres questions.

Toutes les personnes concernées prenaient des notes. Sophie approcha ses lèvres du microphone et appela le premier témoin. Au moment où elle prononçait le nom d'Ada, elle eut l'étrange impression qu'elle ne serait pas en mesure de trancher ce cas. Une idée aberrante qu'un coup d'ailes énergique lui permit d'écarter.

Le plaidoyer d'un témoin

LE LENDEMAIN de son arrestation nocturne, Smutek était rentré chez lui vers midi : épuisé, hébété, mais lui-même surpris de n'avoir guère changé. Il n'était ni un être nouveau, ni un homme brisé. Il reconnut sa voiture, sa maison et finit par se reconnaître lui-même dans la glace de l'armoire : dans ce monde resté implacablement identique, il se sentait globalement à sa place. Bien dans sa peau et dans sa vie, il ne ressentait pas le besoin d'attraper le téléphone, cheveux hérissés, et de faire son propre numéro afin d'écouter d'un air songeur la tonalité d'une ligne occupée, voire de recourir à d'autres initiatives tout aussi stupides, caractéristiques d'une gestion de crise individuelle.

En parfait accord avec ce qu'il appelait sa personnalité, il s'était assuré, après avoir pénétré dans son appartement, que l'armoire et la salle de bains avaient été en partie vidées et que quelques livres avaient disparu des rayonnages. Il découvrit un peu partout des signes de précipitation. Des vêtements et des objets traînaient par terre, adoptés dans un premier temps puis rejetés, ça je le prends, à la réflexion non, difficile de faire un choix. L'image d'une Blanche-Neige paniquée courant dans l'appartement comme un animal dont on secoue brutalement la cage lui procura un coup violent au creux de l'estomac.

La brûlure engendrée par le sentiment de culpabilité, le remords et la compassion transforma son amour en une lame acérée dont la pointe, enfoncée en plein cœur, le perçait à chaque pas. Il lui faudrait désormais vivre avec cette blessure, un peu comme un poisson qui a réussi une fois encore à s'en tirer, un hameçon accroché dans le palais. Dans quelques semaines tout au plus ils se reverraient, assis à une terrasse, séparés par de grands bols de café au lait fumant, parlant de choses utiles, essayant de comprendre. Mme Smutek allait changer, elle porterait les cheveux courts, plaqués sur la tête, une raie sur le côté, quitterait peut-être même son emploi, se mettrait à peindre. Elle rencontrerait un autre homme. Elle ne mentirait plus jamais. Elle aurait un enfant.

Sur la table de la cuisine, le journal était ouvert. Smutek n'était pas dans la rubrique "Faits et méfaits" : il avait trouvé sa photo en première page des informations locales. C'était celle de son dossier de candidature à Ernst-Bloch. Grâce au journal il apprit qu'Alev était en vie.

Il découvrit bientôt son portable à l'intérieur d'un sabot vide de toute primevère, posé sur la fenêtre. L'écran signalait l'arrivée d'un SMS reçu tard dans la nuit.

Tiens bon. Laisse-moi faire. Je vais te sortir de là.

Il supprima ce message aux paroles emphatiques qui le firent sourire. Pendant les semaines qui allaient suivre, en quarantaine dans son propre appartement, il n'aurait que trop le temps d'apprendre à espérer. Il se mit à espérer qu'Ada, d'une façon ou d'une autre, tienne sa promesse. Elle avait pour elle l'effet de surprise et une parfaite connaissance du terrain. Mais pour mener à bien toute cette campagne elle ne disposerait que de quelques minutes.

Le général de brigade avait été très heureux de pouvoir lui rendre service : il lui avait donné le numéro de téléphone d'un juriste réputé de Bonn, tout en l'invitant à ne pas se soucier des honoraires. Ada l'avait appelé sur-le-champ pour lui exposer un cas qui ne s'était jamais présenté à lui de toute sa carrière : un témoin souhaitait prononcer un plaidoyer. D'habitude les témoins comparaissaient, étaient entendus et prêtaient serment : les plaidoyers étaient réservés au procureur et à la défense.

Bien sûr, Ada était au courant. Mais l'autoriserait-on à lire à la barre une déclaration toute prête ?

Certainement pas. Il n'était pas interdit de se servir d'un aide-mémoire sous forme de quelques notes, mais un témoin avait à répondre aux questions posées, rien de plus. L'avocat lui proposa alors de passer un marché : en contrepartie de vingt minutes de liberté de parole, elle renoncerait à faire état de sa liaison avec M. El Qamar, en se retranchant derrière son droit de refuser de témoigner. Après avoir obtenu le nom de la juge qui devait siéger, il retira sa proposition.

— Chez nous, on dit : Oublie toute stratégie avec la froide Sophie, dit-il à Ada au téléphone, ce n'est pas son genre de passer des marchés. Ada le remercia et raccrocha.

Le jour des débats, elle était prête. Quand la voix de la froide Sophie vint couvrir de givre les membranes des haut-parleurs, elle se leva du banc de bois sculpté, jeta un regard vide au malheureux Olaf assis à côté des cendriers et qui ne voulait pas lâcher la main d'Odetta, et pénétra pour la seconde fois dans la salle d'audience. Elle avait à la main toute une série de fiches. Elle avait organisé ses notes comme un jeu de construction dont les différentes parties étaient interchangeables si bien qu'elle espérait pouvoir retrouver le fil de sa démonstration quelles que soient les interventions, interruptions ou questions qu'on pourrait lui poser. Elle était décidée à ne pas arrêter de parler tant qu'elle ne serait pas menacée d'amende.

Dans la salle, personne ne la regarda. Tous griffonnaient dans leurs dossiers ou regardaient le sol comme des élèves qui ont quelque chose à cacher à l'enseignant qui entre dans la classe. Quand la couche nuageuse se déchirait, un timide soleil de juillet pénétrait dans la salle, dépouillant les néons pendus au plafond de la moindre luminosité. Des bruits de la rue s'imposaient parfois, vrombissements ondulés de moteurs pétaradants, baragouinages de passants, cris métalliques de tramways. Pour le lendemain, la météo prévoyait des ouragans dévastateurs, des trombes d'eau diluviennes et des bourrasques terribles. Les gens ne comptaient plus les orages apocalyptiques qui sévissaient cette année. Ils disaient que le temps était déréglé. En juin, une tornade avait emporté la moitié d'un village en Allemagne de l'Est. La froide Sophie finit par lever la tête :

— Commencez par ce qui, selon vous, constitue le commencement.

Rien de plus facile que cela. Ada disposa ses fiches en un tas impeccable et s'empressa d'obéir.

— Au moment où la lumière de ces débats se pose sur moi, j'étais âgée de quatorze ans, blonde, avec une stature robuste. A l'été 2002, je suis entrée en classe de seconde au lycée Ernst-Bloch après avoir dû, pour une raison qu'il est inutile d'évoquer ici, quitter mon ancien établissement. Dans ce lycée, je passai d'abord relativement inaperçue. Je paraissais plus âgée que je ne l'étais en réalité. Je m'étais réjouie à l'idée de venir à Ernst-Bloch. Mais après les vacances d'été je me suis retrouvée dans une salle de classe au milieu de vingt-cinq camarades qui ne m'intéressaient pas le moins du monde et j'ai compris tout de suite que rien n'avait changé. Il n'est pas impossible que j'aie toujours misé non pas sur le mauvais cheval mais sur des chevaux qui n'existaient pas, pour m'étonner ensuite de n'avoir ni gagné ni perdu.

Pendant qu'elle parlait, les bruits de l'extérieur s'estompaient, pour revenir dès qu'elle s'interrompait afin de permettre au claquement des touches de la greffière de rattraper les mots qui venaient de s'éteindre. Malgré le froid automnal, une chaleur intense régnait dans la salle. L'avocat de l'accusation s'épongea le front avec un pan de sa robe.

L'idée que la froide Sophie pourrait décider de laisser Ada s'exprimer librement n'avait pas effleuré ce spécialiste du droit pénal. Sophie, la tête appuyée sur une de ses mains qui aplatissait ainsi ses mèches blondes d'un côté, écoutait Ada qui, avec la ténacité de Schéhérazade, parlait de princesses, de cave à vélos et des Oreilles, d'Olaf et de son dépucelage raté, de Smutek, le professeur d'allemand, et bien sûr de M. El Qamar, un nouvel élève arrivé au lycée un an après elle. Pendant l'évocation du voyage à Dahlem et du bain nocturne de la fée des glaces la salle retint son souffle. Avant que la première question de la froide Sophie ne l'interrompe, elle avait déjà traité trois de ses fiches.

— Et la mort du professeur d'histoire dans tout ça ?

Ada prit la fiche intitulée "Höfi" et se mit à grimper avec entrain les marches suivantes.

— Vous voulez que je vous parle de ça ? J'avais prévu de faire l'économie de cet événement qui n'entretient qu'un rapport très indirect avec notre affaire. Drôle d'expression : notre affaire tombe aujourd'hui ! Une affaire ne tombe pas, elle réunit d'un coup une poignée de personnes inconnues et les relie pendant un certain temps. M. Höfling a atterri juste devant mes pieds. Je n'oublierai jamais ce qu'il m'a fait là. C'était le meilleur prof de tout le lycée. Il m'a tout de suite considérée comme un adversaire digne de lui et j'aurais été prête à tout pour lui s'il m'avait demandé quelque chose. M. Smutek a été touché plus durement que tous les autres. Non seulement parce que M. Höfling était un de ses amis. La vieille Europe dans sa totalité avait sauté du toit avec Höfi : la mort du prof d'histoire était aussi celle de l'histoire. Si toutes ces explications sont trop ésotériques pour cette noble cour, je peux les résumer en une seule phrase : aucun de nous n'allait vraiment bien en ce temps-là.

La froide Sophie passa sans mot dire sur la "noble cour" tout en réprimant un vague sourire. Sa salle d'audience était en train de se recroqueviller sur elle-même tel un animal aux aguets : en apparence une défaillance collective de la tension artérielle. Le procureur écoutait avec attention ; derrière ses paupières fermées, ses prunelles s'agitaient. Le regard fixe, les défenseurs perçaient l'air de multiples trous comme s'ils cherchaient à trouver des réponses dans une autre dimension. L'expert qui n'avait pas obligation d'assister aux débats était depuis longtemps parti aux toilettes. Penchés en avant, les coudes appuyés sur le banc, Alev et Smutek pouvaient se regarder chaque fois que l'envie s'en faisait sentir. Quand ils entendirent : Smutek a été le plus durement touché, ils opinèrent longuement, chacun pour soi.

— Bien, dit la froide Sophie, passons à la première accusation. Veuillez nous relater les événements du vendredi 12 mars dans l'après-midi.

Ada reprit, sans même avoir à modifier l'ordre de ses fiches.

— Il faut que vous sachiez que je pratique l'art de la fuite chaque fois qu'il y a lieu de le faire, ce qui revient à dire : tous les jours ou presque. Deux jours après la mort de Höfi, quantité de choses me poussaient à leur échapper et ce qui devait arriver arriva : j'en ai fait un peu trop sur le terrain de sport. L'hypoglycémie peut vous donner l'impression d'être à l'article de la mort. J'avais besoin de prendre une douche froide et de manger quelque chose. Je me suis traînée jusqu'au gymnase, espérant que l'entraîneur de l'équipe de volley m'ouvrirait la porte, mais avant même de sonner j'ai remarqué qu'elle n'avait pas été fermée. Or, depuis les vols dans les vestiaires, les profs avaient ordre de fermer la porte à clé pendant les heures de sport. J'ai pensé qu'un joueur de volley avait discrètement ouvert la porte au voleur. Les élèves d'Ernst-Bloch ne sont pas tous riches et se droguer coûte cher. En la matière, j'ai un sens moral totalement sous-développé, et, avant de vous entendre me demander la raison pour laquelle il ne m'est pas venu à l'esprit d'informer le professeur de la non-fermeture de cette porte, je voudrais vous rappeler que, faisant partie du système judiciaire, vous incarnez l'ultime instance dans ce pays dont la mission consiste à distinguer le bien du mal. Ce n'est pas mon rôle. J'avais envie d'une douche. Le vestiaire des profs est équipé d'un mélangeur et l'eau ne se coupe pas automatiquement toutes les deux ou trois secondes. Après nos séances communes d'entraînement, M. Smutek me permettait toujours d'utiliser sa douche ; quand j'ai jeté un coup d'œil dans le vestiaire, j'ai eu le plaisir de voir son sac de sport sur la table. Manifestement, il remplaçait l'entraîneur de l'équipe de volley. Nous étions sparring-partners, amis même. Il ne dirait rien si je lui mangeais sa réserve de barres caloriques. Un vol de nourriture, non ?

Ces dernières paroles ne manquaient pas de culot. Au demeurant, dès les remarques sur l'ultime instance le procureur était sorti de ses méditations et s'était mis à tourner la tête d'un côté à l'autre comme au cours d'un match de tennis. La froide Sophie ne riait pas, ne jurait pas et ne brandissait pas la menace de toute sa panoplie de sanctions. Tel un pasteur étendant sa main, elle intima l'ordre de se taire à l'avocat-conseil de M. El Qamar qui s'était mis à se contorsionner sur sa chaise depuis que le but poursuivi par la déposition du témoin était devenu évident. Le procureur en était à se demander s'il y avait lieu de récuser le témoin, mais il finit par renoncer à cette idée tant cela devenait passionnant. Ada avait disposé subrepticement trois fiches devant elle.

— Quand M. Smutek, après avoir libéré les joueurs, entra dans le vestiaire, j'étais assise sur une chaise, enveloppée dans une serviette, et je fumais. Il lui a fallu un moment pour surmonter sa frayeur. Ensuite, nous avons parlé de M. Höfling. Pour que vous compreniez ce qui va suivre, je dois préciser que M. Smutek n'a jamais été pour moi un adulte que l'on considère de loin et avec respect. Pour les choses de l'esprit j'ai toujours estimé que je lui étais nettement supérieure, et du jour où j'ai remarqué qu'il venait me voir pour que je le réconforte les rôles se sont définitivement inversés. Peut-être vous est-il arrivé un jour de vous trouver à l'arrière de la voiture de vos parents quand un conducteur de BMW arrogant est venu se précipiter en plein centre-ville dans l'unique place de parking libre que votre père avait bien sagement attendue. Peut-être avez-vous vu alors la consternation pour ne pas dire le désespoir de vos parents face à un monde dont la génération vieillissante croit qu'il s'emballe. Vous avez vu avec effroi vos propres parents retomber en enfance tandis que vous teniez le rôle de la mère ; c'est à vous qu'il appartenait de les réconforter, c'est pas bien grave, papa, ne pleure pas, maman, et vous avez fini par descendre ensemble au parking souterrain comme dans un caveau de famille. Voilà le sentiment que j'ai ressenti à l'égard de M. Smutek quand il m'a demandé, les paupières vacillantes, comment on pouvait gérer la disparition d'un homme qui était le seul dans tout l'établissement à avoir toujours su garder la tête hors de l'eau. Il était temps de le prendre dans mes bras. Il s'est défendu avec énergie. Mais une serviette n'est pas bien épaisse et un pantalon de sport ou un boxer-short n'offre pas beaucoup de protection non plus. Il ne faisait aucun doute, pendant notre brève lutte, qu'au milieu de son corps quelque chose s'était durci : pour de plus amples détails, j'en appelle à votre imagination. Si vous voulez savoir si je l'aimais : la réponse est non. S'il m'attirait physiquement : la réponse est encore non. J'avais tout simplement la certitude de faire ce qu'il fallait. J'ai enlevé mes vêtements et j'ai sauté dans l'eau glacée comme je l'avais fait quelques mois plus tôt pour sa femme. Et il a obéi à mes ordres, tout comme sa femme l'avait fait.

La froide Sophie profita de la brève pause oratoire qui suivit pour contrôler les réactions de ses ouailles. L'air satisfait, Alev souriait, lèvres fermées. Smutek regardait ses mains posées devant lui comme des objets inertes. Ada avait baissé la tête et donnait l'image d'un trouble profond alors qu'en réalité elle était en train d'étudier le contenu de la fiche suivante.

La froide Sophie se rappela que, lors de discours en public, une forme réussie rejaillit sur la vérité du contenu ou que, pour dire les choses autrement, la plupart des témoins qui mentaient croyaient à ce qu'ils racontaient. Lorsqu'un orateur se persuade lui-même, le monde se transforme progressivement sous ses coups de pinceau. A la fin, il était quasiment impossible de qualifier de mensonge une œuvre aussi inventive, parce que dans ce cas la création du monde elle-même ne serait plus que mensonge. Tout juge connaissait le syndrome du témoin *a posteriori*. Il décrit le déroulement d'un accident dans le moindre détail, est capable de se souvenir que les yeux des deux conducteurs se sont rencontrés et a la certitude absolue que l'accusé a oublié de mettre son clignotant. Quand on lui demande comment son attention a été attirée, il répond le plus sérieusement du monde : j'ai entendu un bruit énorme et je me suis retourné.

La froide Sophie ne pouvait exclure qu'Ada fût en proie à ce syndrome ; dans d'autres situations, elle aurait déjà commencé à imaginer une question susceptible de la piéger. Mais en ce moment elle était paralysée par le sentiment que l'important n'était pas qu'elle la croie ou qu'elle ne la croie pas. Son témoignage était parfaitement cohérent et personne, à part Ada, ne décrirait ces événements : les visages des accusés trahissaient leur volonté de garder le silence. La seule pensée de la nécessaire quête de vérité portait l'épuisement de la froide Sophie jusqu'aux limites de l'apathie maladive. Elle voulait l'écouter, c'est tout, pour connaître la fin de l'histoire. Si elle avait eu le temps de réfléchir davantage, une lumière, qui ne se révélerait qu'au bout d'une nuit passée à ruminer, aurait traversé son esprit : le terme de "réalité" était un autre mot pour qualifier les souvenirs d'un témoin. La vérité échappait au domaine du savoir, elle supposait la foi : pour les gens incapables de croire il n'existait pas de vérité. Sans vérité pas de sentence.

Ada avait modifié le schéma de sa déclaration et attendait un signe pour continuer à parler. La froide Sophie l'y invita d'un signe de la tête.

— Notre lutte s'acheva vingt mètres et deux portes coulissantes plus loin sur les matelas de la salle des agrès. J'étais couchée sur le dos, la tête tournée vers les étroites fenêtres. M. Smutek n'était pas le premier hôte invité dans mon bas-ventre. Je n'avais pas peur. Je n'avais pas mal. Je n'éprouvais pas de plaisir. Je suivais avec intérêt le déroulement de cet acte sexuel réalisé sur moi par un adulte : avec l'assurance de l'homme qui a fait ça des centaines, pour ne pas dire des milliers de fois, ou peu s'en faut. C'est alors qu'arriva quelque chose qui va vous intéresser : tout à coup surgit un petit appareil photo argenté. J'ai senti un mouvement d'arrêt chez M. Smutek juste au moment où il allait être soulagé. Lorsque j'essayai de me redresser sous lui, je vis quelque chose qui s'enfuyait très vite, à la manière d'un animal, d'une martre dérangée pendant qu'elle rongeait les câbles des freins. Evitant en quelques crochets rapides caisses de gymnastique, poutres horizontales et barres parallèles, M. El Qamar prenait la poudre d'escampette avec ses photos.

Cette fois Ada leva la tête pour gratifier Alev d'un regard où se lisaient, parfaitement dosés, tout à la fois l'accusation et le pardon. Espèce de voleur en salle. Espèce de voyeur. Traître. Maître chanteur. Tu nous as tous plongés dans le malheur, et pourtant je n'arrive pas à t'en vouloir. Elle déposa sur son front un second signe, faisant de lui un pion sacrifié, un martyr, un ange déchu. A y regarder de près on aurait pu lire un message supplémentaire dans ses yeux ouverts : je t'ai aimé, mais je t'ai perdu par ta seule faute. Mais qu'est-ce qu'un message que personne ne reçoit ?

La froide Sophie s'était penchée en avant, le haut de son corps presque allongé sur le bureau. Elle referma ses doigts sur le bord arrière de la table et fixa le visage d'Alev avec l'insistance obstinée d'un animal. Allez-y, parlez. Dites quelque chose. On vous écoute. Mais Alev se taisait. Ada serait la seule à décrire les faits, c'était dans la nature même de cette affaire. Sur la bouche tourmentée d'Alev planait un léger sourire. Il se laissa retomber sur sa chaise, chassa d'un geste, comme on le ferait d'une mouche importune, la bouche de son défenseur qui s'était approchée de son oreille, et répondit tour à tour au regard d'Ada et de la juge. Se redresser, respirer à fond et hausser les épaules dans cette salle composait une sorte d'aphorisme gestuel : un tribunal offre à chacun ce qu'il attend ; ensuite, il en reste encore assez pour le candidat suivant. Cet instant de règlement de comptes silencieux finit par passer, tout comme sont passés, aussi loin que l'on se souvienne et sans le moindre accroc, tous les instants, si cruels et si beaux qu'ils aient été.

Ada n'en a pas fini

D'APRÈS ma connaissance hâtivement acquise de notre système pénal, la disposition intérieure des coupables et des victimes est déterminante dans le jugement d'une affaire. Le voilà encore, ce mot : l'affaire ! Le droit fourmille au demeurant d'expressions curieuses. Ne dit-on pas : "se fourvoyer dans une procédure" ? Or, "se fourvoyer" désigne pour moi un cas bien différent. Assise à l'arrière de la voiture, je suis penchée sur un plan de ville gigantesque, tandis que ma mère ou mon beau-père plisse les yeux pour tenter de déchiffrer un nom de rue de l'autre côté du carrefour. Nous pourrions être à Fitzroy aussi bien que dans un quartier de Bonn, c'est pareil : nous nous sommes fourvoyés.

Si nous figurions tous dans une série policière mettant en scène un Européen de l'Est, un beur et une jeune fille blonde, le coupable démasqué à la fin ne pourrait être que moi. Saviez-vous que le bien et le mal sont devenus un problème structurel ? Savez-vous pourquoi l'effondrement de deux tours jumelles a provoqué une pareille émotion ? D'après les lois d'Hollywood et de Ted Turner, les coupables étaient structurellement dans leur droit. Pourquoi suis-je encore debout à la barre des témoins, et non assise dans le box des accusés ? Parce que vous croyez pouvoir susciter dans cette salle une réalité plus réelle que tout ce qui bouge sur le petit écran. Pas étonnant, dans ces conditions, qu'on parle de se fourvoyer.

Mais peu importe. On ne peut pas exiger de tous les juristes qu'ils passent par le conservatoire d'art dramatique, quand bien même cela représenterait un atout inestimable. Revenons au concept de disposition intérieure et commençons par moi. Vous êtes amenée à faire le départ entre des cas plus ou moins graves et c'est pourquoi vous voulez savoir si la victime mineure d'un chantage, qu'on a contrainte à des relations sexuelles régulières avec un homme adulte, a subi un préjudice psychique. Il faut d'abord que je vous expose un principe fondamental. Vous voulez savoir lequel ? Je m'en doutais.

En matière de psychisme, les psychologues n'ont plus rien à apprendre à ma génération. Nous connaissons le mécanisme des traumas. Nous savons tout sur les projections, les sentiments d'infériorité, les complexes de culpabilité. Nous connaissons Œdipe et Electre, nous avons lu Freud, Adler, Jung et *Psychologie actuelle*. Nous pouvons expliquer ce qu'est une *personnalité borderline* tout aussi bien que les quatre catégories de la peur, le fonctionnement neurologique de la schizophrénie et les causes de l'anorexie mentale. Jusqu'à une époque récente, la ruine du foyer parental passait pour la raison principale des troubles psychologiques chez les ados dans mon genre. Mais la nouvelle génération est armée de la conviction qu'un seul parent suffit largement à son bonheur, et examine avec une curiosité méfiante les enfants qui vivent dans une famille intacte. Prodige de l'évolution ! Voici seulement quelques années, nous nous serions sentis obligés de souffrir de troubles psychiques au cas où nos deux géniteurs n'auraient pas pu supporter plus longtemps leur présence mutuelle. Le manque de troubles psychiques aurait été catalogué comme un trouble psychique. Ces parents nous ont fabriqués pour donner un sens à leur vie commune et, au moment de la séparation, ils ont besoin de voir leurs enfants souffrir pour démontrer la validité de l'idée qu'ils se faisaient du bonheur. Quelle valeur peut avoir la famille si personne ne souffre quand elle se brise ? Laissez-moi vous dire franchement qu'en ce qui concerne ma relation au monde et à la réalité le divorce de mes parents est le cadet de mes soucis. Croyez que mon psychisme m'indiffère : je ne m'intéresse pas plus à mon âme qu'à la vôtre ou à celle de n'importe qui. Je ne crois même pas à son existence.

L'homme a trouvé un nom pour qualifier sa fameuse tentative de s'élever au-dessus du monde réel : "l'âme". Quand il lui arrive d'attribuer une âme à un paysage, à une voiture ou à sa ville natale, c'est pour se montrer flatteur en hissant ces choses au niveau des jardins suspendus d'une conception humaniste du monde. Quand il affirme que son chien a une âme pour pouvoir l'emmener là-haut, on le tient pour un doux cinglé, on se moque gentiment de lui et à l'avenir on le prendra moins au sérieux. Mais si on s'avise de nier l'existence de l'âme humaine pour mettre l'homme sur le même plan que les autres phénomènes animés et inanimés qui composent ce conglomérat de causalités que nous avons coutume d'appeler "le monde" parce que c'est un joli mot qui ne veut rien dire, on vous suspecte d'être un misanthrope, un partisan de l'euthanasie, un fanatique des manipulations génétiques, et par-dessus tout : un être froid. Comme si l'âme était le siège du Bien ! Une âme, c'est un espace creusé en forme de spirale traversé par une balle de revolver, autrement dit : une blessure mortelle. Où est l'âme, quand des Allemands se dirigent au pas cadencé vers les quatre points cardinaux pour accabler la moitié du globe en y semant la mort et la dévastation ? Où est-elle, quand des enfants jouent au foot avec les têtes coupées d'autres enfants ? L'âme serait-elle ce lieu où le sentiment de ne pas pouvoir supporter ce que font nos congénères cohabite avec la capacité de faire exactement la même chose ?

Voilà votre réponse à la question qui concerne la disposition intérieure de la victime : ce qui me distingue de l'animal, c'est une intelligence qui, par comparaison, est assez considérable. Je n'ai pas besoin d'âme. Il n'existe rien en moi qui pourrait subir un préjudice psychique. Je voudrais que vous gardiez cela en mémoire quand vous vous demanderez qui a fait quoi à qui et pourquoi. Si je devais découvrir un jour que vous considérez mon cas comme celui d'une petite fille traumatisée par le divorce de papa-maman, et dont de méchants hommes ont exploité la faiblesse pour abuser d'elle, je retire tout ce que j'ai dit et je me refuse à prononcer le moindre mot à l'avenir en invoquant une jurisprudence quelconque qu'il doit bien être possible de dénicher.

Bien. Il n'est pas si facile de se rétracter une fois qu'on a parlé, et le tribunal, contrairement au reste de l'humanité, ne cède pas au chantage. Admettons. Ce que je voudrais vous dire est en fait très simple. Essayons autrement.

Dans la vie, on attend bien des choses. Il est possible que nous n'ayons pas cessé d'attendre le bonheur. Mais quand il arrive, c'est toujours de manière inattendue. C'est une banalité, et je ne veux pas vous ennuyer en vous expliquant longuement que les banalités et les proverbes, justement parce qu'ils sont banals et proverbiaux, représenteront bientôt les dernières normes en vigueur car ils portent leur sens en eux-mêmes sans avoir besoin de s'appuyer sur des systèmes philosophiques caducs. Le sens de ce long discours est bref et clair : la période qui a suivi le premier vendredi avec M. Smutek a été la plus belle de ma vie. C'est arrivé de façon inattendue, comme toujours avec le bonheur. Dites à votre expert, là-bas, qui n'arrête pas de prendre des notes, qu'il peut rayer dès maintenant tout ce qu'il a écrit dans son dossier sur le syndrome de Stockholm. Je suis trop futée pour ce genre d'enfantillages. Ou j'ai trop de sang-froid. Voir plus haut. Je ne tente pas de couvrir mes bourreaux. Je vous dis ce qui s'est passé. Je n'ai rien de plus à offrir. Pour moi, c'était une période heureuse.

Voilà pour la victime. Venons-en maintenant aux dispositions intérieures du coupable. Je croyais que M. Smutek devait ressentir la même chose qu'un bœuf de boucherie dont on masse le dos une fois par semaine le vendredi pour que les sécrétions internes causées par la peur ne donnent pas mauvais goût à sa viande et qui, alors qu'il s'attend à être exécuté, se voit confronté à une série d'images représentant des pistolets à flèche, des bovins écartelés, des côtes de bœuf béarnaise, bref : la catastrophe dans toute son étendue. Alev, au contraire, estimait que M. Smutek avait les mêmes sentiments qu'un homme qui se trouve enfin sur la voie royale de sa libération personnelle. Il m'expliquait que seule l'éventualité d'un châtiment et d'une sanction offrait à l'homme la possibilité de prendre de véritables décisions. Il m'a fallu un bon moment pour comprendre les objectifs du comportement de M. El Qamar : il voulait démontrer que le jeu est pour notre espèce l'ultime forme possible d'existence et par conséquent l'ultime forme possible de bonheur. Savez-vous ce qui reste quand on prive l'homme de toutes ses valeurs ?

Inutile de répondre. Je vois que vous le savez. Il reste le démon du jeu. La surprise, c'est que M. El Qamar avait raison. Vous avez aujourd'hui à juger des individus heureux.

Je suis l'amie de M. Smutek, je puis donc parler en son nom. Les conditions totalitaires sont les plus favorables à l'épanouissement de l'amitié : un embouteillage de vingt kilomètres sur l'autoroute, un détournement d'avion, une inondation catastrophique ou une grève des transports urbains. C'est ainsi que j'ai appris à connaître M. Smutek mieux que personne au monde et que je peux vous dire une chose : ce qui le faisait le plus souffrir, c'était la certitude de perdre sa femme tôt ou tard. Il l'a aimée. Quand il racontait sa vie, il commençait toujours par leur première rencontre. C'est à cause de cet amour qu'il ne voulait pas m'écouter quand je lui expliquais l'absurdité de l'univers. Vous comprenez ce que ça signifie, un homme intelligent qui aime au point de se fermer aux idées les plus élémentaires ? Et pourtant, pendant tout ce temps-là, il avait l'air calme comme quelqu'un qui a pris l'habitude de dissimuler un grand chagrin à son entourage. Cette attitude, je l'ai comprise un vendredi quand, peu avant la représentation hebdomadaire de notre pantomime, il a levé les yeux vers moi en me regardant comme si j'étais la mère de Dieu incarnée.

Il était agenouillé devant moi, et son regard était celui d'un chien. Le rapport des chiens à l'homme reflète exactement le rapport des hommes à Dieu. Pour un chien, l'homme est l'instance qui dispense la vie et la mort, la nourriture et la faim, la joie et la peine. L'homme châtie et récompense, il parle une langue à lui, inaccessible à l'entendement de ses disciples, et donc se fait comprendre par des signes et des prodiges. Ses motivations sont impénétrables pour le chien. Que le chien serve un maître débonnaire ou une divinité vengeresse, une vie sans l'homme est une vie livrée au néant, par conséquent inimaginable. Quant à notre Père qui est aux cieux, nous aurions aussi bien pu, en toute bonne conscience, le baptiser Pépère à son chien-chien. La religion n'enseigne rien d'autre que l'art d'obéir sans comprendre, et dans les yeux que M. Smutek levait vers moi j'ai lu qu'il avait tranché : il avait décidé d'obéir. De jouer à obéir, bien sûr. Depuis qu'il a pris cette décision, M. Smutek se connaît lui-même et il connaît la nature de cet amour qui, vingt années durant, l'a lié à sa femme. Tel qu'il comparaît aujourd'hui, il sait exactement ce qu'il a gagné en la perdant.

Alev expliquait la soumission de M. Smutek de façon un peu plus prosaïque. Selon lui, la valeur morale d'un refus aurait peut-être été notée dix sur dix, mais son utilité pratique tout au plus un sur dix, car il n'y avait aucune raison d'espérer qu'en cas de désobéissance notre petite collection privée d'images pornographiques n'aurait pas été révélée au public. Quand, au sein d'une alternative unique, l'une des branches mène à une catastrophe certaine, l'autre à une catastrophe potentielle, l'expectative laisse au moins une toute petite chance au hasard. Aussi longtemps que l'homme agit de façon pragmatique, et le pragmatisme l'emporte toujours dans le cadre d'un jeu, son comportement est prévisible.

Vous allez tenter de me contredire avec véhémence. Vous me direz que seule la matière inerte est prévisible, que l'homme sera toujours un prodige et une énigme. Comme nous n'avons pas le temps de débattre longuement de ce sujet, je me retrancherai derrière l'affirmation que votre incompréhension sur ce point précis est un problème de génération. Vous avez beau être encore sacrément jeune, nous sommes séparées par ce qu'on a coutume d'appeler une génération, bien qu'il soit sans doute plus judicieux de parler d'un simple ravalement de façade dans l'esprit du temps. Je suppose que votre année de naissance commence par un dix-neuf sept, voire un dix-neuf six, alors que je fais partie d'un série sortie en dix-neuf huit, tout à la fin, presque en dix-neuf neuf. Imaginez un peu : les gens nés dans les années 1990 sont déjà capables de s'adresser à vous avec un cerveau qui fonctionne et une langue agile ! Ce n'est pas dans ces années-là que vous avez passé votre bac ? Voilà : j'ai l'âge de votre entrée en fac. Nous vivons sur des planètes différentes et, tandis que nous nous croisons à toute allure dans le cosmos, nous nous lançons quelques mots. Ce qui nous unit, ce sont deux boîtes de conserve vides reliées par une ficelle mal tendue. Par ce canal, je vous dis que l'homme est prévisible : M. Smutek agissait conformément au résultat d'une équation correctement résolue. Et de la sorte, il agissait bien.

Au cas où je n'aurais pas encore réussi à dire quelque chose de tangible sur les dispositions intérieures du coupable, j'aimerais ajouter ceci : en polonais, le mot *smutek* a un sens. Il signifie "tristesse".

En ce qui concerne l'affaire où nous nous sommes fourvoyés en commun, je n'ai aucun autre souvenir qui pourrait être utile, ou plutôt je puis me souvenir, mais je ne sais pas de quoi. Vous connaissez cette impression ? Elle ressemble à la tentative de se remémorer un rêve oublié, et elle m'inspire une dernière idée, vraiment la dernière.

Dieu m'est témoin : voilà ce qu'on dit quand on a mauvaise conscience ou que les preuves sont insuffisantes. Quelle expression aberrante ! Dieu n'a jamais été témoin. Dieu a toujours été juge. Dieu était même le juriste par excellence : il édicte des règles, dit le droit et abandonne l'action aux autres. Dieu, comme vous l'avez sûrement entendu dire, est décédé. Vous pouvez sans complexes arrêter de traîner sur votre siège et d'être l'honorable servante d'un roi défunt. Vous pouvez rentrer chez vous et vous chercher une autre occupation. Bien sûr, vous n'en ferez rien. Vous allez même contester que vous servez une divinité. Vous servez le droit et la justice, et, si vous vous rendez compte que vous êtes prisonnière d'un cercle vicieux, vous vous corrigerez. Vous servez la démocratie, cet être immature qui se refuse à monter sur le trône libéré par l'Etre suprême et qui, au lieu de cela, reste assis sur les marches comme un jouvenceau et sourit au peuple pour lui dire : regardez, je suis l'un des vôtres, je suis vous. L'Etat c'est moi. C'est la démocratie que vous servez, et par conséquent l'idéologie la moins idéologique du monde. Elle a bien vieilli. Son visage est ridé, voici longtemps qu'elle s'est couchée pour mourir et sa main ne retient plus que faiblement le sceptre à l'autre bout duquel l'économie tire de toutes ses forces viriles. Les enfants de la démocratie ont grandi, ils ont eux-mêmes des enfants et des petits-enfants, et ceux-ci contemplent avec indifférence le portrait de leur arrière-grand-mère. Même dans ce cas, vous servez une déesse à demi morte.

Selon notre ordre démocratique fondamental, l'homme idéal règle sa conduite sur la raison et les mœurs ; il use de ses libertés non en individu isolé et souverain, mais en citoyen lié à la communauté et conscient de ses responsabilités envers elle. Qui dit cela ? Un fou ? Un idéaliste irrécupérable, que la meilleure volonté du monde ne parviendrait pas à sauver ? Non. Celui qui dit cela, c'est le tribunal constitutionnel. Je l'ai appris par cœur.

Admettons. Je ne peux pas vous empêcher d'exercer la profession pour laquelle on vous paie. Mais vous devez savoir que vous dites le droit à l'encontre d'individus qui se sont détournés des bases de ce système. Vous jugez des gens qui ne comprennent pas.

Permettez-moi d'employer quelques instants un "nous" qui est peut-être un "nous" littéraire, celui d'un contexte supra-individuel, le "nous" d'un prototype. Devant la formule de la Cour suprême que je viens de citer, nous réagissons comme un seul homme : par un hochement de tête perplexe, et ce mouvement de masse va un jour provoquer une tempête qui emportera les toits des maisons. L'homme idéal règle sa conduite sur la raison et les mœurs ? Il n'est ni isolé ni souverain ? Un citoyen lié à la communauté et conscient de ses responsabilités envers elle ? Quelle communauté, allons-nous demander, et notre rire tonitruant sera l'accompagnement sonore de notre incompréhension. Nous ne sommes même pas en mesure de fonder une famille, encore bien moins de nous identifier à un parti politique ! Savez-vous ce que nous voulons ? Nous ne voulons pas de communauté. Nous voulons qu'on nous laisse tranquilles. Dites que nous sommes isolés. Dites que nous sommes souverains. Nous sommes las des réglementations banales et mesquines qui nous obligent sous peine d'amende à visser un phare à l'avant de notre vélo, à attendre d'avoir seize ans pour pouvoir fumer et à ranger pour deux euros de l'heure nos voitures dans une case que quelqu'un a bien proprement dessinée sur le sol, pendant qu'à quelques heures de vol des mondes entiers brûlent, se dessèchent, se noient, explosent, se vident de leur sang. Nous n'avons plus notre place dans ce pays, nous avons dépassé le système ; les idées et les espoirs des générations passées nous ont fait franchir la ligne et nous nous trouvons à l'extérieur, perplexes, ainsi qu'il arrive une ou deux fois par siècle à une génération. Consultez les livres d'histoire, interrogez un spécialiste à qui vous faites confiance : ces choses-là arrivent, ces choses-là doivent arriver, sinon vous seriez encore assise sous un chêne, à rendre la justice avec une massue sur l'épaule. Nous nous sommes trompés de siècle, nous sommes des brebis sans pâturage, sans berger, sans bergerie. Nous errons, cernés par les loups, dans une contrée déserte et, pour couronner le tout, nous devons nous laisser faire quand un chien nous mord les mollets au nom d'une obligation juridique qui n'a plus aucun sens. Le chien de berger, c'est vous entre autres : le tribunal. Dans deux ou trois décennies, nous aurons eu raison. On reconnaîtra nos mérites après coup, on dira que nous étions "les premiers". A quoi cela peut-il nous servir ? Nous sommes fatigués. On nous répète qu'il est mal pour une élève de séduire son professeur, immoral que le professeur couche avec cette élève, anormal qu'un tiers immortalise la scène, vicieux d'obliger le professeur à continuer en le menaçant de tout révéler. Soit dit en passant, cette peur de la révélation qui motivait le professeur n'est autre que la peur du chien de berger qui, comme il l'avait prévu fort justement, est maintenant sur le point de mordre.

Je ne romps pas une lance en faveur de l'anarchie. Je vous décris seulement la lassitude spécifique qui accable tous ceux à qui on ne cesse de rabâcher ce qui est bien et mal, juste et faux, alors que plus personne n'est en mesure d'expliquer les bases de cette distinction, ni même de mettre un nom dessus. La morale sert à introduire une prévisibilité. Or l'homme, je le répète une fois de plus, n'est jamais plus prévisible que quand il agit de façon pragmatique. Quand il joue. Pourquoi montrez-vous de l'indulgence envers un coupable qui montre qu'il a conscience de ses torts, qui affirme qu'il a honte et regrette son acte ? Alors que seule la peur du châtiment provoque les aveux du coupable et lui tire des larmes de crocodile. Pourquoi ne pas récompenser celui qui se redresse en disant : je sais ce que j'ai fait et je sais pourquoi ?

Dans cette période de transition, dans un monde sans lois, déboussolé, impénétrable, il n'y a rien de plus dangereux que le mensonge et l'hypocrisie, et rien de plus méritoire que la sincérité. Pourquoi ne récompensez-vous pas ces deux accusés qui, à la lumière de ce que je vous ai expliqué, ont le silence modeste ? Ce sont eux qui sont raisonnables. Ils sont prévisibles et donc, pour utiliser des termes exotiques, moralement irréprochables. Depuis que nous avons perdu la foi, et avec elle la vérité, la dernière distinction qui nous reste est celle qui sépare l'hypocrisie de la sincérité. Si vous, la représentante de la justice, vous vous mettiez en devoir de sauver cette distinction, vous accompliriez une grande action.

Si j'étais l'avocat de nous trois, voire d'une époque entière, je terminerais ma plaidoirie en m'écriant : acquittez ! Je ne suis pas avocat. Je ne fais pas profession d'espérer. Ma requête sera donc : faites ce que vous voulez. Mais faites-le en toute lucidité. Sachez que vous détournez les yeux pour prononcer un jugement à l'encontre de gens qui détournent les leurs. Songez que notre système judiciaire est une tête qu'on a séparée du tronc de la communauté, que le corps gît quelque part, qu'il empeste, que nous nous parlons en nous bouchant le nez et que personne ici n'est plus en mesure de regarder en face la tête tranchée. Condamnez l'un d'entre nous, condamnez-nous tous, mais faites-le en toute connaissance de cause et en toute sincérité.

Je vous remercie.

Victoire et paix

ADA rassembla ses fiches et, conformément au paragraphe 61, alinéa I, du Code d'instruction criminelle, rentra chez elle sans avoir été assermentée parce qu'elle n'avait seize ans révolus que depuis deux semaines. Elle avait fait une description détaillée des événements, avait laissé bien des choses dans l'ombre et en avait inventé quelques-unes : globalement le tableau qu'elle avait brossé était si complet que lorsque le procureur et l'avocat prirent la parole ils n'eurent que quelques vagues questions à lui poser. Une chose était parfaitement claire à présent : à part Alev, personne ne portait de responsabilité. Presque deux heures s'étaient écoulées. Ada renonça au remboursement des frais de déplacement et quitta tête basse le tribunal.

Durant la suite des débats, nouvelles dépositions, exposé de l'expert, intervention de l'assistant aux mineurs délinquants et plaidoyers finaux, la froide Sophie donnait l'impression d'être absente. Le sentiment de l'impossibilité de prendre une décision dans cette affaire s'était renforcé en elle jusqu'à devenir une certitude. Tous les présents étaient peu à peu sortis de leurs rôles, comme autant de pièces mécaniques mal vissées se libérant de leur support. Les contours mêmes de la fonction de juge devenaient flous, la robe n'était plus que mascarade, le tribunal un lieu inconfortable en comparaison de n'importe quel café où ce genre de problèmes pouvait se discuter bien mieux autour d'un verre de vin. Smutek et Alev auraient tout aussi bien pu être les témoins, Ada l'accusée : ce n'étaient que des hommes parmi d'autres qui s'entretenaient de quelque chose qui, *primo*, faisait partie du passé, *secundo*, ne semblait intéresser personne en dehors des protagonistes eux-mêmes et dont, *tertio*, les motifs étaient si insolites que les instruments juridiques entre les mains de la froide Sophie paraissaient aussi adaptés qu'un marteau et un burin l'étaient pour créer un site Internet. Le sentiment qui s'était emparé de Mme le juge s'apparentait, selon la façon de l'envisager, au soulagement ou à la crainte.

Comme il n'y avait pas lieu de renvoyer à plus tard, les débats s'achevèrent comme prévu en fin d'après-midi. Les faits étaient clairement établis, comme dans un livre ouvert, à la seule restriction que la langue n'en était plus compréhensible. Alev écopa de six mois de prison avec sursis pour chantage, violence et complicité d'abus sexuel. A l'aide d'un échafaudage juridique complexe et en s'appuyant sur un avis minoritaire donné dans le cadre du cas d'école dit de "la poêle à frire", Smutek fut reconnu non coupable de coups et blessures. Une femme avait tué son mari, qui la terrorisait psychiquement et physiquement, avec une poêle à frire pendant son sommeil. Dans la mesure où au moment des faits il n'existait pas de danger immédiat pour elle, les tribunaux avaient considéré qu'il n'y avait pas légitime défense, alors que certaines voix s'étaient élevées, estimant que cette tyrannie permanente constituait une situation assimilable à de la légitime défense. La froide Sophie se rangea à cet avis et échafauda, en raison de l'existence d'une lacune juridique, en faveur de l'accusé une analogie avec le paragraphe 32. Concernant l'abus sexuel du premier vendredi après-midi, elle renonça, conformément au paragraphe 174, alinéa 4, du Code pénal et en raison de la séduction dont l'accusé avait été l'objet, à toute condamnation ; dans tous les autres cas, il fut reconnu non coupable en raison du chantage subi. Quand la froide Sophie eut prononcé la sentence, qu'elle se fut levée et que, épuisée comme une vieille femme, elle se fut appuyée des deux mains sur son bureau, Alev demanda une dernière fois la parole.

— Si j'ai bien compris, celui qui a la langue fendue et le visage tuméfié est le seul qui finisse en prison alors que les autres sont libres de s'éloigner tranquillement dans la fraîcheur du soir ?

— Vous ne finissez pas en prison, vous êtes en sursis dans votre propre vie. A vous de décider si c'est pareil.

— Mais je suis tout de même le seul condamné ?

— M. Smutek a également été condamné. Mais le tribunal a renoncé à lui infliger une peine.

— Dans ce cas, je suis le seul qui écope d'une peine ?

— On peut le voir comme ça.

— Merci. C'était très important. Vous avez condamné le perdant et vous avez bien fait. Ces débats ont confirmé la plupart de mes thèses et m'ont gratifié de quelques sujets de réflexion supplémentaires.

— Cela vous permet-il de rentrer chez vous le cœur léger ?

— Je ne rentre pas chez moi, je retourne à l'hôpital. Mon cœur en revanche, merci de vous en inquiéter, est léger.

Tous avaient le cœur léger en quittant ces lieux. Le soir n'avait pas encore l'intention de décliner, l'air, la lumière et les oiseaux faisaient croire à une matinée de novembre. La circulation dans les rues s'était pratiquement arrêtée ;

pour protester contre cet été suspendu les gens installés aux terrasses des cafés portaient de grosses vestes et attendaient la première bière du week-end tout en rêvant à de vieilles maisons aux murs grillés de chaleur, au déferlement des vagues, à d'immenses firmaments au-dessus de leurs têtes et au crissement du gravier sous leurs pieds.

Smutek portait sa tête comme un ballon de baudruche, quelques mètres au-dessus du corps, clignait des yeux tout en jetant des regards étonnés autour de lui et admirait sur le trottoir tous les passants comme autant de merveilles de la nature. Ada, qui faisait des tours de piste sur le terrain de sport, était la proie obstinée d'un rire de victoire aussi difficile à éliminer qu'une crampe. Le procureur sentait sur son visage le charme ironique du regard de la froide Sophie : il réchauffait ses joues depuis l'instant où, à la lecture du jugement, il avait annoncé immédiatement son intention de faire appel. Par n'importe quel moyen. Il avait oublié le moyen envisagé.

La froide Sophie rentra chez elle avec le sentiment d'avoir, envers et contre tout, bien fait. Plus tard, le soir, assise dans la cuisine de son appartement à prendre une légère collation, elle sentit croître en elle l'impression qu'une menace planait dans la pièce, impossible à saisir avec précision en l'absence d'organe sensoriel adapté : c'était difficile à cerner, comme l'ombre d'un danger encore vaguement menaçant. Avant de s'endormir, elle pensa longuement à Ada et sentit battre son cœur comme si elle pensait à sa propre fille, une fille qui vivait loin d'elle et qu'elle ne pourrait jamais rejoindre parce qu'elle n'avait pas de fille et qu'elle n'en aurait jamais.

Ada aussi pensait à la froide Sophie. Quand elle s'approcha de la fenêtre, tard dans la nuit, pour confier aux étoiles de cette nuit de juillet un télégramme à destination de l'ultime sainte de glace, la froide Sophie, elle aperçut en bas dans le jardin un bout d'homme qui riait, les bras écartés : Smutek. Le télégramme disait : Voilà que vous-même, chère et froide Sophie, vous avez appris dans votre propre chair à quel point les actions d'un être humain sont prévisibles. Tout ce que je vous ai raconté n'avait qu'un but : ce but est là, debout sous ma fenêtre, stupide comme un gamin, et il se réjouit comme s'il n'y avait pas lieu de désespérer sur cette planète. Voyez-vous, il m'a fallu diviser avec des mots le monde en petites cases, que j'ai ensuite pourvues d'un cadre pour en faire un échiquier sur lequel nous évoluons comme les pièces d'un jeu afin de vous faire comprendre que dans un système sans droite ni gauche ne peuvent exister que les règles sur lesquelles les joueurs d'une partie se sont entendus à l'avance. Vous êtes des nôtres. Vous aimez la vérité bien qu'il vous soit impossible d'y croire. Vous êtes quelqu'un de bon.

Ce télégramme imaginaire ne fut jamais expédié. Ada eut un geste vers Smutek, comme si elle avait voulu chasser le chien du voisin d'un parterre de fleurs. Il comprit ce qu'elle voulait, lui répondit par un petit geste et quitta le jardin par l'arrière. Il franchit la clôture en ciseau et ses mains la touchèrent à peine. Ada se déshabilla et se coucha. Elle faisait le même rêve depuis plusieurs nuits. Elle s'imaginait en voyage, visitant des villes, se déplaçant en voiture sans savoir si elle était au volant ou à la place du passager, admirant des façades d'immeubles et s'adressant à des gens dans une langue incompréhensible. Aux portes d'Izmir, de Montevideo ou de Fitzroy tournaient des éoliennes, immenses géants pour don Quichotte moderne. Pendant tout ce temps, Ada savait qu'elle voyageait dans un roman qu'Alev écrirait un jour. Elle ne devait en aucun cas oublier de lui en parler. Aujourd'hui, elle décida de laisser les rideaux ouverts pour continuer à regarder les étoiles. Cette nuit, elle ne rêverait que d'une chose : dormir.

Le lendemain, le soleil se leva sur Bonn sans que cette réalité soit vraiment perceptible. Une couche de nuages gris sombre cachait le ciel, des bourrasques pliaient les jeunes arbres jusqu'au sol, renversaient les poubelles et faisaient dévier les voitures de leurs trajectoires. A la radio on parlait évacuation, état d'alerte et mesures de précaution, la télé fournissait des analyses météorologiques de différents types de temps, au cinéma l'Atlantique nord dévorait New York. La paix régnait depuis cinquante-neuf ans en Europe centrale. A Bonn, l'exposition Baselitz entrait dans sa seizième semaine, les vacances d'été allaient commencer. Smutek jeta ses affaires dans une valise. Il nettoya l'appartement et l'aéra jusqu'à ce qu'une odeur de pluie finisse par remplacer celle d'une cellule d'isolement. Il écrivit deux lettres, une à sa femme, l'autre à Ernst-Bloch. Depuis la veille au soir, deux reporters et un photographe faisaient le guet devant sa porte : pendant la nuit ils étaient rentrés chez eux pour prendre quelques heures de repos. Ils se protégeaient dans l'entrée de l'immeuble et jetaient des boules de papier froissé pour voir le vent les emporter violemment sur le trottoir. Smutek sourit. Tôt ou tard, la tempête finirait par les faire sortir de leur trou.

Quand il eut fini, il envoya un SMS pour préciser un lieu et une heure, puis il s'assit sur le canapé, un livre à la main, et se mit à lire. Constructions volantes. En esprit, il remplaça le nom de la jeune héroïne féminine par celui d'Ada. Un lieu en vaut un autre. On surestime habituellement la question du lieu où l'on se trouve. Nous ne vivons plus comme les animaux obligés de repérer avec soin les emplacements pour se nourrir. Le boire, le manger et un lieu pour dormir, voilà ce que je trouverai n'importe où au monde : je n'en crois pas moins que le goût et la consistance des aliments ainsi que l'odeur des draps pourraient avoir de l'importance pour moi. Le bleu du ciel n'est plus, semble-t-il, que la couleur du couvercle en carton d'une boîte de jeux. Si tout cela n'est qu'un jeu, nous sommes perdus. Sinon – c'est pire. Smutek n'eut pas de mal à comprendre. Il avait l'impression de connaître ces phrases. De temps à autre, il levait la tête et plongeait son regard dans les multiples verts mêlés des frondaisons devant sa fenêtre.

Ada ne sortit du lit qu'à midi ; elle calcula qu'elle venait de dormir pratiquement treize heures d'affilée. La maison semblait vide, les portes n'étaient pas fermées, on entendait le claquement d'un volet contre la façade. Elle ne savait plus vraiment pour quelle raison sa mère et elle se punissaient mutuellement. La dernière déclaration dont elle se souvenait était celle-ci : Des criminels, vous êtes tous des criminels. Au fond d'elle, elle ne ressentait ni rancune, ni colère.

Pour le petit-déjeuner, elle se fit cuire six œufs qu'elle avala sans pain. Dans la rubrique locale, le journal donnait une image incompréhensible du procès sous le titre : *Justice – partie sans laisser d'adresse*. En marge du journal ouvert, Ada laissa une brève note : acquittement partiel et condamnation sans peine. Son portable émit un bip. Elle lut le message et renonça à y répondre.

Quand elle arriva à l'hôpital, la plus grande partie de la journée avait déjà été transportée du matin vers le soir. Une visite, deux repas, refaire le lit, nettoyer le sol et le troisième passage de médicaments : tout cela faisait déjà partie du passé. La clientèle reposait calmement dans les chambres, ici ou là on entendait les sifflements d'un téléviseur, des rires diffus venaient des balcons où les cas légers prenaient le café avec leurs visiteurs tout en fumant une cigarette à la dérobée. La salle de séjour résonnait d'un bruit de dés. Alev occupait une chambre individuelle. Sa main droite reposait sur la couverture, rappelant des femmes à l'agonie dans des séries télévisées de fin d'après-midi. Ada remarqua avec étonnement qu'il s'était coupé les ongles. Sans doute s'était-il volontairement débarrassé de ses griffes, en même temps que de tous ces artifices avec lesquels il s'était présenté au lycée un an plus tôt. Peut-être se préparait-il, dans ce cocon de couvertures et de bandages, à une nouvelle métamorphose. L'image qu'Ada avait devant les yeux se clarifia : soudain elle sut qu'elle le voyait pour la dernière fois.

Avec un style plein d'assurance, comme si toute sa vie jusqu'à présent avait quasiment été faite de visites à des malades, elle s'assit sur le bord du lit, sans avoir apporté quoi que ce soit qu'elle eût pu lui fourrer entre les bras, et se contenta de placer sa main entre les siennes. Il était agréable à toucher : sec, chaleureux, amical. Fraternel. Ils échangèrent un sourire, comme les capitaines de deux équipes rivales qui ont commencé à sympathiser dès la première mi-temps.

— Tu es heureuse ? lui demanda-t-il quand ils eurent fini de savourer, cuiller après cuiller, le pot de confiture que constituait leur silence commun. Ada fit signe que oui.

— Et toi ?

— Je crois bien.

— Et maintenant ? Il haussa les épaules ce qui, dans sa position allongée, fit bouger tout son corps sous la couverture.

— Mon père me fait sortir de l'école, du pays, peut-être même du continent. Je vais sans doute fréquenter l'école internationale de la capitale d'un quelconque pays en voie de développement : Montevideo, Mogadiscio.

Ils échangèrent un sourire, et Ada renonça spontanément à lui parler du roman qu'il écrirait un jour, sur elle et sur les villes du monde si désespérément semblables.

— Et l'appel à une autre instance juridique dans tout ça ?

— Ce serait absurde de passer sa vie à attendre un jugement en appel, répliqua Alev. Il y a toujours une autre instance. Mais toi ? Tu vas faire quoi ? Tu as été excellente hier. Ils étaient tous à tes pieds.

— Je ne sais pas trop. Sans doute devrai-je me réjouir si un établissement m'accepte.

Alev sourit, montrant le fond de sa bouche toute noire, et fit un effort pour libérer sa seconde main afin de lui tapoter la joue.

— Je ne veux pas t'entendre parler comme ça. C'est à eux de se réjouir s'ils arrivent à t'avoir. N'importe qui devrait se réjouir d'arriver à t'avoir. Tu as un grand avenir devant toi. Ce fut une vraie joie d'être vaincu par toi.

— Je t'ai vaincu ?

— *I lost to watch you win*. Tu le sais bien.

— *Je sais*, répliqua-t-elle en français. Je voulais simplement l'entendre de ta bouche, de cette bouche. Et elle passa deux doigts entre ses lèvres, écarta les deux mâchoires et visita le microcosme d'une ville détruite à l'intérieur d'un crâne.

— L'horreur absolue, lui dit-il quand elle l'eut libéré. Ma voix cassée, ces voyelles qui s'effritent lentement et ces consonnes interverties, cette tête fêlée et ce visage tuméfié – tout cela est à toi. Prends ce dont tu as besoin.

— Il n'y a jamais rien eu avec Odetta et Lindenhauer ?

— Absolument rien, sauf un cours de soutien en maths. Il n'y avait pas d'autre idole à tes côtés. Ça aussi, tu le savais !

Ada acquiesça, l'air satisfaite.

— J'ai une bonne nouvelle pour toi, dit-elle. Je me moque de tes éventuels mensonges et de ce que tu voulais faire en réalité.

— C'est bien, ma petite. Ça n'a pas d'importance.

— Tu vas épouser Odetta ?

Une fois de plus, il éclata de rire, presque comme avant.

— Ce que tu peux être vieillotte par moments ! En tout cas, je lui demanderai si elle m'accompagne, et elle refusera. A chaudes larmes.

Elle se leva et lui tendit la main. Il la saisit fermement.

— Est-il exact que nous nous voyons pour la dernière fois ?

— Exact.

— Bon, dit-il, tout en continuant de sourire, avec une grande douceur dans les yeux. Je ne veux que ton bien. Je continuerai. Tu entendras parler de moi aux informations. Le jour de mon quarantième anniversaire, j'essaierai de te retrouver : si tu es encore seule, tu seras à moi. D'accord ?

— Je t'ai aimé.

— Moi aussi. A ma façon.

Ils se serrèrent la main. Ada se pencha en avant, embrassa son lambda et partit faire sa valise.

Colophon et épilogue, ou Entre deux instances

L'INSTANCE suivante a besoin de temps. Trois mois ? Un semestre ? Peut-être même une année entière ? Voire deux. La justice est à l'aune de Dieu : d'une infinie patience. Entre deux instances, la vie s'écoule paisiblement.

Ada et Smutek prirent la route le jour même, à la tombée de la nuit. Le réservoir de la Volvo était plein, le conducteur reposé, la température extérieure parfaite pour une séquence de cinéma : dix degrés au-dessus de zéro, fin juillet. Ada portait une robe d'été qui conférait à sa silhouette un aspect mouvant et obligea Smutek à mettre le chauffage à fond. C'était un cadeau de sa mère. Sous la pression du départ, le silence avait explosé en mille éclats de verre sonores. Bon, alors. Au revoir ! – Un instant. Sa mère s'était précipitée dans la maison pour en revenir, un peu plus tard, avec une pièce de tissu bariolé qu'elle avait mise dans les bras de sa fille. Tiens, c'est pour toi. Comme ça, tu auras quelque chose de joli. Ada s'était changée dans l'escalier, laissant là son jean et son T-shirt mais jetant sa parka d'hiver sur ses épaules. Pour se dire au revoir, elles s'enlacèrent.

Ada était partie à pied, traînant derrière elle sa valise à roulettes : elle longea ainsi pendant une demi-heure l'ancienne voie des ambassades. Elle avait le vent dans le dos, le bas de sa robe s'enfonçait dans le creux de ses genoux, des voitures passaient à vive allure et leurs coups de klaxon ressemblaient aux hurlements des loups dans la nuit. Sous le pont du Sud, Smutek chargea sa valise dans le coffre, puis ils se serrèrent la main. Ils étaient à peine assis dans la voiture que les routes se transformaient en fleuves. La radio avait levé son alerte aux ouragans, restait la pluie. La voiture donnait l'impression de se mouvoir sous l'eau, les essuie-glaces allaient et venaient inutilement sur le pare-brise. Smutek dut se pencher en avant, la tête au-dessus du volant. Ils prirent la montée d'autoroute du Siebengebirge et s'engagèrent sur l'A3 en direction du sud.

Je ne crois pas qu'Ada se soit enquise du but de leur voyage. Bien sûr, Smutek voulait d'abord passer par Vienne, la patrie des hommes sans qualités. Ada s'en fichait. A hauteur de Francfort, la pluie faiblit. Non loin de Würzburg, elle mit un CD et accompagna tout le disque en chantant, jusqu'à ce qu'ils aient dépassé Nuremberg. *Hold on to me love, you know I can't stay long. Sweet rapture and life, it ends here tonight.* Smutek se mit à pleurer : il ne savait pas qu'Ada chantait si bien. Elle enleva sa ceinture de sécurité, se coucha par-dessus le frein à main et le levier de changement de vitesse, enfonça un bras dans son dos et planta son nez dans son ventre qui vibrait. Elle éprouvait une sensation bizarre. Ils étaient deux inconnus, comme si Ada n'était qu'une autostoppeuse qui venait tout juste de monter dans sa voiture lors d'une halte sur la dernière aire de repos. Elle sentait la tension de ses cuisses quand il appuyait sur la pédale d'accélérateur, de frein ou d'embrayage. Non loin de Passau, il cessa de chialer.

— Quand on en aura fini avec Vienne, dit-il, on continuera notre voyage, direction sud-est. Jusqu'au cœur blessé de l'Europe, jusqu'au centre vivisectionné de l'Histoire. Notre époque ne guérira pas avant que n'aient cicatrisé les blessures de ce bout de terre où nous nous sentirons chez nous.

— Parfait, dit Ada.

Près de Linz, elle s'endormit.

Et c'est ainsi qu'ils continuent leur route tandis que je suis assise derrière la fenêtre d'une maison séparée de la rue par un jardin spacieux entouré de grilles en fer forgé à travers les barreaux de laquelle les rhododendrons tendent leurs doigts charnus pour saisir les passants par l'épaule, tout en songeant que les juges eux-mêmes se transforment en accusés quand les époques changent. Un nouveau système vient écarter les restes de l'ancien, enlevant aux pièces du jeu leur échiquier familier pour le remplacer par un nouveau, régi par d'autres règles. J'imagine Ada m'arrachant un jour aux canons d'un peloton d'exécution : Non, pas elle, pas celle-là ! Elle, c'est la froide Sophie : à l'époque déjà elle avait pressenti à quel point il était étrange, après toutes les catastrophes du XXe siècle, que les Etats gardent entre leurs mains le pouvoir de décider ce qui est juste et ce qui ne l'est pas. Laissez-la partir. Ada, qui a toujours affirmé ne pas avoir de mémoire, se souviendra de moi.

Je les imagine sans peine, elle et Smutek dans leur Volvo, traversant la pluie faiblissante pour passer ensuite leur première journée viennoise à dormir avant de s'aventurer, la nuit suivante, dans la ville, interrogeant les rues et les bâtiments, en quête du décor d'un roman. Et les voici, à présent, le matin, passant la frontière avec la Slovénie. Je les vois au beau milieu des paysages meurtris de Bosnie-Herzégovine, entourés de maisons détruites et de tours brisées, et j'aperçois, en même temps qu'eux, jaillir la mer turquoise derrière le Karst de la côte croate.

J'entends leur silence, j'entends leurs paroles. Un paysage d'eau ondoyant, des champs de vagues d'un vert bleuté que le vent cultive. Chaque cyprès repose sur une énorme vis plantée dans la falaise abrupte. Le concert des cigales sur des planches à laver et des scies à musique, un bruit si profond, si intense, en couches superposées, qu'on a l'impression de devoir s'aider de ses bras pour pouvoir avancer.

Et partout le parfum du soleil. Quelques bourrasques affairées s'agitent pour le répartir également. Il y a bien assez de peintres morts au ciel qui esquissent tous les jours un nouveau coucher de soleil, édifices de couleur jetés à grands coups de lumière sur l'air du soir. Ada et Smutek, assis dans leur voiture, contemplent le spectacle : muets de beauté, dans la solitude de leur silence. Cette solitude qui ouvre les yeux et les oreilles à plus de beauté encore, au point qu'ils se sentent soulagés quand tombe le soir. Soudain, la mer et la terre se tournent le dos, rebelles l'une à l'autre. Les bouches sont sèches de tant de silence. Qu'avaient-ils imaginé ? Qui dit quoi, à qui et quand ? Il se fait tard, ils ont faim et n'ont pas pensé à changer d'argent. Sauvés.

— Il est tard, dit Smutek. Nous avons faim et nous n'avons pas pensé à changer d'argent.

Ada sourit de joie ; elle aussi vient de comprendre ce petit miracle. Ça va. Tout va bien. Ils n'ont à se préoccuper que de leur survie, de manger et de dormir, de petites choses qui les concernent eux deux ou simplement l'un d'entre eux, des tâches miniatures qu'il faut accomplir parallèlement et simultanément. Accomplir parallèlement et simultanément ne dépend en aucune façon d'une décision à prendre. Ils respirent profondément, soulagés. Ils renoncent pour aujourd'hui à une modeste chambre dans une petite pension, ils renoncent à être raisonnables et à bien répartir l'argent qui leur reste. Ils vont mettre le cap sur un grand hôtel, s'installer tout de suite au restaurant et commander deux plats de seiches, *lignje na zaru*, et une bouteille de champagne. Pour le reste, on verra. On verra sûrement. Je vais aller en prison. Tu iras directement là-bas. Il ou elle ne passera pas par la case départ, il n'y a pas de carte chance. Nous n'avons rien su. Vous n'encaisserez pas quatre mille marks. Ils verront bien.

La seule chose qui importe, c'est qu'une histoire, que l'histoire puisse se raconter elle-même. Nous ne sommes tous que de frêles voix dans la cacophonie générale, et il nous arrive à l'occasion de jouer un solo audacieux, mais sur quelques secondes, sur quelques lignes seulement.

Et voilà, tout est dit.

TABLE

Préambule. Si tout cela n'est qu'un jeu, nous sommes perdus 11
Princesses et marionnettes : de la possibilité de forcer le respect en quelques mots 16
Penser, c'est transgresser. Ernst-Bloch et le "principe espérance" 24
Smutek se souvient de quelques souvenirs 32
De la consommation de livres 42
Veuillez me suivre dans mon bureau. Ada ou la haine de la bêtise 49
Le présent n'est jamais qu'un passé futur. Ada et Smutek se font mettre à la porte et échangent quelques mots pour la première fois 58
Smutek assiste à la préparation d'un événement 65
Une princesse riposte 70
Un prince entre en scène 79
Un petit morceau d'Olaf 86
Un flash-back musical révèle les raisons de la présence d'Ada au lycée Ernst-Bloch 93
Smutek voit courir une élève 103
Le quotidien s'installe chez les Smutek 113
Chez Ada aussi le quotidien commence à s'installer 116
Noël I 125
Préliminaires au dépucelage d'Olaf 127
Le dépucelage d'Olaf 135
Alev 143

Quelque chose déraille sans qu'on puisse le saisir ; s'ensuivent des semaines de torpeur 148
Ada veut discuter avec Olaf et au lieu de cela elle lui parle de la conscience humaine 152
Les semaines de torpeur se prolongent. Ada a des problèmes avec le Grand Amour. L'héritage postmoderne est un ramassis de références accumulées et déclassées 159
Ada s'intéresse de plus près à Alev 164
Au-dessus de l'espace aérien du lycée existe un autre monde 168
Le débat sur l'Amérique 173
Alev est impuissant et fier de l'être 180
Smutek met un terme aux semaines de torpeur ; du moins, tel un sismographe, en enregistre-t-il la fin. *L'Homme sans qualités* n'y est peut-être pas étranger 186
Ada court vraiment vite 191
La vie intérieure d'Alev. Premiers contacts. Une espèce de conversation 197
Evoquant son enfance, Alev dit des choses essentielles . 208
Ada parle à sa mère et s'épile les sourcils 213
Inspire, un, deux, trois ; expire, un, deux, trois. Le bleu émeraude se change en gris saphir 221
Premier aperçu des règles du jeu 225
Ada brandit des machettes ; elle est l'unique habitante de la République fédérale à penser que le massacre d'Erfurt était une raison de se réjouir 231
Une fois à Vienne, en Rhénanie-du-Nord-Westphalie, on va se promener. Tous ne sont pas du voyage 237
Sur la crête 249
Quand on invoque Dieu et le diable, personne ne répond 256
La fée des glaces prend un bain de minuit 261
Le jour suivant apporte un pacte avec *No-thing* 270
L'arrière-salle du labo de chimie 279
Noël II 288
La prophétie, deuxième partie 294

Villa Kahn. Le démon du jeu. L'univers est une goutte d'eau au bout de la truffe d'un chien 303
A peine a-t-elle atteint sa vitesse de croisière que la nouvelle année fait usage de symboles défaitistes 309
Le flop du conseil de discipline.. 315
Coups de téléphone nocturnes I.. 324
Coups de téléphone nocturnes II 332
Ada perd sa virginité 341
Le monde est une lasagne 351
Nous sommes les arrière-petits-enfants des nihilistes. Un aigle s'envole du toit 361
Les hommes sont totalement étrangers les uns aux autres. *Ciebie nie zapomne* 371
Tout se déroule comme prévu. Smutek trouve le moyen de continuer à vivre comme avant............................. 379
L'envie de dormir est une odeur 388
Depuis l'avènement d'Internet et de Counter Strike, le mal s'accomplit avant tout en réseau........................ 393
Smutek doit payer de sa personne 407
Smutek obéit 412
Le premier beau jour de l'année. Ada se réjouit à l'idée de se présenter devant le tribunal.............................. 421
Au tribunal des hommes travaillent avec des hommes... 427
Si jamais je voulais devenir écrivain 437
Smutek garde l'esprit clair. Sa Blanche-Neige se réveille et voit en lui un malade convalescent. Jamais le Dieu catholique ne s'est montré aussi faible.......... 443
Une belle soirée... 452
Ada raconte quelque chose parce qu'elle le sait. Une voiture de police met fin à cette belle soirée............. 462
Ada rencontre le général de brigade et se penche audessus de l'abîme 475
Smutek assomme une mouche. Smutek est prêt à payer 485
Constructions volantes. Smutek ne s'en sort pas avec le monde contemporain. Dans un flash-back, Ada essaie de le vacciner préventivement........................ 492
Mme Smutek vide son sac.. 504

Un jeudi insolite. Une tension s'installe, mais il ne se passe rien. Une somme d'argent transite par un intermédiaire 512
Deux personnages sont écartés du récit avant que l'on en vienne au vendredi manqué 522
Vendredi manqué 531
Splendid isolation 546
Saint-Pancrace, matin 555
Saint-Pancrace, début de soirée 564
Saint-Pancrace, la nuit 573
Saint-Servais, matin 579
Saint-Servais, l'après-midi 587
Saint Boniface, le bienfaiteur 594
La froide Sophie… 603
Devant la loi et en haute mer, nous sommes dans la main de Dieu 609
Le plaidoyer d'un témoin 621
Ada n'en a pas fini 633
Victoire et paix 645
Colophon et épilogue, ou Entre deux instances 655

BABEL

Extrait du catalogue

870. PAUL AUSTER
Disparitions

871. RUSSELL BANKS
Hamilton Stark

872. BRIGITTE SMADJA
Le jaune est sa couleur

873. V. KHOURY GHATA
La Maison aux orties

874. CLAUDIE GALLAY
Dans l'or du temps

875. FRÉDÉRIC MISTRAL
Mes origines

876. YAAKOV SHABTAÏ
Et en fin de compte

877. ORLY CASTEL-BLOOM
Dolly City

878. KLAUS MANN
Le Tournant

879. DON DELILLO
Les Noms

880. YU HUA
Vivre !

881. NAGUIB MAHFOUZ
Son Excellence

882. PAUL NIZON
La Fourrure de la Truite

883. JAMES LEO HERLIHY
Macadam Cowboy

884. SAMIR KASSIR
Considérations sur le malheur arabe

885. JÖRG BLECH
Les Inventeurs de maladies

886. OLIVIER PY
Théâtre complet I

887. ANNE-MARIE GARAT
Chambre noire

888. MINH TRAN HUY
Le Lac né en une nuit

889. ABDOURAHMAN A. WABERI
Aux Etats-Unis d'Afrique

890. VILMA FUENTES
L'Autobus de Mexico

891. LEENA LANDER
Vienne la tempête

892. THÉODORE MONOD
Le Fer de Dieu

893. MARC de GOUVENAIN
Un printemps en Sibérie

894. *
Le Chevalier paillard

895. VOLTAIRE
Ce qui plaît aux dames

896. DOMINIQUE PAGANELLI
Libre arbitre

897. FRÉDÉRIQUE DEGHELT
La Vie d'une autre

898. FRÉDÉRIC CHAUDIÈRE
Tribulations d'un stradivarius en Amérique

899. CHI LI
Soleil Levant

900. PAUL AUSTER
Dans le scriptorium

901. FRANS G. BENGTSSON
Orm le Rouge, t. I

902. LAURENT GAUDÉ
Dans la nuit Mozambique

903. MATHIAS ÉNARD
La Perfection du tir

904. ANTOINE PIAZZA
Les Ronces

905. ARNAUD RYKNER
Nur

906. ANNE BRAGANCE
Danseuse en rouge

907. RAYMOND JEAN
Un fantasme de Bella B.

908. ÉRIC NONN
Une question de jours

909. OMAR KHAYYÂM
Robâiyât

910. METIN ARDITI
L'Imprévisible

911. JOSÉ CARLOS SOMOZA
La Théorie des cordes

COÉDITION ACTES SUD – LEMÉAC

Ouvrage réalisé
par l'atelier graphique Actes Sud.
Reproduit et achevé d'imprimer
en août 2009
par Normandie Roto Impression s.a.s.
61250 Lonrai
sur papier fabriqué à partir de bois provenant
de forêts gérées durablement (www.fsc.org)
pour le compte des éditions
Actes Sud
Le Méjan
Place Nina-Berberova
13200 Arles.

Dépôt légal
1re édition : septembre 2008.
N° impr. : 092970
(Imprimé en France)